F. Lange
UNDERTOWN
Der Lehrling des Dunkelmagiers

Auf dem Grund eines riesigen Kraters liegt die Stadt Undertown: Ein Labyrinth aus schmalen Gassen und unterirdischen Tunneln, in dem Menschen und Nichtmenschen weitestgehend friedlich koexistieren.

Hier gibt es Magier, lebende Wasserspeier, mindestens einen Drachen – und irgendwo tief unter der Erde die stummen Schatten, die als Meister der Dunkelmagie gelten und von denen niemand so genau weiß, was sie eigentlich treiben.

Undertown ist auch das Zuhause von Blake, dem einzigen Schatten, der sprechen kann, und seinem menschlichen Lehrling Matthew, der für die Stadtwache arbeitet.

Als Unbekannte in eine Bibliothek einbrechen, sehen die beiden Freunde sich mit einem Fall konfrontiert, der sie an ihr erstes gemeinsames Abenteuer vor neun Jahren erinnert. Dann wird ein ermordeter Schatten gefunden...

Friederike Lange wurde 1998 in Rostock geboren, verbrachte jedoch fast ihr ganzes bisheriges Leben in einem winzigen Dorf in der Eifel. Sie liebt Lesen, Zeichnen, Schreiben und Über-Geschichten-Reden – am liebsten über ihre eigenen. *Undertown – Der Lehrling des Dunkelmagiers* ist ihr erster Roman.

F. Lange

UNDERTOWN

Der Lehrling des Dunkelmagiers

Bibliografische Information der Deutschen Nationalbibliothek:
Die Deutsche Nationalbibliothek verzeichnet diese Publikation in der
Deutschen Nationalbibliografie; detaillierte bibliografische Daten sind
im Internet über dnb.dnb.de abrufbar.

1. Auflage
© 2017 F. Lange
Herstellung und Verlag:
BoD – Books on Demand, Norderstedt

Cover: F. Lange und Sascha Webers
Fonts: Requiem © Chris Hansen, Bentham © Ben Weiner

ISBN: 978-3-74315-930-3

Dieser Titel ist auch als eBook erhältlich.

Für Sascha, Leo, Valentin und Madita, die sich wahrscheinlich insgeheim wünschen, ich würde ab und zu über etwas Anderes als Undertown reden. Ich glaube leider nicht, dass ich dazu in der Lage bin. Ich widme euch stattdessen dieses Buch, okay?

Prolog

Die Straße bestand nicht aus Asphalt mit einigen Schlaglöchern, sondern sprichwörtlich aus Schlaglöchern mit einigen kleinen Inseln aus Asphalt. Sie hatte keinen Namen. Sie führte einfach von A nach B. Auch der Wald ringsum war namenlos.

Der Wagen, der um die Kurve bog, war klein, rundlich und schwarz-weiß gestreift. Auch er hatte keinen Namen, lediglich ein nichtssagendes Nummernschild.

Die junge Frau am Steuer des Wagens hatte einen Namen. Er lautete Madlen. Ihr Leben sollte in vier Sekunden eine abrupte Kursänderung erfahren.

Es nieselte zwar nur, aber trotzdem bemerkte sie das Wesen viel zu spät. Es krachte gegen die Fahrerseite. Der Wagen kam ins Schleudern. Madlen riss am Lenkrad und bremste.

Das Auto kam quietschend zum Stehen, halb auf der Straße, halb im nassen Gras. Sie erhaschte aus dem Augenwinkel einen Blick auf etwas Graues, das sich bewegte. Madlen schloss die Augen und atmete zweimal tief durch, um sich zu beruhigen. Dann blickte sie zum Seitenspiegel, um zu sehen, was sie gerammt hatte. Sie quittierte die Tatsache, dass sie keinen Seitenspiegel mehr hatte, mit einem Seufzen, stieg aus, ging um ihr Auto herum und erstarrte. Sie hatte erwartet, ein Reh oder ein Wildschwein oder vielleicht auch irgendeinen Vogel erwischt zu haben, aber mit der Kreatur, die vor ihr auf der Straße kauerte, hatte sie definitiv nicht gerechnet.

Die Haut des Wesens schien aus grauem, rohen Stein zu bestehen. Bei jeder seiner Bewegungen ertönte ein leises Knacken und Knirschen. Es sah ein wenig aus wie ein Mops, aber es war größer, ging ihr beinahe bis zur Hüfte. Auf seinem Rücken lagen schwere, gefaltete Schwingen. Madlen musste an einen Wasserspeier denken, so wie die, von denen es auf gotischen Bauwerken nur so wimmelte. Den Bruchteil einer Sekunde lang suchte ein Teil ihres Verstands eine Erklärung dafür, dass ein großer Hund ihr Auto gerammt hatte, ein Hund, der irgendwie aussah, als sei er aus Stein und hätte Flügel. Doch dann tippte ein *anderer* Teil ihres Verstands den ersten Teil an und deutete auf *die Augen*.

Sie ähnelten keinen Augen, die Madlen je bei einem Lebewesen gesehen hatte. Keine farbige Iris umgeben von Weiß und auch keine großen, dunklen Pupillen wie bei irgendeinem Höhlentier, was sie schon unheim-

lich genug gefunden hätte. Die Augen der Kreatur *glühten* regelrecht.
Am ehesten ähnelten sie den reflektierenden Augen einer Katze, die man bei einem nächtlichen Spaziergang überrascht hatte, aber es war doch Tag und das Glühen war stärker. Das Licht, das dem Wesen aus den Augenhöhlen strahlte, hatte die Farbe von oxidiertem Kupfer, ein blasses Türkisgrün.
Der Wasserspeier inspizierte die Schulter, mit der er den Wagen gerammt hatte, und knurrte. Madlen hob die Hände und wollte das Tier beruhigen, brachte aber nicht mehr als ein Krächzen zustande. Das Wesen schaute sie finster an und knurrte noch etwas lauter. Dann drehte es sich um und verschwand im Wald.

Madlen ließ sich mit weichen Knien auf eine kalte, nasse Asphaltinsel sinken. Eine gefühlte Ewigkeit rührte sie sich nicht, starrte in den Wald und wartete darauf, dass eine Erklärung um die Ecke kam, sich neben sie setzte und mit ruhiger Stimme zu erzählen begann.
Als die Erklärung nicht kam, holte Madlen ihr Handy aus der Tasche und wählte die Nummer der Polizei. Der Mann, der ihren Anruf entgegennahm, hörte ihr zu und meinte, er schicke jemanden vorbei. Sie hörte ihm an, dass er glaubte, sie sei betrunken und nicht ganz bei Sinnen. Ein Grund, den sie nur zu gerne akzeptiert hätte, aber sie trank nun einmal nicht genug dafür. Pech gehabt.
Der leichte Nieselregen besprühte die Straße, das Auto und seine Besitzerin, die den Dienst, den ihre dünne blaue Regenjacke ihr erwies, kaum würdigte. Sie lehnte sich an den Wagen, rollte eine strohblonde Haarsträhne um ihren Zeigefinger und dachte nach. Sie hätte ahnen müssen, dass der Mann am Telefon ihr nicht glauben würde. Wie viele Leute hatten ihn schon angerufen, nachdem sie einen lebenden Wasserspeier angefahren hatten?
Ein schiefes Pfeifen riss Madlen aus ihren Gedanken. Ein junger Mann mit kurzem schwarzen Haar und in ihrem Alter, also nicht älter als neunzehn oder zwanzig, schlenderte den Straßenrand entlang. Er trug einen schwarzen Anzug, der nicht in den Wald passte, und darüber eine grüne Regenjacke, die zwar deutlich besser in den Wald passte, dafür aber nicht zu dem Anzug. Auf seinem offenen, rechteckigen Gesicht lag eine Art Dauergrinsen.
„Hi", sagte er.
„Hallo", sagte Madlen.

„Ich habe gehört, dass es einen Unfall gab", sagte er.

„Ja", antwortete sie, stand auf und klopfte ihre Hose ab. „Ich fürchte, etwas ist in meinen Wagen gelaufen. Während er sich bewegte."

„Ein Tier?", fragte der junge Mann.

„Wenn es ein Mensch gewesen wäre, würde ich dann so seelenruhig hier herumstehen?", erwiderte sie.

„Wohl kaum", gab er zu. „Ich meine: War es ein normales Tier?" Jetzt, wo sie sich gegenüberstanden, fiel Madlen auf, wie klein er war, nur wenige Zentimeter größer als sie selbst. Seine Augen waren strahlend blau, das elektrische Blau, das Blitze in Zeichentrickfilmen hatten.

„Was fällt unter normal?", fragte sie.

„War es eine Tierart, die Sie kannten?"

„Nein", gab sie zu.

„Wie sah es aus?", fragte er weiter. Madlen runzelte die Stirn.

„Arbeiten Sie überhaupt für die Polizei?", wollte sie wissen. Er schob trotzig das Kinn vor, was ihn noch viel jünger erscheinen ließ.

„Klar."

„Sie wirken ziemlich jung auf mich", informierte sie ihn.

„Wie heißen Sie?", fragte er, statt auf die Bemerkung einzugehen.

„Madlen Tennant", sagte sie. Er reichte ihr die Hand.

„Ween Cameron. Also, Madlen..."

„Würde ein Polizist mich mit Vornamen ansprechen?", unterbrach sie ihn.

„Weiß nicht."

„Ich bin mir auch nicht ganz sicher, wenn ich ehrlich bin."

„Soll ich Sie lieber siezen und so?"

„Nein. Madlen ist in Ordnung." Ein paar Sekunden lang standen sie schweigend herum. Madlen unterdrückte das Bedürfnis, ihn nach seinem merkwürdigen Namen zu fragen.

„Also, was für ein Tier war es?" wiederholte Ween.

„Du würdest mich für betrunken halten", seufzte sie.

„*Bist* du betrunken?"

„Nein. Natürlich nicht."

„Dann sag mir, was du überfahren hast."

„Ich hab es nicht *überfahren!*", beharrte Madlen. „Nur angefahren."

„Wie auch immer."

„Es war... eine Art lebender Wasserspeier. Eine von diesen Statuen. Also nein, das war es natürlich nicht, aber so sah es eben aus... Es war grau."

„Ein Gargoyl", sagte Ween und nickte.

„Ah", sagte Madlen und nickte misstrauisch zurück. „Und woher kam der?"

„Aus dem Wald", erklärte er und deutete in Richtung der Bäume. „Wahrscheinlich hat er das Auto mit einem Angreifer verwechselt, oder er wollte ihm beweisen, wie mutig er ist. Sehr clever sind die nicht."

„Ich meine: Wie kommt es, dass hier... *so etwas* durch die Gegend läuft? Fliegt. Was auch immer."

„Das ist eine ausgesprochen lange Geschichte."

„Ich habe Zeit."

„Und du würdest mich für betrunken halten."

„*Bist* du betrunken?", fragte sie. Sie sahen sich einen Moment an, er mit einem fröhlichen Grinsen im Gesicht und sie mit skeptisch gerunzelter Stirn.

„Wenn du magst, könnte ich dir was zeigen", schlug er vor.

„Und du hast nicht vor, mich irgendwo hinzulocken und wegzusperren, weil ich etwas gesehen habe, was ich nicht sehen sollte?", erkundigte sie sich misstrauisch.

„Was?", fragte er und machte ein aufrichtig überraschtes Gesicht. „Nein."

„... okay", sagte sie. „Aber ich fahre."

„Natürlich", stimmte er ihr zu. Sie setzte sich hinter das Lenkrad und schloss die verbeulte Tür.

„Fahr erst mal geradeaus", sagte Ween, als er sich neben sie gesetzt hatte.

Madlen legte wortlos den Rückwärtsgang ein und schlug das Lenkrad scharf ein, um den Wagen wieder auf die Straße zu bekommen.

„Was machst du überhaupt in diesem Wald, wenn ich fragen darf?" erkundigte Ween sich höflich.

„Ich wollte meine Eltern besuchen, aber ich habe mich verfahren. Das Navigationsgerät spinnt rum."

„Das passiert hier manchmal", meinte er und nickte kennerhaft, ganz der Experte für Navis, Gargoyl, Wälder und die anderen Dinge, die ihr so passierten.

Sie schwiegen eine Weile. Irgendwann bog Madlen auf Weens Anweisung hin auf einen schlammigen Waldweg ab, der mit morschen Zweigen und Ästen übersät war. Das kleine Auto holperte über die Hindernisse und seine beiden Insassen wurden durchgeschüttelt.

„Also", begann Ween. „Es gibt Gargoyl..."

„Ich weiß."

„... es gibt Gargoyl und es gibt auch andere Wesen, die nicht besonders oft angefahren werden. Monster. Magier. Merkwürdigkeiten."

„Aha", sagte sie und nickte, wie jemand nickte, der hoffte, dass sein Gegenüber den Witz schnell zu Ende erzählte und alles einen Sinn ergab. „Und du denkst, dass ich das glaube?"

„Noch nicht." Er seufzte. „Ich hätte das Wort *Magier* vermeiden sollen, wie? Es markiert einen immer gleich als verrückt."

Sie hielten vor einem rostigen Tor, das genauso heruntergekommen war wie der hohe Maschendrahtzaun, in den es eingesetzt war. Ein verbogenes Schild mit der Aufschrift *Privatbesitz!* hing schief über der Türklinke. Ween stieg aus und öffnete das quietschende Tor, das nicht abgeschlossen zu sein schien. Es klang kein bisschen unheimlich, nur unglaublich kaputt. Madlen brauchte eine Ewigkeit, um das Auto durch den engen Durchgang zu manövrieren, doch wenigstens fuhr sie Ween nicht über die Füße.

„Was ist das hier? Ein Naturschutzgebiet?", riet sie, nachdem er das Tor hinter ihnen geschlossen hatte und wieder eingestiegen war.

„So ähnlich", antwortete er. Sie sah aus dem Augenwinkel, wie Ween sie unsicher angrinste.

„Was ist?", wollte sie wissen.

„Ich mag dein Auto", gab er zu. Sie verdrehte die Augen.

„Es ist kaputt. Es hat eine Riesenbeule."

„Ich mag es trotzdem", sagte er.

Vor ihnen machten die Bäume Platz für hohes Gras. Es war nicht nur eine kleine Lichtung. Der Wald war ringförmig. Als sie ausstiegen, überlegte Madlen, ob die Bäume wohl aus strategischen Gründen gepflanzt worden waren, um das, was in der Mitte lag, vor neugierigen Blicken zu schützen. Dort befand sich ein gewaltiger Krater, so groß wie ein kleines Tal. Er war kreisrund und reichte an allen Seiten fast bis zum Waldrand.

Madlen und Ween gingen ein Stück auf den Rand zu, obwohl der Krater so groß war, dass sie auch von hier schon auf den Grund blicken konnten. Madlen war ein wenig schwindelig. Sie hatte schon immer eine gewisse Höhenangst gehabt, doch das war nicht der einzige Grund, weshalb ihre Knie sich jetzt so weich anfühlten.

Weit unter ihr erstreckte sich ein Meer aus Dächern, Gassen und Plätzen. Da war eine Stadt im Krater.

Die hohen, schiefen Gebäude schienen größtenteils aus dem viktorianischen Zeitalter zu stammen mit ihren rußgeschwärzten Mauern, Schornsteinwäldern und buckligen Dächern, aber die Stadt war doch *anders*. Heruntergekommener. Fremdartiger. Düsterer.

Vom Rand des Kraters konnte Madlen nicht viele Details erkennen, aber es waren genug, um sie von der Echtheit der Stadt zu überzeugen, davon, dass es nicht nur eine Filmkulisse oder so etwas war. Da waren so viele Einzelheiten. Hunderte von Menschen waren auf den Straßen. Direkt am Rand ratterte eine klapprige, rostrote Straßenbahn vor sich hin, die dann plötzlich auf eine senkrechte Wand abbog, ganz, als sei die Schwerkraft zu manipulieren nicht schwieriger, als eine Weiche umzustellen. Auf einem Dach hockte etwas, eine Masse aus braunen Schuppen und riesigen Schwingen, die eigentlich nur ein Drache sein konnte.

Ein Drache.

Hunderte kleiner, grauer Punkte krabbelten über die Dächer – von der Echse hielten sie sich fern – oder segelten in weiten Spiralen nach oben.

Gargoyl, dachte Madlen. Wenigstens eines der Wunder in der Tiefe benennen zu können war fast tröstlich.

„Das ist nur die Spitze des Eisbergs", erklärte Ween neben ihr stolz. „Ein großer Teil liegt unter der Erde."

„Das ist eine Stadt", murmelte Madlen und kam sich sogleich unsagbar blöd vor.

„Allerdings", antwortete er. Ihr fiel nichts ein, was sie darauf hätte erwidern können. Nach einer Weile kramte sie eine beliebige Frage hervor.

„Wie heißt sie?", fragte Madlen.

„*Undertown*. Es ist ein Wortspiel."

„Und da unten gibt es also, äh, Magier? Und Monster und Gargoyl?"

„Ja", sagte er und nickte heiter.

„Sie ist weg", sagte jemand. „Die Sache hat sie umgehauen, wenn du mir die saloppe Wortwahl erlaubst." Ween, der bis eben in den Krater hinuntergesehen hatte, drehte sich zu der Stimme um. Eine Gestalt in einem schwarzen Mantel kam vom Waldrand herüber und blieb neben ihm stehen. Ihr Gesicht lag komplett im Schatten einer Kapuze. Als das Wesen den Kopf hob und zu der blassen Vormittagssonne hinter den Regenwolken hoch sah, leuchtete etwas unter dem Rand auf, als hätte jemand frische Luft in die matte Glut eines Feuers geblasen. Seine Augen glühten wie die des Gargoyl, der gegen Madlens Auto gekracht war, doch die Farbe war eine andere, ein kräftiges Blutrot. Der Rest seines Gesichts blieb nachtschwarz, wie aus Tinte gemacht.

Ween blickte noch einmal zum Wald, wo das kleine Auto mit der vollkommen verwirrten jungen Frau vor wenigen Sekunden verschwunden war.

„Es hat sie echt umgehauen", stimmte er seinem finsteren Freund zu. „Ich hätte auch wirklich nicht *Magier* sagen sollen, glaube ich."

„Denkst du, sie kommt wieder?" fragte der Neuankömmling. Er überragte den zu kurz geratenen Menschen um ein ganzes Stück. Sie sahen jetzt beide wieder auf die Stadt in der Tiefe hinunter.

„Natürlich kommt sie wieder", antwortete Ween.

Teil I

Die Kraterstadt

Der Bronzeschlüssel

Der Sommer vor neun Jahren war anders. Während das Jahr, in dem Madlen von der Existenz der Kraterstadt erfuhr, ein kaltes, graues war, war dieses hier heiß und trocken. Erst im September sanken die Temperaturen wieder etwas. Dieser September, der der aufregendste in Matthew Camerons bisherigem Leben werden sollte, war trotzdem noch zu warm und verwandelte England in eine Landschaft aus gelbem Gras und gleißendem Licht.

Der Tag war heiß gewesen, doch abends war die Luft abgekühlt. Niemand war mehr auf den Straßen der kleinen Nichtmagierstadt unterwegs. Und so gab es keinen Beobachter, der von den Ereignissen, die schließlich zum Ende der alten Kirche führen sollten, hätte erzählen können.

Die Kirche stand da wie eine krumme, altersschwache Nonne, umgeben von einer großen Grasfläche. Sie war klein und unbekannt, aber sehr alt. Alt genug, um das zu enthalten, was der Unsichtbare suchte. Nicht einmal ein Schatten von ihm war zu erkennen, doch unter seinen Füßen knirschte der bleiche Kies, mit dem der Weg bedeckt war. Als er das Haupttor der Kirche erreicht hatte, blieb er stehen. Eine unsichtbare Hand holte einen Schlüssel aus einer Tasche und machte sich an der schweren Tür zu schaffen. Es klackte, als der Unsichtbare Erfolg hatte. Vorsichtig öffnete er die Tür und schlüpfte nach drinnen. Das stereotypische Quietschen blieb glücklicherweise aus.

Im Laufe der Jahrhunderte waren hier überirdische Dinge geschehen. Nicht alle waren guter Natur. Es war gebetet und gestritten worden – und sogar getötet. Die kleine Kirche diente heute nur noch als Touristenattraktion. Seit Ewigkeiten hatte es niemand gewagt, hier Gottesdienste abzuhalten – zumindest keine, die sich an den Gott der Christen richteten, die die Kirche einst aus dem Boden gestampft hatten. Der Nachhall des Unheils haftete an den Wänden des Gemäuers wie eine Blutspur und ließ den Eindringling schaudern, obwohl er sich nicht als jemanden bezeichnet hätte, der sich leicht verängstigen ließ.

Wie auch immer, irgendwann in der zweifellos interessanten Geschichte des Gebäudes war hier etwas versteckt worden und er konnte nicht ohne es gehen, auch wenn er es gern getan hätte.

Offenbar war er allein. Er deaktivierte seinen Tarnzauber und sah sich um. Er sah annähernd menschlich aus, war es jedoch nicht. Seine Augen waren Beweis genug, die großen, rot glühenden Augen, die sich jetzt forschend umsahen. Der Eindringling war, wie unschwer zu erraten war, ein Dämon. Keiner der bösen Sorte, aber unmenschlich genug, um die Leute nervös zu machen, was nicht immer schlecht war. Bedauerlicherweise war er aber auch ein Dämon mit einem Meister und *das* gefiel ihm überhaupt nicht.

Der sogenannte Meister erwartete von ihm, diesen *blöden* Bronzeschlüssel zu finden, obwohl er kaum etwas über das Versteck wusste, nur, dass es sich vermutlich in dieser Kirche befand. Das bedeutete Ärger und möglicherweise Gefahr und außerdem hatte er nichts übrig für die Pläne seines Meisters und allgemein keine Lust. Doch Beschwörungszauber waren nun einmal gemeine kleine Dinger und so hatte er in dieser Angelegenheit wenig mitzureden. Er schüttelte sich und versuchte, nicht mehr daran zu denken. Wenn er das tat, wurde es nur schlimmer.

Es gelang ihm nicht.

Eisige Ketten, dachte sein Gehirn ungefragt. *In deinen Gedanken. Sie blockieren gewisse Bereiche und zwingen dich in andere. Ketten. Mit fiesen Widerhaken.* Manchmal hasste er sein Gehirn einfach.

Ein bisschen wie Stacheldraht, weißt du?

Er suchte die Wände und Säulen nach magischen Gravuren ab. Die Fenster konnte er sich sparen. Das Glas war wohl zu zerbrechlich, als dass jemand es verzaubern würde.

Nicht an die Ketten denken. Und nicht an die Dinge denken, die dahinter sind. Verboten.

Die Säulen wiesen keine erkennbaren Spuren auf. Vielleicht an der Decke? Oder in einem der Hinterräume?

Wenn du, sagen wir zum Beispiel, zu lange daran denkst, dein Schwert den falschen Leuten an die Kehle zu halten. Dann ziehen sich diese Stacheldrahtketten zusammen und schneiden sich in dein Bewusstsein, bis du vor Schmerz nicht mehr denken kannst.

Leider, knurrte ein anderer Teil seines Gehirns. Er bekam bereits Kopfschmerzen. *Und jetzt halt die Klappe... Wo noch?* Im Grunde hatte er es schon geahnt. Der Dämon durchquerte das Kirchenschiff und erklomm die beiden Stufen zum Altar. Ein Bronzestreifen mit eingefrästem Relief verlief rund um den quaderförmigen Steinblock. Es war nicht sehr kunstvoll gemacht und zeigte eine Weideszene. Ein Hirte mit einem Stock beobachtete seine Schafe dabei, wie sie metallisch glänzendes Gras ausrupften. Auf der rechten Seite erhob sich ein riesiger Wolf. Schmerzerfüllt krümmte das Tier den Rücken, denn ein zweiter Hirte hatte ihm einen Speer in die Seite gebohrt.

Anders als die Hirten und die Schafe war der Wolf, abgesehen von seiner Größe, naturgetreu und detailreich dargestellt, als hätte jemand diesem Teil des Werkes mehr Aufmerksamkeit gewidmet. Das Tier blickte dem Betrachter direkt in die Augen.[1]

Hallo, Hund. Der Dämon hob die Hand und polierte das leere Auge des Raubtiers mit dem Daumen. Die hauchdünne Bronzeschicht verschwand. Dahinter war ein kleiner, farbloser Edelstein in die Augenhöhle eingelassen, kaum größer als ein Sonnenblumenkern. Der Dämon brummte zufrieden. Das war leicht gewesen. Er trat sicherheitshalber einen Schritt zurück, bevor er seinen Arm ausstreckte und den Stein noch einmal antippte. Diesmal konzentrierte er sich und dachte an Dunkelheit. Ein winziger Funke Magie, mehr war nicht nötig.

Mit einem Knacken brach der Boden neben dem Altar auf. Der Dämon ging ein paar Schritte darauf zu und blickte in das Loch hinein. Eine schmale Treppe wand sich nach unten. Ohne weiter nachzudenken folgte er ihr in die Tiefe.

Der Dämon erreichte einen rechteckigen Raum, dessen Wände mit weiteren Reliefs überzogen waren, die denen oben jedoch in keinster Weise glichen. Diese zeigten keine Menschen oder Tiere, sondern waren wesentlich abstrakter. Es waren Kreise. Kreise, die sich überschnitten und in Wellenlinien übergingen. Nicht mehr als filigrane Rillen, die in den Fels gemeißelt worden waren. Irgendein magisches Material musste hineingefüllt worden sein, denn sie glühten leicht. Es war ein blasses, blaugraues Licht, nicht vergleichbar mit Tageslicht, aber genug, damit man die eigene Hand vor Augen sah. Nicht, dass der Dämon das wirklich gebraucht hätte. Er konnte sich in Dunkelheit und bei schlechtem Licht wesentlich besser orientieren als ein Mensch.

Rechts von ihm stand eine Statue. Sie stellte einen Krieger dar. Nur sein Schwert bestand nicht aus Stein, sondern aus einem schwarz verkrusteten Metall. Der Dämon beachtete die Statue nicht weiter und durchquerte den Raum.

An der gegenüberliegenden Wand stand ein wurmstichiger Holztisch,

---

[1] Entweder war der Wolf irgendwie symbolisch gemeint, wobei dem Dämon nichts einfiel, wofür er stehen könnte, oder der Künstler mochte einfach Wölfe und hatte irgendwo einen einbauen wollen.

möglicherweise Jahrhunderte alt. Darauf lagen zwei Steinplatten – wenige Zentimeter dick, kreisrund und so groß wie Kochtopfdeckel. Der Dämon konnte keine Fallen erkennen, also wischte er mit dem Ärmel etwas Staub weg, um sich eine der Platten näher anzusehen.

Ein Schaben ließ ihn aufhorchen. Stein, der über Stein schleifte. Er wirbelte herum, sah etwas auf sich zusausen und beugte sich weit nach hinten, um einem Schwertstreich auszuweichen, der ihn beinahe geköpft hätte. Als er wieder zu seinem Gegner aufblickte, sah er direkt in das ausdruckslose, verwitterte Steingesicht der Statue.

Der Steinkrieger schwang das Schwert noch einmal und zwang den Dämon, sich mit einem Hechtsprung zur Seite außer Reichweite zu bringen. Sein Gegner hob die Waffe auf Augenhöhe.

„Ich habe auch ein Schwert", verkündete der Dämon und zog seine Waffe. Es war eine schlichte Klinge, kürzer als die seines Gegenübers und aus sauberem, hellgrauen Stahl. Der Griff war mit einem breiten Band aus schwarzem Leder umwickelt.

Der Steinkrieger stand jetzt reglos da. Der Dämon hätte ihn für eine gewöhnliche Statue gehalten, wenn er es nicht besser gewusst hätte.

Das Geschöpf war ein Golem, eine seelenlose Kreatur, die ein paar der Erinnerungen seines Schöpfers besaß. In diesem Fall hatte der Schöpfer mit dem Schwert umgehen können. Der Steinkrieger ging wieder zum Angriff über, wobei seine Gliedmaßen laut knirschten. Er versuchte, dem Dämon mit einer weit ausholenden Bewegung den Bauch aufzuschlitzen, doch dieser blockte die Attacke ab. Ohne irgendeine Emotion zu zeigen, ließ der Golem Schlag um Schlag auf ihn niedergehen. Er bewegte sich ungelenk, steif und träge, doch er war stark und sein Schwert hatte die größere Reichweite. Der Dämon war gezwungen, zurückzuweichen, wehrte Angriff um Angriff ab und suchte nach einer Möglichkeit, seinen Gegner auszuschalten. Golems hatten keine Organe, die man verletzen konnte, noch spürten sie Schmerz. Die meisten wurden von einer Energiekugel im Kopf oder in der Brust betrieben. Also dann.

Der Dämon täuschte einen Schlag auf den Schwertarm des Golems an und zog die Klinge dann jäh nach oben. Der Golem wehrte den Angriff mit dem bloßen Unterarm ab. Metall schabte laut über Stein. Schwerter hielten es nicht lange aus, gegen Stein geschlagen zu werden, das wusste der Dämon schon. Aber *er* würde es auch nicht lange aushalten, gegen Stein geschlagen zu werden.

Er nahm die linke Hand vom Griff und führte mit der rechten einen

Streich gegen die Beine seines Gegners, den dieser mit Leichtigkeit abwehrte, der ihn jedoch Zeit verlieren ließ. Der Dämon ballte die andere Hand zur Faust. Dichter, schwarzer Qualm stieg davon auf wie Tintenschlieren unter Wasser. Er erhöhte die Konzentration der Dunkelheit, bis sie zu einer Waffe wurde. Sie verhärtete sich um seine Knöchel herum, bildete eine Hülle so robust wie ein stählerner Panzerhandschuh. Der Golem setzte zum nächsten Angriff an, doch er kam nicht mehr dazu.

Der Dämon schlug ihm so heftig, wie er konnte, mit der Faust ins grobe Gesicht. Die dornenartigen Auswüchse an seinen Knöcheln zertrümmerten den spröden Stein. Er spürte, dass sich dahinter ein Hohlraum befand. Bis zum Handgelenk grub seine Faust sich in den Kopf seines Gegners. Der Golem fiel auf ein Knie. Die kompakte Finsternis löste sich in ein paar schwarze Schlieren auf.

Vorsichtig zog der Dämon seine Hand aus dem zertrümmerten Kopf und schüttelte die Steinsplitter davon ab. Der Golem sackte vollkommen in sich zusammen, wie eine Marionette, deren Fäden gerissen waren. Einige orange Funken stoben aus seinem Schädel, die Überreste der Magie, die ihn am Leben erhalten hatte. Der Dämon konnte sich ein kleines, schiefes Grinsen nicht verkneifen, obwohl seine Hand schmerzte, wie es nun einmal geschah, wenn man gegen Stein boxte. Wenigstens hatte ihn die Finsternis vor unangenehmen Knochenbrüchen geschützt.

Er schob sein Schwert in die Scheide an dem Gurt zurück, den er sich über die Schulter gehängt hatte, und wandte sich wieder den beiden Steinplatten auf dem Tisch zu.

Er hob eine an und untersuchte sie. Auf der Unterseite bildete eine Reihe von feinen Kristallen Bruchstücke von etwas, das vielleicht ein Schriftzeichen war. Mit der anderen war es genauso, nur, dass die Kristalle hier andere Formen bildeten. Etwas war in die Tischplatte geritzt. Ein Pfeil, der auf die Wand vor ihm zeigte.

„Ihr unterschätzt mich, war doch nicht nötig", murmelte der Dämon. Sein Blick wanderte zu einer kreisförmigen Nische in der Wand, die umgeben war von Ornamenten aus bläulichen Linien.

Auch hier waren Kristallspuren zu erkennen. Wenn man einen der Steine einfügte, ergänzten sie sich offenbar zu einem Symbol. Er betrachtete die Linien. Der Dämon war kein Experte, was magische Runen anging – sein Meister hatte ihm vor ein paar Tagen ein dünnes Buch über die Grundlagen dieser Schrift in die Hand gedrückt, das war alles – doch offenbar bildete der Stein in seiner linken Hand das Symbol für *Öffnen*, der in seiner rechten das für *Zerstören*. Wirklich schwer war das nicht. Es sei denn, es war ein Bluff und das Gegenteil von dem, was er erwartete, würde geschehen. Oder ein doppelter Bluff. Oder ein dreifacher Bluff...

Er hoffte, dass die Magier, die den Bronzeschlüssel in der Kirche versteckt hatten, Bluffs genauso unfair fanden wie er selbst.

Im Kopf ging der Dämon noch einmal seine Befehle durch. *Geh zu der Kirche. Verschwende keine Zeit. Wenn du den Bronzeschlüssel gefunden hast, verwisch die Spuren und kehre hierher zurück.*

Ups, dachte der Dämon.

Befehle, die mithilfe von Beschwörungszaubern erteilt wurden, waren – bis zu einem gewissen Grad – regelrecht dehnbar. Der Bann war an die Gedanken des Dämons gekoppelt und Gedanken und Sätze ließen sich bei weitem nicht so leicht definieren wie mathematische Terme oder die Computerprogramme, die die Menschen so gerne benutzten.[1] Das erlaubte dem Dämon, nicht ganz so zu handeln, wie sein Meister es erwartete, wenn er die Befehle absichtlich missverstand.

Der Meister würde ihn hassen. Aber sie hassten sich ohnehin schon.

Das asymmetrische Grinsen von vorhin, als er den Golem geschlagen hatte, kehrte zurück und wurde sogar noch etwas breiter. Bis jetzt hatte er nie eine solche Schwachstelle in seinen Befehlen erkannt, aber jetzt... Sein Meister war unvorsichtig geworden. Vielleicht hatte er einen anstrengenden Tag gehabt. Der Dämon würde dafür sorgen, dass sich das nicht änderte.

Was hatte er zu verlieren? Erstaunlich viel, wenn er eine Weile darüber nachdachte. Er ließ sich trotzdem nicht davon aufhalten.

Gefunden hatte er den Bronzeschlüssel. Er befand sich zweifellos irgendwo in den Wänden. Also würde er jetzt die Spuren vernichten. Immer noch lächelnd setzte der Dämon den Stein mit dem Symbol für *Zerstören* in die Nische.

Es knackte leise. Zunächst haarfeine, dann immer tiefere Risse verästelten sich vom Mittelpunkt des Kreises aus an Wänden, Decke und Boden. Es glich der langsam aufbrechenden Eisdecke eines Sees. Das gleiche leise, aber unheilvolle Knirschen hallte durch den kleinen, unter-

---

[1] Wobei der Dämon sich nicht sonderlich gut damit auskannte. Die Tatsache, dass er Informatik mit einer alten, halb vergessenen magischen Disziplin verglich, sagte eigentlich schon alles.

irdischen Raum. Schnell eilte der Dämon die Stufen empor. Er konnte nicht wissen, wie lange das Gebäude noch stand. Als er das Kirchenschiff wieder betrat, zeigten sich bereits überall Sprünge im Stein. Er ging zügig zwischen den Bänken entlang. Weit über ihm löste sich mit einem Knacken ein kleines Stück der Decke und schlug einige Meter neben ihm krachend auf den Boden. Der Dämon wollte die Tür nach draußen öffnen, doch sie fiel einfach aus den Angeln und kippte hintenüber in den Kies. Als er darüber hinwegstieg, spürte er, wie ihm Staub auf die Schultern rieselte, als würde das Gebäude steinerne Tränen vergießen.

Sobald er draußen war, erlaubte er sich, seinen Schritt zu verlangsamen, und folgte dem Kiesweg. Immer noch konnte er das Knacken der zusammenstürzenden Kirche hören. Als er das Ende der Grasfläche beinahe erreicht hatte, drehte er sich um und warf einen Blick zurück. Das Gebäude fiel in sich zusammen, langsam, unwirklich, wie in Zeitlupe. Große Glassplitter segelten träge durch die Luft, Steinsäulen krümmten sich und sanken in sich zusammen.

Der Dämon wandte sich ab, machte sich wieder unsichtbar und ging fort.

Später. Das Gesicht seines Meisters war rot vor Zorn. Der Dämon lächelte wieder schief.

„Hör auf, so zu grinsen", fuhr der Meister ihn an.

„Natürlich", sagte der Dämon und deutete eine spöttische Verbeugung an. Innerlich war er bei weitem nicht so entspannt. Er konnte nicht umhin, immer wieder zu der Pistole hinüberzusehen, die der Meister stets in Reichweite liegen hatte. Eine *9mm SIG Sauer*. Er mochte Feuerwaffen nicht. Vielleicht war das mit dem Stacheldraht in seinen Gedanken doch nicht das schlechteste, das einem Dämon unter einem Meister passieren konnte. Eine Kugel im Kopf würde ihn definitiv schneller umbringen und ihm keine Zeit für irgendwelche Tricks lassen. Der Mensch sah im selben Moment wie er zu der Pistole und der Dämon wusste, dass sie dasselbe dachten. Das Lächeln auf seinem Gesicht gefror erst und zerbrach dann. Das einzige, was fehlte, war ein einsames Klirren in der unangenehmen Stille. Ein paar Sekunden lang sahen sie sich an, rote Dämonenaugen gegen dunkle, menschliche.

„Geh", seufzte der Meister schließlich. „Geh einfach."

Der Dämon zwang sich, langsam aufzustehen – seine Knie fühlten sich weich an – und verließ den kahlen Raum, in dem der Meister seinen unfreiwilligen Dienern die Befehle gab. Als er draußen war, fing er wieder an, zu grinsen. Diesmal war es ein echtes, erleichtertes Grinsen. Nicht das sarkastische, das er immer aufsetzte, wenn er wusste, dass er in der Patsche saß und sein nächster Spruch sein letzter sein könnte, auch wenn dieses ebenfalls ein bisschen schief und frech auf seinem Gesicht saß.

Der Mann, der sich Meister genannt hatte, war wütend gewesen und deshalb unachtsam. Zum ersten Mal befolgte der Dämon seinen Befehl liebend gern und nahm sich die Freiheit, sich als gefeuert zu betrachten.

Er verließ das Gebäude durch den Haupteingang. Er hätte die Bahn nehmen können, doch er hatte kein Geld dabei. Ohne schneller zu werden, durchquerte er die langen Tunnel, bis er irgendwann eine Treppe zur Oberfläche erreichte. Erst, als er oben war und seine Beine schmerzten, erlaubte er es sich, über ein kleines, aber kompliziertes Detail nachzudenken. Die Tatsache, dass er noch einmal würde zurückkehren müssen.

Per Anhalter

Der Sonnenaufgang ließ sich Zeit. Hier am Straßenrand, umgeben von Bäumen, war es immer noch dunkel.

Sein Kopf tat weh. Der Stacheldraht war immer noch da. Er hätte es bevorzugt, in der Stadt zu bleiben, doch jede Idee, jeder Ansatz eines Plans hatte bis jetzt nur mit einem stechenden Schmerz zwischen seinen Ohren geendet. Er brauchte Zeit und Platz zum Atmen.

Jetzt stand er im Dunkeln am Straßenrand und lauschte. Rascheln im frühmorgendlichen Wald und Motorengeräusche in der Ferne.

Nach einer Weile kam der weiße Geländewagen in Sichtweite. Die Straßen hier waren phänomenal schlecht und so schlingerte, hüpfte und wackelte er vor sich hin. Das Fahrzeug war alt und zerkratzt. An vielen Stellen blätterte der Lack ab, um den Blick auf krümelnden Rost freizugeben. Auf der Ladefläche standen ein paar Kisten. Ein Wunder, dass sie noch nicht hinuntergefallen waren. Andererseits, wer wusste schon, mit wie vielen Kisten der Wagen losgefahren war.

Der Dämon seufzte. Ihm gefiel nicht, was er als Nächstes würde tun müssen. Er mochte Autos nicht, fast so wenig wie Feuerwaffen. Komische Menschenerfindungen.

Er trat, für die Augen des Fahrers unsichtbar, einen Schritt zurück und wartete, bis das Fahrzeug beinahe an ihm vorbei war. Dann zog er die Finsternis des Waldes um sich herum zusammen und katapultierte sich genau im richtigen Moment nach vorne. Oder er versuchte es zumindest.

Der Fahrer trat auf die Bremse und kam schlitternd zum Stehen. Dann steckte er den Kopf aus dem Fenster. Jemand hockte auf der Ladefläche und hatte offenbar gerade das Gleichgewicht verloren.

„Ähm", machte der Jemand ratlos. „Fahren Sie einfach weiter." Er klang, als hätte er sich gerade wahnsinnig erschreckt und versuchte noch, zu begreifen, was los war. Der Mann am Steuer antwortete nicht.

„Sie würden mich nicht zufällig ein Stück mitnehmen?", versuchte der Jemand es noch einmal.

„Ich habe in diesem Wald schon ein paar seltsame Dinge gesehen", sagte der Fahrer, ein glatzköpfiger, stämmiger Mann um die sechzig, schließlich. „Aber bis jetzt ist noch keins ohne Vorwarnung auf mein Auto gesprungen."

„Schön, dass ich eine Abwechslung darstelle", meinte der blinde Passagier. Sein Gesicht konnte der Mann nicht genau sehen, dafür war es noch zu dunkel, doch er meinte, etwas Rotes zu erkennen.

Der Anhalter begann, entschuldigend ein paar Kisten zurechtzurücken, wie um zu beweisen, dass er genau da war, wo er hingehörte, und nur seinen Job tat.

Der Besitzer des Wagens besaß eine kleine Farm in der Nähe. Schafe fühlten sich in der Nähe des Waldes wohler als Menschen. Er war seltsame Vorkommnisse und Gestalten in diesem Landstrich gewöhnt. Er war dennoch ein wenig ratlos.[1]

Der Jemand hörte auf, ungebeten die Kisten neu zu sortieren, drehte sich jedoch nicht um. Noch immer konnte der alte Mann nicht viel erkennen. Der Fremde war ganz Kapuze, Mantel und Dunkelheit – und ein Funke roten Lichts, den der Fahrer nicht einordnen konnte.

„Bitte fahren Sie einfach weiter", bat der Anhalter. „Tun Sie so, als wäre ich gar nicht da. Ich muss nur wirklich weg von hier... verdammt, ich mag Autos nicht mal – darf man sich hier eigentlich festhalten oder geht das dann ab?" Er klammerte sich irgendwo fest. Etwas sagte dem Fahrer, dass die Person auf der Ladefläche ihre Entscheidung bereits bereute, sich jedoch nicht mehr traute, sie zu ändern.

Der alte Mann zuckte schließlich mit den Schultern und startete den Motor wieder. Er benötigte zwei Versuche.

„Ich bin Blake", sagte der Anhalter.

„*Blake?*", wiederholte der Fahrer. „Nachname? Vorname? Nur *Blake*, oder hast du noch irgendeinen anderen Namen?"

„Es ist einer", antwortete sein Fahrgast vage.

„Ich bin Ben", stellte der alte Mann sich vor. „Hörst du gerne Radio, Blake?"

---

[1] Mal ganz abgesehen davon, dass er aus Sicherheitsgründen ohnehin niemanden auf der Ladefläche mitnehmen durfte, doch erstens erreichte sein Fahrzeug keine sehr hohen Geschwindigkeiten und zweitens war man in keinem Teil davon besonders sicher.

Licht

Das Internat war alt. Die gelbe Farbe bröckelte von den Wänden ab und an den Mauern um den Hof wucherten Brombeeren. Aber es war sicher. Nie hatte es Probleme mit Gangs, Drogendealern oder anderem Gesocks gegeben. Die Schulleitung war davon überzeugt, dass dies eine Folge der vier einwandfrei funktionierenden Straßenlaternen war, die in den Ecken des Schulhofes standen – oder zumindest erzählten die Kinder sich das, denn irgendwann hatte ein Lehrer einmal eine metaphorische Bemerkung in diese Richtung gemacht, woraufhin das Gerücht sich wie ein Lauffeuer ausgebreitet hatte.[1]

Als eines Tages im September eine der Laternen partout nicht leuchten wollte, organisierte man umgehend einen Elektriker. Mannhaft erduldete der Handwerker die forschenden Blicke einer Gruppe Kinder, die von der Sporthalle in das Schulgebäude zurückkehrten, während er sein Werkzeug auspackte. Er klappte eine kleine Trittleiter auf und stellte sie unter die Laterne. Ein paar gemeine Kinder überlegten, ob sie die Leiter umschubsen könnten, aber der Elektriker sah ziemlich schwer aus. Vermutlich waren sie gar nicht in der Lage, die Leiter umzustoßen. Oder noch schlimmer, sie schafften es und der Mann fiel und begrub sie unter sich. Nein, sie gingen lieber auf Abstand.

Nur ein Junge beschloss, die Sache näher zu untersuchen. Sein Name war Matthew. Er schlenderte auf die Laterne zu und sah zu dem Elektriker hoch. Der Mann blickte zu ihm hinunter und grinste ihn an. Matthew sah zu, wie er die alte Glühbirne abschraubte. Weil er ruhig und aufrichtig interessiert aussah, akzeptierte der Mann den Jungen als Beobachter. Die Glühbirne löste sich und der Elektriker reichte sie Matthew. Der Junge nahm sie entgegen und drehte sie neugierig in den Händen, dachte darüber nach, wie sie funktionierte...

Der Draht glühte für den Bruchteil einer Sekunde orange auf. Der Junge hätte die Glühbirne vor Schreck fast fallengelassen.

Ein aufmerksamer Beobachter hätte in diesem Moment in Matthews braunen Augen einen blauen Funken aufblitzen sehen können. Doch die anderen Schüler redeten und lachten und achteten nicht auf ihn und der Elektriker stieg ächzend die Leiter hinunter und suchte nach der neuen

---

[1] Die Schüler kannten natürlich die Wahrheit. Sie wussten, dass es keine Probleme gab, weil ihre Stadt einfach zu klein war, um die Aufmerksamkeit von *Gesocks* auf sich zu ziehen. Aber sie sagten es den Lehrern nicht, um ihnen ihre Illusionen nicht zu rauben.

Birne. Matthew starrte nach wie vor fassungslos auf den Draht hinter der Glashülle. Der Mann nickte ihm freundlich zu und drehte sich dann wieder um.

„Sei so gut und leg das weg, ja?", brummte er über die Schulter zu dem Jungen. Matthew nickte, doch als der Mann abgelenkt war, machte er, dass er davonkam. Die Glühbirne behielt er.

„Ich glaub es nicht!", rief der andere Junge und sah Matthew mit vor Aufregung leuchtenden Augen an, bevor eine Runde auf seinem Drehstuhl drehte, um seiner Begeisterung Luft zu machen.

„Ich versuch's noch mal." Matthew verstärkte den Griff um die Glühbirne und fixierte sie konzentriert. Der Draht glühte erst rot, dann gelb, dann erfüllte gleißendes Licht das Zimmer. Matthew grinste breit, obwohl das grelle Licht ihn blendete.

Nachdem das Licht erloschen war und Matthew aufblickte, waren seine Augen wieder unauffällig braun, gesprenkelt von vielleicht zwei, drei winzigen Punkten Blau, die er selbst noch nicht bemerkt hatte. Er hatte schwarzes Haar und war eher klein, besaß für sein Alter jedoch eine beachtliche, wenn auch leicht enervierende Schlagfertigkeit. Aber sonst war Matthew keine besonders auffällige Person. Nur ein normaler Junge.

Sein Zimmerkamerad Steve blinzelte, um sich wieder an das Dämmerlicht zu gewöhnen, und grinste.[1] Der asiatische Junge war ein gutes Stück größer als Matthew, obwohl er jünger war. Meist war Steve das ruhigere Kind, doch an Tagen wie diesen strahlte er über das ganze Gesicht. Die beiden passten gut zusammen.

„Du hast Superkräfte", sagte Steve überzeugt.

Matthew lachte kurz auf und ruinierte damit einen weiteren Versuch, die Birne zum Leuchten zu bringen. Es funktionierte nur, wenn er sich sehr konzentrierte, aber es wurde mit jedem Mal leichter. Es war bereits viel einfacher, als es vor wenigen Tagen auf dem Schulhof gewesen war.

„Ich glaube nicht, dass ich Superkräfte habe", widersprach er. „Ich bin zu jung. Ist dir mal aufgefallen, dass die meisten Superhelden schon lange erwachsen sind? Und wir sind *zehn*."

„Du bist fast elf", entgegnete Steve unbekümmert.

„Und außerdem sind die Superhelden immer aus Amerika", fuhr

---

[1] Matthew hatte ihn vor einigen Jahren bei einem philosophischen Diskurs in der Mensa kennengelernt, der in eine Orangenschlacht ausgeartet war.

Matthew fort. „Ich frage mich, wie viele normale Amerikaner auf einen Superhelden kommen."

„Keine Ahnung. Aber wenn du kein Superheld bist, was bist du dann? Ein Zauberer? Ein Alien?", versuchte Steve es. Sein Freund zuckte mit den Schultern.

Es war halb elf Uhr abends und im Internat war schon lange Schlafenszeit. Offiziell. Zwei Stockwerke über dem Zimmer der beiden Jungen veranstalteten ein paar Teenager offenbar eine Party. Der Wind wehte kichernde Mädchenstimmen durch das offene Fenster. Matthew lag auf dem Bett rechts von der Tür und Steve saß auf einem Drehstuhl und drehte sich langsam um seine eigene Achse. Auf dem Boden lagen Schuhe, zusammengeknülltes Papier und einige Schulbücher. Der Raum war bis auf Matthews Glühbirne nur von der Schreibtischlampe erhellt.

„Ich weiß, mit wem wir reden können!", sagte Steve plötzlich, als der Drehstuhl sich wieder in einer Position befand, die es ihm erlaubte, seinen Freund anzusehen.

„Worüber reden?" fragte Matthew, der von dem glühenden Draht abgelenkt war.

„Na, über dieses Zeug da." Steve zeigte auf die Glühbirne und Matthew im Allgemeinen. Neben dem größeren Jungen hockte noch etwas auf dem Stuhl, das weniger ein Stofftier war als vielmehr die mumifizierten Überreste eines Stofftiers, und musterte Matthew und die Glühbirne aus großen, blanken Knopfaugen.

„Wir können schließlich nicht den Lehrern davon erzählen", fügte Steve überzeugt hinzu.

„Also meinst du, du weißt, mit wem wir *nicht* darüber reden können?"

„Wir sollten uns mit Crazy Joe treffen", sagte Steve. Matthew machte ein entgeistertes Gesicht.

„Wer zum Henker ist Crazy Joe? Ich meine, was ist denn das bitte für ein Name?"

„Ein Typ, der immer auf dem Stadtplatz rumhängt", erklärte Steve, von Matthews Entgeisterung ungerührt. „Einer von den Obdachlosen. Alle halten ihn für verrückt, aber einmal hat er unsere Klassenlehrerin mit Vornamen angesprochen, obwohl er sie gar nicht kannte und irgendetwas über ihre Zukunft gesagt. Er weiß Dinge, bevor sie passieren und so."

„Woher willst du wissen, dass er ihren Vornamen nicht kannte?"

„Keine Ahnung. Ich kenne ihn nicht und ich sehe unsere Lehrerin täglich. Und wenn ich ihren Namen nicht kenne, dann..."

„Du kennst ihren Vornamen sehr wohl", widersprach Matthew. „Du kannst ihn dir nur nicht merken. Also, dieser Typ soll ein Hellseher sein?"

„Ja."

„Und du meinst, ich soll zu ihm gehen?", fragte er weiter. Steve zuckte mit den Schultern.

„Schaden kann es nicht. Wir reden mit ihm, stellen ein paar Fragen und finden heraus, ob es noch mehr Leute wie dich gibt. Und dann gehen wir zu denen und dann... dann gucken wir mal."

„Wann?"

„Sobald wie möglich."

„Sicher, dass wir das an einem Nachmittag schaffen?"

„Die anderen Jungs kommen auch ohne uns aus." Daran zweifelte Matthew. Vermutlich würden sie wieder anfangen, ihre schlechten Weltherrschaftspläne zu schmieden, die ohne sie beide noch immer zum Scheitern verurteilt gewesen waren.

„Ein längeres Abenteuer also?", fragte Matthew. „Ich meine, wir müssen damit rechnen, dass diese Leute, die dasselbe können wie ich, nicht in unserer Nähe wohnen. In dem Fall sollten wir anfangen, zu packen." Sein Zimmerkamerad nickte bekräftigend.

„Ein paar Tage werden wir brauchen, um alle nötigen Sachen aufzutreiben", prophezeite Steve.

„Und was soll ich in der Zeit machen?", beklagte Matthew sich, der weniger Spaß daran hatte als Steve, sich einen Abenteuerrucksack zusammenzustellen.

„Du", sagte Steve, grinste und deutete auf die Glühbirne. „Du übst."

Letztendlich befanden sich in den Schultaschen, die die beiden Jungen mitnehmen wollten, mehrere Tüten mit Keksen, eine Flasche Limonade, zwei Decken, ein Feuerzeug, Stifte und ein leeres Heft, Wechselsachen, etwas Geld, Taschenmesser und Zahnbürsten. Später würde Matthew einfallen, dass er die Zahnpasta vergessen hatte, aber dass würde ihm zu dem Zeitpunkt egal sein.

Die nächsten Tage verbrachte er überaus nervös. Die Schulstunden zogen an ihm vorbei wie ein Frachter an dem Floß eines verrückt gewordenen Schiffbrüchigen: sehr langsam und sehr nutzlos, denn niemandem fiel auf, dass etwas anders als sonst war. Abends holte er die Glühbirne unter seinem Bett hervor und ließ sie aufglühen, um zu sehen, ob er es noch konnte.

Er stand lange vor dem Spiegel und versuchte zu erkennen, ob die winzigen blauen Punkte in seinen Augen tatsächlich da waren oder ob er sie sich nur einbildete. Egal ob sie wirklich da waren oder nicht, es schienen mit jedem Tag mehr zu werden. Steve meinte, er könnte nicht viel erkennen, aber Steve konnte auch nie erkennen, was Matthews Zeichnungen darstellen sollten, also nahm Matthew seine Meinung zu diesem Thema nicht sehr ernst.

In der nächsten Woche kehrten die beiden nach dem Frühstück in ihr Zimmer zurück und setzten die Rucksäcke auf. Matthew bestand darauf, einen Zettel auf den Schreibtisch zu legen, damit die Lehrer sich keine Sorgen machten. Wahrscheinlich würden sie sich trotzdem Sorgen machen, aber dann würde wenigstens niemand behaupten können, sie hätten es nicht versucht.

Liebe Mitschüler, wertes Kollegium,
Wir, Steve und Matthew, werden für längere Zeit verreisen. Wir können euch leider nicht sagen, wohin die Reise geht, weil ihr uns dann wahrscheinlich zurückholen wollt. Und außerdem wissen wir es selbst noch nicht so genau. Aber keine Sorge, wir können auf uns aufpassen. Fragt Mrs Bale, sie weiß, dass wir dazu sogar noch auf andere Leute aufpassen können. Wissen Sie noch, wie wir Sie am Wandertag in der zweiten Klasse zusammen mit Johnny aus einem Bach gezogen haben?
Johnny, dich können wir leider nicht mitnehmen, weil wir glauben, dass du schnell unseren ganzen Proviant aufgegessen haben wirst. Entschuldige.
Matthew & Steve

Der Stadtplatz war ziemlich voll. Die beiden Kinder streunten durch die Menge, immer darauf bedacht, nah beieinander zu bleiben. Aus der Seitentasche von Steves Rucksack hing das zerschlissene Stofftier. Vielleicht war es einmal ein Hund gewesen.

Zehn Minuten lang suchten die beiden Jungen nach Crazy Joe, aber sie fanden ihn nicht. Zu allem Überfluss musste Steve auch noch zugeben, dass er vergessen hatte, wie Crazy Joe aussah. Und dann musste er zugeben, dass er aufs Klo musste. Während Steve über die Straße lief, um in einem Restaurant nach einer Toilette zu fragen, sah Matthew sich weiter um.

Am Rand des Platzes saßen vielleicht zehn Obdachlose, unterhielten sich oder machten Musik. Die Musik gefiel Matthew und er hätte ihnen gerne ein paar Münzen geschenkt, doch die Mittel der beiden Jungen waren ja bedauerlicherweise begrenzt. Während er wie ein General seine Schlachtreihen die Menschen abschritt, überlegte er, wie jemand wie Crazy Joe wohl aussah. Er sah einen alten Mann vor sich, in Regenjacke und mit einem freundlichen Gesicht, wenig Haaren und einem weißen Stoppelbart. Einen Hund brauchte er natürlich, einen struppigen Wolfshund mit dunklem Fell. Er konnte das heisere Jaulen des Hundes fast schon hören.

Nein. Da war tatsächlich ein Tier. Hinter ihm. Matthew drehte sich zu dem Geräusch um. Der Wolf war riesig, stand direkt hinter ihm und sah aus goldbraunen Augen neugierig zu ihm hoch. Sein Fell war genauso struppig und dunkel, wie Matthew es sich vorgestellt hatte.

„Telepathie", erklärte eine warme Stimme. Eine Hand legte sich auf seine Schulter. Der alte Mann, dem beides gehörte, sah genauso aus wie Matthew ihn sich vorgestellt hatte. Seine Augen waren himmelblau.

„Ich wollte dir das Suchen erleichtern", sagte Crazy Joe und lächelte freundlich.

„Haben Sie meine Gedanken kontrolliert?", fragte Matthew.

„Das ist eine Variation von Telepathie", sagte der Mann und nickte. „Aber vielleicht solltest du Steve jetzt besser sagen, er soll stehenbleib... Mist!"

Matthew sah zum Restaurant auf der anderen Straßenseite, sah, wie Steve ihm zuwinkte, über die Straße zu ihnen laufen wollte und wie das Auto versuchte zu bremsen.

Matthew schrie und wollte losrennen, doch Crazy Joes Hand hielt ihn fest wie eine Stahlklammer. Menschen um ihn herum rannten los, auf die Unfallstelle zu. Er konnte erkennen, wie Steve sich benommen aufsetzte. Ein Pärchen kniete sich neben den verletzten Jungen und sprach mit ihm.

„Steve geht's gut!", zischte Crazy Joe neben ihm. „Er wird's überleben."

Matthew versuchte, sich zu befreien, doch mit einem Mal schien eine angenehme Wärme von den Fingerspitzen des Mannes in seinen Körper zu strömen. Er beruhigte sich langsam.

„Steve hat sich das Bein gebrochen, aber er wird wieder gesund", sagte Crazy Joe eindringlich. Matthew atmete ein paar Mal tief durch und blickte zu dem alten Mann auf.

„Sie beeinflussen meine Gedanken", brachte er hervor.

„Nimm es nicht persönlich, ich tue das mit vielen Leuten." Crazy Joe runzelte kurz die Stirn.

Und drüben, auf der Straße, blickte Steve sich um und sah genau in ihre Richtung. Dann hob er eine Hand und winkte ihnen vorsichtig.

„Ich hab dir doch gesagt, er ist in Ordnung", meinte der alte Mann triumphierend.

„Er ist ziemlich zäh", stimmte Matthew ihm unsicher zu. Er war jetzt geradezu unnatürlich ruhig, aber immer noch verwirrt. „Ich will zu ihm. Ich lasse ihn nicht im Stich."

„Das wirst du auch nicht", sagte Crazy Joe beruhigend. „Du kannst ihn bald aus dem Schlamassel raus holen. Aber noch nicht. Ich könnte allerdings auf ihn aufpassen, während du weg bist."

„Warum?", wollte Matthew wissen. „Wo muss ich denn so unbedingt hin, dass ich nicht zu ihm darf?"

Crazy Joe schien ein wenig ratlos. Er blickte zum Himmel, als könnte dieser ihm eine Antwort geben. Matthew sah wieder zu der Unfallstelle und begegnete dem Blick eines Polizisten, der die Stirn runzelte. Kinder sollten um diese Uhrzeit in der Schule sein.

„Ich will dir nichts vorschreiben", erklärte Crazy Joe dem Jungen dann. „Du kannst auch zu ihm gehen und dich von den Leuten dort zurück in dein Internat stecken lassen. Du kannst ein andermal wiederkommen, mit Steve, und dann erzähle ich dir, weshalb du Glühbirnen zum Leuchten bringen kannst. Aber ich glaube, jemanden zu kennen, der deine Hilfe gerade genauso gut brauchen könnte wie Steve."

Matthew überlegte. Er dachte daran, was Steve wohl sagen würde.

„Okay. Ich kann ja mal mit ihm reden. Wer braucht denn meine Hilfe?"

„Kennst du dieses Gasthaus mit der blauen Fassade am anderen Ende der Stadt?", fragte Crazy Joe.

„Klar ", sagte Matthew verwirrt.

„Wenn du da bist, gehst du zur Rückseite des Gebäudes und machst irgendwas Spektakuläres mit deinen Kräften. Dann wirst du einen Bekannten von mir treffen. Sein Name ist Blake. Er braucht jemanden wie dich. Es könnte allerdings gefährlich werden."

„Blake?", fragte Matthew verwirrt. „Vorname oder Nachname?" „Weder noch", sagte Crazy Joe und lächelte. „Er wird dir einen Handel anbieten. Geh drauf ein. Ihr werdet ein gutes Team abgeben." Matthew war jetzt noch viel verwirrter.

„Nimm den Bus 45. Der fährt dich hin", plauderte Crazy Joe weiter.

„Aber der 45er müsste schon vor fünf Minuten abgefahren sein."

„Heute hat er Verspätung", sagte das Medium schmunzelnd.

Matthew sah, wie der Polizist langsam in ihre Richtung stapfte. Er verabschiedete sich von Crazy Joe und eilte zur nächsten Bushaltestelle. Als er eingestiegen war, fragte er sich, worauf er sich da eingelassen hatte.

Während der Fahrt saß Matthew mit an die Fensterscheibe gelehntem Kopf da und betrachtete die Glühbirne in seinen Händen. Er stellte sich vor, dass sein Körper mit Energie gefüllt war. Er konzentrierte sich auf seine Fingerspitzen, ließ die Energie in sie hinein fließen und sich dort sammeln. Es kribbelte. Als er genug Energie angesammelt hatte, stieß er sie von sich weg und in die Glühbirne, versuchte, sie dort so lange wie möglich zu halten. Der Draht darin glühte orange, dreißig Sekunden lang, eine Minute. Er wurde immer besser.

Der Bus hielt an einer Ampel. Matthew sah aus dem Fenster. Das Neonschild einer Apotheke flimmerte kränklich. Der Junge ließ die Energie in seine rechte Handfläche sickern. Immer mehr sammelte er an, bis seine Haut sich anfühlte, als hätte er in Brennnesseln gefasst. Dann presste er seine Hand auf die Fensterscheibe und stellte sich vor, wie die Energie einfach durch das Glas hindurchging und sich wie ein Fühler nach dem Schild ausstreckte.[1] Als die Energie nahe genug war, wurde sie ruckartig angesaugt. Das Neonschild blitzte weiß auf. Ein paar umstehende Menschen hielten die Hände schützend vor die Augen.

Matthew lächelte staunend, doch das Schild sog seine Kraft auf wie ein Schwamm es mit Wasser tat, also zwang er sich, den Energiestrom zu kappen. Er fühlte sich erschöpft, als wäre er gerade mehrere hundert Meter gesprintet, nur, dass sich nicht seine Beine schwer wie Blei anfühlten, sondern sein Kopf.

---

[1] Matthew wusste noch nicht, dass es sich für Elektrizität eigentlich nicht gehörte, Glas zu durchdringen. Es war nicht so schlimm. Magier waren eigentlich auch nur sehr durchsetzungsfähige Leute mit schockierenden Wissenslücken in grundlegender Physik.

Als er sein Spiegelbild in der Fensterscheibe näher betrachtete, schnappte er nach Luft. Seine Augen. Die kleinen Punkte waren keine kleinen Punkte mehr. Er hatte nicht länger braune Augen. Gut die Hälfte seines rechten Auges war nun stattdessen von einem kräftigen Blau und auch seine andere Iris wurde von großen blauen Flecken gescheckt.

Noch während er hinsah, verblasste das Blau an einigen Stellen und wurde durch das altbekannte Braun ersetzt. Trotzdem vermutete Matthew, dass ihm spätestens ab nächster Woche beim Zähneputzen makellos blaue Augen aus dem Spiegel entgegenblicken würden.

Die Ampel schaltete auf grün und der Bus setzte sich in Bewegung. Das Neonschild war bald außer Sichtweite, dafür näherten sie sich Matthews Ziel.

Schatten

Es war ein gutes Gasthaus. Es war sauber, das Essen war lecker, wenn auch sehr fettig, und die Bedienung bemühte sich, immer höflich zu sein. Nicht, dass er es sich leisten konnte, sie wissen zu lassen, dass es ihn überhaupt gab.

Blake vermisste das *Black & White*. Seit seiner überstürzten Flucht aus der Stadt vermisste er viele Dinge in Undertown. Den Geruch von Regen auf Kopfsteinpflaster. Die alten Häuser, die sich in manchen Straßen so weit vorbeugten, dass nur ein schmaler Streifen Himmel zu erkennen war. All die seltsamen Stadtbewohner. Und nun einmal auch das *Black & White*. Es kam einem Zuhause am nächsten und Blake wollte wirklich gern zurück nach Hause. Das Gasthaus hatte seinen Namen angeblich erhalten, weil Licht- und Dunkelmagier sich dort zur der Zeit, als der Besitzer es aus dem Boden gestampft hatte, ausnahmsweise nicht bekämpften, sondern sich zusammen betranken. Und sich *dann* prügelten.

Heutzutage gab es keine offenen Kämpfe zwischen Magiern verschiedener Disziplinen mehr und Dunkelmagier waren ohnehin nie häufig gewesen, doch das Gasthaus hielt sich immer noch für etwas Besonderes.

Mehr als das vermisste Blake *sie*. Rouge. Sie war immer noch bei seinem Meister. Jede Wette, dass sie wütend auf ihn war. Schnell schob er den Gedanken an sie zur Seite und dachte an andere Dinge.

Blake war ein Dunkelmagier und ein Schatten. In Undertown unterschied man im Allgemeinen drei Arten von Stadtbewohnern: Menschen, Nicht-Mehr-Ganz-Menschen und Dämonen. Es gab auch Wesen, die nicht recht in diese Kategorisierung passen wollten, zum Beispiel Drachen oder Geister, doch es war ein Anfang und brachte ein wenig Ordnung in die bunt durcheinander gewürfelten Reihen der Undertowner. Schatten waren eine der vielen Spezies, die unter *Dämonen* zusammengefasst wurden.

Was nicht bedeutete, dass sie besonders beliebt waren. Die Schatten waren zu anders. Sie machten die Leute nervös.

Blake lebte seit seiner Kindheit unter Menschen und kam recht gut mit ihnen klar. Zumindest mit den meisten. Sie hatten ihm den Spitznamen *Blake* gegeben. Wenn sie ihn so nannten, erwiderte er stets, dass das nicht sein Name war. Er hatte oft versucht, den Namen, den er von seinen Artgenossen bekommen hatte, für sie zu übersetzen, doch mittlerweile hatte er es aufgegeben, eine wörtliche Übersetzung zu finden. Also nannten sie ihn weiter Blake, wahrscheinlich nicht zuletzt auch, um ihn zu nerven.

Eigentlich waren sie ganz in Ordnung, obwohl sie Feuerwaffen hatten und Autos. Bei manchen konnte man darauf vertrauen, dass sie ihr Bestes gaben, um ihre Freunde zu unterstützen. In letzter Zeit hatte ihm das allerdings nicht wirklich geholfen.

Weil er nicht um Hilfe fragen konnte.

Seit Tagen wartete er, verbrachte seine Zeit mit ein paar zerfledderten Taschenbüchern oder Spaziergängen durch die Stadt, die nie sehr lang wurden, weil die Autos ihn einschüchterten. Es war langweilig hier und er war nutzlos.

Aber ein Prophet hatte ihm geraten, hier zu bleiben. Ein Prophet, der den Wahnsinn im Namen trug. Warum war er noch hier?

Weil es seine einzige Chance war.

Blake saß an einem Tisch in der Ecke. Ein kleines Pappschild neben der Speisekarte verkündete, dass der Tisch reserviert war. Er hoffte, dass die Menschen, die eigentlich hier sitzen sollten, noch auf sich warten ließen. Niemand sprach ihn an. Wenn die Kellner oder die Gäste zu seinem Tisch hinüber sahen, strichen ihre Blicke an ihm vorbei, als sei er gar nicht da. In Undertown hätte ihn sicher längst ein Hellseher entdeckt und seine Bemühungen, mit einem mittelmäßigen Tarnmantel, der nicht einmal die Ausstrahlung von Dunkelmagie ganz verbarg, ungesehen zu bleiben, nur belächelt. Aber hier draußen, in der Welt der Nichtmagier, war Unsichtbarkeit noch wahrhaftig Unsichtbarkeit.

Er seufzte. Der Raum reagierte in keinster Weise. Blake musste zugeben, dass er einsam war, so ganz ohne irgendjemanden zum Reden. Er wollte wirklich nach Hause. Er seufzte noch einmal und wandte sich wieder seinem Buch zu.

Matthew sah die schmale Gasse an der Rückseite des Gasthauses und ging langsam hinüber. Er war immer noch müde, aber es ging ihm wieder besser. Er hätte sich von dem Neonschild nicht so viel Energie stehlen lassen dürfen. Stehlen? Verschwendet für nichts als ein kleines Experiment. Er fragte sich, was es mit seinen Augen auf sich hatte. Es gab so viele Fragen, die er Crazy Joe noch hätte stellen sollen.

Kann ich noch andere Dinge als Elektrizität beherrschen? Wie kann man Gedanken kontrollieren? Wer ist Blake? Was war mit es könnte gefährlich werden *gemeint?*

Die Rückwand des Gebäudes war nicht verputzt. Graffiti zierten die grauen Mauersteine und die einsame Tür, die dem Gasthaus als Hintereingang diente.

Einige Müllcontainer standen herum wie riesige, stählerne Frösche mit breiten Mäulern. Matthew hatte das unangenehme Gefühl, dass sie nur darauf warteten, ihre gewaltigen Zungen auszuspucken, ihn darin einzuwickeln und zu verschlingen.

„Benimm dich nicht so bescheuert!", sagte er laut zu sich selbst.

Er dachte an die Filme und Bücher, die er kannte. So nah an der Öffentlichkeit war man sicher. Oder?

Im nächsten Moment klappte einer der Müllcontainer quietschend ein Stück auf. Sofort bereute er, so laut gesprochen zu haben. Matthew schluckte und versuchte, sich auf seine Aufgabe zu konzentrieren. Etwas Spektakuläres anstellen. Um Aufmerksamkeit zu erregen. Das sollte er schaffen. Aber nicht zu viel, die Menschen draußen auf der Straße sollten nichts bemerken. Nur Blake, wer auch immer das war. Darum hatte das Medium ihn in die Seitengasse geschickt. Matthew hob die Glühbirne, die er die ganze Zeit in der Hand gehalten hatte, auf Augenhöhe. Und ließ sie wieder sinken.

Wenn ich Elektrizität an andere Dinge abgeben kann, dachte er, *dann kann ich vielleicht auch welche aufnehmen.*

Über den Froschcontainern verlief ein Stromkabel an der Mauer. Matthew machte einen Schritt darauf zu, stellte sich auf die Zehenspitzen und tippte den Gummimantel mit den Fingerspitzen an. Ein gewöhnlicher Mensch hätte nichts gespürt, doch er konnte die Energie fühlen. Es kribbelte, wie eben im Bus, als er seine Kräfte getestet und dabei dummerweise so viel verschwendet hatte.

Etwas Spektakuläres anstellen. So schwer konnte das nicht sein, oder? Matthew ging zum nächsten Schritt über und zapfte den Energiestrom an, der durch das Kabel floss wie Blut durch menschliche Adern. Weit über ihm flackerte das Licht hinter ein paar kleinen Fenstern.

Es war schwieriger, als Energie abzugeben. Die elektrische Energie sträubte sich, wusste nicht, wohin sie fließen sollte. Nach einer Weile begriff er, dass es ihm nicht gelingen würde, sie abzuspeichern. Matthew änderte seinen Plan etwas und ließ den Strom von seiner linken Hand, die das Kabel umklammert hielt, direkt in seine rechte fließen.

Es knisterte laut. Matthew glaubte seinen Augen kaum, als dicke, blaue Funken sich über seiner Handfläche bildeten und um ein unsichtbares Zentrum zuckten. Die Lichtpunkte vermehrten sich und wurden dicker, bis sich ein etwa walnussgroßer Ball aus wirbelnden Funken und zuckenden, haarfeinen Blitzen in seiner Hand gebildet hatte. Ein blauer Schein leuchtete die Gasse aus. Dieses Kabel war praktisch. Seine eigenen Reserven, die immer noch die eines Kindes waren, reichten ja kaum aus, um den Draht einer Lampe zum Leuchten zu bringen. Er fragte sich, wie seine Augen wohl aussahen.

Matthew drehte seine Hand abschätzend hin und her, um zu beobachten, wie der Kugelblitz wie auf einem unsichtbaren Kraftfeld über seiner Hand hin und her rollte. Dann schloss er seine Finger enger um den kleinen Lichtball, holte aus und schleuderte ihn ein paar Meter in die Höhe. Er flackerte etwas, als ihm die Energiezufuhr abgeschnitten wurde, und verglühte dann. Das blaue Licht, das die Gasse ausgeleuchtet hatte, verschwand. Matthew schien fast, als wäre es zwischen den grauen, bedrückenden Wänden noch etwas dunkler geworden als zuvor.

Genug?, fragte er sich immer noch lächelnd. Plötzlich merkte er, dass er schwankte. In seinem Kopf drehte sich alles. Er versuchte, sich auf den Beinen zu halten. Ungelenk taumelte er ein paar Schritte durch die Gasse.

Er musste wirklich lernen, wie viel er zaubern konnte, ohne danach herumzutorkeln wie ein Betrunkener – nicht, dass Matthew in seinem kurzen Leben schon viele Betrunkene gesehen hätte.

Etwas näherte sich. Der Junge erstarrte auf einem Bein balancierend. Er schluckte und setzte seinen anderen Fuß behutsam auf dem Boden ab. Matthew spürte etwas in seinem Rücken, so wie man die Wärme eines Feuers spürte. Es wirkte allerdings nicht wie etwas, dass man mit einem Feuer assoziieren würde.

Dunkel. Nachtschwarz.

Verschwinde, kleiner Junge, schien das Etwas zu sagen. *Das ist kein Märchen. Das hier ist eine Schauergeschichte. Magst du Schauergeschichten?*

Er bekam eine Gänsehaut, eine starke, die Art, bei der man sich am liebsten zu einem zitternden Ball zusammengerollt hätte. Etwas beobachtete ihn aus den Schatten am Ende der Gasse heraus wie eine lauernde Katze. Der Junge konzentrierte sich noch mehr auf die seltsame Aura und korrigierte seinen Vergleich. Nicht in den Schatten. Die

Dunkelheit selbst beobachtete ihn, anders konnte er es nicht beschreiben. Die Vorstellung hatte etwas äußerst Beunruhigendes.
Blödsinn. Oder?
Matthew sammelte Energie in seiner Hand, genug, um einem Gegner einen schwachen, aber unangenehmen Stromschlag zu verpassen, und ließ seinen Blick durch die Gasse schweifen. Nichts. Wenn da noch jemand war, konnte er ihn nicht sehen. Der Junge runzelte die Stirn und ließ seine Hand etwas sinken. In diesem Moment schien sich die Luft vor ihm zu teilen, etwas, das zuvor unsichtbar gewesen war, wurde sichtbar und dann krachte eine schwarze Wolke in ihn hinein und schleuderte ihn gegen eine Wand.

Er fiel hin, setzte sich jedoch schnell wieder auf. Als er aufblickte, erkannte er eine Gestalt in einem langen schwarzen Mantel, die vor ihm stand. Um ihren erhobenen Arm waberten die Überreste der Dunkelheit und verschwanden, noch während er hinsah.

Matthews Gegenüber war kein Mensch. Sein Gesicht war kaum zu erkennen, zu dunkel, als dass es nur an der tief in die Stirn gezogenen Kapuze liegen konnte. Seine Haut war von einem tiefen, vollkommenen Schwarz – als ob das Wesen aus derselben Finsternis bestehen würde, die es eben gegen den Jungen eingesetzt hatte. Seine Augen bildeten einen mehr als nur scharfen Kontrast dagegen. Sie waren pupillenlos, nicht menschlich und glühten blutrot.

Blake

Ein paar Sekunden vergingen. Blake schien etwas überrascht zu sein, als hätte er nicht erwartet, dass sein Angriff Matthew wirklich außer Gefecht setzen würde, und trat neugierig einen Schritt näher. Die beiden großen, roten Lichter, die seine Augen waren, musterten den Jungen von oben bis unten. Matthew rappelte sich auf, ballte eine Hand zur Faust und machte einen Satz auf Blake zu, der nur sein Handgelenk packte und es ruckartig verdrehte.

„Was machst du hier?", fragte Blake. Seine Stimme klang etwas rau und heiser, aber sonst normal, die Stimme eines jungen Mannes, auch, wenn er vor Ärger beinahe knurrte.

„Ich bin wegen eines Handels hier", sagte Matthew und versuchte, seinen Arm zu befreien. Blake lockerte seinen Griff nicht und musterte ihn nur misstrauisch.

„Du hast kein Konzept. Du hast keine Ahnung, was du tust. Wie kommst du auf die Idee, ich würde einen Handel mit einem unerfahrenen *Kind* eingehen wollen?"

„Jemand hat in die Zukunft gesehen."

„Die Zukunft hat sich geändert."

„Er sagte, du könntest Hilfe gebrauchen", sagte Matthew. Blake schwieg.

„Pass auf", sagte Matthew etwas zu schnell, um ruhig zu klingen. „Man hat mich hierher geschickt, damit ich dir helfe. Aber ich habe auch noch andere Dinge mit meiner Zeit vor. Entweder wir reden jetzt miteinander wie–" er hatte *vernünftige Menschen* sagen wollen, doch im letzten Moment fiel ihm auf, dass die Bezeichnung *Mensch* wohl nur auf einen von ihnen zutraf. „... wie Gentlemen, oder du lässt mich gehen."

Ein Moment verging, dann lächelte Blake ein schiefes, belustigtes Lächeln und ließ den Arm des Jungen los. Selbst seine Zähne waren schwarz, dutzende langer, spitzer Reißzähne, wie Nadeln oder Obsidiansplitter.

„Wie alt bist du?", fragte er.

„Elf", log Matthew. Blake sah ihn ein paar Sekunden lang abschätzend an.

„Lass uns nach drinnen gehen", schlug er dann vor. Der Junge rieb sich das Handgelenk und bemühte sich, seine Erleichterung zu verbergen. Er folgte dem schwarzhäutigen Wesen aus der Gasse und durchbohrte seinen Rücken mit denselben misstrauischen Blicken, die er selbst eben noch erhalten hatte.

Die Müllcontainer würdigte er keines Blickes. Stählerne Riesenfrösche, so ein Quatsch! Was er gespürt hatte, war entweder Blakes nicht sehr vertrauensstiftende Ausstrahlung gewesen oder Einbildung.

Sie traten wieder auf die Straße. Blake wurde unsichtbar. Matthew, der den Trick schon kannte, spitzte die Ohren und folgte dem Geräusch seiner Schritte wortlos zum Haupteingang des Pubs.

In der Hintergasse ließ sich währenddessen eine zerzauste Taube nieder. Sie pickte auf dem Boden herum und mied instinktiv die Stellen, an denen Dunkelmagie eingesetzt worden war. Der Vogel erspähte ein paar Krümel und flatterte hinüber. Dann ging alles sehr schnell. Einer der Müllcontainer öffnete sich, eine gewaltige, gummiartige Zunge schoss heraus und wickelte sich um das Tier. Die Taube wurde in den Container gezerrt, der sich quietschend schloss. Ein paar Sekunden lang war noch ein hilfloses Flattern aus seinem Inneren zu hören, dann erklang ein metallisches Rülpsen.

„Können Sie das lauter machen?", fragte Matthew eine Kellnerin und nickte zum Fernseher hin. Die junge Frau, die ihm eine Flasche Limonade gebracht hatte, nickte und drehte die Lautstärke etwas auf. Im Fernsehen spielte jemand Tennis.

„Jetzt können wir reden", flüsterte Matthew. Seine Augen klebten am Bildschirm und er hoffte, interessiert zu wirken. Die bleierne Benommenheit, die sich nach dem großzügigen Einsatz von Magie in ihm breitgemacht hatte, legte sich langsam wieder. Eine Weile lang schwieg Blake und Matthew begann bereits, sich zu fragen, ob er noch da war.

„Du bist ein Neuling, oder?", fragte Blake schließlich. „Hast deine Kräfte gerade erst entdeckt?" Matthew nickte eifrig.

„Das war letzte Woche", sagte er und fügte dann hinzu: „Ich heiße Matthew."

„Elf Jahre", sagte der Unsichtbare nachdenklich. „Das ist schon fast ein bisschen spät. Nun, was soll ich sagen? Matthew, du bist ein Zauberer. Einer von vielen in England."

„Okay", sagte Matthew und nickte.[1] Eine Weile schwiegen sie ratlos, bis Blake wieder das Wort ergriff.

„Wie sah dein Hellseher aus?", fragte er.

„Er hieß Crazy Joe. Er war schon alt und hatte ganz weiße Haare. Und er hatte einen Hund dabei."

„Um genau zu sein ist Charlotte eine Werwölfin", korrigierte Blake wie automatisch.

„Also kennst du die beiden?", wollte Matthew wissen, bemüht, nicht sofort nach allem zu fragen, und trank einen Schluck Limonade.

„Joe und Charlotte sind *Weiße Kaninchen*", erklärte der Unsichtbare. „Sie reisen durch das Land und erzählen Menschen mit magischen Kräften, wo sie ihresgleichen finden."

„Aber... ich bin irgendwie davon ausgegangen, das sei bestimmt alles total geheim."

„Eigentlich ist es das auch. Nur die, die selbst zaubern können, sollen erfahren, dass es Magie gibt. Es ist nicht ganz fair, aber man ist der Meinung, dass die Nichtmagier mit der Erkenntnis nicht zurechtkommen würden. Was an sich gar keine so unwahrscheinliche Theorie ist. Vermutlich wäre es ein echt schwerer Schlag für ihr Selbstbewusstsein, wenn sie erfahren würden, dass um sie herum Leute leben, die nur mit den Fingern schnippen müssen, um, was weiß ich, das Parlament in die Luft zu jagen."

„Du würdest Magie geheim halten wegen des *Egos* der Nichtmagier?"

„Die *anderen* Magier würden das. Ich muss zugeben, ich persönlich hätte nichts dagegen, wenn alle von Magie wüssten. Wo war ich stehen geblieben? Es ist zu riskant. Darum dürfen wir Magie eigentlich nur anwenden, wenn wir unter Eingeweihten sind, oder in einem Reservat. Eine Stadt, in der nur Magier wohnen, zum Beispiel."

„Reservat?", wiederholte Matthew das unbekannte Wort.

„Ja. Reservate. Wie die, in denen die Indianer eingesperrt wurden. Ich finde den Begriff durchaus passend."

„Weil du mit deinem Aussehen nie in die sogenannte Öffentlichkeit gehen könntest, ohne dass es jemandem komisch vorkommen würde?"

„Genau. Du lernst schnell, Kleiner." Matthew war sich nicht sicher, ob das Lob ernst gemeint war oder nicht. Blakes Stimme hatte immer so etwas wie einen trockenen Spott in sich, wie Matthew ihn sonst nur

---

[1] Er hatte so einige Fantasybücher gelesen und schon so etwas in der Art erwartet.

von älteren Schülern kannte. Der Unsichtbare fuhr bereits fort. „Es gibt Magier in der Regierung. Sie lassen die Nichtmagier ihr eigenes Ding machen, aber sie mischen sich manchmal ein. Sie haben ihre eigenen Vereine mit drei Buchstaben."

„Dann arbeiten Joe und Charlotte für die Zaubererregierung?"

„Das weiß ich nicht genau. Da sie dich zu mir und nicht zu irgendeiner Behörde geschickt haben, tun sie es wohl nicht. Ich hatte bei ihnen ja schon immer den Verdacht, dass sie viel zu chaotisch sind, als dass jemand einigermaßen Mächtiges mit ihnen zusammenarbeiten wollte. Aber wichtiger ist jetzt, für wen *du* arbeitest."

„Was meinst du damit?", fragte Matthew irritiert.

„Du könntest lügen und bist Crazy Joe gar nicht begegnet", erwiderte Blake anklagend. „Ich habe zur Zeit viele Feinde. Woher soll ich wissen, dass du nicht für die arbeitest?"

„Weil ich, äh, kein Konzept habe?", riet der Junge.

„Das ist ein Argument", gab Blake zu. „Aber du könntest auch ein sehr guter Schauspieler sein. Das hier muss nicht mal dein richtiges Aussehen sein."

„Ich bin *ich*!", protestierte Matthew. „Ich mache das hier, um einen Freund zu retten!"

„Da sind wir schon zwei", meinte Blake.

„Dann vertraust du mir jetzt?"

„Nein", beharrte der Unsichtbare, vielleicht nur noch aus Prinzip.

„Ich glaube, du hast Paranoia", sagte Matthew.

„Vielleicht habe ich die", antwortete Blake. Bestimmt zuckte er gerade mit den Schultern.

„Wenn ich dein Feind wäre und ein Konzept hätte, würden wir immer noch kämpfen", sagte Matthew. „Und ich wüsste schon, worum es bei deinem Problem geht. Also kannst du es mir doch genauso gut erzählen." Der Unsichtbare seufzte resigniert.

„Das ist alles eine ziemlich lange Geschichte", begann Blake. „Stark vereinfacht könnte man es so ausdrücken: Es gibt Menschen und Nichtmenschen. Dämonen. Zum Beispiel mich. Wir haben alle leuchtende Augen, aber wir können ganz unterschiedlich aussehen. Außerdem gibt es da einen kleinen Trick, der bei uns funktioniert, weil wir mehr Magie in den Adern haben als ihr. Beschwörung. Miese kleine Menschenmagie. Stell es dir wie Gehirnwäsche vor. Eigentlich ist es schon lange verboten, aber ich hatte – wie immer – Pech. Ein Mann, sein Name ist Griffin, hat mich überrascht, als ich gerade mit einer Freundin in einem Labyrinth unterwegs war – wir haben ein uraltes nordisches Artefakt gesucht, aber das ist jetzt nicht so wichtig. Griffin hat uns beide und ein paar andere Dämonen gezwungen, ihm bei so einer *Suche* zu helfen. Ich konnte durch einen Fehler seinerseits abhauen, aber Griffin muss aufgehalten werden – nicht nur um meiner Kollegen willen. Und dazu brauche ich leider die Unterstützung eines Menschen."

„Was für eine Suche?", fragte Matthew.

„Er besitzt eine Karte. Ich habe keine Ahnung, wohin sie führt. Sie markiert das Ziel nicht einfach mit einem X, sondern verweist erst auf so einen sogenannten *Bronzeschlüssel*, den wir nach ein paar Rätseln in einer Kirche im Norden lokalisieren konnten. Es ist kompliziert, aber offenbar brauchen wir ihn. Griffin schickte uns also los, um die Rätsel zu lösen und den Schlüssel zu finden und irgendwann drückte er sich bei den Befehlen ungenau aus und ich bin einfach gegangen. Seitdem verstecke ich mich in der Welt der Nichtmagier und versuche, mit Verbündeten Kontakt aufzunehmen."

„Wie lange ist das her?"

„Ungefähr eine Woche."

„Scheint nicht so gut zu funktionieren mit dem Finden von Verbündeten."

„Du sagst es. Das Problem ist, dass ich nicht gerade viele Verbündete habe. Ich kenne kaum jemanden, der mit mir in die Schlacht gegen einen durchgeknallten Beschwörer ziehen will und kann."

„Aber ein paar Leute kennst du? Könntest du sie nicht anrufen oder so?" Erst hinterher fragte er sich, ob Blake überhaupt wusste, was ein Telefon war. Wie viel wussten Magier über die Menschenwelt? Insbesondere Dämonen, die sich nicht ohne weiteres in ihr bewegen konnten?

„Könnte ich. Aber ein Versuch, mit meinen Bekannten Kontakt aufzunehmen, löst immer noch Kopfschmerzen aus. Ich bin jetzt zwar weitgehend frei und kann den Sinn von Griffins Befehlen etwas verbiegen – aber daran arbeite ich noch. Gib mir noch ein paar Tage."

„Wie hast du dann die Hilfe von Crazy Joe bekommen, wenn du nicht mit ihm darüber reden konntest?"

„Ich habe nicht mit ihm darüber geredet. Es war Zufall. Er neigt dazu, in anderer Leute Köpfe herumzuspionieren."

„Ich weiß", stimmte Matthew ihm zu.

„Hat er das bei dir auch schon gemacht?", fragte Blake. Als der junge Mensch nickte, seufzte der Dämon nachsichtig. „Natürlich... Ich mag den Mann ja, aber das Konzept von Privatsphäre versteht er einfach nicht."

„Und wie hilft Crazy Joe dir?", fragte Matthew weiter.

„Kämpfen ist nicht sein Ding. Außerdem wird er langsam alt", antwortete Blake. „Aber er hilft mir auf seine Art und sucht nach Leuten, die es können. Dir zum Beispiel. Und dich kenne ich ja nicht."

„Scheint gar nicht so schwer zu sein, die Regeln zu verdrehen."

„Es wird immer leichter", antwortete Blake stolz. „Ich brauche vielleicht noch einen Tag."

„Ich helfe dir, wenn du mir mehr über Magie beibringst", sagte Matthew schnell. „Ist das ein Deal?"

„Ich weiß nicht. Du bist ziemlich klein, du hast keine Ausbildung und besonders intelligent scheinst du auch nicht zu sein." Matthew schnaubte leise und ignorierte die letzten Worte.

„Du könntest mich ausbilden."

„Du willst mein Lehrling werden?", fragte Blake.

„Und dein Partner." Der Junge grinste, wie ein gewiefter Geschäftsmann grinste, der wusste, dass sein Gegenüber keine Wahl hatte. Blake überlegte eine Weile.

„Deal", sagte er dann. Matthew hob unsicher eine Hand und wedelte damit über der Tischfläche herum.

„Was wird das?", fragte Blake verwirrt.

„Ich wollte deine Hand schütteln."

Etwas Unsichtbares fischte seine Hand aus der Luft und drückte sie höflich. Sie schwiegen eine Weile. Einer der Tennisspieler im Fernseher gewann und die Zuschauer fingen an zu jubeln. Matthew nippte an seiner Limonade und starrte konzentriert dahin, wo er Blakes Gesicht vermutete.

„Möchtest du etwas sagen?", fragte der Dämon.

„Eigentlich nicht. Ich dachte nur, jetzt wo wir zusammenarbeiten, entschuldigst du dich vielleicht. Dafür, dass du mich vorhin angegriffen hast."

„Streng genommen hast du angefangen."

„Stimmt gar nicht. Ich war nur alarmiert. Die Fäuste heben ist nicht dasselbe wie zuzuschlagen."

„Wenn ich richtig angreife, sieht das auch anders aus", warnte Blake.

„Wie denn?"
„Es spritzt Blut."
„Oh. Kannst du gut kämpfen?"
„Klar", kam die Antwort. Der Junge zog eine Augenbraue hoch und Blake fügte hinzu: „Die meiste Zeit."
Sie schwiegen eine Weile.
„Ich rechne nicht mehr mit einer Entschuldigung", informierte Matthew ihn.
„Das ist gut, du kriegst nämlich auch keine."
„Dann entschuldige ich mich auch nicht. Also, wie befreien wir jetzt deine Freunde?"
„Wir brechen in Griffins Hauptquartier ein und zerstören das Ding, mit dem er unsere Gedanken kontrolliert. Beziehungsweise: *Du* brichst ein. *Ich* marschiere zur Vordertür rein und lenke sie ab."
„Guter Plan. Wie genau sieht dieses Beschwörungsdings eigentlich aus?"
„Es ist eine Tontafel. Wahrscheinlich antik und eine ganze Menge wert. Sie ist mit Hieroglyphen beschriftet. Ich bin mir nicht sicher, wo er sie herhat. Habe irgendwas von einer alten Vampirfamilie aus Österreich gehört, die eine besessen haben soll, aber ich weiß nichts Genaues."
„Okay. Wo finden wir Griffin?", fragte Matthew.
„Undertown", sagte Blake.

Der Mann, der Griffin hieß, saß tief unter der Erde an seinem klobigen Eichenschreibtisch, kaute Kaugummi und starrte auf eine zerfledderte Karte. Es war kein uraltes Stück Pergament, sondern ein zerknitterter, aber moderner Stadtplan aus Hochglanzpapier, auf dem ein einziger Ort mit Filzstift markiert war.[1]

Es war nicht so, als könnte die Karte ihm irgendetwas verraten, das er nicht schon wusste, es war lediglich eine Angewohnheit von ihm.

Im Moment beschäftigten Griffin ohnehin andere Dinge. Nach Blakes Verschwinden hatte er zuerst Rouge zu der Ruine der Kirche geschickt. Es war ihr mühelos gelungen, sich an der Feuerwehr der Nichtmagier vorbeizuschleichen, aber den Bronzeschlüssel hatte sie nicht finden kön-

---

[1] Einige besonders pragmatische verzauberte Gegenstände tarnten sich gern als gewöhnlich und unscheinbar, auch wenn die Mehrzahl ein geheimnisvolles, elegantes Erscheinungsbild zu bevorzugen schien.

nen. Die beiden anderen Dämonen hatte er in der gleichen Zeit mehrmals die Stadt durchforsten lassen mit dem Auftrag, den Schatten zu finden und ihm die Arme zu brechen. Doch sie hatten ihn nicht gefunden. Griffin hatte nicht von Blake erwartet, dass er sich in der Welt der Menschen besonders gut zurechtfand, doch offensichtlich hatte er Undertown verlassen.

Griffins provisorisches Arbeitszimmer war ein großer, schmutzig weiß verputzter Raum mit hoher Decke, von der einige Lichtzauber hingen, die als Lampen dienten. Es waren noch zwei weitere Männer im Raum. Beide waren Dämonen und nicht die Art von Untergebenen, die er bevorzugt hätte.

Thorn war ein Grauer Hüne. Am ehesten ähnelte er mit seinen fast drei Meter Körpergröße, der dicken, grauen Haut und nicht zuletzt dem riesigen Horn einem menschlichen Nashorn. Er kam aus dem unterirdischen Kanalsystem der Stadt, wo er sich für stumpfe Gewalt und das Transportieren schwerer Lasten anheuern ließ. Er war keine angenehme Person. Aber er war gut darin, Leuten die Arme zu brechen.

Der zweite Dämon war ein Dryad, ein Pflanzendämon. Sein Gesicht aus feiner, dunkler Rinde und großen, grünen Augen war die meiste Zeit über vollkommen ausdruckslos. Die Blätter auf seinem Kopf allerdings waren schlaff und gelblich. Vielleicht benötigte er mehr Sonne. Er sprach nicht viel. Mehr als einen Namen – den sie alle nach einigen erfolglosen Versuchen, ihn auszusprechen, mit *Phil* abgekürzt hatten – hatte Griffin nicht von ihm erfahren.

Griffin selbst war ein Mensch mit einem ernsten, unauffälligen Gesicht und braunem Haar, das an den Schläfen bereits ergraute. Er trug ein braunes Jackett, dessen Ärmel mit Kreidestaub bedeckt waren, ein Symptom, an dem man Magier, die sich viel mit Beschwörungen und Ritualen beschäftigten, gut erkennen konnte, auch, wenn diese bestimmte Beschwörung keinen Kreis aus Kreide erfordert hatte. Er sah aus, wie man sich vielleicht einen Lehrer, einen Universitätsprofessor oder einen Bibliothekar vorstellen würde. Jemand, der Bücher lieber mochte als Menschen.[1]

Die drei Männer warteten und schwiegen. Irgendwann öffnete sich eine Tür am anderen Ende des Raumes und ein Mädchen mit tomatenrotem Haar und einer Brille trat ein.

---

[1] Den meisten Lehrern, Universitätsprofessoren und Bibliothekaren gegenüber war der Vergleich sicher ziemlich unfair.

Rouge wäre für menschlich durchgegangen mit ihren gewöhnlichen, kastanienbraunen Augen, hätte Griffin es nicht besser gewusst. Es lag an der Brille. Die Gläser waren verzaubert. In Wirklichkeit war Rouge eine Pentheselanerin, eine bis auf die Augen menschenähnliche Dämonenart, die bekannt war für ihre herausragenden Fähigkeiten im Kampf, überdurchschnittliche Schönheit und einen kurzen Geduldsfaden. So gesehen war sie eine würdige Vertreterin ihrer Spezies.

Er wusste nicht, wie alt sie war. Sie war sehr groß und dünn, was das Schätzen schwer machte. Ihr Blick hatte immer noch etwas von einem trotzigen Kind.[1]

„Wissen wir, wo der Bronzeschlüssel ist?", fragte Rouge griesgrämig und blieb vor Griffins Schreibtisch stehen. Sie hatte ein schmales Gesicht und eine lange, spitze Nase, die sich hervorragend eignete, um Leuten über ihre Spitze eisige Blicke zuzuwerfen, ein Vorteil, von dem Rouge oft und gerne Gebrauch machte.

„Wir werden nicht mit der Suche fortfahren", sagte Griffin. Rouge und Thorn blinzelten überrascht. Phil zupfte desinteressiert ein paar Blattläuse oder so aus dem Gestrüpp auf seinem Kopf.

„Wir müssen uns erst um den Schatten kümmern", erklärte Griffin ihnen.

„Na endlich", grinste Thorn. Es war nicht schwer zu erkennen, dass er sich freute. Er und Blake hatten sich nie gemocht. Die Zweige auf Phils Kopf richteten sich hoffnungsvoll auf, da er davon ausging, dass sie endlich wieder einmal nach draußen, ins Sonnenlicht, kommen würden.

„Ich dachte, wir machen einfach ohne ihn weiter", meinte Rouge.

„Ich würde die Angelegenheit gern zu einem würdigen Ende bringen", erklärte Griffin ihr. Sie zuckte mit den Schultern.

Die ganze Zeit beobachtete sie ihn. Griffin war dankbar für ihre Brille. Er hätte jetzt nicht in ihre wahren Augen blicken wollen. In ihren falschen, unscheinbar braunen Augen stand genug Hass, ohne dass sie brannten wie Feuer. Er hoffte, dass Rouges Hass auf den Schatten dafür, dass er sie im Stich gelassen hatte, noch größer war als der, den sie gegen gegen ihn selbst hegte. Er konnte es nicht genau beurteilen, aber er war sich ziemlich sicher, dass zwischen den beiden jungen Dämonen irgendetwas gelaufen war.

„Wo finden wir Blake?", fragte Rouge. Aus ihrer Stimme war nun kei-

---

[1] Allerdings ein Kind, das in der Lage war, innerhalb von zehn Sekunden aus einem Stück Metall eine rasiermesserscharfe Klinge zu formen.

ne Emotion mehr herauszuhören. Griffin fragte sich, was sie empfinden würde, wenn Thorn ihrem Freund die Arme brach.

„Er wird früher oder später wieder hier aufkreuzen", sagte der Beschwörer überzeugt. „Wir müssen nur warten." Phil seufzte enttäuscht.

Lagerfeuergeschichten

Blake und Matthew liefen eine Stunde in der Stadt herum, bevor sie einen Bus fanden, der in die richtige Richtung fuhr. Die Tatsache, dass dem Schatten der dichte Verkehr und die lauten Autos offenbar nicht geheuer waren, half auch nicht sonderlich. Vielleicht hatten sie dort, wo er herkam, gar keine Autos.

Blake sagte, die Fahrt würde ein paar Stunden dauern und erzählte dem Menschenjungen, dass es in der Nähe von Undertown einen Geisterbus gab, der vor ein paar Jahrzehnten einen Unfall gehabt hatte, bei dem sämtliche Insassen ums Leben gekommen waren. Jetzt spukte der Bus auf den Landstraßen und wer so dumm war, einzusteigen, bekam einen Mordsschreck. Er selbst war einmal mit einer Freundin eingestiegen, nur zum Spaß, und überall hatten blutbefleckte Geister gesessen und–

Dann fragte eine junge Frau Matthew, ob der augenscheinlich leere Sitz neben ihm frei sei, und Blake musste aufstehen. Als er weiter erzählen wollte, hatte er den Faden verloren.

„Was genau ist dieses Undertown eigentlich?", fragte Matthew irgendwann, als die Frau sich ihre Kopfhörer aufgesetzt und die Musik aufgedreht hatte. Draußen wurde es langsam dunkel. Der Tag war viel schneller vergangen, als er gedacht hatte.

„Undertown ist eine Stadt", erklärte Blake. „Ein Reservat. Allerdings ist es keins von den normalen. Die Regierung hat dort keinen so großen Einfluss. Anfangs gab es sogar einen Krieg zwischen uns und ihnen."

„*Uns*? Du zählst dich also zu denen?"

„Ich bin dort geboren. Also, darunter. Ich kann nicht behaupten, dass ich mit voller Überzeugung hinter dem ganzen merkwürdigen Zeug stehe, das dort so abgeht, aber für mich kommt sie einer Heimat noch am nächsten. Willst du vielleicht hören, wie sie entstanden ist?"

„Ist es interessant?", wollte der Junge wissen.

„Ich denke, das ist es", meinte Blake. „Also, vor etwa achthundert Jahren – ich kann mich auch verschätzen – ging es England ziemlich schlecht. Es herrschten Hungersnöte, Seuchen und jede Menge Unruhen. Den Menschen ging es schlecht, aber den Dämonen ging es noch schlechter. Die Menschen mochten unsere Augen und unseren Sinn für Humor nicht. In dieser Zeit sammelten sich eine ganze Menge von Leuten, die nicht weiter wussten – Dämonen wie Menschen. Und irgendwann gelang es einem Dämon, all diese Leute unter sich zu sammeln. Eine ganze Armee. Aber sie zogen nicht gemeinsam in einen Krieg. Sie waren mehr so etwas wie ein Schicksalsbund. Ich glaube, sie hatten vor, das Land zu verlassen. Doch bevor es dazu kam, wurden sie von einer anderen Armee gestellt: Der des Königs."

„Warum denn das?"

„Aus den üblichen Gründen. Weil sie Flüchtlinge und Vogelfreie waren, Deserteure und Dämonen, Rebellen und Revolutionäre. Natürlich waren eine ganze Menge von ihnen auch verurteilte Verbrecher. Außerdem waren sie mittlerweile so viele, dass sie begannen, eine Gefahr darzustellen. Die beiden Armeen trafen also aufeinander und es stellte sich heraus, dass die Königsarmee ihre Feinde unterschätzt hatte. Die abtrünnige Armee konnten es ohne Probleme mit ihnen aufnehmen. Sie hatten sogar gute Chancen, sie zu besiegen. Darum änderte der Anführer der königlichen Soldaten seine Strategie."

„Er hatte vorher eine andere Strategie?", fragte Matthew.

„Sie haben gebrüllt und sich in die Schlacht gestürzt", kam die Antwort.

„Das ist doch keine Strategie", fand der junge Mensch.

„Manchmal funktioniert es. Der Anführer, ein mächtiger Zauberer, beschloss also, etwas Neues auszuprobieren. Das Ergebnis war ein starkes Erdbeben."

„Ein Erdbeben?"

„Ja", bestätigte Blake. „Man ist sich nicht ganz sicher, wie er es geschafft hat. Es gibt Magie, die Erdmassen verschieben kann, aber so etwas braucht viel Energie. Manche Wissenschaftler gehen davon aus, dass er mit einem anderen Trick die Lebensenergie vieler seiner Leute opferte."

„Was für ein Idiot."

„Allerdings. Da war dann also ein Erdbeben. Es gab schon damals viele unterirdische Hohlräume in dem Gebiet, das half etwas. Die Erde brach ein, aber in diesem Moment bekam der Magier einen Pfeil ins Knie und das lenkte ihn ziemlich ab. Dadurch verlangsamte sich die Wirkung des Zaubers etwas und die abtrünnige Armee bestand ja aus Magiern. So konnten die meisten sich retten. Zurück blieb ein gigantischer Krater, in dem die beiden Armeen – oder was von ihnen übrig war – sich noch eine Weile weiter bekämpften, bis die abtrünnigen Soldaten die königlichen schließlich vertreiben konnten. Danach schlugen die Sieger ihr Lager aus purem Hochmut mitten im Krater auf. In nächster Zeit wagte es niemand mehr, sie anzugreifen. Dann fanden sie dort unten auch noch eine Erzader. Aber es war kein Eisen oder Silber und auch kein Gold – es war ein magisches Mineral, das bis dahin als extrem selten galt. Man konnte damit Zauberstäbe und so bauen und zusammen mit Bronze und ein paar anderen Sachen eine Metalllegierung herstellen, die... also, sie kann auf vielerlei Arten verwendet werden. Also beschlossen sie, noch einige Monate zu bleiben, und als sie entdeckten, wie viel es tatsächlich dort unten gab, befestigten sie das Lager und bauten sich ein Dasein als Bergarbeiter auf. Zunächst versorgten sie noch ihre eigene Armee mit den Erzeugnissen, doch nach ein paar Jahren begannen sie zögernd, auch das Königreich zu beliefern. So bildete sich ein mehr oder weniger stabiler Waffenstillstand zwischen den Parteien und schließlich akzeptierte der König die Stadt und seine Bewohner. Die Stadt bekam eine ganze Menge von Namen, aber irgendwann nannte jeder sie nur noch Undertown. Ein Wortspiel."

Als Matthew von einem unruhigen Nickerchen aufwachte, zeigte die Digitaluhr neben dem Fahrersitz kurz nach elf an. Er gähnte und sah aus dem Fenster. Da es stockfinster war, spiegelte sich sein Gesicht mit den blau und braun gescheckten Augen im Glas. Der Bus war beinahe leer und Blake hatte sich neben ihn gesetzt. Er war wieder sichtbar.
„Wir sind gleich da", sagte der Dunkelmagier.
„Dieser Bus fährt nach Undertown?"
„Nein. Er bringt uns in ein Dorf in der Nähe. Nichtmagier mögen die Gegend nicht und darum gibt es nur in einiger Entfernung ein paar kleine Dörfer drum herum und Wiesen und Felder und eine Menge Schafe. Aber wir kommen nah genug ran. Dort übernachten wir. Morgen gehen wir dann nach Undertown und zeigen es Griffin."
Matthews Spiegelbild verblasste, als der Bus kurze Zeit darauf an einer hell erleuchteten Haltestelle hielt. Sie stiegen aus und der Junge fragte, *wo* sie übernachten würden.
„Ich kenne einen Ort hier, den die Nichtmagier nie besuchen", erklärte Blake. „Es ist allerdings nicht gerade ein Fünfsternehotel." Er ging voraus, die Kapuze tief ins Gesicht gezogen, damit niemand seine Augen sah und Matthew ihm trotzdem folgen konnte. Im schwachen Licht der Laternen leuchteten die roten Lichter weniger stark als bei Tageslicht. Als Blake sich einmal zu ihm umdrehte, wirkten sie fast schon

glasig.[1]

Der Schatten blieb vor einem mehrstöckigen Haus am Stadtrand stehen, aus dessen scheibenlosen Fenstern Unkraut wucherte. Die Wände bestanden aus Betonplatten und waren nicht verputzt worden. Die Baustelle war verlassen, nicht einmal die überall verteilten Fetzen der wasserdichten Planen regten sich. Blake trat durch die gähnende Türöffnung und sah zu dem Jungen zurück. Matthew blieb auf dem Rasen zwischen den von Brombeeren überwucherten Sandhaufen stehen und holte die Glühbirne aus der Seitentasche seines Rucksacks. Nach ein paar Sekunden begann der Draht der Birne erst rot, dann orange, dann hellgelb zu glühen. Es war nicht die maximale Leistung, doch das Licht reichte aus, damit er sich orientieren konnte.

Das Loch, in das wohl ursprünglich die Eingangstür hätte eingesetzt werden sollen, führte in einen Flur, von dem ein paar leere Türöffnungen – hinter einer war ein Raum mit ein paar mobilen Toiletten – sowie eine Treppe abgingen. Blake führte Matthew ins Wohnzimmer. Einige großflächige Fenster und Glastüren gingen hier von der Rückwand des Hauses auf eine Terrasse und eine verwilderte Wiese hinaus. Die Fensterscheiben waren von Dreck und Algen verschmiert. Weitere Pflanzen hatten sich in die Ecken des Raumes verirrt, in denen keine Kisten standen.

Ein großes, kreisrundes Loch befand sich in der Decke. Als Matthew hoch sah, bemerkte er, dass es sich auch durch die anderen Stockwerke zog. Rostrote Eisenstäbe ragten aus dem Beton wie die Rippen eines Skeletts. Sie sahen aus, als seien sie abgerissen worden.

„Was ist hier passiert?", wollte er wissen.

„Was?", murmelte Blake, der offenbar die Kisten zählte.

„Das Loch in der Decke. Etwas wurde da hoch geschleudert." Er musterte den Boden. An einer Stelle lagen verkohlte Holzscheite auf schwarz verrußtem Boden. Um die erkaltete Feuerstelle waren rissige Plastikhocker und umgedrehte Getränkekisten als provisorische Sitzge-

---

[1] Dämonenaugen waren anders als menschliche. Ihnen fehlten die Muskeln im Auge, die bei Menschen die Lichtzufuhr zu den empfindlichen Netzhäuten regulierten. Stattdessen waren ihre Augen von einer Schutzschicht bedeckt, die überflüssiges Licht reflektierte. Je mehr Licht der Dämon wahrnahm, desto intensiver glühte die Schicht, bis seine Augen schon fast einer Taschenlampe ähnelten. Sie leuchtete auch im Dunkeln, weil der Körper selbst sie mit einem gewissen Maß an Energie versorgte. Wenn sie nicht arbeitete, drohte die Schutzschicht abzusterben. Im Grunde war es nur Biologie. Merkwürdige Biologie, aber Biologie.

legenheiten aufgestellt worden.

„Von unten? Woher willst du das wissen?", bohrte der Schatten nach. Matthew sah wieder nach oben.

„Diese Eisenstäbe sind nach oben gebogen. Außerdem liegen hier nirgends größere Trümmer herum." Blake stieß ein anerkennendes Pfeifen aus, während er in einer Kiste nach etwas kramte. Es schepperte metallisch.

„Nicht schlecht", fand er. „Vielleicht bist du ja doch nicht so dumm." Matthew verdrehte die Augen und trat genau unter das Loch. Er konnte ein paar Sterne erkennen.

„Also woher kommt dieses Loch?", wollte er wissen.

„Setz dich", befahl der Dunkelmagier. „Wie du schon vermutet hast: Etwas wurde hindurch geschleudert. Unter diesem Haus ist etwas in der Erde. Ein altes Wesen. Es mag die Menschen nicht und darum hat es dafür gesorgt, dass sie mit dem Bauen aufhören. Aber das hier kam später. Auch Nichtmagier merken im Allgemeinen, wenn sie etwas Übernatürliches vor sich haben und sie besser daran tun, es in Ruhe zu lassen, wenn auch nur unbewusst. Darum ist die Gegend auch so dünn besiedelt." Matthew nahm seinen Rucksack ab, holte die Decke heraus und ließ sich auf einen der Hocker sinken. Er kippelte, aber das machte ihm nichts aus. Etwas nervös ließ er den Blick durch den Raum schweifen. Es kam ihm auf einmal so vor, als könnte er das Wesen tief unten in der Erde atmen hören, wenn er nur leise genug war.

Blake stieß einen triumphierenden Pfiff aus und hielt zwei Dosen hoch, deren Aufschrift der Junge nicht ganz erkennen konnte. Der Dämon ließ die beiden über den Boden auf ihn zurollen, dann drehte er sich um und suchte weiter. Matthew beugte sich nach vorne und hob sie auf. Bohnen mit Tomatensoße und Mais.

„Jedenfalls akzeptiert dieser Ort eigentlich nur magische Wesen", erzählte Blake ungerührt weiter. „Und die müssen sich auch benehmen. Nur kleine Feuer, keine Rituale, keine Kämpfe, keine laute Musik. Irgendwann kam es hier mal zu einem Streit und *es* zeigte sich. So genau weiß das niemand, denn die Überlebenden haben das Land verlassen und wenn man sie darauf anspricht, zittern sie nur. Gegen Diebstahl hat es aber offenbar nichts."

„Wie meinst du das?", wollte Matthew verwirrt wissen. Der Junge musterte den Boden leicht nervös.

„Weil die Dosenöffner schon wieder weg sind. Und die Feuerzeuge auch. Irgendjemand begreift das Konzept dieses Ortes nicht."

„Ich habe ein Feuerzeug", meinte Matthew. „Und ein Messer."

„Gut."

„Was ist denn das Konzept? Ich dachte, es wäre nur eine Ruine."

„Ist es auch. Aber wegen dem Wesen unter der Erde meiden die Nichtmagier diesen Ort. Darum hat die Stadtwache das hier zu einem inoffiziellen Lager für umherziehende Magier und Dämonen gemacht. Alle paar Wochen bis Monate kommt jemand vorbei, um hier Essen, Werkzeug, Medikamente und so zu hinterlegen."

„Klingt gut", fand Matthew und versuchte, die Geschichte von diesem *Es* zu vergessen. „Welche Stadtwache?" Blake kramte noch etwas herum, dann kam er mit ein paar trockenen Holzscheiten zurück.

„Noch so eine lange Geschichte", sagte er nur. „Die Wache gehört zur Undertown." Matthew gab ihm das Feuerzeug und ein paar Blätter Papier von dem Block in seinem Rucksack. Dann suchte er sein Taschenmesser und klappte es auf. Blake entzündete erst das Papier und dann einen kleinen Holzscheit.

„Was ist eigentlich mit dem Artefakt?", fragte Matthew zusammenhanglos.

„Welches Artefakt?", erwiderte Blake verwirrt.

„Das du und deine Freundin gesucht habt, bevor Griffin euch gefunden hat. Was für ein Ding war das?"

„Ach, das. Wir haben nach *Gleipnir* gesucht."

„Was ist das?", wollte Matthew wissen. Blake schien zu überlegen.

„Kennst du dich etwas mit der nordischen Mythologie aus?", fragte er dann.

„Ich hab mal gehört, dass die Skandinavier Straßenschilder aufstellen, die einen warnen, wenn da oft Trolle über die Straße laufen. Gilt das?"

Der Schatten lachte leise.

„Es ist nicht ganz das, was ich meinte, aber das ist durchaus eine lustige Geschichte. Auch wenn das den Trollen gegenüber unfair ist. Die Trolle, die ich kenne, wissen alle sehr gut, wie man Straßen überquert, ohne dass alle anderen Verkehrsteilnehmer darauf achten müssen, sie nicht anzufahren. Aber das ist ja nicht das Thema. Gleipnir. Die Fenris-Fessel. Weißt du, wer Fenris war?"

„Nein."

„Fenris war ein Wolf. Ein richtig großer. Und gemein war er wohl auch. Den Göttern gefiel das nicht, darum beschlossen sie, ihn zu fesseln. Die Zwerge stellten dafür aus allerhand seltsamen Zutaten eine Fessel her, die so gut wie unzerstörbar war. Die Götter benutzten die Fessel, jemandes Hand wurde gefressen – aber das ist eine andere Geschichte – und Ende. Jedenfalls kam vor ein paar Monaten das Gerücht auf, die Fessel sei wieder aufgetaucht, und Rouge und ich gingen sie suchen, denn irgendein Idiot würde für solche Dinge schon etwas bezahlen. Und dann gingen wir um eine Ecke, sahen, dass ein Mann mit einer Tontafel in den Händen dort stand und Zaubersprüche vor sich hinmurmelte und das war's dann auch schon mit unserer Freiheit."

„Habt ihr die Fessel gefunden?", fragte der Junge erwartungsvoll.

„Nein", sagte Blake. „Doch."

„Wie jetzt?", fragte Matthew verwirrt.

„Wir glauben nicht, dass es die echte ist."

„Oh."

„Egal", schloss Blake. „Sag mal, wie hast *du* eigentlich Crazy Joe getroffen?"

„Ich wollte mehr über meine Kräfte erfahren, um einem Freund zu helfen."

„Und du bist einfach von zu Hause weggerannt?", forschte der Dämon nach.

„Nicht wirklich. Ich habe mich vom Kinderheim selbst beurlaubt."

„Dann hast du keine Familie?"

„Nicht wirklich."

„Oh", machte Blake betroffen. „Das tut mir leid. Darf ich fragen, wie du dort gelandet bist?"

„Meine Mutter war krank", erklärte Matthew. „Sie ist gestorben, als ich noch ganz klein war." Blake schwieg einen Moment. Es fiel Matthew schwer, sein Gesicht zu deuten, doch jetzt wirkte er traurig.

„Und dein Vater?", fragte der Schatten schließlich.

„Sie waren da schon lange nicht mehr zusammen. Außerdem war er da gerade nach Amerika gezogen. Ich kann das aber verstehen. Ich wollte auch schon immer mal nach Amerika."

„Hast du mal darüber nachgedacht, nach deinem Vater zu suchen?", wollte Blake wissen.

„Ein bisschen. Aber dann passierte immer irgendwas Interessanteres."

„Wie ich?", wollte der Schatten wissen. Matthew lachte und zog die

Decke enger um sich.[1]

Sie reden noch eine ganze Weile, während sie aßen, und irgendwann nahm Blake eine kleine Flasche aus seiner Tasche, schraubte sie auf und nahm einen Schluck.

„Kann ich auch mal probieren?", fragte Matthew. Blake schien kurz zu überlegen, dann reichte er dem Jungen die kleine Flasche. Matthew musterte sie abschätzend, nahm einen kleinen Schluck und prustete entsetzt.

„Was ist denn *das*?", hustete er.

„Orkschnaps", meinte Blake nur.

„Im Ernst?"

„Nein, natürlich nicht. Es ist normaler Schnaps. Es gibt keine Orks."

---

[1] Blake – der, obwohl er selbst in einer magischen Welt lebte, einen beachtlichen Teil seiner Zeit damit verbrachte, Bücher über *andere* magische Welten zu lesen – fiel auf, dass unverhältnismäßig viele Kinder, die auf Abenteuer gingen, keine Eltern zu haben schienen. Warum sagte niemand den Kindern *mit* Eltern, dass sie gerne auch mitmachen durften, wenn sie sich doch so offensichtlich als unwillkommene Außenseiter fühlten? Was sprach dagegen, Abenteuer zu erleben und abends zu einer lebendigen, normalen Familie zurückzukehren? Blake konnte es beim besten Willen nicht nachvollziehen. *Seinen* Eltern ging es gut, auch, wenn er sie ewig nicht gesehen hatte. Vielleicht, weil seine Eltern einfach keine Idioten waren und auf sich selbst aufpassen konnten.

Unterricht

Sonnenlicht drang durch die Blätter. Blake hatte den Mantel, der ihn unsichtbar machte, ausgezogen und über seinen Arm gehängt. Sie durchquerten den Laubwald zügig. Der Dunkelmagier schien keine Schwierigkeiten zu haben, sich zu orientieren, und führte seinen jungen Lehrling strikt nach Nordwesten. Beim Gehen beobachtete Matthew ihn aus dem Augenwinkel.

Er war überrascht, wie sehr sein neuer Freund einem Menschen glich. Er sprach und bewegte sich ganz ähnlich, außer, wenn man ihn überraschte oder wütend machte, und sah, nachdem man sich etwas an ihn gewöhnt hatte, auch nicht halb so bedrohlich aus wie zu Anfang. Die einschüchternde Ausstrahlung der Dunkelmagie, die ihn umgab wie einen zweiten Mantel, war immer noch spürbar, doch nicht mehr ganz so stark wie gestern.

Matthew hätte erwartet, dass Schatten den ganzen Tag in stachligen schwarzen Rüstungen oder so herumliefen, doch er hatte sich geirrt. Blake trug ganz normale Kleidung: dunkle Hosen, trittfeste, klobige Wanderschuhe und einen schwarzen Kapuzenpullover, der aussah, als würde er ihn schon jahrelang auf seine Abenteuer begleiten. Quer über seiner Schulter hing ein Gurt mit einer schwarzen Tasche und Blakes Schwert, das in einer schmucklosen Scheide steckte. All seine Besitztümer wirkten etwas abgenutzt und ausgeblichen, schienen aber immer noch tadellos zu funktionieren.

Die Kapuze hatte er abgenommen. Es war das erste Mal, dass Matthew sein Gesicht richtig sehen konnte. Die schwarze Haut ging scheinbar nahtlos in kurze, zerzauste Haare über. Sein Gesicht war schmal und seine Nase hatte einen seltsamen Knick. Sie musste einmal gebrochen gewesen sein. Jetzt, im warmen Sonnenlicht, glühten Blakes große, pupillenlose Augen stärker denn je, wie zwei tiefrote Flammen.

„Blake–", begann er schließlich.

„Das ist übrigens nicht wirklich mein Name" informierte Blake ihn.

„Ist er nicht? Aber Joe hat dich so genannt."

„*Menschen* haben mich so genannt. Ich habe noch einen anderen Namen, von den Schatten." Matthew sah erwartungsvoll zu ihm hoch, also erklärte er weiter. „Das Problem ist, dass man diesen Namen nicht mit ein paar Worten übersetzen kann."

„Schatten sprechen eine andere Sprache als wir?", fragte der junge

Mensch.

„Ja. Nein." Blake machte eine Pause, vermutlich, um seine Gedanken zu ordnen. „Wir sprechen nicht im traditionellen Sinn. Es ist mehr so etwas wie Telepathie – weißt du, was Telepathie ist?"

„Gedankenübertragung, -kontrolle, sowas?", rief Matthew.

„Sehr gut."

„Kannst du auch Gedanken an mich übertragen?", wollte Matthew wissen.

„Nein", antwortete Blake. „Einige Schatten könnten es vielleicht, aber ich bin nicht gut genug darin. Ich bin so gut wie taub. Es ist lange her, aber ich kann mir vorstellen, dass ein Gespräch mit mir – oder wie man es sonst nennen will – die Kolonie viel Anstrengung gekostet haben muss. Es ist schon fast wieder bemerkenswert." Matthew fragte sich, ob Blake zu den Menschen gegangen war, weil er sich nicht so gut mit den Schatten hatte unterhalten können.

„Und wenn ihr mal mit Menschen reden müsst, macht ihr das dann auch telepathisch?"

„Wir reden nicht oft mit Menschen. Wir leben tief unter der Erde."

„Wie tief?", fragte der Junge.

„Sehr tief. Also." Blake räusperte sich und kehrte zum ursprünglichen Thema zurück. „Wir reden mit Gedanken und *nur* mit Gedanken. Keine Worte, keine Sätze, nur ein unterbewusster Fluss an Bildern und Gefühlen. Und so sind auch unsere Namen. Sie haben eine Bedeutung, ein Konzept, aber dir das auf Englisch zu erklären würde ein ganzes Buch füllen."

„Kannst du es trotzdem versuchen?", bat Matthew. Blake seufzte wie jemand, der zum wiederholten Mal ein zum Scheitern verurteiltes Kunststück zeigen soll.

„Ein andermal vielleicht", meinte er.

„Du hast einen sehr seltsamen Namen."

„Finde ich nicht", erwiderte der Schatten. „Ich finde, Matthew Cameron ist ein seltsamer Name."

„Aber das ist ein ziemlich gewöhnlicher Name."

„Nicht für einen Schatten."

„Aber ich bin kein Schatten und du bist kein Mensch."

„Was mehr oder weniger meine Pointe ist", erwiderte Blake. Matthew verschob seine Fragen bezüglich der Schatten auf später.

„Namen scheinen in dieser Stadt eine komplizierte Sache zu sein", fand er.
„Sind sie auch. Du wirst auch einigen Menschen mit ungewöhnlichen Namen begegnen. Wenn es so weit ist, stell keine dummen Fragen."
„Warum haben sie komische Namen?"
„Entweder, weil sie so geboren wurden, oder, weil sie sie geändert haben."
„Warum?"
„Aus unterschiedlichen Gründen", erklärte Blake gedehnt. „Weil sie lieber inkognito bleiben. Weil sie Titel für ihre Taten bekommen. Weil sie finden, dass ihr neuer Name cooler klingt." Matthew beschloss, so gern er auch Beispiele gehört hätte, nicht weiter nachzubohren.
„Kann ich meinen Namen auch ändern?", fragte er stattdessen.
„Wenn du willst", meinte Blake. Sein kleiner Begleiter biss sich nachdenklich auf die Unterlippe, während sie weitergingen.
„Denkst du dir gerade einen Namen aus?", fragte Blake nach einer Minute.
„Ja", antwortete Matthew ernst.
„Störe ich?"
„Ein wenig." Er würde seinen Namen ändern. Aber er würde keinen vollkommen Neuen nehmen. Er hatte das Gefühl, dass Blake ihn dann auslachen würde. Er brauchte etwas Simples. Matthew dachte nach. Was konnte man denn über ihn sagen? Dass er in einem Internat gelebt hatte, seine Freundschaft mit Steve? All die Dinge, die in seinem Pass standen? Dass er ein Magier war? Er dachte noch eine Weile nach, dann kam ihm eine Idee. Er ging zurück zu den Informationen in seinem Pass. Da war etwas Besonderes. Nichts hochtrabendes Weltfremdes, aber ein simpler und doch irgendwie lustiger Fakt.
„Ween", sagte Matthew.
„Was?", fragte Blake verwirrt.
„Ween Cameron. Das ist mein Name."
„Ah. Darf ich fragen, warum du ihn gewählt hast?"
„Ja."
„Warum hast du ihn gewählt?"
„Ich habe am einunddreißigsten Oktober Geburtstag", antwortete der Junge. „Halloween."
„Noch ein Wortspiel also", sagte Blake.
„Genau", bestätigte Matthew, der jetzt Ween hieß.

„Okay." Blake runzelte die Stirn, als sei er sich nicht sicher, ob es eine gute Idee gewesen war, seinem Lehrling all diese Dinge zu erzählen. Dann sagte er: „Ween ist ein guter Name."

„Danke", sagte Ween und zuckte mit den Schultern.[1]

„Lass uns über Magie reden", schlug Blake dann vor.

Blake und Ween standen auf einer kleinen, sonnigen Lichtung. Ihr Gepäck hatten sie neben eine Buche gelegt.

„Das Problem ist, dass deine Art von Magie ganz anders funktioniert als meine", begann der Schatten. „Ich kontrolliere Dunkelheit. Du Elektrizität. Es gibt noch viele andere Disziplinen. Telekinese, also Manipulation von Schwerkraft und Bewegungen. Gegenstände schweben lassen und so etwas. Es gibt auch Kontrolle von Wasser, Pflanzen, Licht und Feuer oder Eis. Die Gabe, in die Zukunft, die Vergangenheit und an weit entfernte Orte zu blicken."

„Und wie kann ich das lernen?", fragte Ween neugierig.

„Gar nicht. Deine eigene Magie ist die einzige, die du ohne Hilfsmittel anwenden kannst."

„Schade. Was für Hilfsmittel? Ein Zauberstab oder so?"

„Zauberstäbe sind gerade nicht in Mode", erklärte Blake. „Die Leute wollen kleinere, handlichere Zauber. Aber so in der Art, ja. Eine kleine, an ein Objekt gebundene Menge Magie. Besitzt du das Objekt, verfügst du über die Macht. Die Dinger sind ziemlich praktisch."

„Ich habe also nur eine magische Fähigkeit", fasste der Junge zusammen. „Aber hinter dem Pub habe ich *gespürt*, dass da Dunkelmagie war. Klingt für mich nicht nach Elektrizität."

„Vermutlich ist das dein sechster Sinn. Dasselbe, wie die Telepathie, von der ich vorhin gesprochen habe. Er ist ein Gespür für Gedanken, Gefühle und Magie. Jeder hat ihn, aber er ist unterschiedlich stark ausgeprägt. Ich bin taub, wie du schon weißt. Du kannst offenbar ein wenig Magie spüren. Aber es gibt noch weit mächtigere Magier. Hellseher."

„Gibt es noch mehr solche Ausnahmen mit außergewöhnlichen Fähigkeiten?", fragte der Junge.

---

[1]Tatsächlich waren Magier mit unsinnigen Namen seltener, als Blakes Erzählungen es scheinen ließen. Sein Lehrling würde Jahre später der *einzige* Magier in seinem Bekanntenkreis sein, der sich einfach aus Jux einen neuen Namen ausgesucht hatte, aber zu diesem Zeitpunkt würden sich alle bereits zu sehr an *Ween* gewöhnt haben, als dass es sich noch hätte ändern lassen.

„Ein paar Spezies haben zum Beispiel von Geburt an einzigartige Fähigkeiten, verfügen aber zusätzlich über eine traditionelle Magie. Vampire und Wertiere zum Beispiel. Ihr Menschen wisst, was Vampire und Wertiere sind, oder?" Ween nickte.

„Ja. Wir haben eine ungefähre Vorstellung."[1]

„Gut." Blake nahm den Faden wieder auf. „Wie auch immer, es ist ein bisschen schwierig, weil unsere Magien sich so sehr unterscheiden und ich mich mit deiner überhaupt nicht auskenne. Ich habe schon von Elektrizitätsmanipulation gehört und es ein oder zweimal gesehen, aber ich kenne niemanden, der sie hat. Ich werde dir nur den einen oder anderen Trick beibringen für den Kampf gegen Griffin."

„Uh", sagte Ween beunruhigt. „Kampf. Was für Tricks?"

„Du darfst dich nicht nur auf Magie verlassen. Du brauchst Zeit und Ruhe, um zu zaubern, und in der Hitze des Gefechts hast du keins von beidem. Du kannst nicht nur mit geschlossenen Augen herumstehen. Du musst dich bewegen. Weniger Zauberer, mehr Ritter. Verstehst du?"

Sein Lehrling nickte.

„Hast du darum das Schwert dabei?"

„Ja."

„Kann ich auch ein Schwert haben?"

„Äh... wir gucken mal." Der Schatten wechselte schnell das Thema. „Versuch einfach mal, mich anzugreifen."

Alarmiert machte Ween sich bereit und hob die Fäuste auf Brusthöhe.

Blake streckte eine Hand aus. Schwarze Schlieren wanden sich darauf wie Tinte in Wasser. Ween spürte wieder die finstere Aura der Dunkelmagie. Blake machte eine rasche Geste. Etwas Schwarzes schoss in Weens Richtung. Er warf sich zur Seite und wich aus. Er war sich bewusst, dass Blake nicht allzu genau gezielt hatte, doch er war trotzdem stolz auf sich. Der Schatten sah ihm tatenlos zu, wie er nach einem Ast griff, der auf dem Waldboden lag, und ihn wie ein Schwert vor sich hielt. Der Ast sah alt und trocken aus und war viel zu leicht, aber es war besser als nichts.

„Interessant", sagte Blake. Ween antwortete nicht, sondern hielt seine neue Waffe fest umklammert. „Du willst also fechten?" Die Dunkelheit verflüchtigte sich. Blake zog sein Schwert und hob es in Weens Rich-

---

[1] Sagte er und dachte an diese merkwürdigen Bücher, die die Mädchen ein paar Klassenstufen über ihm so mochten.

tung. Der Junge war sich ziemlich sicher, dass er mit dem Ast keine Chance gegen Blake hatte, dennoch schwang er das spröde Stück Holz und ging zum Angriff über. Blake machte eine lässige Bewegung aus dem Handgelenk heraus und schlug Ween mit der Klinge den Ast aus der Hand. Sein Lehrling ließ sich nicht entmutigen und sammelte Elektrizität in seiner Faust. Es war nicht genug für einen Blitz, aber wenn er jemanden damit berührte, würde es wehtun.

Er lief ein paar Schritte und versuchte, Blake seine Schulter in die Rippen zu stoßen und ihn aus dem Gleichgewicht zu bringen. Es war, als wäre er in eine Wand gelaufen. Der Dämon musste nicht einmal einen Schritt zurück machen. Blake schob Ween nur ein Stück von sich weg. Er hielt es nicht einmal für nötig, ihn auf irgendeine Weise anzugreifen. Das Schwert hing locker in seiner rechten Hand.

„Oh, Kleiner, dafür bist du viel zu leicht", sagte er sanft. Ween, der sich jetzt in seinen Pullover krallte, antwortete nicht. Stattdessen konzentrierte er sich und jagte über den Kontakt die Elektrizität in seinen Körper. Der Dämon zuckte zusammen, zischte verärgert und ließ das Schwert fallen. Ween grinste.

„Lass das", knurrte Blake warnend.

Etwas wand sich um Weens Hand, dort, wo er Blake festhielt. Ranken aus konzentrierter Dunkelmagie gruben sich in seine Haut, bereit, seine Knochen zu zermalmen, sollte er den Arm ihres Besitzers nicht augenblicklich freigeben.

Ween ließ Blakes Arm los, woraufhin die Ranken sich lösten, hob die Hände und trat einen Schritt zurück. Er konnte nicht verhindern, dass sein Gesicht einen leicht eingeschnappten Ausdruck annahm.

„Tut mir leid", sagte Blake und schüttelte sich, als ob er ein unangenehmes Gefühl loswerden wollte. „Aber ich möchte ja nicht, dass du dich für besser hältst, als du bist." Ween versuchte, weniger verärgert dreinzuschauen, und zuckte mit den Schultern. Dann grinsten sie sich an.

„Du bist leicht anzugreifen", meinte Ween. „Wenn ich mehr Magie gehabt hätte, hätte der Stromstoß dich außer Gefecht gesetzt." Blake gab ein belustigtes Schnauben von sich und hob sein Schwert auf.

„Dann hab ich ja Glück gehabt. Komm, für heute muss das reichen." Sie schlenderten zu der Stelle, wo sie ihre Sachen abgelegt hatten, und sammelten sie wieder ein. Der Menschenjunge stöhnte genervt, als er sich daran erinnerte, wie schwer sein Rucksack war.

„Soll ich den nehmen?", bot Blake, der gerade Grünzeug von seinem Mantel zupfte, ihm an.

„Danke, geht schon", murmelte Ween und rückte die Riemen auf seinen Schultern zurecht. Er sah ungeduldig zu Blake, der immer noch auf dem Waldboden hockte und innegehalten hatte.

„Ist was?", fragte Ween und runzelte die Stirn. Blake sah überrascht auf, als hätte der Junge ihn aus einem Tagtraum gerissen. Dann verzog das pechschwarze Gesicht des Schattens sich wieder zu seinem alten schiefen Lächeln. Er hob eine Hand und zeigte seinem Lehrling, was er zwischen Daumen und Zeigefinger hielt. Es war eine Haselnuss. Sie sah ziemlich gewöhnlich aus, nicht einmal besonders symmetrisch oder sauber.

„Was ist das?", fragte Ween.

„Eine Haselnuss", antwortete Blake, stand auf und steckte die Nuss in die Hosentasche.

„Warum nimmst du eine Haselnuss mit, Blake?", fragte Ween. Der Dämon sah weg und runzelte nachdenklich die Stirn.

„Ich weiß es nicht genau", meinte er. „Nur eine Idee von mir." Ween zuckte mit den Schultern. Sie gingen weiter und der junge Magier vergaß die Angelegenheit bald.

„Blake?", fragte er nach einer Weile. „Wie alt bist du?" Er hatte wirklich keine Ahnung. Und wie alt wurden eigentlich Dämonen?

„Was würdest du schätzen?", erwiderte der Schatten.

„Keine Ahnung."

„Ich bin sechzehn."

„Wirklich? In Dämonenjahren oder so?"

„Ich weiß nicht, wie du rechnest, aber für mich einmal um die Sonne."

„Du wirkst irgendwie älter als sechzehn."

„Schatten wachsen schnell. Außerdem war ich schon immer ungewöhnlich intelligent." Ween verdrehte gespielt genervt die Augen. Sie schwiegen wieder eine Weile.

„Ich bin übrigens noch gar nicht elf", gab der Junge dann zu. „Ich bin noch für ein, zwei Monate zehn." Der ältere Magier, der ältere *Junge*, hielt kurz inne, dann zuckte er mit den Schultern.

„Okay", sagte er geistesabwesend und ging weiter. Ween war ein bisschen überrascht, bis er sich an die Dinge erinnerte, die Blake ihm in dem Gasthaus in seiner eigenen Heimatstadt erzählt hatte. Vermutlich sorgte er sich gerade um ganz andere Dinge.

Die Stadt

Als er Undertown sah, war Ween erst einmal eine Minute lang sprachlos und starrte abwechselnd die Stadt im Krater und Blake mit offenem Mund an.

„Wie kommen wir runter?", fragte er schließlich. Der Abhang war zwar nicht überall senkrecht, aber steil genug, dass man, wenn man einmal den Halt verloren hatte, mit Sicherheit erst sehr viel weiter unten zum Stillstand kommen würde.

„Es gibt viele Möglichkeiten", antwortete Blake. „Wir nehmen die Treppe."

Ween folgte ihm ein Stück am Rand entlang und warf dabei immer wieder nervöse Blicke in den Abgrund. Nach einigen Dutzend Metern hielt Blake an, trat ganz nahe an den Abgrund – und sprang. Ein Geräusch von einem schweren Aufprall ertönte. Ween konnte von seiner Position aus nichts erkennen, dachte aber nicht im Traum daran, sich dem Krater zu nähern.

„Komm runter!", rief der Krater.

Ween bewegte sich nicht von der Stelle.

„Es ist nicht so tief!", versuchte der Krater ihn zu überreden.

Vorsichtig machte Ween ein paar Schritte nach vorne und linste nach unten. Es war tatsächlich nicht tief, weniger als zwei Meter. Blake stand auf einem Gestell, das an der Felswand hing und größtenteils aus alten Brettern bestand. Eine krumme Treppe wand sich im Zickzack nach unten. Besonders sicher sah die Konstruktion nicht aus. Dennoch hockte Ween sich an den Rand, nahm sich ein Herz und ließ sich hinunter rutschen. Er konnte spüren, wie die Konstruktion unter seinem Gewicht schwankte. Nächstes Mal würde er einen Aufzug oder so nehmen. Vorsichtig richtete er sich auf.

„Hält die Treppe uns denn aus?", fragte er besorgt. Auf ihn wirkte sie nicht sehr sicher.

„Ach was", sagte Blake und winkte ab. „Mach dir keine Sorgen. Die gibt es schon seit Jahrzehnten!"

Ween fand nicht, dass das ein gutes Zeichen war, folgte dem Schatten aber trotzdem die Treppe hinunter. Bei jedem Schritt gaben die Stufen ein Ächzen und Knarren von sich, doch nach einer gefühlten Ewigkeit setzte er zum ersten Mal einen Fuß in die geheime Stadt, von der er so viel gehört hatte.

Die Treppe endete am Rand einer breiten Straße aus Kopfsteinpflaster. Es gab drei Spuren, eine aus Schienen, zwischen denen große, bunte Pilze wucherten, die fast zu leuchten schienen, und zwei für die Fußgänger links und rechts davon. Autos konnte Ween keine sehen. Eine zerschrammte, rot angestrichene Bahn ratterte auf den Schienen entlang. Es war ein recht altmodisches Modell, schien aber noch einwandfrei zu funktionieren.

Die Häuser auf Weens Straßenseite grenzten dicht an die Wände des Kraters, schienen teilweise sogar darin zu versinken. Die mächtigen, verwinkelten Steingebäude waren bereits etwas verfallen und von Ruß geschwärzt, mussten jedoch einmal sehr prachtvoll gewesen sein. An einigen Stellen führten zwischen den Gebäuden gähnende Tunnel in den Fels.

Die ganze Stadt war alt, ein bisschen heruntergekommen und düster, sie sah aber auch aus wie ein Ort, an dem man eine Menge Spaß haben konnte. Allein die verwinkelte Dächerlandschaft glich einem Labyrinth aus steilen Fachwerkgiebeln, grün überwucherten Wintergärten und breiten, grünlichen Kupferdächern, über denen sich Wälder aus krummen Schornsteinen erhoben.

Der Junge und der Schatten schlenderten die Straße hinunter. Ween fröstelte es in seinem dünnen blauen T-Shirt. Obwohl die Septembersonne schien, kam nur wenig Licht hier herunter und es war sehr kühl. Dünne Nebelfinger, die aus einem Kanalgitter krochen, tasteten nach den Neuankömmlingen.

Ween musterte neugierig die anderen Passanten – achtete jedoch darauf, in Blakes Nähe zu bleiben. Wie die Gebäude schienen auch viele der Leute aus der Zeit von vor hundert oder hundertfünfzig Jahren zu stammen, als hätte ein launischer Gott sie alle in das einundzwanzigste Jahrhundert versetzt und als Abschiedsgruß einen starken Schuss Magie in der Stadt gelassen. Die Undertowner trugen lange, altmodische Mäntel, dreiteilige Anzüge und elegante, bunte Kleider, auch wenn viele der Frauen praktischere Kleidung bevorzugten. Und es gab auch eine ganze Reihe lustiger Hüte. Trotzdem fiel Ween auf, dass insbesondere die jüngeren Bewohner sich lieber in Jeans und T-Shirt zu kleiden schienen wie er selbst. Blake war mit dem langen Mantel über dem Kapuzenpullover eine Mischung aus beiden Stilen.

Außerdem sah Ween viele Waffen. Abgesehen von Blakes hatte er zuvor noch nie ein echtes Schwert gesehen, doch hier schienen Klingen gewöhnliche Alltagsgegenstände zu sein, so, wie man in den Nichtmagierstädten oben Regenschirme mit sich trug. Im Gegensatz zur Kleidung schien hier keine Stilrichtung vorzuherrschen. Die Stadtbewohner trugen europäische Langschwerter, verzierte Dolche, schlanke, filigrane Degen, einseitig geschliffene asiatische Schwerter und welche aus Materialien, die er noch nie zuvor gesehen hatte. Ein Schwert sah aus, als bestünde seine durchsichtige Klinge, die kaum dicker als ein Blatt Papier war, aus grünem Kristall.[1]

Was die Artenvielfalt der Stadtbewohner anging, waren Dämonen mit ihren leuchtenden Augen in der Unterzahl. Trotzdem entdeckte Ween viele. Steinerne, geflügelte Kreaturen dösten auf den Dächern oder jagten sich trudelnd durch die Luft, so wie in der Menschenwelt herrenlose Hunde durch die Straßen streunten. Ween sah hünenhafte Wesen, deren Haut aus graubraunen Knochenplatten zu bestehen schien und die ihre Gesichter mit bunten Streifen bemalt hatten. Manche trugen gewaltige Hörner auf der Stirn, andere hatten eher echsenähnliche Gesichter. Da waren auch menschenähnliche Wesen mit zusätzlichen Armen und feinen, metallisch schimmernden Schuppen in Blassgold bis Backsteinrot, gekleidet in bunte, fließende Gewänder. Die Haut einer Frau in einem zartgrünen Kleid schien dagegen ganz aus dunkler Rinde zu bestehen. Aus ihrem Kopf spross ein Gebilde, das auf den ersten Blick dem Geweih eines Hirsches glich, doch dann entdeckte Ween winzige, weiße Blüten darin und erkannte, dass es Äste waren. Der Mann, mit dem die Frau sich angeregt unterhielt und den sie wegen ihres hölzernen Geweihs um ein gutes Stück überragte, hatte bunt gescheckte Haut wie ein exotischer Frosch. Unter dem Kragen seines Mantels sahen dunkelrote Kiemen hervor.

Es kam Ween so vor, als würden sie alle die beiden Neuankömmlinge mit einer seltsamen Mischung aus herablassender Nachsicht und leichter Schadenfreude anlächeln. Magier, oder zumindest Undertowns Magier, schienen ein selbsverliebtes Pack zu sein.

Einer der Steindämonen beugte sich von seinem Dach herunter und musterte Ween interessiert. Nein, er musterte sie beide. Der Schatten neben ihm fiel auf. Sein Lehrling hatte noch nirgends einen zweiten gesehen, obwohl die Straße nicht eben leer war.

Eine Gruppe von Leuten erregte besonders Weens Aufmerksamkeit.

---

[1] Pistolen konnte Ween keine sehen. Die Art von Magier, die Feuerwaffen trug, verbarg sie lieber unter ihrem Mantel.

Sie trugen leichte Rüstungen aus dunklem Leder und einem bronzeähnlichen Material, die irgendwie wie Uniformen aussahen. Als Blake und Ween an einer Gruppe von vier Magiern in Rüstung vorbeigingen, sah der Junge, dass sie alle ein mondsichelförmiges Schmuckstück aus Silber bei sich trugen. Manche hatten es als Brosche an ihre Kleidung geheftet, anderen hing es an einer Kette um den Hals.

„Was sind das für Leute?", fragte er Blake. „Die mit den Monden."

„Die Stadtwache", antwortete der Schatten. „Die, die sich auch um das Haus kümmern, in dem wir waren. Das ist übrigens kein Mond, sondern ein U."

„Für Undertown?"

„Für was sonst? Es heißt, sie sind verzaubert und man kann mit ihnen erkennen, wer dazu gehört und wer nicht. Sie werden extra von Konstrukteuren angefertigt."

„Was sind Konstrukteure?"

„Magier, die nur mit einem Gedanken alle möglichen Gegenstände herstellen können, solange sie das richtige Material haben und wissen, wie es funktioniert."

„Cool."

„Die Mitglieder der Stadtwache klären Verbrechen auf", erklärte Blake weiter. „Aber sie löschen auch Feuer, kümmern sich um eingestürzte Tunnel und erledigen eine Menge Papierkram. Sie halten die Stadt in Schuss. Die Regierungsagenten tun auch ein bisschen was und arbeiten manchmal mit ihnen zusammen, aber die Wache agiert größtenteils unabhängig und die Agenten sind froh, dass jemand die Arbeit macht. Du kannst dich jedenfalls darauf verlassen, dass die Stadtwache immer das tut, was am besten für die Stadt ist."

„Also sind das die Guten?"

„Ja, irgendwie schon. Und eine der mächtigsten Fraktionen der Stadt."

„Was sind denn die anderen Fraktionen?", fragte Ween. Blake seufzte und legte nachdenklich den Kopf in den Nacken, bevor er fortfuhr.

„Da wäre einmal die Botschaft. Die Regierungsagenten, Magier in grauen Anzügen und meist ohne Sinn für Humor. Offiziell sind wir in England und das Gebäude hat irgendeine Fachbezeichnung, aber alle nennen es nur *die Botschaft*. Dann gibt es die Werwolfrudel im Wald oben, aber die sind die meiste Zeit mit Kleinkriegen untereinander beschäftigt... Und schließlich sind da die Vampire. Die Zwillingslords. Ich an deiner Stelle würde ihnen nicht in die Quere kommen. Unangenehme Zeitgenossen."

„Du scheinst keinem von ihnen wirklich zu vertrauen."

„Ich mag keine Autoritäten."

„Das ist ein wenig paranoid."

„Das letzte Mal, als ich einer Art Autorität dienen musste, hat man mir eine magische Gehirnwäsche verpasst."

Ween schwieg taktvoll und versuchte, die neuen Informationen in die richtigen mentalen Schubladen einzusortieren.

„Griffin versteckt sich unter der Oberfläche", sagte Blake nach einer Weile und riss Ween aus seinen Gedanken. „Wir sollten die U-Bahn nehmen."

„Es gibt hier eine U-Bahn?"

„Siehst du das Gebäude mit der Glasfront, das da an der Felswand klebt?" Blake deutete auf ein Gebäude ein Stück vor ihnen, von dem aufgrund der Krümmung der Straße nur eine Ecke zu sehen war. „Das ist eine U-Bahnstation. In allen Städten mit U-Bahnnetz gibt es geheime Tunnel, die hierher führen."

„Alle Städte? Hier in der Gegend oder in ganz England?"

„Weder noch. Über Umwege könntest du bis nach Australien kommen. Die Tickets sind natürlich entsprechend teuer. Der unterirdische Schienenverkehr hat eine wichtige Rolle in der magischen Gesellschaft."

„Also, *jede* Stadt?", fragte Ween entgeistert.

„Ja, das hab ich doch gerade gesagt."

„Aber das müssen doch viel zu weite Entfernungen sein", protestierte Ween. „Und man kann keine Tunnel unter dem Ozean bauen–"

„Doch", sagte Blake nur zu dem Thema. „Der zweite Teil dieser Station, und der ist zurzeit wichtiger, schickt die Züge senkrecht nach unten. Du musst nämlich wissen, dass es unter der Oberfläche von Undertown noch weitere Viertel gibt. Die Häuser, die du hier siehst, sind nur die Spitze des Eisbergs. Wir haben unterirdische Straßen und Häuser, Läden, Kneipen, Gärten, Lagerhäuser und Slums, ganz zu schweigen von einer ganzen Menge Ruinen und den Minen. Es gibt sogar unterirdische Kanäle und Schiffsverkehr."

„Kanäle?", wiederholte Ween. „Die Kanalisation?"

„Nein. Ein Kanalsystem", erklärte Blake. „Mit Tunneln und Booten. Es gibt noch eins für die Abwasserklärung und an ein paar Stellen überschneiden sie sich, aber das Kanalsystem mag es nicht, Kanalisation genannt zu werden."

„Sind die Boote magisch?"

„Zum Teil. Strom und Treibstoff sind teuer. Ich glaube, die meisten werden einfach mit reiner Körperkraft bewegt." Blake machte eine Pause und überlegte kurz. „Noch weiter unten gibt es immer weniger zivilisierte Wesen. Irgendwann landet man in einem Labyrinth, dessen Wände aus schwarzem Schiefer bestehen. Es geht sehr tief hinunter."

„Du warst schon mal da?"

„Ja", bestätigte Blake. „Ich bin dort aufgewachsen. Es ist einer der wenigen Orte, an dem die Schatten noch ungestört leben. Wir sind ziemliche Eigenbrötler."

„Hast du eine Familie da unten?", fragte Ween. Blake sah ihn fast überrascht an und schien nachdenken zu müssen.

„Nein. Nicht wirklich", sagte er dann. „Ich habe keine Verbindung zu ihnen. Außerdem haben wir ganz andere Gesellschaftsstrukturen als ihr. Einzelne Personen und mit wem man verwandt ist sind dort nicht so wichtig. Alle sind irgendwie eine Gruppe."

„Ich glaube, ich verstehe die Schatten noch nicht ganz."

„Ich erzähle dir später mehr von ihnen, wenn du möchtest", bot Blake an. Ween lächelte und nickte.

„*Gesellschaftsstruktur*", wiederholte er dann. „Warum musst du eigentlich immer so komplizierte Worte benutzen?"

„Ich muss nicht, aber ich kann es. Du müsstest auch nicht reden, oder? Und trotzdem tust du es." Ween sagte nichts. Er war etwas verwirrt.

„Sprache ist eine bemerkenswerte Eigenart der Menschen", stellte Blake fest. „Man kann damit witzig und intelligent wirken und sich eine gebrochene Nase einhandeln."

„Aber du bist kein Mensch", sagte Ween.

„Nein", stimmte Blake ihm zu. „Da ist die U-Bahnstation."

„Also geht es jetzt abwärts?", fragte sein Lehrling.

„Ja."

Es geht abwärts

Der Bahnhof, ein Backsteingebäude mit einem gewölbten Blechdach und großen Fenstern, lag etwas erhöht. Man musste eine breite Treppe hinaufsteigen, um ihn zu erreichen. Links und rechts gab es noch zwei kleine Anbauten, in denen die Schienen der Straßenbahn verschwanden. Fast die gesamte Vorderseite war verglast, doch drinnen waren noch keine Fahrzeuge zu erkennen.

Am Fuß der Treppe klaffte eine Lücke im Häusermeer. Es war ein quadratischer, belebter Platz, der mit hellgrauen und dunkelbraunen Steinplatten ausgelegt war. Auf manchen Feldern standen riesige steinerne Schachfiguren in denselben Farben.[1] Einige junge Leute hatten die Figuren erklommen, streckten die Gesichter der Nachmittagssonne entgegen und ließen die Beine baumeln. Es war hier wärmer als zwischen den alten Häusern. Man konnte den Spätsommer fast riechen.

Der Schatten und der Menschenjunge stiegen mit gesenkten Köpfen die Treppe hoch, sodass Blake die Frau erst bemerkte, als er beinahe in sie hineinlief.

„Blake", sagte sie. Die Stimme klang wie die einer Person, die das Gefühl hatte, stetig von Idioten umgeben zu sein. Ihre Besitzerin war eine dünne Gestalt und hielt sich sehr gerade, was sie größer wirken ließ, als sie war. Ihr Alter war schwer zu schätzen, doch ihr Haar war bereits vollkommen grau. Es war auf eine Art kurzgeschnitten, die nicht attraktiv wirken, sondern vor Allem praktisch sein sollte. Ihr schwarzer Hosenanzug und ihre weiße Bluse waren so geschnitten, dass die Frau darin sowohl ein Treffen der reichsten Magier der Stadt besuchen und eine gute Figur machen als auch sehr schnell laufen und dabei mit präziser, tödlicher Magie um sich werfen konnte.

Sie trug keinen Schmuck, abgesehen von einer schlichten Halskette, an der eine winzige, tropfenförmige Bronzeplatte hing. Ein stilisierter Drache war darin eingraviert. Die silberne, U-förmige Brosche, die seitlich an ihrem Gürtel geklemmt war, zählte nicht.

Blake kannte die Frau. Ihr Name war Lady May, sie war ein Mitglied der Stadtwache und nicht für ihre Geduld bekannt. Blake deutete eine

---

[1] Touristen fragten manchmal, ob der Platz eine Kunstinstallation war, was die Stadtbewohner meist einfach bejahten. Es war einfacher als zu erklären, dass die Figuren sich manchmal bewegten, und viel einfacher als zuzugeben, dass man keine Ahnung hatte, *wer* sie bewegte. Es waren allerdings definitiv Spieler mit einer Menge Geduld und guten Strategien, denn die Partie lief bereits seit über hundert Jahren.

Verbeugung an.

„Stets zu Diensten, Ma'am", sagte er.

„Auf meinem Schreibtisch liegt ein Bericht der Regierungsmagier", informierte die Lady ihn ohne Umschweife. „Er handelt von einer Kirche, beziehungsweise dem, was von ihr übriggeblieben ist. Man hat Spuren von Dunkelmagie gefunden."

„Und da denken Sie direkt an mich?"

„Es gibt nicht viele von deiner Sorte. Ich bin mir sicher, dass du es warst."

„Hab ich mich an die falsche Wand gelehnt? Das tut mir leid," sagte er in einem letzten Versuch, ungeschoren davon zukommen. Lady May würdigte seinen Scherz nicht einmal mit einem Wimpernzucken. Blake musterte sie kurz und überlegte, ob Lügen ihm jetzt noch irgendwie helfen konnten.

Bei mir hast du damit keine Chance, sagten die Augen der Frau. Sie glichen geschliffenen Smaragden.[1]

„Ich hatte meine Gründe", erklärte Blake schließlich. Er bekam wieder Kopfschmerzen. Etwas in seinem Geist versuchte, ihn daran zu hindern, mit ihr zu sprechen. Der Beschwörungszauber.

Stacheldraht.

„Wir haben die Kirche untersucht", sagte Lady May. „Wir ahnen, was dort versteckt war. Ich weiß nicht, warum du es zerstören wolltest und es geht mich nichts an, aber musstest du das Gebäude gleich mit zerstören? "

„Die Gelegenheit war gut und eine andere Möglichkeit, dieses Ding loszuwerden, fiel mir nicht ein. Ich hatte keine große Wahl. Ihren Worten entnehme ich, dass ich Erfolg hatte." Er knirschte mit den Zähnen und versuchte, die Kopfschmerzen zu ignorieren.

„Tut mir leid, wenn ich dich enttäuschen muss, aber über den Zustand des Bronzeschlüssels wissen wir noch nichts", widersprach die Stadtwache-Magierin. „Wir konnten nichts finden." Blake seufzte und massierte sich eine Schläfe. Es fiel ihm schwer, Lady May konzentriert zuzuhören. Sein Schädel dröhnte und langsam wurde der Schmerz fast stechend. Die Lady runzelte die Stirn und musterte ihn von oben bis unten um zu überprüfen, ob er irgendwelche Verletzungen hatte.

„Danke, dass Sie mich auf dem Laufenden halten", sagte Blake

---

[1] Was *nicht* bedeutete, dass sie Blake an tiefgrüne Edelsteine erinnerten. Sie erinnerten ihn an tiefgrüne, kühle, scharfkantige, sehr harte Edelsteine.

schnell. „Aber ich muss gehen." Damit schob er sich an ihr vorbei und ging weiter. Er hörte, dass der Junge ihm folgte.

„Ich muss dich bitten, stehen zu bleiben", sagte sie. „Du hast einen erheblichen Schaden angerichtet."

„Ich hatte mich schon entschuldigt, oder?"

„Hast du nicht", widersprach Ween ihm.

„Dann tue ich es jetzt." Er räusperte sich, warf Ween einen genervten Blick zu und beugte sich etwas vor. „Entschuldigung."

„Wer ist eigentlich dieser Junge?", fragte Lady May. „Und warum hängt eine Glühbirne an seinem Rucksack?"

„Ich bin Matthew, äh, Ween Cameron", stellte Ween sich vor. Lady May runzelte skeptisch die Stirn.

„Und warum bist du bei ihm, Matthew?" Der Junge blinzelte verwirrt und sah zu dem Schatten.

„Oh, Blake", sagte er dann und schien kurz zu überlegen. „Ich kenne ihn überhaupt nicht. Ich habe keine Ahnung, wovon Sie reden. Wir wollen nur zufällig beide diese Treppe hoch." Die Frau seufzte und schüttelte den Kopf, ratlos angesichts Blakes und Weens vereinter Merkwürdigkeit.

„Ich werde jetzt gehen", nutzte Blake das Schweigen und eilte die Stufen hinauf.

„Zwing mich nicht, Magie einzusetzen, um dich aufzuhalten", rief die Lady ihm hinterher. Blake drehte sich noch einmal um und breitete in einer entschuldigenden Geste die Arme aus.

„Ich muss eine U-Bahn kriegen", erklärte er.

Lady Mays Hand fuhr zu dem Drachenamulett und Blake drehte sich wieder um. Er zog Ween am Handgelenk mit sich und sprintete die Treppe hoch. Doch es war bereits zu spät.

Ein donnerndes Brüllen übertönte die Geräuschkulisse des Platzes und bewies, dass die Geschichten, die man sich über Lady May erzählte, der Wahrheit entsprachen.

Es wäre sehr viel dramatischer gewesen, wenn die Sonne in ihrem Rücken gestanden hätte und der Schatten des verfluchten Biests auf sie gefallen wäre, aber dem war nicht so. Dennoch konnte Blake die Tür zum Bahnhof gar nicht schnell genug erreichen.

Vielleicht hätte er die Drachenreiterin nicht wütend machen sollen.

Eine der großen Doppeltüren öffnete sich und sie hechteten nach

drinnen. In Weens Kopf kämpften zwei Gedanken um die Vorherrschaft. Erstens: *Ich glaube, ich stehe falsch rum.*
Der Bahnhof schien aus einem einzigen großen Raum zu bestehen. Die Frontseite und ein Teil des Daches waren verglast. Der Rest der Decke wurde von Steinplatten und Metall eingenommen. Er hatte einen Moment gebraucht, um das da oben einordnen zu können. Es waren die Gleise. Die Gleise hingen kopfüber.
Ein Gewirr aus Schienen und Rohren verlief dort oben. Mehrere Spuren, die aus Tunneln in der rohen Felswand an der Rückseite des Raumes kamen, erstreckten sich zwischen den Dachfenstern. Auf einem Gleis fuhr gerade ein stromlinienförmiger Zug ein, der von einer dicken Staubschicht bedeckt war. Zahlreiche Leute spazierten kopfüber auf den unter dem Dach hängenden Bahnsteigen hin und her wie Spinnen. Das konnte nicht richtig sein. Sie müssten *fallen.*
Ween folgte den Schienen mit dem Blick und sah, wie ein paar an der Wand entlang liefen und dann in Löchern im Boden verschwanden. Das hatte Blake also damit gemeint, als er gesagt hatte, die Züge würden nach unten fahren.
Außer den Schienen führten auch Treppen an den Wänden entlang. Etwa auf halber Höhe machten sie alle eine seltsame Drehung und verliefen dann kopfüber. Ihm wurde schon beim bloßen Anblick schlecht.
Die zahlreichen Leute in der Halle drehten wie ein Mann die Köpfe zu ihnen herum, als ein wütendes Grollen den zweiten Gedanken, *Ich glaube, der Drache ist nicht weit* in ein *Ja, er ist definitiv näher als gut für mich ist* verwandelte.
Ween drehte sich um und starrte den Drachen an. Vier Beine, zwei Flügel. Er schien nur aus Muskeln zu bestehen. Seine Schuppen waren überwiegend braun, gingen am Bauch jedoch in einen fast goldenen Farbton über. Die kräftigen Schwingen waren ausgebreitet länger als sein gesamter Körper. Zwei parallele Stachelreihen zogen sich über seinen Rücken und wurden am Kopf zu vier geschwungenen Hörnern.
Er war riesig. Er war das größte Tier, das Ween je gesehen hatte.
Das Ungeheuer versuchte, sich durch die riesigen Doppeltüren zwängen, während Ween es immer noch nur anstarren konnte. Die Schultern von Lady Mays geschupptem Freund schrammten an den Türrahmen entlang, doch schließlich schaffte er es. Blake zischte Ween etwas zu und zog ihn weiter, weg von der Tür und in die Menge.
Die Leute gerieten nicht in Panik. Laut fluchend machten sie den

Fliehenden und dem geschuppten Ungetüm Platz, doch so etwas schienen beinahe normal für sie zu sein. Äußerst unangenehm und riskant, aber nichts, was einen dazu veranlasste, kreischend wegzurennen und sich damit vor allen anderen zu blamieren. Einige hoben die Hände und schickten den beiden Magiern und ihrem Verfolger Lichtblitze entgegen. Blake wich einem grünen Blitz aus, brüllte dem dazugehörigen Magier eine Beleidigung zu und hielt auf einen Fahrkartenschalter in einer Wandnische zu, während der Drache durch die Halle trampelte. Er schien Probleme zu haben, einzelne Personen zu unterscheiden und sie im Auge zu behalten. Blake wühlte in seiner Tasche und drückte der Menschenfrau am Schalter einen Geldschein in die Hand. Die Frau reichte ihm die Fahrkarten und nickte Richtung Treppe. Ween folgte dem Dämon, der je zwei Stufen auf einmal nahm, mit einem mehr als nur unwohlen Gefühl im Magen. Er setzte einen Fuß vor den anderen und überlegte, ob er sich bei der Drehung auf den Steinplatten das Genick brechen würde oder ob der Drache ihn aus der Luft fischen würde, wie Frösche es mit Fliegen taten. Irgendwann hatte er plötzlich das Gefühl, nach unten zu steigen, als hätte er den Gipfel eines Hügels erreicht und ginge wieder bergab. Ween hob den Blick und sah das Schuppentier weit über seinem Kopf an der Decke hängen. Er sah noch einmal genauer hin. Nein. Er blickte von dem, was einmal Oben gewesen war, zu ihrem Verfolger hinunter.

„Was ist das hier?", murmelte Ween fassungslos.

„Ein Bahnhof", erwiderte Blake. „Siehst du die Züge und die Fahrkartenschalter und die Leute?"

„Ich meine wie...?"

„Magie."

„Aber warum...?"

„Es spart Platz. Und jetzt komm", knurrte Blake und zog ihn am Ärmel durch das Labyrinth der Schienen und Stege auf einen der Züge zu. Ween warf noch einmal einen Blick nach unten, – nach oben? – der Drache hob – senkte? – seinen Kopf und starrte ihn direkt an. Dann öffnete das Wesen seine gewaltigen Flügel und riss sie ruckartig nach unten. Der aufkommende Wind warf einige der Stadtbewohner um und trug den Drachen zu ihnen hinauf. Blake fluchte und zog den Jungen in den Zug, den sie schon von unten gesehen hatten. Die Türen schlossen sich quälend langsam. Der Drache hakte sich mit den Klauen an seinen Schwingen an einem Rohr fest, sodass er dort hing wie eine große Fledermaus, und bog den muskulösen Hals zu ihnen herum. Sein Kopf erschien direkt vor ihrem Fenster.

Der Zug rollte los. Sehr. Langsam. Das Tier hangelte sich hinter ihnen her und stieß ein weiteres markerschütterndes Brüllen aus. Als der Zug Geschwindigkeit aufnahm, stieß es sich von der Decke ab und folgte ihm. Der Zug wechselte an die Wand und rauschte auf einen Schacht im Boden zu, doch das Schuppentier überholte sie mit zwei ruckartigen Flügelschlägen und stürzte vor ihnen den Schacht hinunter.

Blake und Ween standen direkt hinter der Fahrerkabine. Ween hörte die beiden Fahrer fluchen, während sie die Geschwindigkeit drosselten, um nicht mit dem Ding zusammenzukrachen.

Wenigstens speit der Drache kein Feuer, dachte er.

Lediglich eine Glastür schnitt die Windschutzscheibe, das Steuerpult und zwei Stühle vom Passagierteil ab, sodass Ween sehen konnte, wie der Drache mit kräftigen Flügelschlägen vor ihnen nach unten raste. Trotz allem hatte er das Gefühl, eine waagerechte Strecke entlang zu fahren. Lady Mays Reittier verschwand hinter einer Kurve. Als der Zug ihm folgte, war die riesige Echse verschwunden. Langsam beschleunigten sie wieder und rauschten an einigen hell erleuchteten Höhlen vorbei, die wohl ebenfalls zum Bahnhof gehörten. Ween sah etwas Goldenes in seinem Augenwinkel, doch bevor er etwas sagen konnte, streckte ihr Verfolger seinen Kopf aus einer benachbarten Höhle in der Felswand und spie ihnen eine sattorange Feuerwolke entgegen.

Ween sah noch, wie die Zugfahrer die Hände schützend vor die Augen hoben, bevor er selbst dasselbe tat. Der Zug hielt stand, doch Ween spürte die enorme Hitze des Feuerballs, der sie einen Moment lang vollkommen einhüllte. Als sie nach einer kleinen Ewigkeit nachließ, ließ er die Arme sinken. Violette Nachbilder tanzten vor seinen Augen und er konnte kaum etwas sehen.

Der Zug wurde von den Flammen nicht beeinträchtigt, nein, Ween hatte sogar das Gefühl, dass sie noch schneller wurden. Die Echse vor ihnen schien verwirrt zu sein, sie hatte nicht damit gerechnet, dass irgendetwas ihrem Feueratem standhalten konnte. Der Drache versuchte hastig, den Kopf in sein Versteck zurückzuziehen, doch er war zu langsam.

Und dann krachte der Kopf des Drachen gegen die Windschutzscheibe. Der Aufprall schleuderte Ween nach vorne, sodass er mit dem Kopf gegen die Glastür knallte, und die Welt um ihn herum zersplitterte in

Scherben aus Hitze und Schmerz.

Ween lehnte mit dem Rücken an einer Wand. Er zuckte zusammen, als seine Finger die schmerzende Beule an seiner Stirn berührten.

„Autsch", sagte er und öffnete die Augen. Blake hockte vor ihm und musterte ihn mit einer Mischung aus Neugierde und Sorge aus tiefroten Augen.

„*Das*", sagte Ween, „hat wehgetan. Was ist passiert?"

„Du bist ohnmächtig geworden."

„Wie lange?"

„Nur ein paar Sekunden. Ich hatte nicht einmal Zeit, mir einen guten Spruch zu überlegen, da warst du schon wieder wach."

„Gut", fand der junge Magier und sah zu der Glasscheibe. Er meinte fast, ein paar feine Risse im Glas erkennen zu können.

„Du warst nicht schlecht, aber gegen den Drachen hattest du keine Chance", sagte Blake und deutete auf den gewaltigen Sprung in der Windschutzscheibe. Weens Augen weiteten sich überrascht.

„Oh Gott. Ist er tot?"

„Ich denke nicht. Drachen sind ziemlich robust." Der Junge wandte wieder seinen Lehrmeister zu und musterte ihn ein paar Sekunden lang. Der Dunkelmagier runzelte die Stirn und starrte zurück.

„Hat dir schon mal jemand gesagt", begann Ween, „dass du echt finster aussiehst?"

„Das höre ich öfter, ja."

„Ich meine, als würdest du zu den Bösen gehören?", fuhr der Junge fort.

„Ich bin nicht böse", widersprach Blake. „Nicht, wenn ich gute Laune habe."

„Aber du siehst so aus."

„Nur ein bisschen."

„Total", sagte Ween.

„Nein", entgegnete Blake.

„Doch."

„Wir gehen die restliche Strecke lieber zu Fuß", wechselte Blake das Thema und warf einen Blick aus dem Fenster.

Der Zug fuhr jetzt langsamer und die Steigung wurde flacher. Zumindest nahm Ween das an, denn es war schwierig, so etwas zu beurteilen, wenn man senkrechte Schächte plötzlich als gerade Tunnel wahrnahm.

Der Zug krümmte sich wie eine Schlange in eine Kurve hinein, durch die Licht zu ihnen hinauf drang – das normale, gelbliche Licht der Kraterstadt, nicht das orange Gleißen des Feuers. Als sie die Kurve hinter sich gelassen hatten, öffnete sich vor ihnen eine gefliese Halle im Fels. Die Schwerkraft war hier wieder normal. Blake half Ween vorsichtig auf die Beine und überließ ihm den Vortritt, als die vom Ruß geschwärzten Türen sich öffneten. Erst jetzt fiel dem Jungen auf, dass sich ein unangenehmes Gefühl in seinen Ohren breitgemacht hatte. Er blieb stehen und gähnte kurz, um den veränderten Druck hier unten auszugleichen, dann ging er weiter, um den Menschen und Nichtmenschen hinter sich Platz zu machen.

Sie beeilten sich, den Bahnsteig zu verlassen. Ween sah geradeso noch aus dem Augenwinkel, wie der Zug sich wieder in Bewegung setzte und eine weitere Kurve nahm, sodass er wieder einen Schacht hinunterraste. Er und Blake lehnten sich gegen eine Wand und beobachteten, wie die anderen Passagiere an ihnen vorbei eilten.

„Müsste der Zug nicht repariert werden?", fragte Ween. Blake lachte leise.

„Könnte bestimmt nicht schaden. Er fährt vermutlich in den Hangar. Das ist ganz unten, weil selbst kaputte Züge da ohne Probleme hinkommen."

„Warum sehen die Züge eigentlich alle unterschiedlich aus? Das eben sah aus wie ein ICE oder so, irgendwas Neues, aber ich habe auch ganz andere Modelle gesehen."

„Die Bahngesellschaft ist ziemlich geizig", erklärte Blake. „Sie kaufen die meisten Fahrzeuge gebraucht und bauen sie so um, wie sie sie brauchen. Manchmal sind es Züge, manchmal Straßen- und manchmal U-Bahnen. Zum Teil benutzen sie nur die Hülle und die Sitze. Auf diesen Schienen ist schon so gut wie alles gefahren."

„Und es ist nie irgendetwas kaputt gegangen, weil ein Wagen nicht dafür gebaut wurde?"

„Das passiert nur ganz selten. Sie haben sehr gute Konstrukteure." Ween sah ihn zweifelnd an.

„Wenn ich *ganz selten* sage, meine ich auch *ganz selten*", stellte der Schatten klar. „Aber sag, wie fandest du deine erste Fahrt?"

„Nicht besonders", gab Ween zu.

„An die Schwerkraftverlagerung gewöhnt man sich."

„Und an Drachen?"

„An die auch."

„Wirklich?", fragte Ween misstrauisch.

„Naja", meinte Blake. „Für die Leute, die hier arbeiten, sind Monster auf den Schienen das, was für andere Beamte verschütteter Kaffee auf den Formularen oder für die Leute an Amerikas Ostküste ein Erdbeben ist. Wohlgemerkt eine sehr aggressive und feuerspeiende Sorte von Kaffee. Es kommt vor, es ist ausgesprochen ärgerlich, aber es ist nichts, mit dem man nicht rechnet."

„Du lügst."

„Nicht sehr."

„Doch."

„Okay, ich gebe es zu. Sie werden sich noch lange an diesen Tag erinnern und uns drei verfluchen." Sie beobachteten eine Weile die anderen Passanten.

„Ziemlich... außergewöhnlich, das Leben hier", stellte Ween dann fest.

„Das kann man wohl sagen."

„Der Drache war cool."

„Findest du? Er wollte uns umbringen."

„Eigentlich nicht", überlegte Ween. „Die Frau wollte mit dir reden, nicht dich loswerden. Ich hätte gern einen Drachen."

„Er hätte uns dennoch fast umgebracht. Wenn du mit Drachen zu tun hast, sei immer vorsichtig. Sie sind keine Hunde."

„Das weiß ich doch", erwiderte Ween. „Hunde sind kleiner und haben keine Flügel."

„Und kleinere Zähne."

„Ich kenne einen Hund mit ziemlich großen Zähnen. Ich komme auf dem Weg zum Sportplatz an dem Grundstück vorbei."

„Aber sicher nicht größer als die unseres geschuppten Freundes."

„Aber fast", entgegnete Ween und deutete mit Daumen und Zeigefinger eine Strecke an. „*So* groß sind die."

„Oha. Das ist allerdings groß. Wie groß ist der Hund?"

„Es ist ein Bernhardiner. Er ist riesig. Aber er tut eigentlich nichts. Er sollte das Haus bewachen, aber er ist total naiv. Die größte Gefahr, die von ihm ausgeht, ist wohl die, dass jemand ihn anfahren und sterben könnte. Der Hund würde wahrscheinlich keinen Kratzer abkriegen. Aber er beißt nicht."

„Und das unterscheidet Drachen von Hunden", verkündete Blake.

„Außerdem speien Hunde kein Feuer", fügte Ween hinzu. „Und sie legen keine Eier. Drachen legen Eier, oder?"
„Tun sie. Haben wir das Thema jetzt ausreichend diskutiert?"
„Ja. Und was ist nun eigentlich mit der Kirche?"
„Welche Kirche?", fragte Blake geistesabwesend.
„*Die* Kirche. Von der die Frau gesprochen hat. Hast du wirklich ein ganzes Gebäude zerstört?"
„Habe ich."
„Cool", fand Ween und strahlte über das ganze Gesicht.
„Du machst mir Sorgen, Kleiner", stellte Blake fest und klopfte mit dem Fingerknöchel gegen Weens Stirn. „Das sind ganz eindeutig selbstzerstörerische Tendenzen."

Verräter

Von irgendwoher hallte ein monotones Tropfen durch die Tunnel. Die Wände hier waren roher Stein und der Boden bestand aus platt getrampeltem Schlamm. Da das Wasser nicht richtig ablaufen konnte, hatten sich an manchen Stellen große Pfützen angesammelt. Die Luft war feucht und muffig und in allen Ritzen wucherten diese Pilze. Es waren definitiv keine gewöhnlichen Pilze, denn sie leuchteten leicht im Dunkeln. Blake hatte Ween erklärt, dass es eine schlechte Idee war, welche zu essen, aber das hatte er schon selbst geahnt.

Alle paar Meter hingen Laternen an den Wänden und füllten die Tunnel zusätzlich zu den Pilzen mit einem gelben Schein. Es schienen kleine, leuchtende Kugeln in den Laternen zu stecken, doch Ween konnte sich nicht erklären, wie sie genau funktionierten. Seit einer halben Stunde führte Blake ihn bereits durch die Gänge. Schon längst hatten sie die belebten Tunnel um die U-Bahn verlassen. Dieser Bereich war nicht gerade der Mittelpunkt des Lebens der Stadtbewohner.

Links und rechts von ihnen säumten schwere Türen die Wände. Einmal zogen sich tiefe Striemen durch das Holz, so angeordnet, dass sie eigentlich nur von Krallen stammen konnten. Und was für Krallen das gewesen sein mussten.

Sie begegneten nur wenigen Stadtbewohnern. Die meisten trugen Kisten oder Pakete mit sich herum und bewegten sich zielstrebig, niemand blieb stehen oder bummelte.

„Das hier sind überwiegend Lagerräume. Die Leute transportieren Waren hin und her", erklärte Blake seinem Lehrling leise.

Je tiefer sie in die Eingeweide der Erde vorstießen, desto nervöser wurde Ween. Er war jemand, der sehr schnell Entscheidungen traf und erst später, wenn die Konsequenzen bereits auf der Türschwelle standen, begann, sich Sorgen zu machen. Dieser Punkt war nun erreicht. Er dachte über Blake und Griffin und Steve und die Drachenreiterin vom Bahnhof nach und musste zugeben, dass er nicht wirklich wusste, wie er all seine Probleme lösen sollte.

„Blake?", fragte er nach einigen Minuten, nur um irgendetwas zu sagen.

„Ja?", antwortete der Schatten.

„Wer war jetzt die Frau mit dem Drachen?"

„Lady May. Sie arbeitet für die Stadtwache. Ich glaube, sie mag mich nicht."

„Dafür war sie aber ziemlich erpicht darauf, mit dir zu reden. Und du... du bist fast in Panik geraten."

„Bin ich?"

„Ich weiß nicht", murmelte Ween und starrte auf seine Füße. „Du hast nicht richtig mit ihr geredet und dir die ganze Zeit an den Kopf gefasst und dann bist du abgehauen. Wir hätten ihr doch alles erklären können." Er sah auf, um zu überprüfen, ob Blake wütend auf ihn war, doch der Schatten war ganz ruhig.

„Ich nicht", sagte er. „Ich hätte es Lady May nicht erklären können. Die Wirkung von Griffins Beschwörungszauber lässt nach. Zeit und ein bisschen räumliche Distanz haben sehr geholfen. Ich kann wieder denken, ohne dass ich ständig in mentale Wände laufe. Aber Griffin legte großen Wert darauf, dass die Fraktionen nichts erfahren. *Da* sind immer noch Wände. Ich kriege Kopfschmerzen, wenn ich nur daran denke."

„Ich glaube, du bist nur paranoid", traute Ween, sich zu sagen.

„Darauf hast du schon hingewiesen."

„Dann mache ich das eben noch mal. Und... und ich hätte es der Frau erklären können. Du hättest nur irgendein winziges Zeichen geben müssen." Blake blieb stehen.

„Daran hab ich nicht gedacht", sagte er und klang dabei aufrichtig schuldbewusst.

„Es ist nicht deine Schuld", sagte Ween. „Glaubst du, ohne den Beschwörungszauber wärst du auf so etwas gekommen?"

„Nö", antwortete Blake nach kurzer Überlegung. „Wenn ich so darüber nachdenke, wahrscheinlich nicht. Ich bin ziemlich schusselig. Also... Wir sollten langsam einen richtigen Plan fassen, was Griffin angeht." Ween nickte und schob den Gedanken an Lady May und ihren Drachen für einen Moment zur Seite.

„Ich kenne das Gebäude recht gut", fuhr Blake fort. Wenn er nervös war, war ihm das nicht anzusehen, doch Ween meinte, so etwas wie Sorge aus seiner Stimme herauszuhören. „Es ist auch eins von den Lagerhäusern – erstaunlich viele der Räume hier dienen als Versteck für zwielichtige Typen. An der Hinterseite gibt es jedenfalls eine ziemlich marode Holztür. Sie ist eine Art Notausgang, für den Fall, dass einmal was einstürzt. Ich weiß nicht, ob sie abgeschlossen ist, aber wenn ja, benutz den hier." Blake fischte einen unscheinbaren, vom Rost fleckigen

Schlüssel aus seiner Tasche. „Der öffnet alle nichtmagischen Schlösser."
„Und wenn das Schloss magisch ist?"
„Was weiß ich. Tritt die Tür ein. Wir sind gleich da. Ich zeige dir, wo die Hintertür ist, dann gehe ich zur Vordertür rein und lenke sie ab."
„*Sie*. Griffin und deine Freunde."
„Ja. Wobei ich streng genommen nur mit Rouge wirklich befreundet bin. Bitte behalte im Hinterkopf, dass ich mit den beiden anderen auch nicht gerade ein wunderbares Verhältnis pflege, ja? Sie sind ein bisschen asozial. Wir sitzen nur im selben Boot." Ween nickte gehorsam.
„Darf ich den behalten?", fragte er dann.
„Den Schlüssel?"
„Ja", sagte Ween. Blake sah ihn einen Moment lang an. Sein junger Partner und Lehrling machte ein betont unschuldiges Gesicht.
„Meinetwegen", sagte Blake. „Aber jetzt mach deinen Job, ja?"
„Klar, Boss, mach ich."
„Und nenn mich nicht Boss."

Die Hintertür war abgeschlossen, aber das Schloss war offenbar nicht magisch. Jedenfalls öffnete sich die hölzerne Tür ohne Widerstand, dafür mit einem lauten, offenbar obligatorischen Knarren. Ween wusste, dass es technisch gesehen eine Höhle war, doch der Raum dahinter sah ganz normal aus. Seine Wände waren von wurmstichigen Regalen gesäumt, in denen sich Metalldosen türmten. Einige enthielten irgendwelche Sachen zum Putzen, andere Lebensmittel. Er fand außerdem einen rostigen Bergarbeiterhelm, Wolldecken, die viktorianische Version eines Erste-Hilfe-Kastens, eine klobige Taschenlampe und eine Handvoll Seile. Er entdeckte auch ein Klappmesser mit einem hübschen Holzgriff. Es war mehrere Zentimeter länger als sein eigenes. Nach kurzem Zögern steckte er es ein. Streng genommen war das ja illegal, aber wer wusste schon, wofür es noch gebrauchen konnte. Und überhaupt. Konnte ja sein, dass sich jemand damit verletzte. Es war wohl besser, wenn er es an sich nahm.
Nach dem das Messer ordnungsgemäß beschlagnahmt worden war, wandte er sich wieder seinem Job zu. Die zweite Tür, die tiefer in das Gebäude hineinführte, war mit Farbe besprizt und ließ sich mühelos öffnen. Der Gang dahinter hatte eine hohe, gewölbte Decke. Er war weiß verputzt, schmucklos und karg. Von der Decke hing eine weitere dieser Laternen mit den seltsamen Lichtkugeln. Er brauchte seine Fähigkeit,

Elektrizität zu manipulieren, nicht, um zu wissen, dass sie definitiv nicht mit Strom betrieben wurden.

Ween rief sich wieder Blakes Wegbeschreibung in den Sinn. Dem Gang bis zur Kreuzung folgen. Dann nach rechts. Die Tafel befand sich hinter der Tür aus dunklem Holz. Wenn er drinnen war, die Tontafel mit einem schweren Gegenstand zertrümmern. Dann das Gebäude so schnell wie möglich wieder verlassen und draußen warten. Geräusche weitläufig umgehen.

Ween hatte gerade die Kreuzung erreicht, als er etwas hörte, dass ihn an einen schweren Gegenstand denken ließ, der mit voller Wucht gegen eine Wand geschleudert wurde. Also hatte Blake mit seinem Ablenkungsmanöver begonnen. Hoffentlich würde er Ween die anderen Dämonen und Griffin vom Hals halten. Hoffentlich ging es ihm gut.

Hinter ihm raschelte es. Ween runzelte verwirrt die Stirn, dann schlangen sich hölzerne Arme um seinen Körper.

Zu seiner Überraschung fand Blake bei der Vordertür keine Wachen vor. Schade eigentlich. Ein kurzes Gespräch mit Rouge hätte jetzt nicht geschadet. Auch wenn sie ihn mit höchster Wahrscheinlichkeit beleidigt hätte.

Die Eingangstür war nur angelehnt. Sie erwarteten ihn. Er hätte es ahnen müssen. Er zog sein Schwert und betrat den ersten Raum. Wie das gesamte Gebäude war er karg, aber sauber – für dieses Viertel. Die einzigen Möbelstücke waren ein halb vermoderter Schrank an einer Wand und ein Stuhl in einer Ecke. Eine Tür führte in einen langen Flur, von dem weitere Gänge abzweigten. Er hatte das Gebäude während seiner Zeit als Diener vollständig erkundet, denn er hatte in seiner Freizeit unter Griffin nicht viel anderes zu tun gehabt. Zu schade, dass die magischen Lichter immer eingeschaltet waren. Gerade jetzt war ihm nach einem beruhigenden Spaziergang im schützenden Dunkel. Wenigstens dem Jungen würde das Licht helfen. Menschen waren so unglaublich schlecht darin, sich zu orientieren.

Vor Blakes Flucht hatte Griffin die Tafel in einem kleineren Lagerraum aufbewahrt. Der Beschwörer hatte gedacht, dass sie dort sicher wäre, doch natürlich hatten die vier Dämonen sie entdeckt. Der Beschwörer hatte es jedoch nicht für nötig gehalten, das Ding woanders zu verstecken, denn zu diesem Zeitpunkt waren ihrer aller Gedanken noch von dem Beschwörungszauber gefangen gewesen. Aber jetzt hatte sich das geändert. Den Weg zu dem Lagerraum hatte er Ween beschrieben. Fünf Minuten Vorsprung hatte er für genügend erachtet, um die anderen von der Tafel wegzulocken. Wenn sich alle auf Blake selbst konzentrierten, hatte der Kleine eine gute Chance. Die Tür zum Lagerraum war halb geöffnet. Immer noch keine Spur von Thorn, Phil oder Rouge. Und wo war Griffin?

Er ertappte sich dabei, wie Zweifel sich in seinem Kopf breitmachten. Der Junge. Er sorgte sich um ihn. Ween war ein Kind und er Idiot hatte ihn in den Kampf gegen drei Dämonen und einen skrupellosen Beschwörer mitgeschleppt. Einen Beschwörer noch dazu, der seine SIG Sauer stets griffbereit hatte. Aber jetzt war es zu spät.

Er stand unschlüssig vor der Tür zum Lagerraum. Vielleicht gelang es ihm ja, die Tafel mitzunehmen? Sie selbst zu zerstören war ihm verboten, aber vielleicht...

Ein leises Geräusch riss ihn aus seinen Gedanken – ein rasselnder Atemzug. Blake knirschte mit den Zähnen machte langsam einen Schritt auf die Tür zu.

Jemand war dort. Dann war es jetzt sein Job, ihn wegzulocken.

Hallo Freunde, ich bin wieder zu Hause. Bitte erschießt mich nicht. Er streckte die Hand nach der Türklinke aus und drückte sie nach unten. Das rostige Metall war kalt. Die Tür öffnete sich und er trat in den Raum.

In der Ecke neben der Tür stand ein Grauer Hüne. Der riesige Dämon bleckte die gelben Zähne zu einem Grinsen, als Blake zu ihm hoch sah, und eine Faust, so groß wie ein kleines Fass, schlug nach ihm. Der Schatten unterdrückte einen Fluch, wich aus und trat wieder auf den Gang.

„Verdammt nochmal, Thorn", zischte er verärgert.

„Ich hab mich gefragt, wann du wieder auftauchst", informierte Thorn ihn.

„Ich mich auch", gab Blake zu, „Ich nehme an, du hast keine Lust, alles auszudiskutieren?" Thorn schlug wieder nach seinem Kopf, Blake unterdrückte einen weiteren Fluch, duckte sich und zielte mit einem Schwertstreich auf ein Knie des anderen Dämonen. Das Nashorn schlug die Klinge zur Seite, als wäre sie nur ein Kinderspielzeug, und folgte ihm auf den Gang. Blake fühlte sich auf unangenehme Weise an seinen Kampf mit dem Golem erinnert. Langsam ging er rückwärts. Thorn durfte nicht auf die Idee kommen, dass er ihn von der Tafel weglocken

wollte.
„Verräter", sagte Thorn.
„Gar nicht", sagte Blake. „Ich versuche, euch zu helfen."
„Indem du fliehst, statt zu kämpfen?"
„Das damals war ein taktischer Rückzug", rechtfertigte er sich.
„Du hättest die Tafel zerstören können."
„Ich hatte eine Chance, ja. Aber er hätte mich erschießen können."
„Aber du hättest."
„Jetzt bin ich doch da." Blake seufzte. Die Grauen Hünen – wie sie sich selbst in ihrer Sprache nannten, vergaß er ständig – hatten ein seltsames Verständnis von Mut und Treue. Wer nicht gedankenlos alles riskierte, galt als Feigling und Verräter. Hoffentlich dachten Phil und Rouge nicht genauso. Obwohl sie damit vermutlich recht hätten.

„Ich merke schon, mit Reden kommen wir nicht weiter", sagte der Schatten stattdessen. Er bekam keine Antwort. Das Nashorn griff wieder an. Seine riesigen Fäuste hagelten überraschend schnell auf den kleineren Dämon hinunter. Von dem Schwert, das für ihn kaum mehr als ein Buttermesser, geschweige denn eine Bedrohung war, ließ er sich nicht beeindrucken. Blake spürte, wie der Stahl in seinen Händen bebte, als er versuchte, einen Schlag zu parieren. Ein besonders harter Schlag riss sie ihm fast aus der Hand. Die Klinge prallte gegen die Wand, dann ließ er sie fallen.

Rouge wird mich umbringen für das, was hier mit dem Schwert passiert, dachte Blake, als er einen Satz nach hinten machte, um dem nächsten Hieb des Riesen auszuweichen.

„Hey!", rief er anklagend und hob beide Hände. Thorn kümmerte es nicht. Der Dunkelmagier gestikulierte, etwas Schwarzes blitzte auf und fing Thorns schwere Fäuste ab. Der Aufprall stieß Blake ein ganzes Stück zurück, doch der Schild aus Dunkelheit hielt stand.

Das Nashorn attackierte ihn ungerührt weiter. Bei jedem Schlag bebte die schwarze Masse. Es war keine Dauerlösung. Er brauchte mehr Spielraum.

Blake warf einen schnellen Blick durch den Gang, erinnerte sich, welche Räume sich hinter den Türen verbargen, zog die Dunkelheit um sich herum zusammen und ließ sich von ihr tragen.

Sie riss ihn mit der Geschwindigkeit eines fahrenden Autos mit sich. Er prallte mit der Schulter gegen eine Stahltür, so heftig, dass sie aufschwang und auf der anderen Seite mit einem Knall gegen die Wand schlug, doch die Dunkelheit federte den Aufprall ab, sodass er sich nicht verletzte. Es tat dennoch höllisch weh.

Blake landete geduckt, rutschte ein Stück über den Boden und stützte sich dann mit den Händen auf dem Boden ab. Er sah zu Thorn zurück, der noch immer auf dem Gang stand. Es war dunkel hier drin. Gut.

„Wo bleibst du?", wollte Blake rufen, brachte jedoch kaum mehr als ein erschöpftes Hecheln zustande. Er atmete schwer, sein Puls raste und sein Kopf dröhnte. Sich von der Dunkelheit tragen zu lassen war anstrengend. Es brannte seine Energiereserven nur so weg.

„*Thorn!*", brüllte er nach draußen. Er sah, wie das Nashorn belustigt den Kopf schüttelte und sich in Bewegung setzte.

Komm schon, dachte er und starrte in Thorns orange Augen. *Folg mir. Weg von dem Raum mit der Tafel.* Er hoffte, dass das Nashorn keinen Verdacht schöpfte. Vielleicht glaubte es, dass er den Kampf im Dunkeln fortsetzen wollte, um im Vorteil zu sein.

War die Tafel überhaupt dort gewesen? Er hatte nicht darauf geachtet.

Mist. Wenn sie sie woanders versteckt hatten, musste er Thorn so schnell wie möglich außer Gefecht setzen und Ween suchen. Auf alle Fälle konnte es nicht schaden, das Nashorn k.o. zu schlagen. Hoffentlich schaffte er das auch.

Blake richtete sich auf und wich weiter zurück, während der andere Dämon näher kam. Ein paar Laternen hingen auch hier von der hohen Decke, doch sie schienen schon seit Jahren nicht mehr benutzt worden zu sein. Lediglich der matte Lichtstreifen, der durch die offene Tür fiel, erleuchtete die Halle noch. Die Regale, die im Gegensatz zu Griffins provisorischem Arbeitszimmer fast den ganzen Raum füllten, bestanden aus Metall. Nur wenige verstaubte Kisten und Kartons lagen darin.

Als er ihm folgte, schnitt Thorns massige Gestalt das Licht ganz ab. Dann schloss sich die Tür und vollkommene Dunkelheit legte sich über Blake wie ein schützender Mantel. Seine immer noch glimmenden Augen konnte sie in dieser Konzentration nicht verbergen, doch er konnte spüren, wie sie um seine Hände waberte, bereit, seinen Befehlen zu gehorchen. Sein Atem hatte sich mittlerweile wieder beruhigt.

Der Schatten sah im Dunkeln prinzipiell nicht viel besser als andere Dämonen auch – was allerdings immer noch besser war als ein Mensch. In dieser Hinsicht war sein Vorteil nur, dass er daran gewöhnt war, sich auch bei schlechten Lichtverhältnissen zu orientieren. Doch er musste nicht *sehen*. Er spürte die Dunkelheit. Sie zeigte ihm seine Umgebung besser und genauer, als seine Augen es je könnten.

Das Nashorn, dessen optische Erscheinung nun auf ein Paar schlecht gelaunter oranger Lichter reduziert war, machte ein paar weitere Schritte in den Raum hinein, ohne dass einer von ihnen den anderen aus dem Auge gelassen hätte. Das einzige Geräusch war der langsame, rasselnde Atem des größeren Dämons. Dann machte Thorn plötzlich einen Satz auf ihn zu, das Horn auf seiner Stirn nach vorne gestreckt wie einen Rammbock. Blake kniff die Augen zu, damit sein Gegner die roten Lichtpunkte nicht sehen konnte und stolperte zur Seite. Das spitze Horn schrammte kreischend über das Metall des Regals, anstatt ihn aufzuspießen.

Blake trat mit geschlossenen Augen tiefer in das Regallabyrinth hinein. Schwere Schritte ertönten. Sie kamen auf ihn zu. Ob das Nashorn im Dunkeln doch noch ein paar Schemen erkennen konnte, ob es ihn hörte oder ihn witterte wie ein Stück Wild, es wusste, wo er war.

Die Dunkelheit hinter seinem Rücken sagte ihm, dass er kaum einen Schritt entfernt von kaltem Metall war. Eine Sackgasse. Er blinzelte. Orange Augen leuchteten vor ihm. Thorn beugte sich leicht nach vorne. Der Dummkopf würde nicht noch einmal auf dieselbe Art angreifen, oder?

Doch. Würde er. Mit dem Kopf durch die Wand. Immerhin hatte es eben auch gut funktioniert. Blake würde nicht mehr ausweichen können.

Thorn preschte wieder los, aber diesmal ließ Blake ihn nicht näher kommen. Auf eine Bewegung seiner Hand hin schoss eine Ranke aus Dunkelheit in Richtung des Regals zu seiner Linken, packte es und riss es um. Das Regal stürzte von der Seite gegen das Nashorn, das ihn schon beinahe erreicht hatte. Thorn versuchte, aufzustehen, doch Blake wedelte mit der Hand und das Regal richtete sich noch einmal halb auf, um dann erneut auf ihn zu stürzen und ihn unter sich zu begraben.

Thorn stöhnte, schob das Regal ein Stück von sich herunter und stützte sich auf einen Ellbogen. Seinen linken Arm konnte er nicht bewegen, er hing irgendwo fest. Das Nashorn sah auf und grunzte, als es Blake bemerkte. Dieser Dummkopf hockte neben ihm und schien all seinen Respekt vor dem größeren Dämon verloren zu haben. Thorn knurrte und versuchte, seinen linken Arm zu befreien. Als er begriff, dass es ihm so nicht gelingen würde, sah er genauer hin, versuchte, im Dunkeln etwas zu erkennen. Sein Handgelenk war an eine der Metallstreben, die das Grundgerüst der Regale bildeten, gefesselt. Der Schatten hatte es mehrmals mit einem unscheinbaren, hell silbrigen Faden umwickelt. Thorn gab ein weiteres verärgertes Geräusch von sich und zerrte daran, doch weder bewegte sich das Regal, noch riss der Faden. Neben ihm grinste Blake.

„Es hat keinen Zweck", sagte der Schatten.

„Was ist das?", knurrte Thorn und nickte zu dem Faden.

„Erinnerst du dich an die Geschichte, die ich einmal erzählt habe?", fragte Blake. „Als wir uns einmal nicht gestritten haben? Die von der magischen Fessel, die die Zwerge hergestellt haben, damit die Götter damit den Fenriswolf anleinen konnten?" Thorn legte seinen gewaltigen Kopf schief und gab es auf, sich befreien zu wollen.

„Daran erinnere ich mich. Du sagtest, die Fessel, die ihr gefunden habt, sei nicht die Echte."

„Nun, dies *ist* nicht die Echte. Glaube ich. Die Fessel in der Legende erledigte das Fenris-Problem für sehr lange Zeit, diese hier lässt sich aber mit einem einfachen Trick öffnen. Ich finde sie dennoch sehr praktisch."

„Trick", wiederholte Thorn. „Was für ein Trick?"

„Du glaubst nicht wirklich, dass ich ihn dir verrate, oder?" Thorn fletschte seine Zähne zu einem Grinsen und bevor der Schatten reagieren konnte, zuckte seine freie Hand vor und schloss sich um Blakes linken Arm wie eine Stahlklammer. Der Graue Hüne meinte, ein leises Knacken zu hören, aber das Geräusch, das der Idiot machte, als er versuchte, einen Schmerzensschrei zu unterdrücken, lenkte ihn etwas ab. Sein Gesichtsausdruck war zu witzig. Thorns Grinsen wurde breiter, als Blake erfolglos versuchte, seine Finger zurückzubiegen.

„Du hast etwas vergessen", erklärte das Nashorn, als es seinen eisernen Griff um den Arm des anderen Dämonen verstärkte. „In deiner Geschichte. Du hast gesagt, der Wolf hat einem Gott die Hand abgebissen, bevor sie ihn wirklich erledigen konnten."

„Tyr", stieß Blake zwischen zusammengebissenen Zähnen hervor. „Nett, dass du dich daran erinnerst."

„Ich habe mal jemandem einen Arm abgerissen", erzählte Thorn. „Vor ein paar Jahren. Ich wüsste gerne, ob ich es noch kann."

„Nein."

„Wie bitte?" Thorn zog ihn mit einem Ruck ein Stück auf sich zu, bis das Gesicht des Schattens nur noch Zentimeter von dem großen, spitzen Horn auf seinem Kopf entfernt war. Blake linste nervös dazu hoch, bevor er Thorn wieder in die kleinen, orangen Augen blickte.

„Das ist nicht fair. Ich bin auf deiner Seite."

„Du magst mir helfen wollen, aber ich zweifle an deinem Nutzen. Und Griffin will, dass wir dir die Arme brechen."

„Lass mich versuchen, Griffin zu besiegen", plapperte Blake hastig.

„Was hast du schon zu verlieren?" Thorn hielt seinen Arm noch einen Moment lang fest, dann öffnete er seinen Griff. Der Dämon machte sofort einen Satz zurück und prallte bei dem Versuch, so weit wie möglich von dem Nashorn wegzukommen, gegen ein Regal. Thorn lachte. Blake umklammerte seinen Arm und warf ihm den wütendsten Blick zu, zu dem er fähig war.

„Nett, dass ich dich überreden konnte", knurrte er.

„Du hast mich nicht überredet", entgegnete Thorn. „Mir ist egal, ob du gegen Griffin kämpfst oder nicht."

„Warum hast du mich dann angegriffen?", zischte Blake. Thorn lächelte wieder.

„Weil es *Spaß* gemacht hat", erklärte er. „Ich mag dich nicht."

„Es ist nicht meine Schuld, dass du einen schrecklichen Geschmack bei der Wahl deiner Gesellschaft hast", erwiderte der Schatten, der seine alte Schlagfertigkeit wiedergefunden zu haben schien.

„Du bist ein blöder kleiner Idiot, der seine Klappe nicht halten kann", verkündete Thorn.

„Danke."

„Verschwinde."

Ween wand sich im Griff des Pflanzendämons hin und her, doch er ließ nicht los. Der Junge hatte das Gefühl, seine Rippen würden brechen. Er tastete nach dem Messer in seiner Tasche, dem großen, während er nach Luft schnappte. Schwarze Punkte tanzten vor seinen Augen wie schadenfrohe Geister. Ween gelang es, das Messer mit dem Daumen aufzuklappen, und kratzte damit über das Handgelenk der Kreatur. Ein klare Flüssigkeit tropfte aus der Wunde, doch wenn Weens Gegner Schmerzen spürte, so ließ er es sich nicht anmerken.

Ween sammelte Magie in seinen Fingerspitzen und drückte sie auf den Unterarm seines Gegners. Der Pflanzendämon fluchte in einer Sprache, die der Junge nicht kannte, als der Stromschlag seinen Körper durchschüttelte, und löste seinen Griff. Seine Stimme klang wie knarrendes Holz. Ween stolperte nach vorne und rang nach Luft. Das Wesen spürte also doch Schmerz, auch wenn es bei weitem nicht so empfindlich war wie ein Mensch.

Der Dämon knurrte und veränderte sich. Seine Arme wurden länger, seine Fingernägel wuchsen und wurden zu Dornen. Ween zog sein zweites Messer und hielt die beiden Waffen schützend vor sich. Das Baumwesen schwenkte seinen linken Arm. Fünf Dornen schnellten durch die Luft wie nadeldünne Klingen. Ween wollte einen Satz zurück machen, doch er war zu langsam und zu ungeschickt. Einer der Dornen streiften seinen Unterarm. Ween biss die Zähne zusammen, ließ die Messer fallen und presste seine Hand auf die Wunde. Nach einem Moment zwang er sich, seinen unversehrten Arm zu heben und versuchte, genug Elektrizität für einen weiteren Stromschlag in seinen Fingern zu konzentrieren.

Nichts. Der Schmerz hatte die Magie vertrieben, als sei sie ein scheues Tier.

Eine Auseinandersetzung provozieren

Ein Auge des Jungen war fast komplett blau, doch die braunen Flecken in dem anderen zeigten, dass er noch nicht lange zauberte. Die Augen blickten Griffin so trotzig an, als wollte ihr Besitzer um jeden Preis beweisen, dass er keine Angst hatte. Griffin kaute auf einem Pfefferminzkaugummi herum und blickte unbeeindruckt zurück.

Der Schatten hatte also einen Lehrling. Griffin hatte nicht von ihm erwartet, dass er gut mit Kindern umgehen konnte. Er selbst interessierte sich nicht für sie. Seine Ehe hatte nach vier Jahren mit einer Scheidung geendet und einen Lehrling hatte er nie gehabt. Er war auch nie selbst einer gewesen und verstand den ganzen Rummel um Meister und Lehrling nicht.

Hinter dem kleinen Jungen stand Phil. Der Dryad musterte, stumm wie immer, sein Handgelenk. Eine klare Flüssigkeit tropfte von seinen Fingern auf den Boden. Auch der Lehrling war angeschlagen. Er presste eine Hand auf die Wunde und versuchte, den verletzten Arm nicht zu bewegen, gab jedoch keinen Laut von sich. Zäh war er, das musste man ihm lassen. Rouge, die an der Wand hinter dem Schreibtisch lehnte, schwieg ebenfalls. Nach einiger Zeit seufzte Griffin resigniert und brach das Schweigen.

„Wie heißt du?"

„Matthew–", begann der Junge. „Nein, Ween." Danach war wieder nichts aus ihm herauszubekommen.

„Im Gegensatz zu deinem finsteren Freund bist du ja ziemlich einsilbig", stellte Griffin fest. Der Junge verschränkte die Arme und starrte auf die unscheinbare Tontafel, die neben der Pistole auf seinem Schreibtisch lag. Hieroglyphen waren in den ockerfarbenen Ton geritzt und mit dem magischen Mineral ausgelegt, der einmal durch die Erde um sie herum gewuchert war wie das Wurzelwerk einer Pflanze. Ob er wusste, was es damit auf sich hatte? Der Schatten hatte es ihm mit Sicherheit erzählt.

„Für dein Alter hast du ein beträchtliches Maß an Unruhe gestiftet", begann der Beschwörer wieder, als der Junge nichts sagte. „Ich habe gehört, ihr wurdet von einem Drachen angegriffen? Oh, außerdem hast du dich offenbar mit unserer Topfpflanze da – ich meine unserem Dryaden – geschlagen."

„Wie Sie sehen, sind wir quitt", knurrte der Junge und hob seinen blutenden Arm. Griffin nickte, als würde er ihn für die Worte loben.

„Du würdest mir einen großen Gefallen tun, wenn du mir verraten würdest, wo genau sich der Schatten aufhält", erklärte er höflich.

„Das braucht er nicht", erklärte eine Stimme und Blake tauchte mitten im Raum aus dem Nichts auf.

„Konnte nicht widerstehen", fügte er dann hinzu.

Griffin schrie einen Befehl. Dann ging es Schlag auf Schlag. Der Beschwörer wollte nach seiner Pistole greifen, doch Dunkelheit fegte die Waffe vom Tisch. Phil ließ Dornen aus seinen Finger sprießen und stürzte auf Blake zu, doch Ween stellte ihm ein Bein. Der Dryad schlug der Länge nach hin. Ween nutzte die paar Sekunden, die ihm das einbrachte, machte einen Satz zum Schreibtisch hin und schnappte sich eins der Messer, die Griffin ihm abgenommen hatte. Phil rappelte sich wieder auf und wollte sich als Nächstes auf ihn stürzen, doch Ween stolperte zur Seite. Aus dem Augenwinkel sah er, wie Blake und Griffin kämpften. Der Beschwörungszauber musste bei dem Schatten jetzt jede Wirkung verloren haben. Eine Ranke aus Dunkelheit peitschte durch die Luft und klammerte sich an Griffins Arm fest. Auf eine Handgeste des Beschwörers hin traf eine unsichtbare Druckwelle Blake, doch die Ranke riss den Menschen mit sich. Beide machten ein überraschtes Gesicht und schlitterten über den Boden. Als Blake wieder auf die Beine kam, sah Ween, dass er einen Arm schützend an seinen Körper drückte, als sei er verletzt.

Die Wunde an seinem eigenen Arm brannte immer noch, doch Ween hielt das Messer fest umklammert und duckte sich unter einem Angriff der Dornen an Phils linker Hand weg. Er versuchte, ihm gegen das Knie zu treten, da traf ihn ein Hieb des Dryaden gegen die Brust und schleuderte ihn ein Stück durch die Luft. Ween landete auf dem Hintern und sah noch im richtigen Moment auf, um mitzubekommen, wie Blake in den Dryaden hineinkrachte und ihn beinahe umstieß. Der Menschenjunge warf noch einen schnellen Blick zu Griffin, der hinter seinem umgestoßenen Schreibtisch hockte, die Arme ausgestreckt und die Finger gekrümmt, um seine Magie zu lenken, aber Blake taumelte in sein Blickfeld, bevor er erkennen konnte, was der Beschwörer als Nächstes tat.

Phil hatte nun lange Klauen an beiden Händen und benutzte sie wie Dolche. Blakes Taktik bestand in erster Linie darin, laut zu fluchen und auszuweichen, bevor er dem Dryaden eine Ladung Dunkelheit ins Gesicht schoss und ihn damit zurücktrieb. Phil fauchte und ging blind zum Gegenangriff über, Blake fluchte weiter und beide schlugen um sich, Phil mit hölzernen Waffen, Blake mit seinem Schwert, das irgendwie lädiert aussah, und Dunkelmagie. Ween rutschte rückwärts über den Boden und versuchte, von den herumwirbelnden Dämonen wegzukommen, doch sein Rucksack behinderte ihn.

Blake stolperte über Phils Bein und landete neben Ween auf dem Fußboden. Er versuchte, sich wieder aufzurappeln, doch der Dryad hatte sie bereits erreicht und trat auf seinen Arm. Ween hörte Blake aufjaulen und zuckte mitleidig zusammen. Mit der einen Hand packte Phil Blakes Kragen und zerrte ihn ein Stück hoch, aus der anderen formte er eine Klinge. Ween hatte nicht gewusst, dass man Holz zu einer Klinge formen konnte, aber es sah höllisch scharf aus.

„Oh, toll", hörte er Blake murmeln.

Endlich gelang es dem Jungen, sich aufzurappeln. Kaum war er wieder auf den Füßen, versuchte er, den Dryaden wegzuziehen, ihn mit dem Messer zu verletzen, irgendetwas zu tun, doch das Wesen packte ihn wieder und schubste ihn weg, ohne auch nur hinzusehen.

Als Phil sich wieder seinem ursprünglichen Gegner zuwandte, erstarrte er. Blake hielt etwas in seiner Hand, ein winziges Ding, was es war, konnte Ween nicht erkennen, aber es schien den Dämonen zu überraschen. Er knurrte und schnappte es aus Blakes Hand, dann ließ er ihn los, stand auf und trat einen Schritt zurück.

Blake stützte sich mit seinem gesunden Arm an Boden ab und richtete sich vorsichtig auf. Der Pflanzendämon ließ ihn in Ruhe und untersuchte stattdessen schweigend das Ding, das er ihm gegeben hatte. Als er es zwischen Daumen und Zeigefinger hielt, meinte Ween zu erkennen, was es war.

„Ist das die Haselnuss?", fragte er und stand ebenfalls auf, wobei er einen Moment taumelte, als er versuchte, das Gewicht des Rucksacks auszubalancieren. Er hatte sein Messer verloren, registrierte es jedoch kaum.

„Ja", antwortete Blake, ohne zu ihm zu sehen. Er war immer noch angespannt und wagte es nicht, den anderen Dämon aus den Augen zu lassen.

„Ist das ein Symbol oder so? Wie eine weiße Flagge?"

„Nein. Es war eine spontane Idee von mir, als ich sie im Wald gefunden habe. Er mag Pflanzen." Blake und Phil standen sich jetzt schweigend gegenüber, der Schatten immer noch in einer misstrauischen, angespannten Haltung. Das rothaarige Mädchen, das die ganze Zeit über noch nichts gesagt hatte, lehnte an seiner Wand und beobachtete alles.

Die Tontafel lag auf dem Boden, immer noch in einem Stück. Ween fasste einen Entschluss und warf einen nervösen Blick um sich, um zu überprüfen, ob ihm vielleicht jemand seinen Plan ansah. Dann machte er einen Satz.

In seinem Augenwinkel zuckte der Dryad zusammen und streckte seine Klauen nach ihm aus, doch Ween sah noch, wie sein Lehrmeister sich gegen ihn warf und Blakes Ellbogen Phils Kiefer traf.

Dann war Ween auf den Knien, packte die Tafel und holte aus, um sie an der Kante des umgestürzten Schreibtisches zu zertrümmern, als jemand ihm in die Seite trat und sie ihm aus den Händen riss.

Ween stolperte, hielt sich die Rippen und schenkte der Person, die über ihm stand, einen anklagenden Blick. Die Rothaarige erwiderte den Blick doppelt so feindselig. Dann sah sie auf die Tontafel in ihrer Hand, als würde sie erst jetzt begreifen, was sie gerade unter dem Einfluss des Beschwörungszaubers instinktiv getan hatte. Wem sie geholfen hatte.

„*Verdammt!*", fluchte sie und trat mit voller Kraft gegen den umgekippten Schreibtisch. Ween wurden zwei Dinge klar. Erstens: Nachdem, was er wusste, hatte er vermutlich gerade Blakes Freundin Rouge kennengelernt. Zweitens: Sie trat offenbar gerne Sachen.

„Ich bin sicher, wir kriegen das irgendwie hin", kam es von Blake. Ween fiel auf, was für eine ungewöhnlich optimistische Aussage das für den Schatten war und drehte sich zu ihm um. Phil hatte eine seiner hölzernen Waffen warnend erhoben, doch Blake schien zu hoffen, dass der kurze, warnende Blick, den er dem Dryaden zuwarf, ausreichen würde.

„Du", sagte Rouge und durchbohrte den Schatten mit Blicken. „Halt die Klappe." Blake zuckte mit den Schultern und verdrehte die Augen, sagte aber nichts mehr.

„Bist du ein Mensch?", fragte Ween neugierig und rappelte sich vorsichtig auf. Sie sah aus wie ein Mensch. Rouge schnaubte verächtlich und nahm nur ihre Brille ab.

In ihren braunen Augen flackerte es einen Moment, als würde sich ein Feuer darin spiegeln. Dann fiel die Illusion gänzlich in sich zusammen. Ein Leuchten flammte auf. Trotz den normalen Sommersprossen, dem normalen violetten T-Shirt und der normalen Anzahl Gliedmaßen konnte Rouge nicht mehr für menschlich durchgehen. Ihre Augen glühten jetzt in einem tiefen Rot, wie die von Blake, vielleicht mit einem winzigen Schuss ins Violette, mehr Wein- als Blutrot.

„Immer wieder eine dramatische Vorstellung", kommentierte Blake. Rouge beachtete ihn nicht.[1]

Sie hörten Schritte und drehten sich zu Griffin um, der ein Stück auf sie zugekommen war. Eine Geste des Beschwörers und der umgestürzte Schreibtisch schob sich wie von selbst ein Stück zur Seite.

Hinter ihm war etwas. Eine silbrig glänzende Masse, die sich langsam bewegte und ausdehnte, bis sie fast die Größe einer Tür hatte. Ein Spiegel.

„Da bist du ja", begrüßte Blake ihn. „Hatte mich schon gefragt, wo du gesteckt hast."

„Es dauerte eine Weile, dieses Ding hochzufahren", antwortete Griffin trocken.

„Was ist das?", wollte Ween wissen.

„Ich bin mir nicht sicher", gab Blake zu.

„Es ist ein Zauber", erklärte Rouge und legte die Tafel auf den Boden. „Reine Magie, die sich eine physische Hülle baut, um stabiler zu sein."

„Kann es uns etwas tun?", wollte Ween wissen. Sein Bauchgefühl fand den Spiegel nicht allzu bedrohlich.

„Das kommt ganz darauf an, was für ein Zauber es ist", sagte Rouge.

„Ich dachte, du weißt das, wenn Griffin dir von dieser Hülle erzählt hat...", gab Ween zu.

„Ich habe ihr nichts davon erzählt", unterbrach Griffin ihn.

„Genau", sagte sie. „Ich bin einfach nur intelligenter als ihr beide."

„Klar doch, Hermine", murmelte Blake und sah dann Griffin an. „Will es uns nun töten oder nicht?"

„Es ist nichts Gefährliches", sagte Griffin. „Nur mein Ausgang. Nach dem Chaos, dass ihr oben verursacht hat, sucht euch sicher schon die Stadtwache. In spätestens einer Stunde sind sie hier. Für den Fall, dass ich jemanden töten muss, habe ich außerdem das hier wieder eingesammelt." Der Beschwörer hob seine Pistole. Blake seufzte. Griffin sah Rouge und Phil an.

„Kein Kampf mehr? Wir reden nur noch?"

---

[1] Es sah wirklich beeindruckend aus, unter anderem, weil Rouge so gut darin war, zu verbergen, dass sie ohne die Brille nicht viel erkennen konnte.

„Im Moment ja", antwortete Rouge. Griffin wandte sich an Blake.
„Und du scheinst wirklich frei zu sein."
„Ich bin wieder in Hochform", antwortete der Schatten stolz. „Mein Bewusstsein gehört nur mir. Ich bin nicht länger dein Hauself, Griffin."
„Hauself?", wiederholte Rouge. „Hast du wieder *Harry Potter* gelesen?"
„... vielleicht?", erwiderte Blake. „Warum?"
„Du hast zwei Harry-Potter-Anspielungen in dreißig Sekunden gemacht."
„Ah", machte der Schatten. „Aber irgendwas musste ich ja tun, während ich in diesem Gasthaus in Weens Stadt gewartet habe."
„Du solltest dir Gedanken darüber machen, wie du uns helfen kannst, nicht lesen!"
„Das habe ich doch. Immerhin bin ich jetzt hier, oder? Ich hatte trotzdem eine Menge Zeit totzuschlagen." Rouge verdrehte die Augen. Blake sah wieder in Griffins Richtung und fuhr fort.
„Worauf ich eigentlich hinaus wollte, war Folgendes", sagte er und grinste schief. „Kopf runter." Ween sah ihn den Arm ausstrecken. Dunkelheit loderte um seinen Freund herum auf, breitete sich dann aus, schloss sich um Griffins massigen Schreibtisch und schleuderte ihn durch den Raum. Griffin hob eine Hand und bewegte seine Finger. Es zerriss den Tisch in der Luft zu tausenden winziger Splitter.
„Das hat nicht funktioniert", stellte Blake fest. Griffin hob seine Pistole und entsicherte sie.
„Mist", fügte der Schatten hinzu.
Ween sah zu Rouge. Die Dämonin sah zurück. Der Junge hob seinen Fuß, Rouge kämpfte sichtbar gegen den Beschwörungszauber an, verlor nach einer Sekunde, packte ihn und zerrte ihn weg, aber nicht, bevor es ihm noch gelang, mit dem Fuß auf die Tontafel zu stampfen und sie zu zertrümmern.
Neben ihm schüttelte Rouge sich, als wäre soeben eine schwere Last von ihr genommen worden. Dann waren einen Moment lang alle still.[1]
Griffin schien nachzudenken, während die Leute im Raum sich gegenseitig mit Blicken fixierten wie Cowboys kurz vor einem Duell. Der

---

[1] Griffins magischer Spiegel stand, von allen ignoriert, immer noch mitten im Raum. Wären Möbelstücke Schauspieler, dieser wäre nervös von einem Fuß auf den anderen getreten und hätte sich gefragt, wie er seine Kollegen am höflichsten darauf aufmerksam machen konnte, dass sie seinen Part im Stück aus Versehen komplett übersprungen hatten.

Beschwörer entschied sich für die simpelste Option und zielte wieder auf Blake.

Rouge überbrückte die Entfernung zwischen Ween und Griffins Arm, bevor der kleine Menschenjunge auch nur blinzeln konnte. Sie riss den Arm des Beschwörers hoch und der Schuss ging in die Decke. Ween zuckte zusammen. Der Knall dröhnte in seinen Ohren.

Blake bewegte sich ein paar Sekunden lang überhaupt nicht. Dann drehte er den Kopf zu Rouge, ganz langsam, als fürchtete er, die Kugel würde ihn doch noch treffen, wenn er sich zu schnell bewegte.

„Danke", krächzte er.

„Keine Ursache", zischte sie. „Vielleicht hättest du einfach nicht seinen Schreibtisch nach ihm werfen sollen." Sie machte einen Schritt von Blake weg und versuchte, ihn nicht mehr anzusehen. Stattdessen wandte sie sich an ihren Meister. Selbst von seiner Position im Raum aus konnte Ween die Furcht in den Augen des Beschwörers sehen. Und er konnte sie nur zu gut verstehen. Griffin starrte immer noch auf die Hand der Rothaarigen, die seinen Arm umklammert hielt.

„Lass meinen Arm–", begann er, doch Rouge bog seinen Arm mit der Waffe blitzschnell zurück, bis Griffin direkt in den Lauf sehen konnte. Er erstarrte.

Rouge würde Griffin töten. Die Gedanken kreisten in Weens Kopf. Griffin war böse, jedenfalls klang es so, wenn Blake von ihm sprach. Ween erinnerte sich an den herablassenden Blick, mit dem der Mann ihn gemustert hatte. Trotzdem sah er hilfesuchend zu Blake. Der starrte Griffin und Rouge an und steckte vermutlich im selben Dilemna.

„Rouge, hör auf", sagte der Schatten schließlich lahm. Sie drehte sich zu ihm um, ohne Griffins Arm loszulassen. „Komm schon... das kannst du doch nicht machen."

„Ich bin mir sicher, ich kann", erwiderte sie schnippisch.

„Ich meine nicht, dass du nicht dazu in der Lage wärst", korrigierte er. „Ich meine, dass du das nicht tun solltest. Lass uns... lass uns ihn der Stadtwache geben... oder der Botschaft meinetwegen."

„Du verstehst das nicht." Sie sah aus, als wollte sie noch etwas hinzufügen, schwieg dann aber doch.

„Ich verstehe es sehr gut", entgegnete er. „Vor ein paar Wochen war ich noch genauso gefangen wie du, erinnerst du dich?"

„Und dann bist du *abgehauen*." Sie spuckte ihm die Worte förmlich ins Gesicht.

„Ich wollte euch helfen", rechtfertigte Blake sich.

„Und warum hast du es nicht getan?", zischte sie, nur, um dann selbst die Antwort zu geben. „Weil du ein verräterischer Feigling bist."

„Ich bin vielleicht ein Feigling, aber kein Verräter", sagte Blake entschieden.

Ween und Phil verfolgten ihren Dialog, wobei sie immer abwechselnd die rothaarige Dämonin, die immer noch Griffins Arm festhielt, und Blake ansahen. Dann entdeckte Ween zufällig sein Klappmesser auf dem Boden, gab einen positiv überraschten[1] Laut von sich und hob es auf.[2]

Rouge und Blake starrten sich jetzt finster an. Ween meinte zu sehen, wie Griffin den linken Arm etwas hob. Sein Gesicht spiegelte jetzt keine Angst mehr wieder, sondern höchste Konzentration. Seine freie Hand bewegte sich. Ween wollte eine Warnung rufen, doch etwas riss ihm das Messer aus der Hand, bevor er einen Laut hervorbringen konnte, die Waffe sauste wie an einem unsichtbaren Gummiband quer durch den Raum und bohrte sich tief in Rouges Oberschenkel.

Rouge fluchte, als ihr Bein einknickte und sie gegen Blake taumelte, der sie reflexartig auffing. Da war stechender Schmerz und das Gefühl von etwas Warmem, das ihre Jeans durchnässte und ihr Bein hinunterlief.

Griffin entwand ihr seinen Arm so mühelos wie einem kleinen Kind.

Er hob die Pistole wieder auf Augenhöhe, ging ein paar Schritte rückwärts und richtete sie einige Sekunden lang unentschieden auf verschiedene Leute. Rouge sah aus dem Augenwinkel, wie sich schwarze Schlieren um Blake, auf den sie sich noch immer stützen musste, sammelten. Sie sah den kleinen Jungen vortreten, als würde er irgendwie zu dem Schatten gehören. Dornen sprossen aus Phils Händen und Unterarmen.

Es wäre alles sehr beeindruckend gewesen, wenn sie sich nicht alle ratlose Seitenblicke zugeworfen hätten. Niemand wollte den ersten Schritt machen und riskieren, eine Kugel in den Kopf zu bekommen, auch wenn Griffin mehr als nur besorgt zu schien.

Mexican Standoff at its best. Vermutlich wettete jeder von ihnen ins-

---

[1] Und die theatralische Stimmung zerstörenden.

[2] Der Spiegel zog mittlerweile in Betracht, einfach wieder hinter die Bühne zu verschwinden und sich einen Kaffee zu holen.

geheim mit sich selbst, wer zuerst mit einem Spruch kommen würde. Rouge für ihren Teil wettete auf Blake, oder den Jungen, doch schließlich war es Griffin, der ein verärgertes Schnauben von sich gab.

„Oh, ich hasse euch alle", sagte er, drehte sich halb zu dem Spiegel hinter sich um und strich mit der freien Hand über die Ornamente am Rand.

Dann war da eine Bewegung – das Spiegelbild veränderte sich. Es zeigte auf einmal nicht mehr die Menschen und Dämonen im Raum, sondern einen anderen Ort. Ein großes Fenster, umgeben von grob verputzten Wänden. Die Scheibe war mit Dreck und Staub verschmiert. An manchen Stellen zogen sich Sprünge durch das Glas. Auf der anderen Seite des Fensters lag eine Stadt an einem Fluss.

Die ganze Wandlung hatte nur vier, fünf Sekunden gedauert. Niemand hatte Zeit, etwas zu sagen, bevor Griffin einen prüfenden Blick in den Spiegel warf – und durch ihn hindurch trat und verschwand.

Phil, Rouge, Ween und Blake bewegten sich nicht von der Stelle und tauschten verblüffte Blick aus. Die Oberfläche des Spiegels schlug zarte Wellen wie ein See, in den man einen kleinen Stein geworfen hat.

„Wir hassen dich auch!", rief Blake seinem ehemaligen Meister ein bisschen zu spät hinterher. Dann fügte er hinzu: „Äh..."

„Er hat mir ein Messer ins Bein gerammt", knurrte Rouge. „Wir müssen ihm hinterher!" Sie setzte sich in Bewegung und humpelte zum Spiegel. Doch bevor sie nahe genug war, um ihn zu berühren, tropfte das Silber auch schon aus dem Rahmen. Der gesamte Spiegel schmolz. Auf Rouges Fingern blieb nichts als eine silbrige Flüssigkeit zurück, die sich schon nach wenigen Sekunden in schwarzen Staub verwandelte.

Besuch von der Lady

Rouge saß, den Rücken an die Wand gelehnt, da und sah sich die Wunde an ihrem Bein näher an. Sie musste den Riss in ihrer Hose noch ein wenig vergrößern, damit beim Trocknen keine Stofffäden mit dem Schorf verklebten, bevor sie eine Mullbinde, die sie in der Tasche gehabt hatte, um ihr gesamtes Bein wickelte. Sie trug wieder ihre Brille. Blake hockte sich neben sie auf den Boden.

„Darum kann ich mich selbst kümmern", sagte sie. Sie waren zu dritt. Phil hatte sich auf die Suche nach Thorn gemacht. Der Menschenjunge stand mitten im Raum, betrachtete die Tonscherben auf dem Boden und gab ausnahmsweise einmal keinen Ton von sich.

„Du solltest damit ins Krankenhaus gehen", fand der Schatten.

„Das werde ich. Bei der nächsten Gelegenheit."

„Wenn du meinst", murmelte er und zuckte mit den Schultern. Sie runzelte die Stirn, als sie sein zerschrammtes, verbogenes Schwert sah, dass neben ihm auf dem Boden lag.

„Was hast du damit gemacht? Es von einem Panzer überrollen lassen?"

„Fast", sagte er. Sie schüttelte wortlos den Kopf.

„Gib her", forderte sie. „Ich muss mich mit irgendwas beschäftigen."

„Danke", sagte er und reichte Rouge zögernd die Waffe. Sie drehte das Schwert in den Händen.

„Das wird eine Weile dauern", stellte sie fest und nickte dann Ween zu. „Wer ist eigentlich das Kind? So was wie dein Lehrling?"

„Könnte man so sagen. Er besteht darauf, dass er mein Partner ist."

„Oh", sagte sie. „Wie niedlich. Wie wäre es, wenn du dich um *ihn* kümmerst?" Blake zuckte schuldbewusst mit den Schultern und ging zu Ween hinüber. Der Junge presste immer noch eine Hand auf die oberflächliche Verletzung seines Arms. Blake ging vor ihm in die Knie und musterte die Wunde.

„Das tut weh", beklagte Ween sich.

„Meinst du, du hältst es noch eine Weile aus?", wollte der Dunkelmagier wissen und durchsuchte seine Umhängetasche. Er bemühte sich, immer ein bisschen Verbandsmaterial auf Lager zu haben.

„Ja", sagte er und versuchte ein schiefes Lächeln. „Ich versuche einfach, nicht zu verbluten." Der Schatten lächelte genauso schief zurück und gab ihm eine kleine Binde.

„Brauchst du Hilfe mit dem Verband?", wollte Blake wissen.

„Ich hab ja nur einen Arm", sagte Ween. Der Schatten nickte zustimmend und begann, die Binde um den Arm des Jungen zu wickeln.

„Was ist mit deinem Arm?", fragte der Lehrling. „Du siehst aus, als würde es wehtun."

„Ein Nashorn hat mich angegriffen, aber es ist nicht so schlimm. Eine kleine Prellung oder so. Es tut nicht sehr weh, solange ich die Hand nicht bewege."

„Echt?"

„Ja."

„Aber... ein Nashorn? Hier?"

„Ein magisches Nashorn."

„Okay. Dann ist das logisch. Weißt du, was mir gerade eingefallen ist?"

„Nein. Ist es wichtig?" Ween nickte eifrig.

„Wenn dein Arm auch bluten würde, dann könnten wir Blutsbrüder werden. Wie Winnetou und... und... der andere Typ halt."

„Old Shatterhand."

„Genau der."

„Und das war wichtig?"

„Ja. Willst du Winnetou sein?"

„Nicht unbedingt."

„Okay, dann bin ich Winnetou."

„Aber Winnetou stirbt."

„*Was?*"

„Er stirbt."

„Nein", widersprach Ween und schüttelte den Kopf. „Bestimmt nicht."

„Doch. Ehrlich."

„Aber das ist doch doof."

„Es ist aber so."

„Und ich hasse es, wenn Leute das Ende von einer Geschichte verraten." Er knirschte mit den Zähnen und starrte den Dämon wütend an, der betroffen zurückblickte.

„Nein", sagte Blake, grinste schief und schüttelte den Kopf. „Winnetou stirbt nicht. Das war ein Witz." Der Junge strahlte glücklich und sah dann zu, wie der Dunkelmagier den Verband notdürftig festknotete.

„Äh", machte Blake. „Übrigens. Ich bin stolz auf dich. Andere Kinder hätten nicht geschafft, was du geschafft hast. Du warst tapfer."

„Ich weiß nicht. Wir Kinder sind ziemlich zäh." Blake lachte. Ween mochte sein Lachen. Es klang ein wenig heiser, wie seine Stimme immer klang, und leise und nett und menschlich.

„Du kannst übrigens gerne aufstehen", sagte Ween. „Ich hab kein Problem damit, wenn die Leute größer sind als ich. Aber ich mag es nicht, wenn sie sich hin hocken, um genauso groß zu sein wie ich."

„Ah", sagte Blake und richtete sich wieder auf. „Okay. Ich bin mir sicher, du wirst noch ein bisschen größer."

„Das hoffe ich", antwortete Ween.

Er fragte sich, wie es weitergehen sollte. Würde Blake ihn auf die Suche nach Griffin mitnehmen? Was würde aus Rouge werden? Und was, zum Teufel, sollte er wegen Steve unternehmen, der vermutlich gerade in irgendeinem Krankenhaus lag?

Sie sahen auf, als Stimmen durch das Gebäude hallten.

„Wer ist das?", fragte Ween.

„Ich habe nicht die geringste Ahnung", gab der Schatten zu.

Die Neuankömmlinge betraten den Raum. Sie waren zu fünft, ein paar Menschen, ein paar Dämonen, und trugen, bis auf Lady May in ihrem modernen schwarzen Anzug, die leichten Rüstungen der Stadtwache. Das schuppige Haustier der Lady war zum Glück nirgends zu sehen.

„Sie sind zu spät, May", sagte Rouge und stand mühsam auf. Sie verzog ihr Gesicht, als ihr Gewicht auf dem verletzten Bein lastete, doch ihr schien wesentlich wohler zu sein, als sie mit den Stadtwache-Magiern auf Augenhöhe war.

„Es hat eine Weile gedauert, euch ausfindig zu machen", erklärte Lady May.

„Woher wussten Sie, wo wir sind?", fragte Rouge.

„Ein Prophet wusste etwas. Er hat sich mit uns in Kontakt gesetzt und gebeten, euch zur Hilfe zu kommen. Wir waren zu dem Zeitpunkt schon hier unten, aber..."

„Prophet?", wiederholte Ween.

„Kann in die Zukunft sehen", sagte Blake leise.

„Genau", bestätigte Lady May. „Dieser hat einen etwas ungewöhnlichen Namen, ich würde gern voranstellen, dass ich ihn keinesfalls beleidigen–"

„Sprechen Sie von Crazy Joe?", fragte Ween.

„Er – ja", bestätigte Lady May. Sie wirkte überrascht, vermutlich zu gleichen Teilen, weil Ween ihn kannte und weil er es gewagt hatte, sie zu unterbrechen.

„Wissen Sie, wo Griffin ist?", fragte Blake.

„Wo wer ist?", wiederholte sie.

„Griffin. Ein gewisser Beschwörer."

„Wir glauben, er ist durch eine Art magisches Tor geflohen", erklärte Rouge.

„Und wo ist dieses Tor?", fragte Lady May leicht gereizt und sah sich im Raum um. Rouge musterte schweigend ihre Fingernägel. Getrocknetes Blut klebte darunter. Sie war immer noch beleidigt, weil Griffin entkommen war.

„Das Tor hat sich aufgelöst", sagte Blake und zeigte dahin, wo vorhin noch der Spiegel gestanden hatte. May ging zu der Stelle hinüber, kniete sich hin und zerrieb etwas von dem schwarzen Staub zwischen ihren Fingerspitzen. Die anderen Stadtwache-Magier sahen sich im Raum um. Ein Dämon mit vier Armen und winzigen Schuppen so orange wie ein reifer Kürbis hockte sich hin und begann, die Tonscherben, die von der Tafel übrig geblieben waren, aufzusammeln und in eine braune Papiertüte zu füllen. Er bewegte sich dabei so, als hätte er es mit Sprengstoff zu tun. Selbstverständlich berührten Dämonen Utensilien von Beschwörungsmagie nicht gern.

„Was haben Sie jetzt vor?", fragte Blake Lady May.

„Ich werde das alles untersuchen lassen", informierte sie ihn.

„Und wir?", wollte Rouge wissen.

„Ihr kommt mit", befahl May. „Ich muss euch einige Fragen stellen."

Im Eingangszimmer stieß Thorn, nicht sichtlich verletzt und von zwei weiteren Stadtwache-Magiern in Rüstungen flankiert, zu ihnen. Er ließ nicht erkennen, ob er wütend auf Blake war. Phil folgte ihnen.

„Oh", sagte Blake enttäuscht. „Ich sehe, ihr habt selbst herausgefunden, wie man die Fessel öffnet."

„Haben wir nicht", antwortete ein menschlicher Magier. „Wir mussten das Regal kaputtmachen."

„Großartig. Kann ich sie bitte zurückhaben?" Der Mann sah zu seiner Vorgesetzten.

„Später", sagte die Drachenlady. Blake brummte verärgert.

Sie traten wieder hinaus in die Tunnel. Zwei Magier blieben auf eine Geste der Lady hin zurück, die anderen gingen links und rechts von ihnen. Ween sah beunruhigt zu Blake hoch.

„Ich fühle mich irgendwie verhaftet", flüsterte er.

„Bist du auch", gab Blake zurück.

„Wie bitte?"

„Aus ihrer Perspektive haben wir ganz schön viel angestellt", erklärte der Schatten.

„Wir haben niemanden umgebracht oder so!"

„Wir vier Dämonen haben eine Spur der Verwüstung auf der Suche nach dem Bronzeschlüssel hinterlassen. Du bist aus deinem Kinderheim abgehauen, was bestimmt auch irgendwie illegal ist. Und wir sind am Bahnhof einfach gegangen, ohne uns von der werten Lady zu verabschieden. Vermutlich nimmt sie uns das persönlich. Außerdem haben sie wahrscheinlich Lust, mal wieder ein Exempel zu statuieren."

„Oh Gott", sagte Ween. Blake sah zu Rouge hinüber. Sie humpelte, schien jedoch nicht die Absicht zu haben, irgendwelche Hilfe in Anspruch zu nehmen. Sie ihr dennoch anzubieten war vermutlich keine gute Idee.

Die Stadtbewohner, die ihnen entgegen kamen, machten ihnen respektvoll Platz. Augenpaare folgten ihnen schweigend, sowohl menschliche als auch dämonische.

Nach einer gefühlten Ewigkeit blieb Lady May vor einer schweren Holztür stehen, auf die ein silbernes U genagelt war.

Das Angebot

Es war ein alter Raum mit Mauern aus Feldstein und einer niedrigen, von Holzbalken gestützten Decke. Lady May klopfte leicht mit dem Knöchel gegen die Glasscheibe einer Laterne direkt neben der Tür, als wollte sie ein kleines Lebewesen aufwecken. Der Lichtzauber in der Laterne begann, zu glühen. Nach einem Moment leuchteten weitere Laternen überall im Raum auf und hüllten alles in einen warmen Schein.

Die Mitglieder der Gruppe, die nicht der Stadtwache angehörten, blickten sich um. An einer Wand hingen schwarzweiße Fotografien. Menschen und Dämonen blickten die Besucher aus den Rahmen an. Obwohl die Qualität der Fotos schlecht war, konnte Blake auf ihren Jacken das silberne U erkennen. Außer einem hölzernen Tisch, ein paar Bänken und einigen Türen gab es nicht viel im Raum.

Rouge setzte sich als Erste rittlings auf die rechte Bank und Blake ließ sich auf der ihr gegenüber nieder. Sie warf ihm einen genervten Blick zu. Sie war immer noch verstimmt, doch sie hatte gerne schlechte Laune.

Phil strich über den Holztisch wie über das Fell eines toten Haustieres. Dryaden, selbst zum Teil Pflanzen, waren verständlicherweise nicht begeistert von Holzmöbeln. Phil hatte ganz offensichtlich nicht vor, sich zu setzen. Thorn blieb ebenfalls stehen, vermutlich befürchtete er, die Bank könnte unter seinem Gewicht zersplittern. Die Mitglieder der Stadtwache jedoch setzten sich.

„Wenn sie Griffin noch finden wollen, müssen sie sich beeilen", sagte jemand auf Höhe von Blakes Ellbogen. Es war der Junge. Er hatte so selbstverständlich neben ihm Platz genommen, als hätten sie schon immer zusammengearbeitet.

Als Blake wieder zu Lady May sah, hielt sie eine brennende Zigarette zwischen den Fingern. Von einem Feuerzeug war nirgends etwas zu sehen. Sie trat an den Tisch. Als weder Rouge noch Blake ein Stück zur Seite rutschten – Blake hätte es getan, aber Ween bewegte sich nicht – seufzte sie und blieb ebenfalls stehen.

„Stellen Sie Ihre Fragen", forderte Rouge sie auf. „Bringen wir's hinter uns."

„Kein Interesse an einem normalen, entspannten Gespräch?"

„Entspannt", sagte Rouge und ließ sich das Wort auf der Zunge zergehen. „Heißt das, dies ist kein Verhör?"

„Nein. Wie kommst du darauf, Rouge?", fragte Lady May und versuchte sich an einem mütterlichen Lächeln. Es sah gruselig aus. Sie ging offenbar nicht viel mit jungen Leuten um und wusste nicht, wie sie sich verhalten sollte.

„Nur so", meinte Rouge und musterte zum wiederholten Mal an diesem Tag ihre Fingernägel. „Sie haben uns quasi hierher eskortiert."

„Das Wort *eskortieren* bedeutet nicht zwangsläufig etwas Negatives", erklärte die Drachenlady.

„So wie ich es meine schon", beharrte Rouge. Die ältere Frau seufzte.

„Wollen wir uns den ganzen Tag mit Nebensächlichkeiten aufhalten?", fragte Lady May.

Blake überlegte, welche der beiden Frauen ihrem Gegenüber wohl herablassender begegnen könnte, wenn sie sich in einem Wettbewerb gegenüberstehen würden. Sie waren beide Meisterinnen darin. Auch sonst ähnelten sie einander, sie hielten sich auf dieselbe Art betont gerade, um größer zu wirken, und sprachen mit dem selben Sarkasmus in der Stimme.

„Wie spät ist es eigentlich?", fragte Ween in einem unerwartet heiteren Tonfall in den Raum hinein. Niemand beachtete ihn. Die Drachenlady wandte sich an Blake.

„Willst du nicht auch irgendetwas sagen? Ich hatte eigentlich erwartet, dass du als Erster losplapperst."

„Nicht, wenn er weiß, dass ich sauer auf ihn bin", sagte Rouge und lächelte boshaft. Blake bedachte sie mit einem ungerührten Blick, zog ein Handy aus der Tasche und schaltete es ein.

„Ungefähr fünf Uhr nachmittags", sagte er zu Ween. Der Junge sah ihn leicht überrascht an.

„Ja, auch Dämonen haben Handys, Ween", sagte Blake.

„Wie wollen Sie Griffin finden?", fragte Rouge Lady May ungeduldig. Die Lady ließ sich Zeit mit der Antwort.

„Ihr sagtet, Griffin sei durch so etwas wie ein Portal verschwunden", sagte sie schließlich.

„Es hat sich aufgelöst", erzählte Blake.

„Das hat es offenbar, aber wenn wir Glück haben, ist noch genug Magie in der Luft, um entscheidende Informationen über die Geschehnisse zu sammeln. Wenn ihr zufällig weitere Beobachtungen gemacht habt, wäre ich euch dennoch dankbar."

„Da war etwas", sagte Rouge. „Wie ein Spiegel."

„Eine Luftspiegelung?"
„Nein. Ein Spiegel eben. Er ging hindurch." Lady May nickte. „Solche Portale können ganz unterschiedliche Gestalten annehmen. Spiegel werden für gewöhnlich nicht benutzt, wenn das Tor nur ein paar Minuten halten soll, aber es kann durchaus sein."
„Jedenfalls war etwas im Spiegel", fuhr Rouge fort. „Etwas stimmte nicht mit dem Spiegelbild. Ich glaube, wir konnten auf die andere Seite sehen."
„Und was habt ihr gesehen?"
„Einen Raum. Ein Fenster. Und eine Stadt."
„Undertown?"
„Nein." Rouge fuhr sich mit der Hand über die Stirn und schien nachzudenken. „Aber ich kannte sie."
„London", sagte Blake. Rouge zuckte zusammen und fuhr auf.
„London?", fragte May.
„Ja", antwortete er. „Ich hab ein paar Gebäude erkannt."
„Mist", murmelte Rouge leise und warf ihm einen eifersüchtigen Blick zu. „Ich hätte drauf kommen sollen." May sah von einem Dämon zum anderen und nickte dann zufrieden.
„Das ist sehr gut. Vielleicht können wir so das Gegenstück orten. Wir könnten..."
„Bevor Sie auf irgendwelche Ideen kommen", unterbrach Blake sie. „Ich werde niemandem erlauben, in meinem Kopf herumzustochern, um das Originalbild zu bekommen, nur damit das klar ist."
„Ich auch nicht", stimmte Rouge ihm zu. „Aber ich kann es aufzeichnen."
„Wirklich?", wollte Lady May wissen.
„Ja. Geben Sie mir ein Blatt Papier und einen Stift und ich fange gleich an." Lady May winkte einem der Stadtwache-Magier zu. Er kramte einen leeren Papierumschlag, wie sie bei der Wache offenbar zur Verwahrung von Beweismaterial verwendet wurden, hervor und gab ihn der Dämonin zusammen mit einem Stift. Rouge nickte der Drachenlady und dem Mann dankend zu, dann begann sie, die Rückseite des Umschlags mit Linien zu bedecken.
Sie schwiegen eine Weile, während Rouge zeichnete. Blake fragte sich, ob sie bis zu einem Ergebnis hier herum sitzen wollten, und sah zu Lady May hinüber. Sie hatte ihre Zigarette mittlerweile fast aufgeraucht und schien zu überlegen.

„Ich wollte mit euch noch über etwas Anderes sprechen", sagte sie schließlich.

„Worum geht es?", fragte Blake.

„Hättet ihr Interesse daran, euch der Wache anzuschließen?"

Blake, Ween, Rouge, Thorn und Phil schwiegen einen Moment. Dann fragte Blake langsam: „Verstehe ich das richtig? Sie fragen den Dämon, aufgrund dessen laut Ihrer eigenen Aussage wichtige Geschichtszeugnisse zerstört worden sind, ob er Lust hätte, eine Stadt zu beschützen, die voll davon ist?" Er musste beinahe lachen. „Haben Sie sich das auch gut überlegt?"

„Ja, habe ich", antwortete Lady May ruhig. „Und ich bin zu dem Schluss gekommen, dass du deine Zerstörungswut einschränken könntest, wenn du dir ein bisschen Mühe gibst." Blake schnaubte empört.

„Ihr Drache ist ja auch nicht gerade sehr vorsichtig."

„Ja, aber der ist auch eine riesige, feuerspeiende Echse."

„Da haben Sie auch wieder recht. War es eigentlich nötig, den halben Bahnhof zu zerlegen?"

„Nein."

„Warum haben Sie es dann getan?"

„Ich habe ihn nicht darum gebeten. Er hat die Sache wohl etwas zu ernst genommen."

„Ach, hat er das?" Blake verschränkte anklagend die Arme vor der Brust.

„Also ich will mit der Wache nichts zu tun haben", brummte Thorn und verbeugte sich mit einem spöttischen Grinsen vor der Drachenreiterin. „Darf ich gehen, Lady?" Sie nickte kühl und Thorn verließ den Raum. Phil folgte ihm wie ein grüner Schatten. Als die Tür zuschlug, erlaubte Lady May sich das kleinste aller Lächeln. Blake ahnte, dass sie zumindest Thorn ohnehin nicht hatte dabei haben wollen.

„Wir suchen immer junge Leute", fuhr sie nahtlos fort. „Ihr würdet direkt unter mir arbeiten. Ich bin dabei, mir eine eigene Gruppe zusammenzustellen."

„Und Sie fragen *uns*?", fragte Blake noch einmal. „Haben Sie etwa so was wie eine Deadline?" Lady May würdigte den Kommentar nicht mit einer Antwort.

„Was für eine Art Arbeit würden wir machen?", fragte Rouge interessiert.

„Meine Gruppe wird größtenteils kriminelle Magier bekämpfen, doch es steht euch natürlich auch frei, in einen anderen Zweig der Wache zu wechseln", erklärte sie.
„Gibt es eine Bezahlung?", fragte Rouge.
„Natürlich", antwortete May. „Und ich wage zu behaupten, dass der Arbeitsplatz sehr viel sicherer ist als... wie nennt ihr euren Beruf? Schatzsucher."
„Verteidigung der Stadt also?", fragte Rouge.
„Ja."
„Auch gegen *ihn*?", wollte die rothaarige Dämonin wissen und deutete lächelnd auf Blake.
„Das kommt ganz drauf an, was er so anstellt", sagte Lady May. Blake sah halb beleidigt, halb aufrichtig besorgt von Rouge zur Drachenlady und zurück.
„Das ist jetzt nicht Ihr Ernst, oder?", fragte er. Ween machte ein komisches Geräusch, wahrscheinlich unterdrückte er ein Lachen.
„Ich bin dabei", sagte Rouge zu Lady May und schenkte Blake ein teuflisches Lächeln.
„Was ist mit dir?", fragte May Ween. Der Junge blickte sie überrascht an.
„Du würdest natürlich nicht so viel arbeiten wie Rouge", fügte sie hinzu. „Du müsstest noch ein paar Jahre einige Stunden in der Woche zur Schule gehen, aber parallel könntest du beginnen, für die Wache zu arbeiten."
Blake wusste, was für eine Gelegenheit das für den Jungen war. Eine legale Möglichkeit, in der Welt der Magie zu bleiben und nicht zurück in sein Internat zu müssen. Eine Möglichkeit, in dieser Stadt zu bleiben.
Ween sah unsicher zu Blake, als wartete er auf eine Erlaubnis.
„Dies ist ein freies Land", versicherte der ihm. „Tu, was du willst."
Der Junge nickte und wandte sich wieder an die Drachenlady.
„Ich will mitmachen", erklärte er. Rouge verdrehte entnervt die Augen. Offenbar gefiel ihr der Gedanke nicht, mit einem Kind zusammenzuarbeiten.
„Blake?", fragte Lady May. „Was hältst du von dem Angebot?" Alle sahen ihn an. Er versuchte, sie zu ignorieren und wog die Vor- und Nachteile ab.
„Nun?", fragte Lady May.

„Ich denke nach", informierte Blake sie. Wenn er mitspielte, schützte ihn das möglicherweise vor all den großen und kleinen Gefahren der Stadt. Vielleicht auch nicht. Außerdem würde er sich dann einer klar umrissenen Fraktion in der Stadt anschließen und eben das hatte er zuvor zu vermeiden versucht. Aus Politik hielt er sich lieber heraus. Außerdem hatte er eine Abneigung gegen geregelte Arbeitszeiten. Er versuchte erfolglos, Rouge aus seiner Rechnung zu streichen.

„Nein", entschied er schließlich. Ween blickte ihn anklagend an.

„Sorry, Kleiner, aber da musst du alleine durch." Er war sich fast sicher, so zu klingen, als würde das alles ihn nicht das geringste bisschen kümmern. „Außerdem habe ich keine Lust, gleich nachdem ich Griffin losgeworden bin, schon den nächsten Herren gehorchen zu müssen. Ich mag meinen Arbeitstag, wie er ist." Ween ließ den Kopf sinken und starrte traurig auf die Tischplatte.

„Ich bin sicher, ihr bleibt trotzdem in Kontakt", sagte Lady May schnell. „Rouge, du wirst als meine rechte Hand agieren. Ween, du wirst mein offizieller Lehrling."

„Aber Blake ist schon mein Lehrmeister", sagte der Junge. Die Drachenlady runzelte die Stirn.

„Stimmt das?", fragte sie und musterte Blake, der bestätigend nickte. „Bist du dafür nicht selbst ein wenig jung?"

„Man hat mir gesagt, ich wirke älter", erwiderte der Schatten trocken.

„Ein so junger Magier in der Wache, während sein Lehrmeister nicht Mitglied ist...", murmelte Lady May. „Ich glaube nicht, dass das möglich ist. Du wirst deine Lehrzeit bei Blake abbrechen und bei mir eine neue beginnen müssen."

„Aber das will ich nicht!", protestierte er. „Ich bin gerne sein Lehrling. Kann ich nicht bei zwei Leuten gleichzeitig Lehrling sein?"

„Ich glaube auch nicht, dass *das* möglich ist", sagte die Lady.

„Und kann ich *abwechselnd* bei Blake und bei Ihnen Lehrling sein?"

„So mit geraden und ungeraden Tagen?", fragte Blake.

„Ja!", rief Ween. Lady May seufzte und sah den Schatten und den Menschenjungen lange an.

„Uns fällt schon etwas ein", sagte sie zerknirscht. Ween grinste und hopste auf seiner Bank herum wie ein Flummi.

„Also dann", sagte Blake, klopfte Ween zum Abschied auf die Schulter, warf Rouge einen vorsichtigen Blick zu, erhob sich und ging zur Tür. „Gerade und ungerade Tage. Aber ich muss jetzt gehen."

„Denk zumindest nochmal über das Angebot nach!", rief Lady May ihm nach.

„Das werde ich, aber ich glaube nicht, dass meine Meinung sich ändern wird", sagte er. Der Schatten hatte die Klinke schon heruntergedrückt, als er sich noch einmal zu der Gruppe umdrehte.

„Wie erfahre ich, wo Griffin steckt?", fragte er. „Für den Fall, dass ich es nicht irgendwie vor euch herausbekomme."

„Ich rufe dich an, was sonst?", meinte Lady May.

„Ich... Moment. Sie haben meine Handynummer?"

„Die habe ich."

„Woher?"

„Dienstgeheimnis. Wenn du mein Angebot angenommen hättest, hätte ich es dir verraten können." Sie machte eine Pause. *„Wenn du es vor uns herausbekommst?* Darf ich deinen Worten entnehmen, dass du einen Plan hast?"

„Den habe ich."

„Erklärst du ihn uns?"

„Nein."

„Damit hätte ich nicht rechnen sollen. Dienstgeheimnis?"

„Dienstgeheimnis." Blake schloss die Tür hinter sich und dachte, dass das Gespräch auch wesentlich schlechter hätte enden können. Viel schlechter.

London

Blake ließ die Dunkelheit kampfbereit um eine Hand wabern, als er den Raum betrat. Die andere lag am Griff seines Schwerts. Sein linker Arm tat immer noch weh. Vielleicht hätte er doch zu einem Heiler gehen sollen. Der Raum war groß und geräumig und voller Staub. Nichts Besonderes, nur Regale mit Kartons darin. Er bezweifelte, dass all das Griffin gehörte. Auf einer Seite des Raumes befanden sich hohe Fenster mit verschmierten Gläsern. Einige waren zersprungen. Er konnte ein paar signifikante Gebäude der Londoner Skyline vor einem sonnig blauen Himmel ausmachen. Es war der Vormittag nach dem Abend, an dem sie gegen Griffin gekämpft hatten.

Dasselbe Fenster. Mittlerweile wusste er, dass es sich im ersten Stock eines heruntergekommenen Gebäudes voller mietbarer Lagerräume befand.

Gegenüber des Fensters waren Spuren von schwarzem Staub an der Wand zu sehen. Dort musste das zweite Portal, der zweite Spiegel, gestanden haben. Offenbar waren beide zerstört worden. Blake ging hinüber und betrachtete das Fenster aus dem Blickwinkel des Spiegels. Ja, ohne Zweifel, hier war er richtig.

Griffins Versteck war augenscheinlich leer. Vielleicht war der Beschwörer schon wieder verschwunden, Genug Zeit hatte er ja gehabt.

Hinter einem der Regale erkannte er einen Schreibtisch. Nicht so teuer wie der unter der Kraterstadt, sondern aus billigem Sperrholz. Vor dem Schreibtisch stand ein Stuhl aus demselben Material und auf dem Stuhl saß, zusammengesunken und mit dem Rücken zu ihm, ein Mann. Er erkannte das Jackett und die grau melierten Schläfen.

„Hallo, Meister", sagte Blake laut. Dann erinnerte er sich an die Pistole, die Griffin stets in Reichweite aufbewahrte, verfluchte sich und wich angespannt zurück.

Als Griffin sich auch nach einigen Sekunden nicht um einen einzigen Millimeter bewegte, richtete Blake sich wieder zu seiner vollen Größe auf und ließ die Dunkelheit aus seinen Fingern rinnen und verschwinden. Er ging auf die Gestalt am Schreibtisch zu und musterte sie. Getrocknetes Blut klebte auf der Tischplatte und an seinem Kragen. Blake beugte sich noch etwas vor. Man hatte ihm die Kehle durchgeschnitten. Er war zweifellos tot.

Er würde Rouge anrufen müssen, damit die Stadtwache davon erfuhr, aber erst würde er sich umsehen. Er hatte jedes Recht dazu. Er stöberte in den Sachen auf dem Tisch und dachte an Ween. War er eifersüchtig auf den Jungen? Nein. War er wütend auf ihn wegen seiner Entscheidung? Natürlich war er das nicht. Sollte der Kleine doch machen, was er wollte. Sollte *Rouge* doch machen, was sie wollte. Blake nahm sein Handy aus der Tasche und schaltete es ein. Er aktivierte die Kamerafunktion und machte ein paar Fotos von der Leiche und der Sauerei auf dem Tisch. Ein unabhängiger Beweis konnte nie schaden.

Unter Griffins Ellbogen war ein Stück Papier eingeklemmt. Blake verzog das nachtschwarze Gesicht zu einer angewiderten Grimasse, griff nach einer Ecke und zog es hervor.

Es war die Karte. Er musste sie in der Tasche gehabt haben, als er durch den Spiegel verschwunden war. Sein Jackett sah ausgeleiert aus. Vermutlich trug er die meisten Dinge in den Jackentaschen mit sich herum.

Auf der Karte waren Markierungen eingezeichnet, die ihm allerdings nichts sagten. Sie verblassten bereits, waren kaum noch zu sehen, doch sie waren zweifellos noch da. Blake zuckte mit den Schultern und machte auch von der Karte ein Foto, bevor er sie einsteckte.

Auf der Tischplatte stand noch ein Karton. Blake öffnete ihn vorsichtig, in der Hoffnung, er könnte vielleicht weitere Hinweise enthalten. Als er den Karton weit genug aufgeklappt hatte, zerriss der Faden, der die beiden Papplatten des Deckels verbunden hatten. Im selben Moment begann in dem Karton ein Ding aus einem Plastikgehäuse mit einem kleinen Digitalbildschirm und einer Menge Kabel zu piepen. Im Sekundentakt. Und im Sekundentakt änderten sich auch die Zahlen auf dem Bildschirm.

00:10
00:09
00:08
00:07

Blake fluchte wieder, diesmal laut.[1] Er drehte sich um und sprintete zum Fenster, während er mit den Armen gestikulierte und eine Wolke

---

[1] Er war kein Experte, was Dinge aus Plastikgehäusen mit einem kleinen Digitalbildschirm und einer Menge Kabel anging, aber er hatte genug Filme gesehen, um zu wissen, was sie taten und dass es besser war, zu verschwinden, bevor der Countdown endete.

Dunkelheit gegen die Scheibe krachen ließ. Das Glas zersplitterte und regnete auf die Straße darunter herab. Einen Sekundenbruchteil später schoss der Schatten aus dem Fenster.

Blake hatte viel Schwung und schlug einen Salto, bevor er vollends auf den Boden zurückkehrte und zum Stillstand kam. Er hockte mitten auf der Straße auf Händen und Füßen. Die Passanten um ihn herum schrien und wichen vor dem Scherbenregen zurück. Er blickte auf und die Menschen sahen seine Augen. Ein Mann blieb mit ungläubig geweiteten Augen wie erstarrt stehen und glotzte ihn an.

Bevor Blake sich einen schlagfertigen Kommentar ausdenken konnte, explodierte das Fenster hinter ihm. Er hatte gerade noch Zeit, den Kopf einzuziehen, bevor eine Wolke aus Staub und Schutt aus dem Fenster mit einem gewaltigen *Rumms* über ihn hinweg schoss.

In dem Chaos, das die Explosion entfesselte, war es leicht für ihn, zu verschwinden. Niemand suchte den Mann mit dem schwarzen Mantel und den seltsamen Augen.

Blake lehnte sich in einer Seitengasse an eine Wand, um sich kurz auszuruhen. In seinen Ohren hatte sich ein lästiger Tinnitus breitgemacht und von dem Sprung und der Landung auf den Glasscherben tat ihm immer noch alles weh. Er musterte seine Hände und fragte sich, ob noch Glassplitter darin steckten. Auch die Prellung an seinem Arm schmerzte wieder.

„Und darum springt man nicht aus Fenstern", erklärte er laut. Als er keine Antwort bekam, sah er sich kurz irritiert in der Gasse um.

Oh. Richtig. Der Kleine ist ja nicht mehr da. Er schnaubte. Dann hielt er wieder inne und überlegte, ob das Schnauben wirklich so enttäuscht geklungen hatte, wie es ihm erschienen war.

Er sollte endlich den anderen Bescheid sagen. Rouge und Ween und May... und wahrscheinlich auch Thorn und Phil, wenn er sie fand. Wer wusste schon, wohin die beiden verschwunden waren?

Schritte näherten sich ihm. Der Dämon drehte sich um und sah zwei Männer näherkommen. Der eine war ein blutjunger Stadtwache-Magier in normaler Nichtmagierkleidung, aber mit dem silbernen U an einer Kette um den Hals. Wahrscheinlich ein Lehrling. Der andere war älter, hatte nur sehr wenige Haare und trug einen strengen grauen Anzug. Ein Regierungsmagier. Natürlich. Sie waren in London, nicht in Undertown, selbstverständlich mischten die Agenten sich ein.

„Sie sollten so nicht in der Öffentlichkeit herumlaufen", sagte der Regierungsmagier und deutete auf Blakes Gesicht.
„Das hier ist die Öffentlichkeit?", fragte der Schatten und blickte sich demonstrativ in der kleinen Gasse um. „Abgesehen davon, dass die da draußen Besseres zu tun haben, als nach mir zu suchen."
„Vorhin haben ein paar Leute Sie gesehen."
„Hinter mir explodierte eine Bombe. Was hätte ich tun sollen?"
„Sich unsichtbar machen?", schlug der Mann vor.
„Natürlich. Ich werde versuchen, daran zu denken, wenn ich das nächste Mal aus einem Fenster springen muss." Blake begann, in seinen Manteltaschen zu kramen.
„Er hat recht, Sie müssen vorsichtiger sein", sagte der Typ von der Wache, nickte dem Beschuldigten jedoch freundlich zu und lächelte. Sie mussten etwa gleich alt sein. „Ich bin Melvin."
„Bist du hier, um mich zu überreden, der Wache beizutreten, Melvin?", fragte Blake misstrauisch.
„Ich wollte nur höflich sein", sagte Melvin-von-der-Stadtwache verunsichert.
„Gut." Blake drückte ihm die Karte in die Hände. Melvin bedankte sich und drehte sie ratlos hin und her. Die Markierungen waren jetzt nicht mehr zu sehen. Sie hielten, soweit Blake wusste, nur ein paar Stunden, bevor man wieder allerlei magischen Schnickschnack mit der Karte anstellen musste. Griffin musste die Karte aktiviert haben, kurz nachdem er nach London geflohen war. Vermutlich war ihm langweilig gewesen.
„Gab es Verletzte bei der Explosion?", fragte Blake.
„Ein paar Schnittwunden und temporäre Gehörschäden", erklärte Melvin. Er sprach einen irischen Dialekt. „Nichts allzu Ernstes, abgesehen von Ihnen. Geht es Ihnen gut?"
„Ich komme hervorragend zurecht, danke. Griffin ist tot. Ich habe sogar ein Beweisfoto. Die Bombe habe ich aus Versehen gezündet."
„Wenn er schon tot war, wozu dann eine Bombe?", überlegte Melvin.
„Vielleicht, um etwaige Verbündete von Griffin zu töten, die noch einmal auftauchten", vermutete der Regierungsagent.
„Hatte er denn Verbündete?", fragte Melvin, wieder an Blake gewandt.
„Er war ein ziemlicher Einzelgänger mit seinen Pentagrammen und Zaubern", sagte der Schatten. „Ein richtiger Nerd, wenn Sie so wol-

len. War nicht zufrieden mit seinen Kräften, darum hat er sich selbst Beschwörung beigebracht. Wenn er Verbündete hatte, weiß ich nichts davon. Ich habe übrigens auch keine Ahnung, wer ihn getötet haben könnte."

„Mir kommt es dennoch seltsam vor", meinte der Agent.

„Hey, die Theorie mit den Verbündeten kam doch von Ihnen", entgegnete Blake.

„Man wird auch gegen Sie ermitteln", informierte der Mann ihn.

„Ja, ich habe es kapiert. Ich war der erste am Tatort und ich soll es nicht persönlich nehmen. Ich könnte jetzt beteuern, dass ich es nicht war, aber das würde vermutlich nichts bringen, oder?"

„Die ganze Angelegenheit wird auf alle Fälle in Ihrer Akte vermerkt werden."

„Es gibt eine Akte über mich? Wow, jetzt bin ich aber beeindruckt."

„Ich–", begann der Regierungsmagier gereizt.

„Ich kümmere mich schon um ihn", unterbrach Melvin ihn. Der Regierungsmagier schien kurz zu überlegen, dann warf er dem Schatten noch einen abfälligen Blick zu, drehte sich um und ging.

„Also ist Griffin tot", begann Melvin wieder. „Und der Täter ist verschwunden."

„So sieht es aus", meinte Blake, der dem Mann von der Regierung nachsah. „Es ist zu Ende."

„Das, was Griffin gesucht hat – wissen Sie, was es ist?"

„Nein. Vielleicht wusste er es selbst nicht genau. Dieses Ding ist so was wie ein Mythos unter Schatzsuchern. Gut möglich, dass es überhaupt keinen Schatz gibt."

„Wie auch immer. Die Karte wird konfisziert. Wir werden sie wegschließen."

„Sie werden sie nicht zerstören?"

„Nein. Zumindest noch nicht. Wir haben sogar darüber nachgedacht, weiterzumachen, aber wir müssten jemanden aufspüren, der diese Schriftzeichen lesen kann und–"

„Warum zerstören Sie sie nicht?"

„Warum sollten wir das tun? Unsere Archive sind sehr sicher."

„Sicher genug?", bohrte Blake nach. Melvin lächelte.

„Für jemanden, der Dunkelmagie benutzt, haben Sie eine reichlich engstirnige Einstellung."

„So bin ich."

„Wie auch immer, ich würde mir an Ihrer Stelle keine Sorgen machen. Wir wollen nur helfen, Blake. Haben Sie sich das Angebot von Lady May noch einmal durch den Kopf gehen lassen? Ihre Freunde..."

„Ich bin lieber unabhängig."

„Wie Sie meinen. Nur noch eine Frage: Wie haben Sie das richtige Fenster so schnell gefunden? Wir hatten noch nicht einmal richtig mit der Suche angefangen." Blake grinste schief und zog sein Handy aus der Tasche.

„Google Street View. Und jetzt entschuldigen Sie mich, ich muss jemanden anrufen."

Die Stadtwache

Nahezu alle Straßen Undertowns waren mit buckligem Kopfsteinpflaster bedeckt. Zudem krümmten sich die Straßen und Gassen wie geköpfte Schlangen. Vielleicht war ja die größte Gefahr in der Stadt nicht, dass man erstochen, erschlagen, vergiftet oder verflucht werden konnte, sondern Zehenbruch durch Kopfsteinpflaster.

Ween tänzelte von einer Erhebung zur anderen, während er seinen Gedanken nachging. Crazy Joe wollte mit ihm sprechen. Ween hoffte, dass er ihm sagen konnte, wie es um Steve stand.

Als er einen recht sicheren Stand gefunden hatte, drehte er sich zu seiner Begleitung um. Rouge schritt so elegant über das Pflaster, als sei es Tanzparkett, und das, obwohl sie auf Krücken ging. Die Stadtwache hatte ihre Wunde mit Heilmagie behandelt, doch es würde noch ein paar Tage dauern, bis sie wieder die alte war.

„Wieso folgst du mir?", fragte Ween.

„Weil ich nichts zu tun habe", knurrte sie. „Für eine hinkende Wache hat man wohl gerade keine Verwendung. Außerdem, wenn ich das richtig verstanden habe, gehst du zu einem Propheten. Vielleicht weiß er, ob Blake Griffin gefunden hat."

„Dann folgst du mir also nicht, weil du mich für ein dummes kleines Kind hältst, das Begleitung braucht?", wollte er sich versichern.

„Aber Ween, du *bist* ein dummes kleines Kind", erwiderte sie. Ween schnaubte und ging etwas schneller, nur, um sie zu ärgern. Er war sich nicht sicher, ob er mit Rouge noch warm werden würde. Sonst ging es ihm allerdings prima. Sein verletzter Arm war schneller geheilt als Rouges Bein.

Crazy Joe wartete auf dem Platz mit den Schachfiguren. Ween war stolz, den Weg dorthin allein gefunden zu haben. Der alte Mann lehnte an einem dunklen Springer. Bei ihm eine Frau. Ein kleiner Wolfshund, beinahe noch ein Welpe, tollte um sie herum. Als der Junge und die Dämonin sich näherten, drehte die Frau sich um. Ihr Haar hatte eine seltsame Farbe – es schien größtenteils dunkelbraun zu sein, doch an manchen Stellen waren hellere Strähnen zu sehen. Sie hatte ein wettergegerbtes Gesicht mit vielen Sommersprossen, das Gesicht einer Person, die viel Zeit im Freien verbrachte. Ween fand, dass sie nett aussah. Um ihre Augenlider sammelten sich schon einige Falten. Ihre Iris schimmerte goldbraun. Ein Goldbraun, das er schon einmal gesehen hatte. Bei einem Wolf. Vor ein paar Tagen und einer Ewigkeit.

„Hallo Matthew", begrüßte sie ihn. Ihre Stimme klang heiser, als hätte sie sie lange nicht benutzt.

„Ween", korrigierte er beinahe automatisch. An den neuen Namen hatte er sich schnell gewöhnt. Und ebenso an die fast vollständig blauen Augen, die ihm aus dem Spiegel entgegenblickten.

„Richtig. Wie konnte ich das vergessen?" Crazy Joe stieß sich von der riesigen Schachfigur ab und schenkte Ween ein freundliches Lächeln.

„Ween, darf ich dir Charlotte vorstellen?" Er deutete auf seine Begleiterin. „Du kennst sie schon, wenn auch nur in ihrer... anderen Form." Sie gaben sich die Hand.

„Sie sind eine Werwölfin, oder?", fragte er und hoffte, dass er mit der Frage kein stilles Tabu brach.

„Das bin ich", sagte sie.

„Und *ich* bin übrigens froh, dass du noch lebst", unterbrach Joe sie. „Ich habe ein paar echt hässliche Zukünfte gesehen." Bevor Ween näher nachfragen konnte, räusperte Rouge sich vernehmlich.

„Deine Frage wird sich gleich von selbst klären", meinte Joe wie aus der Pistole geschossen. „Es freut mich übrigens, dich mal wieder zu sehen." Rouge sah Ween an.

„Er redet *immer* so", erklärte sie ihm. „Ich meine, dass er einen ständig unterbricht und die Fragen beantwortet, bevor man sie gestellt hat."

„Ich weiß", erwiderte Ween. Joe schmunzelte.

„Die Gabe der Hellsicht ist eine schwere und verantwortungsvolle Bürde, meine jungen Freunde", sagte der alte Mann mit schicksalsschwerer Stimme und setzte ein Gesicht auf, das einem Totengräber alle Ehre gemacht hätte.

„Verantwortungsbewusstsein gehört nicht zu deinen Stärken und schwer ist die ganze Sache nur für deine Gesprächspartner", entgegnete Charlotte.

„Und für meine Feinde", fügte er hinzu. „Ich verwirre sie damit. Apropos Feinde, Rouge, ich glaube, dein Handy klingelt."

„Wie bitte?", fragte Rouge. Dann klingelte ihr Handy. Sie holte es aus der Tasche und nahm ab. „Blake?" Der Jemand am anderen Ende der Leitung sagte etwas, doch Ween konnte nichts verstehen.

„Glückwunsch", sagte sie nach ein paar Sekunden. Als der Jemand weiter redete, runzelte sie die Stirn.

„Ich hätte es dir ohnehin nicht zugetraut. Aber viele Wege führen zum Ziel. Soll ich dir deinen kleinen Freund geben?" Sie zuckte mit den Schultern und reichte das Handy an Ween weiter.

„Hallo Blake", sagte er.

„Und, bereust du deine Entscheidung schon?", fragte der Schatten. Die Verbindung war schlecht und im Hintergrund war ein lautes Rauschen zu hören.

„Kann ich nicht behaupten."

„Geht Rouge dir nicht auf die Nerven?"

„Doch, etwas. Aber auf *mich* ist sie ja nicht wütend. Hast du Griffin gefunden?"

„Habe ich. Außerdem habe ich eine Bombe gezündet und bin aus einem Fenster gesprungen, was eine ziemlich beeindruckende Aktion war, aber das sollte ich vielleicht lieber ein andermal erzählen." Ween grinste und verdrehte die Augen.

Na sicher.

„Was ist mit Griffin?", fragte er.

„Er ist tot", antwortete Blake. Eine Weile lang sagte Ween überhaupt nichts.

„Ich war das nicht, falls du das jetzt denkst", kam es vom anderen Ende der Leitung. „Er war schon tot, als ich hier angekommen bin. Ich kann natürlich nur Vermutungen anstellen, aber es sieht aus, als wären wir nicht seine einzigen Feinde gewesen."

„Ich hätte nicht erwartet, dass die ganze Sache *so* aufhört", sagte Ween nach einer Weile.

„Ich auch nicht. Aber da lässt sich wohl nichts machen. Darf ich fragen, was ihr bei der Stadtwache so macht?"

„Willst du mir nicht erst mal Zeit geben, das Ganze zu verarbeiten?"

„Nein", sagte Blake. „Du kannst es später verarbeiten." Ween seufzte.

„Lady May sucht sich ihr Team zusammen", erzählte er. „Noch sind wir aber nicht viele. May, Rouge, ich, Sally. Kennst du Sally Young?"

„Nie gehört, den Namen."

„Ich habe sie heute Morgen getroffen. Sie ist nett. Sie ist nur drei Jahre älter als ich. Dann vielleicht noch ein Typ namens Ackermann..."

„Vom Internatsschüler zum Zauberlehrling und Kampfmagier", sagte Blake. „Nicht schlecht. Habt ihr ein Hauptquartier? Ich hab gehört, jedes Team hätte ein Haus als Hauptquartier."

„Ich glaube, solche Informationen sind geheim."

„Ich dachte, ich kann mich immer noch dafür entscheiden. Wie soll ich euch das sagen, wenn ich nicht weiß, wo ihr seid?"
„Keine Ahnung. Du könntest Rouge nochmal anrufen."
„Das wäre *eine* Lösung", musste Blake zugeben.
„*Black & White*", sagte Ween.
„Was?"
„*Black & White*. Das liegt im Süden... glaube ich."
„Oh, bitte sag, dass das ein Scherz ist."
„Wieso?"
„Sagen wir's mal so, ich komme da zwangsläufig ziemlich oft vorbei."
„Oh. Tut mir leid."
„War ja nicht deine Idee." Blake schien auf eine Bestätigung zu warten. „Oder etwa doch?"
„Äh..." Ween hatte den älteren Magiern dabei geholfen, ein geeignetes Gebäude zu suchen, und hatte sie nach dem seltsamen Namen gefragt.
„Ween Matthew Cameron, du bist eine gemeine kleine Rotznase", warf Blake ihm vor, aber Ween wusste, dass er es nicht so meinte.
„Eine Frage noch", sagte der Junge. „Hast du dich denn umentschieden? Kommst du zur Stadtwache?"
„Ich glaube, das weißt du schon."
„Ja?", fragte Ween hoffnungsvoll.
„Nein."
„Schade. May sagt, vermutlich funktioniert es nicht, dass du mein Lehrmeister bleibst."
„Das werden wir ja sehen. Ansonsten... sie es mal so... Wenn sowohl meine Exfreundin als auch mein *Ex*-Lehrling bei der Stadtwache sind..." Ween konnte vor seinem inneren Auge sehen, wie Blake das Wort *Ex* spöttisch mit den Fingern in Anführungszeichen setzte. „Dann bleibt mir doch gar nichts Anderes übrig, als ab und zu bei euch nach dem Rechten zu sehen."
„Toll!", rief Ween.
„... und ich weiß jetzt schon, dass ich das irgendwann bereuen werde", murmelte Blake. „Das alles ändert übrigens nichts daran, dass du eine gemeine, kleine..."
„Du kannst jetzt damit aufhören."
„Die wichtigste Lektion für Magier: Halte dich nicht für besser, als du bist."
„Ich werde versuchen, mich dran zu halten."

„Tu das", sagte Blake und legte auf. Ween gab Rouge ihr Handy zurück und sah Joe fragend an. Der versuchte, seinen Blick zu imitieren und zog noch viel fragender die Augenbrauen hoch.

„Sie wissen doch schon, was ich fragen will."

„Es ist höflicher, es laut zu sagen, damit die Damen hier es auch mitbekommen", sagte Crazy Joe.

„Es ist auch höflicher, die Leute ausreden zu lassen."

„Was ich gerade tue."

„Na schön", sagte Ween und seufzte. „Wissen Sie, wo Steve ist und wie es ihm geht?"

„Ja."

„Sagen Sie's mir bitte?"

„Gerne. Es ist allerdings eine etwas kompliziertere Geschichte." Charlotte unterbrach ihn.

„Wir haben uns um deinen Freund gekümmert und ihn ziemlich schnell wieder aus dem Krankenhaus herausgeholt", sagte sie.

„Es ist erstaunlich, was man mit ein wenig Gedankenmanipulation so alles erreichen kann", fügte Crazy Joe heiter hinzu.

„Dein Freund besitzt keinerlei magische Kräfte, bestand aber trotzdem darauf, ebenfalls in die Stadt zu kommen", fuhr die Werwölfin fort.

„Er brauchte etwas, damit er mit dir auf Augenhöhe ist. Darum haben wir, beziehungsweise ich, beschlossen", sie zögerte. „...nett zu sein und etwas... nachzuhelfen."

„Nachhelfen inwiefern?" Charlotte und Joe lächelten. Ein graues Fellbündel raste hinter der Statue hervor und kam vor Weens Füßen zum Stehen. Es war der Welpe. Er blickte zu dem Jungen hoch und schenkte ihm ein wölfisches Grinsen.

„Oh", sagte Ween nur.

Teil II

Das Licht von Aset

Der Seelenfresser

Fast neun Jahre später legte Ween Matthew Cameron prüfend den Kopf in den Nacken, um das weiße Netz über sich zu betrachten. Feine, silbrige Schleier hingen von der Decke und den Stützbalken oder verliefen von den Wänden aus ins Zentrum des Raumes, wo sie sich alle zu einem ovalen Kokon verbanden. Ein unwissender Betrachter mochte sie für dichte Spinnweben halten.

Es war mehrere Stunden her, dass Madlen Tennants Auto wieder im Wald verschwunden war. Die Zeit, *Weißes Kaninchen* zu spielen, war vorbei. Es gab anderes zu tun.

Er befand sich auf dem heruntergekommenen Dachboden eines Hauses in der Altstadt Undertowns. Nur wenige, offenbar kaputte Möbel standen im Zimmer und lediglich der Halbmond draußen spendete etwas Licht.

In seinem Rücken spürte er die schwere Finsternis, die sich um Blake gesammelt hatte. Er hatte sich an die düstere Aura von Dunkelmagie gewöhnt und war sogar erleichtert, den Dämon bei sich zu haben, obwohl er offiziell nicht zur Stadtwache gehörte.

Ween war in den letzten Jahren erwachsen geworden, doch Blake hatte sich, seit er sechzehn war, kaum verändert. Er war vielleicht einen halben Zentimeter gewachsen und hatte etwas breitere Schultern als damals, als Ween ihn in seiner alten Heimatstadt zum ersten Mal getroffen hatte.[1] Er war trotzdem der größere der beiden geblieben. Blakes Argwohn gegenüber Autoritäten war ebenfalls noch da.

Ween war froh, dass Blake wieder in der Stadt war. Er hatte heute Morgen am Bahnhof auf den Schatten gewartet. Irgendwann im Winter war er wegen einer Schatzsuche ins Ausland verschwunden. Mittlerweile hatte der Sommer begonnen. Ween hatte ihn vermisst.

Vorsichtig ging Ween auf den Kokon zu. Seelenfresser. Sie waren selten und man wusste kaum etwas über sie, doch sie waren auch Raubtiere. Wenn doch einmal einer auftauchte, hinterließ er eine Spur der Zerstörung. Sie fraßen nicht wirklich Seelen. Ihren Namen hatten sie aus einem anderen Grund bekommen.

Hoffentlich war dieses Exemplar noch nicht ausgewachsen. Ween schluckte. Ein elektrisches, blaues Flackern tanzte auf den Fingerspitzen seiner rechten Hand, während er mit der linken die weißen Fäden

---

[1] Schatten waren für gewöhnlich mit dreizehn oder vierzehn ausgewachsen.

zur Seite schlug. Der Kokon, der größer war als Ween selbst, wirkte zerzaust, als hätte jemand daran herum gezerrt. Ob sich noch etwas darin befand oder ob er leer war, konnte er nicht erkennen. Vorsichtig umrundete er den Kokon. Auch ein junger Seelenfresser war alle Vorsicht wert. Ween seufzte, als er die Rückseite des Gespinsts betrachtete. Der Kokon war der Länge nach aufgerissen. *Er* war frei.

„Er ist weg", sagte er zu Blake, der ein paar Meter hinter ihm stand. „Das ist schlecht." Der Schatten zog mit einem leisen Schaben sein altes Schwert und sah sich im Raum um. Rouge hatte die Waffe damals wieder perfekt in Stand gesetzt. Sie war schon immer eine gute Konstrukteurin gewesen. Eine der besten in ihrem Alter.

Ween drehte sich zur Tür um. Im Rahmen stand eine zerbrechliche alte Frau und beobachtete die beiden jungen Männer. Die Besitzerin des Hauses trug ein graues Wollkleid, ganz so, als wollte sie mit der fahlen Schwarzweißwelt – allerdings größtenteils schwarz – hier oben verschmelzen.

„Sie sagten, der Kokon sei noch geschlossen gewesen, als Sie ihn bemerkten", meinte Ween und konnte nicht verhindern, dabei ein wenig anklagend zu klingen. Er ging ein paar Schritte zurück in Blakes Richtung. Der Kopf der Frau ruckte nach unten, was wohl ein Nicken darstellen sollte. Ween bemühte sich um einen beruhigenden Ton, während er sich unauffällig im Raum umsah.

„Ist er geplatzt, nachdem sie uns gerufen haben?" Wieder dieses Rucken.

„Okay", nickte er und musterte die Ecken hinter den Querbalken, die das Gewicht des Daches trugen. Aus dem Augenwinkel sah er, wie etwas in den Augen der Frau aufblitzte.

Dann ließ die Kreatur ihre Tarnung fallen. Dort, wo eben noch die Greisin gestanden hatte, erhob sich nun ein Monstrum. Der Seelenfresser überragte Ween und Blake um beinahe einen Meter. Unter seiner silbernen Haut zeichneten sich Muskelberge ab. Sein Kopf ähnelte dem eines Piranha und sein Maul war voller hakenförmiger Reißzähne. Blassblaues Licht strahlte aus seinen ausdruckslosen, runden Augen.

Niemand wusste genau, warum Seelenfresser sich für kurze Zeit in ihre Opfer verwandelten[1], doch je schneller sie sich danach zurückverwandelten, desto stärker waren sie.

Der Seelenfresser war wach, satt und ziemlich mies gelaunt. Seine mit

---

[1] Vielleicht hatten sie eine Schwäche für Überraschungen.

langen Klauen bewehrten Finger krümmten sich. Er stieß ein Fauchen aus, bevor er einen Satz in ihre Richtung machte. Ween warf sich zur Seite, durch einen der blassen Schleier, und landete auf Händen und Füßen. Weiße Fetzen klebten in seinem Haar und an seiner Kleidung, als er wieder auf die Beine kam. Adrenalin raste durch seine Adern und befahl ihm, wegzurennen oder zu kämpfen.

Doch er tat nichts von beidem. Der Dämon hatte sich umgedreht, beobachtete ihn mit zitternden Flanken, satt, aber gereizt, und bereit, erneut anzugreifen und den jungen Menschen und seinen Schattenfreund in Stücke zu reißen. Ein Zischen drang zwischen den Piranhazähnen hervor. Ween jedoch rührte sich nicht von der Stelle und konzentrierte sich ganz auf seine Kräfte. Blake stand ein paar Schritte entfernt und hatte den Griff seines Schwerts so fest umklammert, dass seine Knöchel vielleicht weiß hervorgetreten wären, wären nicht sowohl seine Haut als auch seine Knochen nachtschwarz gewesen.

In Weens rechter Hand bildete sich währenddessen ein Wirbel aus flackerndem blauen Licht, der wuchs, bis er so groß wie ein Tischtennisball war. Das silberhäutige Monstrum blieb, wo es war, und beobachtete das zuckende Licht argwöhnisch. Ween grinste es an und schleuderte ihm den Kugelblitz mitten ins Gesicht.

Der Seelenfresser gab ein schrilles Kreischen von sich und brach dann zuckend zusammen. Ween presste beide Hände auf seine Ohren. Das Kreischen verstummte. Einige Sekunden vergingen. Die zerrissenen weißen Fäden schaukelten langsam hin und her.

Ween war ziemlich überrascht, als der Seelenfresser sich wieder erhob und ihn hasserfüllt anstarrte. Er schluckte. Er hatte eigentlich gehofft, dass ein ordentlicher Stromschlag ausreichen würde, um den silberhäutigen Dämon für eine Weile außer Gefecht zu setzen, doch er schien zäher zu sein als die Kreaturen, gegen die Lady May ihn für gewöhnlich kämpfen ließ. Höchste Zeit für etwas Unterstützung von der Dunklen Seite der Macht.

Eine Wolke aus massiver Finsternis krachte in den Seelenfresser hinein, bevor er sich ihnen weiter nähern konnte. Er flog quer durch den Raum und prallte gegen eine Wand. Die Bretter barsten so leicht wie Streichhölzer.

„Ausweichen scheint nicht seine Stärke zu sein", meinte Blake und machte einen Schritt auf Ween zu. Er wischte die wabernde Schwärze um seine Hände mit einer Geste weg und legte stattdessen beide Hände um sein Schwert. Ween wünschte, er hätte auch eines. Ab und zu hätte er sich doch wohler gefühlt mit einer Stahlklinge in den Händen.

Mondlicht drang durch die Öffnung, die das Gewicht des Dämons in die Außenwand gerissen hatte. Sie hörten, wie Klauen über brüchiges Holz kratzten. Der Seelenfresser zog sich wieder nach drinnen und schüttelte sich, um ein paar Holzsplitter loszuwerden. Ein Splitter von der Länge eines Bleistifts steckte in seinem Oberschenkel. Etwas tintenblaues Blut lief über silberne Haut. Es schien ihn kaum zu kümmern.

Er sah wütend aus. Das Monstrum hatte offenbar beschlossen, dass es sie überraschen musste, denn es schoss ohne Vorwarnung quer durch den Raum auf sie zu, schneller, als ein so massiges Tier sein sollte. Die beiden Kampfmagier warfen sich flach auf den Boden, um einem Klauenhieb zu entgehen. Das zweite Mal zielte es besser, doch die Klinge von Blakes Schwert schlug die Klauen zur Seite, bevor sie einen von ihnen streiften. Sein Lehrling[1] hörte ihn fluchen und etwas knurren, das klang wie *blöder Köter*. Der Seelenfresser schnappte nach Blakes Gesicht, der Schatten riss die Klinge erneut hoch und die Kiefer seines Gegners schlossen sich fest darum. Der silberhäutige Dämon grunzte. Blake versuchte, das schwere, massige Wesen mit der Waffe, die noch immer quer in seinem breiten Maul steckte, wegzudrücken und auf Abstand zu halten, während die klauenbewehrten Pranken nach ihm schlugen. Ween ließ einen weiteren Kugelblitz in seiner rechten Hand entstehen und schleuderte ihn in seine Richtung, doch das Monstrum sah ihn kommen, gab das Schwert frei und duckte sich überraschend elegant darunter weg. Blake nutzte die Gelegenheit, ging etwas auf Abstand und holte mit dem Schwert aus. Das Monstrum schwang unbeeindruckt seine schwere Pranke und traf ihn mit voller Wucht. Ween sah Blake schützend die Arme vors Gesicht reißen, doch die Kraft des Schlags riss ihn trotzdem von den Füßen.

Der Seelenfresser versicherte sich, dass er ein paar Sekunden Ruhe vor der lästigen Dunkelmagie hatte, und machte dann einen Satz auf Ween zu. Der junge Mensch ließ ihn näher kommen und versuchte, ihm ein Bein zu stellen. Was, wie scheinbar jeder Trick seinerseits heute Abend, nicht funktionierte. Der Dämon musste es geschafft haben, sei-

---

[1] Blake und Lady May waren wegen der Frage, wer von ihnen denn nun Weens Lehrmeister war, nie zu einer Einigung gekommen. Offenbar funktionierte es sehr wohl, dass ein Lehrling zwei hatte. Man musste nur so lange darauf beharren, bis alle anderen zu frustriert waren, um zu widersprechen.

nem Bein auszuweichen, denn irgendetwas packte ihn und schleuderte ihn weg.

Er flog länger, als man eigentlich erwarten sollte, wenn man durch einen Raum geworfen wurde. Viel länger sogar. Er warf einen Blick nach unten und registrierte überrascht, dass es ihn durch das gerade geschlagene Loch aus dem Gebäude getragen hatte.

Die gute Nachricht: diese Seite des Hauses grenzte direkt an ein Flachdach daneben, was die Höhe des Sturzes merklich verkürzte. Die schlechte Nachricht: es waren immer noch fast drei Meter. Mit knapper Not gelang es ihm, auf den Füßen zu landen, doch beim Aufprall fuhr ein unangenehmer Ruck durch seinen ganzen Körper. Er wollte gar nicht wissen, wie die Sache ohne magische Schuhe ausgegangen wäre.

Ween sah nach oben. Der Seelenfresser war an den Rand des Loches getreten. Er wirkte wie eine groteske Statue aus Silber, die jemand dort aufgestellt hatte, um Passanten zu erschrecken. Blake war wieder auf den Beinen, schlich sich an das Monstrum an und machte sich offenbar bereit, es zu überraschen. Ween beschloss, dass es nicht schaden konnte, ihren Gegner abzulenken.

„Hey! Fischgesicht!", brüllte er und wedelte mit den Armen. Das Monstrum fauchte ihn an und ließ sich in einer fließenden, beinahe katzenhaften Bewegung auf das untere Dach fallen. Nur einen Sekundenbruchteil später ragte es über dem Lehrling auf. Ween taumelte überrascht ein paar Schritte zurück. Etwas, dem ein großer Holzsplitter im Bein steckte, sollte nicht so schnell sein. Der Dämon machte einen Satz wie ein riesiger Hund, der einem Menschen an die Kehle springt. Ween ließ sich auf den Hosenboden fallen, um auszuweichen. Er streckte seine Hand aus, die klein und kindlich aussah im Vergleich zu den Pranken des Seelenfressers. Ein blauer Blitz flackerte auf, erhellte die Nacht kurz und traf das Monstrum im Gesicht. Ween war stolz auf sein gutes Zielvermögen, doch als der Seelenfresser stolperte und versuchte, sich wieder aufzurappeln, traf sein Fuß den jungen Mann im Bauch.

Ween heulte auf, krümmte sich zusammen, würgte, sah, wie schnell der Dämon sich erholte. Er zwang sich, sich etwas aufzurichten und kroch ein paar Schritte von ihm weg. Das Wesen schleppte sich beharrlich hinter ihm her und schnappte nach seinen Füßen. Ween wünschte, er hätte irgendetwas, um es auf Abstand zu halten, Blakes Schwert zum Beispiel. Er wünschte, Nick Miller wäre hier. Ihm wäre es leicht gefallen, einen magischen Schutzwall aufzubauen, der verhinderte, dass die Raubfischzähne in seine Nähe kamen. Der Seelenfresser schien doch noch etwas schläfrig zu sein und das war vermutlich der einzige Grund, warum Ween noch am Leben war.

„Hilf mir gefälligst!", krächzte Ween dem Schatten zu, der oben in dem Loch in der Holzwand stand und ratlos zu ihnen hinunter sah. Als hätte er nur auf sein Stichwort gewartet, feuerte er eine Handvoll Schwärze auf den anderen Dämon ab.

Während der Seelenfresser noch versuchte, sich die aggressive Dunkelheit vom Gesicht zu wischen, musterte Blake abschätzend das andere Dach. Dann ließ er sich fallen, nicht ganz so elegant wie das Monster, aber auch nicht so ungelenk wie Ween. Er ging leicht in die Knie, als er landete.

Ween zog sich an der groben Steinmauer hoch und hob den Kopf, um das Geschehen weiterverfolgen zu können. Sein Bauch fühlte sich so an, als hätte jemand ein Loch hineingerissen, und alles in ihm schrie danach, sich einfach zu einem Bündel zusammenzurollen und nicht mehr zu bewegen.

Der Seelenfresser hatte sich umgedreht, setzte sich in Bewegung und hob wieder einen muskelbepackten Arm, um dem Schatten ein zweites Mal einen Hieb zu verpassen. Diesmal blieb der kleinere Dämon auf Abstand. Um ihn herum begann die Nacht, zu zucken und sich zu winden wie ein lebendes Wesen.

Blake gestikulierte wild, als dirigierte er die schwarzen Ranken wie ein finsteres Orchester. Er ließ sie durch die Luft peitschen und sich in das Mauerwerk um sie herum und um die Arme des Seelenfressers klammern. Ween musste einem Stück purer Schwärze ausweichen, das sich neben ihm in den Stein klammerte. Ihr Gegner fauchte und kreischte und zerriss die Ranken wie Spinnweben, doch es wurden immer mehr.

Blake bewegte sich jetzt nicht mehr, er stand nur noch ruhig da, eine Hand konzentriert erhoben, um die schwarzen Ranken an Ort und Stelle zu fixieren. Ween fiel auf, dass der Schatten sein Schwert nicht mehr bei sich trug – er musste es irgendwo fallen lassen haben. Der Seelenfresser riss sein Maul auf und brüllte ihn an. Blake zuckte nicht zurück, vermutlich weniger, weil er keine Angst hatte, sondern mehr, weil er dafür bereits zu erschöpft war. Ween konnte sehen, wie schnell der Trick mit den Ranken ihn ermüdete. Das Monstrum verdoppelte seine

Anstrengungen, seine kleinen, blauen Augen auf den schwarzhäutigen Dämon gerichtet, der kaum einen halben Meter vor seinen ausgestreckten Klauen auf dem Flachdach stand. Blake wurde sichtlich müde und seine Hand zitterte mittlerweile heftig. Der Seelenfresser war noch gar nicht richtig wach.

Und dann rissen die schwarzen Ranken eine nach der anderen und der bullige Dämon, überrascht von seiner neu gewonnenen Freiheit, schoss mit seinem restlichen Schwung als silberne Muskelmasse vorwärts. Blake ließ sich zur Seite fallen. Es sah nicht sehr elegant aus, doch die Fangzähne verfehlten seine Kehle, der massige Körper des Seelenfressers streifte ihn nur, riss ihn ein Stück mit und knallte dann so gut wie ungebremst mit dem Gesicht voran in die Mauer.

Eine Sekunde später lagen beide am Boden. Der Seelenfresser bewegte sich als erster wieder. Er schüttelte sich benommen und sah sich auf dem Dach um. Er schien sich kaum aufrecht halten zu können. Seine Augen glommen blass. Die Augen, die zurückblickten, waren strahlend blau.

Der Blitz, der aus Weens Handfläche schoss, hatte den Durchmesser seines Unterarms und ließ den Seelenfresser hintenüber kippen. Diesmal rappelte er sich nicht mehr auf.

„Blake?", japste Ween erschöpft. Sein Puls raste. Er atmete schwer und zitterte. Ihm fiel auf, wie kühl es hier draußen war.

Ein Zauberlehrling sollte nicht so hart arbeiten müssen. Warum hatte er den Abend nicht an seinem Computer verbringen dürfen?

Blake hatte sich gerade ausreichend aufgerappelt, um sich gegen die Wand zu lehnen, und rieb sich den Hinterkopf. Ein paar vereinzelte Regentropfen liefen über sein schwarzes Gesicht und rannen neben ihm an der Mauer herunter. Der Schatten sah aus, als hieße er das kalte Wasser willkommen, schien jedoch mit ein paar Beulen davongekommen zu sein.

Ween wandte sich erleichtert dem bewusstlosen Seelenfresser zu und kramte in seinen Hosentaschen. Er fand den verzauberten Ledergurt, den Lady May ihm mitgegeben hatte, kniete sich hin und legte ihn dem riesigen Dämon um den Stiernacken wie ein überdimensioniertes Hundehalsband. Der Schlafzauber würde ihn für gut vierundzwanzig Stunden ruhigstellen.

„Ich wollte schon immer mal ausprobieren, ob so etwas klappt", murmelte Blake leise und lenkte Weens Aufmerksamkeit damit wieder auf sich.

„Ob was klappt?" Der Junge sah zu dem von schiefen Dächern eingerahmten Himmel hoch und versuchte sich daran zu erinnern, wann der Mond hinter den dicken Wolken verschwunden war und es begonnen hatte, zu regnen.

„Im letzten Moment aus dem Weg springen und das Monster mit dem Kopf voran in eine Wand laufen lassen." Blake hatte die Augen geschlossen und massierte seine Schläfen. Er musste höllische Kopfschmerzen vom vielen Zaubern haben, ganz zu schweigen davon, dass der Seelenfresser wie eine Kanonenkugel gegen ihn gekracht war.

„Offenbar funktioniert es." Ween ließ sich erschöpft zu Boden sinken und lehnte sich neben ihm an die Mauer.

„Es war nicht Teil des Plans, dass er mich trotzdem erwischt", fuhr Blake fort. „Mein Timing war nicht ganz ideal." Seine Augen öffneten sich wieder und sein tiefroter Blick wanderte, dann versetzte der Schatten dem bewusstlosen Seelenfresser einen halbherzigen Tritt.

„Ach was", sagte Ween. „Gute Arbeit."

„Danke. Ich werde das üben."

„Hab ich erwähnt, dass es sehr lustig aussah?"

„Wir müssen reden. Ist das deine Vorstellung von Arbeitsteilung?", fragte Ween ihn, als sie eine Gasse hinuntergingen.

„Wie meinst du das?", erkundigte Blake sich höflich.

„Erst lässt du mich da unten alles einstecken und dann wirfst du mit diesen Schattendingern um dich. Du hättest damit auch mich treffen können!" Er klaubte ein paar weiße Fasern von seinem Jackett und schnippte sie auf die Straße.

„Sorry." Blake warf einen besorgten Blick auf seinen Lehrling, der leicht vornüber gebeugt ging. „Geht's?"

„Hngh", machte dieser.

„Ist das ein ja?", wollte der Schatten sich versichern.

„Es ist ein *Ich muss nicht ins Krankenhaus, aber du könntest ruhig etwas langsamer gehen*", erklärte Ween. Blake ging etwas langsamer. Regentropfen platschten auf die Straße. Es wurden mehr und mehr. Wenn sie nicht so erschöpft gewesen wären, wären sie gelaufen und hätten sich einen Unterstand gesucht.

„Danke", sagte Ween.

„Mein Kopf tut übrigens auch weh", informierte Blake ihn.

„Scheint aber nicht so", erwiderte der junge Mensch ungerührt.
„Ich bin gut darin, es zu verbergen."
„Dein Problem."
„Und?", fragte Blake. „Hat es sich gelohnt, mich mitzunehmen?"
„Hm. Eigentlich ja. Ohne dich wäre ich..."
„Tot?", fiel Blake ihm ins Wort.
„Nein. Ohne dich wäre ich *vielleicht schlimmer verletzt worden.*"
„Du hättest auch tot sein können."
„Du unterschätzt mich", meinte Ween.
„Vielleicht tue ich das. Aber du weißt ja: Ich will nicht, dass du dich für besser hältst, als du bist."
„Bitte nicht schon wieder *die* Nummer."
„Das ist keine Nummer", widersprach Blake verteidigend. „Das ist ein ernstzunehmender Ratschlag." Ween seufzte.
„Wenn ich dir sage, dass es sich gelohnt hat, dich mitzunehmen, hältst du dich möglicherweise auch für besser, als du bist", merkte er an.
„Ja, aber ich bin sowieso ein hoffnungsloser Fall."
„Ah, du bist endlich mal ehrlich", schoss Ween zurück.
„Also, hat es sich jetzt gelohnt?", fragte Blake wieder.
„Ja", gab Ween zu.
„Gut." Der Schatten grinste sein fröhlichstes schiefes Grinsen. „Wobei es sich eigentlich immer lohnt, mich dabeizuhaben. Ich bin ein toller Freund."
„Ich glaube, du könntest diesen Dialog auch alleine führen", meinte Ween.
„Meinst du damit, dass es sich nicht lohnt, *dich* dabeizuhaben?", riet Blake.
„Nein, ich meine damit, dass ich hier zum Stichwortgeber und Jasager degradiert werde." Blake schien kurz nachzudenken.
„Möglicherweise hast du mit dieser Behauptung sogar recht", sagte er und fügte dann hinzu: „Du bist übrigens ein sehr guter Stichwortgeber und Jasager."
„Na wenigstens etwas. Hör mir zu... bevor wir minutenlang darüber diskutieren, wer seinen Beitrag zum Abend geleistet hat, nennen wir das Ganze doch einfach gelungene Kooperation."
„Damit kann ich leben", meinte Blake.
„Hast du was zum Anstoßen?"

„Orkschnaps." Blake blieb stehen und wühlte in seiner Tasche. Dann förderte er einen kleinen, silbrig grauen Flachmann zu Tage und nahm einen großen Schluck, bevor er ihn an Ween weitergab. Sein Lehrling nippte daran, hustete, krümmte sich wieder zusammen und gab das Ding dem Schatten zurück.

Um sie herum wurden die Regenschleier immer dichter.

Erwähnenswertes

Blake und Ween bogen in eine für Undertowns Verhältnisse relativ breite Straße ein. Die windschiefen Häuser der *Helsing Street* schienen sich interessiert vorzubeugen und die Passanten zu mustern, als seien die Stadtbewohner seltene Insekten. Die oberen Stockwerke neigten sich nach vorn, als brächen sie jeden Moment in sich zusammen, und das *Black & White* bildete keine Ausnahme. Es war ein massiges Steingebäude, das stolz ein verwinkeltes Dächerlabyrinth wie eine Krone auf dem Kopf trug. Es sah aus wie eine kleine Burg. Die vielen Fenster hatten Scheiben aus Bleiglas, durch die warmes, gelbes Licht nach draußen in die kalte Regennacht drang. Eine Handvoll Treppenstufen führte hoch zu einer schweren Holztür. Daneben hing eine brennende Laterne an einem aus dem Mauerwerk ragenden, verwitterten Holzbalken, aus dem einige leuchtende Pilze sprossen.

Drinnen war es warm und trocken, wenn auch ein wenig stickig. Das jahrhundertealte Mauerwerk war nicht verputzt. Der große Raum war mit schweren Tischen, Bänken und Stühlen aus Holz gefüllt, die aussahen, als seien sie selbst gezimmert und uralt. Man konnte damit vermutlich Leute erschlagen, wenn man es versuchte. An einer Wand erhob sich ein großer Kamin, in dem es rot glühte, und in der Raummitte hing ein gewaltiges, langsam rotierendes Konstrukt aus Stahl und Messing von der hohen Decke und diente als Kronleuchter. In seinem Inneren schwebte eine gelborange leuchtende Kugel von der Größe einer Wassermelone, die einen warmen Schein im Raum verbreitete.

Lichtmagie. Blake mochte Lichtmagie nicht. Es beruhte auf Gegenseitigkeit. Er war kein großer Fan von dem magischen Kronleuchter, doch er kannte das Gasthaus schon so lange, dass er das Ding keines Blickes würdigte, als er und sein menschlicher Freund den Raum durchquerten.

Hinter dem langen, zerkratzten Tresen stand ein Mann mit ungesund gräulicher Gesichtsfarbe und starrte Rouges Hinterkopf an. Sie hatte gerade ihr Glas zur Seite gestellt und sich erhoben.

Sie war jetzt Mitte zwanzig und genauso hübsch wie vor neun Jahren. Oder so geradezu unausstehlich selbstbewusst. Oder was auch immer Rouge war. Ausstrahlungen wie ihre änderten sich nicht. Sie war zweifellos keine Fee aus irgendeinem Märchen. Rouge war blass, wie rothaarige Leute eben blass waren, groß und sehr dünn und hatte nicht einmal den Ansatz irgendwelcher weiblicher Kurven.

Obwohl sie in der magischen Welt geboren war, zog sie normale Menschenkleidung immer noch der Mode der Kraterstadt vor, Jeans, bequeme Stiefel, eine rote Lederjacke mit hohem Kragen und einen schweren Gürtel aus altem, rissigen Leder, den sie um ihre Hüfte geschnallt hatte. Mehrere kleine Taschen und ihr asiatisches, einseitig geschliffenes Schwert hingen daran.

Ihr rotes Haar trug sie seit einigen Jahren exakt kinnlang. Ihr Gesicht mit den Sommersprossen und der langen spitzen Nase war schmaler geworden und hatte nichts Kindliches mehr. Sie besaß auch eine neue Brille. Zusammen mit dem süßen, aber offensichtlich sarkastischen Lächeln auf ihren Lippen machten die schmalen Gläser einen intelligenten, aber herablassenden Eindruck.

Definitiv keine Fee. Trotzdem fand Blake, dass sie schön war.

Er mochte sie.

Ihre Beziehung war nach Griffin in die Brüche gegangen, was schon deshalb tragisch war, weil die beiden Sechzehnjährigen erst einige Monate zuvor überhaupt gemerkt hatten, dass es eine Beziehung *war*. Doch sie hassten sich nicht. Für solche Dinge war Rouge viel zu vernünftig und erwachsen, oder zumindest behauptete sie selbst das von sich. Nun, irgendwie hassten sie sich schon, aber es war eine amüsante Art von Hass. Blake und Rouge pflegten eine besondere Form der Feindschaft, die ständige Wortgefechte, Beleidigungen und allgemeine Gemeinheiten gegenüber einander beinhaltete sowie sofort alles stehen und liegen zu lassen, wenn es im Entferntesten so aussah, als schwebte der andere in Gefahr. Außerdem war da noch eine rekordverdächtige Eifersucht, wenn einer von ihnen es wagte, einen Blick auf jemand anderen zu werfen, wie zum Beispiel bei dieser Sache mit Rouge und Nick vor ein paar Jahren.[1]

„Und?", fragte Rouge zur Begrüßung nur.

„Wir waren zu spät", sagte Ween. Rouge seufzte, klang aber nicht sonderlich erschüttert.

„Dachte ich mir doch, dass ihr irgendetwas falsch macht."

„Wenigstens haben wir es überlebt." Der junge Mensch zog sein klit-

---

[1] Blake hatte damals wirklich versucht, gemein zu Nick zu sein, doch es war sehr unbefriedigend, weil Nick, dieser Blödmann, das totale Gegenteil von nachtragend war. Blake nahm es ihm ziemlich übel. Nicht nachtragend zu sein sollte seiner Meinung nach verboten werden.

schnasses Jackett aus, legte es auf die Theke und schlang fröstelnd die Arme um seinen Körper. Blake zog seinen Mantel enger um sich und hoffte, dass die behagliche Wärme im Raum bald in seine Knochen kroch.

„Betrachtet mich als überrascht", scherzte Rouge. Ihr unbekümmerter Tonfall und ihr liebliches Lächeln hätten auch gut zu einem Engel gepasst. Einem Todesengel. „Ween, an deiner Schulter hängt übrigens etwas Weißes." Ween nickte ihr dankend zu und zupfte den Fetzen von seiner Kleidung.

„Und du, Blake?", fragte Rouge dann kühl und wandte sich an den Schatten. „Hast du den Heiligen Gral gefunden?"

„Nein", sagte Blake gedehnt. „Und nur weil ich mich als Schatzsucher verdinge, bedeutet das nicht, dass ich, sobald ich mehrere Monate außerhalb der Stadt bin, diesem blöden Becher hinterher laufe."

„Der Gral ist nicht blöd", behauptete Ween. „Der Vater von *Indiana Jones* wäre tot ohne ihn."

„Halt den Mund", meinte Rouge. „Das war nur ein Film. Und außerdem, wenn es den Gral nie gegeben hätte, wäre das auch alles nie passiert und es ginge ihm *trotzdem* gut." Ween strafte sie mit Missachtung.

„Wie ich diese Kleinkriege vermisst habe", sagte Blake und warf sein schiefes Lächeln voller pechschwarzer Reißzähne in die Runde.

„Seit wann bist du wieder da?", fragte Rouge ihn.

„Seit heute Morgen. Du hast nichts verpasst."

„Gut", sagte sie, nickte und lächelte spöttisch. „Und zumindest weiß ich jetzt, wer der Schuldige ist, wenn irgendetwas katastrophal schiefgeht."

Bevor Blake sich eine ebenso spöttische Antwort ausdenken konnte, ertönte hinter ihnen ein Krachen, als die Eingangstür gegen die Wand knallte.

Sie drehten sich zu dem Mann in der grünen Jacke um.

„*Du!*", brüllte er. Das Wetter hatte ein mieses Timing und versäumte es, Blitz und Donner zum dramatischen Effekt vorbeizuschicken. Blake fand, dass es eine ganz wunderbare Gelegenheit verschwendet hatte.

„Ja?", fragte er so höflich wie möglich. Der ganze Raum starrte sie beide an.

„Du verdammter...!", rief der Neuankömmling und stockte dann, als ihm nicht einfallen wollte, wie er den Satz beenden könnte.

„Bastard", sagte er schließlich. Blake machte ein unschuldiges Gesicht. So unschuldig wie jemand mit glühend roten Augen eben gucken konnte.

„Kennst du den?", fragte Rouge leise. Sie klang amüsiert.

„Ganz entfernt. Wohnt ein, zwei Straßen weiter", erklärte Blake ihr.

„Wie heißt er?"

„Keine Ahnung." Der Mann hatte den Raum mittlerweile durchquert und baute sich vor dem Dämon auf. Seine Kleidung war klitschnass vom Regen. Die anderen Leute im Raum beobachteten sie interessiert.

„Sie haben übrigens die Tür nicht zugemacht", erinnerte Blake ihn höflich.

„Du hast einen Stuhl nach mir geworfen!", keifte der Mann.

„Hab ich nicht", widersprach Blake. „Ich kenne Sie gar nicht."

„Du *wirst* einen Stuhl nach mir werfen! *Er* hat es mir gesagt!"

„Er?", wiederholte Ween und sah ratlos zwischen den beiden hin und her. „Blake, wovon redet er?"

„Ich glaube, er hat gerade mit einem Hellseher gesprochen", vermutete Rouge. Blake nickte abwesend. Er erinnerte sich wieder daran, woher er den Mann kannte. Seine Schwester besaß einen Laden für Lichtzauber, an dem er vorbeikam, wenn er vom *Black & White* zu der nächsten Bahnstation ging. Die Schwester war mit einem Propheten verheiratet.

„Ah", sagte er. „Jetzt verstehe ich. Jemand hatte eine Vision. Ich habe übrigens nicht vor, einen Stuhl nach Ihnen zu werfen, wenn Sie das beruhigt. Sie scheinen doch nett zu sein." Der Mann hörte offenbar nicht zu, denn er starrte ihm immer noch hasserfüllt in die Augen. Blake registrierte besorgt, dass ein paar Funken um die Finger seiner rechten Hand wirbelten. Sicherheitshalber sammelte er die Dunkelheit hinter sich, wo der Mann sie nicht sehen konnte.

„Ich tue Ihnen nichts", sagte er noch einmal. Der Mann knurrte nur und schleuderte eine Handvoll gelbes Licht nach ihm. Blake duckte sich, sodass der Feuerball die Steinmauer hinter ihm traf und in einer kleinen Wolke aus Funken explodierte.

Er hob beschwichtigend die Hände und ging langsam von der Theke weg, um im Zweifelsfall mehr Bewegungsspielraum zu haben. Rouge und Ween drückten sich gegen das grobe Holz und sagten nichts. Der Barkeeper bückte sich und überprüfte, ob seine Waffe noch an Ort und Stelle unter der Tischplatte war. Alle anderen drehten sich um, die Arme auf die Stuhllehnen gestützt, und beobachteten sie beide neugierig.

Niemand dachte darüber nach, einzugreifen. Dafür fanden sie es viel zu interessant.

„Die Zukunft kann sich ändern", sagte Blake und nickte zu Rouge. „Wir müssen uns nicht im Staub prügeln und die zarte Dame hier traumatisieren."

„Ich hab Spaß", verkündete Rouge.

„Ich will nur Gerechtigkeit", zischte der Mann. Mittlerweile flackerten auch in seiner anderen Hand Flammen, ohne seine Haut oder seine Kleidung zu versengen. Lichtmagie, die aggressive Sorte. Tolle Spezialeffekte und immer schön anzusehen, außerdem Dunkelmagiern so wohlgesonnen wie ein tollwütiges Tier.

„Für etwas, was noch nicht passiert ist und auch nicht passieren wird, wenn Sie jetzt–", begann Blake, wurde jedoch von einem weiteren Feuerball unterbrochen. Er riss den Arm hoch und ließ die Dunkelheit hinter sich hervor springen wie einen wilden Hund. Mit einem Krachen schlug das Licht gegen den schützenden Wall. Funken und tintenschwarze Schlieren flogen durch die Luft. Einer der Zuschauer schrie überrascht auf. Er war offenbar noch nicht lange in der Stadt. Erst, als auch das letzte bisschen Licht erloschen war, wagte Blake es, die Hand sinken zu lassen.

„Was habe ich auch erwartet?", murmelte er erschöpft und ging vorsichtig ein paar Schritte zurück.

Der Lichtmagier war stärker. Er mochte verwirrt und wütend sein, doch er hatte eindeutig mehr Energiereserven. Es war nur eine Frage der Zeit, bis eine Handvoll Lichtmagie traf. Blake bezweifelte, dass der Mann sich bewusst war, wie stark er ihn damit verletzen konnte – er dachte vielleicht, ein Treffer würde ihm nur die Kleidung versengen.

Kumpel, ich bin der Typ, der jahrelang nervös hoch geguckt hat, wenn er unter dem Kronleuchter aus Lichtmagie entlang gegangen ist, aus der irrationalen Angst heraus, er könnte ein Leck haben.

Der Schatten blinzelte ins Licht. Sein Gegner ließ die Magie in seinen Händen stärker werden. Sie leuchtete den Raum so hell aus wie eine kleine Sonne. Wenn Blake hätte raten müssen, er hätte darauf getippt, dass der Mann gleich einen brutzelnden Energiestrahl auf ihn abfeuern würde. Vermutlich waren die Überreste der Dunkelheit nicht mehr stark genug, um ihn davor zu schützen.

Blake hielt eine Hand schützend über die Augen, um nicht geblendet zu werden, und ließ die geschwächte Dunkelheit seine Umgebung ertasten. Sie spürte etwas Hartes, Schweres und packte es. Er machte eine schnelle Handgeste. Eine dicke schwarze Ranke schleuderte den Gegenstand der Quelle des Lichts entgegen. Ein Schrei und dumpfes Geräusch. Blake öffnete die Augen. Der gleißend helle Energieball war erloschen und der Lichtmagier unter den Trümmern eines Stuhles begraben. Die Dinger konnten wirklich gefährlich sein.

„Sorry", sagte Blake lahm. Der Lichtmagier ächzte.

„Sieht aus, als sei die Zukunft doch in Stein gemeißelt", bemerkte Ween.

„Nicht zwingend", erwiderte Blake und klopfte den Staub von seiner Kleidung, bevor er sich an die Gäste des *Black & White* wendete. „Ihr könnt jetzt weiter trinken." Sie taten es.

Sein Kopf fühlte sich schwer wie Blei an. Er brauchte dringend ein paar Stunden Schlaf. Blake nickte Rouge noch einmal zu und öffnete die Tür neben dem Tresen.

„He!", rief sie ihm hinterher. „Willst du den hier liegen lassen?"

„Ich überlasse ihn deiner Obhut", verkündete Blake, winkte und verließ den Raum. Ween zuckte mit den Schultern und folgte ihm.

Die Stadtwache hatte das *Black & White* überredet, eines der oberen Geschosse langfristig an Lady Mays Gruppe zu vermieten. Die Wache konnte sehr überzeugend sein, wenn sie wollte. Rouge hatte vor neun Jahren ein paar kleine Umbauten an dem Flügel vorgenommen, sie hatte unsauber eingepasste Türen geändert, ein oder zwei Stromkabel verlegt und mehrere Male größere Wasserrohrbrüche verursacht, bis alle davon überzeugt waren, dass man sich dort besser nicht länger als nötig aufhielt. Jetzt hatten sie meist ihre Ruhe.

Hier oben war es dunkel. In den Fluren gab es nicht viele Laternen. Ein wenig Licht schien von den Straßenlaternen draußen zu ihnen hinein, doch Ween störte es trotzdem. Er kramte seine Glühbirne aus seiner Tasche und ließ sie aufleuchten, während sie dem Gang folgten. Das Innere des Gasthauses glich einem Labyrinth, doch Ween hatte es sich in seinen ersten Tagen bei der Stadtwache zum Ziel gemacht, es vollständig zu erkunden, genau wie Blake, als er vor Ewigkeiten zum ersten Mal hier gewesen war. Sie kannten das Haus beide wie ihre Westentasche.

Früher, als Mays Stadtwache-Magier alle noch Jugendliche gewesen waren, hatten sie öfter hier geschlafen, doch mittlerweile hatten nur noch die beiden jüngsten Mitglieder der Gruppe, Ween und Steve, feste Zimmer im Gasthaus. Rouge und Sally besaßen Wohnungen einige Straßen weiter und Nick verbrachte zuviel Zeit außerhalb der Stadt, als dass er ein richtiges Zuhause im *Black & White* gehabt hätte.

Trotzdem waren immer ein paar Decken und Kissen irgendwo verstaut und wenn ein Fall versprach, besonders aufregend zu werden, organisierten sie bisweilen Übernachtungen, die stets unglaublich chaotisch wurden, wie nicht anders zu erwarten bei einer Gruppe junger Magier.

Die meisten Räume hier standen leer oder wurden von dem Barkeeper benutzt, um Feuerholz, Lebensmittel oder Haushaltszauber zu lagern, doch es gab noch einen Raum, in dem sie oft zusammen frühstückten, eine kleine Kammer voller Papierkram und Lady Mays Arbeitszimmer.

Keiner von ihnen wusste, wo genau Lady Mays Wohnung lag. Manche sagten, sie hätte ein altehrwürdiges Anwesen tief unter der Erde von ihrer Familie geerbt, wieder andere behaupteten, sie schliefe, wenn sie mit dem Drachen durch die Wolken flog. Blake und Ween für ihren Teil gingen davon aus, dass sie das Bedürfnis nach Schlaf schon lange überwunden hatte und stattdessen nur noch eine Menge Kaffee trank.

Das Büro der Drachenlady war so groß wie ein Klassenzimmer. Mit der hohen Decke hatte der Raum fast die Form eines Würfels. Die Wände waren teils mit vollgestopften Bücherregalen bedeckt, teils mit Holz getäfelt und der graue Steinboden war mit einem ausgetretenen Teppich bedeckt. Die großen Fenster gegenüber der Türseite gingen auf die *Helsing Street* hinaus, doch das Kerzenlicht von drinnen spiegelte sich in den Scheiben und um diese Uhrzeit konnte man draußen kaum etwas erkennen.

Mitten im Raum stand, zur Tür gerichtet, ein geradezu grotesk großer Schreibtisch aus dunklem Holz. Auf der Rückseite gab es sogar ein paar Stufen, die man hinaufgehen musste, um ihn zu erreichen. Mit seiner hohen Tischplatte wirkte er mehr wie das Pult eines Richters, der über die Besucher urteilte, denn wie ein Bürotisch. Er war bedeckt mit alten und neuen Büchern, Schriftrollen, Papierstapeln, Lichtzaubern, Kerzen, ein paar Kartons, einigen anderen Zaubern und, sehr zur Überraschung der Voreingenommenen, einem modernen Notebook, das nicht viel dicker war als eine Zeitschrift.[1]

---

[1] Nicht, dass man auf dem Grund des Kraters eine gute Internetverbindung

Hinter dem Schreibtisch hob und senkte sich eine atmende Masse von undefinierbarer Form. Das Kerzenlicht ließ braune, kupferfarbene und goldene Schuppen aufblitzen. Im ersten Moment dachte Blake, der Drache würde schlafen, doch dann öffnete das ihm zugewandte Auge sich langsam und blickte ihn an. Er ließ ein Geräusch hören, das sowohl ein freundliches Brummen als auch ein aggressives Knurren sein konnte. Blake trat langsam einen Schritt zurück. Der Drache beobachtete ihn immer so, wie ein Falke ein kleines, pelziges Tier beobachtete.

Drachen haben keine Freunde. Drachen haben nur Feinde, die noch leben, schoss es ihm auf einmal durch den Kopf. Es stimmte natürlich nicht, es war ihm nur zufällig eingefallen, dieser Drache schien zum Beispiel Lady May sehr gut leiden zu können. Aber er selbst gehörte sicher nicht zu diesen Quasi-Freunden.

Die Lady selbst thronte hinter dem Schreibtisch wie eine Eiskönigin. Die Jahre hatten die feinen Falten in ihrem Gesicht tiefer werden lassen, doch sie trug noch immer dieselben schwarzen Anzüge und ihre Augen funkelten noch immer im selben kühlen Smaragdgrün.

Blake nickte ihr verunsichert zu. Sie gab ihm immer das Gefühl, er müsse sich verbeugen oder auf ein Knie fallen. Die riesige Echse in ihrem Rücken half.

„Wie ist es gelaufen?", fragte sie.

„Kommt ganz drauf an", meinte Ween. „Wir haben das Vieh k.o. geschlagen, aber bevor wir da waren, hat es jemanden gefressen." Sie seufzte resigniert.

„Sonst noch was?"

„Eben kam ein Typ rein gestürmt und wollte sich mit Blake prügeln", erzählte Ween.

„Ich meine, sonst noch etwas *Erwähnenswertes*?", wiederholte Lady May.

„Mir geht es übrigens gut, danke, ich bin nicht verletzt", sagte Blake.

„Wenn Sie das nicht erwähnenswert finden, weiß ich auch nicht", gab der gemeinsame Lehrling der beiden ratlos zu.

„Es mag für ihn wichtig sein, aber nicht für die Stadtwache als Organisation", erklärte May.

hatte. Außerdem sponnen alle Arten von Elektronik in der Nähe von so viel Magie gern herum, es sei denn, man ließ ein paar teure Zauber auf sie legen. Elektrisches Licht, Computer, Fernseher, Radios, Kühlschränke und Madlens Navigationsgerät funktionierten sonst selten richtig, auch, wenn es im *Black & White* sogar eine Handvoll Stromkabel gab.

„Ignoriert ihr mich?", wollte Blake wissen.

„Was wäre, wenn dieser Typ ein unglaublich mächtiger Magier war, der aus seinem Grab auferstanden ist und dann erst Blake verprügeln und dann die Stadt in Schutt und Asche legen und dann die Welt niederbrennen wollte?", fragte Ween. „Wäre *das* erwähnenswert?"

„Okay. Ja. Ihr ignoriert mich", stellte der Schatten fest.

„Das wäre erwähnenswert", bestätigte Lady May. „Aber dem ist ja nicht so."

„Woher wollen Sie das wissen?", fragte Ween.

„Ganz einfach", sagte sie. „Weil ihr dann unten wärt und euch um die Sache kümmern würdet."

„Ja, das würden wir dann wohl", gab er zu. Lady May wandte sich an Blake.

„Wolltest du etwas sagen?"

„Nur das Übliche. Ein Dank wäre ganz nett." Sie runzelte die Stirn.

„Ich habe dich nicht beauftragt. Wieso sollte ich dir dann danken? Ween sollte das tun."

„Hab ich schon", sagte Ween. „Ich habe gesagt, dass es sich gelohnt hat, ihn dabei gehabt zu haben."

„Gut", sagte Lady May. „Dann wäre das erledigt." Blake zuckte mit den Schultern und wandte sich zum Gehen.

Freundlich wie immer, dachte er.

„Hast du den Gral eigentlich gefunden?", rief sie ihm hinterher. Er seufzte und drehte sich wieder zu ihr um.

„Ich weiß gar nicht, wer dieses Gerücht in die Welt gesetzt hat", erklärte er. Ween sah zu Boden, sagte nichts und verhielt sich alles in allem auffällig unauffällig.

Die Liste der Seltsamen Dinge

Madlen schaufelte eine großzügige Menge Zucker in ihren Tee und rührte ihn um. Dabei lehnte sie sich gegen den Küchentisch und überlegte, was an diesem Tag geschehen war. Der Autounfall. Das Ding, mit dem sie zusammengekracht war. Ween. Die Stadt.

Das alles war komisch und gleichzeitig eine Freikarte, so gut wie alles zu glauben. Aber es beantwortete die Frage nicht, die sie sich schon seit einer ganzen Weile stellte.

Sie war weggefahren, nach dem er ihr den Krater gezeigt hatte. Sie hatte das Auto wieder auf die Straße gelenkt und war in das nächste Dorf gefahren. Dort hatte sie sich ein Café gesucht und versucht, bei einer Tasse Tee über die Situation nachzudenken. Der Tee war scheußlich gewesen und die anderen Gäste viel zu laut, was einige der Gründe waren, aufgrund derer sie zurück zu ihrem Zimmer in einem Londoner Vorort gefahren war. Nach einem Autounfall und der unverhofften Offenbarung, dass es Magie und lebende Wasserspeier und geheime Städte gab, war sie nicht in der Stimmung gewesen, ihren alten Tagesplan weiter zu verfolgen. Ganz abgesehen davon, dass ihre Familie sicher nicht von dem kaputten Auto begeistert gewesen wäre. Also war sie eben hierhin zurückgekehrt, hatte nach ihren Mitbewohnern gesehen, denen es prima ging, und sich einen besseren Tee gekocht. Mittlerweile war es Nacht.

Die junge Frau nippte an ihrem Tee und ging die Ereignisse *vor* ihrem Unfall durch. Sie war auf die Autobahn gefahren und hatte bald einen Laster in der Ferne entdeckt, der auf abenteuerliche Weise verdreht mitten auf der Strecke lag wie irgendein avantgardistisches und bemerkenswert ungünstig platziertes Kunstwerk. Er war von Polizei-, Feuerwehr- und Krankenwagen umzingelt gewesen, sodass man glauben konnte, Außerirdische seien auf der Erde gelandet. Rückblickend konnte das Kunstwerk eigentlich auch ein Raumschiff gewesen sein.

Zwei Verkehrsunfälle an einem Tag, noch etwas, was sie der Liste der Seltsamen Dinge hinzufügen konnte. Sie hatte einige Minuten gebraucht, das Navigationsgerät davon zu überzeugen, dass sie, ja, eine andere Route nehmen wollte, doch schließlich hatte sie es geschafft und machte wenig später die Entdeckung ihres Lebens.

Sie beugte sich über eine Karte auf dem Tisch, die sie sich aus dem Internet ausgedruckt hatte, und musterte mit zusammengekniffenen Augen ihren Weg. Madlen glaubte, zu verstehen, auf welche Route das Navigationsgerät sie hatte schicken wollen. Ein, zwei Dörfer vom Wald entfernt gab es eine Straße, die sie in einem weiten Bogen zurück zur Autobahn geführt hätte. Doch auf die Landstraße, die schließlich durch den Wald führte, abzubiegen erschien ihr äußerst unsinnig, zumal er nicht einmal ganz in die richtige Richtung führte.

Madlen versuchte, sich zu erinnern, und setzte sich an den Tisch. Sie hatte schon oft Probleme mit dem Navigationsgerät gehabt. Manchmal versuchte es, sie querfeldein zu schicken oder über eine Brücke, die nicht mehr existierte. Offenbar wollte es sie in den Tod treiben. Doch es hatte noch nie mitten in der Fahrt von selbst den Zielort gewechselt.

Sie nahm noch einen Schluck Tee und erinnerte sich daran, wie sie kurz gezwungen gewesen war, eine Pause zu machen und das Navigationsgerät aus- und wiedereinzuschalten, weil der Bildschirm einfach eingefroren war. Um diesen Zeitpunkt herum musste es zu dem Fehler gekommen sein.

Wie reagierte menschliche Technik auf die Dinge unten im Krater? Entweder, sie pfuschten damit herum, oder es war wirklich Zeit, ein neues Navi zu kaufen.

Es sah ganz so aus, als würde die Liste der Seltsamen Dinge etwas länger werden.

Wie auch immer, beschloss Madlen. Vielleicht war auch beides der Fall. Sie würde die Theorie mit der verkorksten Technik in Erinnerung behalten.

Und sie würde jemanden fragen.

Gut, im ersten Moment war sie vollkommen überrumpelt gewesen, aber sie würde nach Undertown zurückkehren. Noch einen Blick auf den Krater werfen.

Aber nicht mehr heute.

Madlen stellte die Teetasse zur Seite, nahm einen Filzstift, zog die Karte näher zu sich heran und zeichnete einen kleinen Kreis in die Mitte des Waldes.

Dann schob sie die Karte zur Seite und legte ein unbeschriebenes Blatt Druckerpapier auf den Tisch. Es war ungefähr genauso leer wie ihr Gehirn. Oder auch nicht. Genug Gedanken wirbelten ja in ihr herum, sie waren nur hoffnungslos ungeordnet. Madlen nahm wieder den Filzstift in die Hand und schrieb in großen, sauberen Blockbuchstaben in die Mitte: *Undertown*.

Sie setzte den Stift wieder ab und ließ sich im Stuhl zurück sinken. Ihr fiel nichts mehr ein. *Undertown.* Das war wenig. Aber es war besser als nichts. Eine Weile blieb sie so sitzen und trank ihren Tee aus. Als ihr klar wurde, dass sie heute nicht mehr zu Papier bringen würde, faltete sie das Blatt sorgfältig zusammen und steckte es in eine Hosentasche. Sie brauchte erst einmal eine Nacht Schlaf.

Der Mann in Grau

Der Mann im grauen Anzug wartete. Er stand in einer schmalen Gasse in der Kraterstadt unter einer Straßenlaterne, die fast prädestiniert zu sein schien, sich dort heimlich zu treffen. Trotz der Farbe seines Anzugs hatte er nichts mit der Magierregierung zu tun und verhielt sich entsprechend heimlichtuerisch. Er war eine große, dünne Gestalt, sah aus wie Mitte dreißig und hatte ein schmales Gesicht mit einer langen, spitzen Nase und einem charmanten Lächeln. Sein Haar war schwarz und seine Augen schimmerten hellgrau, fast silbern, wie die Klinge eines Messers. Neben ihm lehnte ein Koffer an einer Mauer.

Er wartete schon fast eine Stunde lang, doch er war auch bereit, Tage damit zu verbringen, wenn es nötig war. Immerhin war der, auf den er wartete, ein vielbeschäftigter Mann. Sein Anzug war nur noch feucht vom Regen, der sich für die frühen Morgenstunden eine kurze Pause gegönnt hatte.

Als der andere Mann endlich kam, in einer Hand einen eleganten Gehstock, hatte der Regen seinen Dienst wieder aufgenommen. Äußerlich war der Neuankömmling das genaue Gegenteil des Wartenden. Er trug einen schwarzen Gehrock, der selbst für die Verhältnisse der Kraterstadt altmodisch war, und war ungewöhnlich klein und schmächtig, wie ein Kind. Er konnte nicht größer als eins fünfzig oder eins fünfundfünfzig sein. Sein Kopf war unter so etwas wie einem Helm mit zwei runden, dunkel verglasten Öffnungen für die Augen verborgen. Auf Höhe seines Gesichts ging das Gebilde in einen langen, gekrümmten Schnabel über, wie bei der Maske eines Pestdoktors. Das Material schimmerte grün und schwarz und sah aus wie Chitin. Es ließ ihn wirken wie die unheimliche Karikatur eines Krähenvogels.

„Sauwetter", kommentierte der Mann in Grau die allgemeine Lage, als der Vogel die Laterne beinahe erreicht hatte.

„Ich hätte es anders ausgedrückt, aber wo Sie recht haben, haben Sie recht", meinte er belustigt. Seine Stimme mit dem starken britischen Akzent hörte sich ganz gewöhnlich an. Nicht wie die eines Kindes und kein bisschen nach einem Vogel. Sie klang nur nach Kälte und einer unterschwelligen Belustigung, als sei die Stadt nicht mehr als ein Spielbrett.

Der Vogel holte ein winziges Holzkästchen aus seiner Tasche und reichte es dem in Grau vorsichtig. Dieser steckte es kurzerhand in die

Innentasche seines Jacketts, offenbar, ohne sich Sorgen um seinen Inhalt zu machen.

„Sie interessieren sich also für das Archiv", stellte der Vogel fest.

„Es ist ein alter Ort mit vielen Geheimnissen", erwiderte der Mann in Grau. „Woran dachten Sie bei der Bezahlung? Ich bin niemand, der Geld verschleudert, aber in diesem Fall spielt es keine Rolle."

„Geld habe ich zurzeit genug", winkte der Vogel ab. „Ich werde Sie ein andermal um einen Gefallen bitten. Aber Sie könnten mir eine Frage beantworten. Würden Sie das tun?"

„Kommt auf die Frage an" sagte der größere Mann. Ihm gefiel nicht, dass der Vogel auf eine Bezahlung verzichten wollte. Es war kein gutes Zeichen. Sein zu kurz geratener Gesprächspartner beugte sich einen Tick vor.

„Stimmen die Gerüchte über die Kolonie?", fragte er leise. Der in Grau lächelte und schüttelte den Kopf.

„Es ist eine lange Geschichte", erwiderte er. „Und es ist nass und kalt hier draußen. Wenn ich die nächsten Wochen überlebe, erzähle ich sie Ihnen bei einer Tasse Tee, wie klingt das?"

„Gut", antwortete der Vogel. Seine Stimme klang, als würde er lächeln.

Sie schwiegen eine Weile.

„Ich habe gerade überlegt, wie ich Sie umbringen könnte, wenn es nötig wäre", informierte der Mann in Grau seinen Gesprächspartner in einem Ton, den gewöhnliche Leute benutzten, wenn sie vom Verkehr sprachen.

„Über dasselbe habe ich auch gerade nachgedacht", gab der Vogel zu. „Machen Sie's gut." Er hob eine Hand, die in einem schwarzen Handschuh steckte, zu einem imaginären Hut, drehte sich um und verschwand im Regen.

Knapp außerhalb des Lichtkegels der Laterne schälte sich eine Gestalt aus der Nacht. Es war eine kleine Frau mit schwarzem Haar, das sie zu einem lockeren Knoten in ihrem Nacken zusammengebunden hatte. Ihre Haut war dunkler als die des Mannes in Grau – sie verdankte sie portugiesischen Wurzeln – doch im Licht der Laterne sah sie kränklich bleich aus. Unter ihren Augen lagen dunkle Ringe. An ihrem Kinn waren Spuren von etwas Dunklem zu sehen. Es war nicht schwer zu erraten, was sie war.

„Satt?", fragte der Mann in Grau, hob seinen Koffer auf und bedeutete der Frau mit einer Geste, dass sie etwas im Gesicht hatte. Die Vampirin nickte und wischte sich das Blut mit dem Ärmel vom Kinn. Sie trug schwarze Handschuhe und eine schwarze Jacke mit einem Kragen, der sich bis hoch zum Kinn schließen ließ. Schutzkleidung. Vampire mussten tagsüber aufpassen, wie sie sich kleideten. Gerade aber trug die dunkelhäutige Frau die Jacke weit offen und darunter eine hübsche rote Bluse.

„Hat er uns das Ding gegeben?", fragte sie.

„Ich dachte, du hättest zugehört", sagte der Mann in Grau. Sie zuckte mit den Schultern.

„Ich kam erst, als du Al gesagt hast, dass du darüber nachdenkst, ihn umzubringen."

„Al? Du kennst ihn?", wollte er sich versichern und lachte über den Spitznamen.

„Ich kenne ihn, aber nicht allzu gut. Alisdair. Er ist eine Persönlichkeit unter Vampiren. Arbeitet für die Zwillingslords."

„Und die sind *die* Persönlichkeit unter Vampiren", sagte er.

„Ja. Aber ich mag sie nicht und sie mich nicht, falls du dich erinnerst."

„Tue ich. Aber hey, sie haben uns beschafft, was wir wollten."

„Kann ich es mal sehen?", fragte sie neugierig. Er holte die Schachtel hervor und öffnete sie kurz. Darin lag eine große Bronzemünze, auf der ein Wappen abgebildet war.

„Wie funktioniert das?", wollte die Vampirin wissen und legte den Kopf schief. Der Mann in Grau runzelte die Stirn.

„Ich könnte jetzt erklären, wie komplex dieser Zauber ist und wie schwer es wäre, ihn zu fälschen", sagte er dann, während die beiden die Straße hinunterschlenderten. „Aber du würdest mir doch ohnehin nicht zuhören. Dieses Ding öffnet Türen."

„Großartig", meinte sie. „Und jetzt gehen wir und bringen jemanden um, ja?"

„Wir werden niemanden umbringen." Sie zog eine Grimasse.

„Warum nicht?"

„Weil es zu auffällig wäre. Vielleicht kommen wir unbemerkt rein und wieder raus. Des Weiteren ist Töten einfach nicht sonderlich nett."

„Ich bin mir ziemlich sicher, dass das Öffnen von Türen irgendwo automatisch protokolliert wird", entgegnete sie entschieden. „Ich glaube, man nennt so was ein Siegel. Haben die Nichtmagier auch." Er lächelte gequält.

„Aber vielleicht sehen sie sich die Aufzeichnungen sowieso nie an."

„Das ist langweilig."

„Ich habe meine Anweisungen."

„Was bist du, ein Dämon?", fragte sie. Er seufzte.

Der Mann in Grau legte die Münze vorsichtig in die dafür vorgesehene Nische in der Holztür. Sie drehte sich klickend, dann öffnete die Hintertür sich ohne weitere Faxen.

Sie schlüpften nach drinnen und fanden sich in einer großen Halle voller Regale wieder. Es war dunkel bis auf das Licht von draußen und still bis auf das leise, beruhigende Trommeln von Regentropfen auf Fensterscheiben. Niemand war zu sehen.

„Ein paar Wachen ziehen sicher durch das Gebäude", vermutete der Mann. „Aber das Archiv ist nicht eben Fort Knox. Die Stadtwache glaubt vermutlich nicht, dass Verbrecher sich für all die verstaubten Mysterien interessieren, die sich in den letzten Jahrhunderten hier angesammelt haben."

„Aber wir tun das? Uns für verstaubte Mysterien interessieren?" Sie sprachen beide leise, flüsterten jedoch nicht.

„Unbedingt", sagte der Mann in Grau.

„Ich finde es langweilig."

„Ich nicht. Das ist das Problem mit der heutigen Generation, niemand weiß mehr die Vergangenheit zu schätzen." Der Mann hatte die Führung übernommen und den Kopf in den Nacken gelegt, um sich an den Zahlen zu orientieren, mit denen die Regale beziffert waren.

Sie gingen tiefer in das Gebäude hinein, ohne irgendwelchen Wachen zu begegnen. Das Archiv erstreckte sich über den gesamten Häuserblock und mehrere Etagen nach unten. Es diente als Museum, Waffenlager und Bibliothek. Wenn jemand außerhalb der Öffnungszeiten des legal begehbaren Bereichs eine der vielen Türen auch nur berührte, konnte er betäubt, schwer verletzt oder getötet werden, je nachdem, wie der Archivar gelaunt war. Aber wenn man den richtigen Zauber bei sich trug, wurden all diese Sicherheitsvorkehrungen deaktiviert und die Achillesferse des Gebäudes lag blank. Aus diesem Grund würden sich ihnen höchstens ein paar Menschen in den Weg stellen und die waren bekanntlich genauso unzuverlässig wie sterblich. Der Mann in

Grau hoffte dennoch, die ganze Sache möglichst verlustfrei hinter sich bringen zu können.

„Ich würde wirklich gerne länger bleiben", verkündete er. „So viel alte Magie."

„In den letzten Monaten hatte ich genug alte Magie", grummelte die Vampirin gelangweilt.

„Ich nicht", sagte er.

„Du bist ja schon fast davon besessen."

„Ich bin davon fasziniert und das ist nichts Schlechtes."

Am Ende einer der großen Hallen blieb der Mann in Grau stehen, machte ein konzentriertes Gesicht und klopfte mit dem Fuß auf den Boden. Der dumpfe Klang verhallte im Raum.

„Es klingt nicht hohl", fand er.

„Sollte es hohl klingen?", fragte die Vampirin.

„Nun, in der Etage unter uns befindet sich eine Kammer und in dieser Kammer befindet sich, was wir suchen. Aber für die Türen unten braucht man Extraschlüssel." Der Mann in Grau hockte sich auf den Boden und fuhr mit den Fingern am Rand einer Steinplatte entlang. Er hob sie an und legte sie neben sich auf den Boden. Das Geräusch war unangenehm laut. Unter der Platte war Beton. Er griff nach dem Koffer, den er auf dem Boden abgestellt hatte, und öffnete ihn. Darin befand sich eine Reihe von Zaubern. Er nahm einen heraus und machte sich daran, ihn richtig einzustellen. Als er fertig war, streckte er den Arm aus und ließ den Zauber über dem nackten Beton los. Er fiel nicht, sondern schwebte in der Luft, als hinge er an einem unsichtbaren Faden.

Der Mann in Grau nahm den Koffer, stand auf und entfernte sich ein paar Meter. Die Vampirin folgte ihm.

Sie beobachteten den Zauber eine Weile bei der Arbeit. Zuerst entfernte er die übrigen Bodenplatten um sich herum. Sie erhoben sich einfach in die Luft und schwebten dann langsam nach außen, wo der Zauber sie sanft auf dem Boden ablegte. Dann begann der Beton zu bröckeln und das Geröll schwebte ebenfalls aufwärts. Der ganze Vorgang ging erstaunlich leise vonstatten.

Der Vampirin wurde nach ein paar Minuten langweilig.

„Ich mache einen Spaziergang und sehe mal, ob jemand in der Nähe ist", erklärte sie. Der Mann nickte. Die Vampirin verschwand in der Dunkelheit und der Mann in Grau begann, zum wiederholten Mal die Sachen in dem Koffer zu ordnen. Nur Sekunden später fragte er sich, ob es eine gute Idee gewesen war, sie allein zu lassen.

Der Vampirin fiel es leicht, sich unbemerkt in der Dunkelheit zu bewegen. Ein Schatten hätte sie vielleicht bemerkt, doch die wenigen Stadtwache-Magier, die heute im Archiv Nachtschicht schoben, hatten nicht das Gespür dafür.

Sie lief leichtfüßig durch die langen, hohen Hallen und umging zweimal einen Lichtkegel. Die Stadtwache war so dumm. Vielleicht waren der Mann in Grau und sie selbst nicht die ersten, die hier eingebrochen waren. Vielleicht hatte Al auch schon anderen den kleinen Schlüssel gegeben und niemand hatte es je bemerkt.

Ein paar Regale weiter stand eine Magierin ohne Licht, ein junges Mädchen mit blonden Haaren und einem Schwert auf dem Rücken. Vielleicht war sie der Lehrling von irgendjemandem.

Es war ein Experiment. Die Vampirin wollte sehen, wie weit sie sich anschleichen konnte, bevor sie bemerkt wurde. Sie hatte es nicht geplant. Sie hatte keinen Ärger machen wollen.

Das Mädchen drehte sich um. Es trug eine Art Pilotenbrille. Irgendein niedliches kleines Spielzeug.

„Wer ist da?", fragte das Mädchen. Ein Spielzeug, mit dem es im Dunkeln sehen konnte. Darum trug es also keine Lampe mit sich.

Das Mädchen griff sehr langsam nach seinem Schwert und zog es mit einem leisen Schaben aus der Scheide. Die Vampirin trat zurück, tiefer zwischen die Regale, doch die blonde Stadtwache-Magierin folgte ihr entschlossen.

„Hey!", rief sie leise.

Wie aufs Stichwort schoss die Vampirin auf sie zu. Das Versteckspiel war vorbei. Das Schwert schnitt durch die Luft, die Vampirin wich aus und trat der Stadtwache-Magierin gegen das Knie. Die Blonde schnappte nach Luft und setzte zu einem Schrei an, um Verstärkung zu rufen, doch ein Schlag gegen den Hals nahm ihr den Atem.

Das Mädchen war zäh. Es riss sich zusammen und schwang seine Waffe erneut. Die Vampirin griff in ihre Jacke. Stahl traf auf Stahl, so heftig, dass sie beide ein Stück zurückwichen. In der Hand der Einbrecherin lag nun ein Dolch, eine hübsche Waffe mit polierter Klinge und rot umwickeltem Griff.

Das blonde Mädchen verstärkte angespannt den Griff um sein Schwert. Die Vampirin lächelte und zeigte schneeweiße Zähne, die spitzer und schärfer und *mehr* waren als die eines jeden Menschen.

Die Klingen trafen erneut aufeinander. Die Vampirin war mit ihrer kleinen Waffe im Nachteil, doch mit ihren übermenschlichen Reflexen gelang es ihr, jeden Angriff zu parieren, und als die Gelegenheit sich bot, hob sie einen Fuß und trat gegen die Schwerthand des Mädchens. Die blonde Magierin jaulte auf und ließ ihre Waffe fallen.

Jetzt, wo sie unbewaffnet war, endete der Kampf sehr schnell. Die Vampirin schoss auf ihre Gegnerin zu, das Mädchen versuchte, schützend die Arme vors Gesicht zu reißen, und war zu langsam. Sie prallten gegeneinander und landeten auf dem Boden. Die Vampirin schnappte nach dem Gesicht und dem Hals des panisch um sich schlagenden Mädchens. Ihre Zähne durchbohrten Haut und sie schmeckte etwas Heißes, doch dann knallte das Mädchen ihr seinen Ellbogen gegen den Kopf.

Der Mann in Grau joggte auf die Quelle des Lärms zu. Die Vampirin sprang auf die Füße und wirbelte zu ihm herum. Ihr Mund und ihr Kinn waren blutverschmiert. Schon wieder. Sie hielt sich den Kopf, schien jedoch nicht wirklich verletzt zu sein.

Ein Mädchen hockte zitternd auf dem Boden. Sein Schwert lag ein paar Meter entfernt. Es drückte die Hände gegen eine Wunde an seinem Hals. Zwischen seinen Fingern tropfte Blut hervor.

„Was hast du angestellt?", fragte der Mann tonlos und sah wieder seine Partnerin an.

„Sie hat mich bemerkt", antwortete die Vampirin verteidigend. Er schüttelte den Kopf und durchsuchte seine Taschen. Dann warf er ihr eine Packung Taschentücher zu und musterte wieder die verletzte Stadtwache-Magierin.

„Weiter die Hand auf die Wunde drücken", befahl er. „Lehn dich gegen ein Regal, damit du nicht fällst, wenn du ohnmächtig wirst." Ein Wispern drang zwischen den Lippen des Mädchens hervor, kaum hörbar.

„*Hilfe.*" Der Mann in Grau sah sie noch einen Moment lang an, schien zu überlegen, dann wandte er sich wieder seiner Begleiterin zu.

„Komm", sagte er und zog sie hinter sich her. „Wir holen meinen Koffer und verschwinden."

„Aber sie hat uns gesehen! Wir können sie nicht einfach so hierlassen!"

„Die Stadtwache wird sich ohnehin zusammenreimen, dass jemand hier war. Man muss wirklich blöd sein, um das nicht zu erkennen!" Ein leises Geräusch lenkte ihn ab. Er sah zurück. Das Mädchen lag jetzt zusammengerollt auf dem Boden. Es war nicht mehr bei Bewusstsein.

„Was ist mit unserem Plan?", fuhr die Vampirin fort. „Hast du die Kammer schon geöffnet? Haben wir die Karte?"

„Ja. Wir haben sie. Und jetzt lass uns machen, dass wir hier wegkommen."

Der Zombiejäger

Die Stadtwache-Magier im Archiv hatten das Mädchen *natürlich* gefunden und Verstärkung angefordert, wie man es nun mal tat, wenn man angegriffen wurde. Doch als die gerade durch den Haupteingang stürmte, verschwanden der Mann in Grau und die Vampirin durch ihren Hintereingang und traten auf eine enge Gasse hinaus. Rechts von ihnen mündete sie in eine der breiteren Straßen. Von dort drang das Licht der Stadtwache zu ihnen. Doch die Wache würde die beiden Einbrecher nicht mehr finden. Sie kamen zu spät und alles, was sie tun konnten, war, das Blut aufzuwischen, Rache zu schwören und jemanden zu suchen, dem sich darum kümmern konnte.

„Lady May", sagte ein alter Magier. „Ohne respektlos wirken zu wollen..." Er ließ den Satz unbeendet. Lady May hasste so etwas.

„Wenn Sie sich die Akte dort ansehen, werden Sie sehen, dass meine Gruppe alle nötigen Qualifikationen erfüllt", sagte sie. „Meine Leute arbeiten seit einem sehr jungen Alter für mich. Rouge Williams ist einer der Konstrukteure der Wache. Unsere Heilerin, Sally Young, hat ihre Ausbildung mit hervorragenden Ergebnissen beendet und auch die übrigen Mitglieder sind ausgezeichnete Magier."

„Das bestreite ich nicht", erwiderte der Alte. Er sprach immer noch so enervierend langsam. „Doch Ihre Leute scheinen einen gewissen Hang zum Stiften von Chaos zu haben."

„Die meisten Bewohner Undertowns haben den. Wir werden es schaffen."

„Ich erinnere mich an einen Fall vor drei, vier Jahren", sagte der Magier. „Eine Gruppe Geisterbeschwörer. Da meinten Sie auch, Ihre Leute würden *es schaffen*. Haben sie nicht."

„Mein Gedächtnis ist ausgezeichnet, danke", informierte Lady May ihn kühl.

„Einer Ihrer Magier, Nicholas Miller–"

„Nicholas Miller verdient sich mit der Jagd auf gefährliche Untote noch etwas dazu, ja", unterbrach sie ihn. „Mit meiner Erlaubnis."

„Das habe ich nicht gemeint", sagte der Magier. Lady May unterdrückte das Bedürfnis, eine Grimasse zu schneiden. Sie hatte es ja selbst gewusst. „Nicholas Miller wurde damals von etwas angegriffen, das wir bis heute nicht sicher einer Spezies zuordnen konnten, und zwei weitere

Männer sind gestorben. Ackermann und Malcolm." Für einen Moment schwieg May.

„Ich erinnere mich an sie", sagte sie dann. Sie würde sich immer erinnern. Die beiden waren nicht lange Teil der Gruppe gewesen, doch auf Mays Schreibtisch stand ein Bild von den zwei Magiern. Ein Bild. Auf ausgerechnet *ihrem* Schreibtisch, auf dem sonst kein Platz für Sentimentalitäten war. Jeder, der sie kannte, wusste, dass es ihr eine Menge bedeuten musste.

„Der Rest von uns hat überlebt und wir brauchen Arbeit", sagte May bestimmt. Der alte Magier seufzte. Sie merkte, dass es ihm leid tat, sie darauf angesprochen zu haben.

„Worauf ich hinauswill: Das hier ist kein kleiner Fall." Er machte eine Pause. „Es geht nicht um einen wildgewordenen Dämon, einen Ladendiebstahl oder eine Gruppe randalierender junger Magier. Jemand ist in unser Archiv eingebrochen und wir haben Grund zur Annahme, dass er hinter etwas Großem her war. Ein Mitglied der Wache wurde bereits schwer verletzt. Alles, was ich möchte, ist, dass Sie mir versichern, dass Ihren Magiern nicht das gleiche wiederfahren wird."

May schwieg einen Moment, um dem Magier zu demonstrieren, dass sie es sich genau überlegt hatte und jedes Wort ernst meinte, bevor sie entschlossen sagte: „Das kann ich."

Das Mädchen sah klein aus in dem klobigen Krankenhausbett. Die Heiler hatten sich um seine Wunden gekümmert, doch es war beängstigend blass. Da war immer noch das Vampirgift in seinen Adern und es war nicht untätig.

Der Lehrmeister des Mädchens saß zusammengesunken auf einem Stuhl und schlief, doch das Mädchen war wach.

„Wie heißt du?", fragte Lady May und setzte sich an das Bett. Das Mädchen sah sie aus geröteten Augen an.

„Anne", wisperte es dann.

„Anne. Ich habe gehört, du hast im Archiv einen beeindruckenden Kampf abgeliefert." Ein dünnes Lächeln, dann verzog das Mädchen das Gesicht und drückte sich eine Hand auf den Mund. Mit der anderen fuhr es suchend über das kleine Tischchen, das neben dem Bett stand. Lady May beugte sich schnell vor, nahm die kleine Schale und drückte sie dem Mädchen in die Hand. Anne beugte sich darüber und spuckte etwas aus. Speichel und Blut und ein kleines weißes Ding. Das Mädchen stellte die Schale zitternd auf der Bettdecke ab. Lady May goss ihm ein Glas Wasser aus einem Krug ein, das es dankend annahm. Während es trank, betrachtete May den Inhalt der Schale. Darin lagen menschliche Zähne.

„Das war schon der fünfte", sagte das Mädchen und schniefte. Lady May nickte mitleidig.

„Deine Zähne fallen aus und neue wachsen nach", sagte sie. „Vampirzähne."

„Das weiß ich", antwortete Anne überraschend scharf. Beim Sprechen konnte man ihre zahlreichen Zahnlücken sehen, was sie aussehen ließ wie ein Kind, das seine Milchzähne los wurde.

Von Milch zu fester Nahrung und von fester Nahrung zu Blut...

„Tut es weh?", fragte May.

„Ja...", antwortete das Mädchen. „Nicht sehr. Nicht schlimmer als normale Wackelzähne auch... aber... es innerhalb weniger Stunden erleben... es ist unheimlich. Und mir ist übel."

„Vampire können immer noch Menschenessen verdauen", sagte Lady May. „Sie benötigen auch Blut, aber mit deinen neuen Zähnen wirst du auch ganz normal essen können, wenn du möchtest." Wieder gelang Anne ein schwaches Lächeln.

„Ein Glück", fand sie. „Wenn ich keine Pizza mehr essen könnte, dann wäre ich so richtig sauer." Lady May war nicht allzu begeistert von Pizza, nickte jedoch trotzdem zufrieden.

„Darf ich dir ein paar Fragen stellen, Anne?", fragte sie höflich. „Erinnerst du dich an etwas? Etwas, das uns hilft, die Einbrecher zu finden?"

„Ja", antwortete Anne und das Lächeln wurde grimmig und entschlossen. „Ich erinnere mich."

Nicholas Miller bekam von all dem nichts mit.

Der große, schlaksige Mann mit dem Fedora hüpfte auf einen Grabstein und sah sich prüfend um.

„Das ist doch ein wunderbarer Friedhof", fand er und sah zu dem Priester hinunter. Der verknotete nervös seine Finger und warf immer wieder Blicke nach links und rechts. Er war eine sanfte, ruhige Person und ein guter Mensch, aber es war auch leicht, ihn zu überfordern.

„Sehen Sie denn nicht diese, äh, Dinger?", fragte er verzweifelt. Nicholas sah ihn an, als wäre er eine besonders komplexe Rechenaufgabe, die es zu lösen galt.

„*Natürlich* sehe ich die *Zombies*", erklärte er genervt. „Ich habe es nur aus Taktgefühl nicht erwähnt."

„Aha?", wisperte der Priester und starrte eine Leiche an, die langsam auf sie beide zuwankte. Der gesamte Friedhof war zerwühlt, als sei eine Rotte Wildschweine dort eingefallen. Die Toten wandelten über die Kieswege, träge, graue Gestalten mit begriffsstutzigem Blick. Weiter hinten stolperte einer über seinen eigenen Grabstein. Vielleicht war er der ehemalige Dorftrottel.

„Sie sind nicht sehr clever", stellte Nick fest. Der Priester schätzte ihn auf Mitte zwanzig. Er hatte sehr lange Arme und Beine und freundliche, grünbraune Augen. Sein langes, braunes Haar trug er zu einem Zopf zusammengebunden, der sich jedoch schon halb aufgelöst hatte, sodass ihm einige wirre Strähnen ins Gesicht hingen. Zu dem alten Fedora, der den Priester an einen Western denken ließ, trug er eine abgenutzte braune Lederjacke.

Er war nach eigener Aussage in der Lage, sich der Situation anzunehmen.

„Denken Sie, dass das hier die Apokalypse ist?", fragte der Priester ihn besorgt.

„Weil die Toten sich aus ihren Gräbern erhoben haben und so weiter?", hakte Nick nach.

„Ja."

„Soll ich ganz ehrlich sein?"

„Bitte", sagte der Priester. Nick beugte sich auf seinem Grabstein vor.

„Ich denke: Nein. Ich denke, bei der Apokalypse gäbe es mehr Spezialeffekte. Das hier ist ja doch eher unspektakulär. Wobei ich mir natürlich nicht sicher sein kann. Ich habe noch nicht viele Apokalypsen miterlebt, wenn ich ehrlich bin."

„Aha", sagte der Priester und nickte.

„Wollen Sie wissen, was ich denke?", fragte Nick.

„Ja, bitte."

„Ich denke, wir haben es hier mit einem Streich zu tun", verkündete Nick.

„Ist das Ihr Ernst?"

„Ja. Ich denke, ein paar Jugendliche haben ihre magischen Kräfte entdeckt und beschlossen, dieses Dorf von Lebenden Toten überrennen zu lassen. Es ist nicht die Erfindung des Rades, aber wirklich geistreiche

Streiche scheinen ja sowieso ausgestorben zu sein. Im Gegensatz zu denen da. Aber hey, es könnte schlimmer sein. Sie könnten versuchen, uns zu essen."

Der Priester versuchte kurz, die Informationen richtig in sein Gehirn einzusortieren, scheiterte jedoch und verschob sein Vorhaben auf später.

„Und was wollen Sie jetzt tun?", fragte er stattdessen. Nick zog wortlos einen stahlgrauen Revolver, hielt ihn hoch, zog den Hahn zurück und drückte ab. Ein Klicken ertönte. Er runzelte die Stirn und warf dem Priester einen entschuldigenden Blick zu.

„Ich bin heute wohl etwas verpennt", bemerkte Nick erklärend und brüllte dann: „*Hey!*" Die verrotteten Köpfe der Zombies ruckten zu den beiden Lebenden herum und ein kollektives Knurren erhob sich. Nick hüpfte auf einen benachbarten, etwas höheren Grabstein. Die Toten glotzten ihn aus gelben Augen an.

„Ich möchte euch um etwas bitten!", rief er in etwas gemäßigterer Lautstärke. Die Zombies wankten auf sie zu. Der Priester machte ein paar Schritte zurück.

„Ich möchte euch um etwas bitten!", wiederholte Nick. „Ich möchte, dass ihr alle zurück in eure Gräber geht und die Klappe haltet. Ich weiß, das ist unhöflich, ihr seid ja gerade erst aufgewacht und so weiter. Ich hab das schon hundertmal gehört. Aber ihr müsst wissen, dass ihr *leicht* verstörend auf die Lebenden wirkt. Ein kleines bisschen."

Die Zombies hüllten sich in Schweigen und gelegentliches Knurren, während sie weiter auf die beiden Männer zutrotteten. Nick sprang von seinem Grabstein herunter und zog den Priester am Ärmel zurück zu der kleinen Kirche.

„Okay, mit Diplomatie kommen wir hier nicht weiter", stellte er fest, als er versuchte, beide Türflügel gleichzeitig zu schließen. Die Idee war gut, aber Nicks Arme waren zu kurz.

„Hatten Sie jemals Erfolg mit Diplomatie?", wollte der Priester wissen. Nick schlenderte zum linken Flügel und schleifte ihn, begleitet von einem lautstarken Kreischen, über den Stein.

„Bis jetzt noch nicht", gab er zu, „aber ich arbeite dran. Wenn Sie hier das nächste Mal Zombies haben, quatsche ich sie zurück in ihre Gräber, versprochen. Aber diesmal muss ich das wohl auf die altmodische Art regeln."

„Was ist die altmodische Art?", erkundigte der Priester sich. Der junge Mann hob wieder den Revolver.

„Was glauben *Sie* denn?" Mit diesen Worten verschwand er nach draußen und schloss den anderen Torflügel mit sichtlicher Anstrengung.

„Bleiben Sie da drin, wenn Ihnen Ihr Gehirn lieb ist", empfahl er mit durch das Holz gedämpfter Stimme. Ein Grunzen erklang. Die Zombies mussten jetzt ganz nah sein. Obwohl die Tür sehr massig war, konnte der Priester, zum zweiten Mal in dieser Nacht, von der anderen Seite das unverkennbare Klicken eines nicht geladenen Revolvers hören.

„Ach, da war ja was", bemerkte Nick.

Etwa eine halbe Stunde klopfte es an der Tür. Der Priester zuckte zusammen.

„Ich bin fertig!", verkündete Nick. Vorsichtig öffnete der Priester einen Flügel einen Spalt weit.

„Wissen Sie, was an Zombies wirklich praktisch ist?", fragte der Zombiejäger.

„Sie sind blöd?", riet der Priester.

„Fast richtig, aber nicht ganz. Zombies sind tot und ihr Blut ist geronnen. Wenn man gegen sie kämpft, fällt die Schweinerei am Ende wesentlich geringer aus als bei anderen Viechern."

„Aha", machte der Priester etwas ratlos und lugte an dem Zombiejäger vorbei. Der Friedhof glich einem Schlachtfeld, doch von den Zombies war nichts zu sehen.

„Es war mir eine Ehre", sagte Nick und hob die Hand zum Gruß an die Hutkrempe. „Und jetzt muss ich Ihr schönes Fleckchen Erde hier leider verlassen." Er wandte sich zum Gehen. Der Priester gab ein weiteres ratloses Geräusch aus seinem schier unendlichen Repertoire zum Besten.

„Was ist denn jetzt noch?", fragte Nick leicht ungehalten.

„Wie haben Sie das gemacht? Ihre Waffe war doch nicht geladen...?"

„Betriebsgeheimnis, mein Freund."

„Ah."

„Hat Ihnen schon einmal jemand gesagt, dass Sie ein Wunder der Rhetorik sind?"

„Äh, nein."

„Seien Sie beunruhigt, wenn es jemand tut, denn es wird eine Lüge sein."

Der Weg durch die nächtlichen Felder war feucht vom Tau, ein kleiner Gefallen des vielen Regens der letzten Zeit. Nicks Hosen waren fast bis hoch zu seinen Knien klitschnass, doch wusste er die Feuchtigkeit zu schätzen. Der Regen holte die Pollen aus der Luft. Trotzdem spürte er ein leichtes, aber unangenehmes Kitzeln in seiner Nase.

Es war kalt hier. *Zu* kalt. Nick blieb stehen, sah sich um und ging weiter, die Hände tief in den Jackentaschen vergraben, um sie zu wärmen. Dann meinte er, aus den Augenwinkeln etwas Helles erkennen zu können und blieb wieder stehen. Sein Atem stand als kleine, weiße Wolke vor seinem Mund.

Eine Gestalt manifestierte sich vor ihm.

Sie wirkte auf den ersten Blick überraschend wenig furchteinflößend. Ein menschenähnliches Mädchen mit dünnem, weißblonden Haar, etwa zehn oder elf Jahre alt und gehüllt in einen zu großen, gelb und weiß gestreiften Pullover. Das Kind war nicht durchscheinend wie die Gespenster in Filmen, doch seine blasse Haut schimmerte leicht und es schien nicht so *dicht* zu sein wie die Welt um es herum, in die es nicht gehörte. Unglaublich helle Augen sahen Nick missgünstig an. Die Aura des Mädchens, die magische Ausstrahlung, die die Augen eines Magiers verfärbte und für Hellseher als sichtbarer Schimmer um ihn herum schwebte, war schneeweiß. Zu eisig und zu makellos, um einem sterblichen Wesen zu gehören.

Es gab nicht nur Menschen und Dämonen, die auf der Erde ihren Geschäften nachgingen. In der Welt der Magier gab es noch mehr. Geister. Seelen, die ohne Körper und ungesehen durch die stoffliche Welt wanderten, wie es vor Urzeiten auch Götter getan haben sollten, und die über fremde, verdrehte Magie verfügten. Das Mädchen war eines dieser Wesen, weiß und rein und kalt.

Oh Gott. Nick hatte gedacht, es wäre schon vor Jahren verschwunden.

„Ich dachte, du wärst weg", brachte er hervor. Vor Kälte klapperte er mit den Zähnen.

„Ich habe es versucht, glaub mir", erwiderte das Geisterkind gereizt. „Ich habe mich von dir ferngehalten und Undertown durchforstet und mit anderen Geistern gesprochen. Vier Jahre lang. Aber ich komme nicht von dir weg. Nicht weit."

„Wie... wie weit kannst du dich denn von mir entfernen?", erkundigte Nick sich. Mit Smalltalk konnte er hoffentlich nichts falsch machen.

„Einen Kilometer?", rief das Mädchen und zuckte mit den Schultern. „Ich bin elf, ich habe keine Ahnung." Der Zombiejäger nickte. In Undertown kamen in einem Radius von einem Kilometer eine Menge Orte aufeinander, an denen ein Geisterkind sich verstecken konnte. Sicher war es ihm absichtlich aus dem Weg gegangen.

Das Mädchen legte den Kopf schief.

„Eine Möglichkeit gibt es noch, unsere Verbindung zu lösen", sagte es nachdenklich, mehr zu sich selbst als zu ihm. Auch, wenn es nicht so kalt gewesen wäre, spätestens jetzt wäre Nick ein Schauer über den Rücken gelaufen. Dann jedoch zog er grimmig die Augenbrauen zusammen.

„Drohst du mir?", fragte er sehr ruhig. Das Mädchen lächelte gehässig.

„Ich bin hier der Jäger", fuhr er fort. „Wenn schon, geht es andersrum."

Nick hob seine rechte Hand, bereit, dem Mädchen einen magischen Angriff entgegenzuschleudern. Das Kind zischte wütend. Seine Gesichtszüge verschwammen, seine Umrisse zerfaserten zu schneeweißem Nebel, der die wenigen Meter zwischen ihnen in einem Augenblick überbrückte, und dann stand das Mädchen direkt vor ihm und schlug seine ausgestreckte Hand weg. Die Haut des kleinen Geistes war so kalt, dass es sich zuerst anfühlte wie Feuer.

Nick wich zurück, biss die Zähne zusammen und umklammerte seine Hand. Auf seinem Handrücken brannten und juckten pinke Frostbeulen. Als er wieder aufblickte, war das Mädchen verschwunden.

Er eilte die letzten hundert Meter zur Straße, rannte jedoch nicht. Er wusste, dass er beobachtet wurde. Er würde seine Angst nicht zeigen.

Am Rand der Landstraße lehnte ein altes Motorrad an einem Baum. Der Lack war größtenteils abgeblättert und es war mit Rostflecken überzogen, doch es fuhr noch. Nick nahm seinen Hut ab, klemmte ihn an dem Fahrzeug fest und rieb fluchend die juckenden Frostbeulen. Bevor er den Helm aufsetzte, zog er kurz sein Handy aus der Tasche und überprüfte die Nachrichten. Mehrere Stunden, nachdem der Mann in Grau und die Vampirin das Archiv verlassen hatten, erfuhr Nick endlich von den Geschehnissen und von seinem neuen Auftrag.

Das weiße Kind

Es war früher Morgen, noch zu früh, als dass viel Licht seinen Weg in den Krater gefunden hätte. Nick saß in Lady Mays Arbeitszimmer in einem der Sessel, die überall im Raum standen, die Finger in die Armlehnen gekrallt. Ihm war klar, dass es nur Paranoia war, doch er hatte das Gefühl, es sei kühler in dem großen Raum als sonst.[1]

„Das weiße Kind ist zurückgekehrt", murmelte Lady May, die am anderen Ende des Raums stand und dem dösenden Drachen sanft über die Nüstern strich. „Das weiße Kind von unserem Kampf gegen die Geisterbeschwörer vor vier Jahren."

„Sie sagt, sie sei nie ganz weg gewesen", meinte Nick.

„Hältst du sie für gefährlich?", fragte Lady May. Nick hob wortlos seine rechte Hand und zeigte seiner Kommandantin die Frostbeulen. Sie ließ sich nichts anmerken, doch er ahnte, dass sie wusste, wie unangenehm es sich anfühlte. Sie ging zu ihrem Schreibtisch, öffnete ein paar Schubladen und kam mit einer Salbe in den Händen zu ihm.

„Ich habe sie wütend gemacht", sagte er, während er mit den Fingerspitzen die nach frischen Kräutern riechende Salbe auftrug. „Aber sie hat schon davor angedeutet, dass sie mir schaden will. Sie glaubt, sie könne unsere Verbindung lösen und sich befreien, wenn sie mich tötet."

„Der Tod hat es so an sich, eine Menge Bindungen zu lösen", stimmte Lady May trocken zu. „Aber ich fürchte, ich kann dem weißen Kind nicht erlauben, damit zu experimentieren."

Ein leises Knistern lenkte sie ab. Ein Ruck durchfuhr den Drachen, als er schlagartig hellwach wurde. Er riss seine großen, goldgelben Augen auf und hob alarmiert den Kopf. Lady May und Nick starrten zum Fenster.

Auf den Scheiben breitete sich Raureif aus.

Weiße Nebelschwaden tauchten davor auf und verdichteten sich zu dem zierlichen Körper des Mädchens mit den brennend weißen Augen. Um seine kleinen, nackten Füße bildeten sich winzige Eiskristalle im

---

[1] In Lady Mays Zimmer herrschte immer exakt die gleiche Temperatur. Viele Leute unterschätzten die alternde Stadtwache-Magierin mit der Fähigkeit zur Temperaturmanipulation, weil man May fast nie dabei sah, Dinge zu erhitzen oder zu kühlen, von der gelegentlichen Zigarette einmal abgesehen. Worauf aber nur wenige kamen war, dass sie sich einfach darauf konzentrierte, Dinge daran zu *hindern*, ihre Temperatur zu verändern, insbesondere nach oben. Es war eine unglaublich wertvolle Fähigkeit, wenn man sich das Arbeitszimmer mit einem Drachen teilte.

Teppich. Es lächelte boshaft und trat vor.

Lady May bewegte sich schneller, als Nick es einer Frau ihren Alters je zugetraut hätte. Sie griff in die Innentasche ihres schwarzen Jacketts, riss einen Arm hoch und vollführte eine ruckartige, aber präzise Handbewegung. Ein schmales, feuerrot glühendes Objekt flog durch den Raum und traf das Geistermädchen an der Wange, bevor es begreifen konnte, was geschah. Das glühende Geschoss fiel zu Boden und das Kind kreischte und hielt sich das Gesicht. Zuckende Nebelschwaden stiegen von seiner blassen Haut auf.

Dann mischte der Drache sich ein. Eine schnelle Bewegung und seine riesigen Kiefer schlossen sich fest um das kleine Geistermädchen, dessen Körper nun vollkommen in Eisnebel zerstob.

Nick saß sehr gerade in seinem Sessel und starrte den Drachen an. Das geschuppte Ungeheuer klappte sein riesiges Maul auf und hechelte kurzatmig: Die Reaktion von jemandem, der nicht damit gerechnet hatte, dass die Gletschereisbonbons *so* effektiv waren.

Im Raum war nirgends mehr ein Fetzen Nebel zu entdecken. Auf einen Wink von Lady May begann auch der Raureif zu schmelzen.

„Hitze", sagte sie. „Nichts ist besser gegen kälteliebende Wesen als Hitze."

„Das hat sie nicht getötet", brachte Nick hervor. „Nur vertrieben." May nickte, ging zum Fenster hinüber und stieß das immer noch matt glühende Etwas, das sie als Waffe verwendet hatte, mit der Schuhspitze an.

„Es war trotzdem sehr beeindruckend", fügte Nick hinzu.

„Danke. Ich war schon immer der Meinung, dass ein zielgenau geworfener Stift mächtiger ist als jedes Schwert." Nick runzelte die Stirn und erhob sich mit weichen Knien aus seinem Sessel. Lady May kühlte das längliche Objekt ab, hob es auf und zeigte es ihm. Es war eine undefinierbare, rußgeschwärzte Metallmasse.

„Das war mal ein Bleistift?", fragte Nick ungläubig.

„Ein Druckbleistift aus Metall, ja. Ein richtig guter. Ich fürchte allerdings, er ist ruiniert."

„Ich bin Ihnen wirklich sehr dankbar dafür", sagte Nick, weil ihm nichts Besseres einfiel. Seine Stimme zitterte noch immer. Lady May zuckte mit den Schultern.

„Ich werde ihn dir vom Lohn abziehen."

„Okay", sagte Nick. Die Drachenlady warf den halb geschmolzenen Bleistift in ihren Papierkorb.

„Du wirst an unserem aktuellen Fall nicht mitarbeiten", erklärte sie, als sei ihr Gespräch nie von einem tollwütigen Geist unterbrochen worden. „Ich werde dich an einen sicheren Ort bringen."

„Nein", sagte Nick schnell. „Ich kann arbeiten. Ich kann zaubern. Und ich werde die Sache selbst regeln."

„Warum sollte ich dir glauben, du könntest das?", fragte sie.

„Weil ich Ihr Experte bin", antwortete er mit neuer Entschlossenheit. Lady May hob eine Augenbraue.

„Ich mache mir Sorgen um deine Gesundheit", sagte sie missbilligend.

„Meiner Gesundheit geht es hervorragend", erwiderte Nick. Dann blinzelte er, hob eine Hand und nieste in seinen Ärmel. Lady May verharrte mit erhobener Augenbraue.

„Pollenallergie", sagte Nick.

Nachforschungen

Als Lady May das Archiv später am selben Morgen in Begleitung von Ween – dessen schwarzer Anzug von seinem gestrigen Abenteuer noch unerhört zerknittert war – betrat, sah man dem Gebäude nicht an, was dort in der vergangenen Nacht vorgefallen war. Es war lediglich ungewöhnlich voll und die Stimmung war ungewöhnlich angespannt. Niemand kam auf sie zu und erklärte ihnen, wo man sie erwartete. May war kein allzu hohes Tier in der Stadtwache, lediglich eine alte Frau mit einer Truppe junger Magier unter ihrem Kommando und einem Drachen an ihrer Seite. Vielleicht sollte sie sich geehrt fühlen mit einem so heiklen Auftrag betraut zu werden. Sie tat es nicht. Sie war nicht der Typ, um sich geehrt zu fühlen.

Zwischen den herumeilenden Leuten erspähte sie ein bekanntes Gesicht. Sein Besitzer kam schnurgerade auf sie zu. Er war ein großer, schlanker Mensch mittleren Alters in einem braunen Anzug. Er hatte sehr dunkle Haut und trug eine Lesebrille.

„Lady May. Mr. Cameron", begrüßte er sie. „Warum sind Sie hier?" Lewis kannte die Drachenlady und wusste, wie wenig sie von Smalltalk hielt. Sie belohnte ihn dafür mit einem höflichen Nicken.

„Wir wollten uns selbst ein Bild machen", erklärte sie.

„Haben Sie den Bericht nicht erhalten? Dort sind alle Informationen aufgelistet."

„Sie haben meine Leute mit den Ermittlungen betraut. Und die Ermittlungen beginnen genau hier. Auch wenn wir uns mit Spurensicherung nicht auskennen, würden wir uns gern selbst einen Eindruck verschaffen. Konnten Sie mehr über das Modell des Zaubers herausfinden, mit dem die Verantwortlichen das Loch gegraben haben?"

„Nicht *viel* mehr. Solche Zauber werden für gewöhnlich in Bergwerken benutzt. Aber wir konnten noch nicht herausfinden, von welcher Firma er hergestellt wurde."

„Wie auch immer, lassen Sie uns einen Blick hinein werfen", befand sie.

„Wo rein?", fragte Ween.

„In das Loch", sagte Lady May.

„Aber wenn es in eine andere Etage führt, warum nehmen wir dann nicht die Treppe?"

„Ich will in dem Raum nichts ändern, wenn es nicht unbedingt nötig ist. Und dazu gehört, dass ich auch die Türen nicht öffnen lasse."

„Oh, in Ordnung."

Lewis schüttelte seufzend den Kopf, als er dachte, sie würde es nicht bemerken. Dennoch führte er sie zielstrebig aus der Eingangshalle heraus und durch von Regalen gesäumte Gänge. Dieser Teil des Archivs bestand überwiegend aus unterschiedlich großen Lagerhallen, die zu dieser Tageszeit alle durch große Fenster im Dach und an den Wänden beleuchtet wurden.[1] Lady May legte den Kopf in den Nacken und konnte die winzigen Regentropfen erkennen, die beständig auf die Glasscheiben trafen. Wenn sie die Ohren spitzte und Lewis und Ween ignorierte, konnte sie sogar das beruhigende Prasseln von Wasser auf Glas hören.

Lewis redete. Er schien davon auszugehen, dass sie den Bericht gar nicht erst richtig gelesen hatte. Natürlich hatte sie das. Sie hatte sogar Ween dazu gebracht, ihn zu lesen, was eine Kunst war. Er hatte eine tiefsitzende Abneigung gegen Fachworte, selbst wenn es um so etwas Spannendes wie versuchten Mord ging.

Sie erreichten eine Lichtung zwischen den Regalreihen. In der Mitte hatte jemand ein Loch in den Boden gebohrt. Es sah aus, als sei eine Bombe explodiert. Die Öffnung hatte einen Durchmesser von etwa zwei Metern und führte weit genug hinab, um sich in Dunkelheit zu verlieren.

Lady May wusste, dass die Stadtwache unten bereits alles untersucht hatten, aber es kümmerte sie nicht. Sie war davon überzeugt, dass es dem Image ihrer Gruppe nicht schaden konnte, wenn sie so gründlich wie möglich waren. Sie sah zu Ween und nickte zum Loch hin. Er zog eine Augenbraue hoch und nickte fragend in dieselbe Richtung. Sie seufzte.

„Sie können laut reden", informierte Lewis, der gelangweilt seine Brille putzte, die beiden.

„Ich möchte gerne, dass du da runter gehst und dir alles nochmal ansiehst", sagte sie zu Ween, ohne den dritten Magier auch nur eines Blickes zu würdigen.

„Das hab ich ja verstanden", meinte Ween, „aber warum soll ich zuerst runter?"

„Ich bin eine alte Frau. Erwartest du allen Ernstes, dass ich in ein dunkles Loch klettere?" Er knirschte mit den Zähnen und trat näher an das Loch heran.

---

[1] Es war weniger, dass die Stadtwache sich nicht mit der Lagerung von Archivgut auskannte, und mehr, dass sie einfach viel zu viel davon hatte.

„Angst vor der Dunkelheit?", wollte sie wissen.
„Nein."
„Blake fände das sicher amüsant."
„Ich habe *nein* gesagt", beharrte er. „Die Tiefe des Loches macht mir Sorgen, nicht die Dunkelheit."
„Deine Schuhe sind magisch, oder?"
„Ja."
„Man kann damit tiefer fallen, ohne sich zu verletzen."
„Eigentlich möchte ich ihre Grenzen nicht ausloten", meinte Ween. Lady May öffnete den Mund, um noch etwas zu sagen, doch in diesem Moment hatte Ween bereits einen Satz in die Finsternis gemacht. Sie hörte ein dumpfes Geräusch und ein mürrisches Murmeln, als er aufprallte.
„Warum bist du nicht mit dem Seil runtergeklettert?", erkundigte sie sich. Vor ihrem geistigen Auge sah sie ihn die Stirn runzeln.
„Ein Seil?", kam es aus dem Loch.
„Ja. Ein Seil. Das Kletterseil, das kaum einen Meter von mir entfernt an einem Regal hängt. Hast du keine Augen im Kopf?" Er schwieg kurz.
„Sie haben gesagt, ich soll springen."
„Wann habe ich *das* bitte gesagt?"
„Sie haben gesagt, ich hätte Schuhe, mit denen man tief fallen kann. Klingt das in Ihren Ohren nicht so, als würden Sie versuchen, mich zum Springen zu überreden?"
„In meinen Ohren klingt es, als hätte ich das gesagt, um dich zu beruhigen für den Fall, dass du abrutschst."
„In meinen nicht."
„Von deinen war auch nie die Rede."
„Bis jetzt."
„Ja, aber jetzt ist es zu spät." Sie schlenderte zu dem Regal, nahm das zu einem Bündel aufgewickelte Seil, befestigte es an einem Haken, den einer der Stadtwache-Magier in die Erde am Rand des Loches getrieben hatte – der oder die Einbrecher hatten ihre eigene Kletterausrüstung wieder mitgenommen – und ließ es hinunterfallen.
„Was war das?", fragte Ween.
„Das Seil."
„Warum bewerfen Sie mich mit Seilen?"
„Damit wir dich hinterher wieder hochziehen können. Oder wie wolltest du wieder raus kommen?"

„Ich gebe zu, darüber hatte ich noch gar nicht nachgedacht", murmelte Ween. Sie schüttelte den Kopf.
„Ich weiß jetzt, wieso du noch so weit unten in der Wache stehst", sagte sie.
„Sollte das ein Witz sein? Von wegen unten stehen?"
„Nein, sollte es nicht."
„Gut, es war nämlich nicht lustig. Ich weiß übrigens auch, wieso ich so weit unten stehe. Es hat mit meinem Humor zu tun, stimmt's? Die Kommandanten mögen es nicht, wenn jemand schlagfertiger ist als sie."
„Eigentlich meinte ich, dass es daran liegt, dass du ständig unüberlegt handelst."
„Aber es hat *auch* mit meinem Humor zu tun."
„Vermutlich hast du recht."
„Wow", unterbrach Lewis sie staunend. „Ihr redet jetzt bestimmt schon fünf Minuten."
„Und ich kann das noch den ganzen Tag durchhalten!", verkündete Ween stolz.

Ween kramte seine Glühbirne aus seiner Tasche und ließ sie aufleuchten. Ihr ruhiges Licht erhellte einen kleinen, quadratischen Raum. Es musste sich um eine der vielen vergessenen Kammern im Archiv handeln.
Die Wände waren mit Vitrinen gesäumt, in denen zerknitterte Papiere und vergilbte Pergamentbögen lagen. Eine von ihnen war mit Gewalt geöffnet worden. Als er sich ihr näherte, knirschten Glasscherben unter seinen Schuhen. Ein Steinbrocken, der größer war als seine Faust, lag zwischen den Splittern.
„Eine kaputte Vitrine", rief er zu den beiden älteren Stadtwache-Magiern hoch. „Sieht so aus, als hätte jemand sie einfach zertrümmert. Hier liegt ein Felsbrocken, also nehme ich mal an, wir können nicht erwarten, hier irgendwelche magischen Spuren zu finden..."
Er hörte Lewis vor sich hin nörgeln.
„Okay, komm wieder hoch", befahl Lady May. Ween widerstand der Versuchung, einen neugierigen Blick in die übrigen Vitrinen zu werfen, und ließ sich von den anderen am Seil hochziehen.
„Alle Erkenntnisse, die Sie da gewonnen haben, Mr. Cameron, standen auch in unserem ausführlichen Bericht", sagte Lewis.

„Ja, ja...", murmelte Ween, ohne ihm richtig zuzuhören. Lewis wandte sich an Lady May.

„Dachten Sie, indem Sie einen Ihrer Kampfmagier da runter schicken, finden Sie etwas, was unsere Spurensucher übersehen haben?"

„Man kann nie wissen", entgegnete die ältere Magierin. Sie zog ihr Exemplar des Berichts aus der Tasche und blätterte darin.

„Eine Karte also und ein paar Zauber aus einer anderen Halle?", wollte sie sich vergewissern.

„Ja", antwortete Lewis. „Wobei wir aber glauben, dass das mit den Zaubern eher eine spontane Entscheidung war. Ein Souvenir sozusagen. Eine Maske und ein Kampfzauber."

„Was für eine Karte nochmal?", fragte Ween.

„Eine magische Karte", sagte May. Offensichtlich hatte er den Bericht doch nicht gelesen.

„Das sagten Sie schon. Was ist so besonders an ihr?"

„Sie zeigt, wo sich gesuchte Dinge befinden, selbst, wenn sie an andere Orte transportiert wurden", erklärte Lewis. „Als wäre ein Sender daran befestigt."

„Und das Ding, dass sie gesucht haben, ist... ?"

„Die Leute nennen es den Bronzeschlüssel. Kein gewöhnlicher Schlüssel, aber er funktioniert ungefähr genauso. Man sagt, man könne damit das Versteck eines Schatzes öffnen."

„Das kommt mir irgendwie bekannt vor", gab Ween zu.

„Es ist dir bekannt", erklärte Lady May ihm. „Du kennst den Bronzeschlüssel und du kennst die Karte. Du warst zehn Jahre alt, als du sie zum letzten Mal gesehen hast."

Die alte Leier

Eine Stunde später beobachteten ein Wolf und vier Menschen Rouge dabei, wie sie in Lady Mays Arbeitszimmer auf und ab ging. Die Pentheselanerin hatte die Stirn angestrengt in Falten gelegt und fummelte ständig an ihrer Brille herum.

„Starrt mich gefälligst nicht so an!", befahl sie. Ween, Nick und Sally wandten den Blick von ihr ab und starrten demonstrativ an die Decke oder aus dem Fenster. Lady May seufzte und las zum zigsten Mal den Bericht.

Ween hatte sein Jackett mittlerweile ausgezogen und die Ärmel seines Hemds bis zu den Ellbogen hochgekrempelt. Seine Krawatte saß mittlerweile auch ziemlich schief und locker. Der Eindruck von Ordentlichkeit, den Anzüge für gewöhnlich mit sich brachten, blieb nie lange an ihm haften.

Zu seinen Füßen lag ein riesiger Wolf mit struppigem, graubraunen Fell und beobachtete Rouge mit halb geschlossenen Augen. Steve war in den letzten Jahren sehr gewachsen.

„Wir haben den Fall bekommen, weil du schon einmal mit der Suche zu tun hattest", erinnerte May sie. „Bitte erzähl uns die Geschichte."

Rouge tigerte weiter durch das Zimmer und sah aus, als wäre sie kurz davor, etwas oder jemanden zu treten.

„Wir können auch Blake um Rat fragen", schlug Ween vor.

„Blake hat sich nie groß mit dem Bronzeschlüssel beschäftigt", erklärte Rouge. „Kaum genug, um sich ein paar Brocken der Zeichensprache, mit der sein Versteck gesichert war, zu merken." Die anderen wussten, was ihr noch durch den Kopf ging.

Außerdem bin ich intelligenter als er.

„Um zurück zu unserer Theorie zu kommen", sagte Lady May. „Jemand hat sich also wieder auf die Suche gemacht, ja?" Rouge zwang sich, stehenzubleiben.

„Ja", sagte sie.

„Das ist ja schon mal ein Anfang", meinte Lady May. „Was werden sie jetzt tun?"

„Den Bronzeschlüssel suchen natürlich." Rouge ließ sich in einen der Sessel nieder und schlug die Beine übereinander. Es dauerte nur eine Sekunde, bis sie wieder so ruhig und kühl war wie immer.

„Wir könnten Blake fragen", wiederholte Ween.

„Halt einen Moment die Klappe", befahl Rouge.

„Wir könnten ihn wirklich fragen", pflichtete Sally ihm bei.

Obwohl sie zweiundzwanzig und damit drei Jahre älter als Ween und Steve war, sah sie von allen Anwesenden am jüngsten aus. Sie war eine winzige Frau mit afrikanischen Wurzeln und dunkler Haut. Sally hatte große, dunkle Augen, eine Stupsnase und lange, schwarze Locken, die bei jeder Kopfbewegung so munter auf und ab wippten, dass man meinen konnte, sie würden ein Eigenleben führen. Sie trug einen großen, violett und leuchtend pink gestreiften Strickpullover und hatte ihre U-Marke über ihre Brust geheftet.[1]

„Noch einmal ganz von vorne", bat Nick Rouge beruhigend. Er hatte nur zwei Stunden geschlafen und war sichtbar müde. Auf seinem Kinn sprossen ein paar vereinzelte Bartstoppeln. „Wie funktionieren die Karte und der Bronzeschlüssel und alles?"

„Die Geschichte ist alt", erklärte Rouge. „Sie ist mäßig bekannt unter den Schatzsuchern, aber viele Details sind verloren gegangen. Es war immer nur ein Märchen. Eine Gutenachtgeschichte für Schatzsucher. Es heißt, vor einigen Jahrhunderten hätte eine Gruppe Magier, die sich *Aset* nannte, etwas versteckt, das *Asets Licht* genannt wird, manchmal auch *Asets Feuer*. Es war... eine Waffe, oder eine Möglichkeit, zu einem höheren Wesen zu werden, ein Zauber, eine Person... die Meinungen gehen in dieser Beziehung auseinander. Wir wissen auch nicht, warum man es versteckt hat. Damit es irgendwo sicher war. Um die Welt davor zu beschützen. Oder weil Aset wusste, dass sie es später brauchen würden. Wie auch immer, sie schlossen diesen tollen Schatz ein und versteckten den Bronzeschlüssel. Sie fertigten außerdem eine Karte an, mit der man den Schlüssel orten konnte – diese Karte ist jetzt gestohlen worden." Die Magier der Stadtwache nickten, um ihr zu bedeuten, dass sie verstanden hatten.

„Dann der Bronzeschlüssel", fuhr sie fort. „Die Karte konnte Griffin

---

[1] Keiner von Lady Mays Gruppe trug oft die klassischen Stadtwache-Rüstungen. Da sie keine Patrouille waren, mussten sie das auch nicht, trotzdem musste jedes Mitglied der Wache mindestens eine leichte Rüstung besitzen. Nick trug ab und zu Einzelteile, die er für praktisch hielt, Lady May pflegte ihre Rüstung zwar gewissenhaft, legte sie jedoch so gut wie nie an, weil sie fand, dass sie albern aussah, Sally wog kaum mehr als ihre, Steve hatte seine irgendwo zusammen mit seinen wenigen anderen Eigentümern verstaut, Rouge fand ihre zu schwer, zu unbequem, zu hinderlich und zu hässlich – sie hätte lieber ihre eigene angefertigt – und Ween hatte seine schlicht und einfach verschlampt.

damals nach einigen Nachforschungen finden. Doch wo der Schlüssel ist, weiß niemand und das aus einem bestimmten Grund. Er *bewegt* sich. Er versteckt sich selbst."[2]

„Wie darf ich mir das vorstellen, bitte?", fragte Sally interessiert.

„Aset war sehr mächtig. Mächtig genug, um dem Bronzeschlüssel ein bisschen Unterstützung mitzugeben. Ich nehme an, die verantwortlichen Magier wollten, dass die Suche schön lange dauert, für den Fall, dass ein Unbefugter Asets Licht stehlen will und sie Zeit brauchen, ihn aufzuhalten. Nicht, dass es ihnen jetzt viel bringen würde. Sie sind längst alle tot. Aset existiert nicht mehr. Der Bronzeschlüssel jedenfalls kann sich selbst ein Versteck bauen, wenn ich schätzen müsste, ungefähr von der Größe dieses Raumes. Er stellt ein, zwei Fallen auf, ein paar Rätsel und dergleichen. Wenn jemand kommt, um ihn sich zu holen, muss er die Fallen überleben und ein kleines Rätsel lösen, etwas mit magischen Symbolen. Wenn ihm das gelingt, gehört der Bronzeschlüssel ihm. Wenn er das Rätsel nicht löst, zerstört das Versteck sich und der Schlüssel macht sich auf die Reise zu einem neuen Ort, den er nach seinen Wünschen umbauen kann. Noch Fragen?" Schweigen. Nick pfiff beeindruckt.

„Dieses Ding klingt ja ziemlich intelligent", fand er.

„Qualitätsarbeit eben", sagte Rouge.

„Unsere Einbrecher haben also die Karte gestohlen und suchen gerade den Bronzeschlüssel", fasste Lady May zusammen.

„Es wird eine Weile dauern, bis sie die Karte richtig aktiviert haben", fuhr Rouge fort. „Kompliziertes kleines Ding. Am einfachsten wäre es, die Einbrecher am Versteck des Bronzeschlüssels abzupassen. Der Schlüssel wandert gerne unterirdisch und alle Verstecke, von denen ich bis jetzt gehört habe, lagen unter der Erde, aber sonst habe ich keine Ahnung. Wir wissen nicht, wo er sein könnte. Was mich wirklich *reizt.*" Sie zischte die letzten Worte.

„Es sei denn", sagte eine Stimme hinter ihnen. „Wir wissen es doch."

Blake deaktivierte den Zauber, der ihn unsichtbar gemacht hatte, und blickte unschuldig in die Runde. Er lehnte am Türrahmen und hatte offenbar alles gehört. Ween winkte fröhlich.

„Wie lange lauschst du uns schon?", fragte Rouge. Blake zog seinen Mantel aus, faltete ihn sorgfältig, aber nicht sehr geschickt, und hängte ihn sich über den Arm.

---

[2]Vielleicht hatte er sich von Geocaching inspirieren lassen. Oder umgekehrt.

„Nicht lange. Aber ich habe von der Sache gehört und dachte mir, dass ihr mir später sowieso alles erzählt, wenn ihr mich dann darum bittet, dass ich mitmache."

„Nein", widersprach sie. „Wir werden dich nicht darum bitten, dass du uns hilfst."

„Warum nicht?"

„Lange Geschichte."

„Ich bin gerade erst wieder in der Stadt", erklärte er. „Ich habe haufenweise Zeit."

„Erleuchte uns, Blake", sagte Lady May. „Woher willst du wissen, wo der Bronzeschlüssel versteckt ist?"

„Ich habe einen Blick auf die Karte geworfen."

„Wann?"

„Vor neun Jahren. Als ich Griffins Leiche gefunden habe. Er muss sie dabei gehabt haben, als er geflohen ist. Der Zauber, der den Schlüssel markiert, war noch aktiv. Gerade so."

„Und nach neun Jahren erinnerst du dich immer noch an die Adresse?", fragte Rouge skeptisch.

„Nein, meine Güte. Mein Gedächtnis ist schrecklich. Ich verirre mich regelmäßig in meiner eigenen Wohnung. Ich habe ein Foto gemacht. Auch wenn ich kurz darauf vergessen habe, dass ich das getan habe. Es ist mir erst heute früh wieder eingefallen. Wie auch immer. Das da war damals mein erstes Handy mit Kamerafunktion. Ich habe Fotos von praktisch allem gemacht, was mich irgendwie interessiert hat." Er kramte in der Tasche, die an dem Gurt über seiner Schulter hing, und holte ein Handy heraus. Er lächelte, als sich ungeduldiges Murmeln im Raum erhob, während er es einschaltete. Der Schatten war das Zentrum der Aufmerksamkeit.

Blake hielt Rouge sein Handy entgegen.

„Habe den ganzen Morgen damit verbracht, es zu suchen. Du kannst es behalten. Ich habe mittlerweile ein neues. Mit einer besseren Kamera."

„Mal abgesehen davon, dass das da ursprünglich mein Handy war, das ich dir *einmal* geliehen und es dann nie wieder bekommen habe...", nörgelte Rouge, während sie es sich näher ansah.

„Kinder, bitte", mahnte Lady May. Ween grinste breit. Blake faltete die Hände hinterm Rücken.

„Und, bist du stolz auf mich?", wollte er von seinem Lehrling wissen.

„Eher belustigt. Ein Foto von einer Karte, die zu einem berühmten Zauber führt, besitzen und es dann vergessen. Das passt zu dir."

„Wie gesagt, ich habe ein schlechtes Gedächtnis. Außerdem hatte ich mich damals gerade von meiner Freundin getrennt, einen Lehrling bekommen und beide an die Stadtwache verloren. Ich hatte viel um die Ohren." Weens Grinsen wurde nur noch breiter.

„Wir passen die Einbrecher also ab", sagte Rouge und gab das Handy an Nick weiter. Sie leistete gute Arbeit dabei, ihre Erleichterung zu verbergen, und sprach weiter. „Da ist nicht nur eine einzelne Markierung. Es sind Schriftzeichen auf der Karte. Zu der Zeit, als der Bronzeschlüssel erschaffen wurde, war es eine sehr seltene Schrift, die nur den gebildetsten Magiern bekannt war, aber heute gibt es zahlreiche Bücher darüber, auch, wenn sie den meisten Leuten zu schwer ist."

„Wie Latein?", fragte Ween.

„Ungefähr so."

„Latein ist gar nicht so schwer", warf Blake verteidigend ein. Nick begann nebenbei, in Lady Mays Bücherregalen zu kramen.

„Was passiert, wenn wir es nicht schaffen, sie abzufangen?", fragte Sally.

„Dann müssen unsere Freunde da draußen nur noch das Schloss finden – wenn sie das nicht schon getan haben – den Bronzeschlüssel einsetzen und Asets Licht gehört ihnen", erklärte Rouge. „Und wir müssen damit rechnen, dass das Spiel dann für uns aus ist, denn danach werden sie sicher abtauchen."

„Ein Schloss?", wiederholte Sally.

„Natürlich. Jeder Schlüssel braucht ein Schloss."

„Du hast kein Schloss erwähnt", sagte sie vorwurfsvoll.

„Ich dachte, es sei selbstverständlich."

„Ist es aber nicht."

„Du bist Heilerin, meine Liebe, du weißt nichts über das Schlosserhandwerk."

„Und du weißt nichts über die Grundlagen sozialer Interaktion."

„Dann ist also noch ein Hindernis zwischen ihnen und diesem Licht von Aset?", unterbrach Nick die beiden Frauen, warf Sally ein entschuldigendes Lächeln zu und sah sich nachdenklich im Raum um. „Das wäre nämlich gut. Übrigens, wo steht noch der Straßenatlas?" Sally deutete in ein Regalbord über ihren Köpfen.

„Daran ist überhaupt nichts gut", fand Rouge. „Wir haben nämlich keine Ahnung, wie so ein Schloss aussehen und wo es sein könnte."

„Okay, ich nehme das mit *gut* zurück und bemühe mich, so pessimistisch wie möglich zu denken", gab Nick zurück und hob eine Hand. Fünf oder sechs Bücher purzelten aus dem Regal und blieben auf Augenhöhe in der Luft schweben. Er warf einen kurzen Blick auf die Einbände, griff eins aus der Luft und bedeutete den anderen mit einem Wink, an ihren Platz zurückzukehren. Er hatte dem Regal bereits den Rücken zugewandt, als sie zwischen den anderen Büchern verschwanden.

„Angeber", murmelte Ween leise. „Gut, wir kennen also in zwanzig Minuten hoffentlich die Adresse. Was machen wir anderen bis dahin?"

„Als Erstes finden wir mehr über den Einbruch heraus", befahl Lady May und warf einen Blick aus dem Fenster. „Ich hatte die Spurensicherung gebeten, uns die neuen Erkenntnisse zu schicken, sobald sie sich damit sicher sind. Ich nehme an, es kommt bald irgendein Lehrling mit dem Material."

„Was für Erkenntnisse zum Beispiel?", erkundigte Blake sich höflich, der sich etwas vergessen zu fühlen schien.

„Vielleicht haben sie Spuren gefunden, die uns verraten, welche Art von Magie unsere Freunde benutzen", erklärte die Drachenlady. „Wenn wir einem Geisterbeschwörer in die Arme laufen, so wüsste ich das gern vorher. Du nicht?"

„Doch, natürlich", erwiderte er schnell.

„Kann ich mal kurz mit dir reden?", fragte Blake Rouge. Sie nickte und folgte ihm nach draußen.

„Warum willst du nicht, dass ich mitkomme?", wollte der Schatten wissen, als sie auf dem Flur standen. Rouge zuckte mit den Schultern und sah weg. Das Thema war ihr offensichtlich sehr unangenehm. Sie nahm die Brille ab und ihre wahren Augen kamen zum Vorschein.

„Willst du nicht darüber reden?", riet Blake. Sie zuckte nochmals mit den Schultern. Er nickte. Sie schien zu merken, was er dachte, und schüttelte schnell den Kopf.

„Es hat nichts mit dir persönlich zu tun. Ehrlich nicht."

„Was ist es sonst?", wollte er wissen.

„Das kann ich nicht sagen."

„Mir fallen keine anderen Gründe ein, wegen denen du nicht wollen könntest, dass ich euch helfe", erklärte er. „Ich habe schon an eurer Seite

gekämpft. Die einzige Erklärung scheint mir zu sein, dass du denkst, ich würde alles, was mit dem Bronzeschlüssel zu tun hat, vermasseln."
„Es hat aber nichts mit dir zu tun", beharrte sie.
„Den Eindruck kann man aber gewinnen. Ich habe nichts dagegen, deinen Anweisungen zu folgen, solange du mir einen Grund nennst."
„Glaub mir einfach", bat Rouge. „Ich erzähl's dir später." Er überlegte eine Weile.
„Was soll ich tun, während ihr weg seid?", fragte er dann. Sie hob genervt die Hände.
„Meine Güte, kannst du dich nicht mal fünf Minuten alleine beschäftigen? Also, ohne dass es zu einer Katastrophe kommt?"
„Ich weiß es nicht. Ich habe es nie probiert."
„Du kannst den Müll rausbringen, wenn du magst."
„So langweilig ist mir auch wieder nicht ohne euch", sagte er entrüstet.
„Und pass auf den Kronleuchter unten auf", riet Rouge ihm. Er schnaubte verärgert. Sie schenkte ihm ein Lächeln und ging zurück zu der Tür, hinter der sich Lady Mays Arbeitszimmer befand. Blake seufzte und streifte seinen Mantel wieder über.

Ein kleiner, dunkelhäutiger Junge mit einer blauen Schirmmütze kam ihm von der Treppe entgegengestürzt. Er konnte höchstens zwölf sein. In den Händen hielt er eine Mappe. Blake meinte, ihn schon mal irgendwo bei der Stadtwache gesehen zu haben, doch er konnte sich nicht daran erinnern, wo. Das Kind blieb stehen und sah ihn unsicher an.

„Kannst du Dunkelmagie?", fragte es dann. Blake schnippte mit den Fingern und streckte die Hand aus. Auf seiner Handfläche tanzten schwarze Schlieren. Der Junge sah fasziniert zu.

„Der Drache ist nicht da", erklärte der Schatten ihm und rückte den Kragen seines Mantels zurecht. „Ich würde die Gelegenheit nutzen." Der Junge nickte hastig und verschwand in Lady Mays Arbeitszimmer. Blake hörte noch ein paar Wortfetzen, bevor die Tür sich wieder schloss, und einen Namen.

Anthony. Er hieß Anthony. Vermutlich würde er den Namen gleich wieder vergessen.

Blake zog sich die Kapuze tiefer ins Gesicht, steckte die Hände in die Manteltaschen und verschwand im Treppenhaus. Irgendwann würde er Rouge noch nach ihren Beweggründen fragen müssen. Aber nicht jetzt. Er fragte sich, ob die Stadt sich in den letzten Monaten verändert hatte.

Auf nach London

Rouge und Sally blätterten in dem Hefter und betrachteten das Foto einer Frau, die finster in die Kamera blickte. Sie hatte dunkle, aber bleiche, irgendwie gräuliche Haut und Augenringe. Unter dem Bild war ein Kreis hervorgehoben, der irgendwo zwischen dunkelbraun und violett eingefärbt war. Darunter stand eine lange Zahlenreihe. Es war ein Farbcode, der die Farbe ihrer Aura bezifferte.

Es gab keine Überwachungskameras im Archiv. Der Archivar hielt nichts von der Technologie der nichtmagischen Welt. Überwachungskameras waren unzuverlässig, nach dem richtigen magischen Impuls waren sie vollkommen nutzlos. Es gab den Prototypen einer magischen Technologie, die das Geschehen sogar dreidimensional als Hologramm aufzeichnete, doch sie war zu teuer.

Glücklicherweise hatten sie Anne.

„Wer ist das?", fragte Ween und beugte sich über den Hefter.

„Lucy Hemsey", sagte Rouge. „Eine Vampirin. Und wahnsinnig."

„Erzählt mal", forderte er und setzte sich auf die Tischkante.

„Also", begann Sally. „Lucy Hemsey. In London als Kind eines Engländers und einer Portugiesin geboren. Auf der Universität verschwand sie und wurde von den Nichtmagiern für tot erklärt. In Wirklichkeit wurde sie von ihrem Freund, einem Vampir, mit nach Amerika genommen und dort ein paar Jahre als niedliches menschliches Haustier gehalten. Dann verwandelte er sie und die beiden kehrten nach Großbritannien zurück, wo sie sich als Söldnerin und Mörderin verdingte. Sie hat sich aber schon seit einigen Jahren nicht mehr getraut, jemand *Wichtiges* umzubringen. Sie müsste jetzt so Ende zwanzig sein. Sie benutzt nicht viel Magie – vielleicht kann sie nicht einmal zaubern – und sie kämpft mit einem Dolch."

„Und ihr glaubt, dass sie im Archiv war?", wollte Ween wissen.

„Das Mädchen aus dem Archiv", sagte Rouge. „Sie konnte sie Lady May genau beschreiben. Offenbar freut sie sich schon darauf, gerächt zu werden."

„Sie heißt Anne", sagte Sally.

„Wie geht es ihr eigentlich?", fragte Ween.

„Nicht gut. Sie wird zu einer Vampirin."

„Armes Mädchen", meinte Ween.

„Wir können nichts für sie tun", erklärte Lady May, die gerade zu

ihnen hinüber gekommen war, streng. „Die Heiler müssen sich um sie kümmern. Aber wir können den Fall lösen. Ich bin sicher, das würde ihr gefallen. Lucy ist übrigens in Begleitung unterwegs."
„Und was wissen wir über die?"
„Ein Mensch. Zu ihm haben wir nichts, aber wir gehen davon aus, dass er ein Kampfmagier und nicht zu unterschätzen ist."
„Gut zu wissen. Dann suchen wir also eine Lucy Hemsey?", wollte Nick wissen.
„Genau", antwortete Sally.
„Wir könnten ihren Freund von der Uni fragen", schlug Ween vor.
„Er wird uns keine Hilfe sein", widersprach Rouge. „Er ist tot."
„Richtig tot oder Vampir-untot-tot?"
„Richtig tot. Hab ich das nicht erwähnt?"
„Nein. Wie ist denn das passiert?"
„Lucy hat ihn umgebracht."
„Wer hätte das gedacht?", murmelte Nick.

Lucy zögerte und blickte zu dem Mann in Grau hinüber, der ein paar Schritte entfernt an einer Mauer lehnte und sein Gesicht der Sonne entgegenstreckte.
„Und du bist sicher, dass das klappt?", fragte sie misstrauisch.
„Einigermaßen", meinte er. Sie verdrehte die Augen.
„Ziemlich sicher", fügte er hinzu. Lucy gab ein verächtliches Geräusch von sich und wandte sich wieder der Maske zu, die auf einem Tisch lag, geradeso noch auf der schattigen Seite des Hofs. Selbst hier schien die Sonne Lucys Körper verbrennen zu wollen. Sie fühlte sich ausgedörrt, ihr Hals war ganz trocken und ihre Haut juckte. Ihre Augen brannten und tränten, wenn sie zum Himmel emporblickte. Die Nachteile des Vampirdaseins. Aber für sie möglicherweise nicht mehr lange.
Die Maske bestand aus einem Material, das wie bemaltes Blech aussah. Sie musste sehr alt sein. Die helle Farbe war beinahe vollständig abgeblättert. Sie reichte ihrem Träger bis über die Nase und hatte eine seltsame Form – sie ging vorne in eine Fuchsschnauze über. Auch die Löcher für die Augen hatten die richtige Form, doch an der Stirn endete die Maske ohne imitierte Ohren. Ohren waren zu unpraktisch. Es war eine magische Maske, die ihren Besitzer mit einem Zauber belegte, so, wie auch Alisdair, der Vogel, eine trug – auch wenn diese seinen ganzen Kopf umhüllte und niemand wusste, was sie bewirkte.

Diese Maske war schon alt und hatte viele Besitzer gehabt, bis sie vor einigen Jahrzehnten im Archiv gelandet war. Hoffentlich war sie so mächtig, wie man es sich erzählte.

„Es gibt nur eine Möglichkeit, herauszufinden, ob es funktioniert", erinnerte der Mann in Grau sie, als hätte er ihre Gedanken gelesen. Lucy zog ihre schwarzen Handschuhe aus und berührte die Maske mit den Fingerspitzen. Sie war angenehm kühl.

Prickelnde Energie strömte durch ihre Finger in ihren Körper und vertrieb das unangenehme Gefühl, das sich in ihr ausgebreitet hatte, seit sie auf den Innenhof hinaus getreten war.

Sie hatte ihre Meinung geändert. Sie mochte die Maske wirklich gerne. Behutsam hob sie sie hoch, zog sich den schwarzen Riemen, der am Rand befestigt war, über den Kopf und befestigte sie. Die Maske war erstaunlich leicht und das alte Blech nicht halb so unbequem und klaustrophobisch, wie sie erwartet hatte. Das prickelnde Gefühl hatte sich nun in ihrem ganzen Körper ausgebreitet und schien eine kühle Schutzschicht über ihrer Haut zu bilden.

Lucy warf dem Mann in Grau ein Lächeln zu und zog ihre Jacke aus. In den mattschwarzen Stoff war ein elastischer, verzauberter Panzer eingenäht, der sie vor Sonnenlicht schützte und auch einigen anderen unangenehmen Dingen gegenüber erstaunlich robust war. Wenn sie noch den schweren Motorradhelm aufsetzte, den sie irgendwo liegen hatte, konnte sie so für kurze Zeit ins Sonnenlicht gehen, doch bequem war es nicht im Geringsten.

Ihre ärmellose Bluse würde sie nicht vor dem Sonnenlicht beschützen. Dennoch trat sie mit neuer Selbstsicherheit über die Schwelle zwischen Licht und Schatten und hielt dann einen Moment inne.

Keine Schmerzen. Kein Gestank von verbranntem Fleisch. Der Mann in Grau applaudierte höflich.

Das Sonnenlicht blendete Lucy, schmerzte in ihren tränenden Augen und zwang sie, ständig zu blinzeln, doch es verbrannte sie nicht.[1]

„Wir sollten öfter ins Archiv einbrechen", fand die Vampirin und musterte zufrieden ihre dunkelhäutigen Arme im Sonnenlicht. Er lächelte amüsiert.

„Ich glaube, vorerst war es das", meinte er.

„Wissen wir schon, wo der Bronzeschlüssel ist?"

---

[1] Leider bezweifelte sie, dass es ihr gelingen würde, eine Sonnenbrille unter die Maske zu bekommen.

„Bald", versprach der Mann in Grau.

„Wie bald?"

„Noch heute. Wenn die Stadtwache versucht, uns zuvor zu kommen – und davon würde ich ausgehen – muss sie sich ganz schön beeilen."

„London", sagte Nick.

„London", wiederholte Rouge und klappte den Hefter mit Lucys Akte zu. „Das habe ich auch an dem Foto von der Karte gesehen. Geht es noch etwas genauer?"

„Ja." Er legte den alten Straßenatlas auf die Tischplatte und fuhr mit dem Zeigefinger ein paar Häuser entlang. „Es ist irgendwo in diesem Gebäude."

„Ich nehme an, das wird ausreichen müssen", fand Rouge.

„Dann also nichts wie los", meinte Sally. „Nehmen wir die U-Bahn?"

„Ich würde mich besser fühlen, wenn wir unser eigenes Fluchtfahrzeug hätten für den Fall, dass wir schnell verschwinden müssen", widersprach Nick. „Ich kann auch das Motorrad nehmen und wir treffen uns dann vor dem Haus."

„Ihr könntet den Panzer nehmen", schlug Lady May vor. „Ich bleibe hier und versuche, euch anzurufen, wenn es Neuigkeiten gibt. Den Drachen können wir ja sowieso nicht mitnehmen und ich lasse ihn nicht gerne allein. Er frisst sonst das Mobiliar." Vom Fenster ertönte ein beleidigtes Schnauben.

Der Panzer war in einem unterirdischen Raum untergebracht. Er war grau, zerschrammt und strahlte oft auf die Probe gestellte Zähigkeit aus. Außerdem war er überhaupt kein Panzer, sondern ein kleiner Omnibus. Vor einigen Jahren war ihnen das Fahrzeug für auswärtige Missionen zugewiesen worden und der dreizehnjährige Ween hatte gefragt, ob es auf irgendeine Art verzaubert war. Die Antwort war ein Nein gewesen und er hatte weiter gebohrt, ob es gepanzert und kugelsicher war. Rouge hatte das bestätigt, aber dabei hatte sie amüsiert gelächelt. Deshalb, hatte Ween später erklärt, bezweifelte er den Wahrheitsgehalt ihrer Worte, traute sich aber auch nicht, weiter nachzufragen. Der Name *Panzer* hatte sich aber gehalten.

Rouge öffnete die Tür und ließ sich auf den Fahrersitz sinken.

„Du musst mich gar nicht so ansehen", informierte sie Ween. „*Ich* fahre. Immerhin habe ich hier als einzige einen gültigen Führerschein."

Nick hob eine Hand.

„Ich habe auch einen", warf er ein und kassierte einen genervten Blick von Rouge.

„Für Motorräder", meinte sie verächtlich.

„Das stimmt so nicht", erklärte Nick dem Panzer, da ihm sonst niemand zuhörte. „Gut, es ist eine Weile her, dass ich das letzte Mal Auto gefahren bin, aber Motorräder und Autos sind gar nicht so verschieden. Sie fahren. Sie haben Räder. Ab und zu muss man sie auftanken. Eigentlich unterscheiden sie sich nur in der Zahl ihrer Räder. Und ihrer Größe. Und ihrer Knautschzone." Der Panzer schwieg höflich und wartete darauf, dass der Zombiejäger fortfuhr, während die anderen einstiegen. Dann startete Rouge den Motor und lautes Brummen erfüllte die provisorische Garage.

„Steig ein, wenn du nicht hierbleiben willst", befahl sie knapp. Nick murmelte etwas Unverständliches und öffnete die Beifahrertür. Kaum hatte er sich angeschnallt, schoss der Wagen nach vorne und in den Tunnel, der in den Raum mündete.

Nick fröstelte und zog seine Lederjacke enger um sich. Ihm war, als wäre es kurz kühler im Wagen geworden, doch nach nur einem Moment zog die Kälte sich zurück. Als hätte etwas Eisiges kurz einen neugierigen Blick in den Panzer geworfen.

Er zwang sich, den Gedanken an das Mädchen mit den hellen Augen zu verdrängen.

Nach ein paar Minuten Fahrt durch in weiten Schlenkern aufwärts führende Tunnel stand der Wagen vor einer vermeintlichen Sackgasse. Die grellen Scheinwerfer des Panzers strichen über eine Felswand. Doch sie hatten diesen Weg schon viele Male genommen. Rouge streckte den Kopf aus dem Fenster und rief das Kennwort. Der Stein um sie herum erzitterte und verschob sich. Licht und etwas Erde fiel durch den größer werdenden Spalt. Rouge beschleunigte den Panzer wieder, woraufhin der Wagen die frisch gebildete Rampe hinaufschoss und ungebremst über einen Waldweg holperte. Nick sah im Rückspiegel, wie die Tunnelöffnung sich hinter ihnen wieder schloss.

Schon nach wenigen dutzend Metern erreichten sie die asphaltierte, jedoch von Schlaglöchern durchsiebte Landstraße. Hätte ihn jemand gefragt, Ween hätte eine interessante Geschichte, eine der Kurven nicht weit von hier betreffend, erzählen können, in der ein kleines Auto, ein Gargoyl und eine verwirrte junge Frau vorkamen.

„Müssen wir so schnell fahren?", erkundigte Sally sich von hinten. Rouge drehte sich zu ihr um, ohne langsamer zu werden.

„Hast du eine Vorstellung, was passiert, wenn Lucy und ihr Verbündeter Asets Licht in die Hände bekommen?", fragte sie. Nick sah sie schon alle in der Leitplanke kleben, doch die Frau schien Augen im Hinterkopf zu haben, denn sie lenkte den Wagen gekonnt um die Kurven.

„Nö", antwortete Sally wahrheitsgetreu. „Was denn?" Rouge runzelte die Stirn.

„Ich weiß es nicht", gab sie schließlich zu und wandte sich wieder der Straße zu. „Aber es ist unser Job, sie aufzuhalten."

„Wann sind wir da?", wollte Ween wissen.

Schreckliche Dinge

Die Dunkelheit war dicht und schwer und roch nach Stein und Wasser, das sich seinen Weg durch die Felsen suchte. Einem Menschen hätte sie vielleicht Angst gemacht, aber Blake war kein Mensch. Die Dunkelheit war sein Zuhause und hier unten, in den ältesten Gängen der Kraterstadt, war sie undurchdringlicher als sie es über der Erde je sein konnte.

Er ging langsam, ließ die Dunkelheit in seinen Körper sickern und die Reserven, die er in den Kämpfen gestern aufgebraucht hatte, wieder füllen. Er war sich immer noch nicht sicher, ob es eine gute Idee gewesen war, herzukommen, oder was er eigentlich erwartete. Es war lange her, dass er in dem alten Höhlensystem gewesen war, das tiefer lag als jedes andere Viertel von Undertown. Sein halbes Leben. Aber wenn er schon einmal in der Stadt war und nichts zu tun hatte, konnte er genauso gut nach seinen Leuten sehen. *Seine Leute.* Was für ein unbekümmerter Ausdruck für die Dinge im Dunkeln.

Die Wände bestanden aus schwarzem Schiefer. Er wusste nicht, was für eine Art von Gestein es genau war, und es interessierte ihn auch nicht sonderlich.

Seine Gedanken wanderten ziellos in seinen Gehirnwindungen umher, als es ihm auffiel. Er blieb stehen. Er war schon sehr tief unten, der Lärm der Stadt kam nicht so weit. Er hätte längst etwas von den Schatten hören sollen. Natürlich keine Stimmen, aber irgendetwas Anderes, vielleicht Schritte oder wie sich die Dunkelheit selbst regte, verdichtete und langsam durch die Gänge floss wie ein mächtiger Strom, wenn einer von ihnen sie rief.

Im nächsten Moment schüttelte er den Kopf über sich selbst. Das musste nichts heißen. Warum sollte es nicht still sein? Sie waren kein lautes Volk wie die Menschen. Er war zu lange oben gewesen. Er musste sich erst wieder an die Stummen gewöhnen. Doch ein Wort von seinen Bedenken blieb. Das schlimmste Wort von allen.

Totenstille.

Er hatte es gerade geschafft, die unangenehme Ahnung zu verdrängen, als er den Geruch bemerkte. Unangenehm metallisch. Er musste schon eine ganze Weile da gewesen sein, aber jetzt war er allgegenwärtig. Es dauerte einen Moment, bis er ihn einordnen konnte und einen weiteren, bis er begriff, was das bedeutete.

Seine in der Finsternis schwach glimmenden Augen richteten sich auf den Fels, auf dem er stand. Etwas Dunkles, selbst für Augen wie seine kaum sichtbar, nur Schwarz auf Schwarz und dieser schreckliche Geruch. Aber er wusste, was sich in verschmierten Spuren durch den Gang zog.
Blut.
Verdammter Mist. Er machte ein paar ungeschickte Schritte zurück, als er bemerkte, dass er auf den Spuren stand. Blake stand einige Sekunden lang nur da und starrte sie an, dann schüttelte er ruckartig den Kopf, um das beklemmende Gefühl loszuwerden und ging neben den Spuren entlang.

Oh ja, folge den Blutspuren, warum zur Hölle auch nicht? Etwas war durch den Gang geschleift worden – oder hatte sich mit letzter Kraft dort entlang geschleppt. Er wollte nicht wissen, was geschehen war. Er *hasste* es, wenn er in solche Angelegenheiten hineingezogen wurde, und noch mehr hasste er es, wenn er der Einzige in der Nähe war.

Einige Meter weiter gabelte sich der Gang. Auf der rechten Seite führte er als breiter Tunnel leicht bergab, wie er es schon die ganze Zeit getan hatte, doch scharf links öffnete sich der Fels in einen Spalt, fast so breit wie eine Tür. Er trat an die Kante und sah hinunter. Die Öffnung im Fels führte in eine tiefer gelegene Höhle, in die von irgendwo einige fahle Streifen kalten Lichts fielen. Ein steiler Abhang führte von dort, wo er stand, zum Grund hinunter. Er schluckte.

Blake ließ die Finsternis die Wände und den Boden abtasten. Wer auch immer die Spuren hinterlassen hatte, er musste nun dort unten sein. Die Dunkelheit strich erst nur über den glatten Fels. Aber unten, auf dem Grund der Höhle, lag etwas, das nicht aus Stein war.

Blake schluckte. Er wollte nicht dort hinunter. Nichts wollte er weniger.

Dennoch stützte er sich mit einer Hand an der Kante ab und ließ sich den Abhang hinunterschlittern. Er stolperte durch den Schwung noch ein paar Schritte weiter, bevor er vor dem Ding auf dem Boden zum Stehen kam. Er war sich bereits zu neunundneunzig Prozent sicher, was es sein musste, er hatte es eigentlich schon gewusst, als er das Blut gerochen hatte. Aber ein Teil von ihm versuchte verzweifelt, Zeit zu gewinnen, ließ ihn sein Handy aus der Tasche ziehen und einschalten. Der Bildschirm leuchtete unnatürlich grell und blendete ihn im ersten Moment. Sein Atem stand von der Kälte hier unten im Licht des Bildschirms als weißer Dampf in der Luft. Blake richtete das Handy auf das Etwas und im künstlichen, bläulich weißen Licht konnte er nicht mehr leugnen, was auf dem Grund der Schlucht lag.

Die Gestalt lag zusammengerollt und mit dem Rücken zu ihm da. Auch hier waren Blutspuren auf dem Boden zu finden und die Kleidung des Wesens damit vollgesogen. Wer wusste, wie lange es schon hier lag. Vielleicht hatte nur die Kälte verhindert, dass es anfing, zu stinken.

Blake knirschte unwohl mit den Zähnen. Dann bückte er sich, streckte eine Hand aus, packte die Schulter der Leiche und rollte sie halb zu sich herum. Sie schien unnatürlich leicht zu sein. Ihre Augen waren dunkel und glasig, weil die leuchtende Schutzschicht über ihren Dämonenaugen nicht mehr mit Energie versorgt wurde.

Die Haut des Wesens war im künstlichen Licht des Bildschirms pechschwarz.

Blake wich weder zurück, noch gab er einen Ton von sich. Mit ausdruckslosem Gesicht musterte er den toten Schatten.

Ein Loch klaffte in seinem Bauch. Eine Schusswunde. Damit hätte er rechnen müssen. Der Schatten war nicht einfach so hier runter gefallen. Jemand hatte ihn umgebracht mit einer der erbarmungslosen, metallenen Waffen der Menschen, erschossen wie ein wildes Tier, aber er hatte keine saubere Arbeit geleistet. Der Schatten hatte sich mehrere Dutzend Meter weit geschleppt, vielleicht, um zu fliehen, vielleicht, um nur allein zu sein.

Der Bildschirm des Handys erlosch und ließ ihn im Dunkeln zurück. Er starrte weiter auf die Stelle, wo der reglose Körper lag, auch wenn er ihn nur noch mithilfe der Finsternis vage spürte.

Blake stellte sich vor, wie es sich anfühlte, erschossen zu werden.

Er erinnerte sich an Weens schmerzverzerrtes Gesicht, als er gestern einen Tritt in den Bauch bekommen hatte. Er wollte nicht wissen, wie sehr es wehtat, wenn es kein Tritt war, sondern ein Stück Blei, das sich mit Überschallgeschwindigkeit einen Weg durch seinen Körper riss.

Er ließ sich auf die Knie nieder, auf den kalten Felsboden, und schlang seine Arme um seinen Körper.

Er stellte sich vor, langsam zu verbluten, weil das Projektil seine wichtigsten Organe verfehlt und stattdessen ein Loch in ein paar Blutgefäße gerissen hatte. Er stellte sich vor, seine Hände auf die Wunde zu drücken und zu versuchen, die Blutung zu stoppen. Er stellte sich Verzweiflung und Angst vor.

Blake versuchte, aufzuhören, es sich vorzustellen, und scheiterte.

Gestern Abend war ihm klar gewesen, dass der Seelenfresser die alte Frau gefressen hatte und er hatte schon zuvor Tote gesehen, wenn auch nicht viele. Er hatte Verachtung gespürt gegenüber denen, die die Schuld daran trugen, aber das war nichts dagegen, wie er sich jetzt fühlte.

Mit zitternden Knien stand Blake wieder auf. Er gab es nicht gerne zu, nicht gegenüber Ween oder Rouge, die überhaupt nichts fürchteten. Immerhin war er ein Abenteurer und Schatzsucher, er hatte Dinge gesehen, denen gewöhnliche Menschen nur in ihren Albträumen begegneten, und Witze darüber gemacht.

Aber die Wahrheit war die, dass der Tod ihm Angst machte. Mehr, als Ween, der dumm und tapfer war, je vor irgendetwas Angst haben würde.

Er sah wieder den toten Schatten an. Da waren schreckliche Dinge in seinem Kopf. Verzweiflung, Angst, Trauer. Und Wut. Er hieß die Wut willkommen. Wut war eine nützliche Erfindung des Geistes. Es bedeutete, dass weniger Platz da war für lähmende Angst.

Zu viele Gedanken wirbelten in seinem Kopf herum, als dass er sich genug hätte konzentrieren können, um gezielt Magie zu verwenden, doch die Dunkelheit reagierte auf sein Bewusstsein und strömte um ihn herum, als wollte sie ihm jeden Moment bekräftigend auf die Schulter klopfen wie eine alte Freundin.

Wir beide werden sie finden.

Der Mann hatte eine verachtenswerte Selbstsicherheit an sich, die er eifrig pflegte, indem er jedes von Blakes Worten verdrehte. Nur um nicht einsehen zu müssen, dass jemand einen Schatten ermordet hatte und dass es an der Stadtwache lag, etwas zu unternehmen. Blake zwang sich, ruhig zu bleiben und langsam zu sprechen, damit der Mann hinter dem Schreibtisch ihn nicht wie ein wütendes Kind behandelte.

Wut. Sie war immer noch da. Sie hatte sich nicht in einen entlegenen Winkel seines Kopfes zurückgezogen oder sonst etwas, als er zur Oberfläche hinauf gestiegen war, sondern war immer noch allgegenwärtig und drohte, sich gegen jeden zu richten, der ihn nur schief ansah. Er wollte den Mörder bestrafen, aber zur Not würde er auch mit diesem selbstgefälligen Idioten von Stadtwache-Magier vorliebnehmen.

„Eine Leiche wird gefunden", sagte der Magier gerade. „Schon alt,

tief unter der Stadt. Tiefer, als unsere Macht reicht. Wir wissen nichts
über sie. Vielleicht war es ein Unfall, oder sogar Notwehr."
„Ich bin mir sicher. Vertrauen Sie mir." Seine Stimme war heiser vor
Wut. Sogar dieser ignorante Mensch musste das bemerken.
„Es fällt mir schwer, den Worten eines Mannes zu vertrauen, der halb
blind ist vor Wut", gab der Mann zurück.
Na bitte. Der Schatten sagte nichts.
„Wir können da unten nichts machen", wiederholte der Stadtwache-
Magier. „Das ist nicht mehr Undertown. Das ist Niemandsland."
„Es ist das Reich der Schatten und Teil der Kraterstadt und Sie
müssen sich darum kümmern, wenn es dort Ärger gibt. Wie war das
noch mit all Ihren Werten und selbstauferlegten Pflichten?"
„Reich der Schatten?", wiederholte der Mann. „Sie sagen das, als sei
es ein ganz normales Vorstadtviertel. Darüber lässt sich streiten. Die
Schatten herrschen nicht. Sie wandern umher und meditieren, oder wie
auch immer man es nennen will. Sie haben nicht mal eine Sprache, es ist
eine berechtigte Frage, ob man sie überhaupt als Personen bezeichnen–"
Der Mann stockte.
„Keine Personen", wiederholte Blake. „Tiere. Oder Monster. Ich werde mir nicht die Mühe machen, in dieser Hinsicht mit Ihnen zu diskutieren. Vielleicht glauben Sie, weil wir stumm sind, würden wir nicht
denken. Aber wir können bluten und sterben. Wir können sogar schrei-
en. Genau wie Sie, wenn ich der Dunkelheit, die sich in den Ecken Ihres
hübschen Büros sammelt, befehlen würde, Sie aufzuspießen." Mit diesen Worten stand er auf und verließ den Raum, ohne sich umzudrehen.
Auch wenn er wirklich gern das Gesicht dieses Idioten gesehen hätte.

„Das war nicht sehr clever", fand Crazy Joe. „Aber sicher befrie-
digend, das muss ich zugeben." Der alte Mann stand mitten auf der
Straße vor einem der wichtigsten Gebäude der Stadtwache und schien
den Schatten erwartet zu haben. Natürlich musste er nicht nachfragen,
um zu wissen, was vorgefallen war.
„Was war nicht clever?", schoss Blake zurück. „Die Drohung oder
überhaupt erst zu der Wache zu gehen?"
„Mehr ersteres, aber ich kann nicht leugnen, dass einige Mitglieder
der Stadtwache nicht eben durch Intelligenz glänzen", erwiderte der alte
Mann unbekümmert. Blake schnaubte wütend.[1]

---

[1] Er wusste nicht, wie viel von Crazy Joes Wissen aus der Zukunft und wie

„Du solltest dich beruhigen", riet Crazy Joe ihm. „Es hilft nicht gerade, wenn du dir jeden zum Feind machst."

„Der Typ war ein Idiot."

„Vielleicht war er das, aber er war gleichzeitig ein Vertreter der Stadtwache. Vielleicht wird er niemandem von den Schatten und ihrem kleinen Problem erzählen. Wenn du richtig Pech hast, lässt er sich zusätzlich noch was einfallen, um dir die Sache heimzuzahlen."

Sie gingen eine Weile schweigend nebeneinander her. Crazy Joe hatte sich in den letzten Jahren nicht sehr verändert. Blake konnte sich nicht daran erinnern, ob er seit ihrer ersten Begegnung vor Ewigkeiten auch nur um einen Tag gealtert war. Seit seine alte Freundin Charlotte sich tiefer in den Wald, zu dem Rudel ihrer Familie, zurückgezogen hatte, verbrachte er mehr Zeit in Undertown und stattete Lady Mays jungen Magiern regelmäßig Besuche ab – vielleicht war es eine Art Großvater-Instinkt.

Im Gegensatz zu den jungen Magiern im *Black & White*, die oft bequeme Nichtmagierkleidung trugen, hatte Crazy Joe sich nicht nur an die Mode der Undertowner angepasst, sondern sie auf die exzentrische Spitze getrieben. Er trug einen prächtigen Anzug in Braun, Tiefblau, Violett und Orange, der ihn aussehen ließ wie einen ausgesprochen stolzen und von sich selbst überzeugten Hahn. Blake war sich ziemlich sicher, dass sich irgendwo in seiner Anzugweste auch eine altmodische Taschenuhr versteckte – nicht, dass jemand wie Crazy Joe Bedarf für eine Uhr hatte.

„Vielleicht könnte ich mit Lady May reden", schlug der alte Hellseher vor. „Sie könnte die Wache überreden, ihrer Gruppe die Verantwortung für die Lösung des Falls zu übertragen."

„Haben die nicht schon einen Fall?", fragte Blake.

„Aber vielleicht kann die Drachenlady dir trotzdem ein bisschen Unterstützung organisieren."

„Wahrscheinlich schließt die mich dann einfach von den Ermittlungen aus."

„Du hast recht. Mays Leute haben mir gesagt, dass sie nach London wollen, offenbar halten sich dort die Einbrecher aus dem Archiv auf,

---

viel aus den Köpfen seiner Gesprächspartner stammte. Er war gleichzeitig ein außerordentlich begabter Hellseher und Gedankenleser sowie ein Prophet. Propheten hatten oft einen ausgeprägten sechsten Sinn, was vermutlich damit zusammenhing, dass ihre Magie viel mit ihren Sinnen zu tun hatte.

aber heute Abend könntest du sie im *Black & White* treffen–"

„Wie spät ist es?", unterbrach Blake ihn.

„Gegen halb zwei", antwortete Crazy Joe leicht verwirrt.[1] Doch bevor der Schatten sich darüber amüsieren konnte, dass es ihm gelungen war, den alten Mann aus dem Konzept zu bringen, hatte der sich schon wieder gefangen.

„Dann bekomme ich noch die nächste Bahn nach London", sagte Blake, obwohl Joe das vermutlich schon in seinen Gedanken gelesen hatte.

„Hatte Rouge dich nicht gebeten, dich nicht in die aktuellen Geschehnisse einzumischen?", erinnerte Crazy Joe ihn. Blake fragte nicht, woher der Hellseher das wusste.

„Ich will sie ja nicht aufhalten, indem ich Tod und Zerstörung oder so etwas in der Art verbreite", verteidigte er sich. „Ich will sie unterstützen und dann rede ich mit ihnen."

„Ich glaube das war es nicht, was Rouge meinte", beharrte der alte Mann. „Sie will einfach nicht, dass du dabei bist." Blake brummte etwas Unverständliches.

„Nicht, weil sie dir nicht vertraut", fügte Crazy Joe hinzu.

„Ach ja? Und weswegen dann?"

„Tut mir leid, aber meine Lippen sind diesbezüglich versiegelt. Ich musste deiner Exfreundin versprechen, dir nichts zu verraten." Der Dämon schüttelte beinahe belustigt den Kopf. Die beiden Magier, der alte Mensch und der Schatten, schwiegen eine Weile und trotteten die Straße hinunter.

„Weißt du", begann Blake wieder. „Ich fahre so oder so hinter ihnen her. Du kannst mich unwissend in die Schlacht laufen und Chaos stiften lassen und hinterher sagen, dass du dein Versprechen gehalten hast. Oder du erzählst mir alles, was du weißt, wir beide bekommen Ärger, aber wir waren insgesamt effizienter."

„Ich war nur kurz zu Besuch. Es ist nicht so, als hätten sie mir ihren ganzen Einsatzplan erklärt."

„Als würde dich das aufhalten."

„Du lässt mir wohl keine Wahl."

„Natürlich nicht."

Ein einsames Auto fuhr ihnen langsam entgegen und sie gingen zur

---

[1] Die Kräfte von Propheten waren geradezu lächerlich unverlässlich.

Seite. Blake drückte sich fast an die Mauer des Hauses zu seiner Rechten.[2]

Als der Wagen sie passiert hatte, sprach Crazy Joe weiter und erzählte dem Schatten alles, was die Stadtwache wusste.

„Danke", sagte Blake, als der alte Mann fertig war.

„Nichts zu danken", kam die Erwiderung. „Und jetzt solltest du dich beeilen. Dein Zug kommt bald." Blake nickte und beschleunigte seine Schritte. Crazy Joe blieb stehen und sah ihm nach.

Ein paar Sekunden später hielt der Schatten inne, als hätte er etwas vergessen, und kam noch einmal zurück.

„Hast du etwas gemacht?", wollte er wissen.

„Wie meinst du das?", gab Crazy Joe betont unschuldig zurück.

„Meine Wut ist weg. Hast du etwa in meinem Gehirn herumgestochert, alter Mann?"

„Vielleicht", antwortete der Hellseher und lächelte. „Vielleicht auch nicht."

---

[2]Autos waren ihm nicht geheuer. Große Kisten aus Metall. Blake konnte nicht glauben, dass sie nicht einfach auseinanderfielen oder explodierten, und es war ihm ein Rätsel, wie es den Menschen gelang, sie so mühelos und elegant auf gerader Strecke zu halten. Wenn dieses Fahrzeug ihn über den Haufen fuhr, würde nicht mehr als ein wenig dunkle Schmiere von ihm übrig bleiben. Zwar war es in den krummen, schmalen Gassen Undertowns so gut wie unmöglich, dafür die nötige Geschwindigkeit zu erreichen, doch Blake war trotzdem lieber vorsichtig.

Suche

Rouge beugte sich tief über das Lenkrad, als hoffte sie, sich dahinter verstecken zu können. Niemand sprach ein Wort, während sie den Sportwagen beobachteten. Er war schön und stromlinienförmig, dunkelgrau mit einem matten, metallischen Schimmer. Die zierliche Frau war daraus ausgestiegen, eine Maske tief ins Gesicht gezogen. Zwei Männer waren bei ihr, einer mit dunklem Haar und in einem grauen Anzug, der andere, der über zwei Meter groß sein musste, in schäbige Lumpen gehüllt. Der in Grau hatte sich an das Auto gelehnt und redete, erklärte irgendetwas, während die beiden anderen zuhörten. Die Vampirin nickte.

Ween hatte das Gefühl, er müsse aufspringen, die Tür aufreißen, zum Wagen hinüber laufen und ihnen etwas ins Gesicht brüllen. Wie er das Warten hasste.

Neben ihm lagen ein paar Blätter zerknittertes Papier. Nick hatte die Fahrt genutzt, um ein bisschen Schlaf nachzuholen, doch Sally hatte die Symbole nach Rouges Beschreibung aufgezeichnet. Es waren ein paar grundlegende Begriffe in der Zeichensprache, die die Leute von Aset für ihre Rätsel verwendeten. Rouge hatte ihnen befohlen, sie auswendig zu lernen, doch es war Ween nicht gelungen, sich auch nur eines zu merken, und nach einer Weile hatte er frustriert aufgegeben.

Er wünschte, Blake wäre hier.

Endlich beendeten die Sucher ihr Gespräch und gingen in gemäßigtem Tempo auf das Gebäude zu. Es war ein mehrstöckiges Haus, leerstehend, wie es aussah. Rouge öffnete die Fahrertür des Panzers und stieg aus. Die anderen folgten ihr. Sie versammelten sich hinter ihrem Fahrzeug, damit die drei Sucher sie nicht sehen konnten, falls sie sich zu dem Wagen umdrehten.

Das leere Haus war mit Abstand das älteste in der Straße. Sie befanden sich in einem Viertel, das sich durch eine Art billige Gewöhnlichkeit auszeichnete. Plattenbauten mit Flachdächern, ein paar Geschäfte, eine vierspurige Straße, die sich dazwischen ihren Weg bahnte. Es hatte aufgehört zu regnen. Die Sonne schien sogar ein wenig, was gut war, weil Ween sein Jackett natürlich in Lady Mays Arbeitszimmer vergessen hatte. Aber dennoch waren nur wenige Menschen auf den Straßen. Vermutlich waren die meisten bei der Arbeit. Normaler, harmloser Arbeit, im Büro oder in einer Schule, mit Kaffeepause und geregelte Arbeitszeiten. Ohne Lichtblitze, Waffen und uralte Artefakte. Ween war froh, dass er zaubern konnte und sein Alltag um einiges spannender ausfiel.

Nick nieste.

„Die Pollenallergie?", fragte Sally. Er nickte und blinzelte. Vermutlich tränten auch seine Augen.

„Wir sind in der Stadt", meinte sie. „Hier gibt's doch gar keine Pflanzen."

„Sag das meiner Nase."

„Sind sie schon rein gegangen?", wollte Rouge wissen. Ween lugte um den Van herum zu dem Haus und nickte.

„Also", begann Sally. „Gehen wir auch rein oder warten wir draußen auf sie? Oder lassen wir sie in Ruhe alles erledigen und folgen ihnen dann zu ihrem Hauptquartier?"

„Wir gehen rein", entschied Rouge. „Wir schleichen ihnen hinterher und überrumpeln sie."

„Ich könnte einem von ihnen eins mit dem Schraubenschlüssel aus dem Van überziehen", schlug die Heilerin vor.

„Das wirst du nicht", widersprach Rouge. Sally verzog das Gesicht.

„Warum nicht?"

„Das wird gefährlich, Sally. Wir können nicht riskieren, dass du getötet wirst, weil du nicht kämpfen kannst. Wir behalten dich in der Nähe, aber du mischst dich auf gar keinen Fall in den Nahkampf ein."

„Ich *kann* kämpfen", entgegnete sie. Rouges Hand schnellte vor und packte ihr rechtes Handgelenk. Sally ballte eine Faust und versuchte, der Dämonin ihren Arm zu entwinden, doch Rouge ließ sich davon nicht beeindrucken und drehte die Hand der Heilerin so, dass ihre Finger nach oben zeigten. Ihre vier Finger und der Stumpf, an dem einmal ihr kleiner Finger gesessen hatte.

„Willst du, das so etwas noch einmal passiert?", wollte Rouge wissen. „Diesmal vielleicht einen Arm verlieren? Oder deine Beine? Oder den Kopf?" Aus dem Haus war ein Krachen zu hören. Rouge ließ Sallys Handgelenk los, drehte sich um und ging ohne ein weiteres Wort auf die Eingangstür zu.

„Sie meint es nicht so", versuchte Nick, Sally zu trösten, während er sich gleichzeitig mit einem bereits halb zerbröselten Papiertaschentuch die Nase putzte. „Wir wollen nur nicht, dass dir etwas passiert. Du kannst Wunden heilen. Das ist etwas Wunderbares. Aber du kannst dich nicht selbst heilen und darum solltest du immer schön hinter uns bleiben." Sie zuckte mit den Schultern, was wohl *Na gut* heißen sollte. Nick lächelte sie dankbar an, schniefte und folgte Rouge, flankiert von Ween und Steve, zum Versteck des Bronzeschlüssels. Sally trottete in einiger Entfernung hinter ihnen her.

Sie betraten einen leeren Raum. Eine Tür war einen Spalt geöffnet. In dem Boden des Zimmers dahinter klaffte ein Loch. Die Holzbretter schienen einfach weggerissen worden zu sein. In der Luft schwebte immer noch der aufgewirbelte Staub.

„Okay", murmelte Nick. „Sieht aus, als wären sie nicht ungefährlich. Wer kann so einen Schaden anrichten?"

„Nicht wer", erwiderte Rouge, die mit einer kleinen Taschenlampe in die Tiefen leuchtete. Etwa zwei Meter oder zweieinhalb. „Ich würde auf einen Golem tippen. Und zwar auf einen richtig starken."

„Warum geraten wir eigentlich immer mit riesigen, bärenstarken Ungeheuern aneinander?", überlegte Ween. „Warum nicht mal ein dürrer kleiner Zauberlehrling oder so?" Steve, nach wie vor in Wolfsgestalt, machte ein paar zögerliche Schritte auf das Loch zu und schnüffelte an den Holzsplittern. Dann beugte der Wolf sich vor und machte einen Satz in die Tiefe.

„Oh", machte Ween.

„Steve, du Idiot", rief Rouge ihm hinterher. Nick ging in die Knie, hielt sich an einem Brett fest und rutschte nach unten. Dann half er Sally nach unten. Ween und Rouge folgten ihnen und landeten auf dem Schutt, der den Boden bedeckte. Die Wände waren hier aus groben Steinen gemauert und nicht verputzt. Eine wurmstichige Tür war die einzige Abwechslung. Vermutlich war dies der ursprüngliche Keller. Als jemand das Gebäude gekauft hatte, musste er zugemauert worden sein. Ween war überrascht. Er hatte nicht erwartet, dass die Geschichte des unscheinbaren Hauses so weit zurückreichte.

Hinter der Tür erstreckte sich ein abschüssiger, geräumiger Gang von vielleicht zwanzig Metern Länge. Vorsichtig setzten sie einen Fuß vor den anderen. Vom unteren Ende des Ganges, aus einem kleinen Torbogen, drangen Licht und Kampfgeräusche zu ihnen hinauf. Ween konnte sich nicht entscheiden, ob das gut oder schlecht war.

Steve blieb jetzt gehorsam an Weens Seite. Rouge trat als erste durch den Torbogen und die anderen folgten ihr.

Der Raum war groß und achteckig. Über den Boden und die gewölbte Decke verliefen leuchtende Linien in Figuren aus sich überschneidenden Kreisen. Die Einrichtung bestand lediglich aus einem steinernen Sockel im Zentrum des Raumes und insgesamt sechzehn flachen Erhebungen an den Wänden. Offenbar hatten dort die Steingolems gestanden, die nun die drei Sucher angriffen.

Die Vampirin, Lucy, schwang ein altes, von einer schwarzen Schicht bedecktes Schwert, das sie einem von ihnen abgenommen haben musste, und trennte den Arm eines Golems ab, doch dieser ließ sich davon nicht beeindrucken. Die Waffe sah riesig aus im Vergleich zu der zierlichen, dunkelhäutigen Frau. Die Maske hing jetzt an ihrer Hüfte.

Der eben noch vermummte Mann schlug um sich wie tollwütig. Ween konnte kein Gesicht erkennen. Der ganze Körper des Mannes bestand aus weißem Lehm. Er bewegte sich seltsam ruckartig und schien keinerlei Knochen zu besitzen. Sein rechter Arm war länger und massiger als der linke. Er hatte damit die Schulter eines seiner Artgenossen gepackt. Mit dem linken Arm schlug der weiße Golem nach seinem Bauch. Der spröde Stein zersplitterte unter der Wucht des Aufpralls. Bis zum Handgelenk bohrte sich seine Faust in den Körper des anderen Golems, doch dieser schob ihn einfach weg und ging dann wieder mit dem Schwert auf ihn los.

Lucy und der weiße Golem schienen verzweifelt zu versuchen, den dritten Sucher zu verteidigen. Der Mensch hatte sich über den Sockel in der Mitte gebeugt und untersuchte ihn. Ein Golem bahnte sich den Weg an seinen Beschützern vorbei und stürzte sich auf ihn. Der Mann in dem grauen Anzug machte einen Satz zur Seite und ließ etwas Silbernes aus seiner Hand hervorschießen. Es schabte über Stein und richtete keinerlei Schaden an. Der Sucher zuckte mit den Schultern. Die silbrige Masse wickelte sich um den Arm des Golems und schleuderte ihn auf eine Handgeste ihres Herrn hin weg.

„Ich sage, wie warten hier und lassen sie sich gegenseitig erledigen", schlug Ween vor.

„Guter Plan", fand Nick und lehnte sich an den Türrahmen. Leider drehte sich in diesem Moment einer der Golems zu ihnen um und die Sache mit dem Warten hatte sich erledigt.

Ween konzentrierte Elektrizität in seinen Fingern und ließ einen Blitz aus seiner Hand schießen. Er schlug in die Brust eines Golems ein, stieß ihn jedoch nur zurück. Links von Ween bahnte Rouge sich schwertschwingend ihren Weg in den Raum hinein. Ihre Klinge teilte einen der Golems in zwei Hälften und durchbohrte einen weiteren. Ween warf einen Kugelblitz, der den Rumpf des ersten Golems durchschlug. Die Kreatur ging zu Boden. Innerhalb einer Sekunde war Steve bei ihr und schnappte nach ihrer Kehle. Aus dem Augenwinkel sah Ween Nick und Sally. Nick streckte eine Hand aus und ließ einen Golem quer durch den Raum fliegen. Sally versuchte, das Schwert aufzuheben, das er verloren hatte, doch es war zu schwer und zu unhandlich.

„Hi", begrüßte Ween Lucy, als er sich an ihr vorbeikämpfte. Die Vampirin antwortete weder, noch griff sie ihn an. Für beides war sie zu beschäftigt.

„Weißt du", fuhr er fort. „Wir suchen so einen magischen Gegenstand, einen Schlüssel. Hast du ihn?" Sie gab sich Mühe, ihn zu ignorieren.

„Außerdem hast du ein Mädchen fast umgebracht", fügte er hinzu. Verärgerung blitzte in ihren Augen auf. Sie bewegte sich sehr schnell. Der Griff ihres Schwerts traf ihn beinahe am Kiefer. Er ging schnell auf Sicherheitsabstand.

„Dann kümmern wir uns also später darum", stellte er fest.

Ein Golem hieb mit dem Schwert nach Ween und zwang ihn, sich zur Seite zu werfen. Das Wesen war überrschend schnell dafür, dass sein Körper aus Stein bestand, und hätte Steve es nicht in der nächsten Sekunde angesprungen, hätte der nächste Angriff Ween mit Sicherheit getroffen. In diesem Moment wurde ihm klar, dass eine Waffe vermutlich eine gar nicht so schlechte Idee gewesen wäre.

Der Steinkrieger schüttelte den Werwolf ab, doch Steve verbiss sich sogleich wieder in seinem Schwertarm und zerrte ihn zu Boden. Ween nutzte die Gelegenheit und kniete sich auf seinen anderen Arm. Der Golem zappelte und trat nach ihm, doch Ween hob seine Hand über das verwitterte Gesicht der Statue, konzentrierte sich und schoss einen Blitz darauf ab. Funken und Steinsplitter flogen. Der Golem fiel ihn sich zusammen. Die beiden Jungen, der eine ein Mensch, der andere in Wolfsgestalt, warfen sich triumphierende Blicke zu. Als Ween aufstand und sich umdrehte, sah er, wie ein weiterer Golem ausholte und das Schwert in seine Richtung schwang. Der junge Stadtwache-Magier fluchte laut und stolperte einen Schritt zurück. Was hätte er jetzt für ein Schwert oder auch nur einen Stock gegeben.

Ein Knall zerriss die Luft und erst der Kopf, dann der ganze Körper des Golems zersprang in Steinsplitter. Ween bückte sich schnell und hob das uralte Schwert auf, das dem Golem gehört hatte. Immer noch hafteten Steinbrocken am Griff. Es war um einiges schwerer, als er erwartet hatte. Er brauchte beide Hände, um es anzuheben.

Nick ließ den Revolver sinken.

„Man muss auf die Köpfe zielen. In der Hinsicht sind sie wie Zombies", erklärte er und fügte hinzu: „Übrigens gern geschehen."

„Warum musst du eigentlich immer bis zur letzten Sekunde warten?", murmelte Ween. Nick blieb ihm eine Antwort schuldig und zuckte mit den Schultern. Dann wirbelte er herum und feuerte einem anderen Golem eine Kugel in den Kopf.

„Glaub nicht, ich hätte dich nicht gesehen", rief er ihm zu.

Das letzte der Steinwesen zerfiel zu Geröll, als Rouge ihm mit einem schwungvollen und präzisen Schwertstreich den Kopf abschlug.

„Ach", seufzte sie und betrachtete die zerkratzte Klinge. „Ich werde das Schwert bald wieder reparieren müssen."

Einen Moment lang standen alle nur da – Ween, Nick, Sally, Steve, der Lehmgolem der Sucher, Lucy Hemsey, der Mann in Grau und Rouge, die immer noch ihr Schwert erhoben hatte. Dann hob der Mann in Grau die Arme und klatschte ein paar Mal in die Hände.

„Gut gemacht, alle zusammen", lobte er. „Ihr müsst von der Stadtwache sein."

„Sie haben im Archiv beinahe jemanden umgebracht", sagte Sally anklagend.

„Also hat das Mädchen überlebt", stellte er fest. Er klang ruhig, positiv überrascht, aber nicht so, als sei Annes Schicksal mehr als eine beiläufige Information. „Meine Freundin hier heißt Lucy und mein Name ist Ian Mercer. Ich nehme an, ihr seid wegen der ganzen Sache nicht gut auf uns zu sprechen."

„Genau", bestätigte Ween und warf Lucy einen finsteren Blick zu. „Du hast nach mir geschlagen."

„Heul doch", zischte die Vampirin zurück.

„Immer mit der Ruhe", warnte Nick und hob seine Waffe.

„Er ist der Mann mit dem Revolver", sagte Rouge zu Ian Mercer. „Sie sollten ihm zuhören."

Der Sucher machte eine schnelle Geste. Silber peitschte durch die Luft und traf Nicks Schussarm. Die Wucht des Hiebs riss ihm die Waffe aus der Hand und schleuderte ihn durch die Luft. Er landete auf dem

Rücken und schlitterte ein Stück über den glatten Boden. Die anderen blickten ihm nach.

„Er *war* der Mann mit dem Revolver", gab Rouge zu und änderte den Griff um ihr Schwert. Die nächste silberne Ranke schoss in ihre Richtung, doch sie riss nur ihre Klinge in die Höhe und die beiden Hälften des Silbers lösten sich in Nichts auf.

Rouge, Ween und Steve griffen die Sucher an, während Sally Nick auf die Beine half. Er rückte seinen Hut zurecht und sah sich suchend nach seinem Revolver um. Er lag nur ein paar Schritte entfernt. Nick streckte die Hand aus und die Waffe flog wie an der Schnur gezogen hinein.

Rouge und Lucy droschen mit ihren Schwertern aufeinander ein, Ween bewarf Mercer mit Blitzen und Steve hatte sich in einem Arm des weißen Golems verbissen. Nick überlegte kurz, dann zielte er mit dem Revolver auf den Golem und ging mit schnellen Schritten auf ihn und den Wolf zu.

„Aus dem Weg", stieß der Zombiejäger zwischen den Zähnen hervor. Steve hatte ihn vermutlich gar nicht gehört, aber das Problem löste sich von selbst. Der Golem boxte dem Wolf in die Seite und schüttelte das winselnde Tier mühelos ab. Nick gab einen Schuss ab. Der Rückstoß riss seine Hand nach oben.

Die Kugel hätte den Kopf des Golems sauber durchschlagen, wenn er sich nicht im falschen Moment den Kopf etwas zur Seite gedreht hätte. So streifte sie nur die Wange des Wesens und hinterließ eine tiefe Furche.

„Mist", murmelte Nick. Ihm schien fast, als würde der Golem ihm einen finsteren Blick zuwerfen. Das Geschöpf aus Lehm und schlechter Laune sah schwerer aus als er und Sally zusammen und nicht sehr freundlich.

Bevor Nick erneut abdrücken konnte, stolperte etwas – jemand – gegen ihn und sie beide gingen zu Boden. Der Jemand war Ween, der sich fluchend aufrappelte und sogleich einen weiteren Schlag von Mercer gegen die Schläfe bekam. Der Sucher traf nicht richtig und nicht halb so stark, wie er es vermutlich beabsichtigt hatte, doch es brachte den Jungen trotzdem ins Taumeln.

Nick schob sich vor Ween und legte auf Mercer an, doch in dem Moment, als der Sucher den Revolver sah, sickerte Silber durch seine Kleidung und bildete einen Panzer. Die Kugel prallte ab und verschwand irgendwo im Raum.

Lucy näherte sich ihnen von der anderen Seite, das Schwert achtlos über den Boden schleifend und das übliche verrückte Lächeln auf den Lippen.

Ein Stück entfernt mühte Steve sich ab, wieder auf die Füße zu kommen, doch er sah aus, als hätte er Schmerzen. Der Golem musste ihn verletzt haben, ein paar geprellte Rippen vielleicht.

Nick gefiel die Lage nicht. Er stand nun drei Gegnern gegenüber, Ween war angeschlagen und würde eine Minute brauchen, um sich zu erholen und. Sally, die eingeschüchtert vor der Vampirin zurückwich, zählte er gar nicht mit.

Wo, verdammt nochmal, war Rouge?

Ween wollte etwas sagen, doch dann hielt er inne. Etwas stimmte nicht mit dem Boden. Er schien kaum merklich zu beben.

Dann türmten die Bodenplatten sich aus dem Nichts zu einer Welle aus massivem Stein auf und rissen dem Golem und Lucy die Beine weg.

Rouge hockte hinter einige Meter entfernt auf dem Boden, beide Handflächen auf die Platten gepresst. Ihr rotes Haar fiel ihr ins Gesicht, konnte das Blut auf ihrer Stirn und die gesprungenen Brillengläser jedoch nicht verbergen. Als sie den Kopf hob, blickte sie grimmig und entschlossen. Sie hielt irgendetwas in der Hand.

Mercer ließ eine silberne Ranke aus seinem Arm schießen, doch die Pentheselanerin war bereits aufgesprungen und schlug sie zur Seite.

„*Raus hier!*", rief Rouge den drei Magiern und dem Wolf zu. Niemand wagte es, ihr zu widersprechen. Steve zog an allen anderen vorbei und verschwand in dem Gang, der zur Erdoberfläche führte. Nick riss die Hände in die Luft und schoss eine gezielte Druckwelle in Richtung der Sucher ab. Sie traf den Golem mit voller Wucht, stieß ihn ein Stück zurück und brachte auch die Vampirin ins Stolpern. Dann zog der Zombiejäger Ween und Sally hinter sich her.

Ween lief langsamer, drehte sich um und warf einen zögernden Blick zurück, doch Rouge gab ihm einen Stoß und folgte ihm in den Gang. Dort atmete sie einmal tief durch, dann legte sie ihre rechte Handfläche an die Wand. Die drei Sucher folgten ihnen. Die Stadtwache hatte nur Sekunden. Doch Rouge ließ sich nicht stören. Kurz bevor die Sucher den Tunneleingang erreichten, brach die Wand einfach auf und eine Lawine aus Schutt ergoss sich in den Gang. Ween grinste.

„Mach, dass du wegkommst", befahl Rouge ungerührt. Er zuckte mit den Schultern und lief den Gang hoch. Sie blieb dicht hinter ihm.

„Die waren besser als wir", keuchte er. „Es hätten nicht ein Haufen Golems *und* Sucher sein müssen, findest du nicht?" Sie erreichten das Loch, das der Golem in die Holzbretter über ihnen gerissen hatte. Ween sah noch, wie Nicks telekinetische Fähigkeiten Steve in das obere Stockwerk beförderten.

„Vielleicht folgen sie uns gar nicht", vermutete er, als er einen Fuß an einem Trümmerteil abstützte und versuchte, sich an einem Brett hochzuziehen. Nick tauchte am Rand des Loches auf, streckte ihm eine Hand entgegen und zog ihn hoch.

„Natürlich folgen sie uns", entgegnete Rouge ihm. „Ich habe den Bronzeschlüssel." Sie öffnete ihre linke Hand, die mit ihrem eigenen Blut beschmiert war, und zeigte den beiden, was sie darin verborgen hatte. Es war eine bronzene Kugel, etwa so groß wie ein Tischtennisball.

„Wow", machte Ween. „Wie hast du das gemacht?"

„Ich habe mich besiegen lassen", antwortete sie unbekümmert und ließ sich von Nick und Sally ins Erdgeschoss hoch ziehen. Sie deutete auf die Wunde auf ihrer Stirn. „Schwertgriff gegen den Kopf. Es hat wehgetan, aber sie hat das Gewicht der Waffe falsch eingeschätzt und nicht richtig getroffen. Vampire sind stark und schnell und Lucy mag eine gemeingefährliche Psychopathin sein, aber mit Schwertern kann sie einfach nicht umgehen." Nick lachte. Sie erreichten den nächsten Raum.

„Als sie dachte, ich würde die nächsten Minuten heulend auf dem Boden herumliegen, hat sie sich euch zugewandt und ich hatte mehr als genug Zeit, den Sockel zu öffnen und das Ding mitzunehmen", fuhr Rouge fort. „Und dann musste ich nur noch eure Haut retten."

„Du hast dich für eine Ablenkung niederschlagen lassen? Du hast sie echt nicht mehr alle", stellte Sally fest. Rouge wischte sich mit dem Handrücken den Schweiß und das Blut von der Stirn und sparte sich überraschenderweise eine bissige Erwiderung.

Ween ahnte, was das bedeutete. Sie mochte die Gelegenheit geschickt genutzt haben, doch sie hatte gelogen. Es war nicht ihre Absicht gewesen, getroffen zu werden. Aber sie würde es ohnehin nicht zugeben, also sagte er nichts.

Sie rannten auf die Straße hinaus zum Panzer. Steve verschwand im hinteren Teil des Wagens und Nick kletterte auf den Fahrersitz, während er einen ungeduldigen Blick zurück zur Tür des Hauses warf. Rouge lehnte sich gegen den Wagen und schloss die Augen. Die Aktion mit der Welle und das Versperren des Ganges schien sie mehr erschöpft zu haben, als Ween zuerst gedacht hatte.

„Worauf wartest du?", wollte Nick wissen. „Wir müssen hier weg. Oder willst du auf der Straße weiterkämpfen?" Sie schüttelte den Kopf.

„Wir müssen uns aufteilen. Sie wissen nicht, wer von uns den Bronzeschlüssel hat, aber sie kommen sicher bald darauf, dass der Van uns gehört. Nick, du fährst mit Steve und Sally. Versucht, aus London rauszukommen. Ween: Sechs Blocks weiter in diese Richtung habe ich eine U-Bahnstation gesehen. Wir treffen uns dort."

„Ich halte das für keine gute Idee", warf Nick ein. „Wir sollten schnell aus der Sichtweite verschwinden, noch sind sie nicht – Mist." Die Tür des Hauses zersplitterte unter einem Schlag des Golems.

„Okay, keine Zeit mehr", meinte Sally von hinten und verschwand kurz. Ween hörte, wie sie im hinteren Teil des Vans nach etwas suchte, dann tauchte sie wieder auf und drückte Ween und Rouge je einen Zauber von der Größe eines klobigen Mobiltelefons in die Hand.

„Benutzt sie erst, wenn es wirklich nötig ist, der Antrieb reicht nur für zwanzig Minuten", rief sie ihnen ins Gedächtnis. Dann trat Nick aufs Gaspedal und der Panzer gab den Blick auf die drei Sucher frei.

Ein unerwartetes Wiedersehen

Ween und Rouge rannten die Straße entlang und erreichten eine Gabelung.

„Nach rechts", befahl sie und drückte ihm den Bronzeschlüssel in die Hand. Sie selbst sprintete nach links, ohne einen der überraschten Passanten auch nur zu streifen.

Ween sah auf die Kugel in seiner Hand. Ihre Oberfläche war mit Wellenlinien überzogen. Der Bronzeschlüssel war leichter, als er erwartet hatte. Der Kern, der wirklich magische Teil, musste aus einem anderen Material bestehen. Als er aufsah, war Rouge schon um die Ecke verschwunden. Er sollte also nach rechts. Er seufzte. Es waren große Blocks.

Der Gegenstand in seiner anderen Hand hatte viele Spitznamen von den Magiern bekommen, die ihn benutzten. Zeitstopper. Alibi. Blitzdings.

Der Zauber ließ die Magier Zeit gewinnen. So konnte man verhindern, dass die Menschen einen Kampf zwischen mit Lichtblitzen werfenden Magiern in der Innenstadt auch nur bemerkten oder, bei besseren Exemplaren, ein Tatort in aller Ruhe untersucht und gereinigt werden konnte. Selbstverständlich konnte man damit auch bei Prüfungen schummeln.

Ween beschloss, seinen Zeitstopper erst einzusetzen, wenn die Sucher angriffen. Der Energieverbrauch der Dinger war wirklich unglaublich hoch. Lange konnte es allerdings nicht mehr dauern, bis sie ihn einholten.

Vermutlich stand ihm eine anstrengende und laute Verfolgungsjagd bevor. Hinter ihm war noch keiner von den Suchern zu sehen. Genug Zeit, sich eine Mitfahrgelegenheit und Tarnung zu suchen. Er joggte zu einem Taxi und klopfte an die Scheibe. Der Fahrer kurbelte sie herunter und schüttelte bedauernd den Kopf.

„Ich kann Sie nicht mitnehmen, junger Mann, tut mir leid", sagte er, bevor Ween auch nur den Mund aufgemacht hatte.

„Es ist aber sehr dringend."

„Ich kann Sie trotzdem nicht mitnehmen."

„Hören Sie", begann Ween. „Ich bin Polizist und ich muss sie darum bitten, mir ihren Wagen zu überlassen."

„Haben Sie eine von diesen Dienstmarken?", wollte der Taxifahrer wissen.

„Dienstmarken?"

„Sie wissen schon." Er bildete mit aneinandergelegten Zeigefingern und Daumen beider Hände ein grobes Rechteck. „Ungefähr so groß. Diese Polizeimarken, die sie in amerikanischen Actionfilmen haben."

„Nein", antwortete Ween. „So eine hab ich nicht."

„Dann kann ich dir den Wagen nicht überlassen."

„Wissen Sie überhaupt, wie so eine Marke aussieht?"

„Nicht genau, aber ich würde sie sicher erkennen, wenn ich eine sehen würde." Er beugte sich aus dem Fenster und deutete auf einen Verkehrspolizisten auf der anderen Straßenseite. „Siehst du den Polizisten da drüben? Du könntest ihn fragen, ob er dir seine Marke ausleiht." Der Mann grinste. Ween seufzte und legte so viel Überzeugungskraft wie möglich in seine Stimme.

„Nun geben Sie mir schon ihr Taxi. Ich meine, sehen Sie es sich an. Es ist uralt. Eine Schramme mehr macht auch nichts und ich versuche, vorsichtig damit umzugehen." Der Fahrer machte ein beleidigtes Gesicht.

„Sag nichts gegen mein Auto. Es ist ein Familienerbstück."

Dann schrien die Passanten um sie herum auf. Ween sah zurück und erkannte den dunkelgrauen Wagen der Sucher. Wer am Steuer saß, konnte er nicht erkennen, aber das Auto hatte eben fast einen Fußgänger angefahren. Noch während er hinsah, bremste es und kam zum Stillstand – fast, wie ein Raubtier, dass seine Beute erspäht hatte und nun lauernd innehielt. Ween schaltete den Zeitstopper ein. Die Menschen um ihn herum bewegten sich plötzlich träge, Autos glitten über den Asphalt, als würden sie sich durch ein dickflüssiges Gelee bewegen. Jeder Ton verstummte. Die Welt wurde still und zäh. Alles Geschehen in der Straße war auf einmal auf Zeitlupe verlangsamt.

Ween achtete gar nicht darauf. Die Beifahrertür des grauen Wagens öffnete sich und der Golem kletterte ungelenk, aber auch unverlangsamt heraus.[1] Der rechte Arm des Golems hatte sich verformt, war noch größer geworden und schleifte beinahe über den Asphalt. Ween musste an einen Hammer denken.

„Okay", sagte Ween zu dem Taxifahrer, dessen Bewegungen träger und träger wurden, bis er sich gar nicht mehr bewegte. Nicht einmal

---

[1] Der Zeitstopper beeinflusste nur nichtmagische Leute und Dinge und wenn ein magisches Wesen es sich gezielt wünschte nicht einmal die.

seine Pupillen zuckten. „Es war mir eine Ehre, Sie kennenzulernen, aber ich muss Sie jetzt aus ihrem Auto werfen." Mit diesen Worten riss er die Tür auf und zog den Mann von seinem Sitz. Er leistete keinerlei Widerstand und stolperte langsam aus dem Wagen, fast, als befänden sie sich in Schwerelosigkeit. Ween hoffte, dass der Mann keine Probleme wegen des Taxis bekommen würde. Der Taxifahrer war ihm sympathisch.

Der Golem packte ein kleines Fahrrad, riss es aus der Zeitlupe und warf es nach dem Taxi, als Ween gerade die Fahrertür schloss und den Zeitstopper auf den Beifahrersitz schmiss. Das Fahrrad traf die Windschutzscheibe, durchschlug sie jedoch nicht. Der Golem rannte auf das Taxi zu.

Ween umschloss das Lenkrad mit beiden Händen, konzentrierte sich kurz und hob die Wirkung des Zeitstoppers mit einem gezielten Gedanken im ganzen Wagen auf. Dann ließ er den Wagen an, löste die Kupplung und trat auf das Gaspedal. Das Taxi schoss auf die Straße und die Reifen quietschten, als Ween das Steuer herumriss und rechts abbog. Im Seitenspiegel sah er, wie der Golem hinter ihnen her rannte. Trotz der plumpen Gestalt der Kreatur und ihrer unförmigen, zu langen Arms war sie beeindruckend schnell. Ween konnte nicht viel beschleunigen, da er ständig erstarrten Fahrzeugen oder Passanten ausweichen musste.[1] Als der Golem nahe genug war, schwenkte er seinen Arm und schlug damit nach dem Taxi. Dadurch verlor er Geschwindigkeit, doch der Aufprall am Kofferraum schüttelte den ganzen Wagen durch und brachte ihn ins Schlingern. Ween fluchte und versuchte, das Fahrzeug wieder unter Kontrolle zu bringen. Dabei schrammte das Taxi an einem anderen Wagen vorbei, was ein ohrenbetäubendes Kreischen verursachte. Im Seitenspiegel sah Ween, wie Wellen die Karosserie des anderen Autos durchliefen, das quälend langsam ein Stück zur Seite schlitterte. Von der Rückbank kam ein Räuspern.

„Könntest du bitte etwas vorsichtiger fahren?", fragte Madlen Tennant höflich.

Ween quiekte, drückte vor Schreck auf die Hupe und und rammte einen öffentlichen Mülleimer.

„Das meine ich", seufzte Madlen.

„Ma-Madlen – was machst du denn hier?", stotterte er entgeistert. Sie zuckte mit den Schultern.

---

[1] Und bei dem Versuch, zu schalten, vermutlich den Motor abgewürgt hätte.

„London ist meine Stadt, so wie Undertown deine Stadt ist", sagte Madlen währenddessen ungerührt. „Ich darf hier sein. Was das Taxi angeht, mein eigenes Auto ist in der Werkstatt gerade besser aufgehoben."

„Aber... ich meine... ? Warum funktioniert der Zeitstopper bei dir nicht?" Ween war es mittlerweile gelungen, das Taxi wieder auf die Straße zu manövrieren und fuhr weiter in Richtung U-Bahnstation.

„Was ist ein Zeitstopper?", fragte sie unschuldig. Ween dachte fieberhaft nach und versuchte gleichzeitig mit mäßigem Erfolg, den Hindernissen auf der erstarrten Straße auszuweichen. Dann seufzte er, als er begriff. „Ich war's. Es ist wegen mir. Ich habe den Zeitstopper den Wagen freigeben lassen – und alles darin auch."

„Wie auch immer", sagte Madlen, die offensichtlich nicht alles verstand, was er sagte. „Viel interessanter ist doch die Frage, was du hier machst." Sie lächelte und genoss es sichtlich – anders als bei ihrer ersten Begegnung – die rhetorische Oberhand zu haben.

„Ich, äh", begann Ween und suchte fieberhaft nach einer guten Antwort. In diesem Moment riss irgendein Gegenstand, den der Golem geworfen hatte, einen der Seitenspiegel ab. Also verlegte er das Antworten auf später.

„Wer ist das?", wollte Madlen wissen und deutete aus dem Fenster, auf den Golem.

„Einer von den Bösen", erwiderte Ween knapp.

„Er kann nicht sehr gut zielen", fand sie.

„Ich glaube, er will mich nur dazu bringen, nicht mehr durch die Gegend zu rennen. Ich habe etwas, was er haben will, und er kann nicht zulassen, dass es beschädigt wird."

„Und was ist bitte mit den Leuten los? Warum sind sie alle stehengeblieben?" Er deutete auf den Zeitstopper auf dem Beifahrersitz.

„Dieses Ding hat in einem Radius von vielleicht dreihundert Metern die Zeit für alles, was nicht magisch ist, extrem verlangsamt."

„Und das ist nicht gefährlich?", fragte Madlen und versuchte, sich nach vorne zu beugen, um zu erkennen, auf was er gezeigt hatte.

„Nicht, dass ich wüsste."

„Aber sie müssen doch atmen und so."

„Ihr Stoffwechsel läuft ebenfalls langsamer ab, also verbrauchen sie weniger Sauerstoff. Die Leute, die sich diesen Zauber ausgedacht haben, sind sehr intelligent. Sie haben an alles gedacht."

„Aha", sagte sie. Und dann: „Du fährst schrecklich."
„Sagt das Mädchen, das ich wegen eines Autounfalls erst kennengelernt habe."
„Genau. *Ein* Autounfall. Und der war nicht selbst verschuldet. Du bist noch keine fünf Minuten am Steuer und hast schon mehr Schaden angerichtet als ich in meinem ganzen Leben."
Ween wich haarscharf einem Lieferwagen aus, der mitten auf der Straße stand. Das Fahrzeug war auf einer längeren Strecke das letzte Hindernis, also beschleunigte er – was in einem grässlichen Aufheulen des Motors resultierte.
„Da könnte was dran sein", gab er zu.
„Halt an", befahl Madlen.
„Wie bitte?"
„Ich sagte halt an."
„Ich lass dich bei der U-Bahnstation raus", versprach er.
„Halt *jetzt* an."
Er überlegte kurz. Dann bremste er das Taxi und warf einen Blick in den Rückspiegel. Zu seiner Überraschung verfolgte der Golem sie nicht mehr. Rouge war wieder aufgetaucht und hatte ihn mit ihrem Schwert durchbohrt. Gutes Timing. Offenbar hatte sie ihren Plan geändert und war zurückgekehrt. Nun, den Lärm ihrer Verfolgungsjagd hier konnte sie auch unmöglich überhört haben, ganz zu schweigen von dem Zeitstopper.
Ween steckte den Kopf aus dem Fenster und beobachtete die beiden, die kaum zwanzig Meter hinter dem Taxi kämpften. Leider schien Rouge den künstlichen Krieger nicht ernsthaft verletzt zu haben. Er versuchte, ihre schlanke Gestalt zu fassen zu bekommen. Die Stadtwache-Magierin, deren kurzes rotes Haar bei jeder Bewegung um ihren Kopf flog, wich seinen klobigen Händen leichtfüßig aus und tänzelte um ihn herum, als hätten sie beide die Vorführung jahrelang einstudiert.
Der graue Wagen, den immer noch einer der anderen Sucher fuhr, musste vor den Kämpfenden bremsen, um seinen Kollegen nicht über den Haufen zu fahren. Die Fahrertür öffnete sich. Ween sah, wie Mercer versuchte, auszusteigen, und wie Rouge den Asphalt unter seinen Füßen aufriss. Der Boden türmte sich zu einer Welle auf, wie er es schon im Versteck des Bronzeschlüssels getan hatte, und erwischte den Wagen mit genug Kraft, um ihn samt Mercer ein paar Meter zurückschlittern zu lassen. Rouge hatte nicht einmal richtig hingesehen und

konzentrierte sich ganz auf dem Golem.

Madlen war mittlerweile ausgestiegen und hatte die Tür hinter sich geschlossen. Doch statt wegzulaufen oder was auch immer ein anderer Nichtmagier vielleicht getan hätte, marschierte sie zur Fahrertür und riss sie auf.

„Steig aus", befahl sie.

„Madlen", erwiderte Ween. „Du kannst doch nicht ernsthaft glauben, dass mich aufzuhalten der Situation zuträglich ist. Ich bin einer von den Guten und–" Madlen lächelte.

„*Ich* fahre", verkündete sie. „Du bist immer noch im ersten Gang. Ich kann mir das nicht länger ansehen."

„Oh", machte Ween. Ihm fiel nichts ein. „Okay." Vielleicht fünfzehn Sekunden später fand er sich auf dem Beifahrersitz wieder, hielt den Zeitstopper fest, gab sein Bestes, um das Fahrrad auf seiner Hälfte der Windschutzscheibe zu ignorieren und sah Madlen dabei zu, wie sie vorsichtig losfuhr und einen anderen Gang einlegte.

Vielleicht fünfhundert Meter vor ihnen konnte er bereits den Eingang zur U-Bahnstation erkennen.

Ablenken

Rouge packte den Griff ihres Schwerts mit beiden Händen und ließ es auf Mercer niedersausen. Der Sucher warf sich im letzten Moment zur Seite. Als er sich wieder aufrichtete, hielt er ein schlichtes, silbernes Schwert in der Hand, das eben noch nicht da gewesen war.

Offenbar hatte er die Fähigkeit, Silber aus dem Nichts heraufzubeschwören. Rouge selbst konnte keine neue Materie erschaffen und war dennoch nicht neidisch. Mercer musste nur mit den Fingern schnippen und hielt ein Waffenarsenal in den Händen. Rouge für ihren Teil konnte ihn immer noch mit der Straße k.o. schlagen.

Sie stampfte mit einem Stiefel auf, ließ den Grund erzittern, um den Sucher aus dem Gleichgewicht zu bringen, und warf einen schnellen Blick über ihre Schulter. Sie sah, wie der Golem sich davon machte, dem Taxi hinterher. Die Konstrukteurin legte ihre Handfläche auf den Asphalt. Risse bahnten sich ihren Weg durch den Straßenbelag, wurden breiter und dehnten sich zu einem Spalt aus.

Zieh ihn in den Abgrund. In ihrem Augenwinkel glänzte Silber. Rouge war gezwungen, wieder zu Mercer herumzuwirbeln und eine Klinge abzuwehren. Sie musste sich zusammenreißen, um ihm nicht eine genervte Beleidigung an den Kopf zu werfen, und hebelte ihm stattdessen gekonnt das Schwert aus der Hand. Nur eine Sekunde später löste es sich auf und eine neue Waffe erschien in seiner Hand.

Als Rouge sich das nächste Mal umdrehte, war der Golem weit außerhalb ihrer Reichweite.

„Versuchst du, Zeit zu gewinnen?", erkundigte Mercer sich höflich. In seiner Art zu sprechen klang ein leichter amerikanischer Dialekt mit.

„Scheint es so?", gab Rouge unbekümmert zurück, während die beiden mit ihren Klingen aufeinander einschlugen.

„Ihr wollt mit dem Bronzeschlüssel abhauen. Da der Junge dir nicht hilft, nehme ich an, dass er ihn hat."

„Es könnte allerdings sein, dass ich ihn habe und bluffe", widersprach sie. „Ebenso wäre es möglich, dass ich ihn meinen anderen Freunden, die gerade die Stadt verlassen, gegeben habe."

„Das könnte sein, aber warum solltest du dann das Taxi beschützen?", erwiderte er.

„Entweder ein Bluff oder mein Gewissen. Ween kann einfach nicht auf sich aufpassen."

„Ein Bluff, der sinnlos wäre, da ich jetzt wüsste, dass es ein Bluff ist", merkte er an.

„Vielleicht ist es ein mehrfacher Bluff", erwiderte sie. „Bluffs gibt es in vielen Formen."

„Oh, wie ich das hasse", seufzte er. Sie musste lächeln. Sie genoss es, sich mit schlagfertigen Gegnern zu unterhalten. Es war viel besser, als mit wahnsinnigen Zauberern zu sprechen, die die ganze Zeit nur von ihrer Macht faselten, Unbesiegbarkeit hier, Weltherrschaft da und so weiter.

„Wo ist deine Freundin, die kleine Irre?", erkundigte sie sich, während sie einen Schlag, der auf ihren Schwertarm zielte, mühelos abwehrte und konterte. Aus Mercers Unterarm wuchs ein silberner Schild, der den Hieb abfing, dennoch taumelte der Mann und verzog schmerzerfüllt das Gesicht. Er hatte einen Sekundenbruchteil zu spät reagiert. Rouge vermutete, dass da irgendwo ein Knochen angeknackst war.

„Hat sie Angst, gegrillt zu werden?", setzte Rouge spöttisch nach, während sie sich langsam umrundeten.

„Wir haben Mittel und Wege gefunden, damit Lucy im Tageslicht überleben kann", stöhnte Mercer und wich ein Stück zurück, um Zeit zu gewinnen. „Sie verfolgt vermutlich gerade euren Van." Sein Schwert zuckte wieder vor wie eine zuschnappende Schlange, doch Rouge wich zurück, hockte sich hin und strich wieder mit den Fingerspitzen über den Boden.

Wieder ging eine Erschütterung durch den Asphalt, die Mercer das Gleichgewicht verlieren ließ. Doch Rouge war noch nicht fertig. Hinter dem Sucher tat die Straße sich zu einem Schlund auf. Mercer, der noch dabei war, sich wieder aufzurappeln, machte ein verdutztes Gesicht. Rouge gab ihm einen Stoß, der ihn in das Loch in der Straße beförderte.

Sie trat an die Kante und blickte hinein. Unten richtete Mercer sich auf und blinzelte in die Sonne. Der Schlund, vielleicht drei mal drei Meter groß, war nicht tief. Mercer schien sich bei dem Sturz nicht verletzt zu haben, doch ihm war anzusehen, dass er sich Sorgen darüber machte, wie er wieder herauskommen sollte, zumal mit einem angeknacksten Arm und seiner Gegnerin über ihm und in der Lage, ihm die spitze Nase abzuschneiden, sobald diese über dem Rand des Loches auftauchte. Rouge lächelte, obwohl sie vor Anstrengung schwer atmete.

Silber tropfte aus Mercers Ärmeln. Es rann an seinen Händen hinunter und gefror dann zu Panzerhandschuhen. Zu spät bemerkte sie, dass es auch an seinen Schienbeinen war. Er machte einen Satz. Das magische Silber stärkte seine Muskeln und er bekam den oberen Rand des Loches zu fassen. Rouge trat nach seinen Fingern. Die silbernen Handschuhe hätten ihn vielleicht geschützt, doch es war purer Reflex, der ihn loslassen und wieder fallen ließ. Rouge legte erneut eine Hand auf den Asphalt. Auf ihr Kommando hin neigte das Erdreich sich von allen Seiten zum Loch hin, um es zu füllen und den Sucher unter der Erde einzuschließen.

Etwas bewegte sich in ihrem Augenwinkel. Ihr kam der Verdacht, dass sie irgendein kleines Detail vergessen hatte. Sie drehte sich um und sah, wie Mercers Wagen auf sie zurollte. Einen Moment lang war sie wie erstarrt.[1]

Das Auto rollte den von ihr selbst geschaffenen Abhang hinunter und auf sie zu. Rouge riss sich endlich zusammen und machte einen Satz, nicht zur Seite, sondern mitten auf die Motorhaube. Es war glatt und wackelte fürcherlich und so stolperte sie erst nach vorne auf das Dach und rollte dann ungeschickt seitlich von dem Wagen herunter.

Sie landete auf Bauch und Unterarmen auf der Straße. Rouge knirschte mit den Zähnen, weniger gequält als empört, obwohl sie spürte, dass sie sich unter ihrer roten Lederjacke die Ellbogen aufgeschlagen hatte.

Nun, zumindest war sie nicht auf der Straße zu einem roten Fleck breitgeschmiert worden. Rouge richtete sich auf und registrierte, dass Mercers Wagen mit einem Vorderrad im Nichts hängend am Rand des Loches zum Stillstand gekommen war. Währenddessen meldete sich ihr Gehirn – reichlich spät – mit einer Erklärung für die plötzliche Bewegung des Wagens. Rouge sah sich nach Mercers grauem Anzug und in der Sonne blitzendem Silber um und fand ihn schließlich. Er hatte die gewonnene Zeit genutzt, um endlich aus dem Loch in der Straße zu klettern.

„Du Idiot!", brüllte sie ihm zu. „Zieh gefälligst die Handbremse an!"

„Du hast mich doch quasi gezwungen, das Auto–", knurrte er zurück, doch sie fiel ihm ins Wort.

„*Du hättest mich umbringen können!*", schrie sie. Mercer verdrehte

---

[1] Als sie später an diesen Tag dachte, kam sie sich ein wenig blöd vor, wie sie da wie ein Kaninchen mitten auf der Straße stehen geblieben war, während eine Tonne Stahl auf sie zuraste, und sich fragte, warum. Dann nahm sie es einfach als Zeichen ihrer alles hinterfragenden Intelligenz.

die Augen und eilte um das Auto herum, das nun zum Stillstand gekommen war. Eine silberne Ranke peitschte durch die Luft und zwang Rouge, einen Satz auf den Bürgersteig zu machen.

Sie tastete nach der Schulter eines Nichtmagiers, der, durch den Bann des Zeitstoppers eingefroren, stumpf in die Gegend glotzend am Straßenrand stand, und zog sich an ihm hoch. Ihr Puls ging noch schneller als eben schon. Sie würde sparsamer mit ihren magischen Reserven umgehen müssen. Die Dämonin zwang sich, langsam und regelmäßig zu atmen.

Mercer war mittlerweile eingestiegen. Er fuhr seinen Wagen ein Stück rückwärts, wieder die schiefe Asphaltplatte hinauf, die er hinuntergerutscht war. Rouge wankte ein paar Schritte nach vorne, doch Mercer lenkte bereits um den aufgerissenen Teil der Straße herum und hatte schnell zwanzig Meter zwischen sie beide gebracht.

Sie fluchte und bückte sich nach ihrem Schwert, das sie beim Sturz von dem Autodach verloren hatte. Sie ließ es zurück in seine Scheide gleiten und fügte die zerklüfteten Teile der Straße notdürftig wieder zusammen. Den Nichtmagiern würde es natürlich auffallen, aber ein paar Risse und Schlaglöcher im Asphalt waren immer noch besser als eine kleine Schlucht.

Dann drehte sie sich zu dem reglosen Mann um, auf den sie sich gestützt hatte, und warf ihm einen vernichtenden Blick zu.

„Kein Wort darüber zu irgendjemandem", befahl sie, obwohl er sie selbstverständlich nicht hören konnte.

Die U-Bahn-Schlacht

„Eigentlich macht das alles ziemlich Spaß, oder?", sagte Madlen zu Ween, als sie hinter der Mauer des U-Bahnaufganges hockten und darauf warteten, dass der Golem sich bei seiner Suche ein Stück von ihnen entferne, damit sie hineinlaufen konnten. Ween sah sie überrascht an.
„Was ist?", wollte sie wissen.
„Nichts. Ich hatte nur erwartet, dass du etwas... schockierter auf die Lage reagieren würdest."
„Vielleicht hat mein Gehirn das alles ja noch gar nicht begriffen", vermutete sie. „Würdest du dich besser fühlen, wenn ich plötzlich laut loskreischen würde?"
„Na ja...", begann Ween.
„Wahrscheinlich wäre das nicht sehr klug, dieser komische Typ ist nämlich noch in Hörweite."
„Das ist ein Golem", belehrte er sie. Sie lugte über die Mauer und musterte das Wesen.
„Das ist also ein Golem", wiederholte sie. Es klang fast so, als wollte sie sich Notizen machen. Der Golem untersuchte das demolierte Taxi und sah die Straße hinauf und hinunter. Er überlegte ganz offenbar, in welche Richtung sie geflohen waren, als er gerade nicht hingesehen hatte.
„Jetzt", zischte Ween, lief, die kleine Metallkugel in der einen Hand und den Zeitstopper in der anderen, halb gebückt zur Treppe und war schon die ersten Stufen hinunter geeilt, als er sich zu Madlen umsah.
„Du musst nicht mitkommen", erklärte er ihr. „Wenn du wegläufst, ignorieren sie dich wahrscheinlich einfach." Sie nickte, bewegte sich jedoch nicht von der Stelle und sah zu ihm hinunter.
Wie passend, dachte sie. *Eine Treppe, die in die Tiefe führt. In die Welt von Undertown.* Ihr war klar, dass sie wirkte, als hätte sie Angst. Als würde sie am liebsten wieder in ihrer alten Welt verschwinden und Undertown endlich vergessen. Als wäre das Letzte, was sie tun wollte, Ween in die U-Bahnstation zu folgen. Dabei war ihr Verstand nach Kräften bemüht, auch nur ein, zwei Argumente dagegen zu finden.
Gefahr, sagte er und dann... und dann fiel ihm nichts mehr ein. Sie konterte mit *Neugier* und siegte in der ersten Runde. Ein Lächeln breitete sich auf ihrem Gesicht aus und sie folgte Ween.

Der Golem war, alles in allem, dumm. Er war nur ein Klumpen

Lehm, den jemand mit einem Zauber belegt hatte und der Befehle entgegennahm und ausführte. Nicht klüger als ein virtueller Gegner in einem Computerspiel.

Er konnte nicht sehen und er konnte nicht hören, also orientierte er sich mit Magie. Tote Materie war für ihn nur sichtbar, wenn er magische Impulse aussandte, die davon abprallten. Auch die meisten Lebewesen waren für ihn nur vage Schemen. Madlen hatte er gar nicht richtig bemerkt. Doch wenn Magie von etwas ausging, glühte es vor seinem inneren Auge nahezu.

Er hielt nach der strahlend blauen Aura des jungen Magiers Ausschau, den er verfolgt und verloren hatte, richtete seinen einzigen Sinn darauf aus, ihn wiederzufinden in dem Chaos aus den schwachen Auren der Nichtmagier und der Magie des Zeitstoppers, die überall verteilt war – und er fand ihn, Sekunden, bevor er unter der Erde verschwand.

Der Golem drehte sich zu der Treppe um, setzte sich in Bewegung und schlurfte die Stufen hinunter.

Kurz darauf hielt hinter ihm Mercers Wagen.

Rouge joggte die Straße entlang und sah das Taxi und den dunkelgrauen Wagen schon von Weitem, doch weder die Sucher noch Ween waren zu sehen. Aus dem U-Bahnaufgang kamen noch Stimmen, die langsam leiser wurden, als das Feld des Zeitstoppers sie erreichte. Sie waren also dort unten.

Rouge verfluchte sich dafür, Mercer entkommen haben zu lassen, und machte eine kurze Pause. Sie sah auf ihren eigenen, noch ausgeschalteten Zeitstopper, dann lief sie schnell, aber nichts überstürzend, die Treppe hinunter.

Die Station war erstaunlich groß. Ween erinnerte sich vage, von ihr gehört zu haben – sie führte nahtlos in das Kaufhaus oben und war deshalb so geräumig. Selbst ein paar Züge aus Undertown fuhren hier durch. Es gab neben dem Gleis ein paar lange Gänge mit Kiosks und Verkaufsautomaten – und einer Menge regloser Menschen, die sich noch vor einigen Minuten durch die Gänge gedrängt haben mussten. Ween fluchte. Der Zeitstopper war nach wie vor aktiviert, sodass er sich keine Sorgen darum machen musste, gesehen zu werden. Das Problem war eher das Gegenteil. Die Londoner konnten sie nicht sehen, aber genauso wenig konnten sie weglaufen und sich in Sicherheit bringen. Er hatte gesehen, wie der Golem die Straße verwüstet hatte. Wenn er sie hier aus den Augen verlor, würde er sich wahrscheinlich durch die Menge *prügeln*. Es würde Verletzte geben, wenn nicht sogar Tote. Blöder Zeitstopper.

Was Ween jetzt brauchte, war ein Plan. Fieberhaft sah er sich nach etwas um, das ihm helfen konnte, mit dem Bronzeschlüssel und Madlen zu fliehen und die Sucher von den Menschen fernzuhalten.

Er fand es, als die schweren Schritte des Golems bereits durch die Treppen hallten. Ween und Madlen standen auf einem breiten Gang, der weiter hinten auf das Gleis traf. An den Wänden reihten sich Türen, die, wie er bei den Treppen gesehen hatte, zum Teil in einen parallelen Gang führten. An der linken Wand stand eine Tür halb offen. Davor stand ein kleines Schild.

Rohrbruch. Nicht betreten. Unter der Tür hatte sich eine Pfütze ausgebreitet. Er griff nach Madlens Arm und zog sie mit sich.

In dem Toilettenraum offenbarte sich die Wurzel des Übels *Rohrbruch* sehr leicht. Irgendein Idiot hatte offenbar eines der weißen Waschbecken und mehrere Rohre zertrümmert. Der ganze Raum stand unter Wasser, auch wenn jemand offenbar mit einem Wischmopp verzweifelt versucht hatte, es aufzuwischen.

Ween ging in den Raum hinein, wobei seine Schuhe schon nach wenigen Metern vollkommen durchnässt waren.

Zumindest war hier drin mehr Platz als in der Menschenmenge.

„Was soll denn das jetzt?", wollte Madlen wissen.

„Es wird Zeit, dass du endlich ein bisschen Magie siehst.", erklärte er. „Und Wasser leitet Elektrizität. Es pfuscht mit meinem Zielvermögen herum. Ich an deiner Stelle würde mir also ein trockenes Plätzchen suchen."

„Du hast gut reden", murmelte sie und machte sich auf die Suche.

Ween trat wieder auf den Gang und sah dem Golem entgegen. Das Wesen, das mitten auf dem Gang stand, erstarrte, als es ihn sah. Ween hob die Hand mit der kleinen Bronzekugel und zwang sich, die gesichtslose Kreatur anzulächeln. Einen Moment lang wirkte der ganze Gang wie gefroren, das Lehmwesen zwischen all den unschuldigen, hilflosen Menschen. Dann kam der Golem auf ihn zu.

Ween ging langsam rückwärts in den Toilettenraum.

„Kommt er?", wisperte Madlen. Sie hockte auf einem Toilettendeckel und konnte den Raum nur durch die geöffnete Kabinentür sehen.

„Er kommt", antwortete Ween einsilbig.

Der Golem trat in den Raum und hob seinen klobigen rechten Arm. Der weiße Lehm bebte kurz, dann riss er in der Mitte auf und bildete einen dritten Arm. Obwohl er natürlich keine echte Person war, wirkte der Golem fast wie jemand, der stolz eine Waffe präsentiert. Ween fackelte nicht lange und bildete zwei Kugelblitze in seinen Händen, wobei der Golem ihn neugierig beobachtete. Dann schleuderte der junge Magier die beiden Bälle aus zuckendem blauen Licht auf den Boden und setzte den ganzen Raum unter Strom.

Ein lautes Knistern erfüllte den Raum. Ween konnte spüren, wie ihm die Haare zu Berge standen. Aus seinen Händen zuckten die beiden Blitze ins Wasser, wo die Energie in den Golem floss. Die Kreatur taumelte und krümmte sich zusammen. Einen Menschen hätte es vielleicht umgebracht, doch leider war der Golem kein Mensch und ausgesprochen zäh.

Ween verstärkte die Blitze, obwohl sie seine Energiereserven schneller aufzehrten als gut für ihn war. Der Golem gab keinen Ton von sich, obwohl er schon halb auf dem Boden kniete.

Geh schon drauf. Weens Arme wurden schwer, sein Kopf wurde schwer. Nach etwa einer Minute gab er erschöpft auf, ließ die Arme sinken und stützte die Hände auf die Knie. Das Knistern hörte auf und auch die spürbare Elektrizität verschwand. Der Golem versuchte, aufzustehen, doch es gelang ihm nicht. Wenigstens schien Ween ihn kurzzeitig außer Gefecht gesetzt zu haben.

„Kleine Planänderung", sagte er zu Madlen.

Die junge Frau sah prüfend auf das Wasser hinunter, das denn Boden bedeckte, als wollte sie herausfinden, ob noch die Gefahr eines Stromschlags bestand. Dann rutschte sie von dem weißen Toilettendeckel. Es platschte leise, als sie auf dem Boden landete.

Der Golem schien zu versuchen, sich wieder zu sammeln. Er schüttelte den Kopf, wie um ein unangenehmes Gefühl loszuwerden, doch noch griff er nicht an.

„Ich kann ihn so nicht besiegen", sagte Ween so ruhig wie möglich. „Wenn ich den Golem ablenke, läufst du raus und löst den Feueralarm aus. Wenn ich den Alarm höre, deaktiviere ich den Zeitstopper, sodass die Leute raus laufen können. Nach zwei Minuten schalte ich ihn wieder ein. Dann haben wir die Station hoffentlich eine Weile für uns und können uns verstecken oder etwas Anderes überlegen. Ach ja, und such Rouge. Sie ist die mit dem Schwert." Madlen nickte und versuchte offenbar, sich das Gesicht der Frau ins Gedächtnis zu rufen, die sie oben auf der Straße hatte kämpfen sehen.

Der Golem war wieder auf den Beinen und ballte die Fäuste. Ween versuchte, die betäubende Müdigkeit, die sich in ihm ausgebreitet hatte, zu ignorieren und bewegte die Finger seiner rechten Hand. Er ließ etwas Energie hineinfließen und seufzte innerlich. Kaum genug für einen ordentlichen Stromschock, von den üblichen Spezialeffekten ganz zu schweigen.

Sein Gegner beobachtete ihn fast belustigt. Dann ging der Golem urplötzlich zum Angriff über und stürmte auf ihn zu. Er schien jedoch immer noch benommen zu sein, denn es gelang Ween, ihn ins Leere taumeln zu lassen.

Madlen lief los. Sie passierte den Magier und den Golem, die benommen umeinander herum torkelten, ohne, dass die magische Kreatur sie behelligte. Die Sohlen ihrer Schuhe quietschten, als sie trockenen Boden erreichte.

„Moment!", rief Ween ihr hinterher und wich einem Schlag des Golems aus. Madlen blieb stehen und sah wortlos zu ihm zurück.

„Da ist noch was", sagte er.

Die Kämpfenden hatten eine Spur hinterlassen, eine Spur aus Magie und regloser Stille unter den Londonern. Ihr zu folgen stellte keine echte Herausforderung für Blake dar. Dennoch war er überrascht, als sie in eine U-Bahnstation mündete. In eine Station, die er selbst erst vor Minuten passiert hatte. Er war wieder unsichtbar. Der Schatten bezweifelte, dass die Passanten schon wach genug waren, um von einem magischen, schwarzhäutigen Wesen mit glühend roten Augen und einem Schwert *wesentlich* verstört zu werden, aber bei Menschen konnte man sich nie ganz sicher sein. Außerdem war er zu dem Schluss bekommen, dass er dem Mann in Grau und diesem Golem nicht unbedingt in den Weg springen musste.

Blake war sich nicht zu hundert Prozent sicher, ob er unbemerkt geblieben war, aber weder die beiden Unbekannten noch Rouge zollten ihm auf irgendeine Art und Weise Beachtung, als er vom Straßenrand aus zusah. Er war sogar auf einen Lieferwagen geklettert, um einen besseren Blick auf das Geschehen zu haben. Er dachte gerade darüber nach, ob er der Gruppe direkt folgen oder erst einmal abwarten sollte, als der Feueralarm los heulte.

Über der Erde und bereits einige Kilometer entfernt hockte Sally auf der Rückbank des Panzers und sah durch das Fenster nach draußen. Sie hatte die Ellbogen auf die Rückenlehne gelegt und stützte ihr Kinn darauf. Obwohl es auch nichts geändert hätte, versuchte sie, den anderen Wagen hinter ihnen im Auge zu behalten. Es war ein unauffälliges Auto, dunkelgrün und ein billiges, etwas älteres Modell. Sie hatte keine Ahnung, wem das Fahrzeug ursprünglich gehört hatte oder wie die Vampirin es aufgebrochen hatte, doch sie konnte ohne Probleme erkennen, dass sie am Steuer saß.

„Sie ist immer noch da", sagte sie mehr zu sich selbst als zu Steve und Nick. Der Zombiejäger fuhr den Panzer gerade aus der Stadt heraus. Sie konnten nicht verhindern, dass die Sucherin sie weiter verfolgte. Noch war der Verkehr zu dicht, als dass sie eine Chance gehabt hätten, sie abzuhängen.

„Meinst du, sie wird versuchen, uns anzugreifen?", wollte Sally von Nick wissen und drehte sich nach vorne.

„Ich weiß es nicht", antwortete er. „Sie verbrennt offenbar in der Sonne nicht, wie Vampire das eigentlich tun sollten, aber sie ist allein. Ich an ihrer Stelle würde es nicht riskieren. Allerdings ist sie, wie wir alle wissen, verrückt. Entsprechend fällt es mir schwer, mich in sie hineinzuversetzen und Vermutungen über ihre Pläne anzustellen."

„Hast du einen?"

„Einen was?"

„Einen Plan", sagte Sally.

„Nein. Ich habe keinen. Und ich glaube auch nicht, dass wir in der Lage wären, einen guten zu entwickeln. Uns bleibt wohl nichts Anderes übrig, als optimistisch zu sein und gute Miene zu bösem Spiel zu machen." Sie seufzte und ließ ihren Blick wieder aus dem Fenster schweifen.

Patt

Rouge warf einen Blick um eine Ecke und ging dann wieder in Deckung. Es sah nicht gut aus. Ween und der Golem prügelten sich mitten auf dem Gang und sie sah gerade noch eine junge Frau um die Ecke verschwinden. Mercer schlenderte seelenruhig auf die beiden zu. Nach kurzem Überlegen entschied Rouge sich, einfach zum Frontalangriff überzugehen. Sie zog ihr Schwert aus seiner Scheide und nahm es in beide Hände.

Ween duckte sich unter einem Schlag des Golems weg, der den Putz von der Wand, die er stattdessen traf, spritzen ließ. Der junge Magier sah zu ihr herüber und mit ihm taten es Mercer und der Golem.

„Genau der richtige Zeitpunkt", lobte Ween sie und nutzte die Gelegenheit, um sich ein paar Meter von dem Golem zu entfernen. Plötzlich setzte ein ohrenbetäubendes Dröhnen ein. Verzerrt, verlangsamt vom Zeitstopper. Am ehesten klang es wie das Lied eines liebeskranken Wals.

„Der Feueralarm!", rief Ween. Rouge konnte ihn kaum verstehen, so laut war es.

„Was hat das zu bedeuten?", schrie sie, um den Lärm zu übertönen.

„Das war *sie!* Wir wollten die U-Bahnstation evakuieren, damit niemand zu Schaden kommt!"

„Das ist eine blöde Idee!", rief die Konstrukteurin zurück. Doch es war bereits zu spät. Der Alarm schoss auf eine enervierend schrille Tonhöhe hoch, als die Zeit wieder ihre normale Geschwindigkeit erreichte. Die Menschen auf dem Gang stolperten, einige schrien auf. Ihre Stimmen klangen erst überrascht, dann panisch, als sich der gellende Alarm in ihre Ohren bohrte. Ein paar Leute erhoben ihre Stimmen, um für Ordnung zu sorgen, doch sie gingen unter. Die Londoner schoben sich hin und her und es wurde noch enger in dem Gang, als die Leute von dem Gleis dazukamen.

Dann sah jemand das Blut auf Rouges Gesicht und die Schwerter, die Mercer und sie in den Händen hielten und dann bemerkten sie den Golem.

Vielleicht wären sie nicht in Panik geraten, vielleicht hätten sie nur nach Antworten gesucht, doch in diesem Moment entschied der Golem, dass ein Mann, der zwischen ihn und Ween stolperte, ein Feind war. Das Wesen holte mit den beiden Armen aus, die aus seiner rechten Schulter ragten. Der Aufprall schleuderte den Mann zwei Meter durch die Luft. Und damit begann das echte Chaos.

Die Menschen stürmten zu den Treppen, um von dem um sich schlagenden Golem wegzukommen. Der Strom drohte, die beiden Stadtwache-Magier mit sich zu reißen, doch Rouge zerrte Ween hinter sich in den Toilettenraum, wo sie sich links und rechts von der Tür gegen die Wand lehnten. Die beiden Sucher waren nirgends zu sehen.

„Verdammt nochmal", fluchte sie. „Warum hast du das gemacht? Und warum steht hier drin alles unter Wasser?"

„Ich habe gar nichts gemacht", widersprach er und wischte sich mit dem Handrücken über die Stirn. Er wirkte völlig erschöpft.

„Ich dachte, das wäre dein bescheuerter Plan gewesen", sagte Rouge.

„Ja, aber ich hatte auch nicht damit gerechnet, dass noch ein Sucher auftaucht. Ich wollte den Zeitstopper nicht jetzt schon ausschalten. Die Batterie ist alle."

„Er wird nicht mit Batterien angetrieben."

„Nun, dann ist das alle, was stattdessen als seine Energiereserve dient. Jedenfalls ist es nicht meine Schuld. Und zumindest haben wir jetzt etwas Zeit, um zu reden." Rouge blickte auf ihren eigenen Zeitstopper.

„Wenn du den jetzt einschaltest, wird das nichts ändern. Mal abgesehen davon, dass es viel mehr Verletzte geben wird." Sie seufzte.

„Wo du recht hast, hast du recht. Also, erste Frage: Wer ist *sie*?"

„Madlen. Eine Bekannte von mir. Sie ist verschwunden, kurz bevor du eben dazugekommen bist."

„Dann habe ich sie noch gesehen. Aber der Name sagt mir nichts. Wie lange kennst du sie schon?"

„Seit gestern."

„Oh, seit gestern? Das macht sie zweifellos zu einer unglaublich vertrauenswürdigen Verbündeten."

„Beruhige dich, sie wusste bis vor vielleicht vierundzwanzig Stunden noch gar nicht, dass wir überhaupt existieren."

„Woher willst du das wissen?", fragte sie. Ween setzte zu einer Erwiderung an, gab jedoch auf.

„Vertrau mir einfach, ja?", bat er stattdessen. Sie schnaubte abfällig.

„Und jetzt ist sie weg? Du hast sie nicht noch weiter in unsere Angelegenheiten reingezogen?"

„Ein wenig", gab er zu. „Sie hat den Bronzeschlüssel."

„Verdammt", fluchte Rouge zum wiederholten Mal.
„Ich hielt es für eine gute Idee", gab er zurück und sah auf den Gang hinaus. „Übrigens, ich glaube, die Station ist so gut wie leer." Er hatte recht. Der Lärm hatte sich merklich verringert. Der Mann, den der Golem angegriffen hatte, war ebenfalls verschwunden. Ein paar Leute mussten ihn mitgezogen haben. Nett von ihnen.
„Die Sucher glauben, dass ich das Ding habe", erklärte er ihr. „Ich schlage vor, ich lenke sie ab und du suchst Madlen."
„Guter Plan", lobte sie. Ohne ein weiteres Wort drehte er sich um und lief hinaus.
Sie sah ihm hinterher, registrierte, dass der Gang sich nun vollständig geleert hatte, und schaltete ihren eigenen Zeitstopper ein. Das Schrillen des Alarms wurde wieder zum Walgesang. Zwanzig Minuten freie Bahn, in der niemand hereinkommen würde, um nach dem Rechten zu sehen. Sie mussten sich endlich beeilen und die Sache zu Ende bringen.

Madlen hörte die Leute schreien und wusste, dass Ween den Zeitstopper deaktiviert hatte, auch wenn sie nun in einem anderen Gang stand. Die Menschen um sie herum setzten sich in Bewegung, manche ängstlich, manche bemüht, die Ruhe zu behalten. Sie drückte sich neben dem kleinen Glaskasten mit dem Alarm an die Wand und hoffte, nicht mitgerissen zu werden.
Was sollte sie jetzt tun? Mit den anderen nach draußen fliehen? Oder hier bleiben? Sie sah auf die Kugel in ihrer Hand, diesen Bronzeschlüssel, als könnte es ihr eine Antwort geben. Madlen konnte die eingravierten Linien erkennen. Sie bildeten Kreise und Wellenlinien. Um einen der Kreise herum schienen die Linien tiefer zu sein. Sie hob die Kugel dicht vor ihre Augen, um mehr zu erkennen. Tatsächlich. Bevor sie darüber nachdenken konnte, was alles passieren könnte, hatte sie den kleinen Knopf bereits betätigt.
Die Kugel explodierte nicht oder tat sonst etwas Unangenehmes – sie öffnete sich. Lichtspuren brachen durch die Wellenlinien und verbreiterten sie, bis die millimeterdicke Bronzeschicht einfach abblätterte. Übrig blieb eine Kugel aus reinem Licht, wie eine kleine Sonne. Die Hülle fügte sich wieder lose zu einer leeren Kugel zusammen.
Madlen wusste es nicht, doch sie hielt den Kern des Zaubers in der Hand. Er fühlte sich fest an, doch ein unangenehmes Prickeln ging von ihm aus. Die Bronzehülle in der einen und die Lichtkugel in der anderen

Hand lehnte sie an der Wand und machte ein überraschtes Gesicht.

„Wie soll ich das jetzt Ween erklären?", fragte sie laut. Nicht, dass jemand sie gehört hätte.

Rouge wollte Ween gerade nach draußen folgen, als ihr Handy klingelte. Blödes Ding. Doch sie erkannte die Nummer auf dem Display und zwang sich, den Anruf anzunehmen.

„Hi", meldete eine bekannte Stimme sich. „Ich stehe draußen."

„Blake. Ich habe keinen Witz gemacht, als ich sagte, dass du dich raus halten sollst."

„Ich hab auch nicht gelacht, oder?", erwiderte er. Sie sagte nichts.

„Jedenfalls wollte ich euch meine Hilfe anbieten."

„Hier ist alles in Ordnung."

„Eben sind die Leute aus der Station *geflohen*, bevor sie wieder eingefroren sind."

„Ich bin in der Lage zu telefonieren. Also kann die Situation nicht so katastrophal sein, oder? Ich sage es nur noch einmal: Misch dich nicht in unsere Angelegenheiten ein."

„Aber ich mische mich nicht ein. Ich bin nur ganz zufällig in der Nähe und ihr scheint in Schwierigkeiten zu stecken."

„Woher weißt du überhaupt, dass wir hier sind?"

„Ich hab euch reinkommen sehen." Sie seufzte.

„Ween hatte den Bronzeschlüssel", erklärte sie. „Er prügelt sich gerade mit einem ziemlich großen Golem und wie es aussieht, hat er das Ding einer jungen Frau gegeben, die damit weggerannt ist. Vielleicht solltest du sie suchen, ich bezweifle nämlich, dass sie weiß, was sie tut."

„Ich könnte auch Ween helfen." Sie hörte, wie er die Treppe hinunterlief.

„Oh, ich glaube, ihm geht es super."

„Du hast gesagt, dass er gerade kämpft. Vielleicht braucht er Verstärkung. Du weißt nicht zufällig, wie es läuft?"

„Nein. Aber ich kann ihn nicht schreien hören, also wird er die Situation wohl unter Kontrolle haben."

„Oder er ist tot."

„Ich helfe ihm. Kümmer du dich um das Mädchen oder bleib, wo du bist."

„Dann kümmere ich mich um das Mädchen. Wie finde ich sie?"

„Läuft irgendwo in dieser U-Bahnstation herum."

„Niemand, den ich kenne?", hakte er nach.
„Offenbar nicht", sagte sie. „Aber Ween kennt sie, oder glaubt das zumindest." Die Geräusche seiner Schritte verstummten kurz.
„Ist es vielleicht die Frau, die gestern mit dem Gargoyl zusammengekracht ist?"
„Das wäre möglich."
„Fährt sie ein schwarzes Auto mit so zwei weißen Streifen?"
„*Blake*. Das hier ist eine U-Bahnstation und wir sind hier nicht in diesem einen Film. Natürlich ist hier drin kein Auto."
„Nichts ist unmöglich."
„Halt die Klappe", befahl sie.
„Kein Problem", antwortete er unbekümmert und legte auf.

Zwei Gänge gingen von der Treppe ab. Aus dem einen drangen Kampfgeräusche, also entschied Blake sich für den anderen. Er deaktivierte den Tarnzauber seines Mantels. Der Feueralarm jammerte immer noch nervtötend laut vor sich hin und schmerzte in seinen Ohren. Also ging er zu einem Glaskasten mit zerschlagener Scheibe und zerrte ein wenig an einem Hebel herum. Das Heulen verstummte. Er atmete erleichtert auf. Derartiger Lärm war nicht unbedingt das, was Schatten unter entspannten Arbeitsbedingungen verstanden. Apropos Arbeit, wo konnte Weens neue Freundin sein?

„Und was bist du schon wieder für ein komischer Typ?", fragte jemand hinter ihm. Die Stimme klang misstrauisch, fast aggressiv, aber bemüht ruhig. Da war sie also. Er drehte sich zu ihr um. Sie musterten einander einen Moment lang.

Die junge Frau, die er auf Weens Alter schätzte, war nicht besonders groß. Sie hatte Sommersprossen im Gesicht und kinnlanges, widerspenstiges blondes Haar. Die Frau trug ein blau und grün kariertes Hemd und über einer Schulter eine Umhängetasche. Ihre misstrauisch zusammengekniffenen Augen schwankten irgendwo zwischen blau und grau. Menschlich und ohne Magie. Er konnte nichts an ihr wahrnehmen, was irgendwie übernatürlich gewesen wäre – sah man einmal davon ab, dass sie die ganze Situation ziemlich locker zu sehen schien.

Er stellte sich vor, was sie sah. Dunkle Kapuze, pechschwarze Haut und Augen, die leuchteten wie glühende Kohlen. Ganz zu schweigen von der unheimlichen Ausstrahlung der Dunkelmagie. Selbst von hier aus konnte er an der Art, wie sie dastand, sehen, dass sie eine Gänsehaut hatte.

„Du bist kein Mensch", stellte sie fest.

„Nicht einmal annähernd", erwiderte Blake mit einem schiefen Grinsen voller schwarzer Reißzähne.

„Und ein Golem bist du auch nicht."

„Das ist richtig."

„Deine Augen sehen seltsam aus."

„Ich weiß."

„Sie sehen aus wie die von dem Gargoyl."

„Ich bin ein Dämon", erklärte er ihr. „Manche nennen mich einen Schatten, was sich auf meine Spezies bezieht, manche einen Dunkelmagier, was sich auf meine magische Disziplin bezieht, auch wenn sich das überschneidet, und manche nennen mich einen Idioten. Die Gründe *dafür* erschließen sich mir noch nicht."

„Und wie nennst du dich selbst?", fragte sie.

„Das zu übersetzen wäre schwierig. Du kannst mich Blake nennen."

„Ich bin Madlen Tennant", antwortete sie bemüht unbeeindruckt. „Freut mich, dich kennenzulernen."

„Das Vergnügen ist ganz auf meiner Seite, allerdings bin ich leider nicht nur hier, um mit dir zu plaudern. Ween hat dir einen *Bronzeschlüssel* gegeben, oder?"

„Ich nehme an, du meinst die Kugel?", wollte sie wissen.

„Wahrscheinlich", vermutete er. „Nun, ich brauche sie." Madlen machte einen Schritt zurück.

„Woher weiß ich, dass ich dir vertrauen kann?"

„Das ist eine schwierige Frage", fand Blake. „Aber wenn wir die Tatsache einmal ignorieren, dass ich nicht gerade aussehe wie ein weißer Ritter oder ein Engel... Ich habe dich weder angegriffen noch bedroht, oder?"

„Ich traue dir trotzdem nicht", beharrte sie. Er seufzte.

„Pass auf", befahl er und hob eine Faust. Auf einen gezielten Gedanken hin stiegen schwarze Schlieren von seiner Haut auf und wanden sich um seine Finger. „Glaubst du nicht, dass ich mir den Bronzeschlüssel auch einfach nehmen könnte, wenn ich wollte? Aber ich tue es nicht, weil ich ein netter Kerl bin." Madlen schwieg, sah ihn unbeeindruckt an und schien nachzudenken. Schließlich nahm sie die kleine Lichtkugel

aus ihrer Tasche und hielt sie ihm entgegen. Blake schenkte ihr ein entschuldigendes Lächeln und streckte die Hand nach der Kugel aus. Er hatte sich schon beinahe davon überzeugt, dass schon nichts passieren würde, als seine Finger die Oberfläche der Kugel berührten. Er jaulte auf und zog seinen Arm zurück.
„Was war das?", wollte Madlen wissen.
„Was du da hast, ist ein Kern aus Lichtmagie", erklärte er ihr mit zusammengebissenen Zähnen, während er seine Hand schüttelte. „Und für Leute wie mich, von der *Dunklen Seite der Macht* sozusagen, kann es ziemlich unangenehm sein, sie zu berühren. Das hab ich wohl verdrängt" Er musterte seine verletzte Hand besorgt. Die Fingerkuppen waren verbrannt und etwas Haut hatte sich abgelöst.
Soviel zum Thema unangenehm, dachte er.
„Wenn du es nicht anfassen kannst, bleibt dir wohl nichts anderes übrig, als *mir* zu vertrauen ", vermutete Madlen.
„Anfassen könnte ich es theoretisch schon. Ich könnte eine ganze Menge Dinge tun, aber beunruhigend viele würden nicht gut für mich enden."
„Dann sagen wir, du *möchtest* es nicht anfassen", versuchte sie es. Er schien einen Moment zu überlegen.
„Direkter Kontakt geht nicht, aber wenn ich den Kern mit meinem Ärmel anfassen würde oder die Hülle wieder drumherum wäre...", begann er.
„Und du willst das wirklich ausprobieren? Ist es das wert?", wollte sie wissen und hob beide Augenbrauen. „Nur zu, ich hindere dich nicht daran. Ich kann auch Protokoll über das Ergebnis führen, wenn du magst." Blake seufzte, als er merkte, dass ihr Gespräch zu nichts führen würde.
„Dann komm eben mit", sagte er stattdessen.

Der Golem hatte jetzt vier Arme, zwei auf jeder Seite. Das machte ihn nicht klüger, aber Rouge musste mehr Angriffe abwehren. Er schien vollkommen willkürlich vorzugehen. Meistens jedoch glich sein Stil einem Boxer. Er schlug Haken und lange Geraden, meistens mehrere gleichzeitig. Rouge hatte in einem Trainingskampf bei der Stadtwache schon gegen eine Dämonin mit sechs Armen gefochten. Dem Golem fehlte die Finesse und Eleganz der Frau, doch er hatte viel mehr Körperkraft und ließ sich von Wunden kaum beeinträchtigen.

Rouge wehrte seine Angriffe mit ihrem Schwert ab. Als eine Klinge nicht mehr ausreichte, hechtete sie einige Schritte zurück, um sich Zeit zu verschaffen. Ihre Waffe immer noch erhoben, öffnete sie mit der anderen Hand eine der kleinen Taschen an ihrem Gürtel. Darin lag ein kleiner Metallblock. Sie nahm ihn hinaus und der Stahl wand und bog sich in die Form, die sie sich wünschte.

Nun hielt sie in der linken Hand ein kurzes Schwert, die Klinge kaum so lang wie ihr Unterarm. Es war vollkommen schmucklos und hatte auch nicht die Qualität einer Klinge, die von einem professionellen Waffenschmied hergestellt worden war, doch zumindest erfüllte sie ihren Zweck und Rouge hatte jetzt zwei Waffen. Gegen die andere Dämonin hatte sie auch zwei Schwerter benutzt. Verloren hatte sie dennoch.

Rouge parierte eine rechte Gerade des Golems und trennte einen Teil seiner Hand ab. Das schwächte ihn kurz und so hatte sie Zeit, zurückzuspringen, als er mit dem anderen rechten Arm einen Kinnhaken versuchte. Es folgte ein Schlag mit dem unteren linken Arm, den sie aufhielt, indem sie seine Faust durchbohrte. Die Wunde stellte theoretisch kein echtes Problem für ihn dar, doch er war überrascht, zumindest, wenn Rouge sein Zögern richtig interpretierte. Vermutlich hatte er noch nicht oft erlebt, dass ein Gegner einen Boxhieb parierte, in dem er seine Hand pfählte. Dieses kurze Zögern nutzte Rouge geschickt, indem sie ihm mit einer schnellen Bewegung ihres rechten Armes den Kopf abschlug.

Der Lehmklumpen kullerte über den Boden und der dazugehörige Golem brach zusammen. Rouge warf einen Blick zu Ween, der mit Mercer kämpfte – oder das zumindest bis vorhin noch getan hatte. Jetzt sah es eher so aus, als würde der Sucher einen Sandsack verdreschen. Er hatte den Jungen mit der unverletzten Hand gepackt, trat ihm in die Rippen und schlug ihm dann so fest ins Gesicht, dass sie schon Angst hatte, es könnte ihm das Genick brechen. Sie hatte Ween überschätzt. In gewisser Weise war er fast noch ein Kind. Älter als sie es gewesen war, als sie der Wache beigetreten war, ja, aber trotzdem. Rouge strich die aufgespießte Lehmpranke des Golems von ihrer Klinge und kickte seinen glatten, gesichtslosen Kopf zu Mercer hinüber.

„Er hat den Bronzeschlüssel nicht", sagte sie laut. „Und man kann auch nicht von einer sportlichen Herausforderung für dich sprechen, oder? Du kannst ihn in Ruhe lassen." Mercer ließ Ween los. Der junge Magier fiel auf die Knie und beeilte sich, von ihm wegzukommen. Aus seiner Nase tropfte Blut und er war beunruhigend blass.

Der Kopf des Golems war zum Stillstand gekommen und schaukelte noch ein bisschen hin und her. Mercer sah erst Rouge an, dann das Ding zu seinen Füßen.

„Idiot", sagte er zu dem leblosen Kopf, blickte dann wieder zu Ween, der versuchte, wieder auf die Beine zu kommen, und bemerkte:„Die ganze Angelegenheit zieht sich in die Länge. Eigentlich wollten wir schon wieder auf dem Rückweg sein. Aber dann kommt ihr Typen daher und schmeißt euch uns in den Weg. Müsst ihr alles so kompliziert machen?"

„Mit Freuden", schnaubte Ween wütend. Er stand jetzt einige Meter von Mercer entfernt, eingeschüchtert genug, um zu bleiben wo er war, und drückte seinen Ärmel gegen seine blutende Nase. Ein paar rote Flecken waren trotzdem auf seinem schneeweißen Hemd zu sehen. „... was war Asets Licht, dieses Ding, wegen dem ihr den ganzen Ärger veranstaltet, noch mal?" Mercer machte ein überraschtes Gesicht.

„Ihr wisst es nicht? Ich habe es noch nicht erwähnt? Verzeiht mir. Werde ich natürlich sofort nachholen." Während Mercer sprach, wurde seine Stimme immer lauter und seine Gestik schwungvoller. „Als der große Bösewicht weihe ich euch natürlich liebend gern darin ein, was sich hinter diesem ominösen Licht von Aset, auf das wir es abgesehen haben, verbirgt: Es ist der Stein der Weisen... Nein. Ich habe gelogen. In Wirklichkeit suchen wir so ein Amulett, man erkennt es daran, dass es Magie absorbiert... ? Gut, auch nicht. Es ist ein Zepter. Man kann damit tolle schwarze Blitze verschießen. Seid ihr jetzt zufrieden? Es war mir eine Freude, euch aufzuklären. Denn nicht im Traum fiel mir ein, dass es keine gute Idee sein könnte, mit solchen Informationen um mich zu werfen. Was soll denn schon großartig passieren?" Er hatte die Arme ausgebreitet und sah die Magier nacheinander an.

„Ha", sagte Ween gedehnt. „Haha. Ha. Ich brülle vor Lachen. Ha."

Rouge schwieg und zwang sich lediglich, ein schmales, humorloses Lächeln aufzusetzen.

„Zwei Bücher habe ich erkannt", meldete Blake sich. „Das in der Mitte bereitet mir noch Schwierigkeiten." Rouge drehte sich um. Der Schatten kam ihr entgegen, begleitet von einem blonden Mädchen in Weens Alter. Madlen.

„Es fällt dir schon noch ein", erklärte der Sucher zuversichtlich.

„*Aset* selbst ist eine etwas ungewöhnliche Schreibweise von *Isis*", fuhr Blake fort. „Altägyptische Göttin von, unter anderem, Magie."

„... ja", sagte Mercer etwas ratlos.
„Es hilft uns nicht so wirklich weiter", fand Rouge.
„Wahrscheinlich", gab Blake zu. „Ich wollte nur mal beweisen, wie viel ich weiß."
„Wundervoll", sagte Rouge trocken. Mercer musterte Blake einige Sekunden lang. Er wirkte verunsichert.
„Du bist ein Schatten, oder?", fragte er. Vermutlich hatte er noch nie einen gesehen.
„Und du bist ein Genie", schoss Blake zurück. „Wie ist dein Name?"
„Ich bin Ian Mercer", antwortete der Mann und sah sie nacheinander forschend an. „Ich bin außerdem ein wenig in Eile. Wer von euch hat den Bronzeschlüssel?"
Niemand antwortete. Rouge sah, wie Madlen etwas in ihren Händen verbarg. Hoffentlich bemerkte der Sucher es nicht. Mercer seufzte. Im nächsten Moment blitzte Silber in seiner Hand auf und eine schmale Klinge schwebte vor Weens Nase. Der Junge zuckte zusammen und wich zurück, doch der größere Mann folgte ihm.
„Kommt schon, redet mit mir, Leute." Die Spitze der Klinge war nur wenige Zentimeter von Weens Kehle entfernt. „Er ist nur ein Junge. Er sollte nicht hier sterben. Wo steckt sein Lehrmeister?"
Etwas Schwarzes flackerte in Rouges Augenwinkel auf. Eine Gänsehaut kroch über ihre Haut wie ein Eishauch. Als sie sich umdrehte, sah sie Madlen zurückweichen, nackte Angst auf ihrem Gesicht. Die Dunkelheit stieg in tintigen Schwaden von Blakes Armen und Schultern auf. Seine Hände waren angespannt zu Fäusten geballt, seine Knöchel mit schwarzen Dornen versehen und aus seiner Kehle drang ein Knurren. Es war kein gutes Zeichen.
„Oh", machte Mercer und nickte verstehend. Er wirkte plötzlich um einiges nervöser. „Du bist das. Gut. Also. Tu, was du tun solltest, und beantworte meine Frage."
„Du kannst eine Auseinandersetzung mit uns nicht gewinnen", drohte Blake. „Wir sind in der Überzahl. Und dein Arm sieht aus, als sei er verletzt. Falls du meinen Lehrling tötest, greifen wir übrigen dich an und ich schlage dir den Schädel mit Dunkelheit ein." Mercer machte ein angeekeltes Gesicht.
„Er ist ein Schatten", fügte das blonde Mädchen hilfsbereit hinzu. „Ich weiß nicht viel über Schatten, aber man sollte sie bestimmt nicht wütend machen."

„Ja", sagte der Sucher und nickte nachdenklich, als würde er Vor- und Nachteile abwägen. „Dann wäre ich wohl tot. Aber dein Lehrling wäre das auch."

Ein paar Sekunden lang sagte niemand etwas. Die Dunkelheit über Blakes Schultern verflüchtigte sich langsam wieder und sie atmeten alle auf. Rouge sah, dass die Blondine sich wieder zwang, ein emotionsloses Gesicht zu machen. Die Stadtwache-Magierin überlegte, ob es ihr gelingen könnte, Mercer den Boden unter den Füßen wegzureißen, bevor er Ween mit einer unscheinbaren, dünnen Klinge durchbohrte. Vermutlich nicht.

Meine Güte. Je länger sie untätig herumstand, desto mehr fiel ihr auf, wie erschöpft sie eigentlich war.

„Gut. Der Bronzeschlüssel." Blake machte kurz eine Pause und atmete tief durch. Rouge warf ihm einen warnenden Blick zu. Mercer nickte ermutigend. „Ich habe nicht die geringste Ahnung, wo er sich gerade befindet." Madlen entglitt kurz ihre stoische Fassade. Für einen Sekundenbruchteil machte sie ein überraschtes Gesicht, dann begriff sie wohl und ihre Miene wurde wieder kühl.

„Erklär mir das", verlangte Mercer tonlos.

„Wenn wir ihn hätten, wäre ich früher hier gewesen", log Blake. „Das andere Team hat ihn. Eigentlich wollte ich ja ihnen helfen, aber dann habe ich gehört, dass mein Lehrling in Schwierigkeiten steckt und nun bin ich hier. Vertrau mir. Ich sage die Wahrheit. Ich würde nicht irgendeinen dummen Zauber über das Leben meines Lehrlings stellen. Wie auch immer, Bronzeschlüssel hin oder her. Du kannst nicht gegen uns alle gewinnen." Mercer schien nachzudenken. Es funktionierte. So sehr sie auch nerven konnte, manchmal war Blakes Fähigkeit, in einem staubtrockenen Tonfall besserwisserische Kommentare abzugeben, wirklich nützlich.

„Sehen Sie es doch mal so", mischte Madlen sich wieder ein. „Was immer Sie hier machen, worum es auch geht – es muss keinen Verlierer geben. Wir geben Ihnen die Gelegenheit, von hier zu verschwinden und niemand wird zu Schaden kommen. Und ein andermal kommen wir alle wieder zusammen und Sie können Ihr Glück erneut versuchen. Wie klingt das?" Der Sucher lachte auf. Er klang unsicher.

„Die Idee ist gar nicht mal so schlecht", gab er nach einigen Sekunden zu. Er ließ das Schwert verschwinden und ging, den abgetrennten, gesichtslosen Kopf unter seinen unverletzten Arm geklemmt wie einen

Fußball, zu den Überresten des Golems hinüber. Sie bewegten sich kaum merklich. Erst dachte Rouge, sie würde es sich nur einbilden. Aber der Golem war tatsächlich nicht zerstört, nur ziemlich k.o.

Wieder blitzte Schwarz auf. Die Dunkelheit trug Blake in nur einer Sekunde zehn Meter durch den Gang. Mercer zuckte zusammen, Silber glänzte im Licht der Neonröhren an der Decke, doch der Schatten ging ihm weitläufig aus dem Weg. Stattdessen kam er neben Ween zum Stehen und schob sich schützend zwischen ihn und den Sucher. Mercer murmelte etwas, dass Rouge nicht ganz verstand, irgendetwas darüber, dass Blake ihn gefälligst nicht so erschrecken sollte. Dann schleifte er die Überreste seines Golems ein Stück über den Fußboden, um etwas dreckigen Kunststoffboden zwischen sich und den Dämon zu bringen.

„Du siehst schrecklich aus", sagte Blake zu seinem Lehrling und drehte ihn vorsichtig hin und her, um sich die Verletzungen anzusehen, die er davongetragen hatte. Ween knirschte beschämt mit den Zähnen und versuchte, seine Hand wegzuschieben. Er verlor dabei fast das Gleichgewicht und war gezwungen, sich auf Blakes Schulter zu stützen.

„Danke", murmelte er nur und sah dann das Mädchen an. „Dir auch danke, Madlen."

„Keine Ursache", meinte Madlen.

Meine Güte, dachte Rouge. Der Junge war vielleicht k.o.

Mercer schob sich währenddessen einen Arm des Golems über die Schulter und richtete sich mühsam auf. Rouge sah, wie silberne Fäden sich über den weißen Lehmkörper zogen, um ihn besser festzuhalten zu können. Das Ding musste ziemlich schwer sein, doch Mercer schien es keine Probleme zu bereiten. Der Sucher folgte dem Gang zurück zu der Treppe, die ihn zur Oberfläche führen würde. Rouge sah auf die beiden Schwerter in ihren Händen hinunter.

„Ich würde euch nicht empfehlen, mir in den Rücken zu fallen", rief der Sucher ihnen noch zu.

„Aber nicht doch", entgegnete sie.

„Das zweite Artefakt", sagte Blake noch laut. „Das Amulett, das Magie absorbiert. *Bartimäus*, oder?"

Mercer drehte sich nicht um, hob jedoch einen Arm und gab ihm Daumen hoch, dann verschwand er die Treppe hinauf.

Nach Hause

Mercer fluchte leise, als er den Golem die Treppe hoch schleppte. Oben auf der Straße bewegten die Menschen sich wieder. Von fern waren Sirenen zu hören. Entweder hatten die Leute von der Stadtwache ihren kostbaren Zeitstopper wieder ausgeschaltet oder Mercer befand sich außerhalb seiner Reichweite. Er sollte sich lieber beeilen und verschwinden. Ein Polizist stand neben Mercers Wagen und dem Taxiwrack. Der uniformierte Mann drehte sich zu ihm um und machte ein verwirrtes Gesicht, als Mercer den kopflosen Golem neben sich an das Auto lehnte.

„Was ist denn mit Ihnen passiert?", wollte er wissen und musterte den Golem, Weens Blut auf Mercers Anzug und den verletzten Arm, den der Sucher schützend an sich drückte. Der Sucher streckte seine unverletzte Hand aus und ließ Silber daraus wachsen. Der Strang wand sich um den Arm des Polizisten und drückte zu. Ein leises Knacken war zu hören, als der Knochen brach. Der Polizist schrie, taumelte zurück und versuchte, sich loszumachen.

„*Das* ist passiert", sagte Mercer. Der Polizist krallte seine Finger in das Silber und versuchte, es zu verbiegen, doch der Sucher gab ihn selbst frei und stieß ihn weg. Mercer öffnete die hintere Tür des Wagens und ließ den Golem hineinfallen. Dann setzte er sich hinter das Steuer und fuhr los. Im Seitenspiegel sah er, wie der Polizist seinen gebrochenen Arm gegen die Brust drückte und aufgeregt in sein Funkgerät redete. Egal. Sie würden ihn nicht mehr einholen.

Mercer lenkte mit dem rechten Arm, den verletzten linken neben sich liegend. Er war Schmerzen gegenüber unempfindlicher als die meisten Menschen, er konnte mit der Armverletzung sogar zaubern, doch der Arm selbst war in diesem Zustand trotzdem nutzlos.

Mercer bog auf eine andere Straße ab und dachte nach. Lucy. Er musste sie finden. Der Sucher biss sich auf die Unterlippe, als er sich konzentrierte und eine weitere silberne Ranke erschuf, die sich zu der Innentasche seines Jacketts ringelte, sein Handy herausholte und eine Nummer eintippte. Dann ließ es das Gerät auf seine Schulter fallen, wo er es mit seinem Kopf festklemmte. Die Ranke löste sich auf, während das Handy dicht an seinem Ohr tutete. Es klackte, als Lucy abnahm.

„Ich bin noch an ihnen dran", sagte sie.

„Ich nicht", erwiderte er.

„Hast du den Bronzeschlüssel?"

„Nein. Die Leute, die du da verfolgst, sind für heute unsere letzte Chance. Wo bist du?"
Sie erklärte es ihm und fragte dann: „Soll ich sie angreifen?"
„Nein. Warte, bis ich da bin."
„Warum?", wollte sie wissen.
„Weil ich weiß, dass es sonst entweder damit endet, dass du verlierst, oder, dass du alle umbringst. Mir gefällt beides nicht."
„Ian, du verprügelst doch selber die ganze Zeit irgendwelche Leute."
„Das bedeutet nicht, dass ich auch jemanden töten würde, wenn ich nicht unbedingt muss", erwiderte er.
„Warum versuche ich es überhaupt?", seufzte sie. „Du isst ja nicht mal Fleisch."
„Damit hat das überhaupt nichts zu tun", sagte er. Lucy legte auf.

Rouge hob einen Klumpen Lehm auf, den sie von der Hand des Golems abgetrennt hatte, musterte ihn kurz, wickelte ihn in ein Taschentuch und verstaute ihn in einer der Taschen an ihrem Gürtel. Dann ließ sie das kleinere Schwert wieder zu einem stumpfen Metallblock zusammensinken und steckte auch den weg. Es musste anstrengend sein, soviel Metall mit sich herumzutragen.

„Madlen", sagte Rouge mit befehlsgewohnter Stimme. „Gib mir bitte den Bronzeschlüssel." Die junge Frau reichte ihr wortlos die Lichtkugel und die Hülle aus Bronze. Rouge nahm die beiden Gegenstände entgegen und untersuchte sie kurz. Dann betätigte sie den kleinen Schalter an der Hülle, die sofort begann, sich zusammenzufalten, und legte den Kern wieder hinein.

„Man sollte solche Zauber nicht öffnen, wenn es nicht sein muss", erklärte sie missbilligend. „Sie können instabil werden und explodieren." Madlen schluckte.

„Die Wahrscheinlichkeit ist allerdings nicht besonders groß", fügte die Dämonin hinzu und lächelte aufmunternd.

„Äh... toll", meinte Madlen und sah sich im Gang um. Die erstarrten Menschen machten sie nervös.

„Also", sagte Rouge. „Madlen – ist es okay, wenn ich dich Madlen nenne?"

„Ja, natürlich", murmelte Madlen.

„Was wirst du jetzt tun?"

„Ich weiß nicht", antwortete sie.

„Wenn du willst, kannst du mit uns kommen und dir ein bisschen die Kraterstadt ansehen", bot Ween ihr an. Rouge schien etwas entgegnen zu wollen, sagte dann aber doch nichts. Ween sah aus, als könnte er sich kaum aufrecht halten, blass und zitternd. Er verlor nur nicht das Gleichgewicht, weil er immer noch an Blake lehnte.

„Ist das erlaubt?", fragte die Nichtmagierin die drei Undertowner vorsichtig. Ween zuckte mit den Schultern, was vermutlich *Frag mich doch nicht* bedeuten sollte.

„Dann komme ich mit", beschloss Madlen. Rouge verdrehte unauffällig die Augen, holte ihren Zeitstopper aus ihrer Tasche und deaktivierte ihn. Die Menschen erwachten und waren weiter panisch. Als sie sahen, dass der Golem verschwunden und der Feueralarm verstummt war, beruhigten einige sich etwas.

„Wir sollten Nick sagen, was los ist", meinte Rouge währenddessen und schaltete ihr Handy ein. „Und Madlen, wenn du noch irgendjemanden anrufen willst, würde ich es an deiner Stelle jetzt machen. Der Empfang ist hier natürlich nicht der allerbeste, aber ich verspreche, da wo wir hingehen, wird es noch wesentlich schlimmer. Nichtmagier-Technik hat manchmal Probleme mit zu viel Magie. Einmal abgesehen davon ist unser Ziel ein Loch im Boden."

Das beantwortete eine der Fragen, die sie sich gestellt hatte. Madlen nickte, schaltete ihr Handy ein und tippte ein paar Worte. Schon Sekunden später hatte sie vergessen, welche Lüge sie ihren Mitbewohnern aufgetischt hatte, weshalb sie heute Abend nicht nach Hause kommen würde.

Die Gruppe ging den Gang hinunter zu den Gleisen, während Rouge eindringlich in ihr Handy redete. Hier war es fast leer, aber die Magier ließen sich davon nicht beirren und blieben am Rand eines Gleises nebeneinander stehen. Ween und Rouge standen links von Madlen. Blake war auf einmal nirgends mehr zu sehen. Sie hatte nicht bemerkt, wann er verschwunden war. Zurzeit war keine U-Bahn zu sehen, was vermutlich an dem Alarm lag, obwohl die Lage sich schon merklich entspannt hatte. Niemand schrie mehr herum und es kamen sogar wieder einige Leute dazu. Madlen drehte sich um und sah einige Feuerwehrleute im Gang stehen und reden.

„Vermutlich halten sie das hier für einen falschen Alarm, dem unglücklicherweise eine kleine Massenpanik folgte", erklärte Blakes Stimme ihr leise. „Menschen sind ziemlich fantasiereich, wenn es darum geht, rational klingende Erklärungen zu finden." Madlen zuckte zusammen und machte ein verwirrtes Gesicht, als sie neben sich nichts als Luft sah, dann streckte sie neugierig eine Hand aus, um zu überprüfen, ob er noch neben ihr stand. Sie hörte ein leises Geräusch, als er einen Schritt zurücktrat. Also war er eindeutig noch da, nur verhinderte irgendetwas, dass sie ihn sehen konnte.

„Unsichtbarkeit kann praktisch sein, wenn man in der Welt der Menschen unterwegs ist", meinte er nur.

„Okay", meinte Madlen. „Schon klar."

Blake. Sie mochte ihn immer noch nicht sonderlich. Die Tatsache, dass sie in seiner Gegenwart immer noch eine Gänsehaut bekam, half nicht gerade.

Sie warteten einige Minuten, ohne dass jemand etwas gesagt hätte. Dann schoben sich ein Rauschen und ein Luftzug über den Gleis, um das Fahrzeug anzukündigen, das sie nach Undertown bringen sollte. Es war alt und zerkratzt und fremdartige Symbole waren über Metall und Glas gemalt. Blake wurde wieder sichtbar, als die Bahn langsamer wurde. Madlen sah zurück zu den Menschen um sie herum. Da stand sie nun mit drei Magiern an einem Bahngleis. Eine Frau mit einem Schwert, das so scharf war wie ihre Zunge. Ein junger Mann, den sie erst seit gestern kannte und von dem sie sich noch nicht sicher war, wie ernst sie ihn nehmen sollte. Zu ihrer Rechten ein Schattenwesen, das gerade angefangen hatte, ein Lied, das ihr irgendwie bekannt vorkam, vor sich hinzusummen.

Vielleicht einen halben Meter vor ihren Gesichtern schnellte die mühsam bremsende Bahn entlang. Ein schönes Motiv. Zu schade, dass niemand zusah.

Madlen runzelte die Stirn. Sie kannte das Lied tatsächlich. Es war *The Living Daylights* von *a-ha*. Sie sang leise eine Liedzeile über Dunkelheit mit. Blake verstummte.

„Du bist zu schnell", sagte er.

„Du bist zu langsam", entgegnete sie schnippisch.

„Hört auf zu singen", befahl Rouge. „Beide."

Die Bahn kam zum Stillstand. Die Türen öffneten sich zischend. Sie waren die Einzigen, die einstiegen.

Der Wagen, dessen Inneres ein wenig verstaubt, aber gemütlich war, war beinahe leer. Nur einige wenige Leute saßen in ihre Mäntel gewickelt auf den Sitzen und warfen den Neuen neugierige Blicke zu. Die kleine Gruppe fand ein leeres Abteil am Ende des Wagens. Mit einem leisen Rattern setzte die Bahn sich wieder in Bewegung. Madlen sah aus dem Augenwinkel, wie die kargen Tunnelwände an ihnen vorbei rasten. Irgendwann gab es einen leichten Ruck, der die Leute auf ihren Sitzen schaukeln ließ, und sie bogen in einen anderen Tunnel ab, dessen Wände mit blau glimmenden Symbolen beschrieben waren. Es musste irgendeine Tarnung sein, die Nichtmagier und ihre Züge daran hinderte, diese Route auch nur wahrzunehmen.

„Bevor du fragst", sagte Rouge, die Madlen gegenüber saß, zu ihr. „Die Bahnen aus der Kraterstadt lassen sich nicht von einem falschen Feueralarm aufhalten."

„Dann fährt also eine U-Bahn nach Undertown?", fragte Madlen, nur um ganz sicher zu sein.

„Es gibt Bahnverbindungen überall hin", erwiderte Blake. „Man muss nur wissen, wohin man will und wo man umsteigen muss. Ich hoffe, du hast Geld dabei. Die Karten sind teuer."

Als Rouge ihren Kopf bewegte, fiel Madlen auf, dass Teile ihrer Augen durch die von Sprüngen durchzogenen Brillengläser rot leuchteten. Gerade war sie bereit, das Ganze als optische Illusion abzutun, als Rouge seufzte und ihre Brille abnahm. Der Zauber deaktivierte sich und ihre Augen wurden vollständig zu großen, roten Lichtern.

„Wow", flüsterte Madlen leise. „Du bist auch... ?"

„Ein Dämon, ja", vervollständigte Rouge den Satz erstaunlich freundlich. Sie öffnete eine Packung Taschentücher, nahm eines und tupfte sich damit über die Platzwunde an ihrer Stirn.

„Was ist mit deiner Hand passiert?", fragte die Dämonin, als sie die Brandblasen an Blakes Fingern sah.

„Der Lichtkern", antwortete er nur. „Ihn zu berühren hat sich als keine gute Idee erwiesen." Sie lächelte auf ihre herablassende Art und schüttelte langsam den Kopf.

„Erst gestern bist du an einen Lichtmagier geraten. Und heute hast du schon wieder vergessen, was das Licht mit Dunkelmagiern macht?"

„Ich war nicht bei der Sache", verteidigte er sich. Sie verdrehte in gespielter Verärgerung die Augen.

„Ihr zwei seht aber auch nicht gerade toll aus", sagte Blake zu Ween und Rouge.

„Mir geht's gut", widersprach Rouge.

„Mir auch", meldete sich Ween. Der junge Magier war die ganze Zeit über erstaunlich schweigsam gewesen und hatte den Kopf erschöpft gegen die kühle Fensterscheibe gelehnt.

„Deine Nase blutet", sagte der Schatten vorwurfsvoll.

„Hab eins auf die Nase bekommen."

„Ich glaube, du lügst. Du hast dich vollkommen verausgabt. Du hättest dich umbringen können."

„Man kann sterben, wenn man zu viel zaubert?", fragte Madlen entsetzt.

„Allerdings", antwortete Blake grimmig. „Vielleicht solltest *du* als seine neue beste Freundin mal mit ihm reden und ihm das erklären. Vielleicht hört er ja auf dich." Ween lief rot an und schnaubte verärgert.

„Beruhigt euch, Jungs", meinte Rouge und gab Ween ein Taschentuch für seine Nase. Blake knurrte etwas Unverständliches. Dann schien ihm etwas einzufallen.

„Rouge", begann er. „Ich brauche eure Hilfe. Euch alle. Jemand hat–"

„Bitte", unterbrach sie ihn. „Wir brauchen alle eine Pause. Kann das vielleicht bis morgen warten?" Er seufzte, sagte aber nichts mehr.

Die Jagd

London war zu einem schmalen Umriss am Horizont zusammengeschrumpft. Die leicht erhöhte Straße war nun von Wiesen gesäumt. Der Regen in den letzten Tagen hatte ihnen in der Sonne ein ungewöhnlich kräftiges Grün verliehen.

Nick, Sally und Steve hockten im Panzer und beobachteten mit zunehmender Beunruhigung die beiden Wagen, die in einigem Abstand hinter ihnen fuhren. Der eine war der dunkelgrüne der Vampirin, der sie schon länger verfolgte, der andere der graue, in dem die Sucher gekommen waren. Er war erst seit ein paar Minuten in Sichtweite. Nick hatte seinen Blick strikt auf die Straße vor sich gerichtet und hielt mit dem Panzer eine gleichmäßige Geschwindigkeit.

„Glaubst du, die lassen uns einfach bis Undertown fahren und greifen uns an, wenn wir alle da sind?", wollte Sally wissen. Ihr Enthusiasmus, mit dem sie die ganze Mission begonnen hatte, war verschwunden seit Rouges Anruf und der Nachricht, dass Lucy *und* Mercer es höchstwahrscheinlich auf sie abgesehen hatten. Nick war sichtlich angespannt und das gefiel ihr nicht.

„Wenn das ihr Plan wäre, würden sie uns weniger auffällig folgen. Ich glaube, es wird gleich laut", meinte Nick. „Seid lieber auf alles vorbereitet." Sally nickte konzentriert, obwohl sie wusste, dass Nick es nicht sehen konnte.

Neben ihr hockte Steve auf dem Sitz. Er zitterte am ganzen Körper. Jemand, der ihn nicht kannte, hätte vermutet, der Wolf sei nur nervös, doch das war es nicht. Steve wollte sich zurückverwandeln. Wieder Hände haben, mit denen er helfen konnte, und einen Mund, der kein Raubtierrachen war und mit dem er seine Meinung kundtun konnte. Als Kampfhund mochte er bis jetzt noch zurechtgekommen sein, doch jetzt saßen sie und ihre Verfolger in Autos und er glaubte, er wäre als Junge nützlicher. Sally sah es ihm an. Aber sie wusste auch, dass Steve nicht zaubern konnte und dass eine Verwandlung deshalb sehr unangenehm für ihn war. Er hatte vor fast einer Woche das letzte Mal die Gestalt gewechselt.

„Mach es nicht", sagte sie leise zu ihm. „Wir schaffen es auch so." Er zog die Lefzen hoch und knurrte leise.

„Wir schaffen es", sagte Sally wieder und strich ihm sanft mit den Fingern durch das Fell in seinem Nacken. „Es würde dir nur wehtun, wenn du dich jetzt verwandeln würdest."

„Außerdem ist ein nackter Jugendlicher auf der Rückbank das letzte, was wir jetzt gebrauchen können", fügte Nick hinzu.

„Das war jetzt natürlich hilfreich", sagte sie und verdrehte die Augen.

„Meine Güte, ist ja gut", murmelte Nick. „Ich wollte doch nur einen Witz machen." Steve schnaubte. Er mochte es nicht, wenn sie ihm die Worte aus der Schnauze nehmen musste.

Die Heilerin warf einen Blick aus dem Fenster und sah etwas, dass ihr gar nicht gefiel. Eine Tür des grünen Wagens, den Lucy gestohlen hatte, stand offen und das Fahrzeug raste mit Höchstgeschwindigkeit auf sie zu. Zuerst konnte sie die Vampirin nirgends sehen. Dann entdeckte Sally, dass sie weiter hinten über die Straße rollte und begriff, dass sie herausgesprungen sein musste. Die Heilerin wirbelte zu den anderen herum und schrie eine Warnung. Einen Moment später traf eine Erschütterung den Panzer.

Der Hang, der von der Straße zu den Wiesen hinunterführte, war steil genug, dass der Van sich einmal überschlug, bevor er auf der Beifahrerseite liegen blieb. Einige Sekunden vergingen, in denen Nick nur wie betäubt in seinem Sitz hing. Dann blinzelte er und zwang sich, etwas zu tun. Er verrenkte seinen Hals und sah nach hinten, konnte jedoch kaum etwas erkennen.

Nick ächzte, griff nach der Fahrertür und zog sich daran hoch. Jetzt hing er wenigstens nicht mehr herum wie ein verunglückter Bergsteiger. Er rieb sich benommen die Stirn, wo er gegen das Lenkrad geknallt war. Dabei streifte er mit dem Ellbogen den Airbag. Der Zombiejäger runzelte die Stirn, als er etwas hörte. Es rumpelte und scheppterte, als würde jemand über einen Haufen Metallschrott klettern.

Die Sucher, begriff er. Ein kleiner Teil seines Gehirns hatte gehofft, dass sie sie einfach für tot halten und mit dem verbliebenen Wagen davonfahren würden, aber so dumm waren sie natürlich nicht. Sie kamen, um den Wagen zu untersuchen. Einer von ihnen kletterte gerade auf den Panzer.

Sein Revolver. Er brauchte seinen Revolver. Der Zombiejäger tastete nach dem Holster, doch es war leer. Die Waffe musste bei dem Unfall weggeschleudert worden sein. Die Schritte über ihm wurden lauter, kamen näher. Dann sah er den Revolver. Er lag unten, auf der von Sprüngen und Rissen durchzogenen Fensterscheibe der Tür, auf der der Wagen lag. Irgendwo da, wo es vermutlich auch seinen Hut hin verschlagen hatte. Nick nahm eine Hand vom Türgriff und streckte seinen Arm nach der Waffe aus. Er war zu kurz. Er griff nach dem Gurt, der ihn an seinen Sitz fesselte, und suchte mit fliegenden Fingern nach der Entriegelung. Die Person auf dem Panzer machte sich jetzt an der verbeulten Fahrertür über ihm zu schaffen. Nick gelang es endlich, den Gurt zu lösen. Er fiel ein kurzes Stück, bevor er ungeschickt auf die Beifahrertür prallte.

Die Fahrertür öffnete sich. Jemand sagte etwas. Der Zombiejäger richtete sich halb auf, als er begriff, dass er auf der Waffe lag, und versuchte, sie zu fassen zu bekommen, während Panik sich in ihm ausbreitete. Der Sucher, der über ihm stand, war vielleicht bewaffnet und kampfbereit war er sicher. Nicks Finger berührten den rauen Holzgriff seines Revolvers kurz, doch bevor er ihn richtig packen konnte, sah er aus dem Augenwinkel, wie etwas sich in den Wagen stürzte. Das Etwas, das sich anfühlte wie kaltes, aber bewegliches Metall, wand sich um seinen Körper und zog ihn ruckartig aus dem Panzer.

Nick baumelte kopfüber in der Luft. Er blinzelte einen Moment in die Nachmittagssonne und sah Mercer, aus dessen rechtem Arm Silber spross. Nick fiel das ungewöhnlich helle Silbergrau seiner Augen auf.

„Äh", sagte der Zombiejäger, weil ihm nichts einfiel, was er sagen könnte. „Hi?"

Der Sucher schleuderte ihn weg wie ein Stück Unrat. Nick prallte mit dem Rücken auf das Dach des grünen Wagens, der ein Stück vom Panzer entfernt im Gras zum Stehen gekommen war. Das gestohlene grüne Auto musste den grauen Van von der Straße gefolgt sein, hatte sich aber anders als dieser nicht überschlagen.

Nick verzog das Gesicht und stützte sich auf einen Ellbogen. Mercer kam zu ihm hinüber. Das Silber bildete sich zurück, doch ein langer Stab blieb in seiner Hand zurück. Der Sucher hielt ihn wie eine Waffe.

„Der Bronzeschlüssel", sagte er. „Ich bin mit meiner Geduld am Ende."

„Ich hab ihn nicht", ächzte Nick und setzte sich auf. Die silbernen Augen des anderen Mannes verengten sich verärgert. Heute würde niemand mehr seine witzelnde, übertrieben freundliche Fassade zu sehen bekommen. Mercer schlug mit dem Stab nach Nick. Der Stadtwache-Magier rollte sich zur Seite. Als er einem zweiten Hieb ausweichen wollte, kam er der Kante des Wagendaches zu nah und purzelte in das dichte, feuchte Gras.

Typisch. Er spürte jetzt schon, wie seine Nase zu kribbeln und seine Augen zu tränen begannen.

Er wusste, dass Mercer direkt hinter ihm sein musste, also rappelte er sich auf und lief ein paar Meter von den beiden Autos weg. Hinter sich hörte er Schritte auf Metall und dann ein gedämpftes Geräusch, als Mercer direkt hinter ihm im Gras landete. Nick drehte sich um. Die Vampirin war auch da. Die Blechmaske, die im Versteck des Bronzeschlüssels an ihrer Hüfte gehangen hatte, bedeckte nun die obere Hälfte ihres Gesichts. Sie war mit Sicherheit verzaubert. Vielleicht war es das, was sie vor der Sonne schützte. Nick hatte von solchen Masken gehört.

Lucys schwarze Kleidung war verdreckt, aber offenbar irgendwie gepanzert. Trotzdem bewegte sie sich, als täte ihr alles weh. Nick tat sie nicht leid. Was musste die kleine Verrückte sich auch aus einem Auto stürzen. Er sah sich um und konnte den Golem nirgends entdecken. Wenigstens eine gute Neuigkeit. Hoffentlich hatten die anderen es geschafft, ihn zu zerstören.

Also zwei Leute. Das war immer noch ziemlich schlecht, denn er war unbewaffnet. Er war kein *zu* schlechter Kampfmagier, aber mit einer Schusswaffe in der Hand hatte er sich immer sicherer gefühlt. Viel Zeit hatte er auch nicht. Vielleicht brauchten Sally und Steve seine Hilfe.

Nick sah zwischen dem Mann in Grau und der Vampirin hin und her. Die Frau stand etwas wacklig da.

Er riss eine Hand hoch und schoss eine Druckwelle in Mercers Richtung ab, die ihn gegen das grüne Auto schleuderte. Nick nahm sich die Freiheit, den gelungenen Treffer mit einem leichten Grinsen zu quittieren und feuerte eine zweite Welle auf die Vampirin ab. Diese traf weniger gut und streifte nur ihre Schulter. Die Wucht ließ die Frau dennoch einmal um ihre eigene Achse wirbeln.

Lucy fuchtelte mit den Fäusten herum und schlug nach Nicks Gesicht, doch sie konnte kaum das Gleichgewicht halten. Er bekam ihr Handgelenk zu fassen.

Die Maske. Sie rangen miteinander und Nick versuchte, die graue Fuchsschnauze zu fassen zu bekommen, wegzureißen und die Vampirin der schwachen Nachmittagssonne auszusetzen, doch Lucy hatte genug Geistesgegenwart, um die Gefahr zu erkennen, ihren Kopf wegzudrehen und mit ihrer freien Hand, die in einem schwarzen Handschuh steckte, in ihre Jacke zu greifen. Etwas Helles blitzte im Sonnenlicht auf. Nick ließ sie los und wich reflexartig zurück, sodass der Dolch ihn knapp verfehlte, doch bevor er sich freuen konnte, stach Lucy ein zweites Mal zu. Die Klinge bohrte sich tief in seinen Oberarm wie der Stachel eines bösartigen Insekts, schnitt durch Muskeln und kratzte über Knochen. Nick schrie auf, stolperte weiter zurück und tastete mit seiner Hand nach der Wunde. Warmes Blut strömte zwischen seinen Finger hindurch. Er hoffte, dass es nur ein plötzlicher Anflug von Hypochondrie war, doch wenn er hätte schätzen müssen, er hätte gesagt, dass sein Arm beinahe ab war.

Er zwang sich, ruhiger zu atmen. Nick sah zu der Vampirin, die ein paar Schritte entfernt stand und immer noch den blutigen Dolch in der Hand hielt. Sie zitterte.

Oh. Oh, verdammt. Sie war durstig.

Obwohl Nicks Instinkte ihm befahlen, seine unverletzte Hand schützend auf die Verletzung gedrückt zu halten, zwang er sich, sie auszustrecken. Er wollte eine Druckwelle heraufbeschwören, die Lucy zurückschleudern sollte, doch die Vampirin stürzte sich auf ihn wie eine Katze auf ihre Beute, das, was von ihrem dunkelhäutigen Gesicht sichtbar war, zu einer Grimasse verzerrt und die Zähne gebleckt.

Nicks Knie waren ganz weich und Lucy war schnell. Sie prallte gegen ihn, riss sie beide zu Boden und schnappte nach ihm. Der Stadtwache-Magier schlug um sich und nutzte seine langen Arme, um die Vampirin zu packen und auf Abstand zu halten. Sie rollten durch das feuchte Gras. Er war verletzt, aber er war größer und es fiel ihm nicht schwer, die Vampirin unter sich auf dem Boden festzunageln. Jetzt hätte er ihr die Maske vom Gesicht reißen können, doch er wollte nicht mehr in die Nähe ihres Vampirgebisses kommen. Also hob er seinen unverletzten Arm, um eine Druckwelle heraufzubeschwören, die ihr die Maske vom Gesicht fegen sollte.

Etwas schnitt auf Höhe seines Ellbogens durch seinen Arm und hielt ihn in der Luft fest. Nick heulte auf und wollte nach dem Etwas greifen, doch keine seiner Hände wollte richtig funktionieren. Als er über seine Schulter hinter sich blickte, erblickte er Mercer, eine Silberklinge in der Hand, deren anderes Ende aus Nicks Arm hervorsah. Sie endete in einem Widerhaken, der ihn daran hinderte, sie abzustreifen.

Mercer zog an der Klinge und zwang Nick, den Arm zu heben und aufzustehen, sodass Lucy sich aufrappeln konnte. Dann löste das Silber sich auf. Blut schoss aus der Wunde, sobald sie nicht mehr von der

Waffe verschlossen war.

Nick bekam mit, wie Mercer um ihn herumging und Lucy festhielt, bevor sie sich auf den Zombiejäger stürzen konnte. Silberne Ranken wanden sich um einen ihrer Arme. Die Vampirin warf ihrem Freund einen verärgerten Blick zu.

Nick reagierte kaum. Er sah an sich herunter. Es tat weh. Seine Arme. Seine Arme und seine Hände. Er benutzte seine Hände, um seine Magie zu lenken, und jetzt waren sie nutzlos.

Mercer beschwor wieder Silber herauf und versetzte ihm einen Schlag ins Gesicht. Nicks Beine knickten ein.

Es war kalt. In den letzten Wochen war es nie warm gewesen, denn der Regen hatte eine fast winterliche Kühle mitgebracht, obwohl es gerade erst Sommer wurde. Doch jetzt regnete es nicht und dennoch war ihm kalt. Nick überlegte, ob es am Blutverlust oder etwas Ähnlichem liegen konnte, doch dann bemerkte er, dass sein Atem als weißer Dampf in der Luft stand. Die Temperatur musste erheblich gesunken sein. Die blasse Sonne stand immer noch am Himmel und es war auch kein starker Wind zu spüren. Die Kälte musste eine andere Quelle haben. Er drehte den Kopf und suchte alarmiert die Wiese ab. Er hatte es schon erwartet und erschrak trotzdem, als er das Kind sah, das ein paar Schritte hinter Mercer und Lucy stand.

Es war das kleine Mädchen, das dort barfuß – immer war es barfuß – im Gras stand. Im Tageslicht wirkte sein Körper noch unwirklicher als sonst. Auch die beiden Sucher atmeten weiße Wolken, doch es schien ihnen nicht aufzufallen, oder sie hielten es nicht für wichtig.

Das Mädchen war hier, um seine Arbeit zu erledigen, und die Kälte war das, was es mitbrachte, wenn es seine Präsenz in dieser Welt verstärkte. Das, was Nick von ihm sah, war nicht einmal ein echter Körper, nur eine Fälschung, die es angefertigt hatte. Nick hatte keine Ahnung, wie es das machte.

Es beobachtete das Geschehen stumm und unbemerkt. Es musterte das Blut, das von Nicks Armen tropfte, und sein weißes Gesicht wurde kurz unsicher, mitleidig beim Anblick seiner Schmerzen. Doch es blieb, wo es war, und es tat nichts, um ihm zu helfen.

Sally atmete so flach wie möglich, um keine unnötigen Geräusche zu machen. Es hörte sich so an, als wären die anderen ein ganzes Stück entfernt, doch sie wollte es nicht darauf ankommen lassen.

Die Sucher redeten. Sonst war nichts zu hören. Bis eben hatte sie noch einen Kampf gehört, schnelle Schritte und das metallische Geräusch, als jemand gegen ein Auto prallte, doch nun hörte sie nur Stimmen. Es bedeutete, dass der Kampf beendet war. Von seinem Anfang hatte sie nicht viel mitbekommen, da waren Steve und sie noch halb bewusstlos gewesen.

Sie mussten etwas tun. Die Heilerin sah zu Steve herüber. Der Werwolf hatte sich verwandelt. Neben Sally hockte ein schlaksiger asiatischer Junge mit wirrem Haar und goldbraunen Augen im Innenraum des Panzers und biss die Zähne zusammen. Er zitterte. Steve hatte einmal gesagt, die Verwandlung würde sich anfühlen wie Muskelkater, nur am ganzen Körper und sehr, sehr stark.

Er zog sein ausgeblichenes T-Shirt zurecht. Der Anhänger, den er um den Hals trug, war ein Teleportationszauber. Er tat nicht viel, konnte keine Lebewesen teleportieren, keine magischen Objekte und nichts, was mehr wog als zwei Kilo – solche Zauber waren teurer – doch in der Lage zu sein, ein T-Shirt und eine alte Jogginghose von einem gemieteten Schließfach der Herstellerfirma überall hin zu teleportieren, war für Werwölfe ziemlich praktisch.

„Wir müssen Nick helfen", wisperte Sally.

„Wir brauchen seinen Revolver", flüsterte er mit heiserer Stimme zurück. Er hatte lange nicht richtig gesprochen.

„Aber den hat er doch", widersprach sie.

„Ich glaube nicht. Ich habe keine Schüsse gehört. Er muss ihn verloren haben." Steve hangelte sich durch den Panzer und warf einen Blick auf die vorderen Sitze und den Fußraum.

„Volltreffer", verkündete er leise und griff nach der Waffe.

„Weißt du, wie man mit so was umgeht?", wollte sie wissen.

„Ween erzählt uns allen doch ständig von Waffen aus Filmen und Computerspielen."

„Ja, aber wir hören ihm nie zu", erwiderte sie.

„Gib mir noch einen Moment." Er fummelte fachmännisch an der Waffe herum und klappte die Trommel aus. Sie war geladen.

Sally und Steve kletterten über den Rücksitz in den Kofferraum und versuchten, dabei möglichst keinen Ton von sich zu geben. Sie hatten Glück. Bei dem Unfall hatte die Kofferraumklappe sich leicht geöffnet. Steve erschien neben ihr, schloss seine Finger um die Kante und zog. Sally versuchte währenddessen, die Sucher durch die Scheibe zu erspähen, doch sie mussten sich irgendwo in ihrem toten Winkel befinden. Als der Spalt breit genug war, schlüpften die beiden Stadtwache-Magier nach draußen.

Mercer und Lucy standen mit dem Rücken zu ihnen. Nick hockte mit hängenden Armen im Gras. Sally konnte rote Flecken an seinen Händen und auf seiner Kleidung erkennen. Seine Stirn war angestrengt gerunzelt. Sally kannte die Art, wie er sich nicht rührte und tief ein und aus atmete. Er konzentrierte sich, versuchte, trotz seiner Verletzungen noch etwas Magie zusammenzukratzen. Der Mann und die Vampirin beobachteten ihn, entspannt, sorglos, nur neugierig, ob es ihm gelingen würde, sich ausreichend zu konzentrieren, um zu zaubern. Sie redeten leise. Es klang, als würde die Vampirin sich über Nick lustig machen.

Steve trat hinter dem Van hervor und schritt entschlossen auf die beiden Sucher zu. Sally folgte ihm und spürte, wie sich eine Gänsehaut auf ihren Armen ausbreitete. Es schien plötzlich kalt geworden zu sein. Sie schob es auf die Anspannung. Mercer und Lucy hörten ihre Schritte und drehten sich zu ihnen um. Die Vampirin sah sie durch die Fuchsmaske an, die Mundwinkel zu einem spöttischen Lächeln verzogen.

„Sieh mal an", sagte sie. „Da kommt die Kavallerie. Zwei Kinder kommen zur Rettung. Wie niedlich." Sally riss sich zusammen, um der Frau nicht eine Beleidigung an den Kopf zu werfen. Sie hasste ihre geringe Körpergröße.

„Lassen Sie Nick in Ruhe", befahl Steve ruhig. Sally sah, wie der Zombiejäger versuchte, sich aufzurappeln. „Wir haben das, was Sie suchen, nicht."

„Wissen wir", sagte Lucy. „Es ist uns egal."

„Haut ab", befahl Sally und versuchte, entschlossen zu klingen. Bebte ihre Stimme? Mist. Und warum hatte sie nur so leise gesprochen?

„Huh", machte Lucy gespielt eingeschüchtert. „Wie alt bist du denn, vierzehn?" Sally knirschte wütend mit den Zähnen. Mercer machte währenddessen einen drohenden Schritt auf Nick zu. Der verletzte Magier richtete sich auf und wich zurück, doch er konnte sich kaum auf den Beinen halten. Steve richtete den Revolver auf den Kopf des Suchers und spannte mit einem Klicken den Hahn.

„*Bleiben Sie stehen.* Ich bin bewaffnet."

„Das sehe ich, Junge", erwiderte Mercer und drehte sich wieder zu ihnen um. „Das ist *sein* Revolver, oder? Hast du schon einmal auf jemanden geschossen?"

„Sie haben recht", sagte Steve und fuhr dann in einem plötzlichen Anfall von schwarzem Humor fort. „Ich habe noch nie auf jemanden geschossen. Ich habe überhaupt keine Ahnung, was ich tue. Ich könnte aus Versehen abdrücken."

Der Mann überlegte. Einige Sekunden vergingen.

„Wir gehen, Lucy", sagte Mercer dann, ohne die Waffe in Steves Händen aus den Augen zu lassen, und für einen Moment entglitt ihm seine Ruhe und Sally sah die Wut auf seinem Gesicht.

„Hey", beklagte die Vampirin sich enttäuscht.

„Nein", sagte Mercer und drehte sich ohne ein weiteres Wort um. Lucy warf Nick einen spöttischen Blick zu und folgte dem anderen Sucher dann, immer wieder zu ihnen zurückblickend. Die beiden kletterten den Hang hinauf und gingen zu Mercers metallisch grauem Sportwagen.

„Vielleicht ist es besser, wenn du fährst", hörten sie Mercer noch zu der Vampirin sagen, bevor sie außer Hörweite waren.

Erst als das Auto der Sucher schon mehrere hundert Meter entfernt war, ließen Sally und Steve es aus den Augen und sahen zu Nick.

Er stand verloren auf der Wiese herum. Seine Arme hingen schlaff neben seinem Körper. Zu viel Blut tropfte ins Gras. Es war ein Wunder, dass er sich noch auf den Beinen halten konnte.

„Ist okay", murmelte er. „Es könnte schlimmer sein." Dann verzog er das Gesicht und nieste laut.

„Vielleicht doch nicht", sagte er und blinzelte, damit seine Augen aufhörten, zu tränen.

Steve ging zu dem Panzer zurück, um den Schaden zu begutachten. Sally lief zu Nick. Er versuchte, ihr entgegenzukommen, doch eins seiner Beine gab nach und zwang ihn, sich hinzusetzen. Die Heilerin kniete sich vor Nick und sah sich seine Arme und sein Gesicht an. Er versuchte, etwas zu sagen, brachte jedoch kaum mehr als ein Krächzen hervor. Sie nahm an, dass es ein Dank sein sollte. Mercers mit Silber verstärkter Schlag hatte ihm das Gesicht aufgerissen. Er hatte tiefe Schrammen an der Wange und eine blutige Lippe. Wenigstens schien seine Nase nicht gebrochen zu sein. Die Verletzungen an seinen Armen waren wesentlich ernster. Sally half ihm, die Lederjacke auszuziehen, was bereits eine unmögliche Tortur war, und legte dann die verbliebenen Finger ihrer rechten Hand auf die Stichwunde an seinem Oberarm. Nick zuckte zusammen und zischte.

„Halt still", befahl sie. Er murmelte etwas, das wie ein Fluch klang.

Sie ließ sich nicht beirren und lenkte behutsam ihre Magie in die Wunde. Sally spürte, wie Muskelfasern und Blutgefäße begannen, sich zu erneuern und wieder zusammenzuwachsen, während sie beide ihm Gras saßen. Nicks ganzer Körper war angespannt, wie bei einem Kind, das eine Spritze über sich ergehen lassen musste. Heilmagie war nützlich, aber nicht angenehm.

Sally konnte nicht alles heilen. Es kostete sie zu viel Energie. In Undertown würden erfahrenere Heiler sich um ihn kümmern. Sie musste nur das Nötigste schaffen, damit er nicht verblutete. Es gelang ihr, die Wunden an beiden Armen zu schließen, um den Blutverlust einzudämmen, doch viele Muskeln waren immer noch gerissen und nutzlos. Zumindest sein Gesicht konnte sie noch heilen, als Entschuldigung sozusagen. Als sie fertig war, hatte sie höllische Kopfschmerzen und ihr war schwindelig.

„Ich bräuchte mal Hilfe!", rief Steve zu ihnen herüber. „Alleine kann ich den Panzer nicht wieder auf die Räder stellen." Nick machte Anstalten, schwankend aufzustehen. Sally versuchte, ihn festzuhalten, doch es gelang ihr nicht, ihn daran zu hindern, sich zu erheben. Vermutlich wäre es ihr auch nicht gelungen, wenn sie sich mit ihrem ganzen Gewicht an ihn gehängt hätte. Sie ging ihm kaum bis zur Brust. Für einen Moment huschte ein verschmitztes Lächeln über sein Gesicht. Sally lächelte automatisch zurück. Nicks Lächeln war ansteckend.

Er runzelte die Stirn und gestikulierte vorsichtig, langsamer als sonst, mit der linken Hand. Er schien seinen Arm nicht so bewegen zu können, wie er wollte.

„Aus dem Weg, Steve", befahl er. Der Werwolf machte hastig einen Satz zurück. Im nächsten Moment erhob sich der Panzer mit einem Ächzen in die Luft, drehte sich um und landete mit einem Krachen auf den Reifen. Er federte noch ein wenig hin und her. Steve öffnete die vollkommen verbeulte Tür und kletterte hinein.

„Warte!", rief der Zombiejäger ihm nach. „Wann bist du das letzte Mal gefahren?"

„Ich bin in Wolfsform schon einer Menge Autos hinterhergejagt", erklärte der Werwolf. „Ich komme klar. Zumindest habe ich meine Arme noch. Und Sally muss sich um dich kümmern." Nick zuckte mit den Schultern.

Während Steve sich mit dem Fahrzeug vertraut machte, umrundete Sally Nick, bis sie wieder vor ihm stand, und sah den Zombiejäger vorwurfsvoll an. Er setzte zu einer Entschuldigung an, zischte jedoch nur, als sie sich auf die Zehenspitzen stellte und wieder eine Hand auf seinen Arm legte.

„Du brauchst in Undertown sofort einen Heiler", erklärte sie.

„Klar", unterbrach er sie. „Schon gut. Lass uns erstmal sehen, dass wir es überhaupt bis dort schaffen... Wie geht es dir?" Er klang besorgt. Sie musste sehr erschöpft aussehen.

„Gut", sagte Sally. „Nur eingeschnappt, weil Lucy gesagt hat, dass ich aussehe wie vierzehn."

„Lucy ist gemein", verkündete Nick. „Für fünfzehn gehst du schon durch."

„Oh, *danke*", antwortete Sally und verdrehte die Augen.

„Komm schon, du bist eben niedlich", verteidigte er sich und lächelte irgendwie unsicher. Sally lächelte zurück, dann sahen beide schnell weg.

„Zum Glück hat Steve die Sucher vertrieben", wechselte die Heilerin das Thema.

„Ich glaube nicht, dass er sie richtig vertrieben hat", meinte Nick bitter und ließ sich auf die Rückbank des Panzers fallen. „Wir haben keine Verhandlungen gewonnen oder sie verjagt. Die wollten nur jemandem wehtun und das haben sie getan." Sally nickte und setzte sich neben ihn.

Das kleine Geistermädchen war immer noch da. Während Steve noch versuchte, sein Wissen über die Gangschaltung aufzufrischen und Sally ihm, von hinten über die Lehne des Beifahrersitzes gelehnt, Anweisungen gab, schuf das Kind sich wieder einen Körper, was ihm nicht mehr Mühe bereitete, als ein Kleidungsstück überzustreifen, holte Nicks Hut, den es irgendwann in den Dreck verschlagen hatte, und ging um den Van herum.

„Sieht aus, als hättest du nochmal Glück gehabt", wisperte es und gab ihm den Hut durch eine offene Tür. Die Kälte, die das Mädchen ausstrahlte, brannte fast und ließ sein Gesicht taub werden.

„Ja", stimmte er ihr leise zu.

„Ich kann warten."

„Und das wirst du auch."

„Du wirst nicht ewig leben, *Nicholas*." Es flüsterte den Namen nur. Ein Schauer lief ihm über den Rücken, diesmal nicht von der Kälte und auch nicht von seinen Verletzungen.

Ein Abend im Black & White

Nick, Steve und Sally trafen etwa eine halbe Stunde nach der anderen Gruppe in der Kraterstadt ein. Anders als bei ihrem Aufbruch brachten sie den Panzer nicht durch den Tunnel zurück in den Lagerraum unter dem *Black & White*, sondern fuhren über eine serpentinenartige Straße im Nordosten des Kraters in die Stadt hinein, wo sie von der Stadtwache empfangen wurden. Nach ein paar Minuten Trubel wurde entschieden, dass Nick in einem Krankenhaus behandelt werden musste. Nick sagte dazu, dass im Krankenhaus wenigstens niemand Witze darüber machen würde, dass er von einer ziemlich kleinen Frau und einem Mann, der einhändig gekämpft hatte, zusammengeschlagen worden war. Dann nieste er.

Lady May ließ sich von den anderen einen kurzen Lagebericht geben. Sie schüttelte langsam den Kopf.

„Ihr habt die Zeit in einer ganzen Straße angehalten?", murmelte sie und zog an ihrer Zigarette. In dem Zwielicht, das sich bereits auf dem Grund des Kraters ausgebreitet hatte, glühte die Spitze orangerot auf wie das einzelne Auge eines Dämonen.

„Nun, dafür sind die Zeitstopper doch da, oder?", gab Ween zurück. May seufzte.

„Ich werde trotzdem mit den Regierungsmagiern sprechen müssen", prophezeite sie. „Aber wenn ich jedes Mal zu ihnen laufen und mich stundenlang entschuldigen würde, wenn ein Funken Magie den Weg aus seinem Reservat gefunden hat, müsste ich mir ein Zelt auf ihren Parkplätzen aufbauen. Sie werden sich schon damit abfinden."

„Wenigstens haben wir jetzt den Bronzeschlüssel", erklärte Rouge. „Möchten Sie, dass ich ihn ins Archiv bringe und eine Wachmannschaft organisiere?"

„Lass gut sein, Rouge", winkte die Lady ab. „Du sagtest, es würde jedes Mal einige Stunden dauern, bevor die Karte wieder einsatzbereit ist?"

„Ja."

„Dann ist sicher eine Nacht Schlaf für uns drin. Ich erwarte euch morgen Punkt acht Uhr in meinem Arbeitszimmer." Rouge und Ween nickten ehrerbietig. Die Lady drehte sich um und verschwand um eine Ecke. Eine Minute später hörten sie das Rauschen von gewaltigen

Schwingen, als ihr geschupptes Reittier sich über das Häusermeer Undertowns erhob.

Sie gingen zurück zu den anderen. Madlen hatte den Kopf in den Nacken gelegt und sah dem Drachen mit vor Staunen weit geöffnetem Mund nach.

„Ja", sagte Blake gerade. „Das ist ein Drache. Versuch nicht, ihn zu streicheln. Er frisst ab und zu Leute. Nun, er versucht zumindest an und zu, *mich* zu fressen."

„Er ist... er ist riesig", stammelte Madlen.

„Er versucht nicht, dich zu fressen", erklärte Rouge Blake in einem leicht genervten Ton. „Dich zu töten vielleicht, aber nicht, dich zu fressen."

„Du bist ein Engel", murmelte der Schatten. „Ein psychopathischer kleiner Todesengel." Rouge legte gespielt unschuldig den Kopf schief und lächelte geschmeichelt.

Sally schob Madlen, eine Entschuldigung murmelnd, aus dem Weg und hielt Ween eine kleine Phiole mit einer schwarzen Flüssigkeit entgegen.

„Du siehst mies aus", erklärte sie ihm.

„Ist das ein Zaubertrank?", wollte Madlen wissen.

„Ja", sagte Sally und wedelte mit dem Fläschchen. Ween nahm es ihr ab und drehte es in den Händen. Auf dem vergilbten Etikett waren noch verblasste Überreste einer Beschriftung zu sehen, doch er kannte die Sprache nicht. Hoffentlich kannte Sally sie. Er hatte keine Lust, sich in einen Frosch zu verwandeln, weil sie die Tränke verwechselt hatte.

„Ich vertraue dir einfach mal", sagte Ween, während er den krümelnden Korken herauszog. „Dass das der richtige Trank ist."

„Natürlich ist er das", meinte die Heilerin. Ween zuckte mit den Schultern und stürzte das Zeug in einem Zug hinunter. Er zog eine Grimasse und hustete. Es schmeckte nach verrottendem Laub.

„Es wird ein bisschen wehtun", kündigte Sally an. „Aber morgen wird es dir besser gehen."

„Ich brauche dringend etwas zu trinken", erklärte Ween. „Das war eklig."

„Ist sonst jemand verletzt?", fragte Sally in die Runde. Blake hob seine verletzte Hand.

„Ich hab mir die Fingerkuppen verbrannt", erklärte er.

„Ich meinte, ist jemand *ernsthaft* verletzt?", korrigierte sie die Frage.

„Das ist ernsthaft", erwiderte der Schatten. „Es tut weh."

Es war dunkel im Krater geworden. Im *Black & White* herrschte wie immer der warme Schein der magischen Lichtkugel in dem schweren Kronleuchter. Es roch nach Holz, Feuer, fettigem Essen und altem Stein. In der *Helsing Street* draußen spiegelten sich einige Straßenlaternen und erleuchtete Fenster in Pfützen auf dem Kopfsteinpflaster, doch über Undertown lag dennoch eine tintige Schwärze. Hier gab es keine grellen Autoscheinwerfer oder bunten Neonschilder wie in London und den anderen Großstädten der Menschen. Das spärliche Licht war warm und gelb. Die Stadt schätzte die Dunkelheit – vermutlich, weil sie einen so viel besseren Lebensraum für Wunder, Geheimnisse und allgemeine Merkwürdigkeiten bot.

Für Madlen waren die dämmrigen Lichtverhältnisse ungewohnt, wenn auch nicht gänzlich unbekannt. Sie erinnerten sie an das Dorf, in dem sie mit ihren Eltern und ihrer jüngeren Schwester gelebt hatte, bevor sie vor einigen Wochen mit ein paar Bekannten eine Wohnung in einem Vorort Londons gemietet hatte, wo es immer hell war. Es amüsierte sie, dass diese fremde, düstere Stadt sie an ihr Zuhause erinnerte.

Sie saß mit Ween, der kleinen, dunkelhäutigen Heilerin und dem asiatischen Jungen mit den zerzausten Haaren an einem Tisch und plauderte mit ihnen über Mercers Golem, als die rothaarige Frau ihren schweren Gürtel über eine Stuhllehne hängte und sich zu ihnen setzte.

„Lady May redet mit der Botschaft und der Stadtwache", erklärte Rouge. „Sie scheinen ihre Schwäche für Abenteuergeschichten entdeckt zu haben."

„Die Stadtwache – das seid doch ihr, oder?", wollte Madlen wissen und sah zu ihr auf. Der Kronleuchter aus Lichtmagie hinter der Dämonin blendete sie. Sie war müde.

„Wir kümmern uns um die Stadt", antwortete Rouge. „Die Agenten der Botschaft kümmern sich um das Land. Von Zeit zu Zeit kommen wir uns in die Quere."

„Die Stadt wird nicht gerne mit dem Rest des Landes in eine Schublade gesteckt", fügte Ween erklärend hinzu. „Sie ist ein bisschen seltsam. Es ist unser Job, dafür zu sorgen, dass nichts Schlimmes passiert."

„Das fasst es gut zusammen", meinte der Junge, der Steve hieß. Er sprach ruhig und langsam, wie jemand, der seine Stimme lange nicht benutzt hatte. Er hockte auf eine ungelenke Weise auf seinem Stuhl, als müsse er sich erst wieder daran gewöhnen, und stocherte in seinem Essen. Es sah ein wenig aus wie Kartoffelbrei und gebratener Fisch, Madlen hätte allerdings nicht darauf gewettet. Wer wusste schon, was in dieser Stadt auf der Speisekarte stand?

Rouge verabschiedete sich wieder von ihnen und verschwand zwischen den Tischen. Als Madlen wieder zu den drei anderen Wachen sah, fiel ihr auf, wie blass Ween immer noch war.

„Wirkt dein Zaubertrank schon?", fragte sie höflich.

„Ich glaube schon", sagte er und runzelte nachdenklich die Stirn. „Mir tut alles weh, als hätte ich einen Muskelkater, aber das war schon so... außerdem bin ich müde. Weißt du überhaupt, wie ein Zaubertrank funktioniert?" Sie schüttelte den Kopf und stützte das Kinn auf ihre Hände, als er begann, es zu erklären.

„An dem Gebräu in diesem Fläschchen hing eine Portion Heilmagie. Es ist eine Möglichkeit, Magie sicher aufzubewahren und zu transportieren. Eigentlich ist Magie ziemlich flüchtig, aber man kann sie an Materie binden, um den Umgang damit zu erleichtern." Während er redete, kramte er in seinen Hosentaschen und legte den Inhalt vor sich auf die Tischplatte. Die leere Phiole, den dazugehörigen Korken und ein kleiner, vom Rost angefressener Schlüssel. Ween nahm die Phiole in die Hand und drehte sie zwischen den Fingern. „Tränke sind Flüssigkeiten, an die Magie gebunden ist. Du trinkst den Trank, du nimmst die Magie auf und sie fängt an, zu arbeiten. Manchmal haben einzelne Komponenten eines Zaubers von Natur aus magische Kräfte, viele Zauber sind aber auch normale Alltagsgegenstände. Oder auf alt getrimmte Steine, Amulette oder Figuren, weil sie cool aussehen und Magier ein oberflächliches Pack sind. Die Kugel, die ich dir in London gegeben habe, hat einen sichtbaren Kern aus Lichtmagie. Aber Magie ist nicht immer sichtbar."

„Sie kommt in vielen Formen und Farben daher", fügte Sally hinzu. Ween hob den winzigen, rostigen Schlüssel hoch.

„Das hier ist ein Schlüssel, nicht wahr?", fragte er. „Nun, der Witz ist, er gehört zu keinem besonderen Schloss. Er kann *jedes* Schloss öffnen, solange es nicht verzaubert ist. Wenn es verzaubert ist – Blake sagt *Tritt die Tür ein.*" Er drehte den Schlüssel nachdenklich hin und her.

„Ich schlage vor, dass wir dieses Ding, wenn wir doch jetzt einen Bronzeschlüssel haben, den *Rostschlüssel* taufen", sagte er dann.

„Deine Entscheidung", sagte Steve.

„Und stellt ihr solche Zauber selber her?", erkundigte Madlen sich.
„In dieser Hinsicht sind wir Amateure", meinte Ween. „Abgesehen von Sally hier sind wir Kampfmagier. Wir benutzen nur unsere eigene, frische Magie und werfen sie Leuten, die wir nicht mögen, ins Gesicht. Wir sind schnell und stark, aber nicht sonderlich raffiniert. Es gibt andere Magier, die gelernt haben, ihre Magie um Gegenstände oder Orte zu flechten und zu weben, wie zu einem Muster, und die damit Wunder vollbringen können, von denen wir nur träumen. Das komplizierteste, das ich kann, ist das hier." Er griff nach seinem Glas, stellte es in die Mitte des Tisches, legte einen Finger auf den Rand und schwieg ein paar Sekunden lang konzentriert, dann zog er seine Hand zurück.

„Berühr das Glas", sagte er. Madlen warf ihm einen warnenden Blick zu, falls er vorhatte, ihr einen tödlichen Stromschlag zu versetzen.

„Es hält nicht so lange", fügte er hinzu. „Du musst dich ein bisschen beeilen." Sie streckte die Hand aus und tippte das Glas an. Es kribbelte unangenehm. Die Härchen auf ihrem Arm stellten sich auf.

„*Tadaaa*", murmelte Ween, lächelte und breitete die Arme aus. „Und das, obwohl Glas ein Nichtleiter ist. Ich bin ein großartiger Zauberer."

„Kann man auch Menschen als Zauber benutzen?", fragte Madlen neugierig. „Oder Lebewesen im Allgemeinen? Also, sie verzaubern?"

„Ja", antwortete Sally. „Man glaubt, dass so Werwölfe, Vampire und sogar ein paar Spezies Dämonen entstanden sind. Aber wie du dir vorstellen kannst, gibt es da ein paar Gesetze, manchmal ist die Wirkung nämlich recht unschön."

„Ich habe von Leuten gehört, die sich beigebracht haben, größere Mengen Magie zu speichern und zu transportieren", meldete Steve sich. „Es hat keine Nebeneffekte. Sie tragen nur Magie von einem Ort zum anderen, so einfach. Wie ein Postbote. Und dann bekommen sie eine Menge Geld für ihre Dienste."

„Es hat keine Nebeneffekte, wenn du darin ausgebildet bist", korrigierte Sally. „Und so eine Ausbildung ist lang, schwer und teuer."

„Was passiert, wenn man es nicht richtig kann?", fragte Madlen.

„Du stirbst", sagte die Heilerin nur.

„Die fremde Magie zirkuliert in deinen Adern und vermischt sich mit deiner eigenen", erklärte Ween. „Ein kleines *Power-Up* sozusagen. Klingt natürlich großartig, aber wie gesagt, wenn man so etwas nicht richtig kann, wird es unangenehm. Ich habe als Kind öfter mal versucht, Elektrizität zu speichern. Die Kurzform: es hat nicht richtig funktioniert und ich habe höllische Kopfschmerzen davon bekommen. Ungefähr so wird es sich wohl anfühlen. Apropos Kopfschmerzen, mein Kopf tut weh."

„Der Sucher hat dich verprügelt", meinte Steve. „Und jetzt versucht der Zaubertrank, das zu heilen. Natürlich tut dein Kopf weh."

„Ich mag Zaubertränke nicht", verkündete Ween. „Ich habe immer noch den widerlichen Nachgeschmack im Mund. Als ob mich jemand mit dem Gesicht durch einen Haufen Laub geschleift hätte. Ist noch etwas zu trinken da?" Sally deutete wortlos auf Steve.

„Leute", murmelte er verteidigend. „Euch ist schon klar, dass ich in gewisser Weise für zwei Körper essen muss?" Ween seufzte und schob seinen Stuhl zurück.

„Ich bin hinten an der Theke", erklärte er. „Ich wollte sowieso noch mit Blake reden." Steve folgte ihm wie ein Hund seinem Herrchen und ließ die beiden jungen Frauen allein zurück. Madlen sah den beiden nach.

„Steve ist ein Werwolf", erklärte Sally. „Manchmal ist er etwas komisch. Offenbar sieht er Ween als den Alphawolf."

„Ist Ween euer Anführer?", fragte Madlen zweifelnd.

„Oh nein." Sally lachte auf. „Lady May ist unsere Kommandantin und Rouge ist ihre rechte Hand. Steve ist der einzige, der Ween folgt. Sie sind zusammen zur Grundschule gegangen und als Ween gelernt hat, dass er magische Fähigkeiten hat, ist Steve ihm nach Undertown gefolgt."

„Ihr habt alle magische Kräfte, oder?", wollte Madlen wissen.

„Jein. Ween kontrolliert Elektrizität. Rouge verformt Materie. Nick hat Telekinese. Steve ist nur ein Werwolf, womit er, wenn du aufgepasst hast, kein richtiger Magier ist, sondern nur ein verzauberter Mensch. Du kannst nicht zaubern, oder?" Madlen antwortete nicht sofort.

„Tut mir leid, wenn das gemein war", sagte Sally.

„Mir macht es nichts aus", widersprach Madlen ihr schnell. „Gilt so eine Frage bei euch als unhöflich?"

„Nicht direkt", antwortete Sally und schien zu überlegen. „Es ist eigentlich kein großes Thema, wir haben hier nicht sonderlich viel mit Nichtmagiern zutun. Ich dachte, es wäre dir vielleicht unangenehm."

„Ist es nicht", erwiderte Madlen und zuckte mit den Schultern. „Ich weiß ja auch noch gar nicht, ob ich zaubern kann oder nicht. Ich nehme mal an, die Wahrscheinlichkeit, dass gerade ich magische Kräfte habe, ist ziemlich gering, oder?"

„Ja", antwortete Sally. Madlen zuckte mit den Schultern.

„Was für Kräfte hättest du denn gerne?", wollte Sally dann wissen.

„Ich fände Telekinese cool. Das ist auch ziemlich weit verbreitet."

„Heilen wäre gut", meinte Madlen nach einer Weile. „Das hast du, oder?"

„Ja."

„Und, wie ist es?"

„Ganz okay", meinte Sally. „Du kannst immerhin Leben retten. Aber andere Fähigkeiten sind so viel spektakulärer. Zumal ich schon so nicht gerade eine beeindruckende Erscheinung bin." Sie hob die Hände und wies mit einer Geste auf ihre geringe Körpergröße hin. „Man kann mit Heilmagie theoretisch großen Schaden anrichten, aber das ist streng verboten. Es ist einfach nicht richtig." Sie schwiegen kurz, dann wechselte Sally das Thema.

„Und, wie gefällt dir die Stadt bis jetzt?", fragte sie.

„Gut", antwortete Madlen höflich.

Gut. Was für eine nichtssagende Bezeichnung, um eine neue Welt zu beschreiben.

„Die Bahnstation... wie funktioniert sie?" Madlen stellte sich die Frage, seit sie in Undertown angekommen und ihr so schwindelig wie nie zuvor in ihrem Leben geworden war. Sie hatte schon immer Höhenangst gehabt und plötzlich kopfüber an der Decke zu hängen hatte ihr einen ziemlichen Schrecken eingejagt.

„Soll ich ehrlich sein?", lachte die Heilerin. „Ich habe keine Ahnung. Es war ein Haufen Magier mit Telekinese, aber wie sie es genau gemacht haben, kann ich dir nicht sagen. Aber ich beschwere mich nicht. Stell dir mal vor, wie es für die Leute vor zweihundert Jahren gewesen sein muss, als sie noch nach unten klettern mussten. Hast du eigentlich vor, ein paar Tage hierzubleiben?"

„Ich weiß nicht, ob ich kann", gab Madlen zu.

„Warum nicht?"

„Ich kenne mich hier nicht aus. Außerdem habe ich nicht besonders viel Geld dabei. Ich meine, hier gilt doch dieselbe Währung wie da draußen, oder?"

„Ja", sagte Sally. „Manche Leute hier haben kein Interesse an Geld, aber der Besitzer des *Black & White* gehört nicht dazu. Du wohnst in der Nähe von London, oder? Theoretisch könntest du mit der U-Bahn zurückfahren. Aber du hast jetzt wahrscheinlich keine Lust, mehrere Stunden in der Bahn zu sitzen."

„Hm, richtig", murmelte Madlen.

„Dann solltest du vielleicht lieber hier übernachten. Komm mit." Die Heilerin stand auf und bahnte sich ihren Weg zwischen den Gästen hindurch, die an den Tischen saßen oder in kleinen Gruppen herumstanden. Madlen, die nicht die geringste Ahnung hatte, wohin die junge Frau wollte, sprang ebenfalls auf und folgte ihr.

Es war etwas stickig, aber nicht so sehr, dass man es nicht mehr ausgehalten hätte. Feine Rauchschwaden waberten durch die Luft. Das Rauchen war hier drin offenbar untersagt, also mussten sie wohl von dem Kaminfeuer und einigen Kerzen kommen, die den Raum zusätzlich zu dem magischen Kronleuchter erhellten.

Madlen war immer versucht, höflich zu sein, und nur, weil sie eine gänzlich fremdartige Welt entdeckt und ein paar sehr verrückte Leute getroffen hatte, würde sie nicht damit aufhören. Doch sie konnte nicht anders, als die wunderlichen Gäste des Gasthauses neugierig zu mustern. Das *Black & White* war voll um diese Uhrzeit.[1] Sie sah einen Mann in einem dicken, pelzbesetzten Mantel, der neben sich auf dem Tisch ein schweres Langschwert liegen hatte. In seinen Händen hielt er ein paar Spielkarten. Als Madlen sie genauer musterte, sah sie, dass die Symbole darauf sich stetig veränderten. Seine Gegnerin war eine Frau in einem prächtigen hellgelben Gewand. Sie hatte sechs Arme. Ihre Haut glänzte rostrot, als wäre sie mit winzigen Schuppen aus Metall überzogen. Als Madlen an ihr vorbeiging, sah die Dämonin mit orange glühenden Augen auf und grinste breit, wobei sie spitze, dreieckige Haifischzähne entblößte. Madlen lächelte unsicher zurück, was die Frau zu freuen schien. Die merkwürdige Stadtbewohnerin wandte sich wieder ihrem Blatt zu und Madlen ging weiter.

Sally stand an der Theke, die Ellbogen auf die Tischplatte gestützt, und redete auf den Barkeeper ein. An einem Tisch nicht weit entfernt konnte Madlen Ween, Rouge und Blake ausmachen.

Der Barkeeper, der ein verwaschenes blaues Hemd und ein Halstuch trug, war ein junger Mensch – zumindest vermutete Madlen das. Er sah müde aus, kränklich, und seine Haut hatte einen ungesunden Grauton.

„Okay, Madlen", sagte Sally. „Das ist Kenny. Er ist der Neffe des

---

[1] Die Bewohner Undertowns waren oft die ganze Nacht unterwegs, denn nachts war die übernatürliche Seite der Welt bekanntermaßen stärker.

Besitzers und kümmert sich hier um alles."
„Hallo Kenny", sagte Madlen.
„Hi", murmelte Kenny. Er klang nicht sehr begeistert. „Wie kann ich euch helfen?"
„Madlen braucht ein Zimmer für ein paar Tage. Geht das?"
„Hm, klar."
„Ich kann aber nicht bezahlen", warf Madlen ein. „Du meintest doch, dass der Besitzer von all dem hier Geld will."
„Macht nichts", widersprach der Mann ihr mit monotoner, gleichgültiger Stimme. „Ich rechne es zur Miete der Stadtwache." Er holte ein riesiges Buch und einen altmodischen Füllfederhalter unter der Theke hervor und trug etwas in das Buch ein, dann gab er Madlen einen Schlüssel mit einer Nummer.
„Du weißt, wo das ist, oder?", fragte er Sally.
„Klar", meinte die Heilerin. „Tschüss, Kenny." Dann drehte sie sich um und ging mit Madlen im Schlepptau zu der breiten Holztür an der Rückwand des Schankraums.

Sally kramte einen kleinen Lichtzauber aus ihrer Tasche hervor und aktivierte ihn. Auf der anderen Seite der Tür erstreckte sich links und rechts von ihnen ein breiter, aus rohem Stein gemauerter Gang mit weiteren Türen. Ihnen gegenüber ging er in ein Treppenhaus mit quadratischem Grundriss über. Das Gebäude schien direkt dahinter zu enden, denn an der Hinterwand befanden sich mehrere Bleigasfenster, durch die das gelbliche Licht der nächtlichen Stadt auf die Stufen fiel.
Der Gang war menschenleer, doch sie konnten immer noch die Stimmen der Gäste aus dem Nebenraum hören.
„Dein Zimmer ist da oben", bemerkte Sally und nickte zur Treppe hin. „Sollen wir gleich hochgehen oder willst du lieber noch mit uns unten bleiben?"
„Lass nur", murmelte Madlen und winkte ab. „Ich bin vollkommen erschöpft. Ich bringe auf jeden Fall meine Sachen hoch." Sie deutete auf ihre Umhängetasche, setzte sich in Bewegung und wurde nur Sekunden später von Sally überholt, die mit einer beeindruckenden Geschwindigkeit die knarrenden Holzstufen hochhüpfte.
„Der Barkeeper...", begann Madlen.
„Kenny", unterbrach Sally sie.
„Er sah seltsam aus. Krank."

„Ich weiß es nicht, er war schon so, als er hier angefangen hat. Der alte Barkeeper, Kennys Vater – ich sollte dir bei Gelegenheit mal erzählen, was mit ihm passiert ist, aus medizinischer Sicht ist es sehr interessant – konnte nicht mehr arbeiten, darum war es eine naheliegende Lösung, Kenny einzustellen. Er macht seinen Job ganz gut, auch wenn er irgendwie aussieht als würde er gleich umkippen."

„Ah", meinte Madlen etwas ratlos.

„Es gibt ein paar seltsame Geschichten über ihn. Du weißt schon, untot, Zombie, Lich, Vampir, Ghoul, Hämochromatose. Aber Geschichten gibt's über jeden hier. Wir sind da." Madlen dankte ihr und gähnte laut, als sie die Tür öffnete.

Sie träumte von der Kraterstadt.

Die Prophezeiung

„Liebst du sie?", fragte Blake seinen Lehrling, als Madlen und Sally durch die Tür verschwunden waren. Er saß an einem Tisch nahe der Theke und hielt ein leeres Glas in seiner linken Hand. Sally hatte sich schließlich doch um seine verletzte rechte gekümmert. Seine verbrannten Finger waren mit Pflastern bedeckt. Die junge Frau hatte wohl nicht mehr genug Energie, um jemanden zu heilen.

Rouge und Ween, der sich wieder von Steve getrennt hatte, saßen neben ihm, sie mit einem ähnlichen Glas und der dazugehörigen Flasche, er mit einer Dose Cola.

„Hm? Was?", murmelte Ween und sah von seiner Dose auf.
„Madlen", erklärte der Schatten. „Bist du in sie verknallt?"
„Das geht dich gar nichts an."
„Habe ich recht?"
„Ich sagte *es geht dich nichts an*", knurrte der junge Magier.
„Ich habe recht, stimmt's? Du wirst rot."
„Allerdings wird er *immer* rot, wenn du so was sagst", merkte Rouge an und schenkte sich noch ein Glas ein.

„Das liegt wahrscheinlich daran, dass ich immer recht habe", meinte Blake und grinste breit. Ween schnaubte und leerte die Coladose in einem Zug.

„Ich suche Steve", verkündete er, knallte die Dose auf die Tischplatte und wandte sich zum Gehen.

„Sollte ich beleidigt sein, wenn er die Gesellschaft eines grauen, zotteligen Putzlappens unserer vorzieht?", überlegte Rouge laut.

„Steve ist kein Putzlappen", entgegnete Ween der Pentheselanerin verärgert und drehte sich noch einmal zu ihnen um. „Er ist ein Werwolf und damit mehr Mensch als ihr beide. Außerdem ist er mein Freund."

„Steve ist ein Werwolf, ja", begann Rouge. „Aber dieser Wolf hat – und da müsst ihr mir zustimmen – mit einem grauen, zotteligen Putzlappen durchaus Ähnlichkeit. Und solange er den Großteil seiner Zeit als Putzlappen verbringt, werde ich ihn auch wie einen behandeln."

„Sie hat recht", meinte Blake. „Er ist eigentlich ein ziemlich schlechter Werwolf. Nicht halb so beeindruckend wie die Werwölfe meiner Zeit. Eigentlich ist er ein großer Hund, der sich bisweilen in einen Jungen verwandelt."

„Ihr nervt", erklärte Ween und verschwand in der Menge, vermutlich auf der Suche nach seinem alten Schulfreund.
„Ihr ändert euch nie, oder?", fragte jemand. Der Schatten drehte sich um. Es war Kenny. Blake hatte als Kind eine Weile gebraucht, um zu lernen, die blassen Gesichter der Menschen zu lesen und auseinanderzuhalten, doch es war ihm nie schwer gefallen, zu erkennen, wie müde und kränklich der Barkeeper aussah.
„Hallo Kenny", sagte er. Der junge Mann nickte ihm höflich zu.
„Du bist wieder da, wie?", fragte Kenny.
„Seit gestern."
„Ja, ich weiß. Die Sache mit dem Lichtmagier..."
„Oh", murmelte Blake. „Ist das Ganze sehr teuer?"
„Nein. Es hat sich schon alles erledigt."
„Gut. Ich hätte das Geld sowieso nicht gehabt."
„Wissen wir", sagte Kenny. Blake hatte *nie* viel Geld. Das Schatzsucherdasein war zwar nie langweilig, aber auch nicht gut bezahlt.[1] Normalerweise bestanden seine Ersparnisse aus ein paar Münzen in seinen Hosentaschen und dem ein oder anderen Schein, den er irgendwo hinterlegt hatte und dort vergaß. Auf irgendeinem Nichtmagierkonto hatte er noch ein paar hundert Pfund, aber die Karte war verlorengegangen und der Zettel, auf den er das Passwort geschrieben hatte, auch. Er hatte längst aufgegeben, zu versuchen, an das Geld zu kommen. Aber wenigstens war es dort sicher.
Blake und Rouge sahen Ween nach.
„Warum ärgerst du den armen Jungen nur so?", fragte Rouge belustigt und reichte ihrem Exfreund die Flasche.
„Du hast mitgemacht", erinnerte Blake sie und goss sich ein Glas ein, bevor er sie Kenny entgegenhielt. Der Barkeeper schüttelte den Kopf und Blake stellte die Flasche wieder auf dem Tisch ab. „Und die Sache mit Madlen war nur gerecht. Meine Revanche dafür, dass er ständig allen von dir und mir und unserer Trennung erzählt und wie traurig mich das alles macht." Die Schwertkämpferin schmunzelte. Er seufzte und sank in seinem Stuhl zusammen, als er begriff, was er gesagt hatte.
„Du bist traurig wegen mir?", wiederholte sie spöttisch. „Ich bin amü-

---

[1] Die Hauptgründe dafür, dass er im *Black & White* bleiben durfte, waren, dass er nicht viel brauchte und sich einmal freiwillig gemeldet hatte, sich einer sturzbetrunkenen Gorgone zu nähern, sie nach draußen zu begleiten und ihre Schlangenhaare zu halten, während sie sich übergab.

siert. Du hast doch jetzt Ween."

„Du hast gute Laune heute", stellte Blake trocken fest.

„Allerdings."

„Darf ich dich was fragen?", wollte er wissen.

„Natürlich", antwortete Rouge und nahm einen Schluck aus ihrem Glas.

„Was ist der Grund dafür, dass du mich in London nicht dabei haben wolltest?" Sie seufzte und drehte das Glas in ihren Händen.

„Du magst mich nicht, stimmt's?", meinte Blake. „Gib es ruhig zu, es macht mir nichts aus." Sie zog eine Augenbraue hoch.

„Ehrlich nicht?", fragte sie.

„Nein", sagte er und klang nur ein wenig traurig. „Ich versuche, immer nett und verständnisvoll zu sein."

„Gut. Nein. Der Grund ist ein anderer."

„Sagst du es mir?"

„Ja." Sie zögerte kurz. „Bevor Lady May und Ween uns heute Morgen zur Lagebesprechung geholt haben, bin ich Crazy Joe über den Weg gelaufen."

„Ich dachte, der hätte euch besucht, als ihr gerade los nach London wolltet."

„Nein, er war morgens schon einmal da. Und er hat mir etwas erzählt. Er hatte eine Vision. Sie hing offenbar damit zusammen, dass du in dem Job mit uns zusammenarbeitest." Blake hatte schon oft erlebt, dass sie auf eine so sachliche, kurz gefasste Weise sprach. Es war kein gutes Zeichen.

„Was ist passiert?", fragte er. Sie stellte das Glas wieder ab.

„Etwas Schlimmes."

„Na, wenn das nicht präzise ist. Wem passiert es?"

„Dir." Sie machte eine dramatische Pause. „Es ist etwas verschwommen. Jemand stirbt. Und es war eindeutig Dunkelmagie dort."

„Und ich stand nicht nur am Rand herum und habe applaudiert?", fragte er.

„Joe glaubt, dass du es bist, der stirbt. Er sagte auch, dass es nicht zwingend passieren müsste", sprach sie weiter. „Das es nur eine mögliche Zukunft ist. Und es waren ja kaum mehr als ein paar Fetzen. Aber er war richtig blass, als er es mir erzählt hat. Es muss eine ziemlich schlimme Vision gewesen sein." Blake schwieg eine Weile.

„Dann wolltest du mich also beschützen?", fragte er schließlich.

„Ja", sagte sie und nickte.
„Du hättest mir das sagen sollen!", rief er. „Ich hab mir Sorgen gemacht! Ich dachte, du wärst eingeschnappt oder wütend auf mich!" Ein unfreiwilliges Lächeln breitete sich auf Rouges Gesicht aus.
„Du... bist *erleichtert*?"
„Ja", sagte Blake. „Nun. Das mit dem Beschützen hat ja offenbar geklappt. Ich lebe und wir sind so gut wie fertig, was diesen Fall angeht."
„Hoffentlich."
„Was heißt hier *hoffentlich*? Wir haben den Bronzeschlüssel. Wir sitzen am sehr viel längeren Hebel. Es ist vorbei, Rouge."
„Das können wir nicht wissen. Glaub mir, ich hoffe wirklich, dass es vorbei ist, aber ich fürchte, dass das, was Joe gesehen hat, vielleicht noch kommt."
„Vielleicht können wir es verhindern?", riet er. „Mal ganz abgesehen davon, dass der Witz mit den prophezeiten Toden, wegen denen alle ganz verrückt werden, mittlerweile auch wirklich alt und nicht mehr witzig ist. Solche Visionen gab es schon oft und meistens passiert dann doch nichts."
„Keine waghalsigen Experimente bitte, ja?", bat sie.
„Okay. Alles klar." Er grinste schief. „Rouge, meine Liebe, ich hätte wirklich nicht gedacht, dass du dich von so was erschrecken lässt."
„Ich hab mir eben Sorgen gemacht!", protestierte sie, beugte sich zu ihm vor und fixierte ihn finster. „Ich war nervös wie sonst was. Später kam es mir dann auch immer banaler vor, aber zu dem Zeitpunkt konnte ich das natürlich nicht mehr zugeben."
„Gut", sagte Blake, immer noch grinsend. „Wenn du möchtest, kann ich mir trotzdem ein, zwei Wochen lang freinehmen. Ween wird sich freuen. Er kann mich auf den neuesten Stand bringen, was während meiner Abwesenheit so passiert ist in der Stadt. Aber nur so aus Interesse: Kannst du mir etwas Genaueres über die Vision sagen? Irgendwelche Einzelheiten?" Sie schluckte.
„Joe hat nicht viel gesagt. Visionen sind keine Videos. Sie bestehen aus einzelnen Eindrücken, Bruchstücken. Manchmal nur einem einzigen Bild oder einem einzigen Wort."
„Irgendwas?", wiederholte er eindringlich.
„Ich weiß selbst nicht, wie ich es mir vorstellen soll", begann sie. „Aber Crazy Joe meinte, die Dunkelheit selbst hätte sich *gefürchtet*." Blake beugte sich vor und runzelte die Stirn.

„Dunkelmagie? Dunkelheit, die sich fürchtet?"
„Ja."
„Aber wovor könnte so etwas wie Dunkelheit Angst haben? Sie ist eine recht stoische und unerschüttliche Lady. Nicht zu vergessen abstrakt."
„Ich weiß es nicht. Aber ich nehme an, es sollte dir auch Angst machen."

Frühstück

Madlen wachte in einem fremden Zimmer auf und runzelte verwundert die Stirn. Sie starrte an die hölzerne Decke, die von dicken Balken gestützt wurde. Sie blinzelte ein paar Mal. Dann setzte sie sich auf, kletterte aus dem Bett und sah sich einmal im Raum um. Die Wände waren gemauert und das Fenster über ihrem Bett bestand aus farblosem Bleiglas. Der hölzerne Fensterrahmen war schwer und sah aus, als würde er klemmen.

Der Steinfußboden war eiskalt, außer an den Stellen, auf die die Sonne fiel. Aber auch dort war die Wärme kaum spürbar. Madlen sah zufällig aus dem Fenster, hinunter auf eine von alten Häusern gesäumte Kopfsteinstraße, auf denen die tagaktiven Stadtbewohner ihrer jeweiligen Arbeit nachgingen. Auf dem äußeren Fensterbrett wuchsen ein paar kleine, rundliche Pilze, die von innen heraus rosa und violett zu leuchten schienen.

Dummes Mädchen, dachte Madlen. *Du bist in Undertown.*

Sie schlüpfte in ihre Kleidung vom Vortag und dachte, dass es vielleicht doch nicht so klug gewesen war, ohne jede Vorbereitung loszuziehen, doch sie schob die Überlegung weg. Ein Abenteuer plante man nicht.

Sie trat auf den Gang hinaus und schloss die schwere, breite Tür hinter sich. Das Holz fühlte sich angenehm an. Links und rechts von ihr gab es weitere Türen. Madlen gegenüber öffneten sich ein paar Fenster auf eine zweite Straße. Die junge Frau überquerte den Gang und sah nach draußen. Auch hier herrschte bereits reger Betrieb. Ihrem Handy zufolge war es fast halb elf. Normalerweise schlief sie nicht so lange.

Sie wandte sich von dem Fenster ab und folgte dem Gang. Dabei fiel ihr ein, dass sie keine Ahnung hatte, wohin sie gehen sollte. Sie kannte sich im Gebäude nicht aus, und sie war sich nicht einmal ganz sicher, wie sie zurück zur Treppe kommen sollte. Das Ganze erinnerte sie daran, wie sie sich einmal als Kind auf einer Klassenfahrt in der Jugendherberge verirrt hatte. Für ihr schüchternes, dickliches, zwölfjähriges Ich war es die Hölle gewesen. Heute war ihr Selbstbewusstsein zum Glück um einiges größer.

Schritte. Madlen drehte sich um und sah Sally, die am Ende des Ganges stand und eine prall gefüllte Papiertüte im Arm hatte. Die Heilerin sah im selben Moment auf und grinste breit.

„Hallo Madlen!", rief sie.

„Morgen", sagte Madlen um einiges weniger lautstark und kam zu ihr herüber.

„Hast du Hunger?", wollte Sally wissen. „Ich habe das Frühstück."

„Oh, großartig", meinte Madlen und folgte der jungen Frau wie ein treuer, kleiner Hund um ein paar Biegungen.

Sie betraten einen Raum, der um einiges größer war als ihr Zimmer. Es gab ein paar Fenster an der Wand gegenüber der Tür. In der Decke klaffte ein weiteres, größeres Fenster, das aussah, als sei es erst vor einigen Jahren eingebaut worden. Regenwasser hatte sich an einigen Stellen auf dem Glas gesammelt und würde in kurzer Zeit sicher ein Paradies für Mückenlarven sein. Der Himmel jenseits der dicken Glasscheiben war heute blau. Vielleicht hörte der Regen endlich auf.

Unter dem Fenster stand ein Tisch und an dem Tisch saßen Steve, Rouge und Ween. Steve wirkte unruhig, während Rouge in einem Buch blätterte. Von der Wunde an ihrer Stirn war nichts mehr zu sehen. Vielleicht hatte Sally sie geheilt. Auch ihre Brille sah wieder makellos aus. Einen Moment lang überlegte Madlen, ob Rouge das gesplitterte Glas selbst repariert hatte oder heute Morgen schon zu einem anderen Magier gegangen war. Dann entschied sie, dass die Dämonin wohl ganz einfach mehrere Brillen besaß.

Ween hatte den Kopf auf die Unterarme gelegt und sah ziemlich müde aus, auch wenn er wenigstens nicht mehr ganz so blass war wie gestern in der U-Bahn. Er trug nicht mehr den schwarzen Anzug von gestern und vorgestern, sondern blaue Jeans und ein T-Shirt, auf das eine Person mit Kapuze und die Worte *Nothing is true, everything is permitted* gedruckt waren.

Alle drei sahen auf, als die beiden jungen Frauen eintraten.

„Hallo Leute", begrüßte Sally sie.

„Morgen", antwortete Ween und lächelte breit.

„Hi", sagte Steve nur.

„Hallo Madlen", begrüßte Rouge sie über den Rand ihres Buches hinweg, nachdem sie Sally höflich zugenickt hatte. „Schläfst du immer so lange?"

„Eigentlich nicht", antwortete Madlen entschuldigend.

„Wie auch immer, du wärst nicht die einzige", erklärte die Dämonin gleichgültig und deutete mit dem Kopf auf die beiden Jungen, die ihr gegenüber saßen. Sally setzte die Tüte auf dem Tisch ab und ließ sich in einen der leeren Stühle fallen.

Die Pentheselanerin schloss endlich ihr Buch. Dann griff sie nach der Tüte und zog eine der Pappschachteln heraus. Sowohl die Schachtel als auch die Tüte sahen überraschend normal aus. Sally nahm sich ebenfalls eine Schachtel und ließ die übrigen über die Tischplatte zielgenau zu Ween, Steve und Madlen schlittern.

„Ich hab was für dich ausgesucht", erklärte Sally ihrem Gast. „Ich hoffe, du magst indisches Essen."

„Ja, ist okay", antwortete Madlen überrascht, dass die Heilerin an sie gedacht hatte, und öffnete ihre Schachtel. Es war eine Mischung aus Reis, gebratenem Gemüse und leuchtend oranger Soße.

„Wenn wir mitten in einem Fall stecken, gibt es meistens warmes Essen", erklärte Sally. „Wenn man die ganze Nacht gegen kannibalische Totenbeschwörer gekämpft hat, reichen Cornflakes am nächsten Morgen einfach nicht aus. Und die Käfer drei Straßen weiter machen ganz wunderbares indisches Essen."

„Käfer?"

„Eine Dämonenspezies. Gelbe oder rote Haut, bunte Stoffgewänder, zu viele Arme?"

„Oh... ja, ich hab schon eine Frau gesehen."

„Sie nennen sich selbst *Naini*, aber umgangssprachlich sagt man auch *Käfer*. Ob du das eine sagst oder das andere ist egal, sie sind nicht beleidigt oder so."

„Gibt es einen bestimmten Grund, warum du so gute Laune hast?", wollte Rouge von ihrer Arbeitskollegin wissen. „Oder ist das morgens immer so?"

„Ich hab heute Morgen einen anderen Heiler getroffen", erzählte Sally. „Er arbeitet im Krankenhaus und hat mir gesagt, dass es Nick gut geht und er in wenigen Tagen wieder der alte ist." Erfreutes Gemurmel erhob sich. Madlen sagte nichts. Sie hatte Nick noch nicht wirklich kennengelernt, aber sie hatte gesehen, wie Steve ihm vorsichtig aus dem Van geholfen hatten. Seine Kleidung war voller Blut gewesen.

„Man kann mit Magie fast alles heilen", erklärte Sally Madlen. „Aber es ist sehr schwierig. Und selbst, wenn alles gut geht, fühlt der Patient sich danach für eine Weile total schlapp." Madlen nickte.

„Also frühstückt ihr immer zusammen?", wechselte sie das Thema.

„Ja", kam die Antwort von Ween, der in seinem Essen herumstocherte. „Rouge kommt nur manchmal, weil sie eine elende Frühaufsteherin ist und nicht gerne wartet. Nick ist normalerweise dabei, aber er ist auch manchmal tagelang unterwegs. Aber Sally, Steve und ich sind die feste Besetzung. Oh, und ganz selten kommt auch mal Crazy Joe vorbei. Offenbar glaubt er, er müsse sich regelmäßig vergewissern, dass uns auf der Arbeit nichts Blödes passiert."

„Crazy Joe?", fragte Madlen.

„Ja. Ein Freund von uns."

„Diese Kugel, die du gefunden hast", erklärte Rouge und wechselte das Thema. „Weißt du, was es damit auf sich hat?"

„Ween sagte mal, sie sei so was wie ein Schlüssel", überlegte Madlen.

„Genau", sagte Ween. „Man kann damit ein Versteck öffnen, in dem sich ein Schatz oder so befindet."

„Aber nicht sofort", widersprach Rouge ihm und schob ihr Essen zur Seite. „Man braucht außerdem noch etwas Anderes. Ein Schloss, wenn man so will. Mit einem normalen Schlüssel kann man auch nicht einfach in der Luft herumfuchteln und erwarten, dass etwas passiert. Man benutzt beides zusammen, und die Magie im Schlüssel breitet sich nach der Vorlage des Schlosses aus – das Schloss kann eine Zeichnung sein oder eine Skulptur, es funktioniert wie eine Schablone. Vielleicht ist es auch richtig kompliziert, dann könnte ein ganzer Raum das Schloss sein. Wie auch immer, wenn man beides da hat und benutzt, wird irgendwo anders ein Zauber deaktiviert, der etwas beschützt und versteckt. Und dieses Etwas suchen Mercer und die anderen. Warum die verantwortlichen Zauberer das Etwas dort vor einigen Jahrhunderten versteckt haben, wissen wir nicht so genau. Wir glauben, dass es etwas sehr Kostbares war und sie es an einem sicheren Ort verbergen wollten. Die Geschichte mit dem Bronzeschlüssel sollte wohl dazu dienen, Zeit zu gewinnen, sollte jemand anders versuchen, es zu stehlen. Nun sind sie aber dummerweise alle tot, und so wird niemand einen Unwürdigen davon abhalten, sich das mysteriöse Etwas zu holen."

„Es ist also überhaupt nicht kompliziert", fügte Sally ironisch hinzu.

„Und wir haben keine Ahnung, was das Etwas ist", sagte Madlen.

„Exakt", stimmte Rouge ihr zu. „Deshalb habe ich es das *Mysteriöse Etwas* getauft."

„Eigentlich heißt es Asets Licht", erklärte Ween. Rouge zuckte mit den Schultern.

„Sucht ihr das Schloss, sobald sich alle wieder erholt haben?", wollte Madlen wissen.

„Nein", widersprach Rouge und schwieg einige Sekunden. „Das können wir nicht. Wir haben die Karte nicht. Aber das macht nichts, denn ohne den Bronzeschlüssel können die Sucher nichts unternehmen."

„Also warten wir einfach", schloss Ween. „Früher oder später kommen die Sucher dann von alleine zu uns."

„Hoffen wir, dass wir dann wieder fit sind", meinte Steve. „Ist noch Essen da?" Ween schob ihm wortlos einen zweiten Karton hinüber.

„Also, was machen wir heute – oder, was macht ihr?", fragte Madlen.

„Ich besuche Nick", erklärte Sally. „Und du kannst gerne mitkommen."

„Ich komme auch mit", meldete Rouge sich. „Außerdem wollte Blake noch mit mir reden. Ich nehme an, er steckt wiedermal bis zum Hals in Problemen."

Geschäfte

„Nachdem ihr euch den ganzen gestrigen Abend erholen durftet", begann Blake, als er auf der Straße zu ihnen stieß. „Können wir *jetzt* reden?" Ween, Rouge, Sally und Madlen gingen in Richtung des zentralen Krankenhauses der Kraterstadt. Steve hatte sich von ihnen getrennt. Er wollte heute in die Wälder, zu den anderen Wölfen, jetzt, wo es nicht mehr regnete.

„Können wir", sagte Rouge. „Worum geht es?"

„Um Mord", antwortete der Dämon einsilbig.

„Das Übliche also?", fragte Ween. Die Pentheselanerin und der junge Mensch ließen sich ein Stück zurückfallen, damit Sally und Madlen sie nicht hörten.

„Diesmal hat es einen Schatten erwischt", sagte Blake.

„Schatten?", wiederholte Ween.

„Ich war gestern unten. Ich dachte, es wäre eine gute Idee, wenn mal jemand nach ihnen sieht. Und ich habe einen Toten gefunden. Erschossen. Wenn ich ihn nicht entdeckt hätte, hätte es Jahre dauern können, bis jemand von der Oberfläche ihn gefunden hätte."

„Hast du mit einem anderen Schatten Kontakt aufgenommen?", fragte Rouge.

„Nein. Ich habe ein bisschen gesucht, aber niemanden gefunden. Ich habe ein mieses Gefühl dabei."

„Nun", sagte Ween und zwang sich zu einem Lächeln. „Du hast bei vielen Dingen ein mieses Gefühl."

„Mag sein, aber das hier ist in der fortgeschrittenen Liga."

„Was weißt du noch?", fragte Rouge dann.

„Nicht viel. Helft ihr mir trotzdem?"

„Natürlich", versprach Ween.

„Ich werde es versuchen", sagte Rouge diplomatischer.

„Wenn wir uns nicht darum kümmern, tut es niemand", sagte Blake.

Madlen und Sally blieben stehen, als sie bemerkten, dass die anderen zurückgeblieben waren, und drehten sich zu ihnen um.

„Ist etwas Schlimmes passiert?", wollte die Heilerin wissen, die offenbar ein paar Wortfetzen mitbekommen hatte. Blake nickte.

„Jemand hat einen Schatten ermordet", erklärte Rouge.

„Das *ist* schlimm", fand Sally.

„Ist es", sagte Blake. „Niemand greift Schatten an. Sie sind stumm, und sie stellen für niemanden eine Bedrohung an."

„Dann hat, wer immer schuld ist, es jetzt mit euch zu tun, ja?", fragte Sally.

„Oh ja", bestätigte Blake.

„Ich mache mit", verkündete sie. „Und die anderen bestimmt auch – also, Nick wohl erst mal nicht. Aber wir restlichen helfen dir. Alle für einen und so."

„Haben wir eigentlich schon eine Spur?", fragte Ween.

„Noch nicht", antwortete Blake. „Aber wir arbeiten gerade dran."

„Ich schlage vor, du überlegst, was dir noch einfällt", meinte Rouge. „Wir besuchen Nick und du denkst nach. Immerhin bist du zur Zeit unser wichtigster Zeuge."

„Und Anführer?", fragte er. Rouge lachte kurz auf.

„Nein", sagte sie. „So läuft das nicht."

Das Krankenhaus erinnerte Madlen an die Krankenhäuser, die sie kannte. Es war ein Backsteingebäude, größer und breiter als die meisten von Undertowns alten, schiefen, grauen Häusern. Innen war es hell und sauber, vielleicht ein wenig rustikal, mit Rissen im gelblichen Putz und schweren Metallmöbeln. In einigen Flügeln gab es sogar eine Stromversorgung, zumindest an manchen Tagen. Sie wusste nicht, was sie erwartet hatte – Kräuterhexen?

Der Zombiejäger saß an einem sonst leeren Tisch in der Kantine und schien leise mit sich selbst zu reden. Er blickte auf, als er Sallys Stimme hörte, und setzte dazu an, aufzustehen, doch dann verzog er das Gesicht und ließ sich wieder in seinen Stuhl sinken. Unter den hochgekrempelten Ärmeln seines Hemds waren Verbände zu sehen.

„Hallo Leute", begrüßte er sie stattdessen. „Entschuldigt, wenn ich nicht aufstehe, aber es geht mir..."

„Den Umständen entsprechend?", riet Ween.

„Genau."

„Es ist trotzdem schön, zu sehen, dass du wieder im Land der Lebenden weilst, Cowboy", informierte Blake ihn.

„Blake", sagte Nick und nickte ihm höflich zu.

„Warum Cowboy?", fragte Madlen. Nick machte ein überraschtes Gesicht, als er die junge Frau, die halb hinter Ween gestanden hatte, sah.

Dann nickte er seinem Hut zu, der hinter ihm am Stuhl hing. Der Fedora erhob sich gehorsam in die Luft und drehte eine Runde an den Anwesenden vorbei, bevor er sich wieder auf die Stuhllehne sinken ließ. Madlen machte große Augen. Das war also Telekinese.

„Blake mag meinen Hut nicht", erklärte Nick.

„Ich finde nur, es ist ein seltsamer Hut", verteidigte Blake sich.

„Ich mag dein Grinsen nicht", erwiderte Nick.

„Das soll auch nicht gemocht werden."

„Darf ich auch fragen, wer du bist?", wandte Nick sich an Madlen.

„Madlen Tennant", stellte sie sich vor.

„Sie ist eine Freundin von Ween", erklärte Rouge.

„Ja, so könnte man es ausdrücken", stimmte Madlen ihnen zu. „Ich bin neu in der Stadt."

„Dann herzlich willkommen", sagte Nick und hielt ihr seine Hand hin, die sie so vorsichtig wie möglich schüttelte. „Nicholas Miller. Monster-, Vampir- und Zombiejäger, Magier, Motorradfahrer, Pollenallergiker, sonst noch eine ganze Menge und mit Sicherheit nicht so verrückt, wie meine werten Kollegen dir weismachen wollen." Blake warf ihm einen Blick zu, als wollte er fragen, ob Nick den Satz lange geübt hatte.

„Oh, sie haben nichts in die Richtung gesagt", erklärte Madlen ihm schnell.

„Gut", stellte Nick zufrieden fest. „Es stimmt nämlich nicht. Ist alles in Ordnung mit dem Bronzeschlüssel?"

„Ja", antwortete Rouge.

„Und wir haben einen neuen Fall!", verkündete Sally.

„Schon wieder?", wollte der Zombiejäger erstaunt wissen.

„Nichts Offizielles", fügte die winzige Frau hinzu. „Es ist was Privates von Blake."

„Geht es um Rouge?", kam es wie aus der Pistole geschossen von Nick.

„Nein", widersprach Sally ihm kichernd.

„Jemand hat einen Schatten umgebracht", erklärte Rouge dem Zombiejäger. Blake grummelte etwas vor sich hin. Offenbar wusste er nicht, was er davon halten sollte, dass die Neuigkeit so schnell und unbekümmert verbreitet wurde.

„Wie?", fragte Nick betroffen. „Was? Warum?"

„Alles sehr gute Fragen", lobte Blake ihn. „Und ich denke seit Stunden über sie nach."

„Und was heißt *Wir haben einen neuen Fall?*", fuhr Nick fort. „Ihr vier oder die anderen auch?"

„Bis jetzt nur wir vier, aber wir hoffen, dass die anderen dazukommen", sagte Rouge.

„Soll ich gleich mitkommen?", wollte Nick wissen.

„Nein", entgegnete Blake, und Rouge nickte bekräftigend.

„Warum nicht?", fragte der Verletzte und zog eine enttäuschte Grimasse.

„Ich kann es nicht leiden, wenn jemand neben mir schreiend zusammenbricht, weil er eigentlich in ärztliche Behandlung gehört", erklärte der Schatten ihm. „Und irgendjemand muss die Sauerei anschließend auch weg machen, und das werde nicht ich sein."

„Als Heilerin muss ich ihm zustimmen", sagte Sally. „Du brauchst ein paar Tage Ruhe."

„Mir geht es super", widersprach Nick.

„Du bleibst noch mindestens eine Woche hier", erklärte sie.

„Vier Tage vielleicht", hielt er dagegen.

„Sieben Tage", widersprach sie.

„Vielleicht doch eher fünf."

„Nicht weniger als sechs", beharrte Sally. Blake seufzte.

Nach einer Weile einigten sie sich darauf, dass sie Nick auf dem neuesten Stand halten würden, was nicht schwer war, weil sie ohnehin noch nicht sonderlich viel herausgefunden hatten.

Während die anderen sich mit Nick unterhielten, dachte Blake über den toten Schatten im Labyrinth nach. Vermutlich sollten sie ihn sich noch einmal ansehen. Er erinnerte sich an den langen Weg nach unten und das viele Klettern. Für Schattenfüße, Schattenhände und ein Schattengleichgewichtsorgan war der Weg durch die Höhlen nicht schwer, doch für die meisten anderen Bewohner Undertowns grenzte er fast an das Unmögliche. Blake warf Ween einen prüfenden Blick zu. Der Lehrling war immer noch etwas blass im Gesicht und schien froh zu sein, dass um Nicks Tisch genug Stühle standen. Blake legte den Kopf schief und traf eine Entscheidung.

„Rouge, hast du heute Abend Zeit?", fragte er die Pentheselanerin, nachdem sie sich von Nick verabschiedet hatten und eine Treppe hinuntergingen.

„Warum fragst du?", wollte sie wissen. „Willst du mich zum Essen einladen?"

„Was, nein", antwortete er aufrichtig überrascht. „Ich wollte dich fragen, ob wir heute Abend runter ins Labyrinth gehen und uns die Leiche ansehen wollen. Ween ist noch zu kaputt dafür."

„Kein Essen?", hakte sie noch einmal nach.

„Nein. Ich bezweifle, dass dir danach noch nach Essen ist. Wenn ja, wäre ich ernsthaft besorgt."

„Schade."

„Außerdem würden wir bestimmt anfangen, zu streiten, und du würdest das Restaurant von der Erde verschlucken lassen", fügte er hinzu. Rouge lachte ungläubig.

„Würde ich nicht", entgegnete sie. „Habe ich jemals ein Gebäude von der Erde verschlucken lassen, weil ich wütend war?"

„Ja", beharrte Blake.

„Daran erinnere ich mich nicht", meinte sie zweifelnd. „Aber ich kann mit ins Labyrinth kommen, ja. Wann willst du los? Um acht?"

„Um acht ist gut", fand Blake.

„Eigentlich kommt es auf ein paar Stunden ohnehin nicht an. Da unten ist es vermutlich so kühl, dass die Leiche sich ewig hält."

„Hm", murmelte der Schatten, der das Thema nicht vertiefen wollte. „Was für ein wundervolles Thema."

„Es ist faszinierend, nicht?", meinte Rouge, ohne seinen Sarkasmus zu beachten.

„*Faszinierend* ist nicht das Wort, das ich benutzt hätte", sagte Blake vorsichtig.

„Makaber?", riet Rouge.

„Ein klein wenig."

„Ich liebe dieses Wort", sagte sie. „*Makaber.* Ich finde, es klingt schön." Blake deutete auf Sally und Madlen, die vor ihnen gingen und sich angeregt unterhielten.

„Ich werde diese beiden jungen Damen jetzt überholen und du bleibst hier, okay?"

„Warum?", fragte Rouge unschuldig.

„Weil sich mein Verlangen, weiter mit dir über die Zersetzung von Kadavern zu sprechen, insbesondere über die meiner Artgenossen – und möglicherweise jemandem, den ich kannte, zum Teufel, er könnte jemand aus meiner *Familie* sein – eher in Grenzen hält."

„In Ordnung", sagte Rouge. „Vielleicht rede ich dann mit Sally darüber."

„Sally erschien mir nie wie eine Person, die sich für so makabre Themen interessiert", warf Blake ein.

„Du hast ja keine Ahnung", sagte Rouge und lächelte.

Schattenkrieg

Klettern mit Blake war immer ein Erlebnis. Er ging, sprach und bewegte sich wie ein Mensch, aber seine alten Schatteninstinkte waren immer noch da. Und da waren ein paar Dinge, in denen er unverschämt besser war als seine menschlichen Freunde – und zu Rouges großem Verdruss auch besser als seine Pentheselaner-Exfreundin.

Der Schacht war annähernd rund und hatte einen Durchmesser von etwa drei oder vier Metern. Aus den Wänden sprossen kleine Felsnadeln und klippenartige Überhänge, die einen fantastischen Halt boten, wenn sie sich nicht entschieden, plötzlich und ohne Vorwarnung abzubrechen. Rouge spürte das spröde Gestein mit all seinen Unebenheiten unter ihren Händen, als sich mit den Unterarmen auf einer in den Schacht hineinragenden Steinplatte abstützte und mit einem Fuß nach einem Felsvorsprung unter ihr tastete, der ihr Gewicht tragen konnte. Ihre Magie kroch bei jeder Berührung in den kühlen, staubigen Stein und zeigte ihr, wo die Felsmassen sich im Dämmerlicht erstreckten, in welchen Formen sie vor Ewigkeiten erstarrt waren, wo der Stein besonders belastbar und wo er von gefährlichen Sprüngen durchzogen war. Sie war dankbar dafür. Rouge war gut im Klettern, aber nicht großartig. Sie hätte schon zweimal fast den Halt verloren, wäre es ihr nicht gelungen, im letzten Moment einen Spalt in den Fels zu reissen. Es war schwierig gewesen. Stein war so schrecklich schwer zu verformen, ständig zersplitterte etwas oder bog sich nicht schnell genug. Sie hatte Metall immer bevorzugt.

Rouge fand mit dem linken Fuß den Vorsprung, den sie gesucht hatte und klammerte sich an der Kante ihrer Steinplatte fest. Sie stützte ihren anderen Fuß gegen die Wand und ließ ihre Arme durchhängen.

Nicht, dass es ihr hoffnungsloses Verderben gewesen wäre, wenn sie abgerutscht wäre. Konstruktionsmagie hätte ihr im freien Fall nichts gebracht, aber sie hatte gute Reflexe und irgendwo hätte sie sich garantiert festklammern können, wenn auch erst nach ein, zwei Metern Fall. Aber Blake würde es sicher bemerken. Oder schlimmer, er würde sich gezwungen sehen, ihr zu *helfen*. Der Gedanke gefiel ihr nicht.

Prüfend warf die Stadtwache-Magierin einen Blick nach unten, den Schacht hinunter. Von einem Boden war nichts zu erkennen. Aber sie konnte ohnehin kaum etwas sehen. Nur ein kleiner Lichtzauber, den sie sich um den Hals gehängt hatte, erfüllte den Schacht mit seinem warmen Licht. Blake war sichtlich verärgert gewesen, als sie die kleine Kugel aus einer ihrer Taschen geholt hatte, aber er hatte es nicht gewagt, sich zu beschweren. Immerhin konnte nicht jeder Dämon sich in völliger Finsternis orientieren, und er hatte sie selbst darum gebeten, mit nach unten zu kommen.

Blake. Sie warf einen Blick unter ihrem linken Arm hindurch und erspähte ihn an der gegenüberliegenden Seite des Schachts. Wie sie hatte er die Füße in die Felswand gestemmt und hing an einem Überhang. Er hielt sich nur mit einer Hand fest.

Angeber. Die andere, die, mit der er gestern den Bronzeschlüssel berührt hatte, hatte er auf Augenhöhe gehoben und betrachtete sie missbilligend. Sally hatte heute doch noch angefangen, ihn zu heilen, doch die Pflaster behinderten ihn offenbar. Er war dennoch schneller als sie. Das Klettern schien ihn nicht mehr anzustrengen als ein kurzer Spaziergang.

Blake schnaubte, zog die Pflaster nacheinander mit seinen schwarzen Reißzähnen ab und spuckte sie in die Tiefe. Rouge spürte, wie ihre Arme ermüdeten, seufzte und konzentrierte sich wieder auf das Klettern.

„Müde?", kam es von dem Schatten.

„Ich habe gerade entschieden, dass ich das Klettern hasse", erklärte sie laut. Ihre Stimme hallte seltsam in dem Schacht.

„Ich glaube, du sagst das nur, weil ich darin besser bin als du", kam es zurück. Sie wusste, dass er lächelte.

„Und du bist gestern wirklich *hier* runter geklettert?", wollte Rouge sich vergewissern.

„Natürlich", antwortete er. Er klang fast verwirrt, als könnte er sich nicht vorstellen, warum er das nicht hätte tun sollen. Sie hörte, wie er weiterkletterte. Noch waren sie nicht ganz unten, noch immer gab es Tunnel, künstlich geschaffene Höhlen und Lagerräume. Die Bergwerke hier waren auf Hochbetrieb und sicher durchzogen auch zahlreiche Aufzugschächte das Gestein.

Aber die führten wahrscheinlich nicht bis ins Gebiet der Schatten von Undertown. Blakes Artgenossen bevorzugten die Stille und die Einsamkeit. Warum ihr Exfreund aber ausgerechnet einen senkrechten Schacht hinuntergeklettert war, um zu ihnen zu gelangen, war Rouge ein Rätsel.

Einige Meter unter ihr verbreiterte der Schacht sich. Die Tunnelwände verschwanden aus Rouges Blickfeld. Zerfaserte Nebelschwaden trieben durch die Luft, fast als endete der Schacht in einem weißen

Fluss. Doch der Schein trog. Rouges Magie sagte ihr, dass unter ihr nichts als Luft und Nebel war, und das noch eine ganze Weile lang. Blake kam in ihr Blickfeld, ein paar glühender, roter Augen und mattes Licht auf seiner dunklen Kleidung. Die Art, wie er sich bewegte, wirkte vollkommen entspannt. Nirgends klammerte er sich krampfhaft fest, nie hielt er länger als ein paar Augenblicke inne und nicht einmal der Mantel schien ihn zu behindern.

Dann verschwand der Schatten in dem Hohlraum, in den der Schacht überging, und sie verlor ihn aus den Augen. Rouge seufzte und versuchte, schneller zu klettern. Es war schwierig. Der Schacht wurde nach unten hin breiter und breiter, was bedeutete, dass die Felswand nicht mal mehr senkrecht verlief, sondern sich nach vorn neigte.

Nach ein paar Minuten hielt sie inne. Ihre Finger krallten sich um ein Stück Fels, und ihre Beine hatte sie fest in die Wand gestemmt. Die Muskeln in ihren Schultern brannten und ihre Beine drohten den Halt zu verlieren.

„Es reicht", rief sie in die Dunkelheit hinein. Das Band, an dem der Lichtzauber hing, drohte, über ihren Kopf zu rutschen und zu fallen, doch sie konnte auf keine Hand verzichten, um es festzuhalten. Wenigstens hatte sie daran gedacht, ihre Brille wegzustecken, bevor sie losgeklettert waren.

Die Dunkelheit um sie herum war fast vollkommen. Die kleine Kugel malte gelbes Licht auf den Felsen, der um sie herum komplett in die Waagerechte übergegangen war wie die Decke einer riesigen Halle. Sie sah keine Wände und sie sah noch immer keinen Boden. Von irgendwo weit unten war ein monotones Rauschen zu hören wie von fließendem Wasser. Rouge suchte die Schwärze nach einem Paar roter Augen ab, doch sie fand sie nicht.

„Ich kann nicht weiterklettern", sagte sie laut. In diesem Moment wurde ihr klar, dass sie auch nicht zurück konnte. Sie war zu erschöpft. Sie würde es nicht schaffen. Sie war gefangen, tief unter der Erde und mit dem Kopf nach unten über einer großen, schwarzen Leere hängend. Nur mit Blake, der irgendwo in der Finsternis war.

Sie bewegte ihren Kopf nur ein klein wenig, als sie versuchte, etwas in der Dunkelheit zu erkennen, doch es reichte, und das Band des Lichtzaubers rutschte über ihr Kinn. Fast hätte sie den Halt verloren, doch es gelang ihr, den Reflex, sich das Ding zu schnappen, zu unterdrücken. Das gelbe Licht trudelte nach unten, wurde kleiner, und nie traf der Schimmer auf etwas, dass es reflektierte, außer weiteren Nebelschwaden. Keine Wände.

„Blödmann", zischte sie leise, doch der Fels warf den Schall zurück. Wenn er noch da war, musste Blake es gehört haben.

Etwas packte das Licht und stoppte seinen Fall, dann wurde es zur Seite gerissen. Sie folgte dem Zauber mit ihrem Blick und endlich war er nicht mehr das Einzige in einem Meer aus Schwärze.

Blake stand vielleicht ein dutzend Meter entfernt auf einem schmalen Sims mit dem Rücken an der Felswand. Aus seiner rechten Hand war eine Ranke aus Schwärze geschossen und hatte den Zauber gepackt, der jetzt ein paar Meter von ihm entfernt im Nichts hing. Die Ranke bewegte sich, wand sich wie eine seltsame Schlange, die von einem Baum hing und soeben ihre Beute aus der Luft gefischt hatte. Schwarzer Qualm stieg von ihr auf, der das gelbe Licht dämpfte. Blake machte eine ruckartige Geste und die Ranke warf ihm den Zauber zu. Es gelang ihm, das Band zu schnappen. Der Zauber, den er auf Armlänge von sich weghielt, pendelte hin und her.

„Er ist mit Glas umgeben, damit er stabiler ist", sagte Rouge laut und hoffe, dass er die Anstrengung, die jedes Wort sie kostete, nicht aus ihrer Stimme heraushörte. Sie ging davon aus, dass sie umsonst hoffte. „Du kannst ihn ruhig anfassen." Blake warf ihr einen misstrauischen Blick zu und hängte sich das Band über eine Schulter.

„Diese Höhle ist eine Katastrophe", verkündete Rouge. „Wie tief geht es hier runter? Zwanzig Meter? Dreißig?"

„Ich bin mir nicht sicher", gab Blake zu. „Aber vielleicht um die fünfzig."

„Ich hasse dich", murmelte sie.

„Ich wäre enttäuscht von dir, wenn das nicht der Fall wäre. Da unten gibt es übrigens einen Fluss, wenn dir das hilft."

„Ich hasse dich immer noch."

„Ist notiert", sagte er.

„Wie soll man eigentlich hier runter kommen?"

„Man könnte es machen wie ich und klettern."

„Ich meinte, wie soll man es machen, wenn man hier unten fast so hilflos ist wie gewöhnliche Leute?", zischte sie gereizt. Er sah zu ihr hoch und schien einen Moment zu überlegen.

„Oh", sagte er dann, als sei ihm etwas klar geworden. „Tut mir leid. Willst du einen Tipp?"

„Ich bitte darum."

„Ich hing an genau der selben Stelle wie du fest. Man kommt dort einfach nicht weiter. Also bin ich gesprungen."

„Und du erwartest, dass ich dasselbe tue?", fragte sie zweifelnd.

„Ich habe Magie benutzt, um weiter zu kommen. Ich weiß aber nicht, ob der Trick mit deiner Magie auch funktioniert."

„Dann leih mir deine", erwiderte sie und zwang sich, loszulassen und sich fallen zu lassen. Sie hörte Blake fluchen und überschlug sich, und dann waberte Schwärze um sie herum und wurde kompakt und trug sie ein Stück durch die Luft.

Sie legte eine ziemliche Bruchlandung hin. Rouge traf auf die Felswand und stolperte von der Wucht des Aufpralls nach hinten, trat mit einem Fuß ins Leere und sah Blake auf sie zu hechten.

Ihr Fall wurde gestoppt. Einen Moment lang bewegte sich keiner von ihnen, dann griff Rouge auch mit der anderen Hand nach dem Felsvorsprung, an dem sie sich in letzter Sekunde geklammert hatte, zog sich auf den Sims und quittierte Blakes immer noch erhobenen Arm, mit dem er sie hatte festhalten wollen, mit einem amüsierten Lächeln.

„Ich hasse es, wenn du so was machst und erwartest, dass ich schnell genug reagiere", informierte der Schatten sie, ließ den Arm sinken und gab ihr ihren Lichtzauber zurück.

„Und ich hasse es" – sie deutete nach oben, wo der Schacht sich befinden musste – „Wenn du mich in Situationen wie diese schleppst und erwartest, dass ich damit überhaupt kein Problem habe."

„Die Nummer tut mir wirklich leid", sagte er. „Ich vergesse immer, dass ich in *Situationen wie dieser* so viel besser bin als alle anderen."

„Ich sollte mal wieder versuchen, dich umzubringen", stellte sie fest und folgte ihm, als er sich umdrehte und dem Sims folgte. Sie gab sich Mühe, sich ruhig und entspannt zu bewegen, obwohl ihr Herzschlag zu schnell ging und immer noch Adrenalin in ihren Adern schäumte.

„Also wirst du versuchen, mich abzustechen wie du es manchmal mit Feinden der Stadtwache machst?", riet er.

„Ich weiß noch nicht", überlegte Rouge. „Hatte ich nicht mal beschlossen, solche Dinge hinter mir zu lassen? Ich muss mit der Zeit gehen. Ich dachte an etwas Neues. Gift zum Beispiel."

„Gift klingt nett."

„Ja. Es ist unglaublich interessant."

„An welche Art von Gift dachtest du?", erkundigte er sich.

„Am einfachsten wäre eine alltägliche Chemikalie. Frostschutzmittel zum Beispiel. Ich könnte Kenny fragen, ob sie welches im *Black & White* haben."

„Das könntest du. Aber im Ernst. Du willst mich mit Frostschutzmittel umbringen?"

„Was stimmt nicht mit Frostschutzmittel?"

„Ich finde es etwas... ordinär."

„Vielleicht hast du recht." Sie schwieg eine Weile und dachte nach. „Warte, ich habe eine Idee. Was hältst du von Kurare?"

„Ich nehme an, du meinst das Zeug von den Pfeilgiftfröschen?"

„Genau das. Winzige Mengen in eine Wunde, und man bekommt Muskel- und Atemkrämpfe. Ein Mensch ist nach etwa zwanzig Minuten tot. Tolles Zeug."

Er seufzte und ging weiter. Rouge bemerkte zu ihrer Erleichterung, dass der Sims sich nach einer Weile verbreiterte, sodass sie nicht länger seitwärts gehen mussten. Jetzt warf sie auch neugierige Blicke in den Abgrund, doch es war zu dunkel und nur das Rauschen deutete auf den Fluss hin, der sich unter ihnen durch die Schwärze wälzte. Sie meinte auch, ein leises Dröhnen und Wummern zu hören, wie von einer Maschine. Sie hatte nicht die geringste Ahnung, aus welcher Richtung es kam. Hier unten konnte das Echo es viele Kilometer weit getragen haben. Rouge hob den Lichtzauber und verstärkte ihn, bis er einer kleinen Sonne glich. Als er es bemerkte, drehte Blake sich um, schirmte seine Augen mit der Hand ab und folgte ihrem Blick die unterirdische Schlucht entlang. Mehrere hundert Meter entfernt meinte sie, eine Konstruktion an der Felswand hängen zu sehen, metallisch und von Menschenhand erschaffen. Der Maschinenlärm kam aus seiner Richtung.

„Irgendeine Ahnung, was das dahinten ist?", wollte sie wissen.

„Es gehört zu den Minen", erklärte er ohne sonderliches Interesse. „Wasserpumpen oder so, glaube ich, keine Ahnung, was für einen Zweck das Ding erfüllen soll. Manchmal kommt ein Konstrukteur vorbei, aber die meiste Zeit ist niemand da."

„Woher weißt du das? Ich dachte, du wärst eine Ewigkeit nicht hier unten gewesen."

„*Hier unten?* Wir haben noch ein Stück Weg vor uns. Wir befinden uns auf einer Höhe mit den Minen. Den Schatten ist es hier viel zu laut." Er deutete auf eine Öffnung im Fels ein paar dutzend Meter vor ihnen. „Wir müssen da runter." Sie gingen weiter. Rouge betrachtete die Pumpen und die Felsen. Sie war sich nicht sicher, aber jetzt, wo sie eine Weile darüber nachdachte, meinte sie, schon von dieser unterirdischen Schlucht gehört zu haben. Auf der anderen Seite erkannte sie jetzt einen Sims, ähnlich dem auf ihrer Seite. Er sah aus, als sei er künstlich erschaffen worden. An ein paar Stellen war er weggebrochen, aber sonst noch in erstaunlich gutem Zustand.

Sie folgte dem Sims mit dem Blick, bis er in der Dunkelheit verschwand, was nicht eben lange dauerte. Ganz in der Nähe des Pfades wölbte sich eine Ruine in die Schlucht hinein. Eine halbkreisförmige Plattform war aus dem Stein geformt worden wie ein Balkon. Es sah aus, als sei ein riesiger Torbogen in die Wand eingelassen. Er war mit einer glatten Steinwand verschlossen.

„Und das?", fragte sie Blake, nur um herauszufinden, wie gut er sich hier auskannte.

„Ich habe keine Ahnung", gab er zu. „Ich war einmal da drüben und habe dieses Ding, dieses Tor untersucht. Aber kein Hinweis darauf, wie es sich öffnen lassen könnte. Kein Schloss. Ich habe auch nicht davon gehört, dass es mal jemand anderem gelungen wäre."

„Also ein Geheimnis", stellte sie fest. „Eins von vielen in dieser Stadt."

„Wer weiß, vielleicht kommen wir irgendwann noch einmal vorbei und lüften es." Rouge lachte.

„Mich bringt so schnell niemand mehr hier runter", erklärte sie.

„Wenn du erschöpft bist, nehmen wir einen anderen Weg zurück", bot er an.

„Es gibt einen anderen Weg hier runter?"

„Klar. Viele. Wir könnten durch die Minen gehen oder dem Fluss ins Kanalsystem folgen..."

„Warum hast du dann – ach, vergiss es."

„Zuerst untersuchen wir einen Mord", sagte er und ging weiter. Rouge nickte und kam sich ein klein wenig schuldig vor. Sie durfte nicht vergessen, dass sie wegen eines Toten hier waren. Eines Schattens noch dazu. Blake drehte sich zu ihr um. „Oh, und würde es dir etwas ausmachen, das Licht auszumachen? Es blendet." Rouge drehte das Licht wortlos ein paar Stufen niedriger, bis es nur noch der übliche gelbe Schein war.

Als sie tiefer hinab gingen und sich kein Laut mehr in die Gänge aus kühlem, dunklen Fels verirrte, hörten sie auf, zu reden. Nur noch das

Geräusch ihrer eigenen Füße auf Stein war zu hören. Sie näherten sich einem Tatort.

Blake blieb in einem abschüssigen Gang stehen.

„Hier", sagte er und sah nach unten. Sie ging um ihn herum, konnte aber dennoch im Zwielicht nicht erkennen, was dort auf dem Boden war. Rouge warf dem Schatten einen entschuldigenden Blick zu und verstärkte den Lichtschein ihrer magischen Laterne. Selbst die kleinsten Unebenheiten im Fels zeichneten sich im Licht haarscharf ab. Das Blut war beinahe schwarz.

„Schattenblut", sagte Rouge. Das Echo des Wortes kam von den kalten Steinwänden zurück. Der Klang gefiel ihr nicht. Blake antwortete nicht und trat über die getrocknete Lache hinweg. Sie war überrascht, wie sehr er ihr leidtat, und folgte ihm zu einem Felsspalt, der in eine tiefer liegende Höhle führte. Ihr nun wieder schwacher Zauber und die wenigen dünnen Lichtstrahlen, die durch Löcher in der Decke hinunter fielen, reichten für ihre Augen kaum aus, auch wenn Blake sich offenbar hervorragend orientieren konnte.

Der Schatten ließ sich den Hang hinunter schlittern und sah sich um, während sie ihm vorsichtig folgte. Als Rouge wieder festen Boden unter den Füßen hatte, war er bereits ein paar Schritte in den Raum hineingegangen. Sie kniete sich neben den reglosen Körper des toten Schattens und untersuchte ihn vorsichtig, als ob sie es mit einem verletzten und ängstlichen Kind zu tun hätte. Es war kalt hier unten. Sie hatte eine Gänsehaut.

„Das sieht wirklich aus wie eine Schusswunde", fand sie. Wieder antwortete ihr nur ihr eigenes Echo. Sie beschloss, Blake sein Schweigen zu lassen – was für eine Erwiderung erwartete sie schon? – und betrachtete den mumifizierten Toten. Schwarze Haut und leere, glasige Augen. Sie hatte oft über andere Schatten nachgedacht. Ob sie tierischer waren in ihrem Verhalten als Blake oder menschlicher, oder einfach nur vollkommen *anders*. Ob sie so bedrohlich wirkten wie in den alten Geschichten der Menschen über Dunkelmagie. Jetzt hatte sie einen vor sich und konnte nur um ihn trauern.

Und seinen Mörder finden.

Sie ging um den Körper herum und hockte sich wieder hin.

„Ich kann nicht erkennen, ob die Kugel wieder aus seinem Körper ausgetreten ist", sagte sie und musterte die zusammengerollte Gestalt. „Vielleicht finden wir irgendwo Überreste des Projektils. Das könnte helfen." Rouge warf einen Blick über ihre Schulter. Blake stand reglos da und sah tiefer in die Höhle hinein.

„Ich könnte möglicherweise etwas übersehen haben", erklärte er, ohne sich umzudrehen.

„Du könntest möglicherweise etwas übersehen haben?" Sie runzelte die Stirn, stand auf und ging zu ihm hinüber.

„Licht", befahl er. Sie nahm den Lichtzauber von ihrem Gürtel und drehte ihn weiter auf. Das Licht loderte auf und erhellte die ganze Höhle. Es hätte warm und beinahe heimelig gewirkt, wären da nicht die Gestalten im hinteren Teil der Höhle auf dem Boden. Weitere Schatten.

„Hölle", murmelte sie und versuchte, sie zu zählen. „Es tut mir leid."

„Mitleid steht dir nicht, meine Liebe." Sie lächelte traurig über die Spur Witz in seiner Stimme.

„Wie viele sind das... ? Zwei, drei..."

„Acht", unterbrach er sie.

„Das hier war kein Unfall", stellte Rouge fest. „Es war eine Schlacht."

„Und einen Krieg werden sie bekommen", antwortete Blake.

Schwerter

Blake saß in einem schweren, knarrenden Holzstuhl im Schankraum im *Black & White* und hatte den Kopf in die Hände gestützt. Er schwieg, und das schon eine ganze Weile. Seit er seinen Bericht beendet hatte, hatte er kein Wort gesagt. Ween hatte in der letzten Minute begonnen zu zählen, wie oft der Schatten blinzelte.

Blake und Rouge waren aus dem Labyrinth zurückgekehrt. Neun tote Schatten. Und nicht die Spur eines Lebenden. Blake hatte erzählt, wie lange sie durch die Gänge aus schwarzem Schiefer gewandert waren auf der Suche nach seinen Artgenossen. Doch sie hatten niemanden gefunden und mussten sich mit einer Theorie anfreunden, die Blake schon seit dem Tag, an dem er den ersten Schatten gefunden hatte, durch den Kopf ging.

Dass die Schatten verschwunden waren. Dass sie sich nicht versteckt hatten, sondern dass sie das Labyrinth verlassen hatten. Unfreiwillig, höchstwahrscheinlich.

Ween überlegte, ob es irgendetwas Beruhigendes gab, das er sagen könnte. Er bezweifelte es. Die beiden Freunde saßen an dem großen Kamin. Es war bereits nach drei in der Nacht. Im *Black & White* waren immer noch Leute, doch sie waren nicht mehr sehr laut. Lady Mays Arbeitszimmer oben hätte mehr Privatsphäre geboten. Der Raum wäre irgendwie passend für ihre Art von Gespräch gewesen. Die Stadtwache-Magierin und ihr geschupptes Haustier waren nicht da. Theoretisch hätten Blake und Ween hochgehen und dort reden können, doch Ween wusste, dass die Drachenlady es nicht gutgeheißen hätte, wenn sie ihr Arbeitszimmer in ihrer Abwesenheit benutzt hätten.

Ween kannte keine genauen Zahlen, was Schatten anging. Er wusste nicht einmal, wie groß die Kolonie unter Undertown gewesen war. Als der Krater vor Jahrhunderten ein altes Höhlensystem aufgerissen hatte, hatte sich eine Gruppe Schatten dort einquartiert und oben hatten die anderen Spezies ihre Stadt gebaut. Diese Schatten waren angeblich nicht die einzigen gewesen, doch Ween hatte keine Ahnung, wo es andere Kolonien geben könnte. Ob sie nicht vielleicht doch alle tot waren und die unter Undertown die letzten gewesen waren. Blake hatte ihm einmal erzählt, dass er es auch nicht wusste. Niemand wusste es.

Ween tröstete sich damit, dass es mit allerhöchster Wahrscheinlichkeit noch irgendwo auf der Welt weitere Kolonien gab, geben *musste*.

Aber was, wenn nicht? Wenn Undertowns Schatten doch die einzigen gewesen waren, und wenn sie jetzt tot waren, was immer wahrscheinlicher wurde, dann bedeutete das, dass er dem letzten Überlebenden ihrer Art gegenüber saß.

Ween hatte immer gewusst, dass sein Lehrmeister und Partner und bester Freund anders war als die anderen Stadtbewohner und dass er vermutlich nie einem zweiten Schatten begegnen würde, doch die Vorstellung, dass Blake tatsächlich der letzte, der einzige war, hatte etwas Schreckliches.

„Blake", brach Ween die Stille schließlich. „Wo auch immer dieser Fall dich hintreibt, ich komme mit."

„Eines Tages gehe ich in die Hölle, nur um zu sehen, ob du mir dann immer noch folgst", sagte Blake. Der trockene Humor war in seine Stimme zurückgekehrt. Über nichts hätte Ween sich im Moment mehr gefreut.

Am nächsten Tag zeigte die Stadtwache Madlen den Schwertkampf. Blake musste mitkommen.

Die Trainingshalle der Stadtwache war im Vergleich zum Krankenhaus sehr magisch. Sie lag unter dem Verwaltungsgebäude, in dem Blake vorgestern einen Stadtwache-Magier bedroht hatte. Schon ihre bloße Größe versetzte einen in Erstaunen. Die Halle hatte einen rechteckigen Grundriss und war größer als ein Fußballfeld. Ihre Decke mit weißen Lichtkugeln war so hoch, dass man eine kleine Kapelle in der Halle hätte errichten können. Die Wände waren hell verputzt und der Boden bestand aus mächtigen Holzplanken. Dünne Matten waren in regelmäßigen Abständen darauf ausgelegt, gesäumt von Bänken und Holzgestellen für allerlei Geräte und Waffen. Dazwischen erstreckte sich der blanke Boden wie ein Straßennetz. An den Abzweigungen waren sogar Nummern und Buchstaben auf das Holz gemalt, um die Orientierung zu erleichtern.

Überall war Bewegung. Menschen und Dämonen in lockerer, bequemer Kleidung kämpften auf den Matten, manche lachend und scherzend, manche verbissen und ernst, manche mit Schwertern aus den unterschiedlichsten Ländern, manche mit schmalen Dolchen, langen Holzstäben, den nackten Fäusten oder mit ihrer Magie. Ein paar Mal in der Minute blitzte irgendwo ein Feuerball auf oder eine rauschende Druckwelle traf auf einen Magier und stieß ihn zurück, doch das Geräusch von aufeinandertreffenden Klingen war allgegenwärtig.

Irgendwo in der Mitte der Halle trat Rouge auf eine Matte und lächelte, als sie ihr Schwert testweise durch die Luft sausen ließ.

Ihre Partnerin beendete das Gespräch, das sie bis eben noch mit einem anderen Mitglied der Stadtwache geführt hatte, und kam zu ihr herüber. Die Frau, ebenfalls eine Dämonin mit bernsteinfarbenen Augen, war kleiner als Rouge und sehr schmächtig, bewegte sich jedoch mit der gleichen fließenden Eleganz. Sie war eine Naini mit sechs Armen und trug ein ärmelloses Oberteil und knielange Hosen, beides schwarz und eng anliegend. Ihre feinen Schuppen schimmerten blassgelb. Blake kannte sie, auch wenn er sich nicht an ihren Namen erinnern konnte.

Nina oder Lily oder so ähnlich?, dachte er. *Spinne* würde auch passen. Sie trainierte oft mit Rouge, und eine lose Freundschaft hatte sich zwischen den beiden Frauen gebildet.

Blake war über die Jahre vielen Stadtwache-Magiern begegnet, doch die meisten kannte er kaum. Er sprach mit Rouge und Ween und Lady May, und Sally, die ihn als Teil der Familie zu betrachten schien. Sally redete viel mit ihm, wenn er da war. Sie redete mit jedem. Er wusste, dass sie mehrere Geschwister hatte, Pflanzen mochte und dass ihr Lieblingstier ein Wallaby war. Er erinnerte sich sogar an ihren Nachnamen. Als die Prellung an seinem Arm, die Thorn ihm vor neun Jahren zugefügt hatte, auch nach einer Woche noch geschmerzt hatte, hatte die junge Heilerin – sie musste damals ungefähr dreizehn gewesen sein – sie wortlos geheilt. Damals war er zu dem Schluss gekommen, dass er sie im Allgemeinen mochte.

Mit Steve und Nick hatte er dieses Jahr vielleicht zehn Worte gewechselt. Er kannte auch Lewis vom Sehen, wusste, was er tat, kam jedoch nicht mehr auf seinen Vornamen. Ab da hörte es eigentlich auf.

Spinne musterte Rouge abschätzend und legte vier ihrer sechs Schwerter weg. Die Waffen hatten hauchdünne, gekrümmte Klingen, durchsichtig wie Glas, jedoch mit einem blassgelben Stich, wie geschliffener Bernstein. Dieselbe Farbe wie die Augen der Dämonin.

Rouge selbst benutzte zwei kurze Schwerter, die sie sich aus einer Waffenkammer geliehen hatte. Zwei Klingen gegen zwei. Es war wesentlich unfairer, als es auf den ersten Blick schien, und Blake war ziemlich froh, dass es nur ein Übungskampf war.

Die beiden Dämoninnen standen sich gegenüber, die Arme locker herunterhängend. Dann bellte ein Magier, der am Rand der Matte stand, einen Befehl und die beiden Frauen schossen wie von einem Katapult geschleudert aufeinander zu. Einen Sekundenbruchteil später krachten ihre Waffen aufeinander. Kaum trafen die Klingen sich, waren sie auch schon wieder verschwunden und griffen von einer anderen Seite an. Rouge schlug sich gut.

Blake konnte nicht anders, als sie zu bewundern. Er war mehr zufällig in den Schwertkampf gestolpert, als er bemerkte, dass Boxen, Herumgehüpfe auf Dächern und Magie nicht immer ausreichten, um sich aus Ärger herauszuwinden. Das Schwert hatte er einmal gefunden. Aber Rouge *lebte* dafür, und ihre Begeisterung und ihr Ehrgeiz hatten einiges dazu beigetragen, dass er selbst auch eine mäßige Ausbildung im Schwertkampf hatte.

Der Schatten saß neben der Matte auf einer Bank, seinen Mantel über den Schultern und den Gurt mit dem Schwert neben sich, und ließ den Blick durch die Halle schweifen. Ween kam zu ihm hinübergeschlendert. Blake fand, dass er immer noch ein bisschen blass aussah, aber für einen Schatten sahen Menschen immer blass aus.

„Hat der Heiltrank gewirkt?", fragte er seinen Lehrling.

„Ja. Mir geht's schon viel besser. Ich bin nur ein bisschen müde." Ween zuckte mit den Schultern. Bleierne Müdigkeit war oft ein Symptom, wenn man mit Magie geheilt worden war.

„Gut", sagte Blake einsilbig. Ween ließ sich neben ihm auf die Bank fallen.

„Bist du jetzt wieder eingeschnappt wegen vorgestern?", fragte er und klopfte Blake aufmunternd auf die Schulter. „Lenkst du dich so von den Schatten ab?"

„So ungefähr", antwortete Blake. „Du hast dich in der U-Bahnstation übernommen. Du hast so viel gezaubert, dass deine Nase angefangen hat, zu bluten, und du hast beinahe das Bewusstsein verloren."

„Ich weiß", sagte Ween und klopfte ihm noch einmal auf die Schulter. Blake seufzte und verfolgte den Kampf der beiden Frauen weiter. Ween war ein schlechtes Ziel für miese Laune.

„Habt ihr die Halle endlich renoviert?", fragte Blake nach einer Weile. Er meinte, sich daran zu erinnern, dass die Halle im letzten Winter abgesperrt gewesen war. Überall in der Altstadt war man über junge Kampfmagier gestolpert, die sich im Schnee balgten wie junge Hunde.

„Hm?", machte Ween. „Ja. Sie haben die ganze Decke neu gemacht. Irgendwie hatte sich Wasser angesammelt, aber jetzt ist wohl alles wieder okay."

Sie redeten noch eine Weile über dies und das, ohne die Sucher oder die toten Schatten zu erwähnen. Blake mochte es nicht zugeben, aber er hatte keine Ahnung, wo er seine Suche nach ihrem Mörder beginnen sollte.

„Mercer", sagte Blake schließlich mehr zu sich selbst als zu seinem Lehrling. „Wer ist er?"

„Ich weiß es nicht", gab der Junge zu.

„Er kann Metall aus dem Nichts heraufbeschwören. Silber offenbar. Er gibt sich gern cool und lässig, aber wenn es eng wird, ergreift er lieber die Flucht als ein Risiko einzugehen. Wenn er wütend ist, verliert er Vorsicht und Kontrolle – Beweisstück A: Nicholas Miller. Und er redet gern. Sehr gern."

„Gut", murmelte Ween neugierig. „Was noch? Wo kommt er her?"

„Dem Dialekt nach ist er Amerikaner."

„Und was erhofft er sich, wenn er das Licht von Aset hat?", fragte Ween.

„Ich habe nicht die geringste Ahnung", gab Blake zu. Ween sah auf, als sich ihnen Schritte näherten. Blake schob die Kapuze seines alten Pullovers mit dem Daumen etwas hoch, um zu sehen, wer es war.

Madlen kam mit ihrem Unschuldsblick zu ihnen herüber. Die Nichtmagierin hatte vorhin mit Sally geredet, war nun aber allein. Sie trug andere Kleidung als gestern – vielleicht hatte Sally ihr einen der wenigen Läden gezeigt, in denen man Nichtmagierkleidung kaufen konnte. Es war allerdings schon wieder ein kariertes Hemd, diesmal rot und schwarz. Madlens Geschmack schien nicht sehr abwechslungsreich zu sein. Aber andererseits, wer war Blake mit seiner stets pechschwarzen Kleidung, dass er sich hätte beschweren dürfen?

Die Stadtwache hatte offenbar beschlossen, Madlen zu adoptieren. Blake konnte nicht anders, als die Augen zu verdrehen. Er war sich nicht sicher, was er von ihr hielt. Sie war so weit ganz nett. Er hatte sich einmal vorgenommen, netten Leuten nicht zu vertrauen. Sie neigten dazu, sich unberechenbar zu verhalten. Außerdem gefiel ihm nicht, wie viel Zeit Ween mit ihr verbrachte.

Madlen und Ween redeten, ohne dass der Dämon mehr als ein paar einsilbige Kommentare dazu abgegeben hätte. Seine Gedanken kehrten zu den Schatten zurück, zu dem Labyrinth unter der Stadt und zu dem Geruch des alten Blutes auf dem Steinboden. Wo sollte die Wache anfangen? Was konnte sie tun? Was konnte *er* tun?

Jemand fiel auf die Matte vor ihm, gab ein lustiges Geräusch von sich und riss ihn aus seinen Gedanken. Er blinzelte überrascht. Es war Rouge. Ihr orangerotes Haar lag wie ein geöffneter Fächer um ihren Kopf herum und ihre Brille hing etwas schief in ihrem schmalen Gesicht. Doch die Illusion funktionierte noch, und so sah sie ihn aus grimmig zusammengekniffenen, braunen Menschenaugen kopfüber an.

„Alles okay da unten?", fragte der Schatten.

„Nein", widersprach sie in einem verbissenen Tonfall, der ihn zum Lachen brachte. „Sie hat mich wieder besiegt."

„Damit war zu rechnen, oder?", meinte Blake.

„Vermutlich", gab Rouge zu, richtete sich in eine sitzende Position auf und drehte sich zu ihm. Blake grinste wieder.

„Ich habe es beinahe geschafft", erklärte sie. „Aber da hast du nicht geguckt. Warum guckst du nie, wenn es mal funktioniert?"

„Ich bin amüsiert", informierte er sie. „*Warum hast du nicht geguckt, warum hast du nicht geguckt? Guck doch!*" Er äffte einen kindischen Tonfall nach und lachte dann wieder leise.

„Das sehe ich", entgegnete sie und schnitt eine feindselige Grimasse.

„Aber deine Freundin war wirklich gut", schaltete Spinne sich ein.

„Exfreundin", widersprachen der Schatten und die Pentheselaerin gleichzeitig. Rouge nahm ihre Brille ab.

„He, Blake", sagte sie dann, als sei ihr etwas eingefallen, und hob ihr eigenes Schwert auf, das sie am Rand der Matte abgelegt hatte. „Wie wäre es mit einem Duell?"

„Wolltest du nicht mit den Leuten von der Stadtwache weiter üben?", gab er zurück und deutete vage auf Spinne und ein paar andere Schwertkämpfer. Der junge Mann mit dem strohblonden Haar, der offenbar als nächster mit ihr gekämpft hätte, grinste nur.

„*The floor is yours*", sagte er, deutete eine Verbeugung an und trat zurück.

Das Duell

Blake warf einen Blick in die Runde. Plötzlich waren alle Augen auf ihn gerichtet. Ween auf der Bank, Madlen, Sally, die wieder aufgetaucht war, der Schwert-Typ und noch ein paar andere junge Leute von der Stadtwache. Der Schatten seufzte gespielt genervt, dann grinste er, nahm den Gurt mit dem Schwert und erhob sich langsam. Er streifte den Mantel von seinen Schultern und trat ein paar Schritte vor. Es war kühl genug in der unterirdischen Halle, um seinen Pullover zu behalten.[1]

„Du hast gute Laune", stellte Rouge mit einem amüsierten Lächeln fest, so wie er es vorgestern zu ihr gesagt hatte. Blake hielt inne und überlegte kurz. Er hatte tatsächlich gute Laune. Eben hatte er sich noch Sorgen um die Schatten gemacht.

„Meine Aufmerksamkeitsspanne und meine Fähigkeit, sich lange über ein Problem von Sorgen zerfressen zu lassen, scheinen kürzer zu sein, als ich angenommen hatte", stellte er fest und zog das Schwert aus der Scheide. „Ich bin nicht in Form." Er drehte sich um und warf Ween den Gurt zu, der ihn geschickt auffing.

„Willst du wirklich kämpfen?", fragte Blake Rouge dann.

„Natürlich, das hab ich doch gerade gesagt", erinnerte sie ihn. Er zuckte mit den Schultern und veränderte den Griff um seine Waffe. Seine Fingerspitzen waren immer noch empfindlich.

„*En garde*", brüllte Ween vom Rand herüber und gestikulierte wild herum.

„Ruhe auf den billigen Plätzen!", rief Blake zurück. Sally lachte. Der Schatten und die Pentheselanerin sahen sich einige Sekunden lang an, dann machte sie einen Ausfallschritt, er riss sein Schwert hoch und ihre Klingen krachten aufeinander.

Es fiel ihm schwer, ihre schnell aufeinanderfolgenden Angriffe zu parieren, doch noch gelang es ihm. Sie lächelte grimmig, während ihr Haar durch die Luft flog wie eine Flamme im Wind. Sie ließ ihr Schwert durch

---

[1] Er mochte den Pullover, auch wenn er alt, ausgewaschen und ausgeleiert war. Er war Teil einer Menge Geschichten. Es war einmal eines dieser Bänder durch den Kapuzenrand verlaufen, doch irgendwann hatte er es benutzt, um notdürftig die Wunde einer irischen Selkie abzubinden, als sie beide ein paar Verbrecher durch das unterirdische Kanalsystem Undertowns gejagt hatten. Letzten Endes war die Selkie in den schwarzgrünen Tiefen des Wassers verschwunden, und seitdem fehlte das Band. Er vermisste es nicht, schließlich hatte er ohnehin nie begriffen, wozu die Dinger da waren.

die Luft wirbeln, doch er duckte sich weg. Das nächste Mal zielte sie auf seinen Bauch. Er wich zurück. Rouge folgte ihm nicht, sondern hielt inne und blieb ruhig stehen, die Waffe locker in einer Hand, und sah ihn konzentriert an. Ein paar Sekunden lang herrschte Stille. Langsam hob Blake sein eigenes Schwert und zog erwartungsvoll eine Augenbraue hoch.

„Hast du irgendetwas Bestimmtes–", begann er, als Rouge einen Satz auf ihn zu machte und ihm das Schwert mit einer Drehung aus dem Handgelenk aus der Hand schlug. Es landete mit einem gedämpften Geräusch auf der Matte. Blake sah zu der Waffe hinüber und seufzte leise.

„Netter Trick", sagte er, als er wieder sie ansah. Sie lächelte siegesgewiss und richtete ihr Schwert auf seine Brust. Testweise streckte er eine Hand aus und tippte die Spitze der einseitig geschliffenen Waffe an.

„Du bist ein schrecklicher Schwertkämpfer", meinte Rouge und katapultierte ihr Haar mit einer ruckartigen Kopfbewegung aus ihrem Gesicht nach hinten.

„Ich mag keine Pistolen", entgegnete er entschuldigend. Dann schlug er die Klinge ihres Schwerts mit der bloßen Hand weg und warf eine Handvoll Finsternis nach ihr. Sie zuckte zusammen und riss ihre Waffe hoch, um die schwarze Masse in einer hektischen Bewegung in Stücke zu zerteilen. Die Überreste wurden instabil und verrauchten innerhalb von Sekunden.

Rouge trat einige Schritte zurück, das Schwert wachsam erhoben, und warf Blake einen vorwurfsvollen Blick zu. Er starrte konzentriert zurück, während sich dunkle Wolken um seine Hände bildeten. Die Dämonin umschloss den Griff ihres Schwerts fest mit beiden Händen.

Blake schenkte ihr ein Grinsen und riss dann beide Hände nach oben. Die beiden schwarzen Ranken schnellten nach vorne wie zwei Schlangen und schnappten nach ihr, doch es gelang ihr, ihnen mit einem akrobatischen Sprung auszuweichen und sich zur Seite abzurollen. Die Dunkelheit folgte ihr kampflustig und formte spitze Fänge. Aus irgendeinem Grund brauchte Rouge länger als sonst, um sich aufzurappeln, doch sie spaltete die Dunkelheit erneut mit ihrem Schwert und dann war sie wieder auf den Beinen. Sie ließ die Klinge einhändig durch die Luft sausen wie eine Furie, doch es gelang Blake, die Angriffe mit der konzentrierten Finsternis abzufedern. Rouge schien alle Register ziehen zu wollen, sie schwang die Waffe senkrecht und horizontal, stach zu und versuchte dann wieder, ihm der Länge nach den Bauch aufzuschlitzen. Irgendwann machte sie einen Fehler, eine ungelenke Bewegung, sodass es ihm schließlich gelang, das Schwert festzuhalten. Seine linke Hand umschloss den Schwertgriff und ihre Finger auf Höhe seiner Schulter und brachte die Klinge zwischen sie beide. Er drückte die Waffe auf sie zu.

Blake ließ seinen rechten Arm nach hinten schwingen, um seinerseits für einen Angriff auszuholen und sie mit dem Rest der Dunkelheit zu attackieren, als etwas in seinen Bauch drückte. Er runzelte etwas überrascht die Stirn und warf einen Blick nach unten. Die Spitze eines zweiten Schwerts war auf seine Niere gerichtet. *Seines* Schwertes, mit dem mit schwarzem Leder umwickelten Griff. Sie musste die Waffe zu fassen bekommen haben, als sie sich vorhin abgerollt hatte. Und er hatte nur auf ihre eigene Klinge in ihrer rechten Hand geachtet.

„Kluges Mädchen", sagte er leise.

„Höre ich da Anerkennung aus deiner Stimme heraus?", fragte sie lächelnd.

„Möglicherweise?", erwiderte er.

„Gut."

„Spinne soll sich glücklich schätzen, mit dir trainieren zu dürfen", sagte er.

„Spinne?", wiederholte Rouge verwirrt.

„Oh, vergiss es", murmelte er schnell und gab ihre Hand frei. Und dann, einige Sekunden später: „Nimmst du jetzt mein Schwert aus meiner Niere?"

„Natürlich", antwortete sie und ließ die Waffe sinken. Die beiden Dämonen machten einen Schritt zurück und nahmen eine entspanntere Haltung ein. Rouge hielt ihm das Schwert entgegen, er nickte dankend und nahm es an sich.

„Das Duell ist zu Ende", verkündete Ween, der mittlerweile auf einem Gestell für Übungswaffen hockte. „Alle, die gewettet haben, kommen zu mir, ich organisier das, die Wetteinsätze... Oh, Moment, wir haben nicht gewettet. In dem Fall bleiben alle, wo sie sind."

„Nachträglich würde ich sagen, ich habe die ganze Zeit auf Lady Williams gewettet", meinte der blonde Stadtwache-Magier, dessen Platz Blake eingenommen hatte. Er hatte sich auf der Bank niedergelassen, die Beine ausgestreckt und grinste so breit wie alle anderen auch. Blake konnte ihm noch immer keinen Namen zuordnen.

„Rouge", pflichtete Ween dem Mann bei.

„Rouge", meinte Sally.

„Rouge", sagte Spinne.

„Hm...", überlegte Madlen. „Blake. Irgendjemand muss ja auf deiner Seite sein."

„Danke", erwiderte er. „Seht ihr? Sie ist nett. Warum seid ihr nicht nett?"

„Ich bin nett", widersprach Sally. „Immer."

„Ha!", rief Ween und hüpfte von dem Holzgestell hinunter. „Dann hast du die Wette verloren."

„Wie viel muss ich denn bezahlen?", wollte Madlen wissen.

„Ich weiß nicht", gab er zu. „Du könntest mich zum Essen einladen."

„Ween", sagte Blake gedehnt. „Üblicherweise lädst du das Mädchen ein, um das es geht, nicht umgekehrt."

„Um das es geht?", wiederholte Madlen interessiert und sah zwischen dem Jungen und dem Schatten hin und her. „Hab ich was verpasst?"

„Ruhe auf den billigen Plätzen", zischte Ween seinem Freund zu. „Meine Sache."

„Mein Spruch", erwiderte Blake.

„Apropos", sagte Rouge und schenkte dem Schatten ein Lächeln. „Du hast nicht zufällig Lust, mich *heute* zum Essen einzuladen?"

„Gebäude, die im Erdboden versinken", sagte Blake nur.

„Wie bitte?", fragte Ween.

„Nichts", winkte Blake ab.

„Ich hab noch nie ein Gebäude im Erdboden versinken lassen", beharrte Rouge. „Wann soll das gewesen sein?" Das vielköpfige Publikum um Blake und sie herum spitzte neugierig die Ohren. Jeder mochte Geschichten mit im Erdboden versinkenden Gebäuden.

„Wir waren auf der Jagd nach diesem Schwert *wie-heißt-es-noch*, als ich in eine Bärenfalle getreten bin", erklärte Blake. „Dann tauchten unsere Konkurrenten auf und du hast einen Tobsuchtanfall bekommen."

„Ich? Einen Tobsuchtanfall?", wiederholte sie. „Ich hatte doch schon ewig keinen mehr. Oder... warte. Das war kurz vor meinem vierzehnten Geburtstag, einer unserer ersten Jobs, oder?"

„Ich glaube schon."

„*Moment*", unterbrach Ween sie entgeistert. „Du hast ein Haus von der Erde verschlucken lassen, als du gerade *dreizehn* warst?"

„Wenn ich mich richtig erinnere, ja, habe ich", antwortete sie nachdenklich und schenkte ihm eines ihrer engelsgleichen Lächeln.

„Oh Gott", sagte Ween.

„Ist sie nicht wundervoll?", fragte Blake mit einem schiefen Lächeln.

„Und die Bärenfalle war in dem Haus, das dir zum Opfer fiel?", fragte Madlen.

„Ja", antwortete Blake für Rouge. „Im Flur. Rückblickend frage ich mich auch, welcher kranke Psycho die aufgestellt hat."

„Wahrscheinlich einer der anderen Schatzjäger", vermutete Rouge.

„Diese Idioten."

„Ich bezweifle, dass sie damit dir persönlich schaden wollten. Draußen lief gerade ein Rudel Werwölfe herum."

„Wie konnte das überhaupt passieren, dass du in die Bärenfalle getreten bist, Blake?", wollte Sally wissen.

„Es war dunkel", erklärte er.

„Aber du kannst im Dunkeln sehen. Besser als bei Tageslicht."

„Ich war abgelenkt. Und es ist weniger Sehen als eine Art Tastsinn."

„Und was ist dann passiert?", fragte Madlen.

„Also, die anderen tauchten auf", fuhr er fort. „Sie waren nicht gerade erfreut, dass zwei andere Schatzsucher es auch ins Haus geschafft hatten, und sie machten es ziemlich offensichtlich, dass sie mir nicht einfach aus der sprichwörtlichen Klemme helfen, auf die Schulter klopfen und uns einen sportlichen weiteren Wettbewerb wünschen würden. Rouge bekam ihren Anfall, die Erde tat sich auf und das Haus rutschte ganz langsam hinein", erzählte Blake weiter. „Das hat unsere Gegner ausreichend eingeschüchtert, dass sie sich von ihr vertreiben ließen. Eigentlich musste sie kaum etwas tun, immerhin ging es zu wie in der Johannes-Offenbarung, nur ohne die Posaunen. Dann hat sie es irgendwie geschafft, die Bärenfalle mit Magie in ihre Einzelteile zerfallen zu lassen und mich raus geschleift. Hab ich mich damals dafür bedankt?"

„Ich glaube schon", überlegte Rouge.

„Nochmals danke, mir kommen gerade die Erinnerungen wieder hoch und ich bin *wirklich* froh, dass es vorbei ist."

„Und was war mit dem Schwert, das ihr gesucht habt?", fragte Ween neugierig.

„Ich habe diese Geschichte schon vielen Leuten erzählt", sagte Blake gedehnt. „Und alle haben die Taktlosigkeit, nach dem blöden *Schwert* zu fragen. Mein Bein war fast ab."

„Oh, okay."

„Und das Schwert war danach natürlich weg", fügte Blake hinzu.

„Das war alles, was wir wissen wollten", sagte der namenlose blonde Schwertkämpfer. Er klang irisch.

„Gut", sagte Blake dann und musterte ihn. Der Ire war ein hochgewachsener Mann in seinem und Rouges Alter, auf agile Art muskulös, mit wirrem, strohblondem Haar, Bartstoppeln und grasgrünen Augen. Seine Arme waren mit dunkelgrünen Tätowierungen bedeckt, keltische Knoten, die verschlungenen Bändern glichen und sich bis hinunter zu seinen Handgelenken wanden.

„Wer bist *du*?", fragte Blake.

„Entschuldigung?", fragte der Mann.

„Ich weiß nicht, wer du bist. Du bist mir suspekt."

„Bin ich das?" Er streckte Blake eine Hand entgegen. „Melvin Byrne."

„Das sagt mir *gar nichts*", erklärte Blake dem Magier, ohne seine ausgestreckte Hand zu beachten. Melvin Byrne seufzte leise und ließ seinen Arm wieder sinken.

„Also, was war nochmal das Thema, bevor ich in die Bärenfalle getreten bin?", wollte Blake wissen und sah fragend in die Runde.

„Du wolltest mich zum Essen einladen", sagte Rouge. Er schüttelte den Kopf.

„Ich wollte nicht mit dir essen gehen", widersprach er.

„Aber *ich* wollte", erwiderte Rouge.

„Weißt du, ich *könnte* dich gar nicht einladen", sagte Blake. „Ich bin nämlich pleite."

„Ah, ein Argument, das tatsächlich sinnvoll ist. Wo war es die letzten vierundzwanzig Stunden?"

„Es hatte sich irgendwo verirrt. Mein Bewusstsein ist ein einigermaßen verschachtelter und schlecht beleuchteter Ort."

„Nun, wenn du nicht kannst, dann frage ich eben Nick", beschloss Rouge.

„Kann es sein, dass du Hunger hast?", fragte Blake.

„Ja."

„Und überhaupt. *Nick*. Er ist unmöglich. Er..."

„Er fährt Motorrad?", riet Rouge.

„Nein", widersprach Blake. „Das meinte ich nicht. Nick jagt Zombies, weil sie das einzige sind, was zu langsam ist, um vor ihm zu fliehen."
„Das stimmt so nicht. Er jagt auch Vampire und allerhand Monster."
„Er redet und redet, und er liebt es, Leute zu verwirren."
„Das tun wir alle, dich eingeschlossen", gab sie unbeeindruckt zurück.
„Okay", murmelte Blake, hob seinen Mantel von der Bank auf und hängte ihn sich über den Arm. „Das stimmt. Aber Nick hat bestimmt eine Freundin. Hast du darüber mal nachgedacht? Er ist über dich hinweg. Natürlich. Wie lange dauerte dieses Ding mit euch beiden, zwei Wochen?"
„Nick hat keine Freundin", wusste Rouge.
„Vielleicht weißt du es nur noch nicht." Rouge seufzte und wollte etwas entgegnen, aber Blake redete schnell weiter. „Er liegt außerdem im Krankenhaus, und das Essen in der Kantine ist bestimmt total eklig."
„Da könnte was dran sein", gab sie zu, verzog angeekelt das Gesicht und sah zu Sally. „*Müssen* wir Nick heute eigentlich besuchen?"
„Ja", sagte Sally.
„Aber ich hab mich gerade daran erinnert, wie das Essen im Krankenhaus war, als ich das letzte Mal dort gegessen habe."
„Ich dachte, du wärst hungrig", erwiderte Sally unbekümmert. Rouge seufzte und verdrehte die Augen.

Über Horrorfilme

Der Himmel des späten Abends wurde von einem Ring aus schwarzen Felswänden eingerahmt und erstreckte sich, im Westen noch rot und violett eingefärbt vom Sonnenuntergang, wie eine tiefblaue Kuppel über der Stadt. Seit die Regenwolken sich verzogen hatten, gab es auch wieder Sterne. Es waren viel mehr, als man je in London sehen konnte.

Madlen, Ween, Sally und Nick saßen mit Teetassen in den Händen um einen Tisch auf der Dachterrasse des Krankenhauses, doch es war schon zu spät, um sich noch groß zu unterhalten. Also sahen sie sich abwechselnd den Nachthimmel und die dunkle Stadt an. Nick nieste ab und zu. Rouge saß ein paar Meter von ihnen entfernt im Schneidersitz auf der breiten, kniehohen Mauer, die die Dachterrasse begrenzte. Sie hatte seit Minuten kein Wort gesprochen und schien nachzudenken. Die fünf hatten in der Kantine etwas zu essen bekommen. Es hatte nach nichts geschmeckt, also hatten sie sich schließlich mit einer Kanne Tee nach oben verzogen.

Auf Madlens Armen hatte sich eine Gänsehaut ausgebreitet. Es war kühler geworden, noch kühler, als es auf dem Grund des Kraters normalerweise war. Die junge Frau warf einen neidischen Blick auf Sallys Jacke.

„Findet ihr es auch so kalt?", fragte Ween schließlich.

„Es ist allerdings kalt", gab Sally zu. Madlen nickte.

„Ich friere", sagte die Nichtmagierin. „Ich hätte meine Jacke mitnehmen sollen." Die Regenjacke steckte zusammengeknüllt in ihrer Tasche, die in ihrem Zimmer im *Black & White* lag.

„Na großartig", fuhr Sally fort. „Kaum ist der Regen weg, kommt die Kälte." Nick hob seine Teetasse und nahm einen Schluck. Madlen bemerkte, dass seine Knöchel weiß hervortraten. Er umklammerte die Tasse regelrecht und schien angespannt zu sein.

„Madlen Tennant", rief Rouge leise, bevor die junge Frau darüber nachdenken konnte, ihn zu fragen, ob alles in Ordnung war. Die Penthesilanerin saß immer noch auf der niedrigen Mauer und hatte sich halb zu ihnen gedreht.

„Moment", antwortete Madlen, schob ihren Stuhl zurück und kam zu ihr herüber. Vor der Mauer blieb sie stehen und beugte sich vor. „Was ist?"

„Ich wollte dir ein paar Fragen stellen", erklärte Rouge. „Setz dich doch." Madlen warf einen nervösen Blick auf den Abgrund, der weniger als einen Meter von ihr entfernt klaffte, doch dann setzte sie sich ebenfalls auf die Mauer, ließ die Beine baumeln und hielt sich mit beiden Händen an der Kante fest, um nicht den Halt zu verlieren. Die Gasse unter ihnen war schmal, das nächste Dach ein Stück tiefer als das des Krankenhauses und nur einen gut koordinierten Sprung entfernt. Doch der Boden versank in Schwärze. Erst ein paar dutzend Meter zu ihrer Linken traf die Gasse auf die breitere, besser beleuchtete Straße, auf die auch der Haupteingang des Krankenhauses hinausging.

„Ich habe heute Morgen mit Lady May geredet", erzählte Rouge. Das Licht der Straßenlaternen spiegelte sich in ihren Brillengläsern. Madlen fiel auf, dass sie einen kleinen Gegenstand in der Hand hielt.

„Hast du sie schon kennengelernt?", fragte die Pentheselanerin.

„Nicht wirklich", antwortete Madlen. „Ich hab sie schon gesehen, aber nicht mit ihr gesprochen."

Rouge schien etwas sagen zu wollen, hielt jedoch inne. Sie drehte sich um und die jüngere Frau folgte ihrem Blick. Nick hatte seine Tasse weggeschoben und etwas gesagt, das Madlen nicht verstanden hatte. Ween winkte ihm. Der Zombiejäger stand auf und kam zu ihnen herüber. Rouge erhob sich in einer fließenden Bewegung, die viel zu selbstsicher war dafür, dass sie so nahe am Abgrund stand.

„Ich muss euch verlassen, Ladies", erklärte Nick und schien sich um einen lockeren Tonfall zu bemühen. „Ich gehe eine Runde. Bin in fünfzehn Minuten wieder da."

„Wenn du noch fünf Minuten wartest, müssen wir sowieso runter in die Kantine und neuen Tee machen", rief Sally ihm zu.

„Nein, ich gehe nur kurz", erwiderte er geistesabwesend, zog seine Jacke enger um sich und ging zu der Tür, die zurück ins Gebäude führte. Er zitterte.

„Was war das denn?", murmelte Madlen, als er verschwunden war.

„Ich weiß es nicht", gab Rouge zu, als sie sich wieder auf die Mauer sinken ließ. „Aber wenn er alleine sein will, sollten wir ihn alleine lassen."

„Er sah schlecht aus."

„Er hat vorgestern beinahe seine Arme verloren", erinnerte Rouge sie. Die beiden Frauen sahen zu Ween und Sally, die sich irgendetwas auf dem Handy der Heilerin ansahen. Der grelle Bildschirm tauchte ihre Gesichter in ein kaltes Licht.

„Nun gut", sagte Rouge und nickte. „Madlen, ich wollte mit dir über etwas reden – oh, und die Wache weiß mittlerweile, wie die Sucher ins Archiv gekommen sind."

„Okay", sagte Madlen.

„Du musst jetzt fragen, wie sie ins Archiv gekommen sind", sagte Rouge.

„Wie sind sie ins Archiv gekommen?", fragte Madlen brav. Rouge nickte lobend.

„Ein alter Stadtwache-Magier hat sich gemeldet", erzählte sie. „Er sagte, er habe eine Gedächtnislücke. Er war im Besitz eines Schlüssels zum Archiv. Als er heute von dem Einbruch gehört hat, hat er gemerkt, dass er weg ist."

„Er hat *heute* davon gehört?", wiederholte Madlen. „Ich dachte, das mit dem Einbruch wüsste die ganze Stadt."

„Tut sie auch", bestätigte Rouge. „Es ist in aller Munde. Aber du musst ihm verzeihen. Der Magier, von dem wir sprechen, ist zweihundert Jahre alt."

„Das *ist* alt", gab sie zu.

„Nun ja, worauf ich hinaus möchte: Offenbar wurde er betäubt und sein Schlüssel gestohlen."

„Es werden ziemlich viele Schlüssel gestohlen", bemerkte Madlen. „Ist das immer so um diese Zeit des Jahres?"

„Ich habe nicht darauf geachtet. Wir wissen leider nicht, wer diesen bestimmten Schlüssel gestohlen hat. Keine Spur. Der Mann erinnert sich nicht."

„Schade", sagte Madlen. Sie schwiegen eine Weile. „Gebt ihr der Stadtwache jetzt den anderen Schlüssel – also diese Bronzekugel – damit die sie versteckt?"

„Nein", antwortete Rouge. „Das tun wir nicht. Die Sucher sind immer noch auf freiem Fuß, der Fall ist also noch nicht abgeschlossen."

„Ihr könntet die Kugel trotzdem verstecken."

„So einfach ist das nicht. Sie haben immer noch die Karte. Sie können den Bronzeschlüssel überall finden. Und das werden wir ausnutzen."

„Ah", sagte Madlen und erinnerte sich daran, wie sie sich beim Frühstück gestern über dasselbe Thema unterhalten hatten.

„Wir warten, bis sie zu uns kommen", erklärte Rouge.

„Schön", meinte Madlen. „Falls ich das gestern beim Frühstück nicht ausreichend zum Ausdruck gebracht habe, es ist ein sehr guter Plan."

„Allerdings. Und du bist Teil davon."

„Ich fühle mich geehrt", sagte die Nichtmagierin misstrauisch. Rouge schenkte ihr ihr süßestes Lächeln und hielt ihr den Gegenstand in ihrer Hand entgegen. Es war der Bronzeschlüssel. Sie hätte gleich darauf kommen sollen.

„Du wirst ihn nehmen", erklärte Rouge. Madlen hob beide Augenbrauen und sah die Dämonin neben sich ein paar Sekunden lang an.

„Nein", sagte sie dann. „Das werde ich nicht. Das ist idiotisch. Das machen die Leute in Filmen. Weil angeblich niemand darauf kommt, dass das schwächste Mitglied der Truppe den McGuffin hat."

„McGuffin", wiederholte Rouge, als wollte sie sich das Wort auf der Zunge zergehen lassen.

„Hitchcock", sagte Madlen. „Ein McGuffin ist ein Objekt, das alle haben wollen und das den Plot in Fahrt hält, das aber eigentlich total langweilig ist... Zurück zum Thema. Ich nehme dieses Ding nicht. Ich bin nicht bescheuert. Außerdem habe ich es laut dir schon mal fast kaputt gemacht."

„Ich bin auch nicht bescheuert. Es wird funktionieren. Mercer und seine Freundin werden sich denken: *Das ist idiotisch. Das machen die Leute in Filmen. Weil angeblich niemand darauf kommt, dass das schwächste Mitglied der Truppe den McGuffin* hat. Außerdem haben wir anderen dann die Hände frei."

„Nein. Sie werden das denken, und dann werden sie auf Nummer sicher gehen, mich einfangen und mir den Bronzeschlüssel wieder abnehmen."

„Wenn sie dir zu nahe kommen, kannst du ihn mir immer noch zuwerfen", schlug Rouge vor.

„Ich finde deinen Plan auf einmal ziemlich blöd."

„Ich bin eine gute Fängerin", beruhigte die Konstrukteurin sie und drückte ihr ohne ein weiteres Wort die kleine Bronzekugel in die Hand.

Wie von Sally prophezeit war die Teekanne nach kurzer Zeit leer. Sie stellten eine Gruppe mit dem Auftrag zusammen, nach unten in die Kantine zu gehen und neuen zu kochen. Sie bestand zunächst aus Sally, dann aus Sally und Madlen, dann aus Sally, Madlen, Ween und Rouge.

Sie wanderten mehrere Minuten durch das riesige Gebäude. Auch hier drinnen war es mittlerweile unangenehm kühl. Vermutlich war es schwierig, ein so großes Haus warm zu halten. Von Sally wusste Madlen, dass dieser Flügel leer stand und auch die Terrasse nur noch inoffiziell benutzt wurde. Vielleicht wurde hier gar nicht mehr geheizt. Sie hatten die Lampen nicht eingeschaltet, da genug Licht durch die Fenster fiel. Dennoch blieb Madlen stehen und tastete neugierig nach dem Lichtschalter. Der Schalter klickte, doch nichts passierte.

„Das Licht geht nicht an", stellte Madlen fest. Die anderen blieben stehen und drehten sich zu ihr um.

„Vielleicht haben sie den Strom abgeschaltet?", vermutete Ween. „Damit niemand versehentlich das Licht brennen lässt, das hier gar nicht gebraucht wird."

„Klingt vernünftig", fand Rouge.

„Hm", murmelte die Heilerin. Madlen beeilte sich, zu den Mitgliedern der Stadtwache aufzuschließen, während die kleine Frau fortfuhr. „Ist euch aufgefallen, dass wir alles haben, was wir für einen Horrorfilm brauchen? Einen verlassenen Krankenhausflügel, keinen Strom, blöde Kälte, jemanden, der sich ohne Erklärung von der Gruppe getrennt hat, eine Kämpferin, eine Blondine – oh, Mist."

„Was ist?", fragte Madlen. „Abgesehen davon, dass ich mit meiner Rolle als dumme Blondine nicht einverstanden bin."

„Ich bin schwarz."

„Nun, eigentlich bist du mehr wie Schokolade", entgegnete Rouge.

„Halt die Klappe, ich *bin* schwarz", zischte Sally. Ihr Tonfall hing nun irgendwo zwischen Hysterie und Kichern.

„Und der Schwarze stirbt zuerst", ergänzte Rouge. Sally kicherte.

Im nächsten Stockwerk brannte Licht, auch wenn nur wenige Leute unterwegs waren. Die Kantine war leer, doch Sally kannte sich gut genug aus, um alles, was man für einen Tee brauchte, selbst in Gang zu bringen. Sie brauchte Madlens Hilfe, um einen kleinen, aber schweren Kessel von einer magischen Kochplatte zu bewegen. Erst zu diesem Zeitpunkt fiel Madlen auf, dass der Heilerin der rechte kleine Finger fehlte. Sie wagte es nicht, danach zu fragen.

„Glaubst du, sie machen da drin Zaubertränke?", wollte sie stattdessen wissen und deutete auf den Kessel. Sally wusste es nicht.

„Wie lange möchtest du eigentlich noch hier bleiben?", erkundigte die Heilerin sich neugierig, als sie erfolgreich Teewasser aufgesetzt hatten.

„Ich weiß es nicht", gab Madlen beschämt zu. Sie merkte, wie sie rot anlief.

„Du kannst gerne noch eine Weile bleiben", bot Sally an. „In meiner Familie sind alle Magier. Ich hätte gern jemanden, mit dem ich mich über die Welt der Nichtmagier unterhalten kann."

„Okay", sagte Madlen und lächelte.

„Oder hast du da oben dringende Verpflichtungen?" Sally deutete in die Richtung, in die sich der Rand des Kraters befinden musste.

„Nein. Mein Studium fängt erst in ein paar Monaten an." Madlen überlegte eine Weile, dann sagte sie: „Mein Bruder Marcus ist, als er in meinem Alter war, ein Vierteljahr in die USA gegangen."

„Worauf willst du hinaus?", frage Sally.

„Wenn er nur mit dem Grund, dass er etwas erleben wollte, in die USA darf, kann ich mir, denke ich, auch erlauben, noch ein, zwei Wochen in Undertown zu bleiben."

„Klingt gut", fand die Heilerin. „Und du kannst uns danach auch immer mal besuchen, wenn du möchtest."

Sie hörten Weens und Rouges Stimmen und drehten sich um. Blake hatte den Raum betreten. In seiner Gegenwart bekam Madlen noch immer eine leichte Gänsehaut. Sally grinste und lief zu dem Schatten herüber. Sie ging ihm kaum bis zur Schulter.

„Hi", sagte sie. „Du hast ja keine Ahnung, wie sehr ich mich freue, dich zu sehen."

„Es ist mir immer ein Vergnügen", erklärte Blake ihr. „Aber mit uns beiden wird das nichts. Du redest und redest, und sieh dich an, wie groß bist du? Eins fünfzig? – *Ngh.*" Er stöhnte, als sie ihn in den Bauch boxte.

„Darum geht es gar nicht", verkündete sie fröhlich. „Mir ist nur etwas eingefallen. Wenn wir in einem Horrorfilm wären, würdest du noch vor mir sterben."

„Würde ich?"

„Ja. Der Schwarze stirbt zuerst. Deine Haut ist noch viel dunkler als meine." Ween lachte leise.

„Hm", murmelte er und schien zu überlegen, ob er besorgt sein sollte. „Ich hatte immer gehofft, ich wäre das schreckliche Monster, das nicht totzukriegen ist. Ich bin gut im Monster-Sein. Wo ist Nick?"

„Macht einen Spaziergang", erklärte Rouge. „Was machst du hier?"

„Ich weiß es nicht", gab Blake unsicher zu. „Ich hatte darüber nachgedacht, nochmal ins Labyrinth zu gehen, aber..." Er beendete den Satz nicht. Madlen fiel es schwer, sein nachtschwarzes Gesicht mit den scharfen Zähnen und den leuchtenden Augen zu lesen, doch aus seiner Stimme ließ sich heraushören, dass ihm der bloße Gedanke unheimlich war.

„Du kannst dich gerne mit uns auf die Dachterrasse setzen und Tee trinken", bot Sally an. „Und über die Schatten reden, wenn du magst."

„Danke", sagte er.

„Ich habe mich immer noch nicht daran gewöhnt, dass du Tee trinkst", gab Madlen vorsichtig zu. „... und isst und schläfst."

„Tja", sagte er trocken. „Ob du's glaubst oder nicht, ab und zu muss ich sogar auf die Toilette."

„Vielen Dank für diese Information", seufzte Madlen.

Niemand rettet Nicholas Miller

Die magische Kochplatte, die Madlen und Sally für ihren Tee auserkoren hatten, schien nicht richtig zu funktionieren, sodass sie deutlich länger in der Kantine herumstanden als geplant. Irgendwann erklärten Rouge und Blake sich bereit, unten zu bleiben, während die anderen bereits wieder hochgingen.

Madlen, Ween und Sally schwiegen, als sie in das obere Stockwerk traten. Die Kälte war wieder da, so eisig, dass sie auf der nackten Haut brannte. Madlen klemmte ihre Hände unter ihre Arme, um sie zu wärmen und schwor sich, ihre Jacke ab morgen den ganzen Tag bei sich zu tragen. Ween öffnete die Tür auf die Dachterrasse und trat hinaus, drehte sich suchend um sich selbst. Als er wieder hinein kam, standen vor den Mündern der drei weiße Wolken.

„Nick ist nicht da", sagte er.

„Hier stimmt etwas nicht", stellte Madlen fest. Sie zitterte vor Kälte.

„Er ist schon zulange weg. Und es ist zu kalt. Unten auf der Straße war es wärmer, und wir sind hier immerhin im obersten Stockwerk eines bewohnten Gebäudes."

In diesem Moment hörten sie, wie etwas mehrere Gänge entfernt gegen eine Wand prallte. Sie wirbelten herum und verharrten dann lauschend. Es war nur ein kurzes, dumpfes Geräusch gewesen, aber deutlich hörbar in der eisigen, klaren Luft in den Krankenhausgängen. Die drei jungen Menschen sahen sich gegenseitig an, dann rannten sie los.

Madlen und Ween überließen Sally die Führung und blieben dicht hinter ihr. Die Heilerin kannte sich im Krankenhaus aus, sie musste sich einfach auskennen. Madlen fühlte sich wie betäubt, doch sie biss die Zähne zusammen und zwang sich weiter. Die Bewegung würde die Kälte vertreiben. Das erste Mal stolperte sie kurz vor einer verglasten Brandschutztür. Es gelang ihr, sich wieder zu fangen, doch der Boden fühlte sich glatt an unter ihren dummen, profillosen Straßenschuhen.

Sie fand ihr Gleichgewicht wieder und sah, wie Sally die Doppeltür aufstieß und kurz zu ihr zurück sah. Als Sally und Ween bemerkten, das Madlen noch auf den Füßen war, liefen sie weiter. Madlen erreichte die sich schließende Tür kurz nach Ween und stieß sie wieder weit genug auf, um hindurch zu kommen. Der Griff war eisig, aber etwas Anderes erregte ihre Aufmerksamkeit. Die Glasscheibe war von einer

hauchdünnen, kristallartigen Schicht bedeckt, und da, wo Sally sie berührt hatte, war ihr verwischter Handabdruck zu erkennen. Die Tür war mit Frostblumen überzogen. Gute Güte, wie kalt war es?
Sie holte die anderen auf einer Kreuzung ein. Ween sah sich suchend um, versuchte, einen Hinweis auf die Quelle des Geräuschs zu finden. Jetzt, wo sie genauer hinsah, konnte Madlen überall Eis erkennen. Nur wenig, dünne, kaum sichtbare Schichten, die im schwachen Licht der nächtlichen Stadt funkelten, aber es war da. Und es wurde immer mehr.
„Es wird immer kälter", keuchte Madlen. Die beiden Magier nickten zustimmend.
„Wir müssen dem Eis folgen", meinte Sally. „Uns aufteilen und die Quelle finden." Ween deutete auf die Gänge, in denen das meiste Eis zu erkennen war, und lief dann zu dem ganz rechts. Die beiden Frauen taten es ihm gleich und verschwanden in den anderen.

Blake und Rouge standen, drei Hände gelangweilt in den Hosentaschen, vor der Teekanne, die ein kaum hörbares Gluckern von sich gab. Rouge hatte ein mit getrockneten Blättern gefülltes und einsatzbereites Teesieb in der vierten Hand.
„Ich glaube, es kocht", sagte Blake.
„Das ist kein Kochen, das ist *Köcheln*", berichtigte Rouge ihn.
„Ist das nicht nah genug dran?", fragte Blake. Rouge zuckte mit den Schultern und verdrehte die Augen. Der Schatten nahm mit einer entschlossenen Bewegung die Kanne von der Kochplatte, ließ sich von seiner Exfreundin das Teesieb geben und hängte es hinein.
„Fertig", sagte er. Rouge beugte sich über die Kanne.
„Ich korrigiere mich, es köchelt nicht mal", stellte sie gereizt fest.
„Können wir die Kanne mit Sieb einfach nochmal auf die Herdplatte stellen?", meinte Blake und probierte es aus.
Sie warteten, gaben dramatische Seufzer von sich und sahen sich in der Kantine um.
„Ist das Raureif, der da hinten die Treppe runterkommt?", fragte Blake dann mehr fasziniert als besorgt. Rouge kniff hinter ihren schmalen Brillengläsern die Augen zusammen.
„Was haben sie denn jetzt wieder angestellt?", murmelte sie.

Madlen lief durch eine weitere Feuertür. Diesmal kam es ihr vor, als ließe sie sich schwerer öffnen. Ob es an der Kälte, die immer noch ihre

Muskeln lähmte, oder an Eis in den Scharnieren lag, konnte sie nicht sagen.

Mittlerweile hatte sie Seitenstechen. Sie war nie besonders sportlich gewesen.

Hier war der halbe Gang mit einer dicken Eisschicht bedeckt, der Boden, die Wände und die Decke. Ein kleiner rollbarer Tisch, der vergessen auf der Seite lag, war vollständig damit überzogen. Dünne Eiszapfen hingen von den Tischbeinen. Mitten im Gang lag Nick und bewegte sich nicht.

„Nick", hörte Madlen sich viel zu leise sagen. Sie hatte rufen wollen, Ween und Sally holen, aber jetzt waren auch ihre Lippen taub. Madlen sah sich um, plötzlich zweifelnd, ob sie die Einzigen hier oben waren, dann joggte sie zu Nicks regloser Gestalt, kam schlitternd zum Stehen und ließ sich auf die Knie fallen. Er lag auf dem Rücken, mit halb geöffneten Augen und Eiskristallen in seinen Brauen.

„Nick?", fragte sie noch einmal und tastete zögernd nach seiner Schulter. Keine Reaktion. Sie rüttelte an ihm, doch das brachte nichts, also griff sie nach seinem Handgelenk und suchte nach einem Puls. Sie fand nichts, wusste aber nicht, ob er wirklich weg war oder ob sie sich nur zu dumm anstellte.

Sie konnte die anderen nicht mehr hören. Ween und Sally mussten stehengeblieben sein, oder sie hatten sich weiter entfernt. Madlen hob ihren Kopf und ließ ihren Blick durch den Gang wandern.

„Ween", versuchte sie zu rufen, doch das Ergebnis war fast genauso kläglich wie ihre vorherigen Versuche, ihre Stimme zu erheben. Sie beugte sich wieder über den Stadtwache-Magier, suchte nach Lebenszeichen, als würde er aufwachen, wenn sie das Rätsel löste. Und dann bohrte sich etwas Eisiges in ihren Rücken.

Madlen keuchte. Ihr Herz setzte einen Schlag aus. Sie registrierte überrascht, dass ihr Körper zur Seite kippte. Das kalte Ding wurde aus ihr heraus gezogen und sie hätte wohl geschrien, wären ihre Lippen nicht so schrecklich taub gewesen. Die brennende Kälte, die genauso gut Feuer hätte sein können, war weg und hinterließ nur Taubheit. Sie spürte die Wunde nicht. Madlen kniff angestrengt die Augen zusammen, um bei Bewusstsein zu bleiben, stützte sich auf ihre Hände und hielt nach Blut Ausschau. Wenn jemand sie verletzt hatte, musste es Blut geben, oder? Viel Blut sogar, immerhin hatte sie gespürt, wie das Ding ihre Organe durchbohrte. Doch sie sah kein Blut, nichts Dunkles auf dem Boden des verlassenen Ganges, nur Nick neben ihr und in ihrem Augenwinkel jemand, der hinter ihr hocken musste.

Es gelang Madlen, sich in eine etwas aufrechtere Haltung zu manövrieren und zu der Gestalt hoch zusehen. Vor ihr kauerte ein Kind mit einer so blassen Haut, dass sie in der Nacht weiß zu glühen schien. Es hielt einen seiner Arme umklammert, als hätte es gerade etwas Ekelerregendes damit berührt.

„Wer bist du?", fragte Madlen. Es war kaum mehr als ein schwaches Flüstern.

„Du wirst ihn nicht retten", zischte das Mädchen. Die Härte in seiner Stimme bildete einen schrecklichen Kontrast zu seinem kindlichen Aussehen. Madlen öffnete ihre Lippen und versuchte, etwas zu sagen, doch als es ihr nicht gelang, zwang sie sich nur, sich soweit wie möglich aufzurichten und schob sich schützend zwischen das unheimliche kleine Mädchen und Nicks Körper. Sie wünschte, sie hätte eine Waffe, auch wenn sie nicht wusste, was für eine es braucht, um ihre Gegnerin zu verletzen.

„*Nein!*", fauchte das Mädchen wütend und war in einem Sekundenbruchteil bei Madlen, ihre Gesichter nur Zentimeter voneinander entfernt und seine kurzen Finger in ihre Bluse gekrallt. Seine Augen waren unglaublich hell. Madlen wich nicht zurück. „Niemand rettet Nicholas Miller! Es ist vorbei!"

Rouge und Blake eilten durch Gänge voller Raureif, sie mit gezogenem Schwert, er mit der Teekanne in der Hand. Dann blieb die Pentheselanerin abrupt stehen, sodass er beinahe in sie hineingelaufen wäre. Sie schnaubte gereizt und drehte sich einmal um sich selbst.

„Ich weiß nicht mal, ob wir in die richtige Richtung laufen!", beschwerte sie sich laut. Blake ließ den Deckel der Teekanne aufschnappen und fischte das Sieb heraus. Es knackte leise.

„Hey, da war eine dünne Eisschicht auf dem Tee", stellte er fest. „Vielleicht können wir das ausnutzen, um die Quelle..."

„*Very British* von dir", unterbrach Rouge ihn trocken und griff nach seinem Ärmel. „Komm mit. Ich glaube, das ist die richtige Richtung."

„Du hast das hier getan", stellte Madlen fest. Sie wusste selbst nicht, ob es ihr gelungen war, die Worte laut auszusprechen. Ihr Körper war taub, sie spürte nichts außer dem Brennen der Kälte. Sie tastete nach den Händen des blassen Mädchens und versuchte, den Griff zu lösen, obwohl es ihr die tauben Finger verbrannte. Das Kind schrie auf, als Madlen seine eisigen Hände berührte, und stieß sie weg, als hätte nur die Berührung es mit tiefem Abscheu erfüllt.

Die junge Frau wusste nicht mehr, was ihr Körper tat, sie spürte nichts mehr, aber es musste ihr gelungen sein, ihre Arme rechtzeitig unter ihren Körper zu ziehen, denn sie fiel nicht auf den Rücken.

Gut gemacht. Wenn sie das geschafft hatte, musste sie sich auch weiter bewegen können, oder? Wegkommen von dem kleinen Monstermädchen. Sie stemmte ihre Füße in den glatten Boden und schob sich nach hinten. Zumindest hoffte sie, dass sie das tat, denn ihre Nerven verweigerten ihr jegliche Rückmeldung. Nach einer halben Ewigkeit spürte sie endlich etwas Festes, das gegen ihren Rücken drückte. Die Wand.

Das Mädchen stand in der Mitte des Ganges und starrte Madlen durch die dünnen Strähnen seines Haares, die ihm wirr ins Gesicht hingen, an, Wut und Hass in seinem Blick. Aber das Kind schien auch zu zögern, sich ihr zu nähern, als würde die Berührung es genauso verbrennen wie die Menschen. Und dann begriff Madlen.

Das Wesen, was es auch war, lebte in der Kälte, und alles Warme schien, wenn auch vielleicht keinen Schmerz, zumindest Ekel und Abneigung in ihm auszulösen. Die Nichtmagierin hätte vielleicht gelächelt, wenn sie ihr Gesicht noch gespürt hätte. Jetzt hatte sie eine Waffe.

Das Mädchen hatte sich über Nick gebeugt und schimpfte vor sich hin. Dann streckte es seine Hand nach ihm aus – die in seiner Brust verschwand wie die eines Geistes. Gab es Geister? Madlen wusste es nicht.

Das Kind hatte seine körperlose Hand in ihren Rücken gebohrt und seine Kälte als Waffe gegen ihren Körper benutzt. Es hatte kein Messer gegeben. Sie war nie verletzt gewesen. Es war nur die Kälte.

Nur Kälte. Es klang so harmlos, so unglaublich untertrieben. Nick brachte sie gerade um.

„Hör auf", wisperte Madlen und bereute es, sich in ihrer Verzweiflung soweit von den beiden entfernt zu haben. Ihre Körperwärme war das einzige gewesen, das zwischen ihm und dem Mädchen gestanden hatte. Sie zerrte an ihrem Körper, zwang sich, sich zu bewegen und das Wesen zu vertreiben.

„Geh", sagte sie so entschieden wie möglich. Das Kind wirbelte zu ihr herum, sein Haar flog durch die Luft, dann machte es einen Satz und landete auf Madlen. Sie keuchte, obwohl es verblüffend leicht war.

„*Halt den Mund!*", kreischte das Mädchen. „Niemand rettet ihn!"

„Warum?", hörte sie sich selbst fragen. Das Mädchen verstummte und war plötzlich vollkommen ruhig.

Du weißt nichts, hörte sie in ihrem Kopf, ohne dass ein Laut über die Lippen des Wesens vor ihr gekommen wäre, aber jedes Wort bohrte sich wie eine Klinge in ihren Geist, geführt von dem fremden, weißen, kalten Bewusstsein des Mädchens. Das Kind hob seine winzige Hand und legte sie auf Madlens Stirn. Eisiges Feuer bahnte sich gewaltsam den Weg in ihr Gehirn, verbrannte jeden Gedanken. Und diesmal gelang es Madlen zu schreien, nicht so laut, wie sie es gern getan hätte, aber voller Schmerz und Angst.

Das Mädchen ließ seine Hand sinken und trat zurück, grausame Zufriedenheit auf seinem Gesicht. Madlens Sicht verschwamm, Schwärze breitete sich um sie herum und in ihr selbst aus und sie wusste, dass nur die Wand in ihrem Rücken sie aufrecht hielt.

Es fühlt sich an, als würde ich gleich ohnmächtig werden. Aber auch wenn sie nicht mehr richtig sehen und denken konnte, *hörte* sie es. Eine Stimme, die etwas rief. Vermutlich ihren Namen.

Sie sah, wie das Kind herumfuhr und fauchte, wie es zurückwich, wie sein Körper begann, zu Nebelschwaden zu zerfasern, und in der Wand verschwand wie ein Phantom, sah, wie die Türen am anderen Ende des Ganges sich öffneten. Jemand rannte hindurch, zu ihnen in den Gang, jemand Kleines, dem die Locken beim Laufen um den Kopf flogen. Sally. Endlich.

„Verloren", flüsterte Madlen.

Sally sah kurz zu ihr, blickte sich im Gang um und ließ sich dann neben Nick fallen.

„Madlen", sagte sie ruhig und sah ihr fest in die Augen, während sie blind nach Nicks Puls suchte. „Was ist passiert?"

„Sie war das", brachte Madlen hervor. „Pass auf. Bitte..." Sally warf ihr einen ungläubigen Blick zu und kam schnell zu ihr herüber.

„Was ist passiert, Madlen?", wiederholte Sally ungeduldig und hielt sie vorsichtig fest, wie man ein Kind festhielt, damit es sich beruhigte und einen ansah. Ihre Hände waren warm. „Jemand war hier?" Madlen versuchte, an Sally vorbei einen Blick auf das Geistermädchen zu erhaschen. Es war noch einmal aus der Wand aufgetaucht und beobachtete sie. Immer noch stand Verärgerung auf seinem Gesicht, doch nun hatte sich Erschöpfung dazugesellt. Der Kontakt mit den Lebenden hatte seinen Tribut gefordert.

Das Kind schloss die Augen, nachdem es Madlen einen letzten hasserfüllten Blick zugeworfen hatte. Wieder breitete sich Nebel um es aus. Winzige weiße Funken wirbelten um es herum, vielleicht waren es auch Schneeflocken, erst wenige, dann ein ganzer Sturm, und schließlich zerstob die Gestalt des Mädchens wieder in kalte, weiße Schwaden und löste sich in nichts auf.

Sally redete. Versuchte, ruhig zu klingen, obwohl sich ihre Stimme überschlug. Madlen zwang sich, sich auf sie zu konzentrieren. Das Mädchen war weg. Aber es hatte Nick angegriffen, der immer noch auf dem Rücken lag und mit leerem Blick zur Decke starrte. Nick. Vielleicht sollte sie etwas sagen, damit Sally sie in Ruhe ließ und ihm half. Wenn man ihm noch helfen konnte.

Madlen nickte, obwohl sie nicht gehört hatte, was Sally gesagt hatte, und murmelte etwas, von dem sie hoffte, dass es sie beruhigte. Sally verstummte und ließ Madlen los, drehte sich wieder zu Nick um und beugte sich über ihn. Madlen hörte sie fluchen. Nicht gut.

Die Nichtmagierin rutschte zu Boden und rollte sich zusammen, um wenigstens einen Funken Wärme in sich zu behalten. Im Augenwinkel sah sie Sally, die sich immer noch über Nick beugte. Sie hörte die Heilerin leise mitzählen, als sie versuchte, sein Blut durch eine Herzdruckmassage in Zirkulation zu halten.

Nicht gut, nicht gut, nicht gut.

Genesen

Madlen wachte zum zweiten Mal in wenigen Tagen in einem fremden Bett auf. Diesmal hatte das Bett ein klobiges Gestell aus kaltem Metall. Ein Krankenhausbett, ein älteres Modell, wie sie es eher in einem historischen Film erwartet hätte als im richtigen Leben, aber nach Undertowns viktorianischen Standards ungewöhnlich modern. Es sah etwas mitgenommen aus, und als sie sich umsah, bemerkte sie, dass die hellgelbe Farbe von den kahlen Wänden blätterte. Vermutlich hatte das Krankenhaus nicht viel Geld. Oder es kümmerte sich nicht um saubere Äußerlichkeiten. So, wie sie die Stadt kannte, traf vermutlich beides zu.

Sie machte ein oder zwei Versuche, aufzustehen, doch sie fühlte sich müde, schlaff und zerschlagen. Also blieb sie liegen und versuchte, ein Muster in den Rissen in der Farbe zu finden, während ihre Gedanken sich ergebnislos um sich selbst drehten.

Sie erinnerte sich an gestern Abend. Das Geisterkind. Und Rouge.

Madlen stellte fest, dass man sie in ein ausgeblichenes Nachthemd gesteckt hatte. Suchend sah sie sich nach ihrer alten Kleidung um und fand sie ordentlich zusammengefaltet am Fußende ihres Bettes. Mühsam richtete sie sich auf und durchsuchte ihre Hosentaschen.

Die kleine Bronzekugel war noch da. Sie seufzte erleichtert.

Madlen fuhr mit den Fingerkuppen über die Wellenlinien, die vor Ewigkeiten in die Oberfläche der Hülle eingraviert worden waren, als die Tür nach draußen sich öffnete und ein Arzt den Raum betrat.

Er war kein Mensch. Er bewegte sich eleganter, fließender, und seine Haut war bunt gefleckt wie bei einem tropischen Frosch. Der weiße Kittel des großen, dünnen Dämons war sauber und ordentlich gebügelt. Zu Madlens Belustigung trug er eine Brille aus Messing mit kleinen, runden Gläsern, obwohl seine Nase ganz flach war, kaum mehr als zwei Schlitze als Nasenlöcher. An den Seiten seines Halses konnte sie Kiemen erkennen. Ein Wassermann.

„Guten Morgen", murmelte Madlen, weil ihr nichts Besseres einfiel.

„Ihnen ebenfalls einen guten Morgen, Miss Tennant", antwortete er überrascht, aber sanft. Der Dämon hatte eine angenehme Stimme. „Es scheint Ihnen besser zu gehen."

„Im Vergleich zu gestern?", fragte sie in einem Anflug trockenen Humors. „Ja, definitiv."

„Sie werden sich vermutlich noch ein oder zwei Tage lang erschöpft und energielos fühlen", erklärte er ihr. „Auch wenn es uns schwer fällt, das bei einer Nichtmagierin einzuschätzen."

„Wo sind die anderen?", wollte sie wissen. „Wo ist Nick Miller?"

„Er lebt, keine Sorge. Aber er ist nicht bei Bewusstsein. Seine Vorgesetzte und ein Hellseher versuchen schon den ganzen Vormittag, mehr über seinen Zustand herauszufinden."

„Und die anderen? Seine Kollegen?"

„Laufen durch die Gegend wie kopflose Hühner und wollten nicht einsehen, dass ich Sie ausschlafen lassen möchte. Insbesondere Miss Young. Verstehen Sie mich nicht falsch, sie ist eine fröhliche Person, aber vielleicht ein wenig energiegeladen." Madlen schmunzelte und entschied, dass sie den Arzt mochte.

„Draußen wartet übrigens ein junger Mann", sagte er. „Ween Cameron."

„Oh", machte Madlen ratlos.

„Ich hole ihn rein, wenn Sie möchten", bot der Dämon ihr an. Sie nickte nur.

Ween trug wieder seinen schwarzen Anzug. Vermutlich hatte er Lady May heute schon zu dem ein oder anderen Treffen begleiten müssen. Er sah besorgt aus.

„Hey, Ween", sagte sie und lächelte.

„Madlen", sagte er und schien augenblicklich bessere Laune zu bekommen. Er strahlte quasi, doch sie sah ihm trotzdem an, dass er viel zu wenig Schlaf bekommen hatte. Er setzte sich auf einen altersschwachen Stuhl neben dem Bett.

„Hat dir schon mal jemand gesagt, dass du in dem Anzug großartig aussiehst?", fragte sie, um ihn aufzumuntern. „Ein bisschen wie ein Geheimagent." Ween grinste fröhlich.

„Schön, dass du wieder wach bist", sagte er.

„Habe ich viel verpasst?"

„Ein schreckliches Frühstück in der Kantine, das wahrscheinlich aus Pappe und Seelenfresserspinnweben hergestellt wurde."

„Seelenfresser?"

„Oh, vergiss es. Nick liegt in so einer Art Koma. Lady May und Crazy Joe sind bei ihm. Hoffentlich kümmert er sich da drum."

„Crazy Joe?", wiederholte sie verständnislos. „Euer Bekannter? Was genau kann er tun, um ihm zu helfen? Was für eine Art Magie hat er?"

„Oh, richtig, ihn kennst du immer noch nicht. Er ist ein Hellseher. Wenn jemand herausfindet, was mit Nick passiert ist, dann er. Aber erzähl ihm nicht, dass ich das gesagt habe."

„Da war ein Mädchen", erzählte Madlen. „Ein kleines Kind. Sie hat ihn angegriffen und mit mir gesprochen. Nun, mich beschimpft. Und mich mit ihrem Arm durchbohrt."

„Das musst du mir genauer erklären."

„Oh, ich glaube, sie war so eine Art Geist... Gibt es Geister?"

„Ja. Es wurde schon was gesagt in die Richtung", meinte Ween. „Aber ich verstehe nicht viel davon. Nick ist der Spezialist in der Gruppe für Untote und Geister und solches Zeug."

„Tu mir einen Gefallen und sag deiner Chefin und diesem Joe, dass ich ihnen gerne so viele Fragen beantworte, wie ich kann, wenn ihnen das hilft, ja?"

„Immer", versprach er. „So ziemlich alle versuchen, etwas herauszufinden. Sally rennt seit Stunden durch das Krankenhaus. Rouge gräbt sich gleichzeitig durch Bücher über Geister und Bücher über Schatten. Solche Sachen."

„Und du sitzt hier und leistest einem Mädchen ohne Magie Gesellschaft, das du noch nicht einmal richtig kennst", stellte sie fest.

„Das tue ich, richtig. Es ist aber ein sehr nettes Mädchen", sagte er. Sie lächelte. „Sogar Blake war heute Morgen nochmal hier. Das muss man sich mal vorstellen. Normalerweise hält er es nicht so lange an einem so langweiligen Ort aus, und jetzt hat er sogar noch einen eigenen Fall. Er macht sich offenbar wirklich Sorgen um euch, auch, wenn er die meiste Zeit über Schatten nachdenkt. Außerdem wirken Drama und Mysterien auf ihn wie ein Magnet."

„Ich hatte den Eindruck, dass wir ihn nicht sonderlich kümmern", gab sie zu.

„Er ist manchmal ein ziemlicher Zyniker, wie?", fragte Ween.

„Ja." Sie nickte und hoffte, sich den jungen Magier damit nicht zum Feind zu machen.

„Er ist immer so", erklärte Ween. „Schatten immer mit ihrem Sarkasmus."

„Sind die alle so?", fragte Madlen.

„Um ehrlich zu sein? Ich weiß es nicht. Ich kenne nur den einen. Aber im Grunde ist er ein netter Mensch – oder eine nette Person. Was er sonst ist, wenn kein Mensch." Er klang, als wollte er Blake gleichzeitig verteidigen und sich für ihn entschuldigen.

Madlen dachte über die beiden nach und fragte sich, was für eine Geschichte hinter ihrer Freundschaft steckte. Sie hatte sich schnell an Weens jungenhafte, irgendwie liebenswürdige Art gewöhnt, doch sie musste zugeben, dass sie den Schatten nicht übermäßig gut ausstehen konnte.

Es war kühl hier, also zog sie die Decke enger um sich. Ein Gedanke kam ihr in den Sinn und ließ sie kurz schaudern.

„Ween", sagte sie und drehte nachdenklich eine Haarsträhne um ihren Finger. „Hat die Stadtwache etwas unternommen wegen des Mädchens? Ich meine, Schutzzauber errichtet oder so was?"

„Ein paar. Aber sie wissen nicht, was für eine Art von Geisterwesen es ist und sie können es nicht finden. Das macht die Sache schwierig."

„Bedeutet das, sie könnte noch hier sein?"

„Ja. Vermutlich spukt sie irgendwo im Gebäude herum."

„Ich will nicht hysterisch wirken, aber das macht mir schon Sorgen", gab Madlen zu.

„Seit Sally euch gefunden hat, hat sie niemanden angegriffen, sie wurde noch nicht einmal gesehen. Vielleicht hat sie sich beruhigt."

„Sie schien ein sehr schlecht gelauntes Kind zu sein."

„Das kann man wohl sagen."

„Sie wollte mich umbringen."

„Ja", stimmte Ween ihr zu. Sie runzelte die Stirn.

„Jetzt will ich wissen, was es mit der Sache auf sich hat", sagte sie. „Gibt es nicht schon irgendwelche Theorien?"

„Die gibt es", antwortete er.

„Wirklich?", fragte Madlen überrascht.

„Ja. Nicholas Millers Geschichte gibt guten Stoff für Theorien ab." Er machte eine dramatische Pause, die ein bisschen zu lang geriet. Vermutlich geschah es nicht oft, dass die Leute ihm zuhörten. „Du erinnerst dich an Nicks Witze darüber, dass die Leute ihn für verrückt halten?"

„Ja."

„Wir hatten schon schwierigere Fälle als diesen", erzählte Ween. „Nicht viele, aber es gab sie. Einer von ihnen beinhaltete Geister. Mächtige Geister. Ein paar Zauberer haben herausgefunden, wie man sie ruft und manipuliert. Sie ließen sie für sich kämpfen. Wir meldeten uns, um die Sache zu erledigen." Seine Stimme klang anders als sonst, ernster.

„Wir brauchten anderthalb Tage, um sie aufzuspüren und uns an ihren Schutzzaubern vorbei zu schleichen. Sie waren mitten in der Altstadt. Ein Überraschungsangriff schlug fehl und es kam zu einem offenen Kampf. Es dauerte fünfundvierzig Minuten, bis die anderen Stadtwache-Magier die Schutzvorkehrungen der Beschwörer ebenfalls überwunden hatten und uns fanden. Blake war etwas schneller, aber nicht viel. Nach diesen fünfundvierzig Minuten jedenfalls hatte Sally einen Finger verloren, ich hatte mir ein paar Rippen und die Hüfte gebrochen und zwei von uns waren tot. Malcolm und Ackermann. Sie waren nette Leute, und nicht einmal der schlechteste Mensch hätte verdient, zu sterben wie sie." Er machte eine weitere Pause. „Nick trug keine äußeren Verletzungen davon. Nach ein paar Wochen hörte er auf, darüber zu reden, und wir gingen davon aus, dass es sich einfach... erledigt hätte. *Es* verschwunden wäre. Es blieben nur Witze und ab und zu ein paar seltsame Vorkommnisse. Aber seltsame Vorkommnisse gibt es in dieser Stadt zum Frühstück, und immer waren wir von einem Fall abgelenkt. Wie es aussieht, haben wir es unterschätzt. Es ist immer noch da. Seit vier Jahren." Madlen stellte die Frage.

„Was ist mit Nick passiert?"

„Ich hoffe, du magst Schauergeschichten", sagte Ween.

Eine Schauergeschichte

Es war alles so schrecklich schief gegangen.

Ween lag auf etwas, das sich hart und metallisch anfühlte. Bei dem Aufprall vor ein paar endlosen Sekunden war alle Luft aus seinen Lungen gewichen. Seine Knochen fühlten sich an, als seien sie in tausend Stücke zersplittert.

Er war immer noch geblendet von dem Lichtblitz, den jemand direkt vor ihm abgefeuert und der ihn nach draußen, auf die Straße, geschleudert hatte, doch er erkannte die alten, schiefen Häuser Undertowns, die in den Himmel emporragten wie schwarze Klippen. Im obersten Stockwerk des Hauses direkt über ihm, da, wo er vor zehn Sekunden noch Seite an Seite mit den anderen gekämpft hatte, fehlte beinahe die gesamte Fassade. Holzsplitter ragten in die Luft. Sein Skelett sah jetzt vermutlich genauso aus.

Er hörte Kampfeslärm und Schreie.

Ween merkte vage, dass er auf einem Autodach gelandet war. Ein Teil von ihm überlegte, ob der Besitzer nach diesem Tag begreifen würde, dass Undertown keine Stadt für Autos war.

Das Atmen tat schrecklich weh. Er konnte sich nicht bewegen. Er war nur ein fünfzehnjähriger Junge, der zu tief gefallen war und jetzt den Himmel anstarrte.

Die Zeit verging.

Er hörte etwas. Eine bekannte Stimme, dicht neben seinem Ohr. Ween versuchte, etwas zu sagen, doch er brachte nur ein leises Krächzen zustande.

Jemand hielt ihn fest und zog ihn vorsichtig von dem Auto herunter. Ein stechender Schmerz schoss von seiner Hüfte in sein Gehirn. Ween biss die Zähne zusammen und zischte. Er schmeckte Salz und merkte, dass Tränen über sein Gesicht liefen. Er weinte.

Er war immer der gewesen, der nicht aufgegeben hatte, auch, wenn er vor Erschöpfung nicht mehr stehen konnte. Der Witze machte, um die anderen aufzuheitern – oft mit eher mäßigem Erfolg, wie er zugeben musste. Er war nicht so stark wie Blake oder so intelligent wie Rouge und er war nicht einmal annähernd so schlagfertig wie die beiden Dämonen, aber er war zumindest immer mutig gewesen und hatte sein Bestes gegeben. Er hatte das Gefühl, die anderen enttäuscht zu haben.

Der Jemand ließ ihn vorsichtig zu Boden sinken und hielt ihn fest.

Er trug einen alten schwarzen Mantel, der nach Staub, alten Büchern und Abenteuer roch. Ween kannte den Mantel, und er kannte seinen Besitzer.

„*Du*", brachte er schluchzend hervor und sah zu dem Jemand hoch, in dessen Armen er lag. Seine Stimme klang heiser. Zerbrochen und zerschlagen, wie der Rest von ihm.

„Ich", wiederholte die bekannte Stimme. „Auf die Gefahr hin, klischeehaft zu klingen: Bleib bei mir." Ween blinzelte. Die altbekannten leuchtend roten Augen, die andere Menschen vielleicht erschreckt hätten, doch nicht die Spur des üblichen Grinsens.

„Komm schon", fuhr Blake fort. „Das sind nur ein paar gebrochene Knochen. *Bitte.*"

„Bist du sicher?", wisperte Ween.

„Nun, ich hoffe es zumindest. Niemand stirbt, ja? Nicht heute. Nicht hier. Nicht, weil meine verdammte U-Bahn Verspätung hatte... Es tut mir ehrlich leid, dass ich dich von dem Auto gezogen habe, aber du warst immer noch in der Schussbahn von den Dingern da oben. Niemand stirbt hier, ja?"

„Ackermann ist tot", hörte er sich sagen. Eine Pause.

„Es tut mir leid", sagte Blake.

„Ich fühle mich mies."

„Du siehst auch mies aus", erklärte der Schatten ihm. „Bitte mach nichts Dummes, ja? Du bist mein Lehrling und die Drachenlady würde mich umbringen und ich würde dich *wirklich* vermissen."

Ein gerufener Befehl von oben zerriss die Luft. Blake und Ween sahen nach oben. Er erkannte die Stimme. Rouge. Etwas klang in ihrer Stimme mit, etwas, dass Ween lange nicht mehr bei ihr gehört hatte. Angst.

Wenn Rouge Angst hatte, sollten alle anderen laufen.

„Es ist kalt", beklagte Ween sich leise.

„Hey, fang bloß nicht *damit* an–" Blake verstummte für einen Moment. Es war Frühling, doch auf einmal stand ihr Atem als weißer Dampf in der Stadtluft. „Es ist *wirklich* kalt."

Sie schwebte in der Luft, vielleicht ein dutzend Meter über den schiefen, krummen Dächern der Häuser. Noch konnte niemand sie sehen, doch die wenigen Gargoyl, die die Schlacht unten nicht vertrieben hatte, waren unruhig und sahen sich eingeschüchtert um.

Noch hatte sie keinen Körper. Doch vermutlich würde sich das bald ändern. Ein Körper war einfach praktisch. Sie hatte Arbeit zu erledigen. Sie war gerufen worden.

Der zerschmetterte Junge auf der Straße war dem Tod im Moment am nächsten, doch es zog sie nicht zu ihm. Sie ließ sich tiefer sinken und sah in das zerstörte Gebäude hinein. Leute kämpften darin. Leute und *andere* Dinge, weiße Schemen, die die armen, jungen Magier der Stadtwache umkreisten wie Raubtiere.

Sie konzentrierte sich, verformte die Energie, aus der sie bestand, und tat ihren ersten Atemzug, als sie einen blassen Fuß auf die Holzbretter setzte. Es war kein richtiger Körper, nicht einmal annähernd, doch er erfüllte denselben Zweck. Sie konnte nun gehen. Sprechen. Essen, wenn ihr danach war.

Dann trat sie vollends in das zerstörte Haus. Niemand schenkte ihr Beachtung. Sie hatten alle ganz andere Sorgen. Sie ließ sich Zeit und sah sich um. Sie sah einen Mann auf dem Boden liegen, das Gesicht nach unten, und wusste augenblicklich, dass er tot war. Sie sah eine dunkelhäutige, kleine Frau, die nur zitternd ihre blutverschmierte Hand anstarrte. Einer ihrer Finger fehlte. Sie sah eine andere Frau mit rotem Haar, die sich schützend vor der Verletzten aufgebaut hatte und entschlossen ihr Schwert gegen die Geister schwang. Es zischte durch die unwirklichen Wesen, als wären sie nur Luft, doch es hielt sie auf Abstand. Interessiert blieb sie stehen und beobachtete sie eine Weile.

Die rothaarige Frau zog mit den Zähnen den Stöpsel aus einer kleinen Glasflasche und goss eine klare Flüssigkeit über die Klinge ihres Schwertes. Die Geister wichen davor zurück, als sei es Gift.

Sie erkannte es, und es gefiel ihr nicht. Verzaubertes Wasser, so ähnlich wie das Weihwasser der Menschen. Die Frau war klug.

Sie wandte sich ab und ging weiter. Am Ende des Raumes hatten sich ein paar Magier in langen Roben hinter einigen umgestoßenen Tischen verschanzt. Die Männer und Frauen trugen Dolche und eine Frau hatte sogar einen Revolver, doch keiner von ihnen machte Gebrauch von ihren Waffen. Sie fühlten sich sicher. Es war ihre Magie, die die Geister gerufen hatte. Die Geister und *sie*.

Die Magier musterten sie. Sie strich sich eine Strähne ihres neuen Haares hinter das Ohr.

„Ein Kind?", fragte einer von ihnen.

„Ein Körper hat Vorteile", erwiderte sie nur in einem leicht pikierten

Ton. Die Geisterbeschwörer wirkten überrascht. Sie hatten wohl nicht mit ihrem klaren, akzentfreien Englisch gerechnet. Offenbar hatten sie zuvor noch nie eine Todesfee, eine Banshee, gerufen.

„Ich bin nicht wie sie", erklärte sie und warf den Schemen einen Blick zu. „Ich bin besser als sie."

„Der Mann dort", sagte der Anführer der Beschwörer und deutete auf einen Stadtwache-Magier. Sie musterte ihn. An seinem Gürtel hing eine Feuerwaffe, doch zur Zeit schwang er einen langen, mit Schnitzereien verzierten Holzstock. „Er kennt die Toten und die Seelen besser als die anderen. Jemand muss sich um ihn kümmern." Sie drehte sich um, ohne den Beschwörern noch einen weiteren Blick zuzuwerfen, und kam in ihrem schwebenden Gang zu dem Mann hinüber.

Nicholas Miller kämpfte Seite an Seite mit einem Magier, der einen Kopf kleiner war. Sie musste nur einen Blick auf ihn und sein Bewusstsein werfen, um seinen Namen zu finden.

Malcolm.

Etwas, das bleich und kalt und unmenschlich war, schoss auf den kleineren Mann zu. Der Geist tastete nach ihm. Wie tote, blasse Finger wanderten seine Fühler über sein Gesicht. Malcolm erstarrte, versuchte, die Hände zu heben, und öffnete den Mund, um etwas zu sagen. Die Todesfee konnte erkennen, wie sich Eiskristalle auf dem Stoff seines Kragens, in seinem dunkelblonden Haar und in seinen Augenbrauen bildeten. Sie spürte den Moment, in dem sein Herz aufhörte, zu schlagen. Er hatte nicht einmal einen Ton von sich geben können, bevor er starb. Sein Kollege bemerkte erst, dass er tot war, als er sich das nächste Mal umdrehte und Malcolm langsam zusammenbrach.

„Nicholas", wisperte die Todesfee. Der hölzerne Stock durchbohrte den Geist, der Malcolm getötet hatte, auf Brusthöhe, und trieb ihn zurück. Sein Besitzer drehte sich zu ihr um. Sein langes braunes Haar hing ihm ins Gesicht. Am Haaransatz hatte er eine Platzwunde, aus der ihm das Blut über die Stirn lief. Er sah wütend aus.

Sie sahen sich an. Er versuchte offenbar, zu bestimmen, mit welcher Art von Geist er es zu tun hatte, verunsichert durch ihr kindliches, unschuldiges Äußeres. Schließlich hob er den Stock und richtete ihn auf ihr Gesicht. Ein Kind zu schlagen war schwer, das verstand sie, doch wenn er glaubte, sie mit seinem Spielzeug verscheuchen zu können, war er dumm.

Sie hob ihre blasse, zierliche Kinderhand und schloss sie um den

Stock. Unter ihren Fingern spross Frost und breitete sich auf dem rauen Holz aus. Das Eis hüllte die ganze Waffe ein, doch der Magier hielt sie immer noch fest. Die Todesfee ließ die Temperatur weiter sinken, erschuf mehr Eis, das über das Holz kroch wie eine schleichende Krankheit. Der Magier fluchte und ließ los, als ihm die Kälte die Finger verbrannte. Der Stock fiel zu Boden und zerbrach, als sei er aus Glas, spröde durch die Kälte. Er hatte verloren.

Sie stand nur da und dachte nach. Da war etwas. Etwas stimmte nicht mit den Befehlen der Geisterbeschwörer. Die Todesfee runzelte die Stirn und legte den Kopf schief. Sie hatte nicht gewonnen.

Sie *konnte* ihn nicht töten.

Sie war eine Todesfee. Sie wurde von den Sterbenden angezogen, folgte ihnen auf Schritt und Tritt. Todesfeen begleiteten diejenigen, die bald starben, doch sie verursachten ihren Tod nicht. Die Beschwörer hatten das offenbar falsch verstanden. Sie durfte es nicht. Sie konnte nur warten, bis Nicholas Miller von selbst starb. Und nun war sie in dieser Stadt gefangen.

Sie hätte schreien können.

Langeweile

Der Junge von der Stadtwache sah die Todesfee nicht, als er wieder auf den Gang trat. Er erschauerte lediglich unbewusst wegen der Kälte und eilte weiter. Sie sah wieder zu der Tür. In dem Raum dahinter lag die blonde junge Frau in ihrem Krankenhausbett und langweilte sich vermutlich. Die Banshee dachte darüber nach, sich wieder ihren Körper zu schaffen, einzutreten und der Frau einen Schrecken einzujagen. Sie tat es nicht. Was hätte es schon gebracht?

Sie hatte es beinahe geschafft. Sie hatte Nick beinahe getötet. Nach vier Jahren, in denen sie jeden noch so winzigen Geist in jedem noch so dunklen Winkel dieser Stadt aufgesucht und ausgefragt hatte, hatte sie sich endlich zusammengerissen und etwas getan, und dann hatte es nicht funktioniert.

Sie war erschöpft. Sie war stärker als die meisten Sterblichen, doch auch ihre Kräfte hatten ihre Grenzen. Erst recht, wenn sie gegen die Regeln kämpfte. Sie fragte sich, ob die *anderen* etwas bemerkt hatten. Ihre Schwestern. Die, die die Regeln gemacht hatten, die zu brechen sie so lange gezögert hatte. Noch war keine aufgetaucht.

In den ganzen vier Jahren war keine aufgetaucht. Sie konnte sich kaum noch an sie erinnern...

Schließlich nahm sie doch wieder die Gestalt des kleinen Mädchens an, aus bloßer Gewohnheit. Sie schlenderte den Korridor entlang und ließ ihre Gedanken wandern. Ein Stockwerk über ihr lag Nick in einem Krankenhausbett, umgeben von magischen Schutzwällen. Wenn sie es ernsthaft versucht hätte, hätte sie vielleicht einen Weg gefunden, sie zu umgehen. Es zog sie förmlich zu ihm hin, durch alle Wände und Magie hindurch. Sie fühlte sich wie eine Kompassnadel. Doch wenn sie es zu ihm geschafft hätte, würde das auch nichts ändern. Sie war zu geschwächt, um einen neuen Versuch zu unternehmen, das Nick-Problem zu lösen.

Außerdem gab sie es nicht gern zu, doch sie war nicht sicher, ob sie sich so schnell noch einmal trauen würde. Sie war sich bewusst, dass sie in den letzten Jahren allmählich immer menschlicher geworden war. Sie passte sich an ihre Umwelt an. Und irgendwo in ihrem Hinterkopf, der streng genommen nicht immer existierte, hatte sich heute ein hässlicher, schwerer Klumpen gebildet, von dem sie den Verdacht hatte, dass es sich bei ihm um *Schuldgefühle* handelte.

Also spazierte sie nur vor sich hin, durch einen leichten Sog mit dem bewusstlosen Menschen verbunden, folgte dem Krankenhauskorridor und spähte durch halb geöffnete Türen in den Alltag der Heiler.

„Weißt du", sagte Madlen zu Sally. „Als ich vorgestern in die U-Bahn gestiegen bin, hätte ich nie geahnt, dass ein Aufenthalt in Undertown so *langweilig* sein könnte."

„Und ich arbeite hier", fügte die Heilerin gelangweilt hinzu und schleuderte den Würfel quer über den Tisch. „Wir sollten etwas unternehmen." Sie verschob ihre Spielfigur auf dem Brett um ein paar Felder, hob den Würfel auf und knallte ihn vor Madlen auf die Tischplatte, wie jemand seinem Gegner die Waffen für ein Duell auf Leben und Tod bereitlegen würde.

Sally hatte das Brettspiel mitgebracht. Es ging darum, einen Schatz zu finden und den Drachen auf die anderen Spieler zu hetzen.[1] Madlen setzte ihren Schatzsucher auf eine Platte, die am anderen Ende des labyrinthartigen Spielfeldes, auf Sallys Seite, eine Wand verschob. Der Drache hob seinen Kopf und spähte in die Richtung von Sallys Abenteurer. Das Ungeheuer war etwa so groß wie eine Maus und bestand aus Messing, als trüge es eine goldene Rüstung aus Schuppen und Knochenplatten.

Langsam setzte sich der Drache in Bewegung. Sein Gang war wiegend, wie der einer Raubkatze. Die Flügel auf seinem Rücken waren zusammengefaltet. Könnte der Drache fliegen, hätte der Wettkampf um das Verschieben der Mauern keinen Sinn mehr ergeben.

Obwohl er nur ein verzaubertes Stück Uhrwerk war, verhielt er sich fast wie ein lebendes Wesen. Madlen hatte erst aufgehört, ihn mit offenem Mund fasziniert anzustarren, als ihre erste Spielfigur zwischen seinen mit winzigen Zähnen bewehrten Kiefern verschwand.

Der Nachteil war, dass das kleine Ungeheuer sich weigerte, die Figuren wieder auszuspucken, und so mussten sie sich mittlerweile mit einer Stiftkappe mit aufgemaltem Smiley und dem Ersatzwürfel als Helden begnügen.

Sallys Stiftkappe würfelte eine Vier und erreichte gerade so noch die nächste Druckplatte. Die Mauern verschoben sich und der Würfel fand sich von Angesicht zu Angesicht mit der goldenen Bestie wieder.

---

[1] Madlen hatte darauf hingewiesen, dass sie sich im Angesicht eines Drachens lieber mit ihren Feinden verbünden würde, doch leider verboten die Spielregeln das.

Der Drache riss sein Maul auf und schnappte sich den Würfel. Sallys Hand schoss vor. Die Heilerin hob das kleine Ungeheuer hoch und zog den Würfel zwischen seinen Kiefern hervor, bevor es ihn verschlucken konnte. Der Drache angelte mit den Vordertatzen in der Luft und streckte seinen Hals, doch es gelang ihm nicht, seine Beute wiederzuerlangen. Er brummte enttäuscht und ließ den Kopf hängen.

„Ich nehme an, du hast damit gewonnen", stellte Madlen fest. Sally nickte.

„Und was machen wir jetzt?", fragte die Heilerin und tippte das Spielbrett an, woraufhin es sich zu einem reich verzierten Messingkasten von der Größe eines Schuhkartons zusammenfaltete und die Spielfiguren selbst einsortierte.

„Erzähl mir etwas über die Stadt", bat Madlen. „Immerhin bin ich in diese U-Bahn gestiegen, um mehr über sie zu lernen. Und ein Tag im Bett wird mich davon nicht abhalten."

„Gut", sagte Sally und lächelte. „Weißt du, wie sie entstanden ist?"

„Nein. Ist es eine interessante Geschichte?"

„Allerdings."

Gegen Abend des nächsten Tages ließ der Wassermann mit der Brille Madlen schließlich gehen – unter Sallys Aufsicht. Sie fühlte sich immer noch kränklich und geschwächt und würde wieder im Krankenhaus übernachten, doch sie brauchte trotzdem ein bisschen Bewegung.

Madlen trug wieder ihre eigene Kleidung und Sally hatte ihr auch ihre Regenjacke aus dem *Black & White* mitgebracht. Es war kalt hier unten.

Sie schlenderten eine mit Kopfstein gepflasterte Straße entlang und genossen die letzten Sonnenstrahlen, die ihren Weg in die Tiefe des Kraters fanden. Madlen sog die Eindrücke der Stadt in sich auf. Sie folgte den Stadtwache-Magiern jetzt schon mehrere Tage durch die gekrümmten Gassen voller großer und kleiner Wunder. Dennoch staunte sie immer wieder aufs Neue. Es war, als würde sie durch die Kulisse eines Films gehen, einer von den neuen Actionfilmen vielleicht, die im neunzehnten Jahrhundert spielten und sich nicht allzu sehr an ihre historischen Vorbilder hielten, aber schon allein wegen der Kulissen Spaß machten.

Madlen konnte sich allmählich ein Bild von der Stadt machen. Sie waren durch ein paar Gassen mit schmalen Fachwerkhäusern spaziert, deren Dächer so schief waren, dass es schon fast wie eine Karikatur wirkte, und hatten in der Ferne die geometrischen Gebäude aus Beton und Glas gesehen, von denen aus die Regierungsmagier agierten.

Doch der größte Teil der Altstadt – man hatte ihr erklärt, dass das die Bezeichnung für den Teil an der Oberfläche war – schien aus mächtigen Häusern mit rußgeschwärzten Sandsteinfassaden zu bestehen. Sie wusste nicht sehr viel über Architektur, aber sie schätzte, dass sie vielleicht hundertfünfzig Jahre alt waren.

Madlen stellte sich vor, dass die Wände von innen mit poliertem Holz getäfelt oder mit abstrakt gemusterter Tapete bedeckt waren und dass es schwere, teure Möbel und große alte Ölgemälde gab. Bilder, von denen jedes ein anderes der seltsamen Wesen zeigte, das mit Magie seinen Namen in die Stadtchroniken geschrieben hatte. Vielleicht hatten in diesen Häusern erst gerade eben alteingesessene Dämonenfamilien in eleganter Kleidung einen für sie skandalös späten Nachmittagstee genossen, die Erwachsenen hatten sich über die Familienfirma für Zauberbücher oder die göttliche Prophezeiung für den nächsten Dienstag unterhalten und die Kinder hatten gelangweilt mit ihrer Magie herumgespielt.

Wahrscheinlich erhoben die Häuser sich weit außerhalb des Horizontes der finanziellen Möglichkeiten von Madlens ganzer Geburtsstadt und waren im Winter unmöglich zu beheizen. Sie wollte trotzdem eins.

Nicht überall glichen die Straßen einem gewöhnlichen, zweidimensionalen Straßennetz. Der Grund des Kraters war nicht ganz eben und je näher Madlen und Sally seinem Zentrum kamen, desto öfter fiel der Boden plötzlich ab. Sie kamen an einer Straße vorbei, die ein dutzend Meter vollkommen eben verlief, nur um dann an einer Kreuzung auf einmal abzubrechen, weil die andere Straße eine Etage tiefer lag. An manchen Stellen war auch der Boden eingebrochen. Gassen endeten in schmalen Treppen, die in die Tiefe führten, oder in geschwungenen, gemauerten Brücken, die sich über kleinere Felsspalten spannten. Die Mauern waren verwinkelt und verworren, Straßen gingen in Dächer wie in Tunnel über, Galerien wanden sich an Mauern entlang und durch das Chaos schlängelten sich noch ein paar Gleise der Straßenbahn, bisweilen schräg an einer Wand entlang. Madlen wollte in Undertown nicht den Verkehr regeln müssen.

Die Dämmerung breitete sich langsam aus. Dünne Nebelfetzen krochen aus den zahllosen Ecken, Nischen und Löchern der Stadt und trieben durch die kühle Luft. Eine nach der anderen gingen die Straßenlaternen an und verbreiteten ihr warmes, gelbes Licht, genug, um den Weg nach Hause zu finden, aber nicht genug, um der nächtlichen Kraterstadt ihre Geheimnisse zu entreißen oder zu verhindern, dass man alle paar Meter auf dem buckligen Kopfsteinpflaster stolperte und fast auf die Nase fiel.

Es war eine Mischung daraus, wie Madlen sich immer die Großstädte Europas im neunzehnten Jahrhundert vorgestellt hatte, und den Märchen ihrer Kindheit – vermengt mit einem starken Schuss von etwas Düsterem, Fremden und der Warnung, die Stadt nicht zu unterschätzen.

Fast erwartete sie, dass ihnen gleich Sherlock Holmes und Doktor Watson entgegenkamen, gerade auf dem Weg zu einem neuen, mysteriösen Fall. Nur, dass der Mörder in Undertown wahrscheinlich eine Riesenspinne oder so war. Hoffentlich hatte Watson seinen Revolver mitgebracht.

Madlen musste zugeben, dass sie ein wenig verliebt war.

In diesem Moment stolperte sie beinahe und machte sich die geistige Notiz, sich innerhalb der nächsten Tage festeres Schuhwerk zuzulegen.

„Alles okay?", erkundigte Sally sich.

„Ich bin mir nicht sicher", gab Madlen zu. „Ich glaube, ich habe gerade einen Zeh verloren." Sie sah sich um. Ohne Sally wäre sie sicher aufgeschmissen gewesen und hätte nie den Weg zurück zum Krankenhaus gefunden.

„Was meinst du?", fragte Sally, verschränkte die Arme und sah zu zwei kleinen Gargoyl hoch, die sich gegenseitig über ein Dach jagten. „Wahrscheinlich lohnt es sich nicht mehr, in die unterirdischen Viertel zu gehen, aber willst du heute noch irgendwas Bestimmtes sehen? Das Archiv vielleicht?"

„Was ist das?", wollte Madlen wissen.

„Ein Ort für Geheimnisse. Eine Bibliothek. Ein Museum."

„Klingt gut. Worauf warten wir?"

Bücher

Der Flügel des Archivs, der Undertowns öffentliche Bibliothek beherbergte, befand sich in einem der oberen Stockwerke. Sie waren durch den Haupteingang und mehrere kleine Hallen gegangen, die vom Erdgeschoss bis hoch zu den Dachfenstern ragten, und hatten dann eine breite Steintreppe nach oben genommen.

Hier bestanden die vier Meter hohen, gewölbten Decken aus Sandstein und die Fußböden aus dunklem Holz. Aus dem gleichen Holz waren auch die Regale vor langer Zeit gezimmert worden, in denen die Bücher so dicht standen, dass man nichts mehr von den Mauern dahinter erkennen konnte. Die schönste Art des Wandbelags.

Es waren viele Bücher. Der Platz reichte kaum aus. Manche waren brandneu, mit matt glänzenden Schutzumschlägen, andere abgegriffen und zerfleddert. Der größte Teil des Bestandes setzte sich selbstverständlich aus schweren, uralten, in Leder gebundenen Werken zusammen. Madlen hatte nichts Anderes erwartet.

Sally hatte sie allein gelassen und suchte ein paar Gänge weiter nach irgendeinem Krimi, der bei ihrem letzten Besuch ausgeliehen gewesen war. Madlen schlenderte langsam zwischen den Bücherregalen hindurch und sah sich neugierig um. In regelmäßigen Abständen waren milchweiße Lichtzauber in Metallhalterungen an den Regalen festgeschraubt.

Sie trat näher an ein Regal und betrachtete die Buchrücken. Die Bücher hier schienen besonders alt zu sein, doch die Ledereinbände glänzten wie poliert, als würde regelmäßig jemand in ihnen blättern. Etwas sagte ihr, dass sie sehr wertvoll waren und in ein Museum gehörten. In gewisser Weise war das Archiv ein Museum, ja, doch es gab hier keine Glasvitrinen. Madlen konnte kaum glauben, dass man sich solche Bücher einfach mitnehmen durfte.

Schließlich nahm sie doch eines heraus, vorsichtig, wie man einen zerbrechlichen Gegenstand oder ein kleines Tier halten würde. Das Buch knarrte, als sie es aufschlug, fast, als würde sie eine Tür öffnen.

Am liebsten hätte sie in der Bibliothek übernachtet. Madlen liebte Bücher. An vielen Tagen mochte sie sie lieber als Menschen. Sie mochte Geschichten und hatte in letzter Zeit ein Faible für Fantasy entwickelt. In Fantasybüchern passierte wenigstens etwas, Menschen freundeten sich mit wundersamen Wesen an und kämpften für das Gute – oder das Böse, etwas, worüber sie genauso gern las. Sie mochte keine Bücher, die in der realen Welt spielten, Biographien und Dramen, weil die Themen sie langweilten. Nur selten war eines dabei, das ihr Interesse weckte.

Vor allem las Madlen keine Sachbücher. Seit ihrer Kindheit hatte sie vielleicht dreimal eines in der Hand gehabt. Wenn sie etwas wissen wollte, schlug sie es lieber schnell im Internet nach.

Dennoch blätterte sie weiter, als ihr klar wurde, dass sie in der wissenschaftlichen Abteilung gelandet war. In dieser Stadt interessierte es sie.

Madlen saß in ihre Decke gewickelt auf ihrem Krankenhausbett und blätterte in einem Buch über Magie. In gewisser Weise handelte jedes der Bücher, die sie sich mitgenommen hatte, von Magie, doch dieses interessierte sie im Moment besonders. Es beschäftigte sich mit den verschiedenen Disziplinen.

Es gab ein langes Kapitel über Telekinese, die Manipulation von Schwerkraft und Bewegungen, und ein großer Teil des Buches beschäftigte sich mit Konstruktionsmagie, Heilmagie und der Kontrolle von Pflanzen, die viele Gemeinsamkeiten aufwiesen.

Rouge konnte tote Materie verformen und Sally lebende, tierische Zellen kontrollieren, während die Dryaden Pflanzen und Pilze manipulieren konnten.

Es gab Blutmagie, eine schreckliche Kehrseite der Heilung. Madlen begriff schnell, warum Sally nicht über die offensiven Möglichkeiten ihrer Magie sprechen wollte, und überblätterte die nächsten paar Seiten, bevor ihr übel werden konnte.

Es existierten unzählige verschiedene magische Fähigkeiten. Lichtmagie, die Kontrolle von Licht und Feuer, die Magie, die die halbe Kraterstadt erhellte, jedoch auch als unglaublich effizienter Energiespeicher diente und deren offensive Seite mehr Schaden anrichten konnte als ein Fass Napalm.

Sie las über den Trick, über den sie sich mit den jungen Magiern der Stadtwache unterhalten hatte. Die Fähigkeit, magische Energie aufzunehmen und mit sich herumzutragen, wie man einen Rucksack trug. Man hatte versucht, Magier im großen Stil dafür ausbilden zu lassen und die Lichtspeicher abzuschaffen, doch es hatte zu starke Nebenwirkungen, als dass es sich gelohnt hätte.

Manche Magier konnten gewisse Materialien aus dem Nichts heraufbeschwören, verschiedene Metalle, Mineralien oder Stoffe, die kein

Mensch je zuvor gesehen hatte. Es gab Manipulation von Temperatur, von Wasser, von Eis und von Elektrizität.
Hallo Ween, dachte sie.
Es gab Magier, die einen Blick in die Vergangenheit und eine mögliche Zukunft werfen und welche, die Illusionen konstruieren konnten. Es gab Gaben, die so selten und wunderlich waren, dass sie keinen Namen hatten. Madlen gelang es nicht, sie sich alle zu merken.
Im hinteren Teil des Buches, fast, als würde der Autor das Thema vor sich herschieben, stieß sie auf einen weiteren alten Bekannten. *Dunkelmagie.* Das Kapitel war kurz, nur ein, zwei Seiten lang. Eine Illustration zeigte eine Person, um deren Körper schwarze Schlieren waberten. Neugierig begann sie wieder zu lesen.

Dunkelmagie ist so alt wie die Angst lebender Wesen vor der Dunkelheit und genauso mächtig.
Dunkelmagier haben die Fähigkeit, Dunkelheit und Schatten zu erschaffen, zu manipulieren und ihnen eine physische Gestalt zu geben. Diese ist jedoch oft sehr flüchtig. Oft wird die konzentrierte Dunkelheit als Waffe benutzt. Es gibt jedoch auch andere Möglichkeiten, sie einzusetzen. Beispielsweise kann Dunkelmagie genutzt werden, um sich ziehen zu lassen und sich sehr schnell zu bewegen oder weit zu springen. Auch können Dunkelmagier sich auch in kompletter Finsternis gut orientieren, weil ihre Magie wie ein Tastsinn funktionieren kann.
Dunkelmagie ist bekannt dafür, dass sie Unwohlsein und Angst bei Außenstehenden hervorrufen kann. Es wird vermutet, dass dies den Magier schützen soll.
Sie bildet ein Gegenstück zu Lichtmagie. Dunkelmagier werden von Lichtmagie stärker verbrannt, selbst, wenn sie nicht offensiv wirkt. Lichtmagier erfahren die furchterregende Präsenz der Dunkelmagie stärker und können bei zu langem Kontakt schwere gesundheitliche Schädigungen davontragen.
Dunkelmagie ist eine der am wenigsten verbreiteten Magien der Welt. Die Schatten besitzen sie. Diese bleiben jedoch unter sich. Es gibt keine Beweise, dass es jemals einen Dunkelmagier gegeben hat, der kein Schatten war. Zwar ranken sich um angebliche menschliche Dunkelmagier zahlreiche Legenden, man vermutet jedoch, dass die Menschen in diesen Geschichten keine echten Dunkelmagier waren, sondern Dämonenbeschwörung praktizierten und einem oder mehreren Schatten Be-

fehle erteilten.
In der Vergangenheit wurde Dunkelmagie oft als bösartig dargestellt. Dies hängt sowohl mit ihrer unheilvollen Ausstrahlung zusammen als auch mit den Taten der erwähnten Beschwörer, die Schatten für ihre Zwecke missbrauchten und oft skrupellose Kriminelle waren.
Es gibt auch Berichte über freie, aber aggressive Schatten. Schatten sind weder gut noch böse. Manche stehen den Menschen wohlwollend gegenüber, manche feindselig, und die meisten halten sich von ihnen fern. Doch Dunkelmagie ist zweifellos ein gefährliches Werkzeug.
Da es nur so wenige Dunkelmagier gibt, ist es schwer, Wahrheit von Legende zu trennen, und so sind unsere Kenntnisse dieser seltenen magischen Disziplin noch sehr lückenhaft.

Madlen erschauerte. Sie hatte irgendwie erwartet, dass Dunkelmagie einen schlechten Ruf hatte, unheimlich, wie sie war, auch, wenn der Autor recht aufgeklärt an das Thema heranging. Schade, dass sie so selten war. Madlen blätterte noch etwas weiter, doch das Thema ließ sie nicht los. Also legte sie das Buch weg und schlug ein anderes auf. Es war eine Zusammenstellung mit Texten verschiedener Autoren über diverse Dämonenarten.

Sie hatte bereits zuvor darin geblättert und erfahren, dass Pentheselaner Menschen zwar ähnelten, jedoch schöner, stärker, schneller und zäher waren, dass ihre Verletzungen besser verheilten, dass sie ausgeprägtere Reflexe hatten, über eine höhere Lebenserwartung verfügten, intelligenter waren und *schöner.*

Ein Blick in den Autorentext hatte ergeben, dass die Autorin selbst eine Pentheselanerin war. Madlen hatte lediglich eine Augenbraue hochgezogen und das Buch weggelegt.

Jetzt blätterte sie wieder darin. Die Texte waren in alphabetischer Reihenfolge zusammengestellt, also suchte sie nach dem Buchstaben *S.*

Nigel A. Nigel: Über Schatten.
Diese Dämonenart ist extrem humanoid. Ihr Skelett ist nahezu identisch mit dem eines Menschen. Es gibt jedoch einige große Unterschiede. Zunächst einmal weisen ihre Augen die typische Biolumineszenz von Dämonenaugen auf. Haut, Haare, Fingernägel, Zähne und Knochen sind bei ihnen schwarz gefärbt. Auch Muskeln, sonstiges Gewebe und Blut sind dunkler als beim Menschen.

Schatten verfügen über circa sechzig lange, spitze Reißzähne. Es wird angenommen, dass sie früher Fleischfresser waren. Ihr Verdauungssystem ist jedoch auch in der Lage, pflanzliche Nahrung zu verarbeiten. Sie ernähren sich von so gut wie allem.

Schatten haben ein leistungsfähiges Immunsystem und werden mit Krankheiten schnell fertig. Des Weiteren wirken Gifte und Rauschmittel, Alkohol, Medikamente, Betäubungs- und Narkosemittel bei Schatten schwächer als bei Menschen des gleichen Gewichts.

Sie haben gute, wenn auch nicht zwangsläufig übermenschliche Reflexe. Ihr Geruchs- und Gehörsinn sind ungewöhnlich fein, jedoch nicht annähernd vergleichbar mit ihrem beeindruckenden Gleichgewichtssinn, der sie zu ausgezeichneten Kletterern macht. In Zwielicht können sie besser sehen als ein Mensch, in besonders starkem Licht dagegen etwas schlechter. In vollkommener Finsternis sind sie genauso blind, jedoch besitzen die Schatten Dunkelmagie und können sich damit orientieren.

Schatten wachsen schneller als Menschen und sind für gewöhnlich mit dreizehn oder vierzehn Jahren ausgewachsen. Sie haben eine Lebenserwartung von etwa sechzig Jahren.

In ihrer sozialen Lebensweise unterscheiden sie sich stark vom Menschen. Schatten benutzen keine gesprochene Sprache, auch wenn sie manchmal knurren oder fauchen. Stattdessen kommunizieren sie telepathisch. Die Fähigkeit zur Gedankenübertragung ist bei jedem Schatten unterschiedlich stark ausgeprägt, doch sie gleichen sich gegenseitig aus und bilden ein Netzwerk innerhalb ihrer Gruppe.

Diese Verbindung zwischen den Schatten ist so stark, dass sie eine lockere kollektive Intelligenz bilden. Die Kolonie kann zwar einzelne Mitglieder unterscheiden und die Schatten bilden monogame Partnerschaften untereinander, doch durch ihre telepathische Vernetzung handelt die Kolonie meist als Einheit. Ihre Mitglieder sind so in der Lage, sehr schnell auf Probleme zu reagieren und Pläne gemeinsam durchzuführen. Eine Schattenkolonie ist einer Menschengruppe in dieser Hinsicht haushoch überlegen.

Den Schatten scheint es sehr schwerzufallen, ihre Gesellschaft Außenstehenden zu erklären, und fragen diese stattdessen für gewöhnlich, ob sie sich als Individuum nicht schrecklich einsam und hilflos fühlen würden.

Streng genommen wird ein Schatten also erst zu einer richtigen, eigenständigen Person, wenn er von seiner Kolonie getrennt wird. Zuvor ist er nur ein Körper, der zusammen mit vielen anderen zu einem übergeordneten, gemeinsamen Bewusstsein gehört.

Es ist nicht oft der Fall, dass Schatten von der kollektiven Intelligenz abgetrennt werden. Ab und zu verlassen Schatten freiwillig ihre Kolonie, um die Welt der Menschen zu erkunden. Jedoch kommt es oft auch wegen eines Notfalls zu einer Trennung, wenn ein Schatten eine Gefahr für die Kolonie darstellt und droht, dem Netzwerk Schaden zuzufügen, beispielsweise durch ein erlittenes Trauma, das sich sonst auf das ganze System ausbreiten könnte. Die Schatten haben bezüglich dieser Notfallmaßnahme Bedauern ausgedrückt, scheinen das Wohl der Kolonie jedoch über das eines einzelnen Dämons zu stellen. Ist ein Schatten einmal von der Kolonie abgetrennt, scheint es nicht möglich zu sein, ihn wieder zu integrieren, da er notwendigerweise eine eigenständige Persönlichkeit entwickelt.

Abgesehen von der Kommunikation ist ihre Kultur jedoch erstaunlich simpel. Schattenkolonien bevorzugen es, abseits von der menschlichen Zivilisation zu leben. Oft suchen sie sich geräumige Höhlensysteme wie das Territorium der Kolonie in Undertown, das Labyrinth der Schatten. *Sie bauen keine Häuser – was angesichts eines Mangels an Wetter unter der Erde auch nicht notwendig ist. Es gibt keine Währung und keine Berufe bei ihnen, lediglich eine begrenzte Form der Arbeitsteilung. Am ehesten lässt sich ihre Lebensart wohl mit der von Höhlenmenschen vergleichen.*

Dennoch scheinen sie neugierig auf die menschliche Gesellschaft zu sein. Auch wenn nur wenige in direkten Kontakt mit Menschen treten, erkunden sie oft Randbezirke von Städten. Sie ahmen Menschen nach, tragen gefundene Kleidung, benutzen Werkzeuge und scheinen großen Spaß daran zu haben, Handzeichen und Gebärdensprache nachzuahmen. Menschlichen Eindringlingen in ihr Territorium begegnen sie jedoch meist feindselig.

Schatten, die sich entscheiden, unter Menschen zu leben, passen sich extrem schnell an. Sie lernen eine erste Sprache oft innerhalb weniger Wochen, auch, wenn viele es bevorzugen, zu schweigen und sich stattdessen über Gebärdensprache, Schrift oder schwache Telepathie mitzuteilen. Die jedoch, die sprechen und anfangen, in Worten zu denken, entwickeln oft ein Faible für weitere Sprachen, Fremdwörter und Wortspiele.

Obwohl sie offenbar ein gewaltiges Talent für das Lernen von Spra-

chen haben, bevorzugen sie innerhalb der Kolonien Gedankenübertragung zur Kommunikation. Vermutlich halten sie diese der gesprochenen Sprache gegenüber einfach für überlegen.

Hier gab es ein paar Schwarzweißfotos. Sechs dürre Wesen mit schwarzer Haut. Ihre Augen waren weiße Punkte. Die kleinste Gestalt war nur ein verschwommener Fleck. Vermutlich hatte sie während der Belichtungszeit nicht stillhalten können. Die Bildunterschrift verkündete, dass es sich um eine Gruppe Schatten handelte, die im neunzehnten Jahrhundert in Amerika aufgetaucht war.

Diese sechs Schatten wurden in einem Höhlensystem unter einer Kleinstadt in Texas geboren. Angelockt durch den Lärm einer neu gebauten Eisenbahn erkundeten sie die Oberfläche und wurden von den Kindern der Taylor-Familie entdeckt. Auf Rufe und Fragen reagierten sie nicht. Da eines der Kinder taub war, versuchte es, durch Zeichensprache mit den Schatten Kontakt aufzunehmen. Diese ahmten die Gesten nach und begannen, mit den jungen Menschen zu kommunizieren. Die Kinder und die Dämonen freundeten sich schließlich an. Die Familie hielt ihre Existenz lange geheim, ließ jedoch im Jahr 1893 einige Fotos von zwei reisenden Magiern machen.

Madlen musste lächeln. Die Schatten klangen seltsam, fremdartig. Aber auch interessant. Doch sie bezweifelte, dass sie genug Mut würde aufbringen können, um Blake nach ihnen zu fragen.

Sie warf einen Blick auf das dritte Buch, das sie aus der Bibliothek mitgebracht hatte. Sie würde morgen hineinlesen. Und hoffen, etwas herauszufinden.

Geisterbeschwörung.

Zu viele Fälle

Der Drache war zielgenau auf einem kleinen, mit buckligem Kopfstein gepflasterten Platz in der Altstadt gelandet. Die meisten Dächer hielten sein Gewicht nicht aus.

Lady May saß auf einer verwitterten Holzbank und trank Tee aus dem magischen Äquivalent einer Thermosflasche. Ihr Gesicht war immer noch taub von der Kälte in der Höhe und sie war froh, dass sie Handschuhe und einen dicken, braunen Mantel trug.

Der Drache schnappte nach einem frechen Gargoyl, der sich ein Stück zu nah an ihn heran gewagt hatte. Die Kreatur fauchte und flatterte davon. Der Drache war älter als seine Reiterin, viel älter, und seine Augen wurden mit den Jahren immer schlechter, doch es war immer noch ein Fehler, ihn zu unterschätzen.

Sie kannte ihn, seit sie zwölf war. May war ein unscheinbares, dünnes Mädchen mit braunem Haar gewesen, abwechselnd still und schroff. Mit fünfzehn hatte sie die erste Stufe ihrer Ausbildung als Drachenreiterin mit ihrem bis dahin längsten Flug abgeschlossen. Von den schottischen *Highlands*, in denen eine ganze Gruppe Reiter ihren Sitz hatte, bis nach Undertown. Sie hatte die Stadt immer sehen wollen. Die Drachenreiter waren nicht verärgert gewesen, als sie sich der Stadtwache anschloss. Sie sahen sich nicht als politische Macht.

Bevor sie ihren Drachen getroffen und mit ihm in die *Highlands* gekommen war, war sie in einer Magierfamilie aufgewachsen. Mit anderen Worten, sie hatte sich nie viel mit den Erfindungen der Nichtmagier beschäftigt.

Doch Thermosflaschen waren ungeheuer praktisch, wenn man gerade geflogen und von Winden, die so schneidend wie Eissplitter waren, durchgeschüttelt worden war. Also hatte sie einen Zauber mit der gleichen Wirkung auf eine Feldflasche gelegt. Sie hatte nie verstanden, warum Ween darauf beharrte, es sei keine richtige Thermosflasche. Gut, Lady May wusste nicht, wie die Nichtmagierversion aufgebaut war. Ihre eigene *funktionierte* einfach, weil sie es ihr so befohlen hatte. Ween sah das Ganze nicht aus dem richtigen Blickwinkel.

Lady May nahm noch einen Schluck heißen Tee und ordnete ihre Gedanken. Es gab so viele Dinge, um die ihre Gruppe sich gerade Sorgen machen musste.

Die Sucher. Sie hatten nichts mehr von sich hören lassen. Das Mädchen aus London hatte den Bronzeschlüssel. May hatte ihren jungen Magiern befohlen, es nicht aus den Augen zu lassen. Sonst kümmerte die Nichtmagierin sie nicht viel. Sollte sie ruhig die Stadt erkunden.

Die Schatten. Blake schien zu erwarten, dass ihre Gruppe sich darum kümmerte. Nicht, dass sie es ihm verübeln konnte, nachdem ihre Untergebenen ihm so schnell ihre Hilfe versprochen hatten. Ween konnte ihm helfen. Hoffentlich passte der Schatten auf ihren Lehrling auf.

Das weiße Kind. Das Kind, das Nick angegriffen hatte. Der Stadtwache-Magier war noch nicht wieder aufgewacht. Sie glaubte mittlerweile, dass das Geistermädchen Schuld daran war. Vielleicht hoffte es, dass sie Nick einfach sterben lassen würden, wenn es ihn lange genug daran hinderte, wieder zu Bewusstsein zu kommen. Das würden sie nicht. Das weiße Kind würde sich noch wünschen, ihm nichts getan zu haben.

Über dem Rand des Kraters hatte der Himmel sich bereits heller gefärbt. Es würde noch eine ganze Weile dauern, bis die Morgensonne auf die Stadt in der Tiefe fiel, doch May sollte trotzdem zusehen, dass sie noch ein wenig Schlaf bekam.

Madlen saß in der Kantine des Krankenhauses und frühstückte, während sie im Kopf noch einmal die Seiten des Buches überflog, durch dass sie sich den ganzen gestrigen Tag gegraben hatte. Sie überlegte, ob es stimmen konnte. Ob sie es richtig verstanden hatte.

Sally war nicht da. Sie war krank vor Sorge um Nick, auch wenn sie gut darin war, es zu verbergen. Sie passte zusammen mit Lady May und diesem Crazy Joe auf ihn auf.

Ein paar Tische entfernt hatte sich ein riesiger, grauer Wolf auf dem Boden zusammengerollt. Steve hatte sich wieder verwandelt. Offenbar versuchte er sich jetzt als Hütehund. Es war irgendwie beruhigend, ihn dabei zu haben.

Madlen schenkte sich Orangensaft nach. Sie dachte kaum an die Sucher und dass sie versuchen könnten, ihr den Bronzeschlüssel wegzunehmen. Das Geistermädchen hatte ihre ganze Aufmerksamkeit.

Wie auf ein Stichwort spürte sie, wie sich auf ihren nackten Unterarmen eine Gänsehaut bildete. Ein kalter Wind strich durch den Raum, als hätte jemand ein Fenster geöffnet. Sie hörte Steve leise jaulen. Die Situation gefiel ihm nicht.

Neben ihr hatte sich eine dünne Schicht Eisblumen auf der Tischplatte ausgebreitet. Jemand hatte mit dem Finger in das Eis geschrieben. *Blödes Miststück.*

„Achte auf deine Wortwahl, junge Dame", murmelte Madlen ungerührt und trank noch einen Schluck Orangensaft. Sie bekam keine Antwort. Hoffentlich war das Geistermädchen wieder verschwunden.

Madlen schlang die Arme um ihren Körper, um die Gänsehaut loszuwerden. Als sie das nächste Mal hinsah, begann das Eis bereits, wieder zu schmelzen.

Das Kind glaubte wahrscheinlich, dass alle Angst vor ihm hatten, doch es irrte sich. Madlen war wütend auf es. Sie wollte nicht als schwach gesehen werden, nur weil sie keine Kampfmagierin war. Und sie glaubte, etwas gefunden zu haben, das ihr dabei half. Sie erinnerte sich noch einmal an die Bücher und an das, was Ween ihr über Beschwörer erzählt hatte.

Der Beschwörer lenkte alles. Er suchte die Zauber zusammen, die man brauchte, damit es funktionierte. Er baute alles auf. Er gab die Befehle.

Aber Madlen hatte nirgends ausdrücklich gehört, dass der Beschwörer selbst Magie brauchte.

Die Umhängetasche hatte sie sich von Sally geliehen. Sie war bestimmt schon fünfzig Jahre alt, aus rissigem Leder und groß genug, um einen kleinen Getränkekasten zu transportieren. Einer der beiden Verschlüsse funktionierte nicht mehr, doch das störte Madlen nicht. Die dicken, alten Wälzer, die sie für ihren Plan benötigte, passten hinein, und das war die Hauptsache.

Madlen war wieder in der Bibliothek. Steve war ihr gefolgt wie ein Schatten. Er gab sich Mühe, sie nicht zu stören. Madlen hatte versucht, ihm zu erklären, dass er sie nicht störte und nicht herumschleichen musste wie ein Ninja, doch dann war sie rot geworden und hatte beschlossen, nichts mehr zu sagen. Auf einem leeren, stillen Gang in einer altehrwürdigen Bibliothek zu stehen und mit einem riesigen Wolf zu sprechen war doch irgendwie seltsam.

Madlen legte den Stapel alter, ledergebundener Werke auf dem Tresen ab.

„Du bist eine ziemlich schnelle Leserin, kann das sein?", fragte die Angestellte. Ihr Tonfall war freundlich und ihre Stimme angenehm.

Zusammen mit ihrem prächtigen, in allen Grüntönen schillerndem Kleid hätte sie eher in einen Palast gepasst. Die Frau war eine Dämonin. Sie hatte moosgrün und braun gescheckte Haut und die gleichen Kiemen wie der Wassermann im Krankenhaus. Madlen wusste mittlerweile, dass man die Frauen *Nixen* nannte.

„Ich habe die anderen Bücher zurückgestellt", sagte Madlen mit einem unsicheren Lächeln und nickte.

„Gehörst du zu der Stadtwache-Gruppe unter der Drachenreiterin?", erkundigte die Nixe sich.

„Ja. Wie sind Sie darauf gekommen?"

„Der Werwolf."

„Oh. Natürlich." Madlen drehte sich um und winkte Steve.

„Ich wünsche euch Glück gegen die Sucher", sagte die Nixe und bleckte die Zähne zu einem grimmigen Lächeln.

„Ich werd's ausrichten", versprach Madlen und verschob eingeschüchtert den Gurt der Umhängetasche mit den Büchern auf ihrer Schulter.

Vor dem Krankenhaus traf sie auf Blake und Ween. Steve lief ihnen entgegen und tollte um Ween herum. Der junge Magier krault ihn zwischen den Ohren und grinste breit. Blake schien nicht so begeistert von dem Wolf zu sein und sah gleichgültig Madlen entgegen.

„Was machen denn alle immer hier?", fragte sie.

„Lady May ist hier, um Nicks Zustand im Auge zu behalten", erklärte Ween.

Richtig, erinnerte sie sich.

„Wie läuft's sonst so?", erkundigte Madlen sich, als die beiden nichts weiter sagten.

„Die Spurensuche ist jetzt im Labyrinth unterwegs", sagte Blake. „Sie haben keine weiteren Toten gefunden."

„Klingt doch großartig", fand Madlen und passierte die beiden Magier. Steve folgte ihr nicht ins Krankenhaus, zumindest nicht sofort. Der Rest der Gruppe war ja im Gebäude. Madlen und der Bronzeschlüssel waren sicher dort.

Was soll schon passieren?, dachte Madlen.

Die Kunst der Beschwörung

Madlen kniete auf dem Boden, blätterte in einem Buch und ordnete die Kreide zum hundertsten Mal, als sie im Augenwinkel eine Bewegung sah. Sie blickte auf und zuckte zusammen. Blake stand vor ihr und musterte das Buch in ihren Händen interessiert. Sie hatte ihn nicht kommen hören. Vielleicht hatte er sich noch nicht einmal unsichtbar machen müssen.

„Diese Bücher können in den falschen Händen eine Menge Schaden anrichten", sagte er und deutete darauf.

„Sie lagen offen in der Bibliothek rum", verteidigte Madlen sich, stand auf und klopfte sich den Staub von der Kleidung. Blake seufzte.

„Offenbar haben sie nicht genug Platz, um all den gefährlichen Kram wegzuschließen", vermutete er.

„Was erlaubst du dir eigentlich, dich so an mich anzuschleichen?", verlangte sie.

„Ich war neugierig, was eine Nichtmagierin mit einem Stapel Beschwörungsbücher und einem Kasten Kreide will. Irgendjemanden zu warnen wäre langweilig gewesen, wie?" Er klang amüsiert. Es war nicht schwer zu erkennen, dass er ihr ihr falsches Selbstbewusstsein nicht eine Sekunde lang abnahm.

„Ich will mit dem Geist sprechen", erklärte Madlen und verschränkte die Arme vor der Brust. „Bist du beleidigt, weil ich so schnell eine Möglichkeit dazu gefunden habe?" Blakes schiefes Grinsen wurde breiter, bis der Schatten ein wenig aussah wie Steve mit seinem wölfischen Lächeln voller Reißzähne. Der Schatten überragte sie um fast einen ganzen Kopf.

„Oh, Madlen, meine Liebe", sagte er langsam. „Du bist nicht schneller als wir. Du bist *dümmer*. Beschwörung ist nicht schwer, zumindest nicht, wenn man etwas so Simples möchte wie jemanden rufen. Ich weiß das. Ich kannte mal einen ziemlichen Idioten, der sich mit Beschwörung beschäftigt hat. Der Grund, warum die Stadtwache es nicht macht, ist nicht, dass es so schrecklich kompliziert wäre. Der Grund ist, dass es streng verboten ist." Er lachte leise. Madlen machte ein dämliches Gesicht.

Na toll.

„Ich wusste das nicht", verteidigte sie sich. „Es stand nirgends in den Büchern."

„Weil dieses Wissen als selbstverständlich gilt."
„Aber ich bin eine Nichtmagierin. Ich bin neu in der Stadt. Woher sollte ich das bitte wissen?"
„Oh, keine Ahnung. Du hättest jemanden fragen können. Ween zum Beispiel, mit ihm scheinst du ja so gerne zu reden." Seine letzten Worte klangen beinahe eifersüchtig. Er ging ein wenig im Raum auf und ab und musterte den Fußboden, auf dem sie bereits ein paar Skizzen gemacht und sie dann wieder weggewischt hatte.
„Es ist leicht", fuhr er fort. „Aber darum noch lange nicht ein Spiel. Es gibt Sicherheitsräume, die man mieten kann, aber selbst dann darf nur unter der Anleitung eines Experten ein Kreis geschlossen werden. Hier, in einem halbleeren Krankenhaus, ganz allein? Keine Chance." Blake bückte sich und hob ein Buch auf. Er wischte Kreidestaub vom Einband und schlug es auf. Sie konnte sehen, wie er las, als das Zentrum seiner Augen, da, wo bei einem Menschen die Pupille saß und das bei Dämonen am stärksten glühte, hin und her wanderte.
„Willst du den vierfachen Kreis nehmen?", erkundigte er sich höflich.
„Ich dachte an den Fünfer." Sie reichte ihm ein zerknittertes Blatt liniertes Papier, das sie aus einem Block gerissen hatte. Sie hatte einen für ihre Bedürfnisse geänderten Kreis darauf skizziert. Blake warf einen Blick auf das Blatt und nickte anerkennend.
„Nimm den Vierer", sagte er trotzdem. „Dann kannst du die Symbole größer und genauer zeichnen. Ändere das." Sie nickte langsam und sah ihm über die Schulter. Er hielt das Buch so, dass sie hineinsehen konnte.
„Also, wir setzen uns in den Kreis und der Geist – was auch immer er ist – taucht hier auf. Dann redest du mit ihm. Hab ich das richtig verstanden?"
„Ja", antwortete Madlen und nickte. „Moment. *Wir?*"
„Kreise und Pentagramme sind ein Hobby von mir", erklärte er. „Der Idiot, den ich eben erwähnt habe? Danach habe ich angefangen, mich mehr mit Beschwörung zu beschäftigen, damit ich mich wehren kann, wenn ich noch einmal an jemanden wie ihn gerate." Er bückte sich, hob den klapprigen Kasten auf, in dem die Kreide aufbewahrt wurde, und suchte darin herum, bis er ein Stück fand, das nicht nur noch die Größe einer Weintraube hatte.
„Warum tust du das?", fragte Madlen.
„Dir helfen? Weil du es ohne mich vielleicht versaust. Außerdem, wenn schon etwas beschworen wird, habe ich es lieber im Blick, damit

ich es kommen sehe, wenn mich etwas angreift."

„Meine Güte!", rief sie. „Jetzt wo ich weiß, dass es verboten ist... du musst mich nicht beaufsichtigen. Ich lasse es. Versprochen." Madlen bückte sich und sammelte die Bücher ein. Blake machte ein belustigtes Geräusch.

„Aber es ist so ein schöner Kreis."

„Du willst das tatsächlich durchziehen?", fragte sie entgeistert.

„Ja. Ist doch wunderbar. Ich muss zugeben, ich bin mit der Geduld am Ende. Ich will, das Nick aufwacht, damit wir uns endlich um die Schatten kümmern können. Lass uns mit dem blöden Geist reden. Im Zweifelsfall kriegst du ja den Ärger." In seinem Ton war definitiv Schadenfreude, aber auch Neugier. Sie verdrehte die Augen und seufzte.

Madlen hatte kein Werkzeug dabei, um einen Kreis zu ziehen, aber der Schatten fand einen mehrere Meter langen Faden in seiner Tasche, die alle möglichen Mysterien zu enthalten schien. Es dauerte mehrere Minuten, bis es ihm gelang, den vollkommen verhedderten Faden zu entwirren. Dass er darauf bestand, ihr nebenbei eine Geschichte über einen gewissen Fenris-Wolf zu erzählen, half auch nicht gerade. Doch schließlich war er fertig und ließ Madlen ein Ende in der Raummitte auf den Boden drücken, während er mit dem anderen und der Kreide einmal rundging und so einen Kreis zeichnete.

„Das hier ist recht simpel", erzählte er, als er den Faden wieder aufrollte. „Denn eigentlich ist es nur eine kleine Nachricht an ein Wesen, das sich ohnehin ganz in der Nähe herumtreibt." Sie nickte nur. Er brauchte ihr nicht zu erklären, was sie ohnehin hatte tun wollen.

„Irgendeine Idee, *was* Nicks Begleiter ist?", fragte er, hockte sich auf den Holzboden und schätzte ein paar Maße ab.

„Nein", erwiderte sie. „Keine Ahnung. Es sah aus wie ein Kind. Wer ist hier der Experte für Monster aller Art?"

„Es könnte gefährlich sein", meinte Blake.

„*Es könnte gefährlich sein?*", wiederholte sie. „Es hat mich schon mal fast umgebracht! *Natürlich* ist es gefährlich!" Er nickte unbekümmert.

„Schön, dass wir das klären konnten."

„Für alle Fälle habe ich das hier dabei", fügte sie hinzu und kramte in ihrer eigenen Tasche. Nach ein paar Sekunden wurde sie fündig und hielt stolz eine kleine hölzerne Kugel hoch, dem Bronzeschlüssel nicht unähnlich.

„Hm", machte sie. „Mir fällt gerade auf, dass Magier Kugeln und Kreise wirklich zu mögen scheinen."

„Im antiken Griechenland galt der Kreis als perfekte Form", erklärte Blake, ohne aufzusehen. „Und wir waren nie sehr bescheiden. Was ist das?"

„Aber Kugeln rollen die ganze Zeit weg und man kann sie nicht stapeln", entgegnete sie, bevor sie seine Frage beantwortete. „Das ist ein Heilzauber. Voll aufgeladen und einsatzbereit."

„Nicht alle Wunden, die Geister verursachen, sind körperlicher Natur", sagte er und kritzelte konzentriert auf dem Boden herum. „Obwohl man an ihnen sterben kann."

„Ich fühle mich trotzdem besser, wenn ich das Ding dabei habe", meinte sie und zuckte mit den Schultern.

„Schaden kann es sicher nicht", stimmte er ihr zu.

„Oh, und wenn wir verletzt werden, benutze *ich* den Zauber."

„Warum?"

„Du hast meine Intelligenz beleidigt", erklärte sie.

„Wenn dich das tröstet, ich habe das schon bei ganz anderen Leuten getan."

„Wenn du auch einen Heilzauber willst, solltest du es dir vielleicht abgewöhnen", empfahl sie ihm und lächelte schadenfroh. „Nur ein Ratschlag. Ganz zu schweigen davon, dass das ganze mein Plan war. Du solltest gar nicht mitmachen."

„Bitte? Ich zeichne gerade deinen Kreis für dich und du machst gar nichts."

„Aber nur, weil du die gute Kreide geklaut hast."

Er blätterte in dem Buch, das er sich genommen hatte, machte ein paar Striche, gab ein irritiertes Geräusch von sich, drehte das Buch um hundertachtzig Grad und schüttelte entrüstet den Kopf.

„Dieses Buch ist schrecklich geschrieben", verkündete er vorwurfsvoll.

„Du musst nur die Bilder abmalen."

„Aber es stört mich."

„Und du hältst es schon wieder falsch herum."

Madlen nahm ein paar Änderungen an ihrer Skizze vor und legte sie dann weg. Sie drehte den kleinen Bergkristall in den Händen, der den Kreis mit Magie versorgen sollte. Sie hatte ihn gefunden. Im Krankenhaus hatten sie so gut wie alles. Wenn sie es richtig verstanden hatte,

reparierten sie hier auch Golems und da brauchten sie offenbar manchmal kleine, schneeweiße Bergkristalle zweifelhaften Ursprungs.
Sie hörte Blake ächzen und aufstehen.
„Wir haben Besuch", sagte er. Madlen sah auf. In der Tür stand eine Frau mit grauem Haar und kalten, grünen Augen.

Alba

„Lady May", begrüßte Blake sie und deutete eine Verbeugung an.
„Blake. Miss Tennant." Ihre Stimme war eisig. Madlen ertappte sich dabei, unruhig auf der Stelle zu treten, als sei sie noch in der Schule. Sie hatte das Gefühl, als müsse die Drachenreiterin nur ein Wort sagen und man würde sie für immer aus der Stadt verbannen, weil sie nur ein gewöhnliches kleines Mädchen war, das dort nichts zu suchen hatte. Doch die Lady beachtete sie kaum.
„Was soll das werden?", fragte May. „Unautorisierte Beschwörung?" Madlen sah vorwurfsvoll zu Blake.
„Du hast gesagt, du wärst in so was ausgebildet", sagte sie. „Dass du wüsstest, was du tust."
„Tja, was soll ich sagen? Ich habe gelogen." Er zuckte mit den Schultern. „Weißt du, als ich sagte, Pentagramme seien ein Hobby von mir, meinte ich, dass ich mal in der Zeitung was darüber gelesen habe. Ich habe nicht die geringste Ahnung, was ich hier tue."
„Wir versuchen, Kontakt mit dem Geist aufzunehmen, der Nick und mich angegriffen hat", erklärte Madlen Lady May.
„Geister zu rufen ist gefährlich", erinnerte die Drachenreiterin sie.
„Das wissen wir. Wir wissen, was mit Nick passiert ist", sagte Madlen.
„Woher weißt du von den Geisterbeschwörern?", fragte May. Madlen schluckte. Etwas sagte ihr, dass Ween Schwierigkeiten bekommen könnte, wenn sie es der kalten Frau verriet.
„Das war ich", log Blake, bevor sie sich etwas ausdenken konnte.
„Es geht mir nicht um Nick", sagte Madlen. „Ich will mich nicht in Stadtwache-Angelegenheiten einmischen oder wie Sie das nennen wollen. Aber dieser Geist hat *mich* angegriffen. Ich habe ein ernstes Wort mit dem Mädchen zu reden, was auch immer es für ein Wesen ist."
„Wir glauben, dass es vielleicht eine Banshee ist", erklärte Lady May ihr.
„Dann kommen wir ja endlich voran", stellte Madlen fest und lächelte, obwohl sie nur eine sehr geringe Ahnung hatte, was eine Banshee sein könnte. „Wann haben Sie das herausgefunden? Gerade eben? Wissen die anderen es schon?"
„Nein", widersprach May. Madlen hatte das Gefühl, etwas falsch verstanden zu haben.

„Sie wussten es?", fragte Blake, als ob er in ihren grünen Augen Worte in einer Sprache standen, die Madlen nicht verstand. „Sie wussten es, und Sie haben nichts unternommen? Vier Jahre lang?" May ging ein paar Schritte in den Raum hinein.

„Eine *Banshee*, oder eine Todesfee, spürt, wenn jemand stirbt", erklärte sie. „In der irischen Mythologie sind Banshees alte Frauen, die am Stammsitz einer Familie weinen, wenn einem Familienmitglied der Tod droht. Aber sie sind friedlich. Sie selbst töten nicht."

„Diese tut es offenbar", zischte Madlen.

„Wir wissen nicht, was mit dieser nicht stimmt. Wir gingen davon aus, sie sei bereits vor langer Zeit verschwunden. Das ist sie nicht. Das habe ich selbst schon bemerkt. Und ob ihr es glaubt oder nicht, ich mache mir ebenfalls Sorgen um Nick. Es braucht dafür keine sarkastischen Kommentare von Schatten und Nichtmagierinnen." Die beiden Angesprochenen schweigen.

„Ich nehme an", fuhr die Lady May fort. „Die beste Methode, um unsere Fragen zu beantworten, wird es sein, ein paar Worte mit dem Geist zu wechseln."

„Also... ?", hakte Blake nach.

„Dies ist eine gute Gelegenheit", stellte Lady May fest.

„Hier?", fragte er verdutzt.

„Ja", bestätigte sie.

„Jetzt?"

„Genau. Stimmt etwas nicht mit deinen Ohren oder so?"

„Das hier ist das merkwürdigste Geisterbeschwörungsritual, auf dem ich je war", verkündete Madlen.

Sie saßen zu dritt im Kreis. Madlen hatte die Bücher und die Kreide aufgesammelt und in einer Ecke des Raumes aufgestapelt. Nur ein letztes Stück Kreide lag noch in Blakes Hand.

„Sind alle bereit?", fragte er. Die Kreide schwebte über einer winzigen Lücke im Kreis. „Ich werde den Kreis jetzt schließen. Klar? Großartig. Festhalten bitte." Er zog einen Strich über den rauen Holzfußboden, verband die beiden Linien, tippte den kleinen Kristall an und – nichts passierte.

„Wir müssen uns ein wenig gedulden", verkündete er und klopfte mit dem Knöchel gegen den Kristall.

„Das wissen wir", erwiderte May.

Auf Madlens Unterarmen bildete sich eine Gänsehaut. Die Temperatur sank.

„Es geht los", sagte May. Madlen sah zu Blake und beneidete ihn um seinen Mantel. Sie bereute es, ihre Jacke schon wieder in ihrem Zimmer gelassen zu haben.

„Sie lässt sich Zeit", fuhr die Drachenreiterin fort. „Sie will uns einschüchtern."

„Darin ist sie verdammt gut, soviel kann ich verraten", sagte Madlen. Sie warteten. Vor ihren Mündern standen die altbekannten weißen Wolken. In Madlens Augenwinkel bewegte sich etwas. Sie fuhr herum. Weißer Frost blühte auf den Wänden. Er wuchs so schnell über die rissige Farbe, dass sie es knistern hören konnte. Sie sah zu den beiden Magiern. Blakes Mantel war von Raureif überzogen. Lady May saß aufrecht und ruhig da wie ein Soldat. In ihrem Haar, ihren Augenbrauen und ihren Wimpern hingen winzige Eiskristalle. Es passte zu ihr.

„Meine Güte", murmelte Madlen mit klappernden Zähnen und schlang die Arme um ihren Körper. „Wie kalt ist es?" Blake griff in seine Tasche und nahm einen Flachmann heraus. Er schraubte ihn auf und drehte ihn dann um. Nicht ein Tropfen. Der Inhalt musste zu Eis erstarrt sein.

„Sehr kalt", antwortete er.

„Oder aber das Ding ist ganz einfach leer", fügte Madlen schnippisch hinzu.

Madlen konnte sie nicht sehen. Nicht direkt. Aber sie spürte es, als die Banshee in den Raum kam, als wäre sie soeben aus einem dichten Nebel getreten.

Und dann war sie in ihrem Kopf.

Ein Kreis, sagte das Kind. *Einer von der Sorte, in die der Beschwörer sich hineinstellt. Ungewöhnlich.* Die beiden Magier neben Madlen bewegten sich nicht von der Stelle und sagten auch nichts. Es hatte dem Mädchen nicht die geringste Mühe bereitet, sich an ihnen vorbeizuschleichen, um nur mit Madlen zu sprechen.

Diese Leute helfen dir, ja?, erkundigte es sich. *Eine Drachenreiterin und ein Dunkelmagier. Interessant. Aber sie sind sterblich. Was meinst du, soll ich das Herz von dem Schatten auch anhalten so wie das von Nick?* Madlen warf Blake einen ängstlichen Blick zu und hielt die Luft an.

„Hallo", sagte Blake leise. Madlen spürte ein Zucken in ihrem Bewusstsein, als wäre das Kind erschrocken zusammengefahren, dann machte es sich sichtbar. Es stand Blake gegenüber, kaum einen Meter von der Kreidelinie entfernt.

Nur ein kleines blondes Mädchen in heller, aber schmuddeliger Kinderkleidung und einem zu großen Pullover. Nichts, vor dem man sich hätte fürchten müssen.

Seine Haut schien von innen heraus schneeweiß zu glühen.

„Ich bin neugierig", sagte es zu Blake. „Dein Bewusstsein sieht aus, als wärst du auf dem sechsten Sinn taub." Wenn es sprach, sah man, dass seine oberen Schneidezähne ungewöhnlich groß waren. Mit dem rundlichen Gesicht und der Stupsnase ließ es das Kind aussehen wie eine Maus.

„Es war nicht schwer", erklärte Blake ruhig. „Madlen hat mich angestarrt, als stünde hinter mir Mays Drache."

„Du bist eine Banshee, nicht wahr?", wollte Lady May wissen. Das Kind nickte und ging vor dem Kreis auf und ab. Es setzte seine Schritte sorgfältig, um nicht auf die winzigen Lücken zwischen den Brettern zu treten. Es ging barfuß.

„Und hast du auch einen Namen?", erkundigte Madlen sich.

„Nicht in jeder Spezies gibt es Namen in dem Sinne, an den du denkst", mischte Blake sich ein.

„Ich habe tatsächlich einen", antwortete das Mädchen. „Alba."

„Latein", sagte Blake anerkennend. Das Kind fixierte ihn mit seinem eisigen Blick.

„Altenglisch", erwiderte es und äffte seinen Tonfall nach. Der Schatten zuckte kaum merklich zusammen.

„Ich bin Madlen", stellte Madlen sich vor.

„Ich kenne eure Namen", schnitt die Banshee ihr das Wort ab. „Es ist eines der einfachsten Dinge, einen Namen aus den Gedanken einer Person zu fischen. Ich kenne sogar *deinen* Namen. Den anderen." Sie sah wieder Blake an.

„In dem Fall lasst uns doch die Höflichkeiten überspringen und gleich zum Thema kommen", schlug Lady May vor. „Die kurze Version. Ich heiße nicht gut, was mit Nick passiert ist."

„Mir war langweilig", antwortete Alba spitz. „Habt ihr eine Ahnung, wie es ist, vier Jahre lang in einer Welt festzusitzen, in die man nicht gehört? Hat einer von euch eine Ahnung? Ich sollte gar keinen Körper haben!"

„Du hast versucht, einen Magier der Stadtwache zu töten", erinnerte die Drachenlady sie. Nun war Alba das Schulkind, das vor der Direktorin stand.

„Ich bin ein Geisterwesen", erklärte die Banshee. „Eine körperlose Seele. Mich kann man nicht für so etwas wie Mord verurteilen, weil der Tod für mich nicht dasselbe ist wie für euch."

„Ich kann dennoch sehr wütend auf dich sein", erwiderte May. „Und die sterblichen Magier haben auch ihre Methoden, um es mit Geistern aufzunehmen."

„Drohst du mir jetzt, Lady May?" Das Kind lachte verächtlich.

„Wie sieht es denn aus?", erwiderte May kühl. „Du überschätzt dich. Ich wette, du bist nicht halb so mächtig oder skrupellos, wie du dich gibst. Außerdem habe ich von den Gesetzen der Banshees gehört. Du kannst nicht einfach töten, wenn dir danach ist, oder? Du manipulierst den Tod und zu einem begrenzten Grad das Bewusstsein der Menschen, aber es ist dir auch verboten, zu töten oder ein Leben zu retten." Alba zog eine verärgerte Miene.

„Stimmen die Geschichten?", fragte May. „Und wenn ich mich irre, warum bringst du mich dann nicht einfach um?" Sie schwiegen eine Weile. Das Kind sah die Stadtwache-Magierin hasserfüllt an. Blake hob stumm eine Augenbraue, sichtlich überrascht, dass die alte Frau mit wenigen Worten so viel erreicht hatte, selbst, wenn es nicht zwangsläufig etwas Gutes war.

„Vielleicht können wir dir helfen", versuchte Madlen es. Alba drehte sich ruckartig zu ihr um. „Ich meine... es gibt Magier hier. Mächtige Zauberer. Ich bin sicher, es gibt auch ein paar, die sich mit Beschwörung auskennen."

„Ich bin eine Banshee", erklärte das Mädchen. „Und wenn ich einmal einen Sterbenden gefunden habe, muss ich bei ihm bleiben, bis es vorbei ist. So sind die Gesetze. Aber dummerweise starb Nick nicht. Diese Geisterbeschwörer haben einen Fehler begangen. Sie haben mich auf ihn gehetzt, als wäre er ein gewöhnlicher... Klient der Banshees. Sie dachten, ich würde ihn umbringen. *Wenn eine Banshee jemandem folgt, dann stirbt er bald.* Aber sie haben die Zusammenhänge nicht kapiert! Er stirbt nicht, weil wir da sind. Wir sind da, weil er stirbt. Und jetzt sitze ich hier fest, weil Nick nicht stirbt!" Albas Stimme war immer schriller geworden. Madlen erwartete fast, dass das Mädchen gleich frustriert mit den Füßen aufstampfte.

Alba war ein Kind. Trotz der Eiseskälte, trotz der Momente, in denen sie wie die unheimlichste aller Erwachsenen sprach, war sie im Grunde ein Kind, das nicht wusste, was es tun sollte.

„Vielleicht gibt es trotzdem einen Weg, dir zu helfen", sagte Madlen. „Die Situation irgendwie zu verbessern. Dass du dich weiter von ihm entfernen kannst oder so. Wäre das nicht zumindest ein Anfang?"

„Was glaubst du, was ich die letzten vier Jahre getan habe?", schnaubte Alba gereizt. „Ich habe mit jedem einzelnen Geist in Undertown gesprochen und keiner von ihnen konnte mir helfen."

„Hast du es auch einmal bei einem Sterblichen versucht?", erkundigte Lady May sich fast beiläufig. Alba erstarrte.

Nein, hat sie nicht, dachte Madlen.

„Es gibt hier viel mehr von uns als von euch und unsere Magie ist anders als eure", fuhr May fort. „Und es war *unsere*, die dich erst hergebracht hat. Ich mache dir folgenden Vorschlag. Du lässt Nicholas Miller und die anderen in Ruhe. Sobald wir die Sucher gefunden und den Fall beendet haben, setze ich alle Hebel in Bewegung, um dir eine ganze Gruppe von Wissenschaftlern zu besorgen. Wie klingt das?"

„Gut", sagte Alba zögerlich.

„Dann lass jetzt bitte vorsichtig Nick aufwachen."

In einem Raum nicht weit von dem kahlen Zimmer, in dem Blake Madlens Kreis gezeichnet hatte, fielen die Mauern um Nicks Geist in sich zusammen. Er öffnete die Augen und blinzelte mehrmals. Versuchte, sich daran zu erinnern, wo er war. Was geschehen war. Er erinnerte sich daran, sich mit jemandem unterhalten zu haben. Und Kälte. Viel Kälte. Das Gefühl, von etwas Eisigem durchbohrt zu werden, kam zurück. Er zuckte abrupt zusammen, knallte mit dem Ellbogen gegen das Bettgestell, zischte einen Fluch und hielt seinen schmerzenden Arm.

„Guten Morgen!", begrüßte Sally, die auf einem Stuhl in der Ecke des Raumes saß, ihn vergnügt.

Die Banshee und die Stadtwache

Sie waren zurück im *Black & White*. Es war mittlerweile Nachmittag. Lady May thronte wie üblich hinter ihrem Schreibtisch. Rouge stand neben ihr. Hinter den beiden erhob sich der Körper des dösenden Drachen als eine gleichmäßig atmende Wand aus Schuppen. Sally und Ween lehnten am Fenster. Steve saß mit vor Anspannung gesträubtem Fell neben ihnen. Blake lehnte an der geschlossenen Tür.

Nick und Alba saßen sich in zwei alten, staubigen Sesseln gegenüber. Der Zombiejäger hatte seinen Hut abgenommen und ließ ihn mit Magie etwa zehn Zentimeter über seiner rechten Handfläche in der Luft rotieren. Er hatte einen Dreitagebart, dunkle Ringe unter den Augen und noch leichte Erfrierungen im Gesicht, besonders an der Nase, doch sie waren schon fast wieder verheilt. Alba sah überall hin, nur nicht zu Nick, und zappelte nervös mit ihren kleinen, blassen Kinderfüßen. Sie reichten nicht bis zum Boden.

Ween seufzte und sagte als erster etwas.

„Nick. Meinst du nicht, es wäre eine gute Idee gewesen, uns Bescheid zu geben, als sie wieder aufgetaucht ist?"

„Ich habe mit Lady May darüber gesprochen", antwortete der ältere Mann tonlos.

„Er hat mich gebeten, euch nichts zu sagen", erklärte Lady May. „War davon überzeugt, er könnte die Sache selbst regeln. Die Ereignisse im Krankenhaus haben bewiesen, dass er sich geirrt hatte. Mein Fehler. In Zukunft werde ich keine Rücksicht mehr auf eure Bitten nehmen."

„Aber was machen wir jetzt mit *ihr*?", fragte Sally und warf Alba einen Blick zu, der das Mädchen vermutlich getötet hätte, wäre es nicht von vornherein nicht im klassischen Sinne lebendig gewesen.

„Ich kriege ein paar Wissenschaftler", erklärte Alba laut. Blake glaubte, dass sie das sagte, um Sally und den Rest der Stadtwache daran zu erinnern, dass sie auch sprechen konnte. Übernatürliche Kräfte hin oder her, in einem Raum voller Leute zu sitzen, die einen hassten, war nie angenehm. Blake verstand sie. Er hatte im Laufe seines Lebens schon oft in Räumen voller Leute gesessen, die ihn hassten.

„Du wirst deine Wissenschaftler bekommen, aber erst müssen wir uns um unsere anderen Probleme kümmern", erinnerte Lady May Alba. „Wir brauchen so viele Leute wie möglich, wenn die Sucher kommen." Die Banshee nickte verständnisvoll.

„Am besten tust du solange so, als wärst du gar nicht da", schlug Sally vor. „Du kannst dich unsichtbar machen, oder?"

„Was, wenn ich nicht die ganze Zeit unsichtbar sein will?", fragte Alba gereizt.

„Aber du lenkst uns ab", erwiderte Sally herablassend.

„Glaubst du, ich *will* hier sein?", zischte die Banshee. Unter ihren Fingern breitete sich Raureif auf dem Sesselpolster aus. Sie zeigte auf Nick. „Warum soll ich meine ganze Magie darauf verwenden, dass für *ihn* alles ganz normal bleibt?"

„Ich hab meine Meinung geändert", erklärte Sally mit einem Blick auf die Eiskristalle. „Ich bin dafür, dass wir sie irgendwo einsperren. Irgendein verzauberter Raum." Alba schnappte hörbar nach Luft.

„Das geht nicht", widersprach Ween. „Das wäre doch nichts Anderes als auch wieder Geisterbeschwörung!"

„Sie ist eine Gefahr für uns", beharrte Sally.

„Na, gerade lässt du mir ja auch keine Wahl!" Alba schrie beinahe. Ihre Kinderstimme wurde immer schriller. „Das ist nicht fair. Ihr könnt mich nicht einsperren und Nick wie das arme Opfer behandeln!"

Nick schwieg. Seine Magie ließ immer noch seinen Hut in der Luft schweben und ihn um sich selbst drehen. Blake fand alles ungeheuer nervig und verdrehte die Augen.

„Aber Nick *ist* das Opfer", sagte Sally selbstsicher zu Alba. „Und du bist eine *Mörderin*."

Alba protestierte sofort, doch Blake hörte ihr nicht mehr zu. Er konzentrierte sich auf Nick. Der Zombiejäger war bei Sallys Worten zusammengezuckt und blickte nun betreten zwischen Alba und ihr hin und her. Blake sah ihm an, was er sagen wollte.

Hört auf, euch anzuschreien. Sie ist keine Mörderin. Sie ist nur ein Kind.

Der Schatten seufzte leise. Nick war *viel* zu nett für diese Stadt. Wahrscheinlich hatte er es deswegen nicht lange mit Rouge ausgehalten. Aber wessen Entscheidung war es, Alba zu vergeben, wenn nicht seine?

Blake räusperte sich.

„Alba ist ein giftiges kleines Miststück, das kann niemand leugnen", sagte er laut. Alba drehte sich zu dem Schatten um. Das Eis knackte wütend, als es sich weiter ausbreitete. Blake spürte, wie es kälter im Raum wurde, und konnte nicht anders, als der Banshee aus dem Augenwinkel warnende Blicke zuzuwerfen.

„Aber es ist nicht ihre Schuld, dass sie hier ist", fuhr er mit möglichst fester Stimme fort. „Um die Leute, die ihr hier sucht, hat Rouge sich schon vor vier Jahren gekümmert. Schuldzuweisungen bringen überhaupt nichts. Sie ist nur ein Kind." Er ging ein paar Schritte in die Raummitte hinein, blieb neben Nicks Sessel stehen und sah von Sally zu Alba und schließlich zu dem Zombiejäger.

„Ich habe nur *eine* Frage an euch", erklärte Blake. „Jemand hat neun Schatten ermordet und von den anderen gibt es keine Spur. Außerdem kriegen wir wahrscheinlich irgendwann nächste Woche Besuch von Mercer und seiner Freundin. Beide Fälle sind kein Kindergeburtstag. Könntet ihr euch also alle ein *bisschen* zusammenreißen, während ihr mir in die Schlacht folgt?"

Sally knirschte hörbar mit den Zähnen, sagte jedoch nichts. Er deutete das als *Ja*. Alba nickte ernst. Die übrigen Anwesenden taten es ihr schließlich gleich.[1] Rouge hob kaum merklich eine Augenbraue, das größte Zeichen dafür, dass sie beeindruckt war, das Blake je von ihr bekommen würde.

„Nette Vorstellung", murmelte Nick ihm trocken zu. „In die Mitte eines Raumes voller wütender Magier treten und sie als Idioten darstellen. Nicht schlecht." Er war eindeutig der Meinung, dass Blake mit seiner *Vorstellung* übertrieben hatte.

Sie waren alle so schrecklich schwer zu beeindrucken.

„Um genau zu sein habe ich das nur gemacht, damit du *damit* aufhörst", sagte Blake und schnappte Nicks Hut aus der Luft. Nick zuckte mit den Schultern und streckte seine Hand nach dem alten Fedora aus, den der Schatten ihm nach einem kurzen Zögern schließlich zurückgab.

„Madlen Tennant", sagte Lady May laut. „Ich will mir den Bronzeschlüssel ansehen und ein paar Worte mit dir reden. Ihr anderen könnt gehen." Es war ihre Art, zu sagen, dass sie die Angelegenheit als erledigt betrachtete und die vielen jungen Magier sich gefälligst aus ihrem Arbeitszimmer verpissen mochten.

Lady May drehte den Bronzeschlüssel in den Händen und betrachtete die eingravierten Symbole.

„Sie müssen *da* drauf drücken", sagte Madlen. „Also, für den Fall,

---

[1]Mit Ausnahme des Drachen, der schon das ganze Gespräch über vor sich hin döste und den das Schicksal aller Zweibeiner, die nicht Lady May waren, einen feuchten Kehricht zu scheren schien.

dass Sie ihn aufmachen und sich den Kern ansehen wollen oder so." Die Drachenreiterin warf dem Mädchen, das ihr gegenübersaß, nur einen kurzen Blick zu, bevor sie fortfuhr, die Wellenlinien auf der Bronzehülle zu studieren.

Madlen zappelte auf ihrem Stuhl herum. May sah ihr an, dass sie immer noch Angst vor ihr hatte, auch wenn sie versuchte, es zu verbergen. Angst vor der Eiskönigin und ihrem Drachen. Und davor, dass May den Plan ändern und ihr den Bronzeschlüssel wegnehmen und dass es für sie dann keinen Platz mehr in der Stadt geben würde. Sie schien instinktiv zu wissen, dass ihr Scherze hier nicht helfen würden. Die Drachenlady wusste das zu schätzen.

„Du darfst Rouges Entscheidung, dir den Bronzeschlüssel zu geben, nicht zu leicht nehmen", sagte May. „Du musst in der Nähe der Stadtwache bleiben. Es hängt jetzt auch von dir ab, ob es uns gelingt, die Sucher zu besiegen und für ihre Taten zu bestrafen." Das Mädchen nickte stumm und strich sich nervös eine blonde Haarsträhne aus dem Gesicht. Es wusste, wann es besser schweigen und gehorchen sollte. Lady May gefiel Madlen immer besser. Rouge hatte eine gute Wahl getroffen. Zu schade, dass May sie nicht zur Kampfmagierin ausbilden konnte, aber sie musste mit dem arbeiten, was sie hatte.

„Und du hast dir ganz alleine beigebracht, wie man einen Geist ruft?", erkundigte die Drachenlady sich. Wieder ein Nicken.

„Ich habe in der Bibliothek Bücher zu dem Thema gefunden", erklärte Madlen.

„Im Archiv haben sie auch alles...", murmelte May. „Es war also deine Idee?"

„Ja", antwortete Madlen. „Blake kam nur zufällig vorbei und hat mir geholfen. Er meinte wohl, er sei im Kreis sicherer als draußen."

„Ich hatte vermutet, dass es seine Idee war. Aber ich hätte wissen müssen, dass er so etwas nie von sich aus tun würde."

„Warum? Was hat Blake denn mit Geisterbeschwörung zu tun?" May lehnte sich in ihrem Stuhl zurück und sammelte kurz ihre Gedanken.

„Er ist schon an ihren Zwilling geraten. Wusstest du, dass eine Variation der Geisterbeschwörung benutzt werden kann, um Dämonen zu versklaven?" Madlen schüttelte den Kopf.

„Ich dachte, es geht nur mit körperlosen Wesen", sagte sie. „Er... er hat was erwähnt, aber ich dachte, er redet von den Beschwörern von vor vier Jahren."

„Oh, es funktioniert auch mit Sterblichen. Alles, was genug Magie hat. Und die Magie ist in Dämonen viel stärker als in uns Menschen."

„Dann musste Blake also auch einmal einem Beschwörer dienen?"

„Ein Dämonenbeschwörer, ja. Zusammen mit Rouge und zwei anderen Dämonen. An sich war es nichts Großes. Er hat für ihn dasselbe getan wie das, was er sonst auch tut. Er hat einen Schatz gesucht. Aber diesmal bekam er jedes Mal unerträgliche Kopfschmerzen, wenn er auch nur daran dachte, sich gegen ihn zu wenden. Und wie ich ihn kenne, hat er das oft getan. Aber er hat es geschafft. Er wusste, dass Dämonen ihm nicht helfen können, also hat er sich einen menschlichen Lehrling gesucht. Der Junge hieß Matthew. Jetzt heißt er Ween." Madlen machte ein überraschtes Gesicht.

„Es ist schon Jahre her", erklärte Lady May. „Seitdem kann Blake Autoritäten noch weniger leiden als zuvor."

„Dann nimmt er es mir vermutlich übel, dass ich Beschwörung gelernt habe", fasste das Mädchen zusammen.

„Möglich. Mal abgesehen davon, dass es illegal war."

„Ich glaube, das kümmert ihn dagegen eher wenig."

„Das stimmt auch wieder. Wie auch immer. Du solltest lieber zweimal darüber nachdenken, bevor du vor Dämonen über Beschwörung sprichst. Es ist eine makabre Disziplin."

„Ich werde es nie wieder tun", versprach Madlen.

„Oh, das habe ich nicht gesagt. Wer weiß, wann eine Beschwörerin der Stadtwache noch einmal nützlich werden könnte?"

„Bieten Sie mir gerade einen *Job* an?", fragte die junge Frau entgeistert.

„Ich denke darüber nach. Vielleicht wachst du morgen auch mit einer Anzeige am Hals auf."

„Beschwörung ist verboten", sagte Madlen. „Und Sie haben noch nicht einmal einen konkreten Fall. Der Gedanke, eine Beschwörerin in Reserve zu haben, gefällt Ihnen nur."

„Kluges Mädchen", lobte May sie trocken.

„Sie sind kein guter Mensch, oder, Lady May?"

„Ich sehe mich als effizient." Lady May lächelte eines ihrer raren Lächeln.[1] „Das bedeutet *nein*."

---

[1] Bis jetzt hatte sich noch niemand getraut, ihr zu sagen, wie unheimlich sie waren. Hätte May es gewusst, sie hätte vermutlich viel öfter gelächelt.

Sie wusste, was Madlen dachte. Die junge Frau hatte bewiesen, dass Beschwörung zum Guten genutzt werden konnte. Sie sagte sich, dass sie verantwortungsbewusst damit umgehen würde.

„Ich... ich muss darüber nachdenken", murmelte die Nichtmagierin.

„Tu das." Lady May gab ihr die kleine Bronzekugel zurück und bedeutete ihr mit einem höflichen, aber nachdrücklichen Nicken, zu gehen.

Das Mädchen stand auf und verschwand nach draußen. Die Drachenreiterin lehnte sich in ihrem Thron zurück und dachte über die verschiedenen Arten der Beschwörung nach und wie Blake Alba vermutlich besser verstand als sie selbst, Sally, Madlen, die Stadtwache oder sonst ein Mensch es jemals konnten.

Rouge verstand die Banshee vermutlich auch gut, aber sie ließ May bei ihren Überlegungen außen vor. Die Pentheselanerin kümmerte das Geisterkind vermutlich einen Dreck. Der Großteil der Leute scherte Rouge nicht, ob Mensch, Dämon, Sterblicher oder Geist. Auch eine Eigenschaft, die sie zu schätzen wusste.

Monster

Blake trat auf einen kleinen Balkon hinaus. Er war Teil des kleinen Dächerlabyrinths des *Black & White*, das Ergebnis der vielen Umbaumaßnahmen, die das Gasthaus schon über sich hatte ergehen lassen müssen. Der Schatten stützte sich auf einer beunruhigend schiefen Steinbrüstung ab und warf einen Blick auf die breite *Helsing Street* hinunter. Die Straßenlaternen brannten schon lange. Der Abend war schnell vergangen.

Albas kleine weiße Gestalt in Blakes Augenwinkel sah im Zwielicht fast bläulich aus. Sie saß ein paar Meter entfernt auf der Brüstung und ließ die Beine baumeln.

„Guten Abend!", rief er ihr leise zu. Sie blickte zu ihm herüber, sagte jedoch nichts.

Alba hielt etwas auf Höhe ihres Gesichts, etwas, das auf ihrer offenen Handfläche hockte. Er konnte winzige Augen erkennen, die ihn an zwei kleine, blaue Sterne erinnerten. Ein Vergleich, der ihn wiederum an irgendetwas erinnerte, doch er konnte nicht sagen woran.

Was auch immer es für ein Wesen war, Alba fütterte es gerade mit Käse.

Durch Wände zu gehen, Lebensmittel zu stehlen und Tiere damit zu füttern klang wie etwas, das sie tun würde.

Quiek, machte das Wesen. Alba setzte es auf der Brüstung ab. Als es davon trippelte, konnte Blake seine Umrisse besser erkennen. Es sah aus wie eine Ratte.

„Was war das?", wollte er wissen. „Ich habe noch nie eine Ratte mit Dämonenaugen gesehen." Alba musste lächeln.

„Ein Freund von mir sozusagen. Da, wo ich herkomme, gibt es viele seltsame Wesen."

„Kommt er oft hierher?"

„Dienstlich, ja." Die Banshee schien ihm anzusehen, dass er keine Ahnung hatte, wovon sie sprach, also gab sie es auf. Sie sahen eine Weile auf die Straße hinunter. Blake dachte über Ratten nach. Schließlich tat er das, was er immer tat, wenn er etwas nicht verstand: Er wechselte das Thema.

„Wie weit kannst du dich eigentlich von Nick entfernen?", erkundigte er sich.

„Einen Kilometer", sagte sie. „Früher war es weniger. Am Anfang vielleicht so fünfzig Meter." Blake stieß einen beeindruckten Pfiff aus.

„Du kannst doch gar nicht einschätzen, ob das ein Erfolg ist", meinte Alba bitter. „Ich hatte ja viel Zeit."

„Du bist ein sehr seltsames Kind", fand Blake. Das brachte sie wieder kurz zum Lächeln.

„Ich bin mir sicher, du warst auch ein seltsames Kind", sagte sie.

„Ich war ein schreckliches Kind. Ein richtig gruseliges. Und zum Teil bin ich es immer noch."

„Was *immer noch?*", wiederholte sie. „Ein Kind oder schrecklich und gruselig?"

„Beides", antwortete er. „Rote Augen sind den Leuten nicht geheuer."

„Erzählst du mir was von deiner Kindheit?", bat Alba. Blake gab einen überraschten Laut von sich.

„Was möchtest du denn hören?", fragte er. Sie zuckte mit den Schultern. „Also gut. Ich habe viel *Harry Potter* gelesen. Und dann später, als ich alt genug war, um sie zu verstehen, die *Scheibenwelt*-Romane. Kennst du Terry Pratchett? Er ist gleichermaßen intelligent und witzig. Er ist außerdem tot, aber das ist vernachlässigbar."

„Okay", sagte Alba, die wohl etwas erwartet hatte, das ein bisschen mehr mit Monstern zu tun hatte.

„Wobei man einen Scheibenwelt-Roman eigentlich nicht komplett verstehen kann", fügte Blake noch hinzu. „Man kann ihn nur *mehr* verstehen."

Er ging ein paar Schritte über den Balkon und kletterte dann auf das schräge, mit schiefen Ziegeln gedeckte Dach.

„Was machst du da?", erkundigte Alba sich.

„Der Ausblick ist besser", erklärte er. Ein eisiger Wind strich über das Dach und im nächsten Moment stand die Banshee direkt neben ihm.

„Das ist gruselig", murmelte er. Blake war stolz darauf, dass es schwer war, sich an ihn anzuschleichen, und es gefiel ihm nicht, dass ein kleines Mädchen wie sie einen Trick hatte, um ihn zu überlisten.

„Sicher, dass das Dach dich aushält?", fragte Alba.

„Klar. Es hat auch schon einen Drachen ausgehalten. Ich war hier schon oft." Er kickte unauffällig eine lose Dachschindel in den Abgrund, auf der er beinahe ausgerutscht wäre.

Ein schläfriger Gargoyl krächzte, als er den Schatten und das Geisterkind bemerkte. Zwei mattgrüne Lichtpunkte funkelten sie wütend an, als der Steindämon sich misstrauisch zurückzog. Die meisten sterblichen Wesen hatten sowohl gegen Geister als auch die Ausstrahlung von Dunkelmagie eine instinktive Abneigung.[1] Blake blieb stehen und durchsuchte, auf dem Dachfirst balancierend, seine Taschen. Er fand eine halbe, in Papier eingewickelte Tafel Schokolade, brach etwas davon ab und warf es dem Gargoyl zu. Die Kreatur schnappte es aus der Luft und verschlang es in einem Haps.

Sie gingen weiter und erreichten ein Dach, das ein Stück höher lag. Blake stemmte einen Fuß in die Mauer und zog sich mühelos an der Kante hoch. Wie Rouge schon bemerkt hatte, war er ein schneller Kletterer. Die Todesfee war trotzdem als Erste oben.

„Ich habe eine Frage", sagte Blake. Alba bedeutete ihm mit einem Nicken, fortzufahren. „Sollten Banshees nicht alte Frauen sein? Die irischen. Nicht, dass ich dich beleidigen wollte..."

„Nein", antwortete sie. „Wir altern wie Menschen und Dämonen auch. Aber nur die alten, erfahrenen Banshees schaffen es in die Geschichten." Er lachte.

„Ach so. Wie alt bist du?"

„Ungefähr elf", antwortete sie.

„Du weißt es nicht genau?"

„Nein. Weißt du es von dir?"

„Auch nicht. Als wir klein waren, hat Rouge einen Geburtstag für mich festgelegt. Natürlich so, dass sie ein bisschen älter war als ich. Sie hat im März, also bekam ich den April. Denn in dem Alter war es einfach das coolste, älter zu sein als seine Freunde." Alba lachte auf, ein helles, unschuldiges Kinderlachen.

„Sieht ganz so aus, als müsstest du noch eine Weile in der Stadt bleiben", meinte Blake nach einer Weile.

„Ja", sagte Alba. „Sally mag mich nicht."

„Naja. Du hast Nick angegriffen. Außerdem hat sie durch Wesen wie dich zwei Freunde und einen kleinen Finger verloren." Blake hielt seine Hände hoch und wackelte mit den Fingern. Alba nickte verstehend. Blake war bereits dabei, bis zum Rand des Daches hinunterzukraxeln, wo er sich auf die Kante setzte und die Beine baumeln ließ. Überall in der dunklen Stadt brannten kleine, gelbe Lichter. Er liebte diesen Anblick.

---

[1] Einmal abgesehen von Katzen, aber die waren ja gerne in jeder Hinsicht etwas Besonderes.

„Das mit Nick hat sie dir wirklich übel genommen", sagte der Schatten. „Um ehrlich zu sein, ich glaube, die zwei sind ein bisschen ineinander verliebt."

„Ich glaube das auch", stimmte sie zu und setzte sich neben ihn. „Ich habe euch in den letzten Tagen ja ein bisschen beobachtet."

„Was ich immer noch gruselig finde", fügte er hinzu.

„Offenbar ist alles an mir gruselig."

„Ja. Du bist ein kleines Geistermädchen, mit der Fähigkeit, die Temperatur zu verändern und Gedanken zu lesen, und in gewisser Weise bist du gleichzeitig der personifizierte Tod. Das *ist* gruselig."

„Und du bist in gewisser Weise die personifizierte Dunkelheit. Plus unheimliche, rot glühende Augen."

„Das stimmt wohl." Er fröstelte und zog seinen Mantel etwas enger um sich. Das Mädchen warf ihm einen unsicheren, schuldbewussten Blick zu. Nick hatte recht. Unter ihrer Fassade aus Eis war Alba immer noch ein Kind, wenn auch keins aus Fleisch und Blut.

„Warum redest du mit mir?", fragte sie. „Warum redest du mit einem Geist?"

„Warum ist der Geist auf meinem Dach?", erwiderte Blake.

„Mir war danach, mir die Stadt anzusehen."

„Mir war danach, zu reden. Obwohl... eigentlich ist mir die meiste Zeit danach, zu reden." Es verhinderte, dass er an die anderen Schatten dachte. „Und warum redest *du* mit mir, Banshee?"

„Weil wir beide Monster sind."

„Natürlich", murmelte er belustigt.

„Es stimmt doch."

„Genau", sagte er. „Die Wesen aus Schauergeschichten und Horrorfilmen. Die, von denen Kinder glauben, dass sie sich unter der Kellertreppe oder im Schrank oder unter ihrem Bett verstecken. Du hast recht, ja. Wir sind toll." Sie lächelte.

„Nur, dass ich schwerer umzubringen bin als du", fügte die Banshee hinzu.

„Oh, du unterschätzt mich", sagte er.

Sie sahen eine Weile schweigend auf die *Helsing Street* hinunter.

„Ich hab ja tatsächlich mal eine Zeit lang unter einer Kellertreppe gelebt", fiel Blake dann ein.

„Warum das denn?", fragte Alba.

„Kurz nachdem ich aus dem Labyrinth an die Oberfläche kam", erzählte er. „Ich war acht und hatte mein ganzes bisheriges Leben in der Dunkelheit verbracht. Ich war ohnehin schon total desorientiert und hab es geschafft, mir die Nase zu brechen, aber dann war ich unter normalen Lichtverhältnissen auch noch vollkommen blind. Rouges Eltern nahmen mich auf, und als sie merkten, dass ich nichts, wirklich gar nichts sehen konnte, sondern mich die ganze Zeit nur verletzte, haben sie einen Schlafsack runter in den Keller geräumt und mich dort einquartiert. Nach einer Weile haben sie mich manchmal nachts nach draußen gebracht. Oder sie haben mich mal nach oben geholt, wenn sie nur eine einzige Lampe anhatten, sowas. Ich konnte mich schrittweise an das Licht gewöhnen. Als es soweit war, bin ich dann natürlich aus dem Keller ausgezogen. Aber bis dahin war ich ein paar Wochen lang so ein richtiges klassisches Monster unter der Kellertreppe."

„Hast du auch Leute erschreckt?", wollte Alba wissen.

„Rouge, einmal, als sie Getränke holen wollte. Sie hat mich dafür fast verprügelt. Danach hab ich es lieber gelassen." Er zog eine Grimasse. Alba schien sich zwingen zu müssen, nicht zu grinsen.

„Es hat dann allerdings noch sehr viel länger gedauert, bis ich das Konzept von Glas verstanden habe", fuhr Blake fort. „Ich bin bestimmt zehnmal gegen jede einzelne Glastür im ganzen Haus geknallt. Versteh mich nicht falsch, Alba, Rouges Eltern sind die liebsten Leute, die du dir vorstellen kannst, aber meine Kindheit war... sagen wir, sie war sehr von Slapstick geprägt."

Alba musste wieder grinsen. Dann schwiegen sie wieder eine Weile. Es war kein unangenehmes Schweigen.

„Ich mag Undertown", sagte Alba schließlich vorsichtig. Blake hob überrascht eine Augenbraue.

„Es ist die richtige Stadt für Monster, wie?", fragte er dann.

„... ja." Vielleicht fand sie es doch nicht mehr so schlimm, einige Zeit hier verbringen zu müssen, jetzt, wo sie ein paar Leute zum Unterhalten hatte.

„Wenn du über Monster reden willst, kannst du mit mir reden", sagte Blake.

„Ich denke dran", versprach sie.

Sie saßen an der Kante des Daches, zwei Monster, ein Geistermädchen und ein Schatten, und betrachteten die nächtliche Kraterstadt. Die Welt war schon irgendwie schräg.

Ein kleiner Akt der Rache

Der metallisch graue Wagen hielt am Rand einer schlammigen Straße, die durch den namenlosen Wald zur Kraterstadt führte. Mercer und Lucy stiegen aus und blickten in den Wald hinein.

„Glaubst du wirklich, dass wir ihn finden?", wollte die Vampirin wissen.

„Nun ja", meinte Mercer und zuckte mit den Schultern. „So viele denkende Bäume wird es in diesem Wald ja wohl nicht geben."

„Aber es ist ein großes Gebiet."

„Dann müssen wir eben eine Weile suchen." Er ging um den Wagen herum und öffnete die Tür zur Rückbank. Zwei große, glühend blaue Augen blickten ihn stumm und anklagend an.

„Raus mit dir, Junge", befahl er dem Dämon. Das dürre, hochgewachsene Wesen setzte sich ungeschickt in Bewegung und kletterte aus dem Wagen. Seine Hände waren auf den Rücken gefesselt, für den unwahrscheinlichen Fall, dass es versuchen sollte, sie anzugreifen.

Mercer überließ den Dämon fürs vorerst Lucy und öffnete die Kofferraumklappe. Er nahm einen Plastikkanister und eine Taschenlampe heraus, legte sie auf den Waldboden und schloss die Klappe wieder. Aus dem Augenwinkel sah er, dass die Frau sich dicht vor den Dämon gestellt hatte und ihm ihr schönstes und grausamstes Lächeln schenkte. Wenigstens hatte sie ihn noch nicht verletzt.

„Ich glaube nicht, dass das bei ihm was bringt", sagte er zu ihr, während er die Taschenlampe einschaltete und mühsam den schweren Kanister hochhob. Sie hätten eine Pistole oder etwas Ähnliches mitnehmen sollen, um den Dämon in Schach zu halten. Dann hätten sie ihn nicht fesseln müssen und er hätte den Kanister tragen können. So musste Mercer sowohl den Kanister als auch die Taschenlampe mit einer Hand halten, da sein anderer Arm noch immer verletzt war und in einer Schlinge hing.

„Mir ist langweilig", beklagte Lucy sich. „Ich habe heute noch niemanden umgebracht."

„Wenn du das getan hättest, wäre dir jetzt bestimmt trotzdem langweilig", entgegnete er und bedeutete dem Dämon mit den blauen Augen, vorauszugehen. Die wirklich alten Bäume standen sicher nicht so nah an der Straße.

„Du weißt, was du zu tun hast", sagte Mercer zu ihm. „Such nach einem Baum, der ein Bewusstsein und Erinnerungen an die Suche nach Asets Licht hat."

„Und versuch nicht, uns anzugreifen", fügte Lucy hinzu. „Oder ich schneide dir deine Augen heraus und überprüfe, ob sie dann immer noch leuchten."

„Sehr charmant", meinte Mercer müde. „Ich glaube nicht, dass du ihn mit Drohungen beeindrucken kannst."

Ein seltsames Gefühl breitete sich in seinem Kopf aus. Als würde jemand anders ihn beobachten und in seinen Gedanken stöbern. Er spürte die Gedanken des Dämons, der mit seinem Bewusstsein seine Umgebung abtastete wie mit Fühlern. Sie waren anders als seine eigenen, menschlichen Gedanken, die aus Worten bestanden. Aber nicht weniger intelligent.

Nach ein paar Sekunden zog das Wesen sich aus seinem Kopf zurück, richtete seine Aufmerksamkeit auf etwas Anderes und reduzierte Mercers Wahrnehmung seines Geistes auf nicht mehr als den Hauch einer beobachtenden Präsenz, die die vielen kleinen Wesen im Wald und ihre Köpfe nach dem einen richtigen durchsuchte.

Sie gingen durch die Dunkelheit und lauschten dem nächtlichen Wald. Es raschelte und knackte zwischen den Stämmen und ein paar Mal hörten sie, wie etwas, das größer war als nur ein Fuchs oder ein Reh, durch das Unterholz brach. Ab und zu reflektierten auch Tieraugen das Licht ihrer Taschenlampen, doch nichts näherte sich ihnen auf mehr als zwanzig Meter. In manchen Teilen von Undertowns Wald trieben sich Wesen herum, die genauso mächtig waren wie die wichtigsten Bewohner des Kraters, doch sie schienen den Anstand zu haben, Durchreisende zu ignorieren.

Es dauerte fast eine halbe Stunde, bis der Dämon abrupt stehen blieb und Mercers Bewusstsein anstupste, um ihn auf sich aufmerksam zu machen. Der Sucher und die Vampirin drehten sich zu ihm um. Der Dämon hatte seinen Blick auf eine Pflanze zu ihrer Linken gerichtet. Die Bäume standen hier in so großen Abständen, dass sie mit dem Wagen hindurch fahren hätten können. Es waren Laubbäume mit schlanken, glatten Stämmen und riesigen, spärlich begrünten Kronen, die sich wie Fächer über ihnen erhoben. Die Zweige zeichneten sich schwarz vor dem tiefblauen Himmel ab.

Die leuchtend blauen Kreise, die die Augen des Dämons waren, starrten wortlos auf einen der Bäume.

„Gut gemacht", lobte Mercer ihn und klopfte ihm auf die Schulter. Der Dämon wich instinktiv vor der Berührung zurück, doch Mercer beachtete ihn schon nicht mehr. Er ging auf ihr Ziel zu. Der Baum war riesig und sein Stamm dicker als der seiner Nachbarn. Der Sucher stellte den Kanister neben sich auf dem Waldboden ab und ließ den Lichtstrahl der Taschenlampe über das Holz wandern, ohne wirklich zu erwarten, etwas Auffälliges zu entdecken. Etwas flatterte von einem der Äste auf und verschwand in der Nacht.

„Ist das der Dryad?", fragte Lucy neben ihm und deutete auf den Stamm. Der Dämon stand irgendwo hinter ihnen und gab keinen Ton von sich.

„Nein. Das ist ein Baum. Aber der Dryad ist da drin. Er ist mit ihm verschmolzen. Zumindest hoffe ich das."

„Wie bekommen wir ihn da raus?"

„Wir klopfen an."

„Gute Idee." Sie zog ihre Klinge und ging so nahe an den Stamm heran, dass sie ihn hätte berühren können.

„Ich weiß nicht, ob das eine gute Idee ist", gab er zu bedenken. Die Frau antwortete nicht und zögerte nur kurz, bevor sie ausholte und die Waffe in der Rinde versenkte. Die Klinge drang nur einen Zentimeter ein, bevor sie stoppte, doch die Botschaft kam an.

Direkt vor ihr öffnete sich ein Paar grüner Augen in der Rinde, die leuchteten wie zwei übergewichtige Glühwürmchen. Lucy zuckte zusammen, schrie auf und wollte zurückweichen, doch bevor sie auch nur einen Schritt machen konnte, wuchs etwas in Sekundenschnelle aus der Rinde und krachte gegen ihre Schulter. Die Vampirin stolperte zurück und fiel auf den Rücken.

Etwas kam aus dem Baum. Es ähnelte entfernt einem menschlichen Oberkörper, mit breiten Schultern und langen, knorrigen Armen. Das Ding war durch einen dicken Ast mit dem Stamm verbunden und hing über ihnen. Lucy rutschte verängstigt rückwärts durch Dreck und halbzersetztes Laub. Der Dryad schien sich nicht mehr für sie zu interessieren und wandte seine feindselig glühenden Augen dem anderen Sucher zu.

„Hallo Phil", sagte Mercer und zwang sich, zu lächeln. Das Baumwesen antwortete nicht. Der Mann in Grau bemerkte, dass Lucys Dolch in dem Holz steckte, das nun seine Schulter bildete. Dryaden spürten Schmerzen kaum, die einen Menschen außer Gefecht gesetzt hätten, doch mit Sicherheit war er trotzdem verärgert.

„Erinnerst du dich an Griffin?", fragte der Sucher weiter. „Asets Licht? Irgendwas?" Hölzerne Kiefer öffneten sich knirschend zu einer Antwort und eine knarrende, kaum verständliche Stimme erhob sich. Der Sucher verstand kein Wort.

„Die Sache ist die", fuhr Mercer fort und sprach etwas lauter. „Wir sind mehr oder weniger seine Nachfolger. Und wir betrachten es als unsere Pflicht, Rache zu nehmen dafür, dass du dich gegen ihn gewandt hast." Er log. Wenn es nach ihm gegangen wäre, hätten sie den Baum in Frieden gelassen, doch er hatte Anweisungen.

Der sprechende Baum beugte sich zu ihm hinunter. Mercer zwang sich, nicht zurückzuweichen, und diesmal verstand er die Worte.

„Ihr wollt mich töten."

„Ja", sagte Mercer.

„Versucht es." Der Dryad löste sich von dem Baum und machte einen Satz auf den Sucher zu. Der Schwung riss sie beide zu Boden. Nie hätte Mercer gedacht, dass eine Pflanze sich so schnell bewegen könnte.

Der Dämon hockte auf ihm und gab ihm keine Möglichkeit, sich zu befreien. Mercer riss nur instinktiv beide Arme vor sein Gesicht, um sich zu schützen, während Phil auf ihn ein schlug. Er schrie auf, als ein Schlag seinen verletzten Arm traf. Der Dryad nutzte die Gelegenheit und drückte den Arm auf den Boden. Der Sucher versuchte, seinem Gegner ins Gesicht zu boxen, doch der Dämon wischte seine Hand mit einer mühelosen Bewegung weg.

Aus dem Augenwinkel sah Mercer, dass Lucy und der Dämon mit den blauen Augen sich gegen ein paar dicke Ranken aus Holz wehrten. Phil musste immer noch eine gewisse Kontrolle über seinen Baum haben, auch wenn sie nicht mehr sichtbar miteinander verbunden waren. Lucy stieß ihren telepathisch begabten Führer achtlos dem wütenden, zuckenden Holz entgegen. Etwas wickelte sich um seinen Brustkorb und drückte zu, versuchte, ihn zu zerquetschen.

„Das war eigentlich anders geplant", sagte Mercer zu Phil. Der Dryad machte sich nicht die Mühe, zu antworten. Stattdessen hob er seinen freien Arm und ließ Dornen aus seinen Fingerspitzen wachsen. Sie waren mehrere Zentimeter lang und sahen ziemlich spitz aus. Der Sucher stieß einen Fluch aus und griff nach dem Handgelenk des Baumwesens.

Er bekam es zu fassen und es gelang ihm, es einige Zentimeter wegzudrücken. In diesem Moment verlagerte Phil sein Gleichgewicht so, dass der größte Teil seines Gewichts auf Mercers verletztem Arm lag. Der Sucher heulte auf und lockerte seinen Griff. Die Hand mit den Klauen fuhr neben ihm in den Waldboden. Mercer gewann Sekundenbruchteile. Er entschied sich sehr schnell. Er hob seinen heilen Arm, packte den Griff des Dolches, der noch immer in Phils Schulter steckte, riss die Waffe heraus, holte aus und rammte sie dem Dämon tief in den Hals.

Eine klare Flüssigkeit, die möglicherweise Phils Blut war, tropfte ihm ins Gesicht. Das grüne Licht in seinen Augenhöhlen flackerte. Mercer schob den kraftlosen Körper des Dämons von sich hinunter und stand auf.

„Ist er tot?", fragte Lucy. Sie hatte die erschlafften Ranken abgeschüttelt und kam zu ihm herüber.

„Ich hoffe es", sagte Mercer. Er stieß den Körper, der mit dem Gesicht nach unten auf dem Boden lag, vorsichtig mit dem Fuß an, dann kniete er sich noch einmal hin und drehte den Kopf so, dass er das Gesicht sehen konnte. Phils Augen erloschen langsam. Er seufzte, zog Lucys Dolch aus Phils Hals und warf ihn ihr zu.

„Wieviele Pflanzen hast du in letzter Zeit getötet?", fragte sie und steckte die Waffe weg. „Ich würde lieber auf Nummer sicher gehen." Er ging zu der Stelle, an der sie gestanden hatten, bevor der Dryad sie angegriffen hatte. Der Kanister und die Taschenlampe lagen immer noch im Laub.

„Darum haben wir das hier dabei", erklärte Mercer und hob den Kanister ein Stück hoch.

„Das kann ich erledigen, wenn du willst", bot sie ihm mit einem schrecklichen Lächeln auf dem Gesicht an. Mercer zuckte mit den Schultern und reichte ihr den Kanister. Die Vampirin schraubte den Verschluss ab und goss den Inhalt über dem Dryaden aus.

Mercer ging zu dem anderen Dämon herüber, der immer noch auf dem Boden saß. Das Wesen hustete und rang krampfhaft nach Luft. Phil musste ihn fast erwürgt haben. Als der Dämon ihn kommen hörte, sah es stumm zu ihm auf. Seine großen, blauen Augen weiteten sich entsetzt, als er das Benzin roch.

„Reiß dich zusammen", befahl Mercer ihm. Der Dämon verengte seine Augen hasserfüllt. Der Mann mit den silbernen Augen konnte seine Gedanken spüren – er machte sich nicht die Mühe, sie zu verbergen.

Er bedauerte das Schicksal des Dryaden, auch wenn er ihn beinahe umgebracht hatte. Und er hasste die Sucher dafür.

Mercer lächelte nachsichtig, griff nach dem Arm ihres Begleiters und zog ihn wieder auf die Füße. Sobald er wieder festen Boden unter den Füßen hatte, riss dieser sich los und wich zurück.

„Du solltest dich wirklich beruhigen, bevor Lucy zu dem Schluss kommt, dass wir dich nicht mehr brauchen", empfahl Mercer ihm. Hinter ihm zischte es, als die Vampirin das Benzin entzündete. Oranges Licht breitete sich auf der Lichtung aus und er spürte die Hitze in seinem Rücken.

Er drehte sich um und sah, wie Lucy zu ihnen hinüber schlenderte. Ihre Gestalt zeichnete sich dunkel gegen die höher kletternde Feuerwand ab. Die Vampirin sah geradezu beängstigend gut gelaunt aus.

„Lass uns gehen", meinte er. Sie zuckte mit den Schultern und folgte ihm wieder zwischen die Bäume. Der Dämon ging wieder wortlos hinter ihnen her, doch seine hasserfüllten Gedanken schwirrten durch ihre Köpfe. Mercer wusste, dass sie einen neuen Feind hatten.

Der Junge, sein Wolf und sein Schatten

Der Wald war grün und matschig. Weens Schuhe starrten mittlerweile nur so vor Dreck, doch Steve gefiel es. Er war immer noch in Wolfsform und wuselte als graues, zotteliges Monstrum durch das Unterholz.

Wertiere, die viel Zeit in ihrer tierischen Form verbrachten, neigten dazu, das Interesse an den Angelegenheiten der Menschen zu verlieren. In zwei Welten zu leben war anstrengend, und die der Wölfe, die man auf vier Pfoten durchwandern konnte und die nach Laub und Erde roch, war so viel einfacher als die der Zweibeiner.

Es war kurz vor Mittag. Sie waren schon ein paar Kilometer durch den Wald von Undertown gegangen – ein unscheinbares Duo, nur ein Junge und sein Hund. Der Lärm der Stadt, die Magie, die Züge und die vielen tausend Stimmen ihrer seltsamen Bewohner waren verstummt.

„Ich weiß, was du denkst", sagte Ween mit einem schiefen Lächeln zu dem Wolf. „Da übernimmt er einmal einen kleinen Job, soll sich um eine Nichtmagierin kümmern und schon... Ich nehme an, du findest das witzig, wie?" Der Werwolf drehte sich zu ihm um und hechelte fröhlich. Ja, er war ganz eindeutig belustigt.

„Aber sie schlägt sich ziemlich gut. gerade ein paar Tage hier und schon hat sie sich mit einer Banshee angelegt." Steve schnaubte, als wollte er ihm zustimmen.

Es war beeindruckend, wie gut Ween die Wolfssprache verstand. Es musste daran liegen, dass hinter Steves warmen, braunen Tieraugen immer noch ein menschliches Bewusstsein lag. Auch wenn es mit den Jahren ferner rückte.

Ween ertappte sich oft dabei, dass er sich Vorwürfe machte. Weil er so viel Zeit mit Blake verbrachte. Weil er das Gefühl hatte, seinen alten Freund allein zu lassen. Weil Steve immer mehr zum Wolf wurde.

Nicht die traditionelle Art von Werwolf, kein geiferndes Monstrum, das jeden Menschen anfiel. Er war nicht so stark oder so gefährlich wie viele seiner Artgenossen, die durch den Laubwald stromerten und sich ihre Bandenkriege lieferten. In seinen Adern war keine Magie. Es war mehr wie ein Virus, mit dem er sich infiziert hatte, als Zauberei, eine Krankheit mit einem einzigen Symptom, einem einzigen Zaubertrick. Steve wurde zu einem Wolf, keinem Monster aus einer Horrorgeschichte, sondern einfach nur ein ganz normaler Wolf. Er hatte Jahre gebraucht, um willentlich die Gestalt wechseln zu können. Und immer mehr Zeit verbrachte er auf vier Beinen.

Ween versuchte, sich damit abzufinden. Steve hatte es ihm oft gesagt. Er war *glücklich*. Es machte ihm Spaß, ein Wolf zu sein. Irgendwie hatte er in seinem einfachen Leben als Werwolf seinen Frieden gefunden. Etwas, das er in seiner Kindheit in der Schule nicht gehabt hatte und das es auch in den Gassen Undertowns nicht für ihn gab. Vielleicht war Steve einfach das perfekte, genaue Gegenteil eines Stadtmenschen.

Es war auch irgendwie passend. Von Weens Freunden war einer aus der Stille und der Dunkelheit in die Welt der Menschen gekommen und der andere würde am liebsten aus ihr in den Wald verschwinden.

Steve hörte es vor ihm und richtete sich kerzengerade auf. Schnelle Schritte. Jemand lief den Waldweg entlang.

„Nick!", rief Ween und winkte. Der Zombiejäger wurde langsamer und blieb neben ihnen stehen. Er trug keine Jacke über seinem T-Shirt. Die Tage wurden langsam wieder wärmer. Seit London hatte er nicht mehr so gesund ausgesehen.

„Gehst du mit deinem Hund Gassi?", erkundigte der Stadtwache-Magier sich grinsend. Steve antwortete mit einem gespielten Knurren.

„Was ist mit dir?", fragte Ween. „Gehst du joggen?"

„Allerdings. Ich muss mich bewegen. Ich habe mehrere Tage lang nur im Bett gelegen. Ist das zu glauben?" Ween sah ihn mit dem verständnislosen Blick von jemandem an, der auch schon mehrere Tage lang nur am Computer gesessen und Videospiele gespielt hatte und nicht verstand, was daran so ungewöhnlich sein sollte.

„Vergiss es", murmelte Nick schließlich.

„Da drüben ist eine uralte Stadt voller Magie", sagte Ween. „Es gibt Kampfmagier und Leute, die über die Dächer rennen, und jeder dritte ist ausgebildet im Schwertkampf. Und du gehst *joggen*?"

„Ja", antwortete Nick fröhlich und nickte bekräftigend.

„Wo ist die Banshee?", fragte Ween. Der Enthusiasmus des anderen Magiers trübte sich ein wenig, als wäre er an eine unliebsame Last erinnert worden. Er deutete nach oben.

„Schwebt körperlos ein paar Meter über unseren Köpfen." Ween nickte nachdenklich.

Eine kalte Brise strich an ihnen vorbei. Als sie sich umdrehten, spazierte Alba barfuß durch das Laub.

„*Schwebte*", korrigierte Nick. „Darf ich noch ein Stück laufen?"

„Mir egal", antwortete die Banshee mit einem Schulterzucken. Das Kind streckte Steve seine winzige, blasse Hand entgegen. Der Wolf zog den Schwanz ein und winselte leise. Das Geistermädchen war ihm unheimlich. Aber schließlich entschied er sich anders und kam doch auf sie zu, langsam und mit winzigen Schritten. Er schnupperte kurz an Albas Hand, dann ging er wieder auf Abstand. Geister waren nicht so sehr sein Ding. Das Schnuppern genügte ihm völlig.

Alba jedoch schien zufrieden zu sein und lächelte ein liebes Kinderlächeln.

Ween bewunderte Nick dafür, dass er so locker mit dem Geist umging, der ihn beinahe umgebracht hatte. Aber er war ja auch einmal ganz kurz mit Rouge zusammengewesen. Vielleicht konnte er gut mit unheimlichen Leuten umgehen.

Ween, Nick, Steve und Alba spazierten weiter durch den Wald. An den Rändern war es nur ein lichter, grüner Laubwald, doch ein großer Teil bestand auch aus riesigen, alten Bäumen, die weit auseinander standen. Ein paar matschige Straßen führten zwischen den Buchen, Eichen und Haselnusssträuchern hindurch. Sie verbanden die Dörfer außerhalb des Waldes miteinander. Einige führten auch zu kleinen Einfamilienhäusern, die weit verstreut im Wald lagen. Ihr Alter reichte von jahrhundertealten, in sich zusammengesunkenen Gebäuden inmitten von verwilderten Wiesen zu modernen Häusern, vor denen Kombis parkten. Nicht alle waren bewohnt, doch sie waren besser gesichert als so manche Bank. Es waren Schutzhäuser, errichtet im Wald von denjenigen, die Feinde in der Stadt hatten oder aus anderen Gründen lieber über einen Unterschlupf in größerer Distanz zum Krater verfügten.

Dieser Teil des Waldes jedoch war von Menschen unbewohnt und wurde nur von Wanderern betreten. Ganz in der Nähe trieben sich auch verschiedene Werwolfrudel herum, doch die verhielten sich tagsüber meist ruhig.

Zwischen den grünen Zweigen tauchte etwas Schwarzes auf. Ween blieb stehen, um es näher zu betrachten. Ein Baumstamm und eine kleine Fläche abseits der Wege waren schwarz verbrannt, durchsetzt mit weißen Aschespuren. Verkohlte Blätter und Zweige lagen ebenfalls herum.

„Hat da jemand ein Feuer gemacht?", fragte Ween.

„Sieht so aus", fand Nick und zuckte mit den Schultern. „Die Werwölfe wahrscheinlich."

Der Wald lichtete sich wieder. Sie passierten ein paar Zäune und folgten einem Weg, der kaum mehr war als die Spuren eines Traktors. Am Wegrand lagen mit Moos überwucherte Felsen. Das Erdbeben, das vor Ewigkeiten auch den Krater erschaffen hatte, hatte sie aus den tieferen Erdschichten nach oben getragen. Auf einem von ihnen saß eine Gestalt in einem schwarzen Mantel, die aufsah, als sie ihre Schritte hörte.

„Die Arbeit ruft", sagte Ween und warf Steve einen Blick zu. Der Wolf sah kurz zwischen ihm, Nick und Alba hin und her, dann schien er mit den Schultern zu zucken, drehte um und verschwand zwischen den Bäumen. Er mochte den Geruch von Dunkelmagie nicht und war ihnen in Wolfsgestalt ohnehin keine Hilfe. Wahrscheinlich würde er noch ein wenig durch den Wald streifen und dann nach Undertown zurückkehren. Ween winkte ihm hinterher.

Nick und Alba gingen alleine weiter und der Lehrling wartete, während Blake aufstand und seine Kleidung abklopfte.

„Der Eingang liegt in einer Ruine", erklärte Blake. „Vielleicht einen Kilometer entfernt von hier."

Der Weg führte am Waldrand entlang. Auf der einen Seite standen die Bäume, auf der anderen erstreckten sich ein paar Wiesen und Felder und die ein oder andere Schafweide. Dahinter führte eine rissige Asphaltstraße zum nächsten Dorf. Es war vielleicht zwei oder drei Kilometer entfernt. Ween konnte bunte Dächer erkennen und Solarzellen und Autos, die sich in der Sonne spiegelten. Es war warm, ein schöner, sonniger Tag.

Das Haus stand an der Grenze zwischen dem Wald und der Welt der Nichtmagier. Seine Überreste ragten aus einem Meer aus hohem Gras auf, doch auch ein paar dünne Laubbäume standen zwischen den Mauern. Ein Getreidefeld trennte es von der Straße.

Sie verließen den Weg und bahnten sich ihren Weg durch das Gras. Das Haus war vor etwa zweihundert Jahren gebaut worden, hatte jedoch die meiste Zeit leergestanden. Vor fünfzig Jahren hatte jemand es angezündet. Der Dachstuhl war eingestürzt. Es gab nur noch ein paar steinerne Mauern. Der Boden war mit Schutt bedeckt.

Während sie durch die Ruine gingen, fragte Ween sich, wie viele Kinder aus den Dörfern ringsum diesen Ort schon erkundet und nach Abenteuern gesucht hatten. Und ob tatsächlich einmal eines den Eingang in das Labyrinth der Schatten geöffnet hatte.

Von Undertown aus führten viele Tunnel hinunter in die Höhlen der Kolonie, auch wenn sich kaum jemand so weit traute. Doch es gab auch andere Wege, von außerhalb, die sich tief ins Erdreich gruben. Dies war einer davon.

Sie traten durch eine Lücke in der Mauer in einen anderen Raum. Die Türen befanden sich in der Nähe der ehemaligen Rückwand. Es waren zwei Flügel, große, schwere Metalltüren, die in eine von Flechten überzogene Betonfassung im Boden eingelassen waren. Die Oberfläche war braun von Rost.

Es brauchte sie beide, um auch nur einen der Türflügel anzuheben und aufzuklappen. Nachdem sie auch den zweiten geöffnet hatten, traten Blake und Ween an die Kante und sahen in die Tiefe.

Unter den Türen führte ein Schacht steil nach unten wie die schadenfrohe Parodie einer Treppe. Er war oben vielleicht drei Meter breit, verengte sich jedoch schnell. Aus den Wänden ragten Feldsteine, die reichlich Halt boten, doch bequem war der Abstieg mit Sicherheit nicht. Es war eine anstrengende Route.

Nichts verriet, ob jemand anders die Türen in letzter Zeit geöffnet hatte. Blake ging ein Paar Schritte. Dann blieb er stehen und blickte nachdenklich nach oben.

„Warum guckst du nach oben?", wollte Ween wissen. „Versuchst du etwa, intelligent auszusehen?"

„Da fliegt gerade ein echt großer Gargoyl. Ein richtiger Brummer." Ween legte den Kopf in den Nacken.

„Ich glaube, das ist kein Gargoyl", meinte er. „Ich glaube, das ist der Drache."

„Könnte hinkommen – hör auf, zu winken, du Vollidiot."

„Aber vielleicht landet er dann hier."

„Genau das bereitet mir Sorgen."

„Wieso, ist doch genug Platz hier. Da ist ganz viel Kies... und da drüben ist eine Menge Gras..."

„Du verstehst nicht, was ich meine, oder? Das Vieh *hasst* mich. Im Ernst. Hör auf, zu winken. Drachen winkt man nicht. Das geht nie gut aus." Ween hörte auf, zu winken, und vergrub die Hände in den Hosentaschen.

„Ich glaube, er hat uns eh nicht gesehen", sagte er enttäuscht.

„Sehr gut", fand Blake und seufzte erleichtert.

„Irgendwelche Ideen, was wir hier suchen?", fragte Ween. „Die Schatten sind also möglicherweise durch diesen Tunnel verschwunden. Glaubst du, dass sie eine Nachricht für uns hier gelassen haben?"

„Vielleicht finden wir einen Hinweis darauf, wo sie hin sind. Der Regen hat wahrscheinlich alle Fußspuren weggewaschen. Aber wenn Menschen in die Sache verwickelt waren, haben die vielleicht irgendwelchen Müll hier gelassen oder so."

„Warum sollen ausgerechnet wir Menschen Abfall hier gelassen haben?", beschwerte Ween sich, begann aber trotzdem, die Mauern nach Spuren abzusuchen.

„Ihr seid *Menschen*. Ihr hinterlasst doch *überall* euren Abfall."

„Ich finde das beleidigend."

„Es stimmt aber." Der Schatten ging zurück zu dem Schacht und warf noch einmal einen Blick hinein.

„Mir kam gerade ein Gedanke", meldete er sich dann. „Die Vision von Crazy Joe. Die, in der die Dunkelheit selbst sich fürchtet und ich sterbe und so weiter. Vielleicht hat er mich verwechselt. Vielleicht hat er nicht mich gesehen, sondern nur irgendwelche Dunkelmagie und eine Atmosphäre von Angst. Aber ich bin der einzige Dunkelmagier, den er kennt, und darum dachte er, ich wäre es. Er sagt doch selbst immer, auf seine Kräfte sei kein Verlass. Manchmal weiß er nicht, zu welchen Umständen eine Vision gehört, manchmal kann er steuern, was er sieht, manchmal nicht... warum soll er nicht einfach mal etwas falsch interpretiert haben?"

„Das klingt sinnvoll", fand Ween.

„Ja. Schlecht für die Schatten, aber es bedeutet schon einmal, dass ich nicht sterbe. Was gut ist."

„Welche Vision überhaupt?" Ween runzelte die Stirn und richtete sich auf.

„Die, wegen der Rouge so einen Aufstand gemacht hat", sagte Blake. „Mit Dunkelheit. Und Tod!"

„Du hast mir nie von einer Vision von Dunkelheit und Tod erzählt."

„Doch, hab ich. Spätestens jetzt gerade."

„Ich kann nicht fassen, dass Crazy Joe eine Vision hatte, in der du stirbst, und du mir nichts davon erzählst!", rief Ween.

„Ich sterbe in der Vision nicht", sagte Blake laut und deutlich und beendete das Thema damit. „Nicht mehr." Ween verdrehte die Augen und suchte weiter nach Spuren.

Die Patronenhülse lag zwischen den Steinen. Es war reines Glück, dass Ween sie fand. Sie war klein und zylinderförmig und bestand aus Messing.

„Ich hab was", sagte er laut. Blake kam herüber und sah ihm über die Schulter, als er die Patronenhülse zwischen den Fingern drehte. Winzige Buchstaben waren darauf eingraviert.

„*9mm Luger CBC*", las Ween vor. Er sah dem Schatten an, dass er nicht wusste, was das bedeutete.

„Du bist der Experte", murmelte Blake trocken. Es stimmte, in gewisser Weise. Ween wusste mehr über Feuerwaffen als er. Der Schatten wollte so wenig wie möglich damit zu tun haben.

„Luger", wiederholte Blake schließlich langsam, als versuchte er, sich daran zu erinnern, wo er den Namen schon gehört hatte. „Heißt das, wir suchen jemanden, der eine Luger schießt?" Ween liebte es, dass er einmal dem Schatten etwas erklären konnte statt umgekehrt, wie es sonst immer war.

„Nein", sagte er. „Ein Herr Luger hat das Kaliber erfunden. Die Waffe muss nicht auch von ihm hergestellt worden sein." Sein Partner zuckte mit den Schultern.

„Sagt uns die Patrone sonst irgendwas?", erkundigte er sich.

„Im Moment nicht, aber ich werde trotzdem darüber nachdenken."

Ween kam ein Gedanke. Er sah sich um. Der Regen hätte auch eventuelle Blutspuren weggespült, und das war ihnen beiden klar.

„Bestimmt haben sie in die Luft geschossen", sagte er und steckte die Patronenhülse schnell in die Tasche, als könnte er auch den Gedanken einfach wegstecken.

„Bestimmt", sagte Blake abwesend.

Als sie auf dem Rückweg wieder an der verbrannten Stelle vorbeikamen, lag etwas auf dem Weg. Für einen Moment hielt Ween es nur für einen halb verkohlten Ast, doch dann bemerkte er, dass das Holz sich langsam bewegte. Der Mensch und der Schatten gingen um das Wesen herum und kauerten sich vor ihm ins Laub. Von hier sah es menschenähnlicher aus. Knollige Gliedmaßen, ein Kopf, zwei tiefe Augenhöhlen. Nur in einer schien das Auge noch zu funktionieren und leuchtete mattgrün. Der größte Teil des hölzernen Körpers des Dryaden war schwarz und grau verkohlt. Er musste aus den Büschen auf den Waldweg gekrochen sein, während sie weg gewesen waren.

„Hey", sagte Ween leise. Das grüne Auge blickte ihn träge flackernd an. „Was ist mit dir passiert?"
„Sieht aus als hätte ihn jemand angezündet", stellte Blake tonlos fest.
„Ja, aber..." Ween erinnerte sich an sein Gespräch mit Nick vorhin. Das Gespräch, dass sie nur ein paar Schritte entfernt von dem Dryaden geführt haben mussten. „Wir sind hier vorhin schon vorbeigekommen. Nick hat gesagt, die Werwölfe müssen das Feuer gelegt haben."
„Wahrscheinlich", stimmte Blake ihm zu. Seine Stimme zitterte kaum merklich. Er streckte eine Hand aus und berührte zögernd die Schulter des Dryaden. An einigen Stellen schwelte die Rinde, die seine Haut war, immer noch.
„Wir helfen dir", versprach der Schatten und begann, in seiner Umhängetasche nach etwas zu suchen. Schließlich beförderte er eine leere Plastiktüte zu Tage.
„Was willst du damit?", fragte Ween.
„Hier gibt es doch irgendwo einen kleinen Bach, oder?", meinte Blake. „Hol Wasser." Ween nickte, nahm die Tüte entgegen und richtete sich auf, um dem Befehl nachzukommen, dann hörte er Blake etwas murmeln.
„Wir kennen ihn."
„Wer ist er?", fragte Ween.
„Sein Name ist Phil. Einer von den Dämonen, die damals mit Rouge und mir Griffin dienen mussten. Erinnerst du dich?"
„Bist du sicher?" Blake deutete auf das Muster der Holzmaserung in seinem Gesicht. Jetzt, wo er es sagte, kam es Ween auch bekannt vor.
„Du hast recht." Der junge Stadtwache-Magier machte eine Pause. „Du hast ihm mal eine Haselnuss geschenkt."
„Ja." Blake sah auf und bedeutete Ween, sich in Bewegung zu setzen. „Beeil dich mit dem Wasser."
Sein Lehrling nickte und joggte los. Als er einige Minuten später wieder kam, in einer Hand die tropfende, prall mit Wasser gefüllte Tüte, hockte Blake immer noch neben dem Dryaden. Er sagte nichts. Ween ging um ihn herum. Jetzt war auch Phils anderes Auge schwarz und tot.

Ballistik

Blake brachte Ween ins *Black & White* und wartete eine Weile unten, während sein Lehrling den Räumen der Stadtwache einen Besuch abstattete. Der Schatten hatte gehofft, möglicherweise Rouge im Schankraum im Erdgeschoss zu erwischen und ihr von der Ruine und Phil zu erzählen, doch sie war nicht da. Also trat er wieder nach draußen. Madlen[1] saß vor dem Gasthaus auf einer Bank und genoss die Sonne. Sally kam Blake auf der kurzen Treppe entgegen, ohne der jungen Nichtmagierin auch nur zuzunicken. Er sah, wie kurz ein säuerlicher Blick über das dunkle Gesicht der Heilerin huschte.

„Da ist aber jemand wütend", stellte der Schatten fest und blickte ihr nach.

„Ich habe Verständnis für Albas Situation gezeigt", sagte Madlen trocken. „Oh, und irgendwann heute Morgen habe ich mit dem Mädchen zusammen einen Scherz gemacht."

„Jetzt stehen wir bestimmt alle auf Sallys Todesliste", bemerkte Blake, ging die Stufen hinunter und blieb neben Madlens Bank stehen.

„Meine Güte...", murmelte sie. „Ich meine, ich versteh sie ja. Sie mag keine Geister und hat auch einen guten Grund... aber..."

„... du dachtest, sie wäre wirklich nett?", fragte er. Madlen zuckte kurz zusammen. „Die wird sich schon wieder einkriegen. In der Zwischenzeit kannst du dir überlegen, ob du immer noch mit ihr befreundet sein willst."

„Hm", machte die junge Frau. Blake legte den Kopf schief und blickte zum Himmel hinauf, als hätte sie etwas unglaublich Intelligentes von sich gegeben, dass er erst einmal verarbeiten musste.

„Ich habe vorhin jemanden sterben sehen", sagte er dann. „Oben im Wald."

„Was?", fragte Madlen. „Wen?"

„Einen Dämon, den ich mal kannte. Sein Name war Phil. Er war ein Dryad, ein Baumdämon. Sieht aus, als hätten ein paar Werwölfe ihn angezündet."

„Meine Güte", sagte sie. „Das tut mir leid."

„Ich hab ihn kaum gekannt und es ist Jahre her, dass wir uns das letzte Mal gesehen haben, aber... *verdammt.*"

---

[1] Die an diesem Morgen offenbar nicht mit einer Anzeige am Hals aufgewacht war.

„*Verdammt* trifft es gut. Willst du darüber reden oder so?"
„Nein", sagte er nach kurzem Zögern. „Nicht mit dir zumindest."
„Okay", sagte Madlen und seufzte.
Die Gargoyl auf den Dächern wurden nervös und flatterten mit den steinernen Schwingen. Der Schatten drehte sich um und sah Lady Mays Drachen abwärts segeln. Blake war nicht sonderlich scharf darauf, mehr Zeit als nötig in seiner Nähe zu verbringen.
„Denk dran, versuch nicht, ihn zu streicheln", erinnerte er Madlen und ging zügig ein Stück die Straße hinunter. Er hörte das Rauschen von Schwingen und das Schaben von Klauen, die über Kopfsteinpflaster kratzten. Eine Brise zupfte an seinem Mantel, als der Drache ein gutes Stück hinter ihm ein letztes Mal mit den Flügeln schlug, bevor er sie sorgfältig zusammenfaltete. Blake zwang sich, sich nicht umzudrehen, nur als kleine Mutprobe. Er meinte, den Atem des Ungeheuers im Rücken zu spüren, obwohl er zwanzig Meter entfernt war.
Ein oder zwei Minuten später – er hatte sich Zeit gelassen und das Ende der *Helsing Street* noch nicht erreicht – hörte er eine bekannte Stimme und sah zurück. Ween kam ihm entgegen. Er machte ein verdächtig heiteres Gesicht.
„Ist was, Kleiner?", fragte Blake. Als sein Lehrling ihn erreicht hatte, konnte der Schatten auf ihn heruntersehen.
„Lass uns ein Stück gehen", schlug Ween vor und grinste selbstzufrieden. Blake zwang sich, keine Fragen zu stellen. Das würde ihn nur anstacheln, die Sache noch mehr in die Länge zu ziehen. Sie spazierten die *Helsing Street* hinunter und bogen in eine andere Straße ein.
„Ich habe etwas für dich", verkündete der jüngere Mensch und holte etwas aus seiner Tasche. Blake öffnete eine Hand und Ween ließ einen kleinen Gegenstand aus Messing hineinfallen.
„Das ist die Patronenhülse von heute Morgen", stellte der Schatten fest, drehte sie hin und her und musterte sie von allen Seiten. Ween hörte nicht auf zu grinsen. „Doch, das ist sie. Sie ist genauso groß, es steht dasselbe drauf, hier diese kleine Delle am Boden..." Er verstummte und sah Ween erwartungsvoll an, der noch immer grinste.
„Klär mich auf", befahl Blake. „Was hat es damit auf sich?" Der Junge kramte erneut in seinen Taschen und hielt schließlich eine zweite Patrone hoch, die der ersten in Blakes Hand vollkommen glich.
„*Das* ist die Patrone aus der Ruine", sagte Ween.
„Sie sehen genau gleich aus."

„Exakt."

„Es ist also derselbe Typ Munition", stellte der Schatten fest. „Aber ich nehme an, das kann auch Zufall sein, oder?"

„Ja. Aber was sicher kein Zufall ist, ist der leicht abweichende Abdruck des Schlagbolzens." Ween hielt die beiden Patronenhülsen nebeneinander und deutete auf die winzige Delle auf der Unterseite. „Wenn man abdrückt, schlägt der Schlagbolzen der Waffe gegen den Boden der Patrone, da, wo das Zündmittel drin ist. Die Kugel wird abgefeuert. Die leere Patronenhülse bleibt übrig und wird bei einer halbautomatischen Waffe ausgeworfen."

„Darum lag sie da einfach rum", sagte Blake.

„Der Abdruck des Schlagbolzens kann ganz unterschiedlich aussehen, je nach Modell der Waffe", fuhr Ween fort. „Und manchmal ist er auch nicht genau in der Mitte, weil der Bolzen einen Fehler hat. So wie hier. Ich hab es mir auch noch mit einer Lupe näher angesehen. Die Abdrücke sind gleich. Beide Patronen wurden aus derselben Waffe abgefeuert, eine, deren Schlagbolzen leicht zur Seite abgewichen ist." Blake konnte nicht anders, als anerkennend zu nicken.

„Woher hast du die andere Patrone?", fragte er dann.

„Die Kugel wurde vor neun Jahren abgefeuert, und wenn Rouge nichts getan hätte, wärst du heute nicht hier und könntest mir nicht zuhören." Mit diesen Worten ließ Ween die Hülsen wieder in seinen Taschen verschwinden und sah seinen Lehrmeister ungeduldig an.

„Griffin", sagte Blake langsam.

„Ja." Der junge Magier zappelte vor Aufregung. „Griffins Waffe hat also etwas mit dem Angriff auf die Schatten zu tun, kurze Zeit, bevor die Sucher ins Archiv eingebrochen sind. Und die Sucher wollen Asets Licht – wie Griffin damals. Sag mir nicht, dass sei bloß ein Zufall. Es hängt alles zusammen."

„Es ist Griffin", sagte Blake. „Irgendwie ist er am Leben und versucht es ein zweites Mal. Er arbeitet höchstwahrscheinlich mit den Suchern. Und diesmal hat er die Schatten. Verdammt, sie machen genau den gleichen Mist wie vor neun Jahren noch einmal."

„Nur größer", fügte Ween hinzu. Er grinste triumphierend von einem Ohr zum anderen zu seinem Freund hoch. Blake lächelte schief zurück, unsicher, inwieweit seine Würde ein bescheuertes Grinsen zulassen würde, aber sichtlich zufrieden.

„Meine Güte", sagte jemand. „Ihr seht bescheuert aus, wenn ihr das

macht." Man konnte ihre genervt verdrehten Augen förmlich aus Rouges Stimme heraushören.
Die rothaarige Dämonin kam ihnen entgegen. Im Schlepptau hatte sie Nick, Alba und Steve, die sie vermutlich auf dem Weg zum *Black & White* getroffen hatte.
„Ween hat etwas herausgefunden", erklärte Blake ihnen.
„Ich bin ein Genie", fügte Ween hinzu.

Mercer, den verletzten Arm immer noch in einer Schlinge, ging ein Stück am Strand entlang und genoss das gute Wetter. Er war gerne eine Weile allein, nachdem er jemanden getötet hatte. Er hatte in seinem Leben schon die ein oder andere Person umgebracht, doch Phil war das erste Mal, dass er es einer Belohnung wegen getan hatte.
Ein anderer Mann kam ihm entgegen. Er war etwas kleiner als Mercer – was nicht schwer war – und hatte braunes Haar und einen Bart. Er hieß Bradbury und war ein Konstrukteur.
„Werde ich gesucht?", erkundigte Mercer sich mit einem Lächeln. Innerhalb von Sekundenbruchteilen hatte er die lässige, stetig scherzende Fassade aufgesetzt, hinter der er gern seine Gedanken versteckte.
„Griffin will mit dir reden", erklärte Bradbury. „Außerdem haben sich Gerüchte breitgemacht, du wärst ins Wasser gefallen." Mercer lachte kurz. Sie gingen nebeneinander zurück in Richtung der Burg.
Die Bäume vor dem Haupttor waren gefällt worden. Wo einmal schwere Torflügel gehangen hatten, klaffte nur noch eine weite Öffnung – das Tor war halb verrottet gewesen, als sie angekommen waren. Die beiden Männer durchquerten den Innenhof und gingen nach oben, auf die breite Außenmauer, von der aus man auf den Wald und den Strand hinunterblicken konnte.
Dort saß ein Mann mit grauem Haar auf einem Klappstuhl in der Sonne und reinigte seine Pistole mit einem Tuch. Trotz der frischen Luft hier oben roch es ein wenig nach WD-40.
Griffin beherrschte mehrere Sprachen fließend, tote wie lebendige, menschliche wie magische. Er kannte sich im Umgang mit der Karte aus, die sie zum Bronzeschlüssel führen sollte, und war ein Experte in Dämonenbeschwörung.
All das ließ Mercer immer wieder vergessen, dass er dazu noch ein ziemlich guter Schütze war.
„Du warst weg", sagte Griffin.

„Mir war nach einem Spaziergang", erwiderte der andere Sucher.

„Macht es dir etwas aus, zu töten?"

„Es kommt auf die Umstände an", sagte Mercer. „Es war das erste Mal, dass ich jemanden für eine Belohnung getötet habe." Griffin zuckte mit den Schultern, legte die Pistole, den Verschluss immer noch offen, zur Seite und fing an, in seinen Taschen zu kramen.

„Deine *Belohnung*", sagte er und hielt Mercer eine Phiole hin. Eine schwarze Flüssigkeit schwappte darin hin und her. „Das ist unser letzter Heiltrank. Du musst verstehen, dass ich den nicht einfach so rausrücken konnte."

„Nur für einen Gefallen, wie?", erwiderte Mercer. Er stürzte den Inhalt der Phiole in einem Zug hinunter und verzog angeekelt das Gesicht. „Das Leben eines alten Feindes für einen Zaubertrank."

„Sieh es als eine Mischung aus meiner Rache an Phil und einer kleinen Prüfung für dich", meinte Griffin nur.

„Das werde ich versuchen", sagte Mercer. Er kannte Griffin. Der Beschwörer tat solche Dinge ständig. Strafen. Belohnungen. Absprachen. Er fand gern neue Wege, Leute nach seiner Pfeife tanzen zu lassen.

Nun, jeder brauchte ein Hobby. Mercer bewegte zögerlich die Finger seines verletzten Arms. Morgen früh würde er hoffentlich wieder heil sein. Griffin sah zu Bradbury.

„Hast du Interesse, uns ein bisschen zu helfen?", fragte der Beschwörer.

„Inwiefern?", fragte der bärtige Mann.

„Wir müssen noch einmal nach Undertown. Die Stadtwache hat den Bronzeschlüssel."

„Vielleicht sollten wir jemanden mitnehmen, den sie noch nicht kennen", stimmte Mercer seinem Partner zu. „Wir orten den Bronzeschlüssel grob mit der Karte, dann schicken wir dich zuerst rüber und du kundschaftest die Gegend aus."

„Das kann ich", meinte Bradbury.

„Dann haben wir einen Deal", sagte Griffin und schüttelte ihm die Hand.

Und er hat es schon wieder gemacht, dachte Mercer. Er bemerkte, dass der Beschwörer ihn die ganze Zeit aufmerksam musterte.

Er vermutete, dass er Griffin nicht geheuer war. Der Beschwörer wollte wissen, wie er tickte, und jemand wie Mercer, der alles hinter einem Lächeln und einem Witz verbarg, bereitete ihm Schwierigkeiten. Aus diesem Grund arbeitete Mercer gern mit ihm.

Lady May trug wie immer eine stoische Miene zur Schau.

„Blake", sagte sie. „Was denkst du über die Leiche, die du damals in London gefunden hast, bevor der Sprengsatz hochgegangen ist?"

„Ich bin mir nicht sicher...", gab der Schatten zu. „Aber ich hatte damals nicht sonderlich viel Zeit, mir seine Leiche anzusehen. Ich habe nicht einmal einen genauen Blick auf sein Gesicht geworfen. Die durchgeschnittene Kehle hat mich abgelenkt."

Blake und Ween standen in Mays Arbeitszimmer. Die anderen waren irgendwo unten – mit Ausnahme von Sally, die vermutlich wieder allein durch die Stadt streifte und ihre schlechte Laune in sich hineinfraß. Lady May stand, eine brennende Zigarette zwischen den Fingern, am offenen Fenster. Blake mochte keine Zigaretten, doch er musste zugeben, dass das Rauchen wohl zu niemandem besser passte als der Reiterin eines feuerspeienden Drachen.

„Du hältst es für möglich, getäuscht worden zu sein?", hakte Lady May nach.

„Ja", sagte Blake. „Der Körper hätte eine magische Fälschung sein können. Ich nehme an, Griffin hat seinen eigenen Tod inszeniert und ist dann untergetaucht. Und jetzt hilft er Mercer und Lucy, Asets Licht zu finden."

„Es würde Sinn ergeben", meldete Ween sich. „Rouge hat doch gesagt, dass der Umgang mit der Karte sehr kompliziert ist. Griffin war – ist – doch da ein Experte. In ihm hätte Mercer jemanden, der ihn mit Informationen versorgt. Ich glaube, sie sind Partner."

„Irgendeine Idee, was sie mit einer Kolonie Schatten wollen?", fragte die Lady.

„Nein", gab Blake zu. „Aber es macht unsere Arbeit trotzdem leichter. Ich warte nicht gern... aber... aber wenn wir warten, bis die Sucher zu uns kommen, können wir sie persönlich fragen. Nachdem wir ihnen, und ich entschuldige mich für die saloppe Ausdrucksweise, in den Hintern getreten haben." Einige Sekunden lang war es still im Raum, abgesehen von dem langsamen, tiefen Atem des dösenden Drachen.

„Gut gemacht", sagte Lady May nach einigen Sekunden. Ihr Gesicht war nach wie vor kühl und streng, doch Blake war, als hätte er ein kaum merkliches Nicken gesehen.

Sie warteten geduldig darauf, dass die Drachenreiterin fortfuhr, Blake mit den Händen hinter dem Rücken und Ween mit lässig vor der Brust verschränkten Armen. Keiner der beiden sagte etwas.

„Was ist?", fragte Lady May. „Wollt ihr jetzt einen Keks?" Der Drache gab ein merkwürdiges Geräusch von sich, ein kurzes, lautes Schnauben, fast, als würde er lachen. Ween und Blake machten, dass sie davonkamen.

Als sie wieder nach draußen gingen, spielten Madlen, Alba, Nick und Steve – immer noch als Wolf – auf der *Helsing Street* Fußball. Der Ball war alt und dreckig und die Farbe abgeblättert. In Undertown war es schwer, einen zu kriegen. Ween gesellte sich zu ihnen.

Rouge saß vor dem Gasthaus auf der Bank. Vielleicht betrachtete sie es als unter ihrer Würde, mit den anderen im Straßenstaub einem vergammelten Ball hinterherzujagen. Blake setzte sich zu ihr. Er lehnte ein kurzes Gespräch mit ihr eigentlich nie ab, aber im Moment fiel ihm nichts ein, was er hätte sagen können, also sah er den anderen eine Weile zu und registrierte, dass Madlen überraschend gut war.

„Habe ich das richtig verstanden?", fragte die rothaarige Pentheselanerin nach einer Weile. Als Blake sie ansah, lag wieder so ein engelsgleiches Lächeln auf ihren schmalen Lippen. „All unsere Probleme lösen sich, wenn wir nur ein bisschen Geduld haben und auf die Sucher warten?"

„Offenbar", antwortete er knapp.

„Eine Schande, dass du das Warten nicht abkannst."

„Ich weiß." Er folgte dem Ball mit dem Blick. „Warum spielst du nicht mit den anderen Fußball?"

„Sie haben mich rausgeschmissen."

„Hast du beim Spiel Konstruktionsmagie benutzt?", fragte er. Sie schwieg eingeschnappt.

„Du darfst beim Fußball nicht zaubern", erinnerte er sie.

„Ich weiß nicht, was ihr alle habt", beklagte Rouge sich. „Es steht nichts davon in den Regeln."

Die Definition von Freunden

Etwa ein Jahr, bevor Mercer in das Archiv von Undertown einbrach, saß er seinem zukünftigen Geschäftspartner Griffin in einer Nichtmagierkneipe in Deutschland gegenüber. Es war stickig, düster und laut. Überall waren angetrunkene Menschen. Mercer mochte Betrunkene nicht und bezweifelte, dass Griffin es tat. Doch es war ein Ort, der es ihnen erschwerte, sich gegenseitig bei der ersten Gelegenheit hinterrücks abzustechen, und das wussten sie beide zu schätzen.

Sie saßen in einer kleinen Tischnische, warteten auf die Getränke, die sie weniger aus Durst und mehr aus Ratlosigkeit bestellt hatten, und studierten sich gegenseitig. Sie kannten sich seit etwa einer Stunde und hatten davon eine halbe damit verbracht, zu versuchen, einander umzubringen, bevor sie, Mercer mit einer Pistole am Kopf und Griffin mit einer Klinge an der Kehle, ins Gespräch gekommen waren. Dementsprechend waren sie noch etwas misstrauisch.

„Es ist laut hier", sagte Griffin nach einer Weile gereizt.

„Lucy hat diesen Ort ausgesucht", erklärte Mercer und fügte dann entschuldigend hinzu: „Sie ist jung." Griffin nickte nur.[1]

Mercer sah sich um und entdeckte die dunkelhäutige Vampirin am anderen Ende des Raumes. Sie unterhielt sich mit einem Mann, jünger als sie, höchstens zwanzig oder einundzwanzig Jahre alt. Er hielt eine Flasche Bier in der Hand. Genauso gut hätte es ein Schild mit der Aufschrift *Hallo, ich bin betrunken und wehrlos* sein können.

Im Gegensatz zu Mercer und Griffin *mochte* Lucy Betrunkene. Mercer machte ein Gesicht, als hätte er in einen sauren Apfel gebissen.

„Seid ihr zwei zusammen?", riet Griffin, während er einen Kaugummi auspackte. Mercer lachte und schüttelte den Kopf.

„Nein", antwortete er. „Ich passe nur ein bisschen auf sie auf – ich habe sie vor den Zwillingslords gerettet. Wenn du sie fragst, wird sie dir allerdings sagen, dass *sie* auf *mich* aufpasst." Sein Gegenüber nickte.

„Ich bin schon einmal verschwunden", sagte der Mann dann langsam. „Würde ich dich töten, könnte ich sicher auch aus dieser Stadt verschwinden, ohne verfolgt zu werden."

„Aber Griffin", sagte Mercer. „Du könntest mich auch *nicht* töten und aus dieser Stadt verschwinden, ohne verfolgt zu werden."

„Du hältst dich für witzig, nicht?", fragte der Angesprochene und

---

[1] Junge Menschen waren nichts, was er sonderlich gut verstand.

steckte sich unbeeindruckt den Kaugummi in den Mund.
„Ich habe so meine Momente", erwiderte Mercer. Er sah sich wieder in der Kneipe um, konnte Lucy jedoch nirgends mehr entdecken.
„Als dritte Möglichkeit könnten wir übrigens auch zusammen aus dieser Stadt verschwinden."
„Und *wohin* würden wir verschwinden?", wollte Griffin wissen.
„Ich weiß nicht", gab Mercer zu. „Aber ich hab in der Zeitung über dich gelesen, damals, kurz nach deinem angeblichen Tod."
„Und?", fragte Griffin skeptisch.
„Ich mag interessante Leute", sagte Mercer und grinste breit. „Du bist ein Schatzsucher, oder?"
„Seid *ihr* Schatzsucher?", konterte der Beschwörer.
„Noch nicht. Aber ich bin sicher, Lucy und ich lernen schnell. Du hast ein paar interessante Sachen gemacht. Ich mag auch interessante Sachen. Meinst du nicht, wir könnten uns zusammenschließen?"
„Ich habe keine Freunde", informierte Griffin ihn.
„Das ist traurig", sagte Mercer bedauernd.
„Nein, das ist ein Prinzip."
Lucy kam zu ihrem Tisch hinübergeschlendert, ein Lächeln voll spitzer Reißzähne im Gesicht. Trotz der miserablen Lichtverhältnisse konnte Mercer dunkle Spuren um ihren Mund und an ihrem Kinn erkennen. Er seufzte, kramte ein Papiertaschentuch hervor, schüttelte es mit einer schnellen Bewegung seines Handgelenks aus und reichte es ihr.
„Du hast da was", sagte er. „Am Kinn. Weiter unten. Da, genau."
Nachdem sie sich das Blut abgewischt hatte, knüllte sie das Taschentuch zusammen und ließ es achtlos fallen. Griffin schwieg.
„Wir sind nicht hergekommen, damit du etwas trinken kannst", tadelte Mercer Lucy. „Wo ist er?"
„In der Männertoilette", erklärte sie sorglos. Ihr Begleiter warf ihr einen finsteren Blick zu, erhob sich und schob sich durch die Menge. Lucy und zu seiner Überraschung auch Griffin folgten ihm.
Eine Tür führte in einen rechteckigen Raum mit ein paar Waschbecken an einer Wand und einem großen Fenster an der anderen. Zwischen zwei Waschbecken hockte der junge Mann von eben mit glasigem Blick auf den schmutzigen Fliesen und drückte seine Hände auf seinen Hals. Seine Kleidung war blutbefleckt und an seinem Hals und seinen Armen konnte Mercer mehrere Bisswunden erkennen. Der junge Mann zitterte, sah auf und sagte leise etwas auf Deutsch, als er sie sah. Mercer sprach

kein Deutsch, ging jedoch nicht davon aus, dass es so etwas wie *Einen wunderschönen Abend, wie geht es euch?* war.

„Okay", begann Mercer. „Vielleicht kriegen wir ihn irgendwie unbemerkt nach draußen, rufen einen Krankenwagen und lassen ihn irgendwo liegen..."

Griffin und Lucy sahen erst ihn an, dann einander und schließlich den Verletzten. Dann hielt Lucy den jungen Mann an den Haaren fest, griff in ihre Jacke, zog ihren Dolch und schnitt ihm damit die Kehle durch.

Ihr Opfer gab ein gurgelndes Geräusch von sich und kippte zur Seite weg. Mercer machte ein angewidertes Gesicht. Griffin sah ihn an und runzelte fragend die Stirn.

„Du hast gerade Witze gemacht, oder?", wollte der Beschwörer wissen.

„Natürlich hat er das", sagte Lucy mit einem überzeugten Grinsen und versetzte ihrem Begleiter einen heiteren Ellbogenstoß. Mercer kannte sie. Sie war immer so aufgedreht, wenn sie Blut getrunken hatte. Es war so eine Vampirsache. Griffin seinerseits schien kein Problem mit Lucys Verhalten zu haben.

„Wenigstens versteht ihr zwei euch...", murmelte Mercer und zwang sich, den Toten auf dem Fußboden nicht länger anzustarren. Er fürchtete, sich sonst übergeben zu müssen. „Los, machen wir, dass wir unauffällig verschwinden."

Er drehte sich um und ging auf die Tür zu, die sich im selben Moment öffnete. Ein weiterer Nichtmagier sah die drei an, blinzelte bei Lucys Anblick verwirrt, senkte den Kopf und blinzelte noch einmal, als er den Toten sah. Der Alkohol musste seine Reaktionszeit jedoch deutlich herabgesetzt haben, denn er gab keinen Laut von sich und gab Griffin genug Zeit, eine Hand zu heben und eine telekinetische Druckwelle die Tür mit Schwung zuschlagen zu lassen.

Es brachte ihnen einige wertvolle Sekunden. Mercer drehte sich einmal suchend um sich selbst.

„Fenster", sagte er dann.

„Wir sind im ersten Stock", erinnerte Griffin ihn, doch Mercer war bereits dabei, das große Fenster zu öffnen.

„Warum eigentlich nicht", fand Lucy. Mercer kletterte auf das Fensterbrett und die Vampirin tat es ihm gleich. Unten gab es ein paar Sträucher. Zumindest hoffte Mercer, dass es Sträucher waren, genau konnte er das im Dunkeln nicht sagen. Griffin seufzte, hielt sich am Rahmen fest und stellte ebenfalls einen Fuß auf das Fensterbrett.

„Wenn wir rennen, schafft es keiner von den Besoffenen, uns festzuhalten", meinte er mit einem Blick zurück auf die Tür, hinter der die anderen Gäste vermutlich immer noch versuchten, zu begreifen, was überhaupt los war.

„Ja, aber Türen sind für Leute ohne–", begann Mercer, wollte sich ebenfalls umdrehen, verlor dabei das Gleichgewicht und stolperte vom Fensterbrett nach draußen.

Lucy interpretierte das offenbar als Startsignal, denn Mercer sah noch, wie sie Griffins Ärmel packte und sich hinter ihm herstürzte. Mercer kam als erster unten an und landete flach auf dem Bauch. Es tat weh. Hier unten waren tatsächlich keine Sträucher. Nur normales Gras. Griffin schien noch zu versuchen, seinen Fall mit Magie zu verlangsamen, tat es Mercer jedoch schließlich gleich. Lucy landete als einzige verhältnismäßig elegant und rollte sich gekonnt ab.

Einen Moment lang lagen die beiden Männer nur ächzend im Gras.

„Ich bin auf meiner Pistole gelandet", stöhnte Griffin dann und setzte sich auf.

„Dann trag das blöde Ding eben nicht immer mit dir herum", erwiderte Mercer. „Ist jemand verletzt?" Die Vampirin und der Beschwörer schüttelten den Kopf.

„Wie kommt es, dass *du* nicht verletzt bist?", fragte Griffin Mercer und runzelte die Stirn. „Ich habe Telekinese, aber du..." Mercer grinste nur und sah nach oben, während das Silber unauffällig unter seiner Kleidung verschwand. Aus dem offenen Fenster kamen nun Stimmen zu ihnen hinunter, doch noch schien die Leiche oben alle Aufmerksamkeit für sich zu beanspruchen und niemand sah nach draußen.

„Nun, wo waren wir?", fragte Mercer. „Jetzt sind wir doch bestimmt Freunde, oder?"

„Ich habe keine Freunde", sagte Griffin noch einmal.

„Wir sind zusammen aus einem Fenster gesprungen", erinnerte Lucy ihn.

„Ich finde, das schafft schon so eine gewisse seelische Bindung zwischen uns", pflichtete Mercer ihr bei.

„Du hast mich *gezogen*", korrigierte Griffin Lucy.

„Nur ein bisschen", sagte sie.

„Wenn das ist, wie ihr zwei Freunde definiert, will ich keine."

„Aber wir könnten so viele spannende Dinge zusammen tun", widersprach Mercer, während er aufstand und sich die Kleidung abklopfte. Sie war ganz nass vom nächtlichen Tau. „Wir könnten wandern... oder Asets Licht suchen... oder zusammen ins Kino gehen..." Griffin erstarrte und runzelte die Stirn.

„Mich darauf anzusprechen war die ganze Zeit dein Plan, oder?", fragte er. „Seit du erkannt hast, wer ich bin." Mercer grinste wieder und Lucy grinste mit. Griffin schwieg eine Weile.

„... vielleicht könnte ich mich mit dem Terminus *Partner* anfreunden", lenkte er dann ein.

„Großartig", sagte Mercer und streckte ihm eine Hand hin, die Griffin nach einem Moment des Zögerns ergriff. Der größere Mann zog ihn auf die Füße. Zu dritt machten sie sich auf den Weg zur Straße.

„Kann ich einen von deinen Kaugummi haben?", fragte Mercer.

„Nein", sagte Griffin.

„Aber wir sind doch Partner."

„Ich *wusste*, dass ich das bereuen würde."

Teil III
Die Kolonie der Schatten

Es ist Zeit

Die Tage vergingen. Die Sucher ließen sich mehr Zeit, als sie alle erwartet hatten.

Sally war nicht lange beleidigt. Keine vierundzwanzig Stunden blieb die Heilerin der Stadtwache fern. Sie und Madlen unterhielten sich danach nicht mehr ganz so vertraulich wie zuvor, sie gab sich Mühe, Alba wie Luft zu behandeln und schien Entschuldigungen von *ihnen* zu erwarten, doch sonst war sie wieder ganz sie selbst. Einige Tage, nachdem die Stadtwache den Waffenstillstand mit Alba geschlossen hatte, gerieten Sally und Nick kurz aneinander, doch Lady May ging dazwischen, bevor ein richtiger Streit daraus werden konnte. Die Drachenlady wies beide darauf hin, dass sie immer noch Arbeitskollegen waren, und dass sie, wenn sie schon nicht den Anstand haben konnten, emotionslose Schachfiguren auf ihrem metaphorischen Spielbrett zu sein, doch bitte wenigstens versuchen sollten, sich nicht zu benehmen wie Fünfjährige. Danach wagte es niemand mehr, einen Streit anzufangen.[1]

Dann, einen Monat nach ihrer ersten Begegnung mit der Wache in London, kamen die Sucher nach Undertown. Zweite Runde, Heimspiel.

Der Tag begann mit einem unscheinbaren Morgen. Der Himmel über dem Dachfenster war wieder hellgrau bewölkt, doch es sah nicht nach Regen aus. Madlen, Rouge, Steve und Sally saßen in dem gemeinsamen Esszimmer der Wache im *Black & White* und aßen Obst und kalten, labbrigen Toast, während sie Ween und Nick dabei beobachteten, wie sie versuchten, einen alten Toaster zum Laufen zu bringen, den Kenny irgendwo gefunden hatte. Alba hockte auf ihrem Stuhl und malte gedankenverloren Eisblumen auf die Tischplatte. Die Stadtwache-Magier beachteten sie kaum. Sie hatten sich an die Todesfee gewöhnt, obwohl sie immer noch eisige Luftzüge mitbrachte, wenn sie einen Raum betrat.

Alba blickte auf, als Blake den Raum betrat. Er lächelte, als er sie sah.

„Was machst du hier?", wollte sie wissen.

„Bist du deine eigenen Kochkünste und den ungenießbaren Fraß leid?", erkundigte Rouge sich.

„Was gibt's denn bei euch?", fragte Blake zurück.

„Im Moment?", fragte die Pentheselanerin. „Ungenießbaren Fraß."

---

[1] Es half, dass der Drache bei längerer Betrachtung auch immer mehr wie jemand aussah, der Fünfjährigen zum Frühstück nicht ganz abgeneigt war.

„Ungetoasteter Toast ist gar nicht mal so schlimm", meldete Nick sich.

„Er ist ein Widerspruch in sich", giftete Rouge.

„Sie ist immer so kratzbürstig, wenn sie Hunger hat", meinte Blake nur zu Alba und hängte seinen Mantel über eine Stuhllehne.

„Bist du oft hungrig?", erkundigte Nick sich. Rouge warf ihm einen Blick zu, der Lady Mays Drachen zum Schweigen gebracht hätte, und schenkte sich noch eine Tasse Tee ein. Blake nestelte an seinem Mantel herum und brummte verärgert.

„Alles okay?", fragte Alba.

„Der Tarnzauber ist schon wieder fast aufgebraucht", beschwerte er sich und deutete auf etwas, das im Kragen eingenäht war. „Ich muss ihn aufladen lassen. Und ich bin ohnehin beinahe pleite."

„Nun, das Ding ist eine halbe Ewigkeit alt", erinnerte Rouge ihn. „Alte Zauber müssen öfter aufgeladen werden. So ist das eben. Und den da hast du schon länger als deinen Lehrling. Der vorherige Besitzer hatte ihn vermutlich auch schon eine Weile. Würde mich nicht wundern, wenn er älter ist als Ween. Du könntest dir ja auch einfach einen neuen kaufen." Blake schnaubte verärgert, als hätte sie ihm gerade vorgeschlagen, ein Familienmitglied umzubringen. Rouge lächelte nur unschuldig zurück. Der Schatten sah zu Ween und Nick, die immer noch versuchten, den Toaster zu reparieren.

„Das ist ein Toaster", sagte er. „Was kann man denn bei einem Toaster falsch machen?"

„Du sagst das, als hättest du noch nie Probleme mit Technik gehabt", meinte Rouge. „Und doch erinnere ich mich da an *die Mikrowelle*."

„Was ist denn passiert mit einer Mikrowelle?", wollte Madlen wissen. Alba spitzte die Ohren und hob den Kopf.

„Nichts", antwortete Rouge. „Er kommt nicht mit Mikrowellen klar. Er steht nur davor und guckt blöd. Er hat keine Ahnung, wie man sie bedient, aber aus irgendeinem Grund fragt er auch nicht. Nun, er kommt mit der meisten Menschentechnik nicht klar, aber Mikrowellen sind was Besonderes." Blake brummte beleidigt.

„Aber das stimmt doch. Gut, Lichtschalter hast du mittlerweile kapiert. Züge auch. Aber sonst? Du kannst kaum mit Computern umgehen, Autos sind dir nicht geheuer, und mit Haushaltsgeräten will ich gar nicht erst anfangen." Das Brummen wurde lauter und hatte immer mehr von einem Knurren, während Blake eine Schüssel mit Obst durchstöberte. Alba bemerkte, dass Madlen unsicher zwischen den beiden Dämonen hin und her sah. Rouge warf der Nichtmagierin einen freundlichen Blick zu.

„Vor ein paar Jahren haben wir ihm ein Handy geschenkt", erklärte sie. „Du kannst dir nicht vorstellen, was das für ein Abenteuer war." Blake schnaubte und biss ein großes Stück von einem Apfel ab. „Willst du auch was über sie hören, Madlen?", fragte er kauend und musterte den Apfel.[1]

„Gerne", sagte sie.

„Rouge trägt die Brille nicht nur, um für einen Menschen gehalten zu werden und sie bei Gelegenheit für den dramatischen Effekt abzunehmen. Sie ist blind wie ein Maulwurf ohne sie."

„Sehr witzig", murmelte die Konstrukteurin.

„Wenn man schon mal gesehen hat, wie du ohne Brille versuchst, eine Uhr zu lesen", sagte Blake. „Ja, ist es."

„Habt ihr die Geisterrufer damals eigentlich letzten Endes gekriegt?", wollte Madlen wissen. Der Toaster funktionierte immer noch nicht, also aßen sie den Toast so.

„Haben wir", antwortete Rouge.

„Rouge hat sich drum gekümmert, als die anderen ihr Rückendeckung gegeben haben", sagte Ween. „Ohne Erlaubnis wohlgemerkt. Aber sie ist zu gut in ihrem Job, als dass die Wache sich erlauben könnte, sie zu feuern."

„Gekümmert?", wiederholte Madlen, obwohl sie es schon ahnte. Ein Lächeln legte sich auf Rouges Gesicht wie ein Eishauch. Sie griff nach der Schwertscheide, die immer an ihrem Gürtel hing, und zog die Waffe ein paar Zentimeter heraus. Die Klinge glänzte rein und hell, so gepflegt wie das Operationsbesteck eines Chirurgen.

Madlen lief ein Schauder über den Rücken.

„Weißt du, meine Liebe", sagte Rouge. Ihre Stimme klang so ruhig und gelassen wie immer. „Ich mag es wirklich nicht, wenn man meinen Freunden etwas antut. Gut. Malcolm mochte mich nicht sonderlich, glaube ich. Aber er und Ackermann und ich haben zusammen gearbeitet und gekämpft. Das ist näher an einer Freundschaft, als die meisten Leute es bei mir sind."

---

[1] Nicht, dass Schatten besonders gut kauen konnten mit ihren Nadelzähnen.

Madlen schwieg und versuchte, sich damit abzufinden, dass sie einer Mörderin gegenüber saß, auch wenn die Magier, die sie getötet hatte, nicht sonderlich nett gewesen waren. Sie wollte Rouge nicht hassen. Sie wollte daran glauben, dass sie eine von den Guten war. Aber manchmal machte sie es einem schon ziemlich schwer.

„Manchmal glaube ich, Rouge ist der einzige Grund, warum wir und insbesondere ich noch leben", sagte Blake zu Madlen. „Übrigens kein Grund, so blass zu werden, als wäre Lady Mays Drache gerade aufgetaucht."

„Du magst ihn wirklich nicht, oder?", fragte die Nichtmagierin, froh um die Ablenkung. Er nickte.

„Ich habe immer das Gefühl, dass er nur darauf wartet, mich zu fressen. Wie auch immer, was ich eigentlich sagen wollte: Madlen, solange du nicht versuchst, einen von uns zu erstechen, während Rouge in der Nähe ist, sollte alles in Ordnung sein."

Madlen spazierte, begleitet von Nick und Alba, durch die Altstadt. Rouge wollte sie nicht mehr mit dem Bronzeschlüssel alleine lassen. Madlen beklagte sich nicht. Alba hatte Blake und sie offenbar zu ihren Lieblingssterblichen ernannt und der Zombiejäger war auch ein netter Kerl.

Ein leuchtend roter Klecks tauchte zwischen den anderen Passanten auf. Er stellte sich als Rouges Haare heraus. Kenny stand neben ihr und zeigte in Madlens Richtung. Seine gräuliche Haut sah im Tageslicht noch ungesunder aus als sonst. Alba blieb stehen und winkte den beiden. Rouge sah angespannt aus. Als die Dämonin in ihre Richtung kam, gingen die anderen ihr entgegen.

„Was ist los?", fragte Nick die Pentheselanerin, sobald sie in Hörweite war.

„Die Sucher", sagte Rouge nur. „Sie wollen sich den Bronzeschlüssel holen. Heute. Crazy Joe hatte eine Vision. Nicht viel, aber er ist sicher. Er hat mich angerufen." Madlen spürte, wie sie blass wurde, doch sie zwang sich, ganz ruhig zu bleiben. Sie suchten sich eine ruhigere Ecke neben dem Eingang zu einem Laden, wo Rouge mit ihren Erklärungen fortfuhr.

„Sie benutzen die Karte, um den Bronzeschlüssel aufzuspüren", berichtete die Stadtwache-Magierin. „Ich hatte Glück, dass Kenny eine Ahnung hatte, wo ihr hin seid."

„Was machen wir jetzt?", fragte Madlen.

„Joe telefoniert rum. Er versucht, die anderen zu erreichen. Aber der Empfang ist mal wieder schlecht, euch konnte er auch nicht erreichen. Wir suchen die Gasse, die er in seiner Vision gesehen hat, und verstecken uns dort in der Nähe." Madlen nickte, doch Rouge beachtete sie kaum.

Sie gingen schnell und nahmen einen Weg durch weniger belebte Straßen, um schneller voranzukommen. Madlen nahm Alba an der Hand, um sie nicht zu verlieren.

„Ihr beiden seid niedlich", sagte eine Stimme hinter ihnen. Madlen quietschte und wirbelte herum. Alba war weniger beeindruckt. Vermutlich hatte sie Blakes Tarnzauber leicht durchschaut.

Der Schatten machte sich wieder sichtbar. Er grinste. Natürlich.

Zumindest einer, der gute Laune hat, dachte Madlen. Ween war nur ein Dutzend Meter hinter seinem Lehrmeister und joggte auf sie zu.

„Es geht also endlich weiter", sagte Blake. Es fehlte wohl nicht viel, und er hätte fröhlich in die Hände geklatscht.

„Du hast es erfasst", meinte Rouge. „Ich will, dass Waffen und Magie bereit sind. Madlen, du... ach, ich weiß nicht. Drück uns die Daumen."

Der Hinterhalt

Madlen spürte die kleine Kugel, die der Bronzeschlüssel war, in ihrer Hosentasche. Sie war warm von ihrer Hand. Die anderen – Ween, Blake, Rouge, Kenny, Alba und Nick – sprachen kein Wort.

Die Gasse war schmal und karg, es gab nur einige Hintertüren und Mülleimer. Sie war nicht mehr als eine schnelle Abkürzung zwischen den beiden Straßen vor und hinter ihnen. Außer ihnen selbst und einem Menschen, der schon einmal ein paar Gassen zuvor an ihnen vorbeigegangen war und ihnen nun entgegenkam, war niemand hier.

Vor ihnen machte die Gasse irgendwann eine Biegung. Blake und die Stadtwache-Magier ließen sich nicht anmerken, ob sie angespannt waren. Madlen selbst war es definitiv, aber sie würde es sich nie verzeihen können, wenn sie nun zusammenbrach. Sie näherten sich der Kurve, wo sie auf eine größere Straße hinaustreten würden. Ihr fiel auf, wie leise es war dafür, dass sie nur Meter von der belebten Innenstadt entfernt waren.

Sie folgten der Gasse, passierten ein paar Holzkisten und erstarrten in der Kurve. Direkt vor ihnen hätte die Gasse auf die nächste Straße treffen sollen. Doch da war nichts. Nur eine grobe Mauer, so hoch wie die Häuser um sie herum. Die Steine ragten teils mehrere Zentimeter aus dem Mörtel heraus, als hätte jemand sie eilig aufgeschichtet, um die beiden Straßen zu trennen.

„Nun", durchbrach Nick die Stille. „Das ist definitiv ungewöhnlich."

„Ich habe schon wandernde Häuser in dieser Stadt gesehen", meinte Kenny. „Manchmal wird ihnen langweilig."

„Wandernde Häuser, wie auch immer", sagte Rouge. „Aber woher kam dann der Typ eben? Das hier ist die Arbeit eines Konstrukteurs. *Sie* sind hier. Es passiert *jetzt*." Sie sahen zum anderen Ende der Gasse zurück. Der Mensch, der ihnen eben entgegen gekommen war, kniete auf dem Kopfsteinpflaster. Sein Kinn war ihm auf die Brust gesunken. Seine Hände lagen auf einer neuen Steinmauer, die wie ein lebendes Wesen pulsierte und an einigen Stellen bereits zwei Meter aus dem Boden ragte.

„Nick", sagte Rouge, ohne den Mann aus den Augen zu lassen. Der Zombiejäger nahm einen Lichtzauber, wie die Stadtwache sie als Signalraketen benutzte, aus seiner Tasche, aktivierte ihn und schleuderte das aufflammende Licht nach oben, in den blassgrauen Himmel hinein.

„Beeindruckend, nicht?", fragte er, als er und Madlen dem orange glühenden Energieball nachsahen. „Hoffentlich sieht es einer von der Stadtwache."

Madlen richtete ihre Aufmerksamkeit wieder auf die Geschehnisse am Boden und sah noch, wie etwas sich an der Mauer neben ihnen ausbreitete, eine metallisch glänzende Fläche, doch bevor sie etwas sagen konnte, schoss etwas daraus heraus und schleuderte Ween in eine Wand.

Der Golem richtete sich zu seiner vollen Größe auf, ballte seine vier Hände zu Fäusten und sah sich in der Gasse um.

„Wo kam *das* her?", fragte Kenny entgeistert.

„Hattest du den nicht geköpft?", wollte Blake von Rouge wissen.

„Ich *habe* ihn geköpft", erwiderte sie, zog ihr Schwert und trieb das Wesen von Ween weg.

In Madlens Augenwinkel bewegte sich etwas, und als sie herumwirbelte, sah sie, dass die glänzende Fläche nun etwa die Größe einer schmalen Tür hatte. Sie bewegte sich ständig, silbrige Tropfen fielen auf das Kopfsteinpflaster und altmodische Ornamente flossen an den Rändern ineinander. In der Mitte aber lag eine ruhige Fläche, die sich nur leicht kräuselte. Das Gebilde ließ Madlen an einen Spiegel denken, doch hinter ihrem Spiegelbild verbarg sich etwas Anderes, ein dunkler Raum, in dem mehrere Gestalten standen und zu ihr nach draußen blickten.

Sie meinte sich daran zu erinnern, dass Blake und Ween einen Spiegel im Zusammenhang mit Griffin erwähnt hatten. Es sah so aus, als würde der Mann, der Verbrecher, den sie nie getroffen hatte, seine alten Tricks immer noch bevorzugen.

Zwei weitere Sucher traten durch den nun vollständigen Spiegel in die Gasse. Nein, es war kein Spiegel. Es war ein Fenster. Madlen kannte den hochgewachsenen Mann, sie hatte ihn in London gesehen, und von der Frau mit der grauen Fuchsmaske hatte sie gehört.

Innerhalb von Sekunden verlor Madlen den Überblick. Um sie herum kämpften die anderen, Schwerter trafen aufeinander und Magie flog durch die Luft. Doch die Stadtwache schlug sich gut. Als Rouge die beiden anderen Sucher sah, überließ sie den Golem Ween und Blake. Nick hielt den Konstrukteur auf, der vom anderen Ende der Gasse auf sie zukam.

Der Konstrukteur, dachte Madlen. Er musste sie erkannt und seinen

Verbündeten verraten haben, wo sie waren.

Das erste, was sie hörten, war ein Rauschen. Dann ein donnerndes Brüllen. Und für einen Moment unterbrachen die Sucher und die Stadtwache ihren Kampf und sahen nach oben. Etwas landete mit einem Ruck auf einem Dach. Seine Beine pflügten durch die spröden Ziegel und eine kleine Lawine aus Tonsplittern regnete auf die Gasse hinunter.

Jemand – Kenny – zog Madlen zur Seite. Sie sah, wie Mercer sein Schwert sinken ließ. Auf seinem Gesicht hatte sich ein anerkennendes und leicht nervöses Lächeln ausgebreitet. Er schien ständig zu lächeln.

Der Drache war riesig. Zu groß, um in der Gasse zu landen. Er kletterte weiter über das Dach, mit peitschendem Schweif das Gleichgewicht haltend und immer noch brüllend.

„Er ist doch auf unserer Seite, oder?", flüsterte Madlen.

„Er ist ein Drache", antwortete Kenny ihr. „Er ist auf niemandes Seite. Nur auf der seines Reiters." Madlen beobachtete den Drachen, der immer noch die Aufmerksamkeit aller hatte. Jedes Mal, wenn er sich bewegte, zersprangen mehrere dutzend Dachziegel unter seinem Gewicht.

„Da ist kein Reiter", stellte sie fest. „Er ist allein."

„Dann sollten wir vorsichtig sein", sagte Kenny. Das gewaltige Tier drehte sich um und ließ seinen Schweif durch die Gasse sausen wie ein tödliches Pendel. Die Magier warfen sich zur Seite, doch der Konstrukteur, der die Mauern errichtet hatte, war zu langsam, wurde getroffen und durch die Luft geschleudert.

Der Drache breitete seine Schwingen aus, um das Gleichgewicht zu halten, und beugte sich weit über die Gasse. Der Himmel verschwand hinter seinen Flügeln. Lady Mays Gefährte öffnete sein Maul. Madlen kniff die Augen zusammen. Sie meinte zu erkennen, dass die Luft in Schlieren in seinem Rachen waberte. Sie brauchte eine Sekunde, um zu begreifen, dass sie kochend heiß war.

„... nicht dein Ernst, oder?", hörte sie Blake murmeln, bevor sich ein ohrenbetäubendes Brüllen erhob. Oranges Licht schoss aus dem Maul des Drachen.

Jemand rief etwas und warf sich gegen Madlen und sie wurde mitgerissen und fiel durch etwas Kaltes.

Sie rollten ein Stück über kalten, harten Boden. Madlen zappelte und traf die andere Person mit dem Ellbogen. Sie hörte ein Stöhnen, dann rollte der Jemand von ihr herunter. Es war dunkel hier. Die gleißend hellen Flammen hatten sie geblendet. Muster aus leuchtenden Punkten tanzten vor ihren Augen. Irgendwie ordnete Madlen ihre Gliedmaßen und rappelte sich auf.

Da waren noch mehr Leute im Raum. Sie konnte nicht erkennen, wie viele, aber sie standen um sie herum und schienen gerade vor ihnen zurückgewichen zu sein.

Nach ein paar Sekunden gewöhnten ihre Augen sich an die Lichtverhältnisse. Vor ihr war mehr Licht. Erst dachte sie an eine geöffnete Tür, doch dann wurde ihr klar, wo sie war. Die andere Seite des Spiegels. Sie war hindurch gestürzt.

Madlen sah hinüber in die Gasse. Der Unrat im Rinnstein schwelte vor sich hin. Sie konnte Rauch riechen. Kenny trat ins Bild. Er schien nicht verletzt zu sein. Er musste irgendwo Deckung gefunden haben. Der Barkeeper sah zu ihnen in den Spiegel, sah Madlen und machte instinktiv einen Schritt nach vorn, um ihr zu helfen.

Die junge Frau hörte einen zerfetzenden Knall neben sich und zuckte zusammen. Kenny taumelte ein Stück zurück, hielt nur mühsam das Gleichgewicht, und Madlen meinte, etwas aus seiner Schulter spritzen zu sehen.

Sie drehte den Kopf und sah, dass schräg hinter ihr ein Mann stand. In den Händen hielt er eine Pistole. Neben Madlen schrie jemand wutentbrannt auf, die Person, die sich und Madlen durch den Spiegel vor dem Feuer gerettet hatte. Der Jemand schleuderte sich gegen den Mann und versuchte, ihm die Waffe aus den Händen zu reissen. Es gab ein dumpfes Geräusch, als der Mann ihm einen Hieb in die Rippen versetzte und er wieder zu Boden ging. Madlen erkannte, dass es Ween war.

Der andere Mann hob die Pistole wieder und legte an. Die zweite Kugel durchschlug Kennys Hals, seine Beine gaben nach und er brach zusammen.

Blake wischte die Dunkelheit, hinter der er sich versteckt hatte, zur Seite und sah sich in der Gasse um. Rouge und Nick waren vor dem Feuer in Deckung gegangen. Mercer hatte für Lucy und sich einen großen Schild aus Silber erschaffen, der an den Rändern noch rot glühte. Der Sucher ließ das Metall wieder verschwinden und kickte ein brennendes Stück Müll weg. Er schien verärgert, doch zumindest sah er nicht so aus, als sei er gerade durch die Hölle gegangen. Blake war sich nicht

ganz sicher, aber es konnte durchaus sein, dass sein Mantel brannte.
Die anderen waren nirgends zu sehen. Der Drache gab ein tiefes Brummen von sich. Das Schuppentier machte sich nicht die Mühe, ihm oder den Stadtwache-Magiern einen entschuldigenden Blick zuzuwerfen. Stattdessen verlagerte es sein Gewicht auf dem Dach und senkte seinen massigen Kopf in die Gasse hinab, bis es den beiden Suchern direkt in die Augen sehen konnte.

Die Vampirin hob nur die Hand. Erst jetzt sah Blake, dass an ihrem Unterarm etwas festgeschnallt war, das fast wie ein Handschuh aus Messing oder eine kleine Armbrust aussah. Kränklich grüne Funken wirbelten um den Messingzauber. Etwas passierte. Die Sucher waren zu ruhig. Wenn Blake an ihrer Stelle gewesen wäre, hätte er so schnell wie möglich die Fliege gemacht.

Der Drache öffnete sein Maul, vermutlich, um die beiden zu verschlingen, als die Vampirin einen Abzug betätigte und es leise klickte.

Ekelhaft gelbgrünes Feuer schoss aus ihrem Handschuh. Der Drache drehte den Kopf weg, sodass es ihn am Hals traf, und brüllte wütend. Seine Schuppen waren schwarz verrußt, wo das magische Geschoss ihn getroffen hatte. Es reichte nicht einmal annähernd aus, um seinen Panzer zu durchbrechen, doch er war verärgert.

Das Ungeheuer warf seinen Kopf hin und her und ließ sich dann noch weiter in die Gasse hinunter. Die beiden Sucher warfen sich zur Seite, um nicht von ihm zermalmt zu werden, und Blake nutzte die Gelegenheit kurzerhand, sich umzudrehen und zum Spiegel zu laufen.

Kenny lag reglos auf dem Boden. Was auch immer ihn angegriffen hatte, musste im Spiegel sein. Dunkelheit loderte in Blakes Händen auf, als er vor dem Spiegel stoppte, bereit, jemandem seine Magie ins Gesicht zu werfen – dann sah er den Pistolenlauf, fluchte und warf sich wieder weg von dem Spiegel und aus dem Blickfeld des Schützen.

Er drückte sich mit dem Rücken gegen die Wand und sah zu dem magischen Tor, das jetzt neben ihm war. Ein paar Meter entfernt, mit dem Rücken an derselben Wand, stand Rouge, ihr wirres Haar das einzige Anzeichen dafür, dass sie sich mitten in einem Schlachtfeld befand.

„Dein Mantel brennt", informierte sie ihn, ein zuckersüßes Lächeln auf dem schmalen Gesicht.

„Deine Haare sind ein einziges Chaos", erwiderte er und klopfte die schwelende Stelle an seiner Schulter mit dem Ärmel aus.

Hinter Rouge hob der Golem zwei Paar Fäuste. Blake wollte die

Pentheselanerin warnen, doch sie ließ sich an der Wand ein Stück nach unten rutschen und ging in die Hocke, sodass die Schläge nur die Mauer über ihr trafen.

In einer fließenden Bewegung richtete Rouge sich neben dem Golem wieder auf und ließ ihr Schwert auf ihn niederfahren. Er wirbelte zu ihr herum, doch die rothaarige Frau tänzelte mühelos aus seiner Reichweite. Neben Blake tauchte Nick auf. Seine Kleidung war mit Ruß bedeckt und er hatte wieder einmal seinen Hut verloren. Alba allerdings konnte Blake nirgends entdecken.

„Gib mir Deckung", zischte der Zombiejäger und hob beide Hände. Blake drehte sich um sich selbst und sah sich um, doch im Moment kümmerte sich niemand um sie. Der Drache zwang Mercer und Lucy, Haken zu schlagen wie panische Hasen, ein Schauspiel, das er nur zu gern weiterverfolgt hätte. Rouge kümmerte sich um den Golem. Von den Dächern ging ein stetiger Regen aus Staub und Tonbrocken auf sie alle nieder. Noch immer splitterten bei jeder Bewegung des Drachen die Dachschindeln unter seinen Füßen. Ween und das Mädchen waren nirgends zu sehen.

Nick krümmte die Finger. Seine Magie gab Kennys Körper einen Schubs und katapultierte ihn von dem Spiegel weg. Es sah nicht elegant aus, aber es erfüllte seinen Zweck. Der Barkeeper bewegte sich noch immer nicht. Blake machte sich keine großen Hoffnungen, dass er noch lebte.

Der Drache brüllte. Sie drehten sich um und sahen, was die Vampirin getan hatte. Sie hatte begriffen, dass sie seine Schuppen mit ihrer Waffe nicht durchdringen konnte und stattdessen auf seine Flügel geschossen, die weit schwächer gepanzert waren. Das widerliche grüne Feuer, irgendwie so verzaubert, dass es auch Wesen mit Lichtmagie verletzen konnte, hatte sich durch die zähe Flughaut gebrannt. Blake sah verschmortes Fleisch und Löcher von der Größe einer menschlichen Handfläche.

Der Schweif des Drachen peitschte durch die Gasse. Mercer zerrte seine Vampirfreundin von dem wütenden Tier weg und kam zu Blake und Nick herübergelaufen, auf den Spiegel zu.

Der Drache riss sein Maul auf. Wieder rauschte ein Feuersturm durch die Gasse. Blake und Nick drehten sich weg und rissen mit ihrer jeweiligen Magie schützende Barrieren um sich hoch. Als es vorbei war, hörte Blake den Zombiejäger neben sich fluchen und sah zum Spiegel. Ein

Mann war daraus in die Gasse getreten, ein Mensch. Anders als beim letzten Mal, als sie sich gesehen hatten, war sein kurzes Haar vollkommen grau.

Rouge war für einen Moment erstarrt, aus ihrem Tanz gebrochen. Der Golem zwang sie, vor einem geschwungenen Hieb zurückzuweichen. Blake sah, wie der Mann eine Pistole hob und begriff, was Kenny getötet hatte. Im nächsten Moment zerriss ein weiterer Schuss die Luft. Die Kugel traf Rouge im Brustkorb.

Die Wucht des Schusses ließ sie zurückstolpern. Ihre Augen weiteten sich vor Schock und Schmerz. Sie stolperte und fiel auf den Rücken. Der Golem ging an ihr vorbei zu dem grauhaarigen Sucher.

Mercer stand jetzt neben dem Mann mit dem grauen Haar, eine silberne Klinge in den Händen, und Lucy musste bereits wieder durch den Spiegel getreten sein. Der Golem folgte ihr. Die Pistole war jetzt auf Nick, den letzten stehenden Stadtwache-Magier, und Blake gerichtet. Mercer sah Blake an und hob in einer entschuldigenden Geste die Hände.

„Wir gehen", sagte er zu dem anderen Sucher, ohne den Schatten aus den Augen zu lassen. Der Schütze verschwand hinter ihm. Mercer warf einen letzten Blick in die Gasse und folgte ihm dann rückwärts. Er trat durch den Spiegel wie durch einen Wasserfall. Das durchsichtige Material wurde langsam wieder zu normalem Silber. Sie schlossen das Tor. Mercer stand auf der anderen Seite, nur Zentimeter davon entfernt. Seine Gestalt wurde undeutlicher und langsam durch das Spiegelbild der vollkommen verwüsteten Gasse ersetzt. Blake konnte noch sein ewiges Lächeln erkennen.

„*Nein*", knurrte Blake. Um ihn herum loderte Dunkelheit auf. Nick legte von hinten einen Arm um seinen Hals und versuchte, ihn festzuhalten. Es gelang ihm nicht. Der Schatten riss sich los und schleuderte den Zombiejäger davon. Er hatte ihn nicht so heftig treffen wollen, nicht wirklich, doch um ihn pulsierte die Dunkelmagie, zornig und tödlich, und katapultierte ihn nach vorn.

Blakes Faust durchschlug den Spiegel, der schon beinahe wieder in seiner ursprünglichen Form erstarrt war. Scherben flogen durch die Luft. Einen Sekundenbruchteil später krachten Blakes Knöchel in Mercers dummes Grinsen. Der Schwung trug sie beide durch den Raum und als sie auf dem Boden landeten, war Mercer unten und Blake ließ seine Fäuste auf ihn regnen.

Der Spiegel war wieder verschwunden. Das Silber hatte den Blick auf die andere Seite verdeckt, und dann hatte irgendjemand den Zauber deaktiviert, damit man ihnen nicht mehr folgen konnte. Von dem Tor war nur noch schwarzer Staub übrig.

Als Nick schwankend wieder auf die Beine kam, war es still in der Gasse. Draußen hörte er Lärm. Die Stadtwache bahnte sich ihren Weg zu ihnen. Der Drache hockte wütend und stumm am anderen Ende der Gasse.

Und Alba war nirgends zu entdecken.

Alte Feinde

Jemand drückte den Lauf einer Pistole gegen Blakes Kopf. Es war still in dem halbdunklen Raum, bis auf sein eigenes tiefes Knurren, das leiser wurde und verstummte, als er die Fäuste sinken ließ und aufstand. Blake bewegte sich sehr langsam, wie jemand, der eine Sprengstoffweste trug.

Mercer rutschte so schnell wie möglich von ihm weg und rappelte sich stöhnend auf. Seine Lippe war aufgerissen, da war Blut auf seinem Gesicht und er hatte ein beeindruckendes blaues Auge. Vielleicht war auch ein Knochen gebrochen. Zwei Leute packten Blake und zerrten ihn ein Stück zurück. Die Pistole war immer noch an seinem Kopf. Jemand gab Mercer einen Heilzauber. Das Modell kam Blake bekannt vor.

„Mann", murmelte Mercer und brach das Schweigen. „Das war nicht sehr nett."

Die Dunkelheit war wieder um Blake herum, dünn, aber trotzdem nicht harmlos.

Blake, sagte eine hohe Kinderstimme in seinem Kopf. Kälte schoss von seiner Hand bis in seine Knochen, als hätte etwas Eisiges gerade nach seiner Hand gegriffen. Er zuckte zusammen und sah sich um, doch niemand war zu sehen. Alba. Sie musste wieder ihre Nebelform angenommen haben.

„Was... ?", murmelte er, zu leise, als dass es einer der Sucher hätte hören können, und zwang sich, darauf zu warten, dass die Banshee wieder etwas sagte. Vermutlich fiel es ihr ausgesprochen schwer, ihm ihre Gedanken zu zeigen, taube Nuss, die er war. Die anderen schienen nichts zu bemerken. Mercer war mit seinen Wunden beschäftigt. Der Mann mit der Pistole trat einen Schritt zurück.

Du musst dich beruhigen, wisperte Alba. *Sie sind zu viele. Denk lieber nach.* Der Atem der Lebenden im Raum war wieder weiß, doch niemand achtete darauf. Blake versuchte, seine Hand wegzuziehen, doch die Kälte blieb.

Glaubst du nicht auch, sagte Alba eindringlich und senkte die Temperatur im Raum weiter. *Dass ich es gemerkt hätte, wenn in der Gasse jemand gestorben wäre? Sie sind okay. Rouge ist okay. Und jetzt hör auf. Es ist schon schwer genug, telepathisch mit dir zu sprechen, vertrau mir wenigstens.* Er schwieg einen Moment und seufzte dann. Die Dunkelheit verflüchtete sich. Mercer entspannte sich sichtlich.

Im Augenwinkel sah Blake Madlen und Ween. Madlen schien, abgesehen von ein paar Kratzern, unverletzt zu sein, doch Ween stand vornübergebeugt da und verzog das Gesicht. Jemand hatte ihn geschlagen. Lucy schien seine Taschen gelehrt zu haben und war gerade auf die Glühbirne und den kleinen, rostigen Schlüssel gestoßen, mit dem er vor neun Jahren die Hintertür zu Griffins Versteck geöffnet hatte. Sie legte beides weg, um dann etwas Anderes in die Hand zu nehmen und zu untersuchen. Blake kniff die Augen zusammen. Es war der *andere* Schlüssel, der, wegen dem sie alle hier waren.

„Ist er das?", fragte der Mann, der dem Schatten die Pistole an den Kopf hielt. Die Vampirin nickte und drehte die Bronzekugel neugierig hin und her.

Ein kleiner Teil von Blakes Gehirn begriff, dass der Heilzauber, den Mercer benutzte, Madlen gehört hatte. Es war der von ihrer kleinen Geisterbeschwörung. Sie hatte ihn wohl nie zurückgegeben. Die Sucher mussten ihn ihr zusammen mit dem Bronzeschlüssel abgenommen haben.

„*Sie* hatte den Bronzeschlüssel?", fragte Mercer und legte den Kopf schief. „Das ist idiotisch. Das machen die Leute in Filmen. Weil angeblich niemand darauf kommt, dass das schwächste Mitglied der Truppe den McGuffin hat."

„McGuffin?", wiederholte Lucy.

„Hitchcock", erklärte Madlen automatisch. „Ein McGuffin ist ein Objekt, das alle haben wollen, das aber eigentlich total langweilig ist."

„Danke", sagte Mercer, dessen Gesicht wieder vollkommen verheilt war, abgesehen von einer kleinen, blassen Narbe dicht an seinem Auge. Madlens Heilzauber musste deutlich mächtiger sein als der Trank, den Sally Ween einige Wochen zuvor gegeben hatte.

Blake musterte den Mann mit dem grauen Haar und der Pistole und sagte nichts.

„Wie du sehen kannst, ist die Stadtwache nicht die einzige Gruppe, die Verstärkung auf den Plan rufen kann", sagte Mercer hilfsbereit zu dem Schatten. „Die meisten Leute hier sind Söldner. Aber er hier ist unser Experte, er–"

„Wir kennen uns", unterbrach der Mann ihn schroff und nahm den leeren Heilzauber wieder von Mercer entgegen.

„Richtig", knurrte Blake feindselig. „Ich sehe, du erschießt immer noch Leute. 9mm SIG Sauer, richtig?"

„Ha", sagte Ween leise. „An die Waffe erinnert er sich nur wegen *mir*."
Niemand beachtete ihn. Blake und Griffin starrten sich gegenseitig mit den grimmigen Mienen an, die sie für alte Feinde reserviert hatten.

Verdammt

Der Himmel war grau. Es war kein unheilvolles Grau, mehr ein nachdenkliches und milde verstimmtes. Nach oben zu sehen war fast entspannend. Der Boden unten war nur kalt und unbequem.

„Verdammt", sagte Rouge leise zu dem Himmel. Es war das einzige, was ihr einfiel.

In ihrer Brust war ein pochender Schmerz. Jemand kniete neben ihr. Sie drehte den Kopf und runzelte die Stirn.

Irgendwie war ihr nie aufgefallen, dass er gelbe Augen hatte.

„Du", krächzte sie. „Warst du nicht tot? Du wurdest erschossen."

„Schwierige Frage", meinte Kenny. Er hatte eine Hand auf die Wunde an seinem Hals gedrückt. „Erinnerst du dich an all die Geschichten?"

„Die Geschichten über dich?"

„Ja. Die Zombiegeschichten. Wie es aussieht, sind sie wahr."

„Dann *bist* du tot." Sie war nicht allzu überrascht. Nicht in einer Stadt wie dieser.

„Es ist weniger dramatisch, als es klingt." Kenny warf Nick, der neben ihnen stand, einen Blick zu. Nicholas Miller sah nur unglaublich erleichtert aus.

„Es gibt Gründe, warum ich es den meisten Leuten nicht sage", erklärte der Barkeeper. Der Stadtwache-Magier nickte.

„Tote sind nicht die beliebtesten Leute in dieser Stadt", meinte er.

„Die Erfahrung habe ich auch schon gemacht", sagte Kenny. „Sag, Zombiejäger, hast du vor, zu versuchen, mich doch noch ins Grab zu bringen?"

„Nicht, solange du dich benimmst", erwiderte Nick.

„Gut." Kenny wandte sich wieder an Rouge. „Aber wie kommt es, dass *du* lebst? Du wurdest immerhin auch erschossen."

„Meine Geschichte ist kürzer", sagte sie und öffnete mit einer Hand den Reißverschluss ihrer roten Lederjacke. Darunter trug sie eine schwarze Weste. Ungeschickt pulte sie mit den Fingern ein Stück Blei aus ihrer Kleidung.

„Kugelsichere Weste", erklärte sie. „Ich war bei einer Station der Regierungsmagier, als ich die Nachricht von Joe bekam, und habe mir eine geliehen, weil ich mich noch gut an Griffins SIG Sauer erinnern konnte." Nick gab ein anerkennendes Geräusch von sich.

„Wissen sie, dass du sie dir geliehen hast?", fragte er.

„Nein." Sie steckte einen Zeigefinger durch das kleine Loch in ihrer Jacke und zog verärgert die Augenbrauen zusammen. „Dieser Idiot hat meine Jacke ruiniert."

Sie unternahm einen Versuch, sich aufzusetzen, doch ihre schmerzenden Rippen machten ihr einen Strich durch die Rechnung. Vermutlich war eine gebrochen. Davor schützten die Westen nicht. Sie verzog das Gesicht und versuchte, so flach wie möglich zu atmen. Wenn sie schon kaum atmen konnte, wie sollte sie aufstehen?

Der Drache am anderen Ende der Gasse hatte seinen riesigen Kopf in ihre Richtung geschwenkt. Sein verletzter Flügel war vorsichtig abgewinkelt. Die Mimik eines Drachen zu lesen war eine Kunst für sich, aber er wirkte fast erleichtert darüber, dass sie lebte.

Die Stadtwache hatte die Gasse vollständig abgeriegelt. Der verletzte Konstrukteur, der die Mauern errichtet hatte, war in einem benachbarten Haus untergebracht worden. Er hatte mehr gebrochene Knochen als heile. Es machte nicht eben Spaß, den Schwanz eines Drachen ins Gesicht zu bekommen. Sie würden später mit ihm reden.

Rouge saß, eine Decke über den Schultern und eine unaufhörlich schimpfende Sally neben sich, auf einem Klapphocker und beobachtete die Spurensicherung. Eigentlich gehörte sie ins Krankenhaus, doch man hatte ihr erlaubt, zu bleiben, solange Sally sie beaufsichtigte. Sie wollte wissen, wie es weiterging.

Rouge verstand nicht allzu viel von der Arbeit der Forensiker – Schwerter fand sie interessanter – doch sie begriff, dass es offenbar so gut wie unmöglich war, den zerstörten Zauberspiegel zu seinem Gegenstück zurückzuverfolgen.

Die Dinge schienen sich zu wiederholen. Schon wieder war die Auflösung des Falls hinter einem Spiegel verschwunden. Blake, Ween und das Mädchen ebenso. Und, zur Überraschung aller, die Banshee.

Lady May kam zu ihnen herüber. Es dämmerte und war wieder kühl geworden. Die Lady trug einen braunen Mantel mit Pelzkragen. In einer Hand hielt sie ihr verzaubertes Thermosflaschenäquivalent.

„Wie geht es dir?", wollte die ältere Frau wissen.

„Gut", antwortete Rouge nur.

„Rouge, du hast eine gebrochene Rippe", protestierte Sally.

„Vielleicht, aber ich habe keine verletzten Organe oder innere Blutungen. Nur ein bisschen gesplitterter Kalk."

„Dafür tut es aber weh", entgegnete die Heilerin. „Außerdem ist es nicht nur Kalk." May seufzte, setzte sich neben sie und drückte Rouge die Thermosflasche in die Hände.

„Danke", murmelte Rouge. Wenn die Drachenlady sich so mütterlich benahm, bedeutete das, dass sie Schuldgefühle hatte. Die Stadtwache hatte wieder viel zu lange gebraucht.

„Und dieser Typ – Griffin", sagte Sally. „Er ist also eindeutig am Leben?"

„Ja", bestätigte Rouge. „Jedenfalls wissen wir jetzt ganz sicher, wer die Sucher mit Fachwissen versorgt. *Nicht tot* scheint die Erkenntnis des Tages zu sein. Apropos, wie geht es Nick und Kenny?"

„Nick geht es gut", erklärte Lady May. „Kenny scheint auch in Ordnung zu sein, aber er ist so schnell wie möglich verschwunden."

„Wahrscheinlich wollte er nicht untersucht werden."

„Das wäre verständlich", stimmte die Drachenlady ihr zu. Rouge entschied sich dagegen, zu fragen, ob ihre Kommandantin gewusst hatte, dass Kenny nicht im traditionellen Sinn am Leben war.

„Wegen der kleinen Banshee", begann Sally. „Könnte man nicht ihre Verbindung zu Nick nutzen, um sie zu finden?" Ihr Ton war gezwungen gefühllos und sachlich.

„Daran hatten wir auch schon gedacht", antwortete May. „Aber es ist kompliziert. Die Stadtwache hat sich nicht auf Geister spezialisiert. Wir bekämpfen das Verbrechen."

„Wir könnten Crazy Joe fragen", schlug Sally beharrlich vor.

„Das werden wir", sagte May. „Aber macht euch lieber keine zu großen Hoffnungen. Wir wissen alle, wie unzuverlässig seine Fähigkeiten sind." Die Heilerin schnaubte leise und ließ sich von Rouge die Thermosflasche geben.

„Und was bitte tun wir dann?", fragte Sally.

„Wir befragen den Konstrukteur", sagte May. „Wir informieren uns über diese Spiegel. Wir gehen die Legende von Asets Licht noch einmal durch. Reden mit dem Magier, dem der Schlüssel zum Archiv gestohlen wurde..."

„Und was wird uns das bringen?", fragte Rouge. „Sie haben den Bronzeschlüssel und vier unserer Leute. Wir haben nur noch Tage, Stunden vielleicht."

„Wir müssen es versuchen, das Beste hoffen und diesen vier Leuten vertrauen."

„Ein Junge", sagte Rouge. „Ein Schatten – der, und das muss ich als seine Exfreundin wissen, nicht halb so kompetent ist, wie er sich gerne gibt – eine Nichtmagierin und ein Geist. Was für ein tolles Team."

„Wie gesagt, wir müssen einfach an sie glauben", wiederholte May.

„Ich fürchte, darin bin ich ganz schlecht", meinte Rouge.

„Ich fürchte, ich auch", gab Lady May zu.

„Es könnte schlimmer sein", warf Sally ein. „Leute könnten tot sein." Sie sahen sich an.

„Haben wir irgendeinen Beweis dafür, dass sie das nicht sind?", wollte Rouge wissen.

„Nein", sagte May.

„Verdammt", sagte Rouge. Es war das einzige, was ihr einfiel.

Bradbury

Das Haus gehörte einem Mitglied der Stadtwache. Für die Dauer der Untersuchung hatte der Magier ihnen die untere Etage zur Verfügung gestellt. Es war ein bisschen eng, aber hier hatten sie Licht und es war warm.

Nick und Rouge saßen mit überschlagenen Beinen auf zwei altersschwachen Stühlen und beobachteten durch eine offene Tür die Geschehnisse in der Küche. Zwei Heiler standen neben einem Mann, der mit dem Rücken zu ihnen auf einem Stuhl saß, und untersuchten ihn. Neben ihnen lehnte Melvin Byrne an der Küchentheke und hielt Wache. Zur Zeit hatte er keinen eigenen Fall, deshalb war er hergekommen, um Lady Mays ausgedünnte Gruppe etwas zu unterstützen.

Nick musste die Heiler dafür bewundern, dass sie den Konstrukteur so schnell wieder hinbekommen hatten. Immerhin war er von dem Drachen in eine Wand geschleudert worden.

„Sieht aus, als würde das noch eine Weile dauern", fand Nick. Er war wieder einmal damit beschäftigt, sich die Nase zu putzen. Aus dem Augenwinkel sah er Rouge nicken. Also stand er auf, um sich die Beine zu vertreten. Er streckte sich und rückte die Krempe seines Huts zurecht. Rouge erhob sich ebenfalls.

Sofort biss sie die Zähne zusammen und hielt sich die Seite. Noch hatte sich kein Heiler um ihre Rippe gekümmert. Sie schien auch nicht darauf zu bestehen und meinte, Heilmagie würde sie ohnehin nur müde machen. Nun, andererseits war sie es auch nicht, die so bald wie möglich verhört werden sollte. Nick hätte ihr irgendeine Form von Hilfe angeboten, wusste jedoch, dass sie das nur gereizt hätte. Also begnügte er sich damit, langsamer als sonst zu gehen.

Lady May, Sally, ein schweigsamer Steve und Lewis, der seit Stunden Mitglieder der Stadtwache hin und her schickte, saßen in dem kleinen Wohnzimmer und tranken Tee.

Anthony Lewis saß neben seinem Vater und blätterte in einem zerfledderten Buch. Nick wusste nicht, wie alt er genau war, vielleicht zwölf. Der kleine, dunkelhäutige Junge war ihm schon ein paar Mal bei der Arbeit über den Weg gelaufen.[1] Anthony hatte die Grundschule

---

[1] In Undertown gab es zwei Grundschulen, von denen eine sogar einen zweiten Stundenplan extra für nachtaktive Spezies hatte. Für ältere Kinder wurden dort ebenfalls ein paar Stunden in der Woche gegeben, grundsätzlich wurde jedoch erwartet, dass sie sich einen Lehrmeister suchten und alles, was sie für ihr weiteres

mit einem guten Notenschnitt abgeschlossen, doch offiziell war er noch niemandes Lehrling. Sein Vater brachte ihn ein paar Mal in der Woche mit zur Arbeit, in der Hoffnung, ihn für die Organisation der Gruppen gewinnen zu können. Doch der Junge wollte die Fälle nicht verteilen, er wollte sie lösen. Er wollte Kampfmagier werden. Er hatte Nick einmal eine Akte vorbeigebracht und ihm fröhlich erzählt, dass er jetzt versuchte, mit seiner Magie Schwerter herzustellen.

Der Zombiejäger nickte Sally freundlich zu und setzte sich. Rouge blieb neben Lady Mays Sessel stehen.

„Die Heiler lassen sich Zeit", berichtete die Pentheselanerin.

„Du willst nicht, dass sie sich beeilen", erwiderte Sally belustigt. „Ein Fehler kann verheerende Konsequenzen haben."

„Habt ihr irgendwelche Ideen, womit wir uns die Zeit vertreiben könnten?", fragte Nick.

„Ich denke, hierzubleiben und Mr Bradbury zu befragen, ist Ihre beste Option", erklärte Lewis.

„Ja", pflichtete Nick ihm bei und sein Ton wurde ironisch. „Aber, Mr Lewis, wir Kampfmagier sind Waffen. Wir warten nicht gern." Der dunkelhäutige Magier schnaubte leise als Antwort, doch er schien nicht verärgert zu sein. Er mochte Kampfmagier nur nicht sonderlich gern. Vermutlich hing es mit dem Berufswunsch seines Sohnes zusammen.

Nick verstand ihn schon. Er war generell nicht gern gemein zu Leuten. Er hatte es ja noch nicht einmal geschafft, wütend auf Alba oder Sally zu sein.

Die anwesenden Magier der Stadtwache und ein kleiner Junge starrten gelangweilt Löcher in die Luft. Nick seufzte.

„Glücklicherweise", sagte er schließlich. „Führe ich immer ein Kartenspiel mit mir." Sally, Steve und Anthony nickten ihm zu, und er begann, die Karten für sie vier auszuteilen.

„Warum hast du immer ein Kartenspiel dabei?", fragte Lewis' Sohn neugierig.

„Weil mir schnell langweilig wird", erklärte er. „Ich habe früher auch ziemlich viel Geld verloren deshalb."

„Und dann hast du aufgehört, um Geld zu spielen?", vermutete Anthony.

„Nein. Ich bin besser geworden." Sally lachte kurz und Nick schenkte ihr ein fröhliches Lächeln. Er mochte Sallys Lachen und die vielen Leben brauchten, von diesem lernten.

feinen, unbeschwerten Falten, die es in ihre dunkle Haut zeichnete.

„Um was spielen wir denn?", fragte der Junge.

„Ich finde nicht, dass wir um irgendetwas spielen müssen", sagte Steve mit heiserer Stimme.

„Aber ich möchte gerne um etwas spielen", meinte Anthony. „Ich habe noch nie um etwas gespielt."

„Wir wär's mit Nicks Hut?", schlug Sally vor.

„Oh, nein", widersprach Nick grinsend, doch die Heilerin schnappte sich seinen Hut und legte ihn in die Mitte des Tisches. Er seufzte und warf einen Blick auf seine Karten.

„Stimmt es eigentlich, dass du zwei Jobs hast?", erkundigte Anthony sich, während sie anfingen, Karten abzulegen.

„Ja", antwortete Nick. „Ich arbeite für die Stadtwache, aber ich ziehe auch durch das Land und jage gefährliche Untote."

„Cool."

„Manchmal wird es recht dreckig."

„Nick hat vor ein paar Wochen einen Haufen Zombies getötet, die auf einem Friedhof ihr Unwesen trieben", erklärte Sally. Sie klang beinahe stolz.

„Naja, ich habe sie nicht wirklich getötet", widersprach Nick und runzelte nachdenklich die Stirn.

„Nicht?", fragte Sally.

„Nein. Habe ich was Anderes erzählt... ?"

„Du hast sie am Leben gelassen?", mischte Rouge sich ein.

„Nun, sie sind immer noch so untot wie eh und je", meinte er. „Wisst ihr, ich sah keinen Grund, sie zu töten. Auf den zweiten Blick wirkten sie nicht mehr so gefährlich. Ich habe sie in einen Wald gelockt, der ein Stück weg war von dem Dorf." Rouge seufzte.

„Kommen die nicht zurück?", erkundigte Anthony sich vorsichtig.

„Ich weiß nicht. Der Wald schien ihnen zu gefallen."

„*Der Wald schien ihnen zu gefallen*", wiederholte Rouge und verdrehte die Augen. „Alles klar."

„Sie sahen glücklich aus!", verteidigte Nick sich. Die Pentheselanerin schüttelte langsam den Kopf.

„Und was sollen sie da essen?", fragte Steve. „Spätestens, wenn sie hungrig sind, kommen sie zurück ins Dorf. Garantiert."

„Sie könnten... keine Ahnung, Abfälle fressen?"

„Abfälle?", wiederholte der Werwolf. „Das geht doch nicht."

„Genau", stimmte Rouge ihm zu. „Ich bin sicher, sie bevorzugen Gehi–"

„Ich meine *Abfälle*", redete der Werwolf weiter. „Du kannst nicht von ihnen verlangen, unter solchen Bedingungen zu leben... beziehungsweise untot zu sein... was auch immer. Das ist doch würdelos. Was ist bitte mit dir kaputt?" Anthony fing an zu lachen. Steve und Nick machten beide ein todernstes Gesicht und Rouge sah nur fassungslos zwischen ihnen hin und her.

„Gut", seufzte Nick. „Sobald wir mit diesem Fall fertig sind, bringe ich ihnen ein paar Tüten frisches Gemüse oder so. Jetzt zufrieden?" Steve nickte langsam, sah jedoch immer noch ziemlich grimmig aus.

„Ach Leute", klagte Nick. „Wenn ich euch doch sage, die Zombies sahen glücklich aus..."

Bradbury betrat das Wohnzimmer zuerst. Er bewegte sich nicht so, als hätte er irgendwelche Schmerzen. Die Heiler hatten gute Arbeit geleistet. Melvin Byrne folgte ihm wie ein Schatten, schloss die Tür hinter sich und lehnte sich dagegen, die Arme mit den verschlungenen grünen Tätowierungen vor der Brust verschränkt. Lady Mays Gruppe, Lewis und sein Sohn standen auf. Rouge drehte sich in einer steifen, ungelenken Bewegung um. Nick sammelte schnell seine Spielkarten ein und setzt seinen Hut wieder auf.

„Wie heißen Sie?", begann Lady May das Gespräch.

„Bradbury", antwortete der Mann einsilbig. Ende dreißig, braunes Haar und ein Bart. Er sah nicht gefährlich aus.

„Arbeiten Sie als Söldner für zwei Männer namens Ian Mercer und Griffin?", fragte May weiter.

„Ja." Bradbury schien etwas nervös zu sein, drehte sich zu Melvin Byrne um und ging schließlich einen Schritt zurück, um sich gegen die Wand zu lehnen. Sein tätowierter Bewacher blieb ruhig und drehte nur den Kopf, um ihn im Auge zu behalten. Die Drachenlady sprach weiter.

„Wissen Sie, wo Mercer und Griffin sich zurzeit aufhalten?"

„Ja", kam die Antwort.

„Wissen Sie, wo sich ihr Hauptquartier befindet?"

„Ja."

„Verraten Sie es uns bitte", sagte sie förmlich. Er zögerte kurz, bevor er antwortete.

„Nein."

Ein leichtes Zittern durchlief das Gebäude. Die versammelten Männer und Frauen der Stadtwache sprangen auf. Bradburys Händflächen lagen auf der Tapete. Putzflocken regneten von der Decke. Nick riss eine Hand hoch und bereitete sich darauf vor, zu zaubern. Melvin Byrnes Schwert zischte durch die Luft, doch bevor einer von ihnen den Konstrukteur außer Gefecht setzen konnte, löste sich mit einem Krachen der größte Teil der Decke und rauschte auf sie hinunter.

Nick sah nach oben und breitete die Arme aus, um einen magischen Schutzschild um sie herum hochzureissen. Sekundenbruchteile später regnete der Schutt auf sie nieder.

Nick ließ die Hände langsam sinken. Die Überreste der Decke rutschten in eine Ecke des Raumes, in der niemand stand. Sobald er den Schild fallenließ, breitete sich auch eine Staubwolke im Raum aus. Er hörte Sally husten. Etwas Graues knurrte. Steve musste sich instinktiv verwandelt haben. Wenigstens war niemand verletzt. Der Zombiejäger rückte seinen Hut zurecht und drehte sich um.

Melvin Byrne war auf den Knien und massierte mit gequältem Gesicht seinen Kiefer. Nick tippte darauf, dass Bradbury ihm einen kräftigen Kinnhaken verpasst hatte, als er abgelenkt gewesen war. Neben ihm klaffte ein Loch in der Wand. Bradbury war nirgends zu sehen.

Anthony Lewis ebenfalls nicht.

Häuserkampf

Rouge umklammerte gequält ihren Brustkorb und griff nach Sallys Schulter.

„Sally", brachte sie hervor, obwohl es sich anfühlte, als würden Nägel sich in ihre Lunge bohren, wenn sie zu schnell sprach. „Du musst mich betäuben." Die Heilerin hob gehorsam eine Hand und berührte Rouges Arm. Die Schmerzen verblassten augenblicklich zu einer dumpfen Hintergrundempfindung.

„Das wird nicht lange anhalten", warnte Sally sie, doch Rouge war bereits losgerannt, durch das Loch in der Wand.

Sie war eine gute Läuferin. Nach nur wenigen Sekunden überholte sie Nick. Sie erhaschte einen Blick auf Bradbury, der den Jungen als Schutzschild hinter sich herzog, verdoppelte ihre Anstrengungen und folgte ihm durch das Haus. Als sie nach draußen auf die nächtliche Straße stürmte, zog Steve an ihr vorbei.

Bradbury verschwand in einer Gasse, die kaum breit genug war, dass zwei Menschen darin aneinander vorbeigehen konnten. Der Wolf jagte ihm hinterher, als sei der Konstrukteur ein Hase auf der Flucht. Rouge folgte ihnen, vielleicht als eine schlanke Füchsin.

Rouge rannte weiter, durch ein paar Pfützen und herumliegenden Abfall, duckte sich unter aus den Wänden hervorragenden Holzbalken hindurch und sprang über einen schmalen Felsspalt, der sich plötzlich unter ihr öffnete. Sie rannte mehrere Minuten lang durch die engen Hintergassen und hoffte, dass Anthony bald nicht mehr konnte und der Geiselnehmer gezwungen war, langsamer zu laufen. Der Junge war nur wenig älter als Ween, als sie ihn zum ersten Mal getroffen hatte.

Die Gasse bog scharf nach rechts ab. Rouge kam im Laufen ins Schlittern. In ihrem Augenwinkel bewegte sich etwas, doch bevor sie reagieren konnte, rempelte jemand sie an. Sie wirbelte herum. In weniger als einer Sekunde schwebte die Spitze ihres Schwerts vor der Kehle einer Person mit kränklich grauer Haut.

„Ich habe nicht vor, das Gehirn von irgendjemandem zu fressen", informierte Kenny sie und fügte dann scherzend hinzu: „Ich hatte gerade erst mein Abendessen."

„Versteckst du dich hier?", wollte sie wissen und ließ die Klinge etwas sinken.

„Ja. Irgendwie schon." Seine gelben Augen ließen Rouge an ein Tier denken.

„Weil wir herausgefunden haben, dass du tot bist?", fragte sie.

„Weißt du, ich fürchte..."

„Keine Zeit", schnitt sie ihm das Wort ab. „Komm mit, Zombie." Und mit diesen Worten steckte sie das Schwert weg und lief weiter, in die Richtung, in die Steve wie ein grauer Blitz verschwunden war.

Rouge lief wieder auf eine größere Straße hinaus und wurde langsamer. Sie kannte diese Straße. Sie kannte die verlassene Ruine, die zwischen den anderen Fachwerkhäusern dieses Viertels aufragte wie das Gerippe eines riesigen Tieres. Die Fassade im oberen Stockwerk war fast vollständig weggerissen.

Sie waren schon einmal wegen eines Falls hier gewesen, und es war nicht gut ausgegangen.

Sie sah noch, wie Steve in dem Haus verschwand.

Rouge, Kenny, Sally und Nick, die sie eingeholt hatten, traten nacheinander in das Haus. Die Haustür hing schief und halb verrottet in den Angeln. Nick hatte sie vor vier Jahren mit einer Druckwelle geöffnet.

Sally entzündete einen Lichtzauber. Auf dem Boden des Flurs lag Schutt und an den Wänden kroch der Schimmel empor. Das Haus stand schon lange leer.

„Wohin jetzt?", flüsterte die Heilerin. Sie hörten ein Krachen und ein Winseln, und dann schlitterte wie aufs Stichwort Steve aus einem Raum zu ihrer Linken auf den Flur hinaus.

„Guter Hund", sagte Rouge. Steve klappte seine Schnauze auf und wieder zu, als würde er nach einer schlagfertigen Antwort suchen. Sein linkes Ohr war eingerissen und blutete, doch sonst schien er nicht ernsthaft verletzt zu sein.

Rouge zog ihr Schwert. Es machte ein helles, fast zischendes Geräusch, viel melodischer als der Laut einer Feuerwaffe, die entsichert wird.

Die Gruppe betrat den Raum, aus dem der Wolf gekommen war. Es gab keine Möbel, nur ein paar herumliegende Steinbrocken und Holzsplitter. Bradbury stand mitten im Raum und sprach in ein Handy, das er irgendjemandem gestohlen haben musste, möglicherweise dem Jungen. Anthony saß auf dem Boden. Rouge konnte nicht erkennen, ob er verletzt war oder ob er es nur nicht wagte, sich zu bewegen.

Der Sucher ließ das Handy sinken und sah ihnen entgegen. Neben Rouge hob Nick einen Arm, um ihn mit einer Druckwelle von den Füßen zu fegen. Bradbury streckte nur eine Hand aus und berührte die Wand neben sich. Die Mauern bewegten sich, teilten den Raum und verengten sich um die Stadtwache-Magier und den Barkeeper herum. Bradbury und Anthony verschwanden hinter einer Wand.

„Uh-oh", machte Sally. „Versucht er, uns zu zerquetschen?"

„Er versucht, uns zu zerquetschen", bestätigte Rouge. Der Boden bockte wie ein wildes Tier und ließ sie stolpern. Rouge landete auf Händen und Füßen. Von ihrer gebrochenen Rippe zuckte ein gleißend weißer Schmerz durch ihren Körper. Sallys magische Betäubung war weg. Rouge biss die Zähne zusammen und spürte, wie ihr Tränen in die Augen stiegen. Sie konnte kaum atmen.

Die Wände schoben sich knirschend und rumpelnd von allen Seiten auf sie zu. Rouge hörte Holz splittern. Sallys Lichtzauber rollte davon. Rouge kroch ein Stück über den Boden und knallte mit dem Kinn auf die Dielen, als das Haus erneut erbebte. Irgendwann bekam sie Wolle zu fassen und zog eine hysterische Sally an ihrem Pullover zu sich herunter. Sie zwang die Heilerin, ihr ins Gesicht zu sehen, und krächzte einen Befehl, doch es war zu laut. Die Dämonin verstärkte ihren Griff um Sallys Schultern.

„*Mach es nochmal!*", schrie Rouge ihr ins Gesicht.

Und wieder gehorchte Sally. Sie streckte die Hand aus und berührte Rouges malträtierten Brustkorb. Wieder breitete sich eine süße Taubheit in ihr aus. Rouge nahm einen tiefen Atemzug.

Dann ließ Sally ihre Hand erschöpft sinken. Rouge schenkte ihr ein grimmiges Lächeln, ließ sie los und drückte eine Handfläche auf den staubigen Fußboden. Sie spürte altes, sprödes Holz, und dann griff sie danach und verdrehte *alles*.

Das Beben hörte auf, und es war nicht Bradburys Verdienst.

Die Wände veränderten sich wieder, ein schmaler Gang öffnete sich vor Rouge, doch er führte nicht zu Bradbury und Anthony. An seinem Ende zogen nur immer neue, sich stetig drehende Mauern vorbei, als würden sie sich alle in einem komplizierten Karussell befinden. Die beiden Konstrukteure verwandelten das Haus in ein Labyrinth, das sich ständig verschob und verwarf wie ein atmendes Wesen. Doch es war kein fairer Kampf. Rouge konnte nicht für Bradbury sprechen, doch sie selbst brauchte den Großteil ihrer Kraft, nur um zu verhindern, dass sie und ihre Freunde zermalmt wurden.

Sie lief den Gang entlang, Kenny neben sich und Nick dicht hinter ihnen. Rouges rechte Hand umklammerte ihr Schwert. Ihre linke strich im Laufen über die zerfetzte Tapete und den rauen Beton der Wand, um ihre Umgebung stabil zu halten.[1] Sally und Steve blieben zurück. Rouge rannte durch schmale Gänge, lief steile Treppen hinauf und hinunter und schlitterte um Biegungen, die sie für sich und die anderen schuf, wie noch Minuten zuvor im Gassenlabyrinth von Undertowns Altstadt, nur, dass sie jetzt im Level für Fortgeschrittene waren.

Sie erhaschte einen Blick auf Bradbury und verbog das Gebäude, damit es ihr Platz machte. Eine halbe Sekunde lang vernachlässigte sie die Wände um sie herum. Hinter ihr schoss ein Stück Mauer aus der Wand, als würden sich die Schotten eines sinkenden Schiffes schließen, und traf Nick. Sie hörte ihn aufschreien und sah im Laufen zurück. Seinen Hut hatte er verloren und seine Schulter sah irgendwie seltsam aus, obwohl sie sich auch täuschen konnte, doch er war am Leben, zappelte und versuchte, sich zu befreien.

Rouge lief wieder schneller. Nur Kenny war noch bei ihr. Sie hatte nicht gewusst, dass er so ein guter Läufer war.

Als sie beide gleichzeitig einen verhältnismäßig großen Raum erreichten, hörten die Wände auf, sich zu bewegen. Bradbury kauerte auf dem Fußboden, die rechte Hand auf den Holzbrettern und immer noch das Handy am Ohr. Er versuchte, seine Freunde zu erreichen. Anthony hockte stumm neben ihm.

Der Sucher ließ das Handy sinken und blickte Rouge und Kenny entgegen. Seine andere Hand jedoch hielt er weiter auf den Boden gedrückt. Rouges linke Handfläche lag ebenfalls wie zufällig auf der Wand neben ihr.

Sie belauerten sich gegenseitig, warteten darauf, wer als erster seine Hand wegziehen und auf den anderen zulaufen oder wieder mit den Wänden angreifen würde. Sie schwiegen, doch das ganze Haus knarrte, als würde es sich darüber beklagen, dass sie so rücksichtslos mit seinen alten Mauern umgingen.

Dann knackte und krachte es wieder in den Wänden, als die Stadtwache-Magierin und der Sucher sich gleichzeitig attackierten. Neben Rouge zersplitterte eine Fensterscheibe. Sie umklammerte ihr

---

[1] Rouge war sich der Tatsache bewusst, dass sie, technisch gesehen, unter Drogen stand, aber sie hatte ja nicht vor, Auto zu fahren oder so etwas Dummes.

Schwert so fest, dass ihre Knöchel weiß hervortraten, und zwang die Mauern und Bretter, an Ort und Stelle zu bleiben. Sie bekam Kopfschmerzen. Rouge war es nicht gewohnt, so große Dinge zu kontrollieren, erst recht nicht, wenn ein anderer Konstrukteur dagegen hielt. Mal ganz abgesehen davon, dass sie bereits spürte, wie Sallys Heilmagie sie müde machte. Es konnte nicht mehr lange dauern, bis ihre Nase zu bluten anfing, und sie hatte wirklich keine Lust, sich die Bluse vollzusauen.

Neben ihr trat Kenny vor und hob ein loses Brett vom Boden auf. Er wog es prüfend in der Hand, während er auf den Sucher zuging. Bradburys Blick wurde unsicher. Er war gänzlich damit beschäftigt, Rouge in Schach zu halten, und konnte es nicht noch mit einem zweiten Gegner aufnehmen. Die andere Konstrukteurin konnte förmlich sehen, wie sich in seinem Kopf die Zahnräder drehten, und lächelte siegesgewiss.

Doch bevor Kenny Bradbury erreicht hatte, bewegte sich etwas an der Decke, zu schnell, als dass Rouge noch hätte reagieren können. Ein hölzerner Stützbalken schwang herunter wie das Pendel einer Uhr. Es gab ein unangenehmes Knacken, als er auf Kennys Körper traf und ihn ein Stück durch den Raum schleuderte.

Rouge hätte sich verfluchen können, doch stattdessen nutzte sie die Sekunde, in der Bradbury dem Zombie nachblickte, und machte einen Satz in Richtung des Suchers, das Schwert hoch erhoben.

Etwas traf sie in die Seite, ein weiterer Holzbalken vielleicht. Sie prallte davon ab, verlor ihr Schwert und rollte ein Stück über den Boden. Sie ächzte und zwang sich, sich auf ein Knie aufzurichten. Ihre Brille hing schief in ihrem Gesicht, also nahm sie sie ab. Die Pentheselanerin atmete schwer. Ihre Rippe begann wieder zu schmerzen, zusammen mit der Stelle in ihrer Seite, wo der Balken sie getroffen hatte.

Sie legte ihre Hände zitternd auf den Fußboden, spürte, wie Bradbury versuchte, die Decke über ihr einbrechen zu lassen, und hielt dagegen, obwohl sie wusste, dass sie mit ihren Schmerzen nicht lange durchhalten würde. Das Ächzen und Knarren des Hauses schwoll zu einer ganz neuen Lautstärke an. Rouge sah sich krümmende Balken und bebende Steine, als würde ein Erdbeben die Stadt erschüttern. Von der Decke regnete es Putzflocken und Holzsplitter.

Aus dem Augenwinkel sah Rouge, wie Kenny sich in einer Ecke des Raums mühsam wieder aufrappelte.

Dann hörte sie das Splittern. Bradbury stolperte, verlor beinahe das Gleichgewicht und sah an sich herunter. Die Dielen hatten sich verschoben. Sein linker Fuß war in die entstandene Lücke eingebrochen. Rouge und Bradbury blickten sich um. Nicht weit von dem Sucher hatte Anthony wie die Erwachsenen zuvor die Hände auf den Boden gelegt. Ein dritter Konstrukteur.

Wut blitzte in Bradburys Gesicht auf. Er griff nach den Kanten der Dielen und versuchte, seinen Fuß zu befreien, leider ohne seine rechte Hand, die, mit der er zauberte, vom Boden zu nehmen.

Doch dann war Kenny bei ihm und schlug mit dem losen Brett nach ihm. Der Sucher riss seine Hand vom Boden hoch, um sein Gesicht zu schützen, und kippte unter der Wucht des Schlages dennoch hintenüber.

Bradbury fluchte, trat mit seinem freien Fuß nach Kennys Knien, um ihn auf Abstand zu halten, und zerrte sein linkes Bein mit Gewalt aus dem Loch in den Dielen.

Als er aufsah, war Rouge bereits bei ihm, packte seine Kleidung und zog ihn mit Gewalt auf die Füße. In seinen feuchten Menschenaugen spiegelten sich wütende rote Funken. Sie wusste, dass es ihre eigenen, wahren Augen waren.

Die Dämonin stieß ihn vor sich her. Er prallte mit dem Rücken gegen die Wand – und verschwand darin. Rouges ausgestreckter Arm versank bis zum Handgelenk im Mauerwerk, als würde sie jemanden mit Gewalt unter Wasser drücken. Ihr Blick war konzentriert auf die Wand gerichtet. Die Steine knirschten und knackten.

Nach etwa einer Minute zog sie ihre Hand aus der Mauer und trat zurück. Ihre blasse, mit ein paar Sommersprossen gesprenkelte Haut war so unversehrt und makellos wie immer. Es klebte kein Blut daran oder eine andere Spur von Gewalt.

Als sie sich umdrehte, starrten Kenny und Anthony sie schockiert an.

„Er hätte Nick nicht mit dieser Wand einklemmen dürfen, oder?", fragte der Zombie dann. Seine rechte Körperhälfte sah nicht gut aus, doch irgendwie gelang es ihm, aufrecht stehen zu bleiben.

„Oh, das mit uns beiden ist doch schon eine Ewigkeit her", sagte Rouge und winkte ab.

„Ich meinte mehr so was wie, hm, normale Freunde oder so", erklärte Kenny. „Aber das Konzept von normaler Freundschaft gibt es für dich wahrscheinlich nicht, oder?" Auf Rouges Gesicht lag wieder ihr engelsgleiches Lächeln, als hätte sie nicht gerade jemanden in Stein ertränkt und zermalmt.

„Ich bin froh, dass es dir gut geht", versicherte sie ihm. „Was würde das *Black & White* ohne dich machen?" Er brummte etwas und zuckte mit den Schultern.

„Wie sehe ich eigentlich aus?", fragte er Anthony. Der Junge musterte ihn und wurde blasser, als es jemand mit afrikanischen Wurzeln können sollte. Da war sogar ein wenig Grün in seinem Gesicht.

„Nicht gut?", riet Kenny.

„Da... da steckt ein riesengroßer Holzsplitter in deinem Magen", stammelte Anthony. Kenny blickte an sich herunter und nickte verstehend.

Sie drehten sich um, als sie Schritte und Stimmen hörten. Es waren Sally, Steve und Nick, der etwas angeschlagen aussah. Sally lief zu Anthony und untersuchte ihn auf Verwundungen. Sie sprachen leise miteinander. Rouge sah, dass der Junge sie anlächelte. Er war okay.

„Alles in Ordnung?", fragte Kenny den Zombiejäger währenddessen.

„Mir geht's gut", erwiderte Nick, obwohl er angespannt seine Schulter umklammerte. „Nichts Ernstes. Aber meine Güte, ich glaube, ich verbringe die nächsten Tage im Freien. Es wird eine Weile dauern, bis ich mich wieder einer Mauer nähern und mich sicher fühlen kann."

„Wo ist Bradbury?", erkundigte Sally sich und sah sich suchend um.

„Das willst du nicht wissen", meinte Kenny. Rouge hob erst ihr Schwert und dann Bradburys Handy auf und hielt es sich ans Ohr. Sie hörte nur Rauschen. Der Empfang war so schlecht in diesem Loch.

„Mercer?", fragte sie. Die Antwort konnte sie nicht verstehen, aber sie meinte, seine Stimme zu erkennen. Sie sprach weiter, obwohl er sie vermutlich nicht verstand. „Von deinem Freund hörst du nichts mehr. Ich hätte es gern vermieden, aber er hat versucht, das Haus über mir einstürzen zu lassen, und mir keine Wahl gelassen. Grüß Blake, Ween und Madlen von mir. Und sorg besser dafür, dass es ihnen gut geht, *Ian.*" Damit legte sie auf.

„Warum bist du abgehauen?", fragte Sally Kenny. Er seufzte.

„Ich wollte eigentlich ein bisschen Zeit für mich haben", erklärte er. „Ich mache mir Sorgen. Zombies haben keinen allzu guten Ruf."

„Mich kümmert es nicht, ob du ein Zombie bist, solange du das Gasthaus am Laufen hältst", sagte Sally beruhigend. Offenbar schienen sich ihre Vorurteile nur gegen Geister zu richten. Oder gegen Leute, die versuchten, Nick zu schaden.

„Gut", meinte Kenny. „Danke. Ich wollte nur trotzdem ein bisschen Zeit. Ich habe so lange als Mensch gelebt. Ich habe da eine kleine Identitätskrise."

„Deine Identitätskrise kümmert uns auch nicht", sagte Nick wohlwollend. Kenny warf ihm einen schiefen Blick zu, doch der Zombiejäger schien sich keiner Schuld bewusst zu sein.

Rouge musterte Anthony. Er hatte ein paar Kratzer abbekommen, aber weiter nichts Schlimmes.

„Konstruktionsmagie, wie?", fragte Rouge und deutete auf ihn.

„Ja", antwortete er und nickte stolz. Sein Gesicht hatte fast wieder seine normale Farbe angenommen.

„Da hast du eine gute Disziplin erwischt", sagte sie und schenkte ihm ein aufmunterndes Lächeln. Er lächelte unsicher.

„Übrigens gute Arbeit mit dem Haus", lobte Nick Rouge und tippte sich anerkennend an die Krempe seines Hutes. „Ich hätte das nicht hinbekommen. Du hast es tatsächlich geschafft, dass es nicht über uns zusammenstürzt. Respekt. Wusste gar nicht, dass du dich mit Statik auskennst." Sie lächelte beruhigend, bevor sie es ihm sagte.

„Ich weiß sehr viel weniger über Statik, als ich sollte", gab sie zu. „Wir sollten dieses Gebäude ruhig, aber zügig verlassen." Über ihnen splitterte ein Balken und eine Schuttlawine rauschte neben ihnen auf die Dielen.

Gefangen

Sie hatten sie eingesperrt. Ein paar Sucher hatten vorgeschlagen, sie drei einfach zu erschießen, doch dann waren sie zu dem Schluss gekommen, dass sie keine Gefahr darstellten. Vielleicht würden ihre drei Gefangenen sich ja später noch einmal als nützlich erweisen.

Es musste mittlerweile Nacht sein, doch der Raum, in den sie Madlen und Ween gesperrt hatten, hatte keine Fenster. Es war kalt und die Nichtmagierin hatte nur ihre dünne Regenjacke. Ween hatte ihr sein Jackett angeboten. Er war ein netter Junge. Er war so alt wie sie, aber ihr kam er trotzdem viel zu jung vor, um mit Situationen wie dieser zurechtzukommen.

Ab und zu sah jemand nach ihnen und sie durften kurz eine mobile Toilette ein paar Gänge weiter benutzen, sonst passierte nichts. Es war langweilig.

Drei Wände der Zelle waren aus grauem Stein gemauert, die vierte bestand aus einem Gestell, in das Maschendraht eingezogen war. Ein Teil ließ sich wie eine Tür öffnen und es gab sogar eine Lücke, um Gegenstände hindurch zu reichen, doch jetzt war alles abgeschlossen. Der Draht war zu dick, um ihn ohne passendes Werkzeug durchtrennen zu können.

Madlen konnte auf den Gang hinaussehen. Auf der gegenüberliegenden Seite stand ein Zauber, der ein wenig einem winzigen Grammophon glich. Sie wusste nicht, wie er funktionierte, doch sie bekam Kopfschmerzen davon. Ween hatte ihr erklärt, dass er verhindern sollte, dass er sich ausreichend konzentrieren konnte, um zu zaubern.

Madlen fragte sich, ob es noch mehr solche Zellen gab und wenn ja, wen die Sucher darin einsperrten.

„Weißt du, was seltsam ist?", wollte Ween wissen. Er lehnte an der Wand ihr gegenüber und starrte an die Decke. „Ich bin kein Hellseher, aber ich kann ein paar Dinge spüren. Blakes Magie zum Beispiel. Sie ist... finster. Das ist das beste Wort. Fast unheilvoll. Wie, wenn man in einen stockdunklen Raum tritt. Erinnerst du dich, als du ein Kind warst und im Fernsehen einen Horrorfilm gefunden hast, und du wusstest, dass du zu jung dafür bist und dass wahrscheinlich gleich etwas Schlimmes passiert? Ein bisschen so."

„Ich glaube, ich weiß, was du meinst." Sie wusste, wie Dunkelmagie sich anfühlte. Sie bekam in Blakes Nähe immer noch eine leichte Gänsehaut. Die Ausstrahlung der Dunkelmagie gehörte genauso zu dem Schatten wie sein Mantel und sein Gerede.

„Jedenfalls", sprach Ween weiter. „Blake ist offenbar nicht in der Nähe. Aber trotzdem kann ich etwas spüren. Es gibt hier eine Dunkelheit. Sie erinnert mich an ihn. Sie ist überall."

„Und was machen wir jetzt?", fragte Blake. Er stand in der Mitte seiner Zelle, die Hände in den Taschen seines Pullovers. Sein Mantel war weg. Sein Schwert und seine Umhängetasche auch.[1]

In diesem Raum waren alle vier Wände solide. Statt Maschendraht war der einzige Ausgang eine schwere Holztür. Zur Zeit lehnte Mercer mit vor der Brust verschränkten Armen daran.

„Im Moment sitzt du in diesem Loch und wir arbeiten auf unsere überaus finsteren Ziele hin", erklärte der Sucher.

„Für die Wortwahl bist du bei mir an der falschen Adresse", erinnerte Blake ihn. „Düstere Metaphern sind meine Domain. Was ist euer Plan? Ihr könnt uns hier nicht ewig einsperren. Lasst ihr uns einfach gehen, nachdem ihr eure Ziele erreicht habt, oder sind wir doch ein Fall für die hässliche Variante?"

„Wenn du *die hässliche Variante* sagst, meinst du damit, dass wir euch töten und eure Leichen in irgendeinem Straßengraben abladen?", erkundigte Mercer sich.

„So was in die Richtung."

„Dann seid ihr ein Fall für die hässliche Variante", bestätigte Mercer. „Das kannst du nicht leugnen, ihr wisst *viel* zu viel. Wir lassen euch noch am Leben, für den Fall, dass wir es noch einmal mit der Stadtwache zu tun bekommen und ein gutes Argument brauchen, aber bis jetzt sieht es nicht danach aus, als würdet ihr uns noch von großem Nutzen sein."

„Ich gebe mein Bestes." Blake legte den Kopf schief und überlegte. „Wenn wir hier drin tatsächlich sterben werden – dann könntest du mir euren Plan doch auch erklären, oder? Den anderen Plan. Was ist Asets Licht? Und warum seid ihr noch hier, wenn ihr den Bronzeschlüssel von Madlen bekommen habt?"

Mercer sah ihn einen Moment lang nachdenklich an. Dann lachte er. Blake verzog keine Miene.

---

[1] Sie hatten ihm sogar sein Handy weggenommen, obwohl er hier sowieso keinen Empfang gehabt hätte und nie daran dachte, es aufzuladen.

„Du bist witzig", sagte der Sucher. „Ich habe genug Filme gesehen und Bücher gelesen, um zu wissen, dass so etwas nie gut geht."
„Aber wenn ich ohnehin niemandem davon erzählen kann..."
„Nein. Ich habe Prinzipien."
„Aber..."
„Das führt doch zu nichts", widersprach Mercer. „Nein – Halt die Klappe!"
„Aber ich habe mich gerade erst warm geredet."
„Halt die Klappe oder ich breche dir ein zweites Mal die Nase."
„Versuch es", meinte Blake. „Ich werde zurückschlagen. Und du hast gesehen, wie gut ich darin bin."
„In dem Fall werde ich mir eine Pistole holen."
„... das ist unfair."
„Das ist *menschlich*."
„Gut", sagte Blake und seufzte. „Erzählst du mir irgendwas Anderes? Wie ist das Wetter draußen?"
„Ist das dein Ernst?"
„Diese Zelle hat kein Fenster, Ian."
„Die Sonne scheint, es ist ein bisschen windig. Der Regen scheint aufgehört zu haben, aber ich habe gehört, dass es demnächst nochmal richtig schütten soll."
„Es hat nicht funktioniert", stellte Blake fest. „Mir ist immer noch langweilig. Sicher, dass du mir nichts verraten willst?"
„Ziemlich sicher, ja."
„Was ist mit der Vergangenheit, wenn schon nicht der Zukunft? Die guten alten Zeiten."
„Worauf willst du hinaus?", wollte der Sucher wissen.
„Griffin", sagte der Schatten.
„Ah. Ihr kennt euch, oder?"
„Ja. Hat er dir erzählt, wie er schon mal vor neun Jahren versucht hat, an den Bronzeschlüssel zu kommen? Der Grund für sein Scheitern war ich."
„Naja. Ich habe gehört, du hast nur ein bisschen geholfen."
„Ruinier nicht meine Geschichte", befahl Blake. „Wie hat er überlebt? Das letzte, was ich von ihm gesehen habe, war eine ziemliche Sauerei."
„Magie", antwortete Mercer vage.
„Das hätte ich beinahe erwartet."

„Nein, es war ganz simpel und unspektakulär. Er hat mir die Geschichte mal erzählt. Es war keine echte Leiche. Er hat da irgendeinen Magier angeheuert, der sich mit Illusionen auskennt. Die Fälschung musste den ersten am Ort des Geschehens nur eine kurze Zeit lang überzeugen. Sollte alle glauben machen, dass er tot und die Karte bei der Explosion zerstört würde. Er hatte sich extra einen Schutzzauber besorgt, um die Karte für ein paar Stunden unzerstörbar zu machen, damit er sie hinterher nur aus den Trümmern würde aufklauben müssen, wenn gerade niemand hinsieht. Aber du musstest sie ja mitnehmen."

„Wie wusste er, dass der, der die Leiche findet, die Bombe auch auslösen würde?", fragte Blake.

„Er stand auf der anderen Straßenseite und hat zum Fenster hineingesehen. Sein Fluchtplan war gut vorbereitet. Hättest du den Karton nicht von selbst geöffnet, hätte er nur einen Knopf drücken müssen und sie sich von selbst in Gang gesetzt. Mit dem Countdown und dem Piepen natürlich. Der Zeuge musste ja überleben."

„Ich hatte danach noch zwei Tage lang einen Tinnitus im Ohr", beschwerte Blake sich.

„Nun, da die Stadtwache dann die Karte hatte und er sich nicht mit ihnen anlegen wollte, hat er die Suche erst einmal aufgegeben und sich mit anderen Dingen beschäftigt", fuhr Mercer fort. „Er ist offenbar recht gut in ein paar toten Sprachen. Vor einem Jahr habe ich ihn dann kennengelernt. Zuerst haben wir versucht, uns gegenseitig umzubringen. Es war sehr witzig. Dann haben wir entschieden, dass eine Zusammenarbeit produktiver wäre, und bei der Gelegenheit ein paar alte gescheiterte Pläne wieder aufgerollt. Und jetzt sind wir hier und kämpfen gegen euch. Ich liebe es, neue Freunde zu finden."

„Und dann habt ihr euch ein paar Söldner gemietet?", fragte Blake. „Ein Haufen Menschen mit Gewehren, ein Golem und eine wahnsinnige Vampirin?"

„Eigentlich war eine so große Gruppe nicht geplant", plauderte Mercer. „Mir gefiel der Gedanke eines kleinen, schlagfertigen Teams von Magiern und Dieben. Aber ja, es stellte sich heraus, wir brauchten mehr Leute. Den Golem habe ich in Prag gekauft. Er mag auf den ersten Blick nicht so ästhetisch aussehen wie viele seiner Artgenossen, aber dafür hat er einen besonders guten Gleichgewichtssinn. Außerdem ist er robust, leicht zu reparieren und ein guter Boxer."

„Mehr Körpermasse als Talent", widersprach Blake.

„*Aber* er ist effektiv, das kannst du nicht leugnen. Hat er nicht in London deinen Lehrling verprügelt?"

„Hat er. Kurz bevor Rouge den Golem dann enthauptet hat."

„Wie auch immer, er ist für den Nahkampf konzipiert. In Prag gibt es eine große Auswahl an Golems. Ich bin zwei Tage lang durch die Stadt gestromert und habe mich mit den unterschiedlichsten Herstellern unterhalten. Was Lucy Hemsey angeht, sie haben wir nicht angeheuert. Sie ist eine Freundin von mir."

„Liebenswürdiges Mädchen", spottete Blake. „Sie hat eine junge Stadtwache-Magierin schwer verletzt."

„Sie hat ihre schlechten Tage", gab Mercer zu.

Für Alba stellte die provisorische Tür aus Maschendrahtzaun kein Hindernis da.

„Hallo", sagte sie zu den beiden Menschen, als sich ihr Körper aus schneeweißem Nebel neu zusammengesetzt hatte. Madlen zuckte zusammen.

„Was machst du hier?", wollte Ween wissen und sprang auf. „Wo ist Nick? Was... ?"

„Nick ist in Undertown", schnitt sie ihm das Wort ab und setzte sich zu ihnen. „Ich bin allein."

„Aber wie... ?", fragte Madlen verständnislos.

„Frag nicht mich", bat Alba sie. „Ich habe nicht die geringste Ahnung. Ich bin dir durch den Spiegel gefolgt, um dich zurückzuholen, aber die Menschen hatten alle Waffen. Ich hatte Angst, dass sie glauben würden, du wärst es, wenn ich einen von ihnen angegriffen hätte. Sie hätten dich verletzen können."

„Aber warum bist du hier?", hakte Ween nach. „Ich dachte, du müsstest in Nicks Nähe bleiben."

„Als der Spiegel sich geschlossen hat, hat es ihn und mich auseinandergerissen. Wir sind immer noch verbunden. Aber ich werde nicht mehr in seine Richtung gezogen."

„Kannst du ihn telepathisch erreichen?", fragte Ween aufgeregt. „Ihm sagen, wo wir sind?"

„Nein", antwortete Alba und schüttelte den Kopf. „Er ist zu weit weg. Ich weiß nicht, wie weit. Ich kann es nicht einschätzen, immerhin war ich sonst immer in seiner Nähe. Ich weiß nur, in welcher ungefähren

Richtung er ist. Diese, falls es euch interessiert." Sie deutete in eine Ecke des Raumes.

„Kannst du uns befreien?", versuchte Ween es weiter.

„Ich kann die Sucher nicht alle besiegen, falls du das meinst. Und ich bezweifle, dass du es könntest. Sie haben Gewehre. Solange ihr keine Ideen habt, wie wir ihnen einen Strich durch die Rechnung machen können, ohne ihnen direkt gegenüberzutreten, würde ein Ausbruch euch gar nichts bringen – mal abgesehen davon, dass ich nicht weiß, wie ich diese Tür aufbekommen soll."

„Du erzählst doch immer, du könntest ohne Mühe jeden Sterblichen besiegen", erinnerte Ween sie.

„Ich übertreibe gern", erklärte Alba und seufzte. „Außerdem ist es mir verboten, jemanden zu töten, und ich bin... erschöpft. Das Auseinanderreißen hat nicht nur Gutes mit sich gebracht."

„Hat es wehgetan?", fragte Madlen besorgt. Alba schüttelte den Kopf, doch Madlen war sich nicht sicher, ob sie ehrlich war.

Blake saß gelangweilt im Schneidersitz auf dem Fußboden und versuchte, sich von den Kopfschmerzen des Zaubers draußen auf dem Flur mit einem gesummten Lied abzulenken. Es funktionierte nicht. Mit einem Kratzer oder einer Beule zu zaubern fiel ihm nicht schwer, aber Kopfschmerzen nervten nun wirklich.

Er mochte die Sucher nicht. Sie hatten seine Freunde und ihn nicht umgebracht. Das war gut. Sie hatten ihm nach ein paar Stunden sogar etwas zu trinken und eine Konservendose mit kalten Nudeln gebracht. Eigentlich schuldete er ihnen einen Dank. Er hasste sie trotzdem.

Blake war nicht wählerisch und hasste Kochen. Und das Kochen hasste ihn. Doch kalte, glitschige Konservennudeln waren mit Abstand das Ekelhafteste, was er sich erinnern konnte jemals hinunter gewürgt zu haben.

In seinem Kopf hatte sich währenddessen ein seltsames Gefühl breitgemacht. Er war sich sicher, noch nie hier gewesen zu sein, doch irgendetwas kam ihm bekannt vor.

Geräusche drangen durch die massige Holztür zu ihm hinein. Leute näherten sich.

Er sah auf, als die Tür sich öffnete und ein Lichtstrahl hineinfiel. In seiner Zelle gab es eine kleine Lampe, doch er hatte sie ausgeschaltet, sobald er allein war. Er hatte nichts zum Lesen dabei und sonst keine Verwendung für Licht.

Die Lichtkegel der Taschenlampen von draußen wanderten durch den Raum. In der Tür standen mehrere Männer mit Jagdgewehren. Sie wirkten angespannt und hatten nicht damit gerechnet, in einem stockfinsteren Raum zu landen. Als sie seine leuchtenden Augen fanden und er nicht sofort einen Satz auf sie zumachte, um sie mit Dunkelheit in Stücke zu zerreißen, beruhigten sie sich etwas.

„Du – du wechselst den Raum", sagte einer von ihnen. Er stotterte ein, zweimal leicht und wusste offenbar nicht, wie er mit dem Ding in der Finsternis reden sollte.

„Jetzt", fügte ein anderer selbstsicherer hinzu. Blake setzte zu einem spöttischen Kommentar an, entschied sich dann jedoch für ein bedrohliches Schweigen.

Er stand langsam auf. Seine Gelenke waren ganz steif und unbeweglich vom langen Sitzen. Er trottete auf den Gang hinaus und versuchte, das Gewehr, das jemand auf ihn richtete, zu ignorieren. Zwei der Söldner stellten sich links und rechts von ihm auf. Beide waren Menschen. Ihrem Kleidungsstil nach – Regenjacke und Wanderschuhe – stammten sie nicht aus Undertown, sondern waren näher an der Welt der Nichtmagier aufgewachsen. Sie waren größer als er, doch er schien ihnen dennoch ein gesundes Maß Angst einzujagen. Mercer vor seinen Verbündeten zusammenzuschlagen hatte ihm wohl einen gewissen Ruf verschafft.

Der Dritte trat in den Raum und stieß prompt mit dem Fuß die Lampe um. Er bückte sich und schaltete sie wieder ein. Der Raum füllte sich mit Licht.

Einer der beiden Männer nahm seinen Mut zusammen und stieß Blake mit dem Gewehrlauf an, um ihn dazu zu bringen, sich in Bewegung zu setzen. Bevor er ohne Widerstand den Gang hinunter ging, warf Blake noch einen letzten Blick in seine Zelle.

Der Mensch hatte eine Reihe von Zollstöcken und Linealen auf dem Boden ausgelegt und vermaß die Wände, jeden Stein einzeln und mit größter Sorgfalt.

Was taten die Sucher?

Das Schloss zum Schlüssel

„Du bist am Leben", stellte Ween fest, als die Sucher verschwunden waren. Blake brummte nur und setzte sich zu ihnen. Er bemerkte, dass Alba an Madlens Schulter gelehnt schlief und versuchte automatisch, sich vorsichtiger und leiser zu bewegen.

„Die Sucher sind nicht sehr gut organisiert", stellte Madlen fest.

„Sie hatten nicht den Plan, Gefangene zu machen", erwiderte Blake.

„Ich beschwere mich gar nicht", sagte Madlen schnell. „Aber dafür, dass sie keine Gefangenen machen wollten, haben sie hier ziemlich praktische Zellen, oder? Habt ihr eigentlich eine Idee, wo wir sind?"

„Keine Ahnung", sagte Ween.

„Ich meine, sind wir vielleicht noch in Undertown?", versuchte sie es.

„Undertown hat eine große Bandbreite an Architektur", erklärte Blake und musterte die grauen Mauern. „Und ich kenne mich mit Geologie nicht sonderlich gut aus. Vom Baustil und -material her wäre es nicht unmöglich, aber es spricht auch nicht unbedingt dafür."

„Also weißt du es nicht", kürzte Madlen es ab.

„Genau. Ich habe keine Ahnung, wo wir sind. Aber was fast genauso wichtig ist – *warum* sind wir hier?" Er machte eine kurze Pause. „Die Sucher haben den Bronzeschlüssel. Was hält sie noch auf? Und wenn sie Asets Licht schon gefunden haben, sollten sie dann nicht einfach ihre Belohnung aufteilen und untertauchen?"

„Dann sind sie ganz offenbar noch nicht fertig mit der Suche", meinte Madlen.

„Das Schloss", murmelte Blake. „Sie müssen den Bronzeschlüssel noch aktivieren."

„Vielleicht suchen sie es noch", vermutete Ween. „Oder sie haben es gefunden, aber es dauert noch eine Weile, es vorzubereiten."

„Aber warum sind dann noch so viele hier?", fragte Madlen. Blake ließ seinen Kopf zur Seite rollen, starrte an die Decke und dachte nach.

„Rouge hat einmal gesagt, dass das Schloss sehr komplex sein kann, eine Schablone von vielleicht sogar der Größe eines Zimmers", sagte er dann. „Was, wenn es kein Zimmer ist? Sondern ein ganzes Gebäude? *Dieses* Gebäude?" Sie schwiegen einen Moment.

„Das klingt ziemlich beeindruckend", gab Madlen zu.

„Also würde der aktivierte Bronzeschlüssel dem Muster der Mauern folgen. Darum haben sie mich verlegt und die Steine noch einmal so genau vermessen."

„Also ist das hier in Wirklichkeit ein riesiger Zauber", fasste Ween es zusammen. „Wow. Aber das erklärt immer noch nicht, warum sie so lange brauchen. Sie haben es ja offenbar schon eine ganze Weile vor dem Bronzeschlüssel gefunden."

„Vielleicht ist es kaputt", versuchte Madlen es.

„Das ist gar nicht mal so dumm", sagte Blake. „Immerhin ist die Suche und alles, was damit zu tun hat, sehr alt. Mehrere hundert Jahre. Man datiert sie ungefähr auf die Jahrzehnte um Undertowns Gründung herum, nur, um euch eine Vorstellung zu geben. Gut möglich, dass ein paar Ecken von diesem Gebäude abgebröckelt sind."

„Und was machen sie mit einem kaputten Schloss?", wollte Ween wissen.

„Sie reparieren es. Oder in diesem Fall, restaurieren es."

„Und was tun wir jetzt?", wollte Madlen wissen. „Habt ihr irgendeinen waghalsigen Plan?"

„Ich habe keinen", gab Ween zu.

„Im Moment sitzen wir herum und freuen uns, dass wir nicht arbeiten müssen", verkündete Blake.

„Gut geschlafen?", fragte Madlen, als Alba wieder aufgewacht war.

„Keine Ahnung", gab die Todesfee zu. „Ich tue es nicht sonderlich oft."

„Hast du irgendwas geträumt?", erkundigte Ween sich.

„Irgendetwas mit Schafen auf dem Dach des *Black & White*. Es war das sinnloseste, was ich je erlebt habe."

Blake saß in einer Ecke und zählte offenbar die kleinen Steinbrocken, die überall auf dem Fußboden herumlagen. Er sah sehr gelangweilt aus. Der Dunkelmagier hob drei oder vier Steine auf und fing an, damit zu jonglieren.

„Ich kann das hier", sagte er zu den anderen, ohne sich umzudrehen. „Aber ich kann nicht zaubern."

„Ich hasse dieses Ding", sagte Madlen und nickte in Richtung des Ganges.

„Die Kurzfassung", begann Blake. „Es verhindert, dass wir zaubern."

„Ich habe Kopfschmerzen."

„Das ist der Sinn der Sache." Er schnippte die Steine weg und stand auf, um ein paar Schritte zu gehen.

„Ich habe eine Idee", meldete Alba sich. „Ich könnte zum Raum mit dem Spiegel gehen. Vielleicht benutzen sie ihn noch einmal und gehen nach Undertown." Blake nickte nur. Die Banshee sah sich noch einmal in der kleinen, kargen Zelle um und löste sich dann in Weiß auf, um durch den Maschendrahtzaun nach draußen zu wirbeln.

„Ihr scheint es keine Probleme zu machen", stellte Ween schlecht gelaunt fest.

„Ihr Bewusstsein funktioniert anders", sagte Blake.

Sie saßen auf dem kalten Stein herum und langweilten sich. Ab und zu hallten ferne Geräusche bis in ihren Gang, doch keiner der Sucher stattete ihnen einen echten Besuch ab. Es musste jetzt gegen Mittag sein. Sie waren seit beinahe vierundzwanzig Stunden auf dieser Seite des Spiegels.

Irgendwann hob Blake den Kopf. Ween und Madlen unterhielten sich leise. Sie hatten nichts bemerkt. Er spitzte die Ohren und hörte Schritte. Jemand kam sie besuchen.

Der Schatten stand träge auf, um einen besseren Blick auf den Gang zu bekommen. Ein Gefühl breitete sich in seinem Kopf aus, das ihm bekannt vorkam, doch er konnte nicht ganz bestimmen, was es war. Alte Erinnerungen, die er nicht richtig festhalten konnte. Er hatte nie ein gutes Gedächtnis gehabt, und diese Erinnerungen waren uralt. Älter sogar als die Erinnerungen an den Jungen Matthew, der jetzt beinahe erwachsen war. Älter als Rouge. Älter als Undertown.

Es waren die ältesten Erinnerungen, die er besaß.

Dunkelheit.

Ein seltsames Ding, eine dürre Gestalt, blieb vor der improvisierten Zellentür aus Draht stehen. Seine Augen glühten blau. Seine Haut war pechschwarz.

Das Schicksal der Schatten

Blake starrte das Ding auf der anderen Seite an. Das Ding starrte zurück.

„Das nenne ich mal einen Überraschungsbesuch", stellte Madlen fest.

Blake schüttelte stumm den Kopf und wich zurück, ohne den anderen Schatten aus den Augen zu lassen. Das Wesen sah zurück, beobachtete ihn und legte nachdenklich den Kopf schief.

„Nein", murmelte Blake.

Der andere Schatten trat vor und lehnte sich gegen den Maschendrahtzaun. Er bewegte sich anders als ein Mensch, mehr wie ein schleichendes, vorsichtiges Tier, eine Katze vielleicht.

Etwas berührte Madlens Geist. Sie zuckte zusammen. Da waren andere Gedanken.

Ich glaube, er versucht, mit uns zu reden. Sie zuckte wieder zusammen. Nicht sie hatte die Worte gedacht. Es war, als hätte sie eine Stimme gehört. Nach einem Moment begriff sie, dass es Weens Bewusstsein war. Vor ihrem inneren Auge schimmerte es strahlend blau, wie auch seine Augen, und trieb wie eine Gruppe Funken um ihn herum.

Der Schatten versuchte, sie zu verknüpfen. Mit ihnen zu kommunizieren. Sie erinnerte sich an das Buch in der Bibliothek und was über Schatten darin gestanden hatte.

„Was ist los?", fragte Blake. Sein Bewusstsein spürte Madlen nicht.

„Ich glaube, er versucht es mit Telepathie", erklärte Ween laut.

„Wirklich?" Blake hatte die Rückwand der Zelle erreicht und starrte den Schatten misstrauisch, fast eingeschüchtert an.

„Merkst du das nicht?", fragte Madlen verständnislos.

„Ich kann ihn denken hören", verkündete Ween und deutete auf ihren Gast.

„Nein", murmelte Blake wieder. „Ich höre *nichts*." Die Präsenz des anderen Schattens verdrehte und verstärkte sich. Als würde jemand nach einer Funksequenz suchen. Er versuchte, Blake zu erreichen.

Es funktionierte. Madlen erhaschte einen Blick auf ein drittes, tiefrotes Bewusstsein. Es schien weiter entfernt oder verborgen zu sein und bewegte sich träge wie ein blindes Tier.

„Ist das deine Aura?", fragte sie Blake laut.

„Was?", fragte er. Das Rot erzitterte und drehte sich planlos um sich selbst. „Ich weiß nicht. Wahrscheinlich."

„Es sieht chaotisch aus. Und damit denkst du?"

Sie konnte die Auren sehen und spürte ein paar fremde Gedanken und Gefühle ihrer Mitgefangenen, doch sie schienen sie nur zu streifen. Der blauäugige Schatten zeigte den dreien einen Bruchteil dessen, was er sah, und gab ihnen Zeit, sich daran zu gewöhnen. Er selbst hörte nur zu.

„Eine Aura ist nur eine visuelle Projektion", sagte Blake, den Blick immer noch aufmerksam auf seinen Artgenossen am gegenüberliegenden Ende ihres Gefängnisses gerichtet. „Ich denke mit meinem Gehirn. Und ich kann dir versichern, mit meinem Gehirn ist alles in Ordnung."

„Also ist dieses Ding nur eine Metapher dafür, wie es in deinem Kopf aussieht? Beruhigend."

„Er ist nur fast taub", erklärte Ween hilfsbereit und riss Madlen aus ihren Gedanken. „Er spürt weniger Magie als die meisten Nichtmagier. Es dauert eine Weile, die Aufmerksamkeit seines Bewusstseins zu kriegen. So ist es eben. Einen netten Gelbton hast du da übrigens, Madlen." Madlen, die sich schon gefragt hatte, wie sie für die anderen aussah, nickte dankend und musterte Blakes Aura weiter misstrauisch, wie man ein tollpatschiges Kleinkind genau im Auge behält. Wenn das sein Bewusstsein, seine Persönlichkeit und sein Orientierungssinn war, wunderte es sie, dass er nicht mit dem Kopf voran in jede Wand lief.

„Bist du eigentlich in Ordnung, Blake?", fragte sein Lehrling vorsichtig. „Du hast gerade die gesamte Show abgezogen, inklusive fassungslosem *Nein* und Allem." Blake lachte kurz.

„Mir geht's gut", sagte er. Madlen glaubte ihm nicht.

Als sie ausreichend ihre Auren angestarrt hatten, sahen sie den anderen Schatten an, der immer noch geduldig an der Tür lehnte. Sein Blau, heller als das von Ween und mit einem Stich Türkis, wie ein wolkenloser Sommerhimmel, waberte ruhig vor sich hin.

Blake und der Dämon draußen vor der Tür ähnelten sich stark. Natürlich. Dieselbe stumpf schwarze Haut, dasselbe stachelige, widerspenstige Haar, das so dunkel war, dass man nicht erkennen konnte, wo es anfing, und mit Sicherheit auch dieselben schwarzen Nadelzähne.

Sogar ihre Kleidung ähnelte sich. Der andere Schatten trug ebenfalls einen Kapuzenpullover. An seinen Ärmeln liefen helle Streifen entlang, die vielleicht einmal weiß gewesen waren. Das Kleidungsstück war in einem miserablen Zustand, ausgeleiert, abgetragen und schmuddelig.

Vermutlich hatte der Schatten es irgendwo gefunden, als er sich einmal weiter nach oben gewagt hatte. Der Dreck verkrustete auch seine anderen Sachen so sehr, dass man kaum noch erkennen konnte, wo seine Schuhe anfingen und seine Hose aufhörte.

Er war größer als Blake, so groß wie Nick mit seinen zu langen Armen und Beinen, doch Blake war sicher schwerer. Der kleinere Schatten hatte breitere Schultern und war insgesamt massiger, weil er ein Schwert schwang und boxte. Der andere war ausgemergelt und dünn wie eine Bohnenstange, was ihn aussehen ließ wie einen hochgeschossenen Jugendlichen.

„Wie heißt du?", fragte Ween den Schatten mit den blauen Augen.

„Dumme Frage", brummte Blake. Sein Lehrling seufzte, als ihm einfiel, dass Schatten keine Namen in dem Sinne hatten.

„Dann eben keine Namen", murmelte der junge Mann.

„Die Stadtwache weiß, dass ihr verschwunden seid", sagte Madlen zu ihrem Besucher. „Sie versuchen, zu helfen." Der Schatten schwieg. Seine Gedanken strömten ruhig vor sich hin. Er hörte ihnen nur zu.

„Sie zwingen euch, dieses Gebäude wieder aufzubauen, oder?", fragte Blake. Er drückte sich noch immer an die Rückwand der Zelle. Der andere Schatten nickte langsam. Seine Augen waren groß und rund und wirkten um einiges freundlicher als Blakes.

Der stumme Schatten streckte eine Hand durch die Öffnung im Maschendrahtzaun. Auch seine Finger waren so dünn, dass man fast denken konnte, seine Hand wäre skelettiert und es würde sich lediglich um einige nachtschwarze Knochen handeln, die aus seinem Ärmel ragten.

Blake versuchte, sich daran zu erinnern, ob sie alle schon so abgemagert gewesen waren, als er noch bei ihnen gelebt hatte, oder ob die Sucher ihnen nicht genug zu essen gaben.

Der Schatten wartete geduldig, während Blake sich vorsichtig von der Wand abstieß und zögernd näher kam, als sei das Ganze eine Falle, die jederzeit zuschnappen könnte.

So begrüßt man sich doch unter Menschen, oder? Er hörte die Worte in seinem Kopf, und es war nicht die Stimme, mit der er sich manchmal stritt, wenn ihm langweilig war. Es waren auch nicht dieselben verschwommenen, unfassbaren Schattengedanken von zuvor. Der Schatten sprach jetzt, er benutzte richtige Worte und bildete Sätze. Auch, wenn es nur in seinem Kopf war.

Obwohl er die Umstände bedauerte, in denen der Dämon gesprochene Worte kennengelernt haben musste, war Blake stolz auf ihn. Dass die Schatten für gewöhnlich in Stille lebten, bedeutete nicht, dass sie nicht intelligent waren.[1]

Willst du wissen, was geschieht?, fragte der andere Schatten. Blake griff endlich nach seiner Hand und drückte sie, als wären sie Geschäftsleute, die sich begrüßten, und nicht zwei Gefangene.

Die Berührung machte es einfacher, eine telepathische Verbindung zu halten. Der Schatten zeigte ihm seine Erinnerungen. Sie waren strukturiert und glasklar und brachen doch so plötzlich wie eine Flutwelle über ihn herein.

Die Mauern waren aus einem dunkelgrauen Stein gemauert und erhoben sich wie die Hecken eines riesigen, uralten Irrgartens in den Himmel, doch sie waren von Löchern zerfressen und an vielen Stellen in sich zusammengestürzt. Auf dem Boden hatte sich Matsch angesammelt, in den die Reifen schwerer Menschenfahrzeuge ihre Spuren gegraben hatten. Der Himmel war grau und es nieselte. Dem Wetter nach musste diese Erinnerung ein paar Wochen alt sein.

In der Mitte des riesigen Gebäudekomplexes ragte ein Turm in die Luft und zeichnete sich schwarz vor den dichten Wolken ab wie ein verbrannter Baum. Es war eine Burg. Irgendwann einmal musste sie ein beeindruckender Anblick gewesen sein, doch jetzt war sie eine Ruine.

Die Wesen waren überall. Ihre zusammengestoppelte Kleidung war von Schlamm verdreckt. Gestalten mit schwarzer Haut und Augen, die glühten wie Feuer, viele geradezu krankhaft dürr wie verkohlte Skelette. Sie wuselten die Mauern so geschickt hoch, dass man glauben konnte, sie hätten mehr mit Spinnen gemeinsam als mit Menschen.

Er spürte den schmierigen Matsch unter seinen Füßen und den Regen in seinem Gesicht. Und er spürte *sie*. Das Bewusstsein der Kolonie, das sich aus ihnen allen zusammensetzte. Sie waren verbunden mit Gedanken und Magie, diejenigen, deren sechster Sinn stark war, glichen die Schwächeren aus, und es funktionierte. Sie waren eins. Stärker, umfassender als der Geist eines jeden Menschen. Und trotzdem gefangen.

Das klang nach etwas, vor dem die Dunkelheit selbst sich fürchten könnte.

---

[1] Mit einer Ausnahme, wie Rouge wahrscheinlich gesagt hätte, wäre sie hier gewesen.

Das Gehirnwäsche-Geschäft

Die Bilder verblassten. Blake war wieder in der Zelle. Der andere Schatten trat ein Stück von der Tür zurück. Das Glühen seiner Augen wurde schwächer, als er sich von der Laterne entfernte, die in ihrer Zelle stand.

Jetzt, wo Blake wusste, wonach er suchen musste, spürte er auch das Bewusstsein der Kolonie hinter den Gedanken seines Artgenossen. Hunderte miteinander vernetzte Geister. Er konnte sogar ein paar einzelne Auren erkennen, obwohl sie alle miteinander verwoben waren. Er sah ein blasses, geisterhaftes Grün, ein kräftiges Azurblau, ein tiefes Violett und ein warmes Rostbraun, das ihn an irgendetwas erinnerte. Und da waren noch viele mehr, gelb, grün, blau, und auch rot. Sie alle hatten ihr Gespräch mitbekommen, obwohl sie sich weit über ihnen befanden. An der Erdoberfläche, zwischen den Mauern einer Ruine.

Die drei Gefangenen der Sucher hatten nicht mit einer einzelnen Person gesprochen, sondern mit einem Teil der Kolonie. Wenn sie Blake wiedererkannte, ließ sie sich das nicht anmerken.

Er hatte Kopfschmerzen. Nicht die von dem Zauber draußen auf dem Gang. Diese Art kam ihm bekannt vor. Er erinnerte sich daran, wie er sich damals gefühlt hatte, als er gegen den Beschwörungszauber gekämpft hatte.

Stacheldraht-Kopfschmerzen. Die Kolonie hatte die Kopfschmerzen, begriff er, und er spürte sie nur, weil er mit ihr verbunden war. Noch bereitete der Zauber ihr keine größeren Probleme, offenbar war es ihr nicht ausdrücklich verboten, mit anderen Wesen zu sprechen, doch sie war zweifellos eingeschränkt.

„Danke", sagte Blake nur zu seinem Artgenossen und nickte höflich.

„Die kollektive Intelligenz der Kolonie war der ideale Wirt für den Beschwörungszauber", erklärte Mercer. „Dadurch, dass die Schatten alle telepathisch miteinander verbunden sind, hat er hat sich blitzschnell ausgebreitet." Der Sucher ging ein paar Schritte auf und ab.

„Wir versuchen, die Schatten gut zu behandeln", fügte er nach einer Weile hinzu. Blake bewegte sich nicht von der Stelle. Er lehnte mit verschränkten Armen an der Rückwand derselben Zelle, in der er zuerst gewesen war. Ween und Madlen hatten sie nicht mitgenommen. Die Sucher sprachen nur einzeln mit ihnen.

„Oh", hörte Mercer Blake flüstern. „Tut ihr das?" Der Sucher schwieg. Griffin und Lucy unterhielten sich gerade draußen. Er vermisste sie nicht. Mercer hatte keine Angst vor dem Mann, dem Monster, das ihm das Gesicht zerschlagen hatte. Er hatte sogar den Zauber ausgeschaltet, der Blake davon abgehalten hatte, zu zaubern, weil er sich davon genervt gefühlt hatte.

„Weißt du, *Ian*", begann Blake leise und ließ den Namen klingen wie einen Fluch. „Eine Frage wandert mir durch den Kopf. Ich habe sie alle gesehen. Die Schatten, alle mit Staub und Schlamm bedeckt, die über die Mauern klettern und Steine schleppen. Männer und Frauen, mit Auren in allen Farben. Aber es fehlt etwas. Das können nicht alle Schatten sein, die unter der Stadt waren. Wo sind die anderen?" Der Sucher sagte immer noch nichts. Blake knurrte leise, als hätte Mercer ihn damit beleidigt. Er klang nicht mehr wie ein Mensch. Er klang wie ein wütendes Tier, bereit, seinem Gegner an die Kehle zu springen und ihn in Stücke zu reißen.

„Ich spreche von den Kindern." Jetzt klang Blakes Stimme auf einmal wieder fast normal, nur etwas genervt, als spräche er mit einem begriffsstutzigen Schüler.

„Schattenkinder", wiederholte er. „Es sind keine Kinder da."

„Natürlich nicht", sagte Mercer ruhig. „Sie können nicht arbeiten."

„Was habt Ihr mit ihnen gemacht?"

„Sie sind am Leben, falls du das meinst." Der Sucher sah, wie der Schatten für einen Moment vor Erleichterung in sich zusammensank, auch, wenn er versuchte, sich nichts anmerken zu lassen. Er sah aus wie jemand, der eben das größte Dankesgebet seines Lebens zu seinem Gott geschickt hatte, doch Mercer bezweifelte, dass Blake die Art Person war, die einem Gott mehr Respekt zollen würde als irgendjemand anderem. Eher noch weniger.

„Sie sind in einem ruhigen Teil der Burg", fügte Mercer hinzu. „Ich glaube, die Schatten haben einen geistigen Schutzwall um sie errichtet, damit Außenstehende ihre Auren nicht wahrnehmen."

„Wann wird die Burg fertig sein?", fragte Blake nach einer Weile.

„Das werde ich dir nicht sagen."

„Was werdet ihr mit der Kolonie machen, wenn es so weit ist?"

„Willst du darauf wirklich eine Antwort?"

Der Schatten machte einen Satz auf ihn zu. Mercer trat unbeeindruckt einen Schritt zur Seite. Ihm war bewusst, wie viel Glück er hatte. Wenn Blakes Magie in einem etwas besseren Zustand gewesen wäre, wäre er wohl von einem Dutzend Speere aus konzentrierter Schwärze durchbohrt worden.

Der Schatten wirkte selbst etwas überrascht, als hätte er vergessen, dass seine Kräfte wieder da waren, doch dann riss er sich zusammen und setzte zu einem rechten Haken an. Der Schlag ging ins Leere, und eine Sekunde später stand Mercer wieder ganz ruhig da in seinem grauen Anzug, als wäre nie etwas vorgefallen.

„Das ist keine gute Idee", warnte der Sucher.

„Einen Versuch war es wert", entgegnete Blake.

„Nein. Du würdest nicht weit kommen." Als Antwort bekam Mercer nur einen unbeeindruckten, feindseligen Blick. „Und jetzt entschuldige mich. Ich würde ja gerne den ganzen Tag mit dir über das Spiel von Gut und Böse plaudern, aber ich muss arbeiten."

Mit diesen Worten drehte er sich um und ging, ohne dem Schatten noch einen Blick zuzuwerfen. Er konnte ihn fast schon wütend mit den Zähnen knirschen hören.

Griffin und Lucy traten ein. Offenbar interessierte es sie, warum der einzige freie Schatten in der Burg verlangt hatte, mit einem der Sucher zu sprechen.

„Wie läuft's so im Gehirnwäsche-Geschäft?", fragte Blake seinen ehemaligen Meister trocken.

„Du kannst dich einfach nicht aus meinen Angelegenheiten heraushalten, oder?", entgegnete der Beschwörer.

„Und du dich nicht aus den Köpfen anderer Leute." Blake musterte Lucy, die vor ihm stand und mit ihrem Dolch herumspielte. Er hatte sie erst gestern kennengelernt, doch er hatte von den anderen genug über sie gehört.

Kleine Psychopathin. Da war sie also, klein und dunkelhäutig, und trug eine Bluse mit einem absurd tiefen Ausschnitt unter der gepanzerten Jacke. Hoffentlich würde ihr das irgendwann zum Verhängnis werden. Auf ihren Lippen lag ein boshaftes Lächeln. Sie hatte es offenbar darauf angelegt, ihn einzuschüchtern. Es funktionierte nicht ganz so, wie sie es sich vermutlich vorstellte, weil er viel größer war, aber auch besser, als er sich eingestehen wollte. Die Vampirin hatte etwas *sehr* Beunruhigendes an sich.

„Ich mag dich nicht", sagte Lucy und trat einen Schritt vor. Die Klinge des Dolches glänzte. Da war kein Platz mehr für ihn, um zurückzuweichen, und nichts, was er hätte tun können, falls sie plötzlich

beschloss, ihm die schlanke Klinge in den Bauch zu rammen.
„Das ist mir klar", erwiderte Blake. „Und könntest du *bitte* aufhören, mit deinem Messer vor meinem Gesicht herumzufuchteln?" Sie warf ihm einen beleidigten Blick zu und trat etwas zurück. Er atmete erleichtert auf.
„Der Bronzeschlüssel", sagte sie neugierig. „Er ist aus Lichtmagie. Wenn du versuchen würdest, ihn zu berühren, was würde dann passieren?"
„Es wäre sehr schmerzhaft."
„Faszinierend."
„Aber wenigstens verbrenne ich nicht, wenn ich zur falschen Tageszeit an einem Fenster vorbeigehe", erwiderte Blake. Neben der Vampirin verdrehte Griffin genervt die Augen.
„Noch mehr Fragen?", erkundigte Blake sich höflich. Die Vampirin schwieg einen Moment, dann breitete sich wieder ein teuflisches Lächeln auf ihrem Gesicht aus. Ihre Stimmung schien stets blitzschnell umzuschlagen. Blake gefiel das nicht.
„Mir fällt tatsächlich noch eine ein. Deine Augen." Lucy hob den Dolch. „Wenn ich sie dir herausschneide, würden sie immer noch so leuchten?"
„Nicht, wenn ich schneller bin", erwiderte Blake und machte einen Schritt nach vorne. Seine Hand schoss vor und sein Daumen bohrte sich fast in ihr Auge, doch sie riss sich mit einem erschrockenen Quietschen los, bevor er sie ernsthaft verletzen konnte. Sie zischte und drückte schützend eine Hand auf ihr tränendes Auge.
Eine Druckwelle von Griffin traf Blake und schleuderte ihn so heftig gegen eine Mauer, dass er danach erst einmal vornüber fiel und auf Händen und Knien landete. Er hörte sich wütend knurren.
Griffin seufzte nur laut, bedeutete Lucy, sich zu beruhigen und zog sie mit sich nach draußen.

Blake legte sich eine Hand auf den Nacken, ließ seinen Kopf hin und her rollen und verzog das Gesicht. Sie hatten den Zauber, der ihm Kopfschmerzen bereitete, wieder eingeschaltet. Stärker als zuvor. Hoffentlich würde ihn bald jemand zurück zu den anderen bringen.
„Das war unnötig", knurrte er laut.
„Du hast sie verärgert", stellte Alba fest. Sie stand mitten im Raum, bleich und eisig wie immer. Der Schatten ächzte und stand auf. Die To-

desfee sprach weiter, während er an ihr vorbeiging und zum tausendsten Mal die Tür überprüfte.

„Aber Mercer hatte recht. Du kannst nicht gewinnen. Sie sind zu viele. Und sie haben Waffen." Blakes Knurren wurde zu einem Grollen.

„Du weißt von den Schatten?", fragte er.

„Ja, ich habe sie auch gefunden. Ich war gerade bei Madlen und Ween, die haben mir alles erzählt. Unsere Zeit läuft ab."

„Unsere Zeit läuft ab", wiederholte er grimmig und fuhr suchend mit seinen Händen über die Scharniere der Tür. „Wenn ich Magie hätte, könnte ich diese blöde Tür aus den Angeln sprengen."

„Ja, aber du hast keine Magie", sagte sie. Blakes Faust traf mit voller Wucht die Tür. Es gab ein lautes Knacken. Blake gab einen merkwürdigen Laut von sich. Alba zuckte zusammen und verzog mitfühlend das Gesicht.

Blake ließ sich fallen und lehnte sich gegen die Tür. Seine Fingerknöchel waren aufgerissen und bluteten, doch das war seine geringste Sorge.

„Autsch", sagte er halb überrascht, halb anklagend. „Mein Handgelenk."

Alba seufzte wie jemand, der es mit einem ungeschickten Kind zu tun hatte, und ging zu ihm hinüber. Der Schatten betrachtete seine kaputte Hand und machte ein betretenes Gesicht.

„Weise Männer sparen sich ihren Zorn auf", sagte Alba sanft und hockte sich neben ihn, um ihm ins Gesicht zu sehen. „Wie willst du die Sucher jetzt schlagen, ohne deine rechte Hand?"

„Mein linker Haken ist auch ganz gut", brummte er. „Und ich bin vieles, aber ein weiser Mann bin ich nicht."

„Was machen wir jetzt?", fragte Madlen, nachdem Blake aus der Einzelhaft zurückgekehrt war, die verstauchte Hand schützend an sich gedrückt. Er sah wohl nicht aus, als sei das Gespräch sehr zufriedenstellend verlaufen.

„Die Schatten befreien natürlich", antwortete Ween bemüht optimistisch. „Es muss doch wieder so eine magische Tontafel geben, an die der Zauber gebunden ist. Wir schleichen uns hin und schlagen sie kaputt. Dann haben wir schon mal eine Armee von Dunkelmagiern auf unserer Seite. Ich bin sicher, danach fällt uns irgendwas ein, um mit den Suchern fertig zu werden."

„Weißt du, wo es so eine Tafel geben könnte?", fragte Blake den Schatten mit den blauen Augen, der ihnen wieder einmal einen Besuch abstattete[1], und zeichnete mit der unverletzten Hand ein grobes Rechteck in die Luft. „So groß etwa."

Als Antwort zuckte ein Bild durch Blakes Kopf. Menschen, über deren Schultern an Gurte mit Jagdgewehre hingen.

„Ich glaube, er meint, dass die Tafel schwer bewacht wird", sagte Blake zu seinen beiden menschlichen Freunden, falls sie die Nachricht nicht bekommen hatten.

„Vielleicht können wir dann wenigstens Hilfe holen?", versuchte Madlen es. „Wir gehen durch den Spiegel und sagen der Stadtwache Bescheid. Rouge mit ihrem Schwert könnte hier Wunder wirken." Noch einmal ein Bild. Dasselbe.

„Willst du damit sagen, dass hier *alles* bewacht wird?", fragte Ween. Der Schatten nickte. Dann legte er den Kopf schief und schien noch einmal nachzudenken.

Erinnerungen, wie jemand zwischen den Mauern entlang lief, Wände empor kletterte, schließlich den Stein hinter sich ließ und im Freien stand. Gras. Baumstümpfe. Ein kurzes Bild von einer großen Wasserfläche.

„Also ist die Burg nicht gesichert für den Fall, dass jemand sich heraus schleicht", fasste Blake zusammen.

„Warum auch?", sagte Madlen. „Der Zauber zwingt sie ja, hier zu bleiben. Wenn wir nur hier rauskommen würden, könnten wir irgendwo Hilfe suchen."

„Und wir sitzen in dieser Zelle fest." Blake richtete sich wieder an seinen Artgenossen. „Meinst du – meint ihr, ihr könnt uns irgendwie die Zellenschlüssel besorgen?" Kopfschütteln. So sehr konnten sie sich offenbar nicht gegen die Sucher richten. Der Schatten zeigte ihnen wieder seine Gedanken. Er konnte ihnen nur sagen, wo die Lagerräume waren, in denen es auch Schlüssel gab.

„Na toll", murmelte Ween, verschränkte die Arme und lehnte sich an eine Wand. „Er hat all das Wissen und kann sich frei bewegen, aber eine Gehirnwäsche hindert ihn daran, mehr für uns zu tun als uns nur Gesellschaft zu leisten. Wir könnten alles tun, was wir wollen, aber wir

---

[1] Die Kolonie hatte ihnen erklärt, dass sein Tagesplan sich geändert hatte und er jetzt ein paar Mal am Tag an ihrer Zelle vorbeikam und ein paar Minuten reden konnte.

sitzen in einer Zelle fest." Der Schatten mit den blauen Augen zuckte betreten mit den Schultern und rieb sich mit den Fingern über die Schläfen. Er hatte wieder Kopfschmerzen.

„Du hast recht", pflichtete Blake seinem Lehrling bei und lehnte sich neben ihm gegen den Stein. „Es gibt absolut nichts, was wir vier tun können. Aber glücklicherweise sind wir in Wirklichkeit zu fünft und haben ein gruseliges Geistermädchen auf unserer Seite."

Flucht

Albas triumphierendes Lächeln war so breit, als hätte sie soeben einen Kontinent erobert, als sie wieder auftauchte.

„Zellenschlüssel?", fragte Blake und hob abrupt den Kopf.

„Besser", erwiderte sie und öffnete ihre winzige, blasse Kinderhand. Der Schlüssel, der darin lag, war klein, unauffällig und ein bisschen angerostet.

„Hey, das ist ja mein Rostschlüssel", sagte Ween und strahlte.

„Um genau zu sein, ist es ja meiner", warf Blake ein. „Aber das interessiert hier niemanden, oder?"

„In diesem Fall gibt es zu viele Schlüssel", fand Madlen. Sie stand auf und klopfte sich den Staub von den Kleidern. Alba hatte sich währenddessen mit dem Rostschlüssel an der Tür zu schaffen gemacht.

Ween rückte seine Krawatte zurecht und grinste.

Kaum waren sie draußen, beförderte Blake den kleinen Kopfschmerz-Zauber mit einem gut gezielten Tritt zum anderen Ende des Ganges, wo er beim Aufprall in tausend Stücke zerbarst. Die Kopfschmerzen ließen sofort nach.

Sie fanden den Schatten mit den blauen Augen an einer Kreuzung, wo er nach Suchern Ausschau hielt. Nachdem sie ihn erreicht hatten, führte er sie den linken Gang hinunter. Blake bemerkte dabei zwei Dinge, erstens, dass er einen großen grünen Wanderrucksack auf dem Rücken trug und zweitens, dass er verdächtig angespannt wirkte.

Der versklavte Schatten hatte sie nicht befreit. Er hatte nur mit ihnen gesprochen. Alba hatte sie herausgelassen. Er hatte nichts falsch gemacht. Sein Kopf tat vermutlich trotzdem weh.

Deine Hand ist verletzt, bemerkte er nach einer Weile und deutete auf Blakes rechten Arm.

„Ich weiß", brummte Blake.

So kannst du nicht zaubern, oder?

„Es ist bereits besser."

Uns kann man nicht anlügen, kam die Erwiderung. Blake warf seinem Artgenossen einen warnenden Blick zu, damit er die Klappe hielt.

„Wenn ich das richtig verstanden habe, ist die Burg von Wasser und Bäumen umgeben", meldete Madlen sich. „Irgendeine Ahnung, wie weit es bis zur nächsten Stadt ist? Wir müssen irgendwo telefonieren." Ihr neuer Freund schüttelte den Kopf. Er hatte die Burg noch nie verlassen.

Blake selbst gefiel die Idee einer Flucht aus der Burg nicht. Er wollte kämpfen, Mercer noch einmal schlagen und vielleicht, wenn er ganz schlechte Laune hatte, Lucy ein Auge ausstechen, doch die Sucher waren bis an die Zähne bewaffnet und Ween, Madlen und Alba hatten ihn überstimmt.

Der andere Schatten schien seinen Unmut bemerkt zu haben und überreichte ihm wie zum Trost den grünen Rucksack, in welchen er, wie er ihnen telepathisch zeigte, Lebensmittel und ein paar andere nützliche Gegenstände gepackt hatte. Einige Konservendosen mit Essen, ein Feuerzeug, ein paar Decken.

Blake glaubte zu wissen, warum er sich die Mühe gemacht hatte, die Sachen zusammenzusuchen. Sie zogen los und ließen ihn und den Rest der Kolonie zurück. Die Schatten würden nichts tun können als warten, und dieses Gefühl gefiel ihnen nicht. Also wollten sie ihnen zumindest die bestmögliche Ausrüstung für die Reise verschaffen.

Es fiel Blake immer noch schwer, sich daran zu gewöhnen, dass er mit einem Wesen sprach, das gleichzeitig mit unzähligen anderen Personen vernetzt war und eine kleine Armee vertrat. Es war so lange her, dass er das Labyrinth verlassen hatte.

„Du weißt nicht zufällig, wo mein Mantel, mein Schwert und der andere Kram sind?", fragte er.

Ein Kopfschütteln. Der andere Schatten hatte eine vage Vorstellung, wo die verschiedenen Lagerräume sich befanden, und aus ein paar durften die Schatten sich sogar selbstständig bedienen, doch die wirklich interessanten Dinge wurden in den oberen Etagen verstaut und dort waren mehr Sucher unterwegs.

Nach etwa zwanzig Minuten dunkler Gänge traten die fünf nach draußen. Der Matsch war nicht mehr so glitschig wie in der Erinnerung des Schattens und die Mauern sahen schon viel besser aus. Es war mitten in der Nacht.

Irgendwo über ihnen brannte Licht. Die Söldner saßen im Freien, tranken ein bisschen Bier und genossen ihren Feierabend. Ein paar Fetzen ihrer Unterhaltung schafften es bis nach unten zu ihren Feinden. Sie sprachen nicht über die Schatten. Madlen hätte sich besser gefühlt, wenn es so gewesen wäre. Es hätte es leichter gemacht, sie als die Bösen zu sehen. Doch sie redeten nur ganz normales, menschliches Zeug, über das Wetter und die Fußballturniere der Nichtmagier und darüber, ob es ihnen vielleicht gelingen könnte, mit einem Laptop und einem Beamer einen Film zum Laufen zu bekommen.

„Wir kommen zurück", versprach Blake seinem Artgenossen. „Wir finden einen Weg, euch und die Kinder zu retten. Ich verspreche es." Der Schatten sah ihn, wie eigentlich immer, nur stumm an.

„Wir beeilen uns", fügte Ween hinzu. „Macht euch keine Sorgen, wir machen so Sachen die ganze Zeit." Ein leises Lächeln schlich sich auf das Gesicht des Dämons.

„Es ist sein Job", fügte Madlen hinzu. „Ween ist so etwas wie ein Polizist... Weißt du, was ein Polizist ist?" Der Schatten stöberte ein paar Sekunden lang in Madlens Bewusstsein herum.

Jetzt weiß ich es, dachte er dann. Er nickte Ween höflich zu.

„Gibt es noch irgendwas, womit wir helfen können?", wollte der junge Stadtwache-Magier wissen. Der Schatten schien ratlos, doch als Blake ihm schon zunickte und sich zum Gehen wandte, schien Ween noch etwas einzufallen. Er kramte in seinem Jackett und fand schließlich, was er suchte. Es war eine Tüte Fruchtgummis.

„Kannst du das den Kindern geben?", fragte er. Der Schatten legte fragend den Kopf schief.

„Es ist was zum Essen", fügte Ween hinzu. „Probier mal." Der Schatten nahm die Tüte mit einer undefinierbaren Mischung aus Ehrfurcht und Verwirrung entgegen und versuchte ungeschickt, sie zu öffnen. Er zerrte eine Weile an dem Plastik herum und runzelte nachdenklich die Stirn. Madlen wollte ihm ihre Hilfe anbieten, doch schließlich riss er die Packung einfach mit den Zähnen auf. Seine dürren, schwarzen Finger fischten einen gelben Klumpen heraus und schoben ihn in seinen Mund. Nachdenklich kaute er darauf herum.

„Ich hab die Tüte von zu Hause mitgebracht", erkärte Ween Madlen leise. „Die Sucher haben sie mir überlassen."

Schmeckt seltsam, stellte der Schatten fest und schluckte es herunter. *Woraus besteht das?*

„Äh", machte Ween und schien nachzudenken. „Das ist eine echt gute Frage..." Blake seufzte leise.

Alba war in dem kleinen Torbogen stehengeblieben, durch den sie nach draußen gekommen waren. Ihre blasse Haut und ihre helle Kleidung ließen sie gegen den dunklen Stein mehr denn je wie einen Geist aussehen.

„Ich bleibe hier", sagte sie. „Ihr braucht mich nicht mehr. Und wer weiß, vielleicht öffnen sie doch noch eine Tür zurück nach Hause." Blake nickte ihr zum Abschied zu. Vermutlich machte er sich Sorgen um sie. Madlen tat das auch. Es war dumm, denn Alba konnten die Sucher noch am wenigsten anhaben, doch trotzdem verspürte sie das Bedürfnis, das kleine Mädchen zu beschützen.

Ein Geräusch. Eine gedämpfte Stimme von der Mauer direkt über ihnen. Blake zog die beiden Menschen hinter eine Ecke. Der andere Schatten folgte ihnen stumm.

Ein Lichtkegel wanderte dort über den Stein, wo sie eben noch gestanden und geredet hatten. Ween und Madlen hielten die Luft an. Blake wollte einen Blick um die Ecke werfen, zog sich jedoch wieder zurück. Madlen wusste, warum. Die Sucher würden seine Augen sehen. Stattdessen bedeutete er ihr, sich umzusehen. Ihr bleiches, menschliches Gesicht war im Dunkeln zwar prinzipiell leichter zu sehen, doch wenigstens glühten ihre Augen nicht wie zwei Taschenlampen, wenn man sie anleuchtete.

Sie beobachtete den Besitzer der Stimme und seine Umgebung für einen Moment, als das Licht in eine andere Richtung schien. Dann drehte sie sich um und hielt einen Finger hoch. Er war allein. Madlen streckte Daumen und Zeigefinger aus, als wäre ihre Hand eine Pistole. Er war bewaffnet. Gegen ein Gewehr konnten sie nichts tun, außer sich zu verstecken und schnell zu sein.

Sie schlichen gebückt durch das Labyrinth der Mauern. Der Lichtkegel des Söldners verschwand nach kurzer Zeit. Vermutlich war der Mann zu dem Schluss gekommen, dass er sich nur verhört hatte. Trotzdem blieben sie vorsichtig.

Der Schatten mit den blauen Augen schien sich auszukennen. Manchmal schickte er ihnen bruchstückhafte Informationen darüber, wo sie sich befanden, und bald hatte Madlen eine gute Vorstellung vom Aufbau der Burg. Sie wusste, dass das Gebäude grob dreieckig war, sie wusste, wo die Zellen der Schatten waren und wo die Räume der Söldner, wo die Verpflegung gelagert wurde, von der der Schatten ihnen etwas eingepackt hatte.

Dann erreichten sie einen schmalen Tunnel, der durch die Außenmauer führte, und traten *wirklich* nach draußen, wo Madlen prompt erstarrte.

„Oh", murmelte sie. „Das Meer. Nett."

Der Weg zwischen der Steinmauer und der steil abfallenden Felswand war an manchen Stellen nur einen Meter breit. Rechts von ihnen führte er aufwärts, zur Spitze der Klippe, auf der die Burg erbaut war, und links zurück zum Festland, das etwas weiter abwärts lag und von Wald bedeckt zu sein schien. Von den Mauern aus musste man tagsüber einen grandiosen Blick auf die Umgebung haben.

Doch jetzt war es, abgesehen von einem blassen Mond und ein paar Sternen, dunkel. Der Himmel war tiefblau. Das kühle Licht spiegelte sich unter ihnen im Wasser, das bis zum Horizont reichte.

An sich war es durchaus beeindruckend, doch was Madlen Sorgen bereitete, war die Tatsache, wie weit unten es war.

Sie sah zurück zu den anderen. Das Gesicht des blauäugigen Schattens war unergründlich, doch Blake schien ähnlich beunruhigt zu sein. Madlen wunderte sich etwas. Sie hatte gehört, dass er ein hervorragender Kletterer war.

„Höhenangst?", fragte Ween.

„Das ist keine Höhenangst", erwiderte Madlen leiser. „Das ist gesunder Menschenverstand."

„Das stimmt", pflichtete Blake ihr bei.

Sie gingen langsam hinunter, eine Hand an der Mauer. Madlen trat trotzdem auf einen losen Stein und stolperte fast, fing sich jedoch gerade noch. Blake, der vor ihr ging, drehte sich zu ihr um und schnaubte gereizt.

Über ihnen durchschnitt wieder kaltes, künstliches Licht die Nacht. Diesmal waren es zwei Taschenlampen und zwei Stimmen. Blake packte Madlen und Ween und drückte sie gegen die Mauer. Sein Blick war auf den Boden gerichtet, damit sie seine Augen nicht sahen. Ein Blick nach rechts zeigte Madlen, dass der andere Schatten dasselbe tat. Er sah jetzt angespannt aus, fast schon panisch. Blakes Gesichtsausdruck konnte sie nicht erkennen, weil ihm seine Kapuze so tief ins schwarze Gesicht hing. Wie sie ihn kannte, war es wahrscheinlich Absicht.

Von oben waren jetzt Schritte zu hören. Jemand joggte über die Mauer. Vielleicht wollte er runterkommen und selbst nachsehen.

„Wir müssen hier weg", zischte Ween und lief weiter. Er war um einiges lauter, als Madlen lieb war.

Dann kam noch ein Licht, von unten, vom Festland. Sie kamen ihnen entgegen. Blake fluchte. Sie sahen sich hektisch um. Der Schatten mit den blauen Augen, der immer noch neben Madlen an der Wand stand, konnte den Suchern irgendeine Lüge auftischen, woher der Lärm kam, doch sie drei mussten verschwinden.

Blake versuchte ein paar Mal, wieder in die andere Richtung zu kommen, doch der Wachmann oben leuchtete immer noch den Weg ab. Es war zu riskant.

„Hey", sagte Ween, der zu ihnen zurückgekommen war, leise. Er sah nach unten, ins Wasser. Blake folgte seinem Blick und sah dann wieder zurück zu seinem Lehrling.

„Was auch immer du vorschlagen willst, es gefällt mir nicht", sagte er.

„Bessere Idee?", fragte Ween.

„Moment", zischte Madlen. „Das – ich meine – das ist nicht dein Ernst, oder?"

„Wir haben keine Zeit", antwortete Ween. Der Schatten hinter Madlen verfolgte ihr Gespräch stumm und schien nicht mehr mitzukommen.

„Das ist eine schlechte Idee, Ween", erklärte Blake. „Und selbst wenn wir den Sprung überleben, ich kann nicht–"

Er brachte den Satz nicht mehr zuende. Ween packte Blake und Madlen und zog sie mit sich.

Und dann stürzten sie von der Klippe weg und die Welt drehte sich. Madlen sah die blauen Augen des Schattens, der ihnen nachblickte, hörte Blake etwas sagen, das sie nicht verstand. Die Dunkelheit riss an ihnen und verlangsamte ihren Fall kurz, doch Blake konnte sie nur kurz halten, bevor sie weiter in die Tiefe stürzten und mit voller Wucht auf die Wasseroberfläche trafen.

Ravioli

Sie durchschlugen die Wasseroberfläche mit einem schmerzhaften Knall. Madlen wirbelte um ihre eigene Achse und schluckte Wasser. Salzig. Es war eindeutig das Meer. Das Wasser war kalt und schwer. Ihre Ohren schmerzten unter dem Druck.

Nach ein paar Momenten riss sie sich zusammen und begann, Wasser zu treten. Sie konnte kaum etwas sehen. Luftblasen wirbelten um sie herum und ein paar Schemen in der Dunkelheit, die sich zu schnell bewegten, als dass Madlen hätte erkennen können, worum es sich handelte.

Sie durchbrach die Oberfläche und schnappte nach Luft. Ihr Haar klebte klatschnass an ihrem Kopf. Die kalte Nachtluft brannte fast auf ihrem Gesicht. Aber sie konnte wieder atmen.

Neben ihr tauchte Ween auf. Er lächelte ihr nur zu, als er sie sah. Nicht einmal der Ansatz einer Entschuldigung. Aber was hatte sie auch erwartet?

Über ihnen ragte die rabenschwarze Klippe auf. Ganz oben waren ein paar Lichter zu erkennen, doch sie waren weit weg. Blieb nur zu hoffen, dass der Schatten mit den blauen Augen keinen Ärger wegen ihnen bekam.

Madlen runzelte die Stirn und sah sich um. Wellenberge und Wellentäler, schwarz mit tausenden kleiner Lichtspiegelungen auf der Oberfläche. Keine kleinen, roten Lichter.

„Hey, Ween", rief Madlen und paddelte ein Stück zu ihm hinüber. Er schwamm direkt neben der Klippe und hielt sich daran fest. „Wo steckt Blake?"

„Oh", sagte er und machte ein Gesicht, als sei ihm gerade etwas eingefallen. „Weißt du, die Sache ist die, als er eben gesagt hat *Ich kann nicht* und ich gesprungen bin.. nun, ich bin mir ziemlich sicher, dass er etwas sagen wollte in Richtung *Ich kann nicht schwimmen.*"

„Oh", sagte auch Madlen. „Das ist schlecht, oder?"

Er tauchte wortlos unter und verschwand für eine halbe Minute, dann durchbrach er ein Stück entfernt erneut die Wasseroberfläche. Einen Sekundenbruchteil später tauchte Blake auf. Er hustete, würgte, spuckte Wasser und hielt sich an dem Felsen fest, um an der Oberfläche zu bleiben.

„Siehst du?", sagte Ween zu ihm. „Wir sind alle okay." Der Schatten klammerte sich an die Klippe und knurrte ihn an, kaum mehr als ein Paar wütender roter Augen in der Dunkelheit.

„Hey, Blake, wir sind–" Das Knurren wurde zu einem kurzen Brüllen, als Blake seine Faust schwang. Er hatte zu wenig Schwung und streifte nur Weens Kiefer, doch der junge Mensch drehte sich trotzdem ein Stück.

„Das war nicht nett", beschwerte er sich.

„Du verdammter kleiner...", krächzte Blake. Er hörte sich an, als hätte er das halbe Meer geschluckt. „Sobald ich wieder Boden unter den Füßen habe, bring ich dich um, du bescheuerter *Mensch!*" Ween machte ein beleidigtes Gesicht.

„Sorry, Madlen", fügte Blake hinzu und würgte wieder. Er gab ein erbärmliches Bild ab.

„Kein Problem", erwiderte sie unbekümmert. „Lasst uns sehen, dass wir zum Ufer kommen. Mir ist kalt."

Blake zog sich an den Felsen hoch und tastete nach dem nächsten Felsvorsprung. Es wirkte, als hinge er nicht über dem Meer, sondern über einem bodenlosen Abgrund an einer Kletterwand. Die ganze Zeit über starrte er die Wellen unten an, als hätten sie ihn unverzeihlich beleidigt.

Sie schwammen – oder, in Blakes Fall, hangelten – sich irgendwie an der Felswand entlang, zum Strand. Es waren nur ein paar Dutzend Meter, doch Madlen kam es trotzdem gefährlich lange vor. Auf halber Strecke hörte sie Blake etwas murmeln.

„Wie bitte?", rief sie über das Rauschen der Wellen hinweg.

„Ich sagte, wir könnten noch ein weiteres Problem haben!", rief der Schatten. Er hielt sich mit der linken Hand fest und stützte sich mit dem rechten Unterarm so gut wie möglich ab. Seine Hand musste ernsthaft verletzt sein.

„Abgesehen davon, dass wir alle eine Lungenentzündung bekommen?", erwiderte Madlen. „Was ist es diesmal?" Blake deutete nur ins Wasser.

„Wir sind nicht allein", erklärte er. „Sind euch diese großen Wesen unter uns aufgefallen?" Madlen erinnerte sich an die Schemen, die um sie herumgehuscht waren, als sie ins Wasser gefallen war.

„Hm, ich dachte, es wären vielleicht Fischschwärme oder Seetang oder so?", versuchte sie es.

„Ich bin mir ziemlich sicher, dass sie das nicht sind. Da unten sind Augen. Gelbe, leuchtende Augen."

„Dämonenaugen? Aber was für eine Art von Dämonen lebt unter Wasser?"

„Madlen, was weißt du über Meerjungfrauen?", fragte Blake.

„Oh, nett", murmelte sie zum zweiten Mal in dieser Nacht. „So gut wie nichts. Ich für meinen Teil bevorzuge die finsteren, gefährlichen gegenüber den pinken aus den Kindergeschichten." Er lachte. Es klang einigermaßen verzweifelt.

„Wenn wir Glück haben, ist das ein gutes Omen", meinte er. Madlen versuchte, sich an der Felswand hochzuziehen, doch Blake half ihr weder hoch, noch machte er ihr Platz. Weit unter der Wasseroberfläche meinte sie, einige gelbe Lichtpunkte erkennen zu können, doch sie hoffte, dass ihre Fantasie ihr einen Streich spielte.

„Hast du nicht mal mit einer Meerjungfrau zusammengearbeitet?", fragte Ween. „Die Geschichte, in der ihr ein paar Kriminelle durch die Kanalisation von Undertown gejagt habt?"

„Das war keine Meerjungfrau, Ween, sondern eine Selkie." Blake wandte sich an Madlen, die sich nun ebenfalls an der Klippe festhielt und besorgt in die Tiefe sah. „Es ist ein bisschen kompliziert. Es gibt Nixen und Meerjungfrauen und Selkies. Nixen, oder auch Wassermänner, haben Beine und bunte Haut und leben im Süßwasser, obwohl sie auch ganz gut an Land klar kommen. Selkies können sich in Robben verwandeln. Meerjungfrauen haben einen Fischschwanz und leben im Salzwasser. Außerdem mögen sie keine Landlebewesen und können gut singen. Klar?"

„Klar", antwortete Ween.

„Und jetzt bewegen wir uns ein klein wenig schneller, ohne in Panik zu geraten."

Es dauerte eine Ewigkeit, bis Madlen sandigen Schlamm und spitze Steine unter ihren Füßen spürte. Sie konnte sich nicht daran erinnern, sich jemals so über Sand in den Schuhen und Dutzende winziger Schnittwunden an den Knöcheln gefreut zu haben.

Am Strand wollte sie eine Pause machen und sich ausruhen, doch Blake schnaubte nur und zog die beiden Menschen in Richtung des Waldes. Von oben leuchteten immer noch die Taschenlampen zu ihnen hinunter. Die drei erreichten die Kiefern, die ihre knorrigen Wurzeln verbissen in den kargen Sand gegraben hatten. Blake blieb nicht stehen und stapfte weiter. Über seiner Schulter hing immer noch der Rucksack, den der andere Schatten ihnen gegeben hatte.

„Wir müssen eine Pause machen", rief Madlen ihm hinterher. Er blieb stehen, drehte sich jedoch nicht um.

„Sie hat recht", fügte Ween hinzu. „Wir brauchen eine Pause. Wir können nicht die ganze Nacht durchwandern."

„Wir haben keine Zeit", sagte Blake und sah zu ihnen zurück.

„Aber es bringt nichts", beharrte Ween. „Es ist mitten in der Nacht."

„Hast du dir die Burg mal angesehen?", fragte der Schatten und deutete in die Richtung, aus der sie gekommen waren. „Für mich sieht sie so gut wie fertig aus. Die Zeit der Schatten läuft ab."

„Aber sie arbeiten noch daran, oder?", entgegnete Madlen. „Ich bin müde. Und Ween und ich können nachts nicht so gut sehen wie du. Wir brauchen alle ein paar Stunden Schlaf, und morgen früh, sobald es hell wird, machen wir uns auf die Reise."

„In Ordnung", stimmte Blake ihr schließlich zu. „Wir gehen noch ein Stück, falls die Sucher uns folgen. Dann schlagen wir unser Lager auf. Sobald es dämmert, brechen wir wieder auf. Wenn wir eine Stadt oder ein Dorf erreichen, verstecke ich mich und ihr beide organisiert ein Telefon." Ween nickte zustimmend. Blake drehte sich ohne ein weiteres Wort um und marschierte tiefer in den Wald hinein.

Er hatte eindeutig schlechte Laune. Nicht, dass Madlen es ihm verübeln konnte.

Sie fanden eine Grube zwischen ein paar verknoteten Kiefern, vielleicht anderthalb Meter tief und fünf oder sechs Meter im Durchmesser. Möglicherweise war dort einmal ein großer Baum entwurzelt worden.

Eigentlich hatte Blake ihnen verbieten wollen, Feuer zu machen, doch schließlich hatte er sich doch breitschlagen lassen. Ihre Sachen waren klitschnass und sie waren durchgefroren und zitterten. Blake versuchte, es zu verbergen, doch es ging ihm genauso schlecht wie den beiden Menschen.

Ween holte das Feuerzeug aus dem Rucksack und sammelte ein paar Zweige. Das Nadelholz brannte gut, und die Grubenwände um sie herum verhinderten, dass man den flackernden Lichtschein im ganzen Wald sah.

Madlen zog ihre Regenjacke, ihre Schuhe und ihre schwere, nasse Jeans aus und legte sie neben das Feuer. Andernfalls würden sie auf keinen Fall bis morgen trocken sein. Ihre Privatsphäre kümmerte sie zur Zeit nicht groß. Dafür war es einfach zu kalt. Ween gab ihr ein dünnes Stück Stoff von der Größe eines Geschirrhandtuchs. Es war ungewöhnlich schwer.

„Was ist das?", fragte sie.

„Du musst sie auffalten", sagte er. Sie nickte ratlos, fand eine lose Ecke und zog den Stoff auseinander. Er ließ sich noch einmal aufklappen und noch einmal, bis sie schließlich eine dicke, weiche Decke in den Händen hielt. Sie grinste breit und wickelte sich darin ein. Sekunden später wurde die Decke warm. Sie musste zweimal verzaubert worden sein: Einmal, damit sie sich so unnatürlich klein zusammenfalten ließ, und einmal, damit sie sich erwärmte.

„Meine Güte, Magie ist *praktisch*", stellte sie fest. „Danke." Ween grinste zurück und warf dann Blake eine zweite Decke zu. Er schnaubte etwas Unverständliches, schlang sie sich um die Schultern und starrte finster ins Feuer.

Zum Abendessen gab es Konservennudeln und trockene Kekse. Der Schatten hatte sogar an ein paar kleine Flaschen Wasser gedacht. Madlen mochte die Nudeln nicht, hatte aber Hunger. Ween aß Nudeln in allen Variationen, die dieser verrückte Planet zu bieten hatte. Blake hasste die Konservennudeln aus tiefstem Herzen.

„Wie auch immer dieses Abenteuer ausgeht", verkündete Blake. „Ich werde nie wieder Ravioli aus der Dose essen." Für den Rest des Abends war das das letzte, was sie aus ihm herausbekamen.

Herzlichen Glückwunsch zum Geburtstag

Mercer wusste, nachdem sie jetzt schon gut ein Jahr zusammenarbeiteten, so einiges über Griffin und seine Lebensgeschichte.[1] Eins dieser Dinge war, dass der Beschwörer prinzipiell so ziemlich niemanden mochte, weder Nichtmagier noch Dämonen oder andere Magier.

Die meisten dieser anderen Magier entdeckten ihre Kräfte auch als Kinder oder Jugendliche. Griffins telekinetische Fähigkeiten hatten sich dagegen erst gezeigt, als er bereits Mitte dreißig war, und damals waren sie schwach und kaum kontrollierbar gewesen. Kurz darauf hatten seine Frau und er sich getrennt. Er war in die magischen Städte gereist: London, Prag, Undertown, Wien, Dublin, Paris und Dresden. Er hatte unzählige Vorlesungen an altehrwürdigen Universitäten besucht, voller Neugier auf die fremde Welt, die sich ihm eröffnet hatte.

Aber er war immer schlechter gewesen als die anderen. Mercer wusste nicht, wie viel an dem Gerücht dran war, aber Leute wie Griffin, Spätzünder, hatten den Ruf, schwächer als normale Magier zu sein. Auf alle Fälle war Griffin nicht mit seinen Kräften zufrieden gewesen. Also hatte er nach Dingen gesucht, die andere Magier nicht konnten. Er hatte einige Zeit in Deutschland verbracht und sich das Schießen beigebracht. Er hatte sich darin ausbilden lassen, fremde Magie in sich aufzunehmen und zu transportieren, eine interessante kleine Disziplin, die die meisten Magier nur in den Ansätzen beherrschten. Er hatte alte Sprachen gelernt.

In der Bibliothek von Undertown war er auf mittelalterliche Aufzeichnungen über Beschwörung gestoßen. Griffin hatte die Idee gefallen, sich die Magie von Dämonen auszuleihen. Er hatte eine der antiken Tontafeln innerhalb weniger Wochen aufgespürt und restauriert, nicht mithilfe besonderer Intelligenz oder besonders ausgeprägter magischer Fähigkeiten, dafür aber mit Sturheit. Mercer hatte die Geschichte zuerst nicht geglaubt, aber dann hatte Griffin Lucy und ihn hinter sich hergeschleift, war ein paar Spuren in Texten in fremden Sprachen gefolgt und einen Monat später hatten sie eine zweite Tafel in den Händen gehalten.

Mercer vermutete zu wissen, was Griffins Beweggründe für seine Taten waren. Was der Beschwörer wollte, war Macht. Nicht, um etwas damit zu tun, eine neue Weltordnung durchzusetzen oder sich materi-

---

[1] Mercer konnte sehr nervig sein, wenn er wollte.

elle Reichtümer zu verschaffen. Er wollte einfach nur Macht und war bereit, Blut dafür zu vergießen, das von anderen wie sein eigenes. Er war süchtig nach dem Gefühl und er spürte es, wenn seine telekinetischen Fähigkeiten, die schon lange nicht mehr schwach waren, taten, was er von ihnen verlangte, wenn er eine Pistole auf jemanden richtete oder wenn er den Dämonen ihren freien Willen stahl.

Außerdem hatte Lucy einen ganz schrecklichen Einfluss auf ihn.

Wegen all dieser Dinge tat der Schatten mit den blauen Augen Mercer sehr, sehr leid, als der Golem ihn in den Raum führte. Der Dämon sah sich unbehaglich um. Zweifellos war er sich im Klaren darüber, welche Art Gedanken den Suchern durch den Kopf gingen.

Griffin saß, wie eigentlich immer, hinter seinem schweren, altmodischen Schreibtisch.[1] Lucy saß auf einer Ecke der hölzernen Tischplatte und spielte mit ihrem Dolch herum. Der Golem war neben der Tür stehen geblieben. Mercer lehnte hinter dem Schreibtisch an einer Mauer und tat, als sei er gar nicht da.

„Bleib da stehen", befahl Griffin. „Und zeig uns nicht deine Gedanken." Der Schatten gehorchte wie ein dressierter Hund. Nicht, dass er eine Wahl gehabt hätte.[2]

„Guck mal, wie lange er die Luft anhalten kann", schlug Lucy dem Beschwörer vor.

„Was ist mit den Undertownern?", fragte Mercer schnell und warf dem Schatten nervöse Blicke zu. „Sollten wir sie nicht suchen?"

„Im Dunkeln?", erwiderte Griffin. „Außerdem braucht die Burg nicht mehr lange. Mal ganz abgesehen davon, dass wir nicht wissen, ob sie nicht einfach ertrunken sind."

Lucy sprang von dem Tisch und kam auf den Schatten mit den blauen Augen zu. Ihre Bewegungen sprühten geradezu vor gut gelaunter Energie. Der Schatten warf einen Blick auf ihren glänzenden Dolch und machte instinktiv einen Schritt zurück. Sofort durchlief ihn ein schmerzhaftes Zucken. Er stolperte und fiel hin, die Hände über dem Kopf zusammengeschlagen und gequält stöhnend. Einen Moment später jedoch rappelte der Schatten sich ungeschickt wieder auf und blieb stark zitternd, aber kerzengerade stehen. Seine blauen Augen wirkten,

---

[1] Er glich dem, den er vor neun Jahren besessen hatte und mit dem Blake und er sich gegenseitig verprügelt hatten, wie ein Ei dem anderen. Griffin war auch ein Gewohnheitstier.

[2] Genauso wenig hatte die Schattenkolonie eine Wahl gehabt. Griffin hatte nur *fragen* müssen, wohin Blake und die beiden jungen Menschen verschwunden waren.

vor Schmerz und Angst weit aufgerissen, noch größer als sonst.

In Mercers Bauch breitete sich währenddessen ein Übelkeitsgefühl aus. Er hatte keine Probleme damit, jemanden zu töten. Er hatte auch keine Probleme damit, jemanden zu verletzen, nur, weil er wütend war. Aber das hier war etwas Anderes. Er blieb trotzdem, wo er war, den Rücken gegen die Wand gelehnt, und beobachtete den Schatten aus seinen silbernen Augen.

Lucy und Griffin hatten nicht vor, ihn umzubringen. Das Ding, das zitternd in der Mitte des Raumes stand, war keine Person, kein Individuum, sondern Teil der kollektiven Intelligenz der Kolonie. Wenn Lucy ihm die Kehle durchschnitt, wäre das ein kurzer und schmutziger Tod. Die Kolonie würde spüren, wie er weggerissen wurde, mehr nicht.

Das war nicht die Art von Strafe, die den Suchern für seinen Verrat vorschwebte. Sie wollten keinen einzelnen Rebellen beseitigen, denn es gab keine einzelne Person. Sie wollten der ganzen Kolonie eine Lektion erteilen.

Lucy trat wieder auf den Schatten zu und hob ihren Dolch. Diesmal blieb der Dämon, wo er war, auch wenn sein ganzer Körper so gespannt war wie eine Feder, also änderte Lucy den Griff um die Waffe und schlug ihm mit dem Knauf ins Gesicht. Der Schatten gab ein schmerzerfülltes Zischen von sich, stolperte wieder rückwärts und riss schützend die Hände vor sein Gesicht, nur, um sich eine Sekunde später stattdessen den Schädel zu halten, als der Beschwörungszauber sich zur Strafe dafür, dass er sich von der Stelle bewegt hatte, wie Stacheldraht um sein Bewusstsein zusammenzog.

„Bleib stehen", wiederholte Griffin. „Nimm deine Hände runter." Der Schatten richtete sich wieder zu seiner vollen Größe auf und ließ seine Hände langsam sinken. Aus einigen fiesen Schrammen in seinem Gesicht lief dunkles Schattenblut und es sah aus, als wäre eins seiner Augen bereits dabei, zuzuschwellen.

Lucy schlug erneut mit dem Dolch nach ihm und verpasste ihm einen Kinnhaken, der seinen Kopf nach oben riss. Mercer zuckte zusammen. Diesmal heulte der Schatten regelrecht auf vor Schmerz, wollte seine Hände auf seinen Mund drücken, konnte es jedoch nicht, ohne dass der Beschwörungszauber ihm weitere Schmerzen zufügte. Als er sich vornüberbeugte, rann blutiger Speichel aus seinem Mund. Ein anhaltendes Wimmern drang aus seiner Kehle. Die ganze Kolonie musste spüren, wie er sich gerade fühlte.

Lucy bückte sich, hob etwas vom Boden auf und hielt es gegen das Licht. Es war ein Splitter, nachtschwarz und glasig, nicht größer als ein Sonnenblumenkern.

„Ein Stück von seinem Zahn", stellte Lucy grinsend fest und drehte den Splitter fasziniert zwischen den Fingern. „Zähne so dünn wie Nadeln müssen ja abbrechen. Nun. Sie haben mehr als genug davon." Sie fand ein Taschentuch in ihrer Jacke, wischte den Splitter damit sauber und steckte ihn sich in die Tasche.

Ein Zittern durchlief den Körper des Schattens, dann erstarrte er abrupt. Er hatte die runden, himmelblauen Augen weit aufgerissen und starrte ins Leere. Lucy beobachtete ihn neugierig. Nach ein paar Sekunden bewegte er sich wieder, schüttelte sich, wie um aus einem bösen Traum aufzuwachen, und sah sich suchend um. Er wirkte jetzt vollkommen desorientiert, fast, als wäre er von einer Sekunde auf die andere erblindet. Sein schmerzerfülltes Wimmern wurde lauter.

„Was ist mit ihm los?", fragte Mercer nervös.

„Sie haben begriffen, dass wir nicht aufhören, ihm wehzutun, und ihn vom Netzwerk abgeschnitten", erklärte Griffin sachlich. „Andernfalls hätten seine Schmerzen die ganze Kolonie handlungsunfähig gemacht."

Sein Tonfall war ruhig, doch Mercer meinte, so etwas wie Zufriedenheit herauszuhören. Etwas sagte ihm, dass Griffin genau das beabsichtigt hatte: Die Kolonie vor eine schreckliche Wahl zu stellen. Entweder, sie wurden alle miteinander wahnsinnig vor Schmerz, oder sie entfernten jemanden wie einen bösartigen Tumor und ließen ihn allein, zum ersten Mal in seinem Leben wahrhaft allein, einsam und umgeben von Feinden.

Der Schatten war nicht wegen eines ausgeschlagenen Zahns so außer sich – nun, sicher *auch* deswegen. Doch was ihm wirklich Angst machte, Angst, wie er sie noch nie zuvor empfunden hatte, war, dass er nun nicht mehr Teil der kollektiven Intelligenz war, der Kolonie. Jetzt war er ganz allein in der Welt, etwas Rohes, Ängstliches, Neugeborenes.

Für die Schatten musste das das grausamste sein, was sie sich vorstellen konnten.

„Herzlichen Glückwunsch zum Geburtstag", sagte Mercer bitter. „Wir haben soeben eine neue Person erschaffen."

Lucy zuckte mit den Schultern. Sie schien ein wenig enttäuscht zu sein, dass sie statt indirekt mehreren hundert Spielzeugen jetzt nur noch eines hatte, ließ sich jedoch davon nicht die Laune verderben.

Strandwanderung

Am nächsten Morgen hockte Blake auf einer Wurzel und starrte den Sonnenaufgang drohend an. Sobald das erste matte Licht, das man irgendwie als Sonne bezeichnen konnte, sich auf dem Meer ausbreitete, fing er an, die beiden schlafenden Menschen mit den kleinen, runden Kiefernzapfen zu bewerfen, die überall herumlagen.

„Hör auf damit", befahl Madlen und versuchte, sich mit den Fingern den Sand aus den Haaren zu kämmen.

„Aufstehen", sagte er nur und sah weiter auf das Meer hinaus wie ein Hund, der am Bug eines Schiffes stand und die Schnauze in den Seewind hielt. Ween und Madlen fingen an, ihre Sachen zusammenzuräumen, und klopften sich notdürftig den Sand aus der Kleidung.

„Wie lange bist du schon wach?", wollte Ween von seinem Freund wissen. Der Schatten zuckte mit den Schultern.

„Hast du überhaupt geschlafen?", fragte Madlen. Blake dachte kurz darüber nach, zu behaupten, dass Schatten nicht annähernd so viel Schlaf bräuchten wie Menschen, doch Ween würde natürlich wissen, dass das gelogen war.

Sie gingen ein Stück zwischen den Bäumen entlang. Dann, als die Klippe und die Burg fast außer Sichtweite waren, marschierten sie am Strand weiter, weil sie dort weiter sehen konnten.

„Du kannst echt nicht schwimmen?", wollte Madlen von Blake wissen.

„Doch", brummte er. „Ich bin ein großartiger Schwimmer. Ich habe das gestern einzig und allein wegen des dramatischen Effekts gemacht."

„Aber... ich meine, stört es dich nicht?"

„Ich denke kaum dran. Denkst du etwa die ganze Zeit daran, wie gerne du fliegen könntest?"

„Das tue ich tatsächlich", erwiderte sie verträumt. „Das wäre großartig. Wann immer es Verkehrsstaus gibt, müsste ich nur aussteigen und könnte losfliegen. Und ich müsste keine Höhenangst haben. Ich würde gar nicht mehr auf den Boden zurückkommen." Blake schnaubte nur.

Sie hatten die Theorie aufgestellt, dass sie an der Küste früher oder später auf Menschen stoßen mussten. Immerhin bot das Meer eine Nahrungsquelle, auch wenn die Meerjungfrauen sie möglicherweise abschreckten. Sicher gab es dort das ein oder andere Dorf. Auf alle Fälle konnten sie sich so nicht verirren.

Ween und Madlen teilten sich eine Tüte Kekse und spielten *Ich sehe was, was du nicht siehst.* Die meiste Zeit war das entweder der leere Sandstrand oder der griesgrämige Dunkelmagier vor ihnen.
Die Landschaft war von einer rohen, kargen Schönheit. Der Sand war hier so grau wie der Himmel. Ein paar Mal kamen sie an großen Felsbrocken vorbei, von denen aus zerzauste Möwen den drei Wanderern nachblickten.
Sie gingen stundenlang, ohne dass die Landschaft sich merklich veränderte. Irgendwann überquerten sie eine weite, unbewaldete Landzunge und die Küste krümmte sich. Auf der gegenüberliegenden Seite des Meeres war eine Landmasse aufgetaucht. Madlen zweifelte daran, dass eine gute Idee war, die ganze Küste mit all ihren Schlenkern abzulaufen, doch etwas Besseres viel ihr auch nicht ein.
Sie fragte sich gerade, ob sie wohl auf die Nordsee oder die Keltische See hinaussahen oder ob sie möglicherweise in Schottland oder Irland gelandet waren – sie verbot sich, die Möglichkeit in Betracht zu ziehen, dass sie nicht mehr auf den britischen Inseln waren – als Blake stehen blieb und fluchte.
Sie holten ihn ein und folgten seinem Blick den Strand entlang. Mehrere Kilometer entfernt erhob sich eine Klippe über dem Strand und dem Wald, auf der ein Gebäude thronte wie eine schiefergraue Krone. Sie hatten Griffins Burg wieder erreicht.
„Wir sind auf einer Insel", stellte Ween fest.
„Wir sind auf einer beschissenen Insel", wiederholte Blake.

„Was machen wir jetzt?", fragte Madlen den Schatten.
„Woher soll ich das wissen?", erwiderte Blake verärgert.
„Du bist doch hier der Schatzsucher und Abenteurer von uns dreien", erinnerte sie ihn. „Solltest du nicht wissen, wie man sich in der englischen Pampa zurechtfindet?"
„Ich bin ein *Stadt*abenteurer, verdammt!", rief er und warf die Arme zum Himmel. Ween lachte.
„Du hast recht", stimmte Madlen dem Dämon zu. „Du kannst nicht mal schwimmen. War eine dumme Idee, davon auszugehen, du wüsstest, was zu tun ist."
„Immer mit der Ruhe", murmelte Blake mehr zu sich selbst als zu den anderen und ging im Sand auf und ab. „Irgendwie müssen die Sucher –

und Aset, die vor Ewigkeiten die Burg gebaut haben – ja hierhergekommen sein. Und Massen an Baumaterial mussten sie auch transportieren. Hat einer von euch bei der Burg ein Boot gesehen?" Sie schüttelten den Kopf.

„Magie?", versuchte Madlen es. „Eine unsichtbare Brücke oder so?"

„Unwahrscheinlich", fand Ween.

„Haben sie vielleicht noch mehr von diesen Spiegeln?", versuchte sie es.

„Vielleicht haben sie eine Fähre gemietet", vermutete Ween. „Es ist ja nicht so, als hätten sie nicht noch mehr teure Ausrüstung."

„Oder es ist ganz einfach", sagte Blake, der stehengeblieben war.

„Erleuchte uns", befahl Madlen.

„Vielleicht ist das hier doch keine Insel", meinte er. „Oder es ist nicht immer eine." Madlen verschränkte die Arme vor der Brust und sagte nichts.

„Ich meine damit, dass es zu bestimmten Zeiten vielleicht doch einen Weg auf die andere Seite gibt", fuhr Blake fort und sah zu der gewaltigen Landmasse hinüber, die auf der anderen Seite des Wassers lag. „Ebbe und Flut. Erinnert ihr euch an die Landzunge, an der wir vorbeigekommen sind? Das ist bis jetzt die Stelle, an der das Meer am schmalsten war. Vielleicht führt sie bei Ebbe bis zum Festland. Eine Fuhrt."

„Meinst du?", fragte Madlen.

„Ich würde sagen, es gibt nur einen Weg, das herauszufinden."

„Aber das ist ein ewig langer Weg zurück!", beklagte Ween sich. „Meine Füße tun weh. Wir werden ewig brauchen."

„Wir gehen einfach ein wenig schneller", schlug Blake vor.

„Hast du mir nicht zugehört?"

„Ich höre dir die meiste Zeit nicht zu", informierte Blake seinen Lehrling. „Jetzt kommt."

Als sie ihre Fuhrt erreichten, hatte die Flut gerade wieder eingesetzt, doch man konnte gut erkennen, dass der Weg bei vollkommener Ebbe trocken war. Sie sahen zum Festland hinüber.

„Wie weit ist das?", überlegte Blake laut. „Ein Kilometer vielleicht. Wir können es schaffen."

„Die Flut kommt bereits zurück", erinnerte Madlen ihn.

„Wir brauchen nicht lange", meinte er zuversichtlich. Sie setzte dazu an, etwas zu entgegnen, doch er unterbrach sie. „Ich habe lange genug gewartet. Wir haben nicht viel Zeit."
Damit drehte er sich um und ging ohne ein weiteres Wort den Strand hinunter. Madlen seufzte und sah zu Ween. Der junge Magier zuckte mit den Schultern, dann folgten sie Blake.
Der Boden war schlammig und das Wasser stand schon ein paar Zentimeter hoch, also zog Madlen ihre Schuhe und Socken aus, knotete die Schnürsenkel zusammen und hängte sie sich über die Schulter.
„Er ist wütend, oder?", sagte sie zu Ween, als sie ins Wasser trat, und nickte zu Blake, der ihnen bereits gut fünfzehn Meter voraus war. „Er verliert die Kontrolle."
„Ich glaube schon", antwortete Ween nur.
„Ich mag ihn nicht, wenn er wütend ist."
„Niemand tut das."
Kleine Steine und Muschelsplitter bohrten sich in Madlens nackte Fußsohlen. Sie verzog das Gesicht und stützte sich auf Weens Schulter, während sie die Schuhe nach nur wenigen Metern wieder anzog. Ihr gefiel nicht, wie lange sie dafür brauchte.
Als sie gerade einige dutzend Meter hinter sich hatten, stand ihnen das Wasser bis zu den Knien.
„Hey!", rief Madlen Blake zu. Er drehte sich um und sah zurück. „Irgendwas stimmt nicht!" Er nickte.
„Eventuell", hörte sie ihn sagen.
„*Eventuell?* Das Wasser steigt viel zu schnell."
„Ja." Er ging weiter, doch Madlen und Ween holten ihn ein.
„Was passiert hier?", wollte die Nichtmagierin wissen.
„Die Meerjungfrauen", sagte Blake nur. „Sie kontrollieren das Wasser. Offenbar mögen sie uns nicht sonderlich." Madlen hätte ihn verfluchen können.
„Warum hast du mir nicht früher gesagt, dass sie das können?", wollte sie wissen.
„Ich dachte, du wüsstest das." Nicht eine Spur von Schuldbewusstsein war in seiner Stimme.
„Ich wusste es aber nicht!"
„Was ich wiederum nicht wusste", sagte er. „Du weißt doch sonst immer alles."

Sie hasste Blake, wenn er seinen selbstzufriedenen Sarkasmus auspackte und man nicht mehr richtig mit ihm reden konnte. Sie hasste ihn oft. Madlen schnaubte, doch ihr fiel keine schlagfertige Antwort ein. Ween blinzelte in die Sonne und starrte zur Küste hinüber.

„Vielleicht sollten wir laufen", schlug er vor. Blake schüttelte den Kopf.

„Wir bleiben ruhig und gehen weiter. Sonst merken sie, dass wir es wissen, und greifen sofort an."

„Oh, und was passiert, wenn wir so tun, als ginge für sie alles nach Plan?", rief Madlen wütend. „Werden sie uns dann langsamer ertränken oder was?"

„Ihr wolltet weg von der Burg, nicht ich. Ich will nur, dass wir uns beeilen, wenn wir schon nicht kämpfen."

„Ich wollte aber auch nicht in ein paar schlecht gelaunte Meerjungfrauen hineinlaufen!"

„Haltet die Klappe", befahl Ween den beiden. Blake war so überrascht, dass sein Lehrling ihnen Befehle gab, dass er sofort gehorchte. Sie sahen den jungen Mann an. Ween legte eine Handfläche neben sich auf die schwankende Wasseroberfläche, um die Tiefe abzuschätzen. Während ihres kurzen Streits war das Wasser fast bis auf Hüfthöhe gestiegen.

„Rücken an Rücken", befahl Blake. „Alle." Sie stellten sich in einem kleinen Kreis auf und suchten das Wasser nach Bewegungen ab. Madlen sah aus dem Augenwinkel, wie Blake nach seinem Schwert griff und hörte ihn verärgert schnauben, als er sich daran erinnerte, dass die Sucher es ihm abgenommen hatten.

Blaues Licht zuckte zwischen Weens Fingern hin und her. Blake bemerkte es auch.

„Wenn du mich damit erwischst, wirst du es noch bereuen", warnte er. Ween nickte und das Flackern verschwand. Im Wasser war die Manipulation von Elektrizität offenbar schwieriger. Madlen ließ ihren Blick über die sanft dahinrollenden Wellenberge wandern. Sie verspürte ein Gefühl, das sie seit Alba nicht mehr gespürt hatte. Den dringenden Wunsch, ihre Finger um den Griff einer Waffe zu schließen.

Die Meerjungfrauen griffen an.

Die Herrinnen der Wellen

Etwas schleuderte Ween in die Luft. Blake hatte sich erst halb umgedreht, als er eine Gestalt zwischen den Wellen erkannte, mit dicker, grauer Haut und nassem Haar, das an ihren Schultern klebte. Ein paar Meter entfernt eine zweite, kleinere mit dunklerer Haut. Nach und nach tauchten noch mehr hinter ihnen auf. Sie waren viele.

Dunkelmagie loderte in seinen Händen auf, ein Stück vollkommener Schwärze unter der Mittagssonne, doch das Meer war schneller. Er konnte nicht einmal richtig Luft holen, bevor eine Welle, die vor einer Sekunde noch nicht da gewesen war, ihn unter Wasser drückte.

Er drehte sich ein paar Mal um sich selbst und sah Luftblasen und aufgewirbelten Sand. Um ihn herum zogen graue Schemen ihre Kreise. Sie waren schnell. Er hatte noch nie etwas so schnell schwimmen sehen. Doch andererseits war er auch nicht der beste Ansprechpartner, was Wasser anging.

Das Meer war tiefer geworden, oder die Welle hatte ihn von der Fuhrt weggetragen. Die Wasseroberfläche befand sich jetzt fast zwei Meter über ihm. Die Dunkelheit riss ihn ein Stück nach oben, auf die Oberfläche zu, doch er hatte sich verschätzt. Unter Wasser war es viel schwerer, sich von der Finsternis tragen zu lassen. Sein Arm und dann sein Kopf durchbrachen dennoch die Oberfläche. Er schnappte nach Luft, doch nach nur einem halben Atemzug kippte er weg und schluckte Salz. Er wusste nicht und wollte nicht wissen, wie viel davon die Schuld des unnatürlichen Meeres war und wie viel seine eigene.

Vor Blake schwebte plötzlich ein Paar gelber Augen im Wasser. Vor Überraschung entwichen ihm ein paar kostbare Luftblasen. Das Gesicht der Meerjungfrau war flach und ihre Nasenlöcher waren nur zwei Schlitze. Seitlich an ihrem Hals klafften Kiemen. Ihr Körper war gleichzeitig drahtig und ausgemergelt, ihr Fischschwanz war fast drei Meter lang. Zahlreiche Narben überzogen ihre dicke, graue Haut. Sie hatte nichts von der reinen Schönheit, die die Menschen ihresgleichen so gerne andichteten. Doch sie war schnell und gefährlich. Alles an ihr erinnerte Blake an einen Hai.

Die Meerjungfrau bleckte ihre kleinen, spitzen Zähne zu einem Knurren. Ihr Fischschwanz peitschte durch das Wasser, als würde es nicht mehr Widerstand bieten als die Luft oben, die Blake mittlerweile schmerzlich vermisste.

Um seine gekrümmten Finger bildeten sich schwarze Schlieren. Sie waren träger, zähflüssiger im Wasser, doch die Meerjungfrau erriet dennoch, was er vorhatte. Ihr Fischschwanz schnitt durch das Wasser, traf ihn in der Seite und wirbelte ihn wieder unkontrolliert um seine eigene Achse.

Ihre Finger – ein paar fehlten, Spuren eines vergangenen Kampfes – krallten sich in seinen Kapuzenpullover. Er versuchte reflexartig, ihre Fäuste aufzubiegen und sich loszureißen, doch ein dumpfer Schmerz von seinem verstauchten rechten Handgelenk ließ ihn seine Hand wieder wegziehen.

Die Meerjungfrau schleifte Blake mit sich. Das Wasser strömte an ihr vorbei, ohne sie aufzuhalten. Vielleicht war es ihre raue Haihaut. Vielleicht war es auch das Meer selbst, das auf ihrer Seite war wie die Dunkelheit auf seiner.

Dunkelheit. Es wurde dunkler. Er versuchte, die Wasseroberfläche auszumachen, doch die Meerjungfrau war zu schnell, um irgendetwas zu erkennen. Blake begriff, dass sie auf das offene Meer zusteuerten. Sein Kopf schmerzte von dem Druck des schweren Salzwassers, als würde ihm jemand Nadeln in die Ohren stechen, und seine Lungen schrien nach Luft.

Die Meerjungfrau ließ ihn los und trieb ein Stück zurück. Sie beobachtete ihn, als er hilflos Wasser trat und versuchte, sich zu orientieren. Er hatte keine Ahnung, wo oben war und wo unten. Vielleicht hörten oben und unten in dieser Tiefe einfach auf, zu existieren. Es gab nur die Dunkelheit um ihn herum, das dunkelste Blau, das er je gesehen hatte. Und die Meerjungfrau vor ihm, kaum mehr als ein Umriss und ein mattes Paar gelber Augen.

Wenn es irgendwo Götter gab, konnten sie ihn entweder nicht sonderlich gut leiden, oder sie mochten ihn zwar, hatten aber trotzdem einen Mordsspaß dabei, ihm das Leben und den Tod zur Hölle zu machen.

Idioten.

Die Meerjungfrau schwebte ruhig in der Schwärze und beobachtete ihn. Sah ihm beim Ertrinken zu. Auf ihrem Gesicht lag etwas, das wie ein grausames, spitzzahniges Lächeln aussah.

Hier bist du nun, schien es zu sagen. *Kein Oben, kein Unten. Keine Luft. Nur Schwärze um dich herum. Du bist ein Dunkelmagier, dir sollte das doch keine Angst machen. Du wolltest Dunkelheit, hier hast du sie. Bist du jetzt nicht* glücklich?

Sauerstoff. Er brauchte Sauerstoff. Die verbrauchte Luft in seinen Lungen schien nicht weniger zu werden, sondern sich auszudehnen. Er musste gegen das Bedürfnis ankämpfen, den Mund aufzureißen und nach Luft zu schnappen, die es nicht gab. Er zappelte mit den Beinen und versuchte, die Dunkelheit dazu zu bringen, ihn zu ziehen, doch sie reagierte nicht. Da waren immer noch die Nadeln in seinem Kopf und der Schmerz in seinem Handgelenk, immer noch keine frische Luft in seinen Lungen, und wenn er richtig lag, sank er langsam nach unten. Es konnte nicht mehr lange dauern, bis er das Bewusstsein verlor.

Die gelben Augen trieben ein Stück auf ihn zu und musterten ihn neugierig. Wenn die Meerjungfrau ihn aufgrund seiner Ausstrahlung von Dunkelmagie jemals gefürchtet hatte, tat sie es jetzt nicht mehr. Er war nur ein Ertrinkender. Ihr Lächeln erinnerte Blake an das von Lucy.

Lucy. Er dachte daran, wie sie ihm in der Zelle mit ihrem Dolch bedroht hatte.

Unter Wasser bewegte er sich träge und langsam, doch die Meerjungfrau war überrascht, als seine unverletzte Hand vorschoss und er einen Arm um ihren Hals schlang. Er klammerte sich an ihr fest, obwohl sie zappelte wie, nun, ein Fisch, und drückte seinen Daumen in ihre Kiemen. Ihr Fauchen klang dumpf unter Wasser. Er stach tiefer und versuchte, das glitschige Gewebe zu verletzen.

Komm schon. Ich kann nicht schwimmen, aber du. Bring mich nach oben. Bring mich nach oben, oder ich verbringe meine letzten Sekunden damit, deine Kiemen zu zerfetzen.

Der Schädel seiner Gegnerin traf ihn mit voller Wucht am Kiefer. Es tat weh. Vor Schmerz schluckte er Salzwasser und musste würgen. Doch dann, endlich, setzte sie sich in Bewegung. Sie schossen nach oben, als hinge die Meerjungfrau an einem Gummiband. Blake hätte beinahe den Halt verloren, so schnell beschleunigte sie. Dennoch brauchten sie endlos lange, um nach oben zu kommen. Er konnte kaum noch denken, als sie die Oberfläche durchbrachen.

Die Meerjungfrau hatte so viel Schwung, dass sie sie beide einen guten Meter in die Luft katapultierte. Die Sonne glitzerte weiß auf den Wellen. Bevor er reagieren konnte, stürzte er wieder ins Meer, doch nach ein paar Sekunden panischem Wassertreten gelang es Blake, seinen Kopf aus dem Wasser zu strecken, zu würgen und zwei tiefe Atemzüge zu nehmen.

Etwas traf ihn in den Rippen und schleuderte ihn durch die Luft, so wie die Meerjungfrau vorhin Ween aus dem Wasser katapultiert hatte. Er zweifelte nicht daran, dass sie einem Menschen mit einem gut gezielten Hieb mit dem Fischschwanz das Genick brechen könnten. *Ween. Ween und das Mädchen.* Er hatte keine Ahnung, wo sie waren, er wusste nicht einmal, in welcher Richtung die Küste lag.

Dann erhaschte er einen kurzen Blick auf etwas Dunkleres zwischen den Wellen und dem Himmel, nicht mehr als ein paar Dutzend Meter entfernt. Da war das Land also.

Die Dunkelheit hüllte ihn ein. Blake schoss vielleicht fünf bis zehn Meter durch die Luft, in die grobe Richtung des Ufers, bevor er wieder ins Wasser plumpste. Er konnte die Meerjungfrau nicht sehen, doch sie musste ihm dicht auf den Fersen sein, und sie war mit Sicherheit wütend.

Er zog seine Reserven zusammen, *all* seine Reserven, und katapultierte sich erneut in die Luft und auf sein Ziel zu. Als er diesmal ins Wasser fiel, spürte er schon Boden unter seinen Füßen. Er erinnerte sich nebenbei an die vielen Felsen auf der Insel. Vielleicht bestand sie im Kern nur aus einer steilen, mit Sand und Erde bedeckten Klippe, um die herum der Boden haltlos in tiefere Gewässer abfiel. Vielleicht hatten die Meerjungfrauen die Küste nach ihren Wünschen geformt.

Er hustete, würgte und watete durch das Wasser, bis es ihm nur noch bis zur Hüfte ging, dann drehte er sich um. Die Meerjungfrau schwamm ein paar Meter hinter ihm und starrte ihn wütend an. Ihre Hände lagen an ihrem Hals, wo er ihre Kiemen verletzt hatte, doch es gelang ihr, sich nur mit ihrem Fischschwanz aufrecht im Wasser zu halten. So sah sie beinahe aus wie ein Mensch.

Er tastete sich rückwärts weiter und behielt sie gleichzeitig im Auge. Sobald sie eine Bewegung machte, würde er...

Sie machte eine Bewegung. Und er war zu langsam und seine Magie war erschöpft, und so traf ihn der graue Fischschwanz erneut mit genug Wucht, um ihn das Gleichgewicht verlieren zu lassen. Blake stolperte rückwärts durch das Wasser und fiel hin. Seine Hände gruben sich durch schlammigen Sand, und schließlich bekam er etwas Hartes zu packen.

Er würgte immer noch Salzwasser, als er sich aufrappelte. Die Meerjungfrau kam näher. Blake hob eine Hand und setzte dazu an, etwas zu sagen, brachte jedoch nur ein heiseres Krächzen zustande. Sie kümmerte sich nicht darum.

Er stellte sich breitbeinig hin, grub die Füße in den Sand und hob die Arme etwas, um so schnell wie möglich in jede Richtung ausweichen zu können. Der schwere, graue Fischschwanz peitschte erneut durch die Luft, doch diesmal duckte er sich darunter hinweg und machte einen Satz. Er schwang seinen Arm. Es gab ein dumpfes, befriedigendes Geräusch, als der Felsbrocken in seiner Hand die Meerjungfrau mit voller Wucht an der Schläfe traf. Sie fiel um wie ein Baum. Er fing sie auf und legte einen Arm um ihren Hals. Ihre Augenlider flatterten. Sie war nicht tot. Dämonen waren robust.

Er sah auf. Die Köpfe der anderen Meerjungfrauen waren aus dem Meer aufgetaucht. Das Wasser schien um sie herum zu brodeln, so wie ein Raubtier zitterte, bevor es einen Satz machte und seine Beute in Stücke zerriss. Sie waren wütend.

Blake zog die halb bewusstlose Meerjungfrau ein paar Meter zurück in kniehohes Wasser, damit sie nicht wegschwimmen konnte, auch, wenn sie nicht so aussah, als bekäme sie noch viel von dem mit, was um sie herum vorging.

„Hey!", krächzte er ihren Freundinnen zu. „Die beiden Menschen. *Sofort.*" Die verletzte Meerjungfrau stöhnte und begann, zu würgen.

„Hör auf mit dem Drama", knurrte er ihr ins Ohr. „Ich weiß, dass du eine Lunge hast." Die Meerjungfrau zischte benommen etwas zurück, das wahrscheinlich eine Beleidigung war. Es sollte wohl Englisch sein, doch sie schien seit Jahren nicht gesprochen zu haben und immer noch ziemlich k.o. zu sein und er konnte nichts verstehen. Vermutlich wollte er ohnehin nicht wissen, was sie gerade gesagt hatte.

„*Jetzt!*", brüllte er auf das Wasser hinaus. Seine Stimme klang heiser und rau vom Salzwasser und nicht halb so laut, wie er beabsichtigt hatte. Die Meerjungfrau zerrte schwach an seinem Arm und versuchte, sich zu befreien.

„Ihr habt fünf Sekunden, dann schneide ich ihren Fischschwanz ab." Es war nicht seine beste Drohung, doch gerade fiel ihm nichts Besseres ein. Natürlich konnten sie sehen, dass er keine Waffe bei sich trug, doch er hoffte, dass sie Respekt vor Dunkelmagie hatten und nicht ahnten, dass er zu erschöpft war, um eine Klinge daraus zu machen.

Wenige Meter von ihm entfernt spuckte das Meer zwei Körper aus. Sie wurden in die Luft katapultiert und klatschten wieder ins Wasser, doch es war dort nicht mehr tief. Ween hustete und zog dann Madlen hoch, die panisch nach Luft rang, und beeilte sich, sie in Richtung Küste zu ziehen.

Blake war abgelenkt und die Meerjungfrau wand sich auf einmal hin und her. Ein stechender Schmerz zuckte durch seinen Arm. Er ließ reflexartig los und stolperte, doch die Meerjungfrau fauchte nur benommen. Sie kam vielleicht einen halben Meter weit, dann klatschte sie benommen vornüber ins Wasser. Eine ihrer Freundinnen schwamm heran und zog sie mit sich ins Meer, allerdings nicht ohne Blake vorher noch einen hasserfüllten Blick zuzuwerfen.

Er musterte seinen Arm. Sie hatte ihn gebissen. Er erinnerte sich an ihre vielen, kleinen Haizähne.

Miststück. Als er die Wellenhügel nach grauen Körpern absuchte, waren sie verschwunden.

„Meine Güte", sagte Madlen, als sie durch das Wasser auf ihn zu watete. Blake saß immer noch da, sah auf das Meer hinaus und machte keine Anstalten, aufzustehen.

„Du kannst wirklich nicht sehr gut mit Frauen umgehen, oder?", meinte sie. Er lachte leise und kurz.

„Ich kann ganz wunderbar mit Frauen umgehen", widersprach er und sah auf. „Ich gerate nur immer an totale Miststücke." Er klang diesmal nicht so, als wollte er sie persönlich damit beleidigen, also lächelte sie und hielt ihm ihre Hand hin.

„Lass uns machen, dass wir aus dem Wasser raus kommen", schlug sie vor. Er musterte ihre Hand, entschied offenbar, dass Madlen zu klein und zu leicht war, um eine große Hilfe zu sein, stand auf und versuchte halbherzig, seinen Pullover auszuwringen.

„In deinen Haaren hängt übrigens etwas, das ein bisschen aussieht wie eine tote Qualle", informierte er sie, ohne aufzusehen. Sie zog eine angeekelte Grimasse und durchkämmte ihr Haar mit den Fingern, womit sie ein einziges Chaos anrichtete. Als er es nicht mehr mit ansehen konnte, half Ween ihr und sammelte die glibbrigen Fetzen aus ihrem Haar.

Blake krempelte ungeschickt einen Ärmel hoch, wobei er seine verletzte Hand nicht bewegte, und betrachtete die Stelle, an der die Meerjungfrau ihn gebissen hatte. Es blutete nicht.

„Das tut übrigens weh", erklärte er eingeschnappt, als die beiden jungen Menschen ihn nicht genug beachteten.

Ab diesem Moment war Madlen sich vollkommen sicher, dass er eifersüchtig auf sie war, weil Ween sie mochte und Zeit mit ihr verbrachte. Je länger sie darüber nachdachte, desto amüsanter fand sie den Gedanken.

„Wir sind immer noch auf der Insel", stellte Ween fest und riss sie aus ihren Überlegungen.

„Ich stelle den Antrag, dass wir keinen weiteren Versuch unternehmen, sie zu verlassen", sagte Blake förmlich. „Wir denken uns was Anderes aus."

„Wir brauchen erst einmal alle eine kleine Pause", fand Madlen. „Ich glaube, es sind noch nasse Kekse da."

Wie das Märchen endet

Die Kekse waren nur noch ein paar matschige Krümel, also tranken sie stattdessen das letzte Wasser, das die Schatten ihnen mitgegeben hatten, aus, während sie etwa zwanzig Minuten im Strandsand saßen und auf das Wasser hinausblickten.[1]

Als sie wieder aufstanden und Blake den grünen Rucksack wieder schulterte, war sogar ihre Kleidung fast trocken, wenn auch immer noch ziemlich dreckig. Alle drei sahen in Richtung der Burg. In der Ferne ließ sich bereits die Klippe erahnen, auf der sie sich erhob.

Der Gedanke, den Suchern allein gegenüber zu treten, gefiel niemandem. Aber sie hatten keine Zeit mehr und keine andere Wahl.

„Nun, es würde zumindest ein gutes Märchen abgeben", meinte Madlen. „Die letzten drei Helden kommen zur Burg des bösen Zauberers, ganz allein, und befreien die Sklaven."

„Aber es ist wirklich schade, dass Rouge nicht hier ist", sagte Blake. „Sie hätte eine wunderbare Ritterin abgegeben, findet ihr nicht?" Ween grinste und Madlen nickte.

„Wir gehen zurück", sagte Blake. „Wahrscheinlich sind wir gegen Abend da. Und finden endlich heraus, wie das Märchen endet."

In der Burg ging der Arbeitstag gerade zu Ende. Sie traten aus dem Wald und gingen auf das Haupttor zu. Blake hob eine Hand zum Signal, dass sie stehen bleiben sollten.

„Ich mache das", erklärte er. „Ich gehe zuerst rein und sehe mir alles an. Wenn die Sucher abgelenkt sind, hole ich euch nach." Madlen sah aus, als wollte sie mal wieder etwas entgegnen, entschied sich dann jedoch anders. Sie nickte nur.

Er ließ den Rucksack bei den beiden Menschen zurück und lief geduckt zwischen den Baumstümpfen entlang zu der Klippe hoch. Die Sucher hatten ein Stück Wald gerodet und eine zerstörte Landschaft hinterlassen. Wagenspuren hatten sich in die Mischung aus Sand, Erde und Matsch gegraben und verschwanden im Wald. Er wettete darauf, dass sie zu der Landzunge führten, die bei Ebbe einen sicheren Weg zum Festland bot.

Blake erreichte das Haupttor, ohne dass jemandem etwas auffiel. Im Innenhof standen ein paar mit getrocknetem Schlamm bespritzte Ge-

---

[1] Mit ausreichend Sicherheitsabstand.

ländewagen herum. Schatten gingen umher, doch er sah auch ein paar Menschen mit Gewehren.

Natürlich sahen sie ihn. Er erstarrte für einen Moment, doch dann brachte er genug Geistesgegenwart auf, sich zu ein paar anderen Schatten zu gesellen.

Sie waren so viel dürrer als er – sie erinnerten ihn immer noch an Skelette – und er war der einzige mit roten Augen. Doch seine Kleidung – immer noch hing ein Geruch von Salz und verrottendem Seetang darin – war in einem nur wenig besseren Zustand und er war ein Schatten. Und wo sollte aus heiterem Himmel ein weiterer herkommen? Nur ein paar der Söldner hatten ihn während seiner Gefangenschaft in Person gesehen. Sie würden glauben, dass er dazugehörte. Mussten es glauben.

Die Schatten hatten ihre Arbeit unterbrochen. Sie bewegten sich nicht von der Stelle und starrten ihn über die große Kiste mit Werkzeug, die sie hatten wegtragen wollen, wortlos an. Selbstverständlich war ihnen klar, dass er keiner der versklavten Dämonen war, doch er konnte beim besten Willen nicht feststellen, ob sie ihm helfen würden oder nicht. Er stellte sie vor die Wahl, möglicherweise den Zorn der Sucher auf sich zu ziehen oder ihn sterben zu lassen. Es war eine schwierige Entscheidung.

Blake fragte sich, ob sie sich an ihn erinnerten. An das kleine, schwarzhäutige Kind, das das Labyrinth vor über fünfzehn Jahren verlassen hatte. Ob sie seine Familie kannten oder sich fragten, wo er solange gewesen war. Er erkannte keinen von ihnen wieder, und sie schienen sich nicht allzu sehr zu freuen, ihn wiederzusehen.

Ein Mensch kam näher. Er hörte seine Schritte, und die anderen Schatten sahen ihm entgegen. Blake erstarrte.

Er wollte nicht mit Kugeln durchsiebt auf diesem matschigen Innenhof enden.

Er stand mit gesenktem Kopf da, damit der Söldner ihn nicht wiedererkannte, und sah die anderen unter dem Kapuzenrand des Pullovers hindurch an. Er kannte niemanden, der auch nur ansatzweise so schlecht in Telepathie war wie er. Was er tat, war mehr Beten.

Helft mir. Er biss die Zähne zusammen und zwang sich, sich nicht zu dem Menschen umzudrehen.

Wie ein Mann griffen die Schatten nach der Kiste und hoben sie an. Eine Sekunde später stützte Blake, so gut, wie es mit seiner verletzten Hand ging, eine Ecke ab, als sei er schon immer ein Teil des Teams gewesen. Sie gingen schnell und trugen die Ausrüstung über den Innenhof, obwohl Blake im Matsch beinahe ausgerutscht wäre.

Als sie an dem Söldner vorbeigingen und er sein Gesicht kurz im Augenwinkel sah, lief ihm ein Schauer über den Rücken.

Sie stellten die Kiste neben einer anderen ab und breiteten eine Plane darüber aus. Vielleicht befürchteten die Sucher, dass es heute Nacht wieder regnen könnte.... was hatte Mercer noch über das Wetter gesagt?

Sie arbeiteten noch etwa eine halbe Stunde lang und Blake half so gut mit, wie er konnte. Die Schatten sprachen sich stumm und in Gedanken ab, ohne ihn miteinzubeziehen. Er war taub und bekam nichts von ihren wortlosen Gesprächen mit, doch irgendwie schaffte er es, ihre Koordination, wenn es darum ging, schwere Lasten durch den Innenhof zu tragen, nicht vollkommen zu ruinieren.

Es kam wieder etwas dazwischen. Sie ordneten das Bauwerkzeug, weil es nicht in die Kiste passen wollte. Einer der Menschen kam zu ihnen hinüber, um zu sehen, ob alles in Ordnung war.

Der Söldner gab ein paar Befehle, als hätte er es mit Hunden zu tun, und schickte zwei der Schatten zu einer anderen Gruppe, dann sah er den beiden übrigen beim Arbeiten zu. Der Mann legte den Kopf schief und musterte Blake, versuchte sich daran zu erinnern, ob er einen Schatten mit blutroten Augen kannte.

Mittlerweile hatte es begonnen zu dämmern. Der Himmel hatte jetzt ein dunkleres Grau, doch nicht dunkel genug, dass der Söldner Blakes Gesicht nicht hätte erkennen können.

Blake starrte in die Kiste. Daneben lag im grauen Matsch ein riesiger Holzsplitter, so groß wie ein Messer.

„Hab ich dich schon mal gesehen?", fragte der Mann. Eine Sekunde später lachte er und lehnte sich an die Steinmauer, öffnete eine Wasserflasche und dachte nach. Der Mensch sah jetzt zu einer anderen Gruppe hinüber, doch er grübelte zweifellos darüber nach, wer der Schatten mit den roten Augen war.

Blake griff nach dem Holzsplitter und fragte sich, ob es ihm gelingen könnte, ihn dem Mann in den Hals zu stechen, bevor dieser ihn erschoss. Nicht, dass die übrigen Söldner ihn nicht innerhalb von Sekunden im Visier gehabt hätten. Es war eine rein theoretische Überlegung.

Jemand boxte gegen seine Schulter. Er sah nach rechts. Der andere Schatten, kleiner als er und mit rostfarbenen Augen, war fertig. Blake zog seine Hand, die er auf den Rand der Kiste gestützt hatte, zurück und stand auf, sodass der andere Dämon den Deckel der Kiste schließen konnte.

Er und der Mensch musterten sich gegenseitig. Blake umklammerte immer noch den Holzsplitter.

Der Mensch seufzte schließlich, drehte sich um und reichte ihm eine kleine, verschlossene Wasserflasche.

„Ich erwarte keinen Dank", sagte er und grinste über seinen eigenen Witz. Er runzelte kurz die Stirn, als er den Holzsplitter sah, doch Blake ließ ihn schnell fallen. Dann schraubte der Schatten die Plastikflasche auf und ging davon.

Die Wachmänner riefen die Schatten zusammen. Der Himmel färbte sich langsam rötlich. Blake trank seine Wasserflasche in einem Zug halb aus und schlich ungesehen nach draußen. Hinter einem Baumstamm sahen ihm zwei blasse, schmutzige Gesichter entgegen.

Menschen waren schrecklich schlecht darin, sich zu verstecken. Die beiden joggten zu ihm hinüber und nutzten die hohen Außenmauern der Burg als Deckung.

„Du siehst aus, als hättest du einen ganzen Tag auf einer Baustelle gearbeitet", fand Madlen und musterte ihn. Er sah an sich hinunter und bemerkte, dass seine Hose fast bis zu den Knien mit Schlamm verschmiert war.

„Fragt nicht", sagte er nur.

Zufällige Akte der Vernichtung

Sie stahlen sich wieder in die Burg, versteckten sich hinter einem großen Stapel Holz und beobachteten die Gestalten der Söldner, die auf den Mauern entlanggingen. Die Schatten waren weg, verschwunden in den kalten Eingeweiden der Burg.

An der Wand neben ihnen führte eine Treppe auf die Außenmauer, hinter ihnen befand sich das Haupttor und die beiden anderen Seiten waren von hohen Gebäuden gesäumt. Vor ihnen verschwand eine schmale Gasse, kaum vier Meter breit, im Dunkeln.

„Ich hole unsere Ausrüstung zurück", verkündete Blake.

„Aber...", begann Madlen. Er richtete sich auf und sah sich um. „Moment. *Wie?*" Blake hob eine Hand und deutete auf eine Öffnung in der Seitenmauer der Gasse, vielleicht zwei oder drei Stockwerke über ihren Köpfen.

„Ich bin gleich wieder da", versprach er, drückte Ween seine halbleere Wasserflasche in die Hand und ließ sich von ihm den Rostschlüssel geben, bevor er unbekümmert losmarschierte.

„Das kannst du nicht machen!", protestierte Madlen, als sie begriff, und wollte ihm folgen, doch Ween zog sie schnell zurück in Deckung. Ein Wachmann sah zu ihnen hinunter, aufmerksam gemacht durch ihre Stimme. Madlen warf einen Blick an den Baumstämmen vorbei und sah, dass Blake es bis in die Gasse geschafft hatte und vor den Blicken des Söldners sicher war.

Der Schatten mit den blauen Augen hatte sie mit einer Menge Informationen über den Aufbau der Burg gefüttert und Madlen wusste, dass es hinter dem Fenster dort weitere Lagerräume gab, doch Blakes Plan gefiel ihr trotzdem nicht.

Er legte den Kopf in den Nacken, musterte die Wand und strich mit der unverletzten Hand über den Stein. Dann fing er an, zu klettern. Die Mauer bot reichlich Vorsprünge und Lücken, an denen man sich festklammern konnte, doch Madlen wäre trotzdem schon nach einem halben Meter verzweifelt. Bei ihm sah es so einfach aus. Blake kletterte schnell, als ob er es schon viele hundert Male getan hätte und die Mauer wie seine Westentasche kannte. Er erreichte die untere Kante des Lochs und zog sich hoch. Für einen Moment rechnete Madlen damit, eine aufgeregte Stimme rufen zu hören, jemanden auftauchen und Blake mit einem einfachen Tritt hinunterstoßen zu sehen, doch es geschah nichts. Er verschwand nur im Inneren des Gebäudes, ohne einen Laut zu verursachen.

Madlen und Ween warteten und beobachteten die Figuren auf den Mauern, die nicht nach Eindringlingen Ausschau zu halten schienen. Zwei Minuten vergingen, dann drei. Irgendwann wollte Madlen vorschlagen, dass sie nach zehn Minuten versuchen sollten, Blake zu folgen, doch sie hatte keine Ahnung, wie viel Zeit bereits vergangen war.

Schließlich kam er zurück, doch nicht so, wie sie es erwartet hatte. Blake schoss mit flatterndem Mantel, Dunkelheit um sich herum und in voller Geschwindigkeit durch das Loch hinaus ins Freie und flog auf die gegenüberliegende Wand zu. Seine Füße trafen zuerst auf den Stein. Er stieß sich wieder davon ab und katapultierte sich zurück zu der anderen Wand. Er sprang zwei, dreimal im Zickzack abwärts und brach dabei vermutlich das ein oder andere physikalische Gesetz, bevor er irgendwie die Richtung wechselte und die restliche Strecke mit einem weiten Bogen in ihre Richtung zurücklegte.

Blake landete geduckt auf den Holzstämmen und stützte sich mit einer Hand auf dem Holz ab, im Gesicht ein schiefes Grinsen.

„Wir müssen uns eventuell beeilen", verkündete er, nur ein kleines bisschen außer Atem, und sah zufrieden zu ihnen hinunter. Er freute sich sichtlich darüber, dass er endlich etwas tun konnte, um die Schatten zu befreien – und dass er seinen Mantel wieder hatte. Der Gurt mit seiner Tasche und dem Schwert hing ebenfalls wieder über seiner Schulter.

„Meine Güte, hör auf damit", murmelte Madlen und versuchte, ihre Erleichterung hinter einem genervten Tonfall zu verstecken.

„Alles klar, Madlen?", fragte Blake unbekümmert und zog neugierig die Augenbrauen hoch. Ein Söldner von der Mauer sah in ihre Richtung, Madlen zischte eine Warnung, die beiden Menschen packten Blake gleichzeitig und zerrten ihn von dem Holzstapel herunter. Er hatte nicht damit gerechnet, fluchte und landete beinahe auf der Nase. Madlen und Ween drückten sich wieder gegen den Holzstapel.

„Also, wie ist die Lage?", wollte Ween wissen.

„Ich glaube, einer von den Söldnern hat mich da drinnen gesehen", berichtete der Schatten, setzte sich auf und schnipste etwas Dreck von seinem Ärmel. „Also bin ich abgehauen. Aber ich habe euch was mitgebracht." Er hielt seine Umhängetasche hoch.

Darin befanden sich ihre Handys und die anderen Gegenstände, die

die Sucher ihnen abgenommen hatten. Madlens Heilzauber war nicht dabei, aber den hatte Mercer ohnehin aufgebraucht. Blake hatte außerdem einen Schlüsselbund gefunden, der offenbar für die Zellen der Schatten war. Zwar würden sie die notfalls hoffentlich auch mit dem Rostschlüssel aufbekommen, den Blake Ween nun zurückgab, aber schaden konnte es sicher nicht.

„Mein Handy geht nicht an", stellte Madlen fest. „Ich glaube, der Akku ist alle."

„Gib mir das mal", bat Ween und streckte die Hand aus. „Ich kann es für dich aufladen."

„Tu das nicht", warnte Blake sie. „Er grillt jedes Mal das ganze Gerät." Ween verdrehte die Augen und versuchte, sein eigenes Handy einzuschalten. Blake scheiterte währenddessen daran, seine Wasserflasche in der Tasche zu verstauen, fand schließlich seinen alten, silbrig schimmernden Faden und band sie damit an einer Schlaufe an seiner Hose fest.

„Mein Handy ist auch alle", meldete Ween.

„Also können wir keine Hilfe rufen", stellte Madlen fest.

„Wir schaffen es auch so", erwiderte Blake. „Ich hab nämlich außerdem das hier gefunden." Er nahm vorsichtig ein flaches Stoffbündel aus der Umhängetasche und wickelte es aus.

„Ist das die Tontafel?", fragte Madlen überrascht. „Sie sieht irgendwie... unauffällig aus."

„Es ist ein staubiges Stück Ton mit Symbolen drauf", meinte Blake. „Was hast du erwartet?"

„Zumindest sind die Symbole sehr hübsch", fand sie.

„Ich war schon auf dem Rückweg, als ich an einer offenen Tür vorbeikam", erzählte Blake leise, während er die beiden Menschen die Gasse entlangzerrte, tiefer in die Burg hinein, weg von den Söldnern, die ihn zweifellos schon suchten und hoffentlich in Richtung der Zellen der Schatten. „Im Raum dahinter stand ein großer altmodischer Schreibtisch, der gleiche wie der, den Griffin vor neun Jahren hatte. Und, na ja, ich weiß, wie sehr Griffin seine Schreibtische mag, und ich bin heute indirekt wegen ihm fast ertrunken und dann von einer Meerjungfrau gebissen worden. Es könnte sein, dass ich ein bisschen kindisch reagiert habe."

„Was hast du gemacht?", fragte Ween und ließ sich von Blake die Tafel geben, um sie zu betrachten.

„Ich hab den Schreibtisch mit Dunkelmagie gegen eine Mauer geworfen." Er runzelte nachdenklich die Stirn. „Das *könnte* im Nachhinein betrachtet der Moment gewesen sein, indem die Söldner mich bemerkt haben. Wie auch immer. Die Tafel war mit Klebeband unten an der Tischplatte befestigt."

„Wow", machte Madlen. „Ein Wunder, dass sie nicht kaputt gegangen ist."

„Robustes Mistding." Blake blieb stehen, als sie eine Kreuzung erreichten, und drehte sich einmal um sich selbst, bevor er sich dafür entschied, nach rechts weiterzugehen. Dann schien ihm etwas einzufallen und er brummte eingeschnappt.

„Es war so einfach", meinte er. „Wir hätten das alles schon gestern Nacht tun können."

„Nun, eigentlich nicht", warf Ween ein. „Wärst du nicht fast ertrunken–"

„–und gebissen worden–" fügte Blake gewissenhaft hinzu.

„– dann wärst du nicht so sauer gewesen und hättest vielleicht den Schreibtisch nicht durch die Gegend geworfen."

„Ich weiß nicht", erwiderte Blake zweifelnd. „Zufällige Akte der Vernichtung sind mein üblicher *Modus Operandi*."

„Das Ganze war wirklich einfacher als erwartet", stimmte Madlen ihm zu und klang fast ein bisschen enttäuscht. „Ich war nichtmal *dabei*, als du die Tafel gefunden hast..."

„*Das* wirst du schon überstehen", versicherte Blake ihr. Ween hielt ihm die Tafel hin.

„Was soll ich damit?", fragte der Schatten, leicht abgelenkt von seinen Erzählungen über sich selbst.

„Ich weiß nicht, ich dachte, du solltest vielleicht derjenige sein, der sie kaputt macht", sagte Ween.

Ah, genau, dachte Blake. *Da war ja noch was.*

„Es erscheint mir passend", meinte auch Madlen. „Du bist im Moment auch das einzige anwesende Mitglied einer gewissen Minderheit, die schlechte Erfahrungen mit diesen Dingern damit gemacht hat."

„Das stimmt allerdings. Also her damit." Sie blieben stehen. Blake nahm die Tontafel und konzentrierte sich. Schwarze Ranken breiteten sich auf dem Ton aus. Sie wurden dicker, wucherten immer dichter und überzogen bald die ganze Tafel. Auf eine Handgeste von Blake hin zermalmte die Dunkelmagie die Tontafel zu einem Häufchen Staub, das durch seine Finger zu Boden rann.

Für einen Moment wurde die Ausstrahlung von Dunkelmagie, die über der ganzen Burg lag, stärker, als hätte jemand die Tür zu einem kalten Kellergewölbe geöffnet. Sogar Blake bemerkte den Unterschied, und das nicht nur, weil Ween und Madlen sich schüttelten, als ihnen kalte Schauder die Rücken hinunterliefen.

Der Beschwörungszauber war gebrochen und die Kolonie war frei.

„Und du konntest die Tafel jetzt nicht einfach an der nächsten Mauer kaputtschlagen", kam dann der obligatorische Sarkasmus von Madlen.

„Was soll ich machen?", meinte Blake. „Drama."

Sie gingen weiter zwischen den hohen, dunklen Mauern der Burg hindurch. Blake hoffte, dass sein Orientierungssinn ihn nicht im Stich ließ und die Erinnerungen seines Artgenossens mit den blauen Augen vertrauenswürdig waren.

„Irgendeine Ahnung, wo eigentlich der Bronzeschlüssel ist?", fragte Ween irgendwann. Seine Freunde schüttelten ratlos den Kopf.

„In dem Lagerraum war er nicht und auch nicht im Schreibtisch", sagte Blake. „Bestimmt haben Griffin oder Mercer ihn bei sich. Aber ich finde, wir sollten erst die Schatten aus ihren Zellen lassen."

„Vielleicht befreien sie sich schon selbst", vermutete Madlen und blickte sich um, doch außer ihnen dreien war nirgends ein Lebewesen zu sehen.

„Ich höre keine Schreie", sagte Blake. Die Nichtmagierin sah ihn erschrocken an.

„Wie meinst du das?", fragte sie.

„Ich bin mir sicher, dass sie wütend sind", meinte er. „Wenn sie es schon heraus geschafft hätten..."

„Schon gut", unterbrach sie ihn. „Oh Gott. Das musst du mir nicht ausmalen."

„Vielleicht sind sie auch zu erschöpft, um die Zellentüren aufzubrechen", vermutete Ween. „*Ich* wäre erschöpft, wenn ich den lieben langen Tag eine Burg wieder aufbauen dürfte."

„Wie auch immer", sagte Blake. „Sie werden sich sicher freuen, wenn wir sie besuchen. Oder wenn *ich* sie besuche. Von Menschen haben sie vielleicht erstmal genug."

„Sehr ermutigend", murmelte Madlen.

Let my people go

Blake erkannte den Gang sofort wieder. Vielleicht drei Meter breit, steinerne Mauern, schwere Holztüren, die von den Seitenwänden abgingen, alles hell erleuchtet von Weens unverwüstlicher Glühbirne. Am anderen Ende führte der Gang in einen der vielen Innenhöfe. Draußen war der Sonnenuntergang mittlerweile in vollem Gange.

Blake war nie hier gewesen – die Zellen, in die die Sucher ihre Gäste aus Undertown gesperrt hatten, lagen in einem ganz anderen Teil der Burg – doch er erinnerte sich dennoch gut daran. Der andere Schatten hatte hier genug Zeit verbracht.

Blake hatte seine blauen Augen draußen auf dem Hof mit dem Haupttor nicht gesehen. Hoffentlich ging es ihm gut.

„Ich will nicht beleidigend klingen", meldete Madlen sich hinter ihm. „Aber glaubst du wirklich, die Schatten könnten Ween und mich angreifen?"

„Das Risiko besteht durchaus", gab Blake zu. „Geht zurück. Versucht, einen anderen Weg in den Hof da hinten zu finden." Sie nickten und gingen zurück. Ohne Weens Glühbirne war es überraschend düster, doch das war ja nur passend.

Blake zog den Schlüsselbund für die Zellen aus seiner Tasche. Seinen Mantel und den Gurt mit der Ausrüstung wieder zu haben, fühlte sich großartig an. Er ging den Gang entlang und blieb nur kurz stehen, um die Türen links und rechts aufzuschließen. Mit einer verstauchten Hand war es erstaunlich schwierig. Hinter ihm traten die Schatten auf den Gang und sahen sich ohne einen Laut um.

Überrascht stellte Blake fest, dass er gute Laune hatte. So gute Laune wie schon lange nicht mehr. Er ging weiter und begann, ein altes Menschenlied vor sich hinzusummen. Hinter ihm verdichtete sich die Dunkelheit aus den Winkeln der alten Burg zu dem altbekannten, mächtigen Gefühl der Anwesenheit von etwas Fremdartigen, Düsterem, das einem Menschen Angst gemacht hätte.

Blake öffnete die letzte Zelle und hörte nicht auf, zu summen, was die anderen Schatten milde zu verwirren schien. Er ging bis zum Ende des Ganges, ins Freie, von wo eine Treppe nach unten in den grauen Schlamm führte. Der Himmel war grau und feuerrot.

Blake blieb stehen und verstummte. Da unten standen Menschen. Mindestens fünfzehn. Mit Gewehren. Jemand brüllte einen Befehl. Sie

rissen ihre Gewehre hoch und legten auf ihn an.
Hinter ihm knurrte jemand oder etwas. Blake trat einen Schritt nach vorn und gab den Weg frei. Die Söldner entsicherten ihre Waffen.
Ein schwarzer Blitz schoss aus dem Gang nach draußen. Der Schatten, seine Augen ein wütendes, flammendes Grün, ließ sein Knie in das Gesicht eines Suchers krachen und riss den Mann um. Die anderen wirbelten herum und versuchten, ihn von dem Menschen herunterzuziehen, doch innerhalb von Sekunden folgten die nächsten, und dann waren sie überall um die Sucher herum, schnell und zornig und mit wütend zuckender Dunkelheit in ihren Händen, und Chaos brach aus.

Go down, Moses, summte Blake. *Way down in Egypt land, tell old Pharaoh, let my people go.*

Blake, Ween und Madlen standen auf der Mauer und sahen der Schlacht zu. Die Sucher, die sich auf einer gemauerten Plattform über dem Matsch gesammelt hatten, schlugen sich überraschend gut, doch die Schatten waren viele. Und sie waren schnell. Sie zogen Kreise um die kleiner werdende Gruppe, so schnell, dass sie nur als verschwommene dunkle Flecken sichtbar waren, und schlugen so plötzlich und so tödlich zu wie Raubkatzen. Die Schatten hatten, abgesehen von der Dunkelheit, keine Waffen, doch sie brauchten auch keine. Aber ab und zu fand eine Kugel doch ihr Ziel. Die Schatten zogen ihre Verletzten in die schützende Menge, doch die drei Beobachter konnten trotzdem ein paar leblose Gestalten erkennen.
Dann erstarrten die Schatten. Etwas war geschehen.
Die Menschen waren die ersten, die sich bewegten, sie gingen rückwärts, rückten enger zusammen, ohne die Kolonie aus den Augen zu lassen. Auch die Schatten zogen sich zurück. Sie gaben keinen Ton von sich, nicht einmal das leiseste Knurren.
„Was passiert da?", flüsterte Madlen. Blake deutete nur wortlos auf eine Gestalt in der Menschengruppe. Es war ein Schatten. Ein Mann hatte ein Gewehr auf ihn gerichtet. Sie hatten eine Geisel.
Der Dämon war schmächtig und ungewöhnlich klein. Seine Augen hatten die Farbe von Rost.
„Ist das ein Kind?", wollte Madlen wissen.
„Nein", erwiderte Blake. „Das ist ein weiblicher Schatten."
Einer der Männer rief den Schatten etwas zu, doch sie machten keine Anstalten, sich noch weiter zurückzuziehen. Sie schienen abzuwarten

und blickten nur den Schatten inmitten der Menschen an.

Madlen musterte ihn – sie – ebenfalls und versuchte, sich an den Gedanken zu gewöhnen, dass es eine Frau war.

Die Söldner im Innenhof riefen erneut, und der Mann, der neben der Geisel stand, drückte ihr den Lauf seines Gewehrs gegen die Schläfe. Sie legte den Kopf schief, musterte ihn unbeeindruckt und gab keinen Ton von sich.

Die Schattenfrau bewegte sich sehr, sehr schnell. Ihr Kopf wirbelte herum und das Gewehr feuerte ins Leere, ohne ihr Schaden zuzufügen, abgesehen von unangenehmen Ohrenschmerzen wegen dem Krach vielleicht. Es gab ein ekelhaftes, reißendes Geräusch, als die Schattenfrau die Kehle des Mannes aufriss. Er gab einen gurgelnden Laut von sich und wankte zurück. Blut tränkte seine Kleidung.

Die Schatten griffen wieder an, bevor die übrigen Söldner die Frau erschießen konnten. Sie rollten wie eine schwarze Flutwelle auf die Menschen auf ihrer niedrigen Plattform zu.

Mitten im Chaos stand die kleine Schattenfrau, spuckte das Blut weg und wischte sich mit dem Ärmel den Mund ab, der, wie Madlen wusste, voll mit langen, nadelartigen schwarzen Reißzähnen war.

„Dafür sind die also gut", stellte die Nichtmagierin fest.

Rusty

Ein Magier gestikulierte mit seinen Händen und katapultierte ein paar Schatten in die Luft. Die bereits stark dezimierte Gruppe der Menschen rannte durch die entstandene Schneise hoch auf die Mauer. Als sie Blake, Ween und Madlen sahen, drehten sie um und liefen in die andere Richtung.

Die Kolonie schickte etwa dreißig Schatten hinterher, doch die übrigen blieben im Innenhof zurück. Dutzende im roten Abendlicht glühender Augenpaare sahen zu ihren drei Befreiern hoch.

„Sie wollen reden", erklärte Blake.

„Reden", wiederholte Ween. „Also, laut?" Er bekam keine Antwort.

Blake ging die Treppe hinunter, Madlen und seinen Lehrling hinter sich. Die Schatten gaben ihnen nur zögerlich den Weg frei. Die meisten kümmerten sich um die Verwundeten, doch alle, die nichts zu tun hatten, beobachteten jede ihrer Bewegungen.

Sie musterten die ersten Menschen, die ihnen nicht feindselig gesonnen waren, den Stadtwache-Magier und die junge Frau ohne Magie. Und sie beobachteten jede von Blakes Bewegungen.

Die drei Undertowner blieben in der Mitte des Innenhofes stehen. Die Schatten hatten sich in einem Kreis um sie geschart. Einer trat vor. Es war der weibliche Schatten.

Die Dämonin sah nicht so viel anders aus als ihre männlichen Artgenossen. Sie war kleiner, doch genauso dünn wie die anderen und flach wie ein Brett. Ihr Gesicht war breit und kantig, mit ausgeprägten Wangenknochen. Ihr Haar war kurz geschnitten. Die Augen der Schattenfrau leuchteten in einem satten Rostbraun. Sie trug eine dünne Regenjacke in Schwarz und Orange, die überraschend neu und sauber aussah – vielleicht hatte sie sie den Suchern gestohlen – und hatte sich ein Tuch um den Hals gewickelt, auf dem jetzt ein paar Spritzer Blut zu sehen waren. Um ihre Hände waren abgenutzte Stoffstreifen gewickelt, vermutlich, um sie vor Blasen zu schützen.

Blake und die Schattenfrau sahen sich eine Weile lang an. Madlen gab keinen Ton von sich, doch Ween zappelte ungeduldig herum.

„Das ist ein Name, den ich lange nicht gehört habe", sagte Blake schließlich. Sie sprachen schon miteinander. Stumm.

„Was hat sie gesagt?", wollte Ween wissen.

„Nicht viel", antwortete Blake. „Sie weiß, dass ich nicht gut in so was bin, auch, wenn ich nicht so eingerostet wäre. Sie hat meinen Namen gesagt."

„Aber du hast noch einen anderen, oder?", fragte die Schattenfrau. Sie zuckten alle drei zusammen, als sie ihre Stimme hörten. Sie war höher als Blakes, ziemlich sicher weiblich, aber heiser und kratzig, und ihre Besitzerin sprach sehr langsam. „Ein anderer Name. Den dir die Menschen gegeben haben... Blake?" Der Schatten nickte nur.

„Ich hoffe, ihr seid nicht beleidigt", sagte er. „Ich habe nicht darum gebeten." Sie zuckte mit den Schultern und legte den Kopf schief.

„Erinnerst du dich an uns?", fragte sie. „An mich?"

„Teilweise. Es ist verschwommen, immerhin ist alles über fünfzehn Jahre her, ich war acht und ich hatte nie ein gutes Gedächtnis. Aber ich weiß, wer du bist. Du bist größer geworden. Aber nicht viel. Und du bist die Sprecherin. Wie lange hast du gebraucht, um Englisch zu lernen?"

„Nicht lange. Ich lerne, seit wir hier sind. Ich habe den Suchern zugehört."

„Das ist beeindruckend", stellte Blake fest und lächelte. „Ein bisschen unhöflich, aber beeindruckend."

„Ich bin nun einmal schnell. Und du bist langsam." Sie klang ehrlich und unbekümmert, als würde sie es vollkommen ernst meinen. Blake schnaubte gespielt gereizt, drehte sich zu seinen menschlichen Freunden um und deutete auf die Sprecherin der Schatten.

„*Ladies and Gentlemen*", sagte er. „Meine kleine Schwester."

„Du hast eine kleine Schwester?", fragte Ween. „Sie ist deine... Hey, ist es okay, wenn ich dich *Rusty* nenne?" Die Sprecherin nickte würdevoll.

„Hast du etwa vor, herumzulaufen und allen Schatten Spitznamen zu geben, Ween?", fragte Blake missbilligend.

„Warum nicht?", erwiderte Ween. „Aber – Rusty ist deine Schwester? Warum hast du mir nie erzählt, dass du Geschwister hast?"

„Ich weiß nicht. Bis eben hatte ich es selbst halb vergessen."

„Wie kann man bitte vergessen, ob man Geschwister hat?", wollte Madlen wissen.

„Es ist einfacher, als man glaubt." Blake sah zu Ween. „Und mach dir keine Sorgen, die Rolle als nerviger kleiner Bruder nimmt dir so schnell keiner weg." Ween musterte die Sprecherin und kaute nachdenklich auf seiner Unterlippe herum.

„Hallo", sagte sie.

„Können noch mehr von euch sprechen?", fragte Blake, drehte sich um und sah die Dämonen in der Menge an.

„Nein", antwortete seine Schwester. „Ich spreche für sie."

„Das habe ich gemerkt. Werden sie es lernen?"

„Nein."

„Warum nicht?" Er konnte nicht verhindern, vorwurfsvoll zu klingen.

„Warum sollten sie?"

„Weil..." Ihm fiel nichts ein.

„Wir wurden angegriffen", erklärte die Sprecherin. „Wir werden uns rächen. Aber wenn wir diesen Tag überleben, werden wir uns zurückziehen. Tiefer als je zuvor."

Blake sagte nichts. Ein Teil von ihm hatte gehofft, dass andere Schatten ihm eines Tages an die Oberfläche folgen würden.

„Sei nicht traurig", sagte die Sprecherin – Rusty. Ihre Stimme klang jetzt sanft. Offenbar war er trotz seiner geistigen Taubheit ein offenes Buch für seine kleine Schwester. „Du kannst nichts dagegen tun. Es ist unsere Entscheidung. Weißt du, ich wollte dasselbe wie du. Ich wollte den Schatten auch das Licht zeigen. Aber jetzt geht das nicht. Glaubst du wirklich, wir wollten an der Oberfläche bleiben, nachdem ihre Bewohner uns... *das hier* angetan haben?" Blake schwieg betreten. Tröstend fuhr sie fort.

„Eines Tages werden wir kommen. Aber nicht heute. Wir brauchen Zeit."

„Ja", sagte er leise.

„Ich will dich nicht anlügen. Jahre vielleicht. Möglicherweise lebst du nicht mal mehr, wenn es so weit ist." Blake nickte.

„Aber ihr werdet wieder zur Oberfläche zurückkehren", sagte er.

„Das werden wir", versprach sie. „Eines Tages. Das ist nicht das Ende."

„Ich bin selbst nicht sonderlich pünktlich, aber ich werde auf euch warten", sagte Blake.

„Außerdem darfst du uns gern jeder Zeit besuchen", fügte Rusty hinzu und blickte dann zögerlich zu Ween und Madlen. „Ihr auch."

Sie grinsten sich an und schwiegen dann eine Weile. Rusty legte den Kopf in den Nacken, um den Abendhimmel zu bewundern. Vom Meer zogen schwere, dunkle Regenwolken auf.

„Du magst das Licht", stellte sie fest. Blake sagte nichts. „Du hast lange an der Oberfläche gelebt. Wenn du dich entscheiden würdest, in das Labyrinth zurückzukehren, wäre es nicht möglich, dich wieder in die Kolonie zu integrieren. Du bist eine eigenständige Person. Ein Individuum. Es würde nicht funktionieren. Aber du bist auch nicht wie die Menschen." Sie legte den Kopf schief. Es sah aus, als würde sie ihn bedauern.

„Du bist weder das eine noch das andere. Ein Wanderer zwischen Licht und Dunkel."

„Mit einer starken Tendenz zum Dunkel, wenn ich das einwerfen darf", fügte er hinzu.

„Es tut uns leid."

„Willst du auf etwas Bestimmtes hinaus?", fragte Blake. Er begann, sich unwohl zu fühlen.

„Wir... wir hätten dir nur gerne gesagt, dass wir dich beschützen können", gab Rusty zu. „Als Dank. Wir haben so ein Gefühl, dass du sonst in Ärger gerätst."

„Mit *ihr habt so ein Gefühl* meint ihr, dass ihr euch meine Erinnerungen angesehen und damit auf die Dinge geschlossen habt, die mir in Zukunft noch widerfahren könnten?", riet er. Die ganze Schattenkolonie nickte unschuldig, was gleichzeitig lustig und unheimlich aussah.

„Wir haben nur eine Frage", sagte Rusty noch. „Bist du glücklich? An der Oberfläche... da, wo es hell ist. Bist du glücklich dort?" Sie schwiegen wieder eine Weile, während er nachdachte.

„Hm, so einigermaßen", antwortete er dann. Ein paar Sekunden lang sagte niemand etwas.

„*So einigermaßen?*", wiederholte Madlen laut. „Was für eine bescheuerte Antwort ist denn das bitte?"

„Was für eine Antwort hast du denn von jemandem wie ihm erwartet?", fragte Ween sie, bevor er sich an Rusty wandte. „Und ja, er *ist* glücklich. Er hatte nur in letzter Zeit zu wenig Schlaf. Und er ist ein sarkastischer, griesgrämiger, pessimistischer Vollidiot, der es nicht zugeben will, weil sonst ja jemand auf die Idee kommen könnte, dass er eine nette Person ist." Die Sprecherin nickte zufrieden.

„Freut uns, das zu hören", erklärte sie.

„Hey", beschwerte Blake sich.

„Schön, dass ich eine Hilfe sein konnte", sagte Ween zu ihr.

„Die Frage war für *mich* bestimmt, du Idiot. Ich sollte sie beantworten."

„Aber du gibst immer nur total sarkastische und unsinnige Antworten", warf Madlen ein.

„Interessiert vielleicht irgendjemanden, was ich zu dem Thema zu sagen habe?", fragte Blake die stummen Schatten, die ihnen zuhörten. Sie antworteten natürlich nicht.

Rusty lächelte ihr belustigtes, gütiges Lächeln voller spitzer, schwarzer Zähne.

Die Wege trennen sich

Ein Schauer durchlief die Kolonie, als hätte sie etwas gespürt, dass niemand sonst wahrnehmen konnte. Nichts Gutes, offenbar.

„Was war das?", fragte Ween.

„Wir sind immer noch im Krieg", erinnerte Rusty ihn. „Es läuft nicht gut. Die Sucher sind immer noch im Vorteil."

„Warum sind sie im Vorteil? Sie sind doch höchstens zwanzig Leute."

„Sie haben etwas", sagte sie. „Der Beschwörungszauber ist weg, aber sie können uns immer noch zwingen, sie in Ruhe zu lassen. Es könnte schwierig werden."

„Was ist denn? Haben sie noch so eine Tontafel?"

„Nein."

Und Blake begriff. Er begriff, warum die Sucher so bedingungslos darauf vertraut hatten, dass die Kolonie ihnen gehorchte, warum die Schatten nicht aus ihren Zellen ausgebrochen waren und warum sie die Menschen erst angegriffen hatten, als er selbst in Gefahr war.

Sie standen nicht mehr unter einer magischen Gedankenkontrolle. Es war viel schlimmer.

„Sie haben unsere Kinder", erklärte seine Schwester. „Und jetzt bedrohen sie sie. Wir versuchen, sie zu befreien, aber es ist schwierig." Die Sprecherin klang nicht vorwurfsvoll.

„Oh..." Madlen war die erste, die ihre Stimme zurückgewann. Sie hatten einen Fehler gemacht. „Es tut uns leid. Es tut uns leid."

„Lasst uns euch helfen", sagte Ween eindringlich. „Blake und ich sind Kampfmagier. Wir kämpfen mit euch. *Bitte*. Es ist das mindeste, was wir tun können." Die Sprecherin überlegte kurz, dann nickte sie.

„Geht mit ihnen", sagte sie und deutete auf eine Gruppe Schatten, die zu der Mauer strömten und sie mühelos erklommen. Sie folgten einem stummen, geheimen Schlachtplan, wie Ameisen, hinter deren scheinbarem Chaos eine logische Ordnung lag. Die meisten Dämonen blieben jedoch zurück, um sich um die Verwundeten zu kümmern. Trotz ihres schaurigen Äußeren schienen nicht alle Kämpfer zu sein.

„Wenn sie euch Befehle geben, gehorcht ohne Widerworte", sagte die Sprecherin. Blake und Ween nickten. Madlen folgte ihnen.

„Madlen", sagte Blake, während sie sich einen Weg durch die Menge bahnten. „Du bist sehr eindeutig keine Kampfmagierin."

„Ich weiß", erklärte sie. „Aber ich kann nicht nur untätig herumsitzen." Ween lachte leise, doch er klang besorgt.

Blake fiel etwas ein. Er drehte sich um, eilte zu seiner Schwester zurück und griff nach ihrer Schulter.

„Da ist noch was", sagte er. „Ein Schatten mit blauen Augen. Der, der uns befreit hat. Hat eine Gabe für Telepathie und kommt nicht mit Verpackungen zurecht." Sie nickte, und ein fremder Gedanke tauchte in seinem Kopf auf, ein Name, unmöglich in Worten auszudrücken. Blake wusste sofort, wem er gehörte.

„Wo ist er?", fragte er. „Ich habe ihn nirgends gesehen. Ich mache mir Sorgen um ihn."

„Er gehört nicht mehr zur Kolonie."

„Er gehört nicht mehr – aber – aber warum... ?"

„Die Sucher haben ihn mitgenommen", sagte Rusty leise. „Sie haben herausgefunden, dass er euch geholfen hat. Sie waren wütend auf ihn. Wir mussten ihn aus der Kolonie entfernen, zur Sicherheit aller." Blake versuchte, zu begreifen, was sie meinte, konnte und wollte es nicht und stellte darum eine andere Frage.

„Ist er noch am Leben?" Sie schloss die Augen und schien nachzudenken – oder etwas zu suchen.

„Ja", sagte sie und öffnete die Augen wieder.

„Dann muss ich ihn finden", beschloss Blake.

Fremde Gedanken schossen durch sein Bewusstsein. Als Rusty fertig war, hatte er ein genaues Bild von verschiedenen Gängen und Türen vor Augen, eine detailreichere Version des Plans, den der Schatten mit den blauen Augen ihnen schon gestern gezeigt hatte.

„Wir wissen nicht viel", erklärte die Sprecherin. „Aber wir vermuten, dass er irgendwo dort ist."

„Ich werde ihn finden", versprach Blake und wandte sich dann an Ween und Madlen, die neben ihm standen. „Ihr beiden könnt mit den Schatten gehen."

„Viel Glück dann", wünschte sein Lehrling ihm, sichtlich enttäuscht, dass ihre Wege sich trennten.

Blake überlegte kurz. Dann zog er den Gurt mit dem Schwert und seinen Mantel aus und gab ihn dem jüngeren Magier.

„Sei vorsichtig damit", warnte er. „Oh, und der Tarnmantel funktioniert wahrscheinlich nur noch ein paar Minuten."

„Aber das ist dein Zeug", protestierte Ween.

„Ich weiß. Und ich will es zurück. Aber im Moment könnt ihr beiden es besser gebrauchen. Ich schleiche durch eine Burg, ihr zieht in eine kleine Schlacht. Ich lasse euch nicht gerne allein, aber irgendjemand muss den armen Kerl ja retten. Rouge hat dir Fechten beigebracht, oder?"

„Ja", antwortete Ween und nickte. „Nun. Ein bisschen. Ein klein wenig. Vor Jahren. Eine halbe Stunde lang." Blake seufzte. Ween gab Madlen den Gurt mit dem Schwert und streifte sich dann den Mantel über. Er war ihm viel zu groß. Seine Fingerspitzen ragten kaum aus den Ärmeln.

„Du siehst seltsam damit aus", informierte Blake ihn. „Falls es dich interessiert."

„Wie du, meinst du?", erwiderte sein Lehrling. Blake lächelte kurz und schief, bevor er sich umdrehte, zur Treppe zurückging und wieder in den tiefschwarzen Eingeweiden der Burg verschwand.

Ween und Madlen folgten den Schatten, hatten jedoch Schwierigkeiten, mit ihnen Schritt zu halten. Erst von hier oben, von der Außenmauer, ließen sich die wahren Ausmaße der grob dreieckigen Burg erkennen. Eine Ecke musste direkt in das Ende der Klippe übergehen. Es war ein Labyrinth aus steil aufragenden Mauern und schiefen Dächern, nach keiner erkennbaren Logik gezogen. Ween versuchte, es sich damit zu erklären, dass die Burg in erster Linie ein riesiger Zauber war und erst in zweiter ein Gebäude.

Jetzt erklommen überall kleine, schwarze Gestalten den grauen Stein. Sonst war niemand zusehen, keine Söldner, keine Sucher. Ween fragte sich, was Griffin, Mercer und Lucy jetzt taten. Er hoffte, dass sie in Schwierigkeiten steckten.

Nach einigen Minuten tauchte vor ihnen ein weiterer Gebäudetrakt auf. Wie ein Teil der Steilküste ragte er in den dunkelgrauen, unruhigen Himmel.

„Ich glaube, es wird regnen", sagte Ween zu Madlen, während sie auf der Mauer entlang liefen. Er konnte bereits die ersten Tropfen im Gesicht spüren.

„In dem Fall sollten wir uns mit dem Krieg beeilen", erwiderte die junge Frau.

Eine Treppe führte außen an dem aufragenden Gebäude entlang. Es gab kein Geländer. Darunter klafften nur Wind und tief, tief unten die

Wellen.

Noch trennte sie ein schmales, schiefes Giebeldach davon, das auf einer Seite in die Außenmauer überging. Der Weg endete hier.

Auf einem kleinen Platz unter ihnen, im Inneren der Burg, wurde gekämpft. Die Menschen hatten sich mit dem Rücken zur Mauer verschanzt. Die Schatten hangelten sich an den Wänden entlang und huschten über den Steinboden, auf dem einige reglose Gestalten lagen. Die Gruppe, der Ween und Madlen gefolgt waren, ließ sich sofort in die Tiefe fallen, landete geduckt und schloss sich ihren Artgenossen umgehend an. Die beiden Menschen blieben, wo sie waren, und beobachteten das Geschehen zunächst nur.

Eine Schattenfrau tänzelte zwischen den Söldnern umher. Sie war groß und schlank. Ihr langes glattes Haar wirbelte bei jeder Bewegung um ihren Kopf. Ihre violetten Augen waren die einzigen Farbflecken gegen ihre sonst pechschwarze Gestalt.

„Die ist cool, wie?", meinte Madlen. Ween nickte. Einer der Menschen legte mit einem Revolver auf sie an und die Fingernägel der Dämonin wurden lang und schwarz wie Klauen, als sie die Dunkelheit rief. Eine Sekunde später hatte der Söldner keinen Revolver und keine Hand mehr und starrte mit weit aufgerissenen Augen auf den Stumpf, in dem sein Unterarm endete. Ein dünner Strahl Blut spritzte daraus. Ween und Madlen verzogen auf ihrem Aussichtsplatz auf der Außenmauer angeekelt die Gesichter.

„Ich glaube, ich habe dieses Gebäude schon einmal gesehen", sagte Madlen, die sich schnell etwas Anderes gesucht hatte, was sie anstarren konnte.

„Die Schatten", erklärte Ween. „Sie haben es uns gezeigt."

„Also ist das hier unser Ziel? Da drinnen sind die Kinder?"

„Ja", bestätigte er. Sie beugten sich über die Mauer und spähten in den Hof hinunter. Es gab ein großes Tor. Offenbar versuchten die Schatten, es zu erreichen.

„Wir sind nicht so schnell wie die Schatten", stellte Madlen fest. „Wir könnten erschossen werden. Irgendwelche guten Ideen, Stadtwache-Magier?" Ween deutete über das schräge Dach hinweg zu der Treppe, die an der Außenmauer über dem Abgrund hing.

„Wir könnten raffiniert vorgehen und uns durch die Hintertür rein schleichen", sagte er. „Diese Treppe da muss doch irgendwo hinführen. Wir müssen nur über das Dach laufen." Sie sahen zum fernen Meer hinunter. Windböen hatten sich erhoben und peitschten winzige Regentropfen gegen den Stein. Durch den eisigen Schleier konnte man kaum noch die Wellenberge ausmachen.

„*Gute* Ideen, Ween", sagte Madlen. „Ich habe nach *guten* Ideen gefragt." Der junge Magier stellte einen Fuß auf das Schrägdach und sah wieder zum Innenhof hinunter. Ein Söldner sah ihn und feuerte einen Schuss ab, der vielleicht einen Meter von ihm entfernt das Dach traf. Ween machte einen Satz zurück und ging wieder in Deckung.

„Sie werden uns sehen", plapperte Madlen vor sich hin. „Sie werden uns hier oben sehen und erschießen. Wir geben ganz wunderbare Zielscheiben ab."

„Nein, tun wir nicht", widersprach Ween und deutete auf Blakes Mantel.

„Kann das Ding uns beide unsichtbar machen?", fragte sie zweifelnd.

„Ich weiß es nicht. Einen Versuch ist es wert. Vermutlich wird das seinen Energievorrat komplett aufbrauchen. Wir haben nur ein paar Sekunden."

Sie hielten sich den Mantel über den Kopf. Er war zwar sehr groß, doch wenn man zu zweit darin steckte, hielt er die eisigen Windböen nur sehr schlecht ab. Der Regen wurde stärker.

„Ich kann nicht zaubern", erinnerte Madlen Ween. „Wie soll das funktionieren? Das hier ist keiner von den einfachen Zaubern. Man muss wissen, was man tut." Ween sagte nichts und runzelte nur konzentriert die Stirn.

Etwas änderte sich. Er konnte sich immer noch sehen, er konnte Madlen sehen, er konnte den Mantel sehen. Doch er spürte, wie die Magie um ihn und Madlen herum strömte und eine Hülle bildete, die sie von allen Blicken abschirmte.

„Es funktioniert", verkündete er.

Sie kletterten auf das Schrägdach und liefen los. Der Stein war bereits rutschig vom Regen, doch es gelang ihnen, das Gleichgewicht zu halten. Nichts wies darauf hin, dass die Söldner unten sie bemerkt hatten. Ween rannte schneller, als er das erste Flackern des Tarnzaubers spürte.

Drei, vier Meter vor dem Ende des Daches gab der Zauber auf. Sie liefen weiter, ohne langsamer zu werden, auch, als eine menschliche Stimme etwas zu ihnen hoch rief.

Mit einem Sprung landeten sie hinter der nächsten Deckung bietenden Mauer in einer frischen Pfütze. Der Schwung trug sie noch ein Stück weiter, sodass sie beinahe gestolpert wären. Madlen lehnte sich an den Stein und atmete keuchend durch. Der Regen prasselte jetzt unablässig auf sie beide nieder und Madlens blonde Haare waren bereits ganz nass.

Ween rückte den zu weiten Gurt mit dem Schwert über seiner Schulter zurecht und deutete auf die Treppe an der Außenseite der Wand. Regenwasser strömte über die Stufen und in den Abgrund wie Tausende kleiner Wasserfälle.

„Hier entlang", sagte er.

„Es gibt kein Geländer", beklagte sie sich. „Ich hasse dieses Gebäude."

„Es ist nicht wirklich ein Gebäude", warf Ween ein.

„Ich mag es trotzdem nicht", beharrte sie. Ween ging mit federnden Schritten voraus und Madlen folgte ihm vorsichtig. Auf der vierten Stufe rutschte er beinahe aus. Sie zuckte zusammen.

„Es ist rutschig", verkündete er.

„Was du nicht sagst", murmelte sie. Sie drückten sich an die Mauer, um irgendeinen Halt zu haben, und arbeiteten sich vorsichtig vor.

Einige Dutzend Meter vor ihnen bewegte sich etwas Helles, verschwommen hinter den Regenschleiern. Die beiden hielten inne und beobachteten es.

„Ist das nicht dieser Golem aus London?", fragte Madlen leise.

„Genau das", bestätigte Ween. „Zumindest will ich doch sehr hoffen, dass sie nur einen von der Sorte haben."

„Er hat dich doch zusammengeschlagen, oder?"

„Danke, dass du mich daran erinnerst."

„Ich meine nur...", begann Madlen. „Vielleicht sollten wir... einen temporären taktischen Rückzug in Betracht ziehen?"

„Ach was. Mit dem werden wir doch locker fertig." Mit diesen Worten zog Ween Blakes Schwert und marschierte schnurstracks auf den Golem zu.

„Hey, du!", brüllte er aus voller Kehle, um den aufkommenden Sturm zu übertönen. Madlen knirschte mit den Zähnen und folgte ihm.

Der Golem kam auf sie zugetrottet, die schweren, klumpigen Füße über den Boden schleifend wie Sandsäcke. Ween und Madlen erklommen noch einige Stufen, dann endete die Treppe und ging in einen glatten Sims über, der schnurgerade an den emporragenden dunklen Mauern entlangführte. Ween nahm das Schwert in die linke Hand und ließ in seiner rechten Elektrizität knistern, die ein zuckendes blaues

Licht auf den nassen Stein warf. Es wurde jetzt Nacht und der Sturm verdunkelte den Himmel ohnehin.

Der Golem hinkte vorwärts, wie ein riesiges, wütendes Tier, das langsam an Geschwindigkeit gewann. Nur noch wenige Schritte trennten sie voneinander. Ween warf einen blauen Blitz, der das Wesen ein Stück zurücktrieb, dann packte er mit beiden Händen den Griff des geliehenen Schwertes, rannte auf den Golem zu und schwang die Waffe wie einen Baseballschläger.

Mercers künstlicher Handlanger stoppte die Klinge mit einem schweren, hellen Unterarm. Die Waffe grub sich tief in den weichen Lehm, doch es reichte nicht aus, um ihm den Arm abzutrennen. Ween war kein Schwertkämpfer.

Er zerrte an der Waffe, um sie herauszuziehen, doch der Arm des Golems begann, sich zu bewegen und sich zu teilen. Aus einem Arm wurden zwei plumpe, dicke Lehmklumpen, die vielleicht Hände darstellen sollten, und schlossen sich enger um die Klinge. Ween gab auf, sie befreien zu wollen, und duckte sich gerade noch rechtzeitig unter der geschwungenen anderen Faust weg.

Er wich zurück und rempelte versehentlich Madlen an, die schnell rückwärts stolperte, um ihm Platz zu machen. Der Stadtwache-Magier schoss einen zweiten Blitz ab, und wieder erhellte grelles, blaues Licht den dunklen Sturm. Der Golem ließ sich nicht davon beeindrucken, doch die Wucht des Angriffs schob ihn ein Stück zurück. Er brauchte ein paar Sekunden, um in der Nässe das Gleichgewicht wiederzugewinnen. Ween schnappte sich den Schwertgriff, stemmte einen Fuß gegen den Ton und riss die Waffe mit einem Ruck heraus.

Madlen sah ihn grinsen und einen Satz nach vorne machen, und einen Moment später zog sich eine Furche schräg über den Kopf des Golems. Sofort wich Ween wieder zurück, um den wütenden Schlägen des Wesens auszuweichen, das seine schweren Arme wie Morgensterne schwang.

„... das Gehirn zerstören!", hörte Madlen den jungen Mann über den Lärm des Sturms brüllen. „Es ist immer der Kopf!"

Der Golem machte eine für seine Statur erstaunlich flinke Bewegung vorwärts und überraschte Ween. Der Stadtwache-Magier fuchtelte mit dem Schwert herum, um seinen Gegner auf Abstand zu halten, doch der Golem hatte Glück. Er bekam seinen kleineren Kontrahenten zu fassen und hob ihn in die Luft.

Weens Füße baumelten über dem Abgrund. Er warf einen Blick nach unten. Madlen wusste, dass er keine Angst hatte. Ween hatte nie Angst, selbst, wenn es absolut angemessen gewesen wäre.

Er war aber definitiv besorgt.

Klick

Blake brauchte seinen Mantel nicht. In den Gängen der Burg war es stockfinster. Ab und zu eilte jemand mit einer Taschenlampe oder einem Lichtzauber vorbei, doch jedes Mal gelang es ihm, rechtzeitig in einen Seitengang auszuweichen.

Er schlich eine Weile durch die Gegend und probierte alle Türen, an denen er vorbeikam. Es gab viele Türen in der Burg, doch die meisten Schlösser waren identisch. Sie ließen sich mit dem gestohlenen Schlüsselbund öffnen, doch die Räume dahinter waren leer.

Dann stieß Blake endlich auf einen, der nicht leer war. Der größere, dünnere Schatten sah auf und musterte ihn aus seinen blauen Augen.

„Wir sind zurück", flüsterte Blake. „Das mit dem Hilfe-Holen hat nicht so richtig geklappt." Er erhielt keine Antwort. Der andere Schatten kauerte in einer Ecke. Blake ließ den Schlüssel, den er jetzt nicht mehr brauchte, achtlos im Schloss stecken, durchquerte den Raum und hockte sich vor ihn. Der andere sah nicht gut aus. Nach der Art, wie er sich bewegte, tat ihm alles weh. Seine Hände sahen seltsam aus, falsch und verdreht, er hatte mehrere kleine Schnittwunden im Gesicht und schien ein Auge nicht richtig öffnen zu können.

„Es tut mir leid", murmelte Blake. „Was ist passiert? Wer–?" Der andere Schatten griff nur nach seiner Hand.

Und dann stand plötzlich Lucy direkt vor ihm. Ihre Gesichter waren nur Zentimeter voneinander entfernt. Er wollte zurückweichen, doch von dem bloßen Gedanken schmerzte sein Kopf, als würde glühender Stacheldraht um sein Gehirn geschnürt. Ein Kinnhaken riss seinen Kopf in den Nacken. Irgendetwas zersplitterte und es tat weh, es tat so sehr weh wie damals, als er sich mit acht Jahren die Nase gebrochen hatte. Er schmeckte Metall und öffnete den Mund. Blutiger Speichel rann aus seinem Mundwinkel. Er spuckte einen halben Zahn aus. Es fühlte sich an, als sei sein Kiefer in tausend Stücke zerborsten, und jedes dieser Stücke hatte seine eigenen tausend Nervenenden.

Und dann riss irgendetwas ab. War weg. Nirgends zu finden. Wenn Blake an sich heruntergesehen und festgestellt hätte, dass er keine Beine mehr hatte, er wäre nicht überrascht gewesen.

Nein... Es musste hier sein. Es war noch nie weg gewesen, es konnte nicht einfach verschwinden. Aber da war nichts mehr.

Er war ganz allein.

Blake machte einen Satz zurück. Der andere Schatten ließ seine Hand sinken.
Du hast gefragt. Jetzt weißt du es. Lucy hat uns einen Zahn ausgeschlagen. Als wir verstanden haben, dass sie danach nicht aufhört, sah die Kolonie sich gezwungen, mich wegzuschneiden. Und seit dem... bin ich.
„Es tut mir so leid", sagte Blake wieder.
Sie hat nicht aufgehört, nachdem sie mich weggeschnitten haben. Der Schatten schien gedankenverloren. Blake machte sich klar, dass er die erste Person seit einer Ewigkeit war, die sich die Mühe machte, ihn zu besuchen, die erste Person, mit der er irgendeine Form von Kontakt hatte. *Sie hat mir die Finger gebrochen.* Er hielt seine malträtierten Hände hoch. Mehrere Finger seiner linken Hand und auch der kleine an der rechten waren unnatürlich krumm und angeschwollen.
„Ich würde es verstehen, wenn du wütend auf mich wärst", sagte Blake lahm. „Weil unsere Flucht so schlecht koordiniert war..."
Ich bin wütend auf dich. In einem vernünftigen Maß. Blake dachte nach, ob es irgendetwas gab, was er für ihn tun konnte.
„Hast du heute etwas zu Trinken bekommen?", fragte er dann. Ein Kopfschütteln. Der andere Schatten streifte kurz sein Bewusstsein, um ihm zu zeigen, wie trocken seine Kehle war, doch dann zog er sich wieder zurück, als ihm einfiel, was er Blake damit noch alles zeigte.
Die Wasserflasche, die einer der Sucher Blake gegeben hatte, war noch immer halb voll. Blake entwirrte den Knoten, mit dem er sie an seiner Hose befestigt hatte, und hielt sie seinem Artgenossen entgegen. Als es dem anderen Schatten nicht gelang, die Flasche mit seinen zertrümmerten, zitternden Fingern richtig festzuhalten, musste Blake sie für ihn halten, während er vorsichtig ein paar Schlucke nahm. Er verzog das Gesicht – vermutlich machte sich sein gesplitterter Zahn bemerkbar – doch er trank die Flasche trotzdem aus.
„Hör zu", fuhr Blake fort und stand schließlich auf. „Die Schatten sind frei. Sie übernehmen die Burg. Aber wenn du dich auch nur ein klein wenig bewegen kannst, würde ich an deiner Stelle verschwinden."
Der Schatten mit den blauen Augen nickte und streckte Blake seinen Arm entgegen. Er zögerte kurz, doch dann zog er ihn auf die Beine. Sein Artgenosse war besorgniserregend leicht.
„Lass uns gehen", sagte Blake und half dem Schatten vorsichtig auf den Gang hinaus. Dann warf er die leere Wasserflasche zurück in die

Zelle, wo sie in eine Ecke rollte.[1]
Ich fühle mich allein, gestand der andere Schatten. *Die Kolonie ist nicht mehr da. Als hätte ich plötzlich einen Sinn weniger.*
„Ja... du bist jetzt ein *individuum*. Das ist lateinisch und bedeutet so etwas wie *Einzelding*. Als Einzelding ist man ziemlich einzeln."
Wird das immer so sein?
„Ich hasse mich selbst dafür, etwas so Sentimentales von mir zu geben, aber du könntest versuchen, Freunde zu finden", meinte Blake. Der Schatten mit den blauen Augen legte nachdenklich den Kopf schief.
„Du hast ja zum Beispiel mich", fügte Blake hinzu.
Was lässt dich denken, ich wollte mit dir befreundet sein?
Das saß, sagte ein besonders vorlauter Teil von Blakes Gehirn und feixte.
Was war das?
„Das war mein Gehirn. Ignorier es."
Ich habe einen Witz gemacht, als ich das mit dem nicht mit dir befreundet sein gesagt habe, sagte der Schatten mit den blauen Augen schnell.
„Schon gut, das weiß ich. Durch deine Gedanken laufen kleine Wellen, wenn du etwas lustig findest... Wie läuft es mit dem Individuell-Sein?"
Ich weiß nicht, ob ich mich daran gewöhnen kann.
„Du wirst es versuchen müssen. Gestern war dein Geburtstag."
Natürlich müssen wir das feiern... Ein guter Schuss Schwarz mischte sich in die Gedanken des Schattens. Die Farbe von Sarkasmus.
„*Erste Hilfe in Undertown, Punkt Eins: Feststellen des allgemeinen gesundheitlichen Zustands*", rezitierte Blake. „*Wenn es sarkastische Kommentare von sich gibt, wird es überleben.*"
Ich versuche, positiv zu bleiben, versprach sein Artgenosse. *Lucy hat mir nicht die Augen ausgestochen. Sie sagte, sie reserviert das für dich.*
„Reizend. Du wirst schon sehen, mein stummer Freund, *ich* werde *ihr* die Augen ausstechen."
Sie erreichten eine Kreuzung. Blake versuchte sich daran zu erinnern, welcher Gang sie zurück zur Außenmauer bringen würde. Draußen war die Kolonie. Draußen würden sie in Sicherheit sein.
Hierlang, glaube ich. Der andere Schatten streckte vorsichtig eine zitternde Hand aus.

---

[1] Ihr Zuhause zuzumüllen war noch das geringste, was er den Suchern antun würde.

„Wir holen Ween und Madlen", erklärte Blake. „Dann gehen wir durch den Spiegel irgendwie zurück nach Undertown und holen die Stadtwache. Sollen die Profis sich um die Sucher kümmern. Die Burg ist ja noch nicht fertig, also werden die ohne euch erstmal aufgeschmissen sein." Der blauäugige Schatten hielt inne.
Aber die Burg ist fertig, dachte er. Blake blieb stehen und erstarrte.
„Was?", brachte er dann hervor.
Fertig. Sie ist fertig. Seit ein oder zwei Tagen schon. Wir haben nur noch den Schutt weggeräumt, Messungen vorgenommen und solche Dinge.
„Mist!" Blake ging schneller, dann blieb er wieder stehen und drehte sich zu dem Schatten um. „Jemand sollte die Sucher wohl aufhalten, oder?"
Weißt du überhaupt, was ihr Ziel ist?
„Nicht wirklich. Du?"
Ich habe keine Ahnung.
„Sie wollen Asets Licht, was etwas ist, das ihnen... Macht verschafft."
Das könnte alles sein.
„Wenn sie Erfolg haben, könnte das das Ende der Welt bedeuten", sagte Blake ernst. Der andere Schatten warf ihm einen langen, skeptischen Blick zu.
„Ich meine, man weiß ja nie!", verteidigte Blake sich. „Und... selbst wenn nicht. Was auch immer dieses Licht sein soll, wegen dem sich alle die Köpfe einschlagen, willst du sehen, wie die Sucher noch stärker werden? Ich glaube nicht, dass sie vorhaben, mit ihrer neuen Macht die Probleme der Dritten Welt zu lösen."
Es gibt mehr als eine?
„Äh – das erklär ich dir später... Warte. Sie müssen doch wenigstens erst noch das Versteck von Asets Licht finden, oder?"
Nö. Wir haben schon vor ein paar Wochen in ihren Gedanken gelesen, dass sie die Karte dazu bringen konnten, ihnen zu sagen, wo es ist. Sie haben sogar schon ihren magischen Spiegel so eingestellt, dass er sie direkt dorthin bringen kann.
„Du machst mich fertig."
Sorry, meinte der andere Schatten nur. Blake ging aufgebracht ein paar Schritte auf und ab.
„Glaubst du, du schaffst es allein zu den anderen?", fragte er dann.
„Ich muss herausfinden, was die Sucher machen."

Ein Nicken, dann drehte der Schatten mit den blauen Augen sich um. Er humpelte stark und schleppte sich förmlich durch die Dunkelheit. Blake konnte sehen, dass seine Hände stetig zitterten. Er tat ihm leid, aber jemand musste nach den Suchern sehen.

Blake ging weiter und musterte abwesend seine verstauchte rechte Hand. Da war ein konstanter, dumpfer Schmerz, es störte ihn und er war gezwungen, alles mit links zu machen, doch es war nicht unerträglich und er konnte sich ausreichend konzentrieren, um zu zaubern. Blakes Hand zitterte nicht. Nicht ein bisschen.

Er schlich um ein paar Ecken. Er vermisste sein Schwert – nicht, dass es ihm mit einer verletzten Hand wirklich nützlich gewesen wäre. Er hätte gern die Dunkelmagie jeden Gang und jede Kreuzung absuchen lassen, bevor er hineintrat, doch er war müde und erschöpft.

Blake lief beinahe in Griffin und Lucy hinein. Der Gang gabelte sich vor ihm und sie standen zu seiner Linken in einer kleinen Lichtinsel. Er drückte sich mit dem Rücken an eine Mauer und lauschte. Sie redeten leise.

Er überlegte, ob er eine Chance gegen sie beide hatte. Lucy war klein und zierlich, viel leichter als er, und außerdem war sie vollkommen bekloppt. Rouge hatte ihm gesagt, dass die Vampirin eine nicht halb so gute Kämpferin war, wie sie es von sich glaubte. Ihre Jacke war zwar magisch gepanzert, doch sie trug sie stets offen.

Aber Griffin trug mit Sicherheit seine SIG Sauer bei sich. Blake wollte nur sehr ungern riskieren, in die Schussbahn zu laufen.

Also blieb er fürs Erste, wo er war, lehnte an seiner Wand und schloss die Augen. Er dachte wieder an Lucy. Vampire hatten gute Ohren und einen guten Geruchssinn, aber sie konzentrierte sich immerhin gerade auf ein Gespräch, also war er in seinem Versteck hoffentlich sicher.

„... ich gehe *jetzt*", sagte Griffin gerade eindringlich. „Die Söldner werden eine Weile allein zurechtkommen. Und sie haben den Golem."

„Warten wir nicht auf Mercer?", wollte Lucy wissen.

„Er kann nachkommen, wenn er den Bronzeschlüssel installiert hat."

„Ich würde lieber auf ihn warten", gab die Vampirin zu. Griffin zuckte mit den Schultern.

„Eine Frage", sagte er dann. „Du hast kein Interesse an Asets Licht, richtig?"

„Nein. Ich habe mich nie sonderlich für Magie interessiert. Aber Mercer hat mich vor den Zwillingslords gerettet."

„Denen bin ich nie begegnet", gab Griffin zu.

„Sie sind schlimm", erklärte Lucy, während die beiden langsam den Gang hinuntergingen. „Noch viel schlimmer als in den Geschichten. Ich schulde Mercer meine Hilfe und ich mag ihn."

„Nun", sagte Griffin. „Ihr zwei würdet ein originelles Pärchen abgeben."

Sie hatten Mercer den Bronzeschlüssel gegeben. Er war irgendwo in der Burg, um ihn an seinen Platz zu setzen. Mit dem Mann mit den silbernen Augen konnte Blake es vielleicht aufnehmen, wenn er den Überraschungseffekt auf seiner Seite hatte. Möglicherweise würde er irgendwo eine Spur von ihm finden... Also warf er noch einen Blick auf die beiden Sucher zu seiner Linken und bog dann nach rechts ab, in einen Gang, der ebenso finster war wie der, aus dem er gekommen war. Aus dem Augenwinkel meinte er erkennen zu können, wie sich der Lichtschein hinter ihm verstärkte.

„Blake", sagte Lucy. Dann hörte er das leise, unheilvolle Geräusch einer Feuerwaffe, die entsichert wurde.

Klick.

Blake blieb abrupt stehen und starrte mit vor Schreck weit aufgerissenen Augen in die Dunkelheit vor sich.

Oh, Scheiße, dachte er.

Ein Schuss zerriss die Luft und eine Kugel traf ihn im Rücken.

Gegen den Golem

Der Golem ließ Ween los.

Er fiel und überlegte, ob es ihm irgendetwas bringen würde, wenn er auf den Füßen landete, ob seine verzauberten Schuhe ihn schützen würden. Vermutlich nicht.

Dann traf er auf etwas Hartes. Viel zu früh. Er versuchte, sich festzuhalten, doch es war glatt und rutschig. Ween purzelte weiter die Treppe hinunter, die unter dem Sims an der Mauer entlang führte und die er zuvor nicht bemerkt hatte. Er meinte, jemanden rufen zu hören, Madlen, doch es war zu windig, um etwas zu verstehen.

Er fiel ein letztes Mal auf die Nase und blieb liegen. Die Treppe war zu Ende. Nach ein paar Sekunden ächzte er und hob den Kopf. Die Stufen endeten auf einer Art Balkon, der in die Seeluft hinausragte. Wenige Zentimeter neben ihm ergoss sich das Regenwasser in den Abgrund. Es gab kein Geländer.

„Im Ernst", murmelte er benommen. „Wer baut denn so was?"

Seine Kleidung war mit Wasser vollgesogen. Er rappelte sich auf und drehte sich um. Oben standen zwei Gestalten und sahen zu ihm hinunter. Der Golem und Madlen. Der Tonkrieger griff die junge Frau nicht an. Für ihn, der die Welt über Magie wahrnahm, war Madlen nicht mehr als ein Schemen, der Magie berührt und geatmet hatte, selbst aber keine Quelle war. Da er sie nur als Nebelfetzen sah, hielt er sie vermutlich für genauso harmlos.

Der Golem trottete die Stufen hinunter. Er hatte nun vier Arme. Ween schluckte, räusperte sich und griff nach dem Schwert. Es war nicht da.

Er sah sich um und konnte es nirgends entdecken. Irgendwann, als der Golem ihn hochgehoben hatte oder als er gefallen war oder als er die Treppe hinuntergestürzt war, hatte er das Schwert verloren. Ween grinste den Golem entschuldigend an.

Blake würde ihn umbringen.

Ween wich zurück und krümmte die Finger. Funken sprühten und haarfeine blaue Blitze zuckten von dem Kugelblitz zu Boden, wo Wasser über den Fels strömte. Wenn er ihn im richtigen Winkel traf, konnte Ween den Golem vielleicht in die Tiefe stoßen.

Der Golem trat auf den Balkon, als ihn etwas im Rücken traf. Er stolperte einen Schritt vorwärts. Etwas Metallisches ragte zwischen seinen Schulterblättern hervor. Das Schwert. Madlen lernte schnell, was Sportsgeist und Überraschungsangriffe anging. Ween war stolz auf sie. Doch der Trick funktionierte nicht.

Die Kreatur drehte sich träge um. Die junge Frau wich zurück. Der Golem hatte kein Gesicht, doch er sah trotzdem wütend aus.

„Ich sagte Kopf!", brüllte Ween Madlen über den rauschenden Wind zu. Ihre kleinlaute Erwiderung konnte er nicht verstehen.

Der Golem streckte seinen Arm aus. Sie versuchte, auszuweichen, stolperte jedoch auf den nassen Stufen. Er griff nach ihr und schleuderte sie gegen eine Wand, so heftig, dass sie förmlich davon abprallte, auf Händen und Knien landete und dann zusammenbrach. Es war dunkel und so konnte Ween sich nicht ganz sicher sein, doch er meinte zu erkennen, wie das Wasser, das durch ihr wirres blondes Haar rann, sich mit Blut vermischte.

Das grellblaue Knistern in seinen Händen wurde stärker. Ween warf den Kugelblitz und traf den Golem in der Brust. Es verlangsamte ihn kaum.

Mit zwei, drei schnellen Schritten hatte das Wesen ihn erreicht. Ween machte einen Satz in seine Richtung, lief in seine Brust und versuchte, es über die Kante zu stoßen, doch er war zu leicht.

Der Golem schob ihn seelenruhig ein Stück von sich weg, dann schwang er eine Faust. Der Schlag traf Ween seitlich am Kopf. Die Wucht reichte aus, um ihm das Gleichgewicht zu nehmen, und im nächsten Moment lag er wieder im Regen auf dem Boden.

Er blinzelte. Sein Schädel dröhnte und alles drehte sich. Ween versuchte, seine Arme unter seinen Körper zu manövrieren und sich aufzurichten. Ein Tritt traf ihn an der Schulter.

Etwas Nachtschwarzes bewegte sich hinter dem Golem, bildete scharfe Zacken und Klingen und schnitt durch hellen Lehm.

„Blake?", brachte Ween hervor. Neben ihm landete ein abgetrennter, bleicher Arm. Der Golem drehte sich um und gab den Blick auf den Neuankömmling frei. Es war nicht Blake. Die Gestalt, die hinter dem Golem stand, war groß und schlank und hatte langes, schwarzes Haar, das ihr in klitschnassen Strähnen ins Gesicht hing. Ihre Augen brannten mit violettem Feuer.

Es war die Schattenfrau, die Ween und Madlen schon im Innenhof auf der anderen Seite der dicken Mauern gesehen hatten.

Die Dämonin trat zurück und hob die Hände. Schwarze Klauen sprossen aus ihren Fingern. Der rutschige Untergrund schien sie nicht im Geringsten einzuschränken. All ihre Bewegungen waren federleicht. Sie sah nicht aus wie jemand, der in einem Sturm nahe am Abgrund inmitten von Fluten von Regenwasser um sein Leben kämpfte. Sie sah aus wie eine Kriegerin, und zwar eine gute Kriegerin, oder wie Blake und Rouge ausgesehen hatten, als sie vor einer Ewigkeit in der Trainingshalle in Undertown gegeneinander gekämpft hatten.

Die Schattenfrau duckte sich unter einem Hieb weg und stach mit der Dunkelheit zu wie mit einem Degen.

„Kopf, ziel auf den Kopf", murmelte Ween. Er bezweifelte, dass sie es hörte. Die Schwärze grub sich tief in die Schulter des Golems. Blakes Schwert löste sich und fiel zu Boden. Der Golem kämpfte unbeeindruckt weiter und trieb seine Gegnerin zurück, auf die Mauer zu. Die Schattenfrau duckte sich unter jedem einzelnen Schlag weg, wich zurück oder trat im richtigen Moment zur Seite, und die Dunkelheit schnitt kleine Scheiben von dem Golem ab.

Ween kroch währenddessen durch den Regen. Sein Kopf tat immer noch weh. Er presste eine Hand gegen seine Schläfe und streckte die andere nach Blakes Schwert aus.

Die beiden Kämpfenden erreichten die Mauer und die Schattenfrau machte einen Fehler. Der Golem bekam sie zu fassen und stieß sie gegen die Wand, um ihre Bewegungsfreiheit einzuschränken.

Die Schattenfrau jedoch ließ sich nicht herumschubsen. Stattdessen stemmte sie ihre Füße gegen die Mauer, stützte sich an dem Golem ab und lief in einer einzigen fließenden Bewegung daran hoch. Die Kreatur ließ sie überrascht los. Die Dunkelheit trug die Frau weiter in die Höhe. Der Golem sah sich um und wartete darauf, dass die Schwerkraft sie wieder nach unten zog. Sekunden verstrichen.

Dann schoss die Schattenfrau aus der Nacht hinunter und landete auf den Schultern des Golems. Die Wucht zwang den Krieger aus Lehm in die Knie. Die Dämonin balancierte geschickt auf seinen Schultern. Ihre Klauen fuhren auf ihn nieder und bohrten sich tief in den Lehm.

Der Golem kippte um und die Schattenfrau sprang von seinem Rücken. Die Dunkelheit um sie herum zerfaserte und löste sich schließlich auf. Ween stand, sich mühsam aufrecht haltend, im Regen und grinste ihr müde zu.

Der Golem zuckte. Etwas Helles bewegte sich zu schnell, als das Ween hätte erkennen können, ob es einer seiner Arme oder ein Fuß war. Der schwere Lehm traf die Schattenfrau mit voller Wucht auf Höhe der Hüfte und schleuderte sie gegen die Mauer.

Der Golem richtete sich langsam auf, warf der benommenen Dämonin einen Blick zu und wollte einen Schritt auf sie zu machen. Dann hielt er alarmiert inne und drehte sich um, direkt in den Kugelblitz, den Ween aus nächster Nähe in sein leeres, weißes Gesicht abfeuerte. Der Golem stolperte und Ween warf sich gegen ihn. Diesmal hatte er den Überraschungseffekt auf seiner Seite. Der Aufprall brachte seinen Gegner aus dem Gleichgewicht.

Mercers künstlicher Diener landete auf dem Rücken und versuchte mit trägen Bewegungen, wieder aufzustehen Ween landete auf seiner Brust. Er hob Blakes Schwert, um dessen Griff er beide Hände geklammert hatte, holte aus und bohrte dem Golem die Spitze tief ins Gesicht, mit genug Kraft, dass die Klinge aus seinem Hinterkopf wieder austrat und hörbar über den Stein schabte.

Als Ween die Waffe aus der zähen, weißen Masse zog, wirbelten ein paar dünne, kränklich gelbe Funken durch die Nacht. Es waren die Überreste der Energie, die den Golem angetrieben hatte.

Madlen kniete im Regen und sah Ween an, Dutzende von Kratzern im Gesicht und an den Händen und sichtbar unterkühlt, aber sonst in Ordnung. Die Schattenfrau rappelte sich neben ihr auf, strich sich das nasse Haar aus dem Gesicht und wich ein paar argwöhnische Schritte vor den beiden Menschen zurück. Ween stand ebenfalls auf und schob die Klinge zurück in die Schwertscheide. Er war bis auf die Knochen durchnässt, seine Haare klebten an seinem Kopf und Blakes Mantel wog, mit Regenwasser vollgesogen, gut dreimal so viel wie zuvor. Sie froren alle drei.

Über dem Balkon lief der Sims an der Wand entlang, auf dem sie gekommen waren. Unterhalb davon war eine Tür in die Mauer eingelassen.

„Ich glaube, wir haben unsere Hintertür gefunden", meinte Ween.

Sich windende Dunkelheit schob sich über den Fels über ihnen. Der junge Stadtwache-Magier, die Nichtmagierin und die Schattenfrau blickten auf und dann wieder nach unten, als Rusty und drei oder vier andere Schatten ihren Fall mit Dunkelmagie verlangsamten und geduckt zwischen ihnen landeten.

„Oh, ihr habt euch um ihn gekümmert", stellte Rusty mit einem

Blick auf den Golem fest. Dann sah sie die andere, größere Schattenfrau an, die sich gequält die Hüfte hielt, eilte zu ihr hinüber und half ihr vorsichtig, sich wieder hinzusetzen.

Die Schatten warfen Ween und Madlen erwartungsvolle Blicke zu. Die beiden Menschen blickten zurück. Ween nickte fragend zur Tür, dann fing er an, mit tauben Fingern seine Taschen zu durchsuchen. Er fand den Rostschlüssel, steckte ihn in das Schloss und zerrte an der Tür herum. Nach ein paar Sekunden schwang sie nach außen.

Sofort schlug ihm eine starke Präsenz von Dunkelmagie entgegen und er bekam eine noch stärkere Gänsehaut als ohnehin schon von dem eisigen Regen. Es war stockfinster dort drinnen. Ween konnte noch nicht einmal Dämonenaugen entdecken.

„Dunkelmagie", sagte Madlen.

„Genau", bestätigte Ween und trat in die Dunkelheit.

„Vielleicht sollten wir das nicht tun", vermutete Madlen. „Ich meine, du weißt schon, dass Dunkelmagie abschrecken soll, oder? Mir gefällt nicht, dass du so wenig Respekt davor hast."

„Ich respektiere Dunkelmagie total", sagte er und machte furchtlos noch ein paar Schritte in das Gebäude hinein. Von draußen war ihnen ein matter Lichtschein nach drinnen gefolgt, doch er konnte kaum die Hand vor Augen sehen. Hören konnte er auch nichts, keine Schritte und kein Atmen, aber bei dem Sturm draußen war das kein Wunder.

„Kannst du bitte die Glühbirne wieder anmachen?", flüsterte Madlen neben ihm. Sie war ihm also gefolgt.

„Klar", murmelte Ween leise und kramte in seinen Taschen. Er fand etwas Leichtes, Glattes und hob es hoch. Er brauchte ein paar Sekunden länger als sonst, um seine Magie zu sammeln und in die provisorische Lampe zu leiten. Er hatte ein paar anstrengende Tage hinter sich.

Ein Zittern durchlief die Dunkelheit, als würde sie misstrauisch vor dem Licht zurückweichen. Direkt vor ihm öffneten sich zwei große, runde Augen und reflektierten das Licht als goldgelbes Feuer.

Sie kreischten und Madlen klammerte sich an Ween fest. Das Wesen legte den Kopf schief und beobachtete sie, als sie erschrocken zurückwichen. Es war eine kleine Gestalt von der Größe eines Grundschulkindes, die kopfüber von der Decke hing wie irgendein dürres, sehniges Höhlentier, eine Fledermaus vielleicht.

Um sie herum öffneten sich mehr glühende Augenpaare. Als Ween sich wieder etwas beruhigt hatte, verstärkte er das Licht. Wie als Antwort wurde auch das Glühen der vielen Dämonenaugen stärker. Er konnte jetzt erkennen, dass das ganze Gebäude, vom Abgrund bis zum Innenhof auf der anderen Seite, nur aus einem einzigen Raum von der Größe einer kleinen Turnhalle bestehen musste. Zahllose Schattenkinder befanden sich darin, hatten sich in die Ecken gedrückt oder hockten auf den Steinblöcken, die aus den Wänden hervorragten. Und alle starrten sie sie an. Ihre leuchtenden Augenpaare bildeten eine kleine Sternenkuppel.

Ween schenkte den vielen kleinen Wesen ein unsicheres Lächeln und schob Madlen zurück zur Tür. Fast war er froh, als sie wieder auf den Balkon traten und von einer nassen Windböe begrüßt wurden. Die erwachsenen Schatten starrten sie stumm an.

„Ich glaube, die wollten, dass wir ihnen nur die Tür aufmachen", brachte Madlen hervor.

„Ja, schon gut", antwortete Ween. „Ich gehe nicht nochmal einfach so in einen stockfinsteren Raum voller Dämonen."

Sie lehnten sich an die Mauer, froren vor sich hin und beobachteten. Die hochgewachsene Schattenfrau mit den violetten Augen schien ziemlich sturköpfig zu sein, denn trotz ihrer verletzten Hüfte war sie wieder auf den Beinen. Rusty blieb dicht neben ihr, blickte zu ihr hoch und berührte sie sanft an der Schulter. Dann nahmen sie sich an den Händen und traten Seite an Seite als erste nach drinnen.[1]

Ween und Madlen beobachteten durch die offene Tür, wie eine kleine Gestalt zu den beiden erwachsenen Schatten hinunter kletterte und eine Hand nach ihnen ausstreckte. Sie hatten ein Kind.

„Nichts bringt mich davon ab, die mit den lila Augen *Violetta* zu nennen", sagte Ween leise zu Madlen, die grinsen musste. Sie sahen noch mehr winzige, dürre Gestalten durch den Raum huschen.

„Diese kleinen Viecher sind echt gruselig", stellte Madlen fest.

„Allerdings."

„Ein kleines bisschen niedlich, aber total gruselig."

„Genau", stimmte Ween ihr zu. „Sie haben so große Augen..."

„Lassen wir die Schatten den Rest übernehmen", schlug Madlen vor.

„Sind ja ihre Bälger. Gibt's irgendeinen Weg zurück außer... ?"

„Durch die Dunkelheit oder den Abgrund entlang."

„Ach verdammt."

---

[1] Offenbar war Rusty ihrem Bruder recht ähnlich. Zumindest schienen sie beide eine Schwäche für große, dünne Kriegerinnen zu haben.

Das falsche Ende der Schauergeschichte

Am anderen Ende der Burg geschah währenddessen etwas Schreckliches.

Die Kugel zerriss seinen Körper wie Papier.

Blake gab einen erstickten Laut von sich. Seine Knie wurden ganz weich. *Atmen. Hör nicht auf, zu atmen.* Er zwang sich, ein- und auszuatmen und sah zu den Suchern zurück. Ein paar Meter den Gang hinunter stand Griffin, Lucy neben sich. Er machte keine Anstalten, noch einmal abzudrücken, und hatte die Pistole sinken lassen.

Blakes Atem stockte und wurde unregelmäßig. Jedes Mal, wenn er Luft holte, entwich ihm ein gequältes Geräusch. Er verzog das Gesicht, tastete nach der Schusswunde und beugte sich vornüber. Er konnte hören, wie sein Blut auf den Boden tropfte. Sein Bauch fühlte sich an, als hätte jemand einen beträchtlichen Teil seiner Innereien herausgerissen, und seine Beine fühlten sich an wie Gummi. Er bekam Angst, sie würden einfach nachgeben und wegknicken.

Eine Hand auf die klaffende Austrittswunde der Kugel gedrückt, gelang es ihm irgendwie, einen Fuß vor den anderen zu setzen und einen oder zwei Schritte zu gehen, bis er sich mit einem Arm an der Wand abstützen konnte. Hinter sich hörte er die Schritte der Sucher. Sie schlenderten in einem Bogen um ihn herum.

Blake lehnte sich mit dem Rücken gegen die Wand. Die Wand fühlte sich fest und sicher an. So war es nicht mehr ganz so schwer, sich auf den Beinen zu halten. Er versuchte, etwas zu sagen, brachte jedoch nur ein ersticktes Krächzen und Husten zustande. Er drückte eine Hand auf die Schusswunde auf der linken Seite seines Bauches, hob die andere und dachte nach. Ihm fiel auf, dass er zitterte. Kalte Schauer liefen ihm über den Rücken.

„Scheiße...", stöhnte er schließlich, weil ihm nichts Besseres einfiel. Seine Hände fühlten sich vom Blut ganz klebrig an. „Du hast mir in den Rücken geschossen."

„Offensichtlich", antwortete Griffin und steckte die Pistole weg.

„Ich weiß dazu überraschend wenig zu sagen", sagte Blake.

„Das ist mal was Neues", bemerkte Lucy.

„Außer der Tatsache, dass du mir in den Rücken geschossen hast", fuhr er fort. „Das... *das macht man einfach nicht.*"

Als er vorhin davon ausgegangen war, die Vampirin hätte ihn nicht bemerkt, weil sie sich zur sehr auf das Gespräch mit Griffin konzentrierte, hatte er sich *offensichtlich* geirrt.

Blake überlegte, dass seine Beine ihn vermutlich nicht mehr lange tragen würden, als er bemerkte, dass Griffin begonnen hatte, zu reden.

„Dafür, dass ihr so gruselig aussieht, ist es überraschend leicht, Schatten zu töten", fand der Beschwörer. „Ihr seid immerhin der Stoff, aus dem man früher Schauergeschichten gemacht hat." Wenn das so war, stellte Blake fest, dann befand er sich jetzt ganz eindeutig am falschen Ende der Schauergeschichte.

„Ich weiß...", murmelte er. „Sagt, ihr habt nichts dagegen, wenn ich mich kurz hinsetze, oder? Bitte. Ich fühle mich wirklich mies." Er ließ sich benommen an der Wand hinunterrutschen, bis er auf dem Boden saß. Der Stein war kalt, aber vielleicht lag das auch an ihm selbst. Wenigstens lief er so nicht mehr Gefahr, einfach umzukippen. Blake schlang schützend die Arme um seinen Körper. An seiner Kleidung und an seinen Händen haftete so viel Blut, dass er sich fragte, wie viel sich noch in seinen Adern befinden konnte. Es war dunkler und gräulicher als das eines Menschen, ein ausgesprochen unappetitliches Dunkelrot. Beinahe schwarz.

Griffin wandte sich zum Gehen.

„Lucy, kümmer du dich um..." Er deutete auf Blake und das viele Blut. „Nun, das da." Er ließ ihn also mit der Psychopathin alleine.

Großartig.

Mercer eilte durch einen der vielen Gänge, in einer Hand einen Lichtzauber und die andere zur Faust geballt in der Tasche. Darin lag die kleine Bronzekugel, wegen der sie sich alle die Schädel einschlugen. Der Sucher hatte sich eine Regenjacke übergeworfen. Er erinnerte sich daran, wie anstrengend das mit einem gebrochenen Arm gewesen war und war froh, dass er so gut verheilt war.

Er öffnete eine Tür. Sofort schlug ihm peitschender Regen entgegen. Er brummte und zog sich die Kapuze tiefer ins Gesicht. Was mussten die wichtigen Orten in magischen Burgen auch immer so weit oben sein.

Er trat nach draußen, auf die Oberseite einer der vielen langgestreckten Mauern, die die Burg zu einem Labyrinth aus tiefen, schmalen Schluchten machten. Die Sonne war nun untergegangen, doch er meinte immer noch, winzige Gestalten in der Tiefe erkennen zu können.

Schwarz schob sich über schwarz. Zahlreiche Wesen kletterten über die Mauern. Sie erinnerten ihn an Spinnen – eine Armee aus Spinnen... Noch bewegten sie sich nicht in seine Richtung. Er beeilte sich trotzdem.

Mercer erreichte einen Turm, der an einem Schnittpunkt mehrerer Mauern in die Höhe ragte, und öffnete eine weitere Tür. Dahinter führte eine schmale Wendeltreppe in die Höhe. Er seufzte und machte sich an den Aufstieg.

Lucy hatte noch nicht angefangen, Blake die Finger zu brechen, was schon einmal gut war. Stattdessen saß sie vor ihm auf dem Steinboden, einen eingeschalteten Lichtzauber neben sich, spielte mit ihrem Dolch herum und beobachtete ihn neugierig dabei, wie er sich abmühte, trotz der Schmerzen einen Atemzug nach dem anderen zu tun. Ihm war schwindelig und auch ein bisschen übel.

Warum sie? Warum konnte ihm nicht eine, nun, eine ein kleines bisschen angenehmere Person Gesellschaft leisten? Er wünschte, Ween wäre hier... oder vielleicht auch Rouge. Oder Alba. Vielleicht konnte sie ihm noch ein paar Fragen beantworten.

„Ich kann nicht richtig atmen", brachte er mühsam hervor. Lucys Nicken war verstehend, aber nicht mitfühlend.

„Du siehst echt nicht gut aus", erklärte sie. „Glaub mir, ich kenne mich damit aus. Irgendwelche letzten Worte?"

„Ja", antwortete Blake mit der verzweifelten Imitation eines Grinsens von jemandem, der wusste, dass er keine Chance hatte. „Bring mich nicht um." Sie gluckste belustigt.

„Im Ernst...", plapperte er weiter vor sich hin. „Bring mich nicht um. Ich will nicht sterben. Wenn du so was Unoriginelles nicht hören willst, darfst du nicht fragen."

„Das wirst du aber. Selbst, wenn ich einfach gehen würde, das da würde dir den Rest geben." Sie deutete mit dem Dolch auf die Schusswunde. „Die Leute unterschätzen immer, wie fatal ein paar zerstörte Blutgefäße sein können. Und dann verbluten sie."

Blake tastete mit seinen Gedanken nach der Dunkelheit in dem Raum, doch sie reagierte nicht und schien so unwirklich wie eine ferne Erinnerung. Lucy lächelte ihn an, beugte sich vor und deutete mit dem Dolch auf ihn.

„Erinnerst du dich noch daran, was ich vor ein paar Tagen über deine Augen gesagt habe?", fragte sie. „Ob sie immer noch leuchten, nachdem man sie dir herausgeschnitten hat? Jetzt wäre eine gute Gelegenheit, meine Frage zu beantworten. Du hast mir eins von meinen Augen fast ausgekratzt."

„Deine Reaktion war einfach zum Brüllen", erwiderte Blake.[1] Lucy ignorierte den Spott. Sie konnte es sich immerhin leisten.

Dafür war also der Lichtzauber. Vampire konnten recht gut in suboptimalen Lichtverhältnissen sehen, das war es nicht. Sie wollte sich nur gern seine Augen ansehen, und die leuchteten stärker, wenn eine Lichtquelle in der Nähe war.

Blake versuchte, sich darauf zu konzentrieren, seine Hände auf das Loch in seinem Bauch gedrückt zu halten. Bei der Eintrittswunde in seinem Rücken konnte er nicht viel machen. Er dachte wieder an Ween und wie gern er ihn hier gehabt hätte und befahl sich, damit aufzuhören. Also kratzte er stattdessen noch mehr von den kümmerlichen Resten seines Trotzes vom Steinboden zusammen und wischte das Blut davon ab.

„Lucy?", fragte er leise. Sie legte fragend den Kopf schief. „Lucy Hemsey, du bist ein Miststück und eine dumme Kuh." Die Vampirin kicherte.

„Ich verstehe nicht, worauf du hinauswillst", gab sie dann zu.

„Nichts Bestimmtes", gab er zu. „Ich dachte nur, wenn ich dir das nie sage, bereue ich es später möglicherweise, du blöde Schlampe."

„Du bist echt ein Idiot, Blake", antwortete sie.

„Die meisten Leute scheinen das zu glauben", entgegnete er. „Damit kannst du mich nicht verletzen."

„Hätte mir klar sein sollen. Ich kann dich allerdings *hiermit* verletzen." Sie hob ihre Waffe wieder und hielt sie dem Schatten plötzlich unangenehm dicht vor das Gesicht.

„Immer diese flachen Überleitungen", murmelte Blake und kniff instinktiv die Augen zu. Nach einem Moment öffnete er sie zögerlich wieder. Die Spitze der Klinge schwebte nur einen Zentimeter von seinem linken Auge entfernt in der Luft.

Lucy setzte wieder dazu an, etwas zu sagen, und Blake nutzte die Gelegenheit, um mit seiner verletzten Hand nach dem Dolch zu greifen. Die Vampirin packte nur sein verstauchtes Handgelenk und verdrehte

---

[1] Der Vorteil daran, wenn man vor Blutverlust ganz benommen war, bestand darin, dass alles, was man sagte, irgendwie unbeeindruckt-sarkastisch klang.

es. Er biss die Zähne zusammen und zischte gequält.
„Fass meinen Dolch nicht an", befahl Lucy.
„Du bist einfach liebenswert", stieß Blake zwischen zusammengebissenen Zähnen hervor. Es war erstaunlich, wie sehr seine Hand trotz der klaffenden Schusswunde in seinem Bauch schmerzen konnte.
„Es ist aber schon beeindruckend", fand Lucy. „Für den Blutverlust redest du noch beeindruckend viel."
„Ich kann nicht einfach *nicht* reden", erklärte Blake ihr. „Und ich muss doch meine Artgenossen ausgleichen."
„Versuchst du, Zeit zu gewinnen? Du klingst so, als würdest du versuchen, Zeit zu gewinnen. Oder liegt der Sarkasmus einfach in deiner Natur?"
„Beides, würde ich sagen."
„Zu dem Sarkasmus fällt mir nichts ein, aber du *hast* keine Zeit mehr", stellte Lucy genüsslich fest, ließ seine Hand endlich los und änderte den Griff um ihren Dolch. Blake starrte die Klinge wie gebannt an. Er wusste nicht, *wie lange* er noch Dinge anstarren können würde.
„So oder so", fuhr die Vampirin fort und beugte sich wieder zu ihm vor. „Wenn der Tod persönlich nicht zu deinen besten Freunden gehört, weiß ich nicht, was dich noch retten könnte. Leb wohl, Blake."
... definitiv das falsche Ende der Schauergeschichte. Scheiße.
Lucy zuckte zusammen. Blake konnte sehen, wie sich ihr ganzer Körper verkrampfte. Die Knöchel ihrer Finger, die den Dolchgriff umschlossen, traten weiß hervor. Dann war der Moment vorbei. Sie zuckte zurück und keuchte entsetzt.
„*Was hast du gemacht?*", schrie sie. Ihre Stimme klang jetzt panisch und wütend. Sie war noch bleicher als sonst und kreischte beinahe.
Blake löste seinen Blick von der Dolchspitze, die nun auf eine erträgliche Distanz zurückgewichen war, sah Lucy an und erkannte den Grund für ihre Panik. Jetzt, wo sie etwas zurückgewichen war, ragte ein bleicher Kinderarm mitten aus ihrer Brust.
Alba.
„*Was!?*", wiederholte Lucy zornig. Ihre Stimmlage schraubte sich in eine so schrille Höhe, dass sie Blake in den Ohren wehtat. Er begriff, dass sie die Banshee noch nicht bemerkt hatte. Alba trat zurück und zog ihre kleine Hand aus Lucys Herz. Die Vampirin bemerkte, dass Blake jemanden hinter ihr anstarrte, und wirbelte herum. Ihr Dolch schnitt

durch die Luft, wo ein erwachsener, stofflicher Gegner gestanden hätte, doch Alba hatte ihren zierlichen Körper bereits in Nichts aufgelöst.

„Was war das?", fragte Lucy in die Dunkelheit hinein. Als Alba wieder eine stoffliche Form annahm, zuckte die Vampirin zusammen.

„Ich habe dein Herz berührt", erklärte das kleine Mädchen ihr sachlich, ohne mit der Wimper zu zucken.

„Wer bist du?", fragte Lucy mit vor Wut und Angst zitternder Stimme.

„Ich bin der Tod", sagte Alba. Ein kaltes Lächeln erblühte auf ihrem blassen Gesicht wie eine Frostblume.

Der Tod

Lucy lachte nervös.

„*Was* bist du, Kind? Eine Art Geist?" Sie sah angespannt aus, den Dolch erhoben, doch ihre Panik von eben hatte sich bereits gelegt.

„Ich bin eine Banshee", erklärte Alba höflich.

„Dann kannst du mir nichts tun. Ich habe von Banshees gehört. Du kannst mich nicht töten." Lucy schüttelte überzeugt den Kopf.

„Sicher?", fragte Alba, die immer noch ruhig da stand und zu der Vampirin hochsah. Sie machte einen Schritt nach vorne. Die erwachsene Frau wich zurück.

„Nein", sagte Lucy schnell. „Du kannst nur Leute erschrecken mit deiner Kälte und deinen Tricks. Es reicht nicht aus, um mich umzubringen."

„Ich für meinen Teil finde ihre *Tricks* recht beeindruckend", murmelte Blake zu leise, als dass es irgendjemand außer ihm selbst gehört hätte.

„Falsch", sagte Alba währenddessen zu Lucy. „Ich *kann* töten. Das ist meine Gabe, könnte man sagen, so, wie Schatten die Finsternis manipulieren, Drachen das Feuer und Meerjungfrauen die See. *Ich bin der Tod*. Buchstäblich. Ihr Sterblichen wisst *nichts* von der Macht der Geisterwesen. Und glaub mir, wenn es nach mir ginge, würde ich viel lieber dir die Seele herausreissen, als zuzusehen, wie der Schatten stirbt. Das einzige, das mich daran hindert, alles Leben in dieser Burg auszulöschen, sind die Regeln der Banshees." Blake fand das Letzte ein wenig übertrieben, aber ihre Worte taten ihre Wirkung. Lucy zitterte am ganzen Körper und schüttelte wieder den Kopf.

„Gut", sagte sie zögernd. „Du hast also diese Macht. Aber du kannst sie nicht benutzen."

„Genau. Es ist mir nicht erlaubt, die Lebenden zu töten oder zu retten. Ich sehe immer nur zu. Ich tue nichts *Wichtiges*."

„Wie, kleiner Geist, willst du dann *ihm* helfen?" Lucy grinste und zeigte auf Blake. Alba ließ sich Zeit mit ihrer Antwort.

„Ich umgehe gern die Spielregeln, Lucy Hemsey. Dich direkt zu töten wäre schwierig. Das habe ich schon bei ganz anderen Leuten versucht. Aber ich kann *helfen*. Ganz subtil. Weißt du, was einer der Vorteile ist, wenn man im Grunde nur aus Bewusstsein besteht? Es ist um einiges leichter, telepathisch zu kommunizieren." Sie lächelte und zeigte ihre zu großen, kindlichen Schneidezähne. „Danke für die Zeit." Lucy wirbelte herum, als sie Schritte hörte.

Verstärkung.

Eine Woge aus Dunkelheit schoss durch den Gang und fegte die Vampirin von ihren Füßen. Sie fluchte und kam ungelenk wieder auf die Beine. Den Dolch hielt sie immer noch in der Hand.

Vor ihr stand ein Schatten und blickte sie aus seinen großen, leuchtenden Augen an. Blake hätte nicht gedacht, dass in den unschuldigen, himmelblauen Augen so etwas wie Wut stehen könnte. Er hatte sich getäuscht. Der Körper seines Artgenossen war immer noch zerschlagen, aber die Dunkelheit im Gang und seine kochende Wut auf Lucy hielt ihn aufrecht.

„Du", sagte Lucy. Dann machte sie einen Schritt nach vorne und schwang ihre Klinge. Er wich zurück, immer noch, ohne einen Ton von sich zu geben.

„Angst?", fragte sie.

Nein, kam die Antwort. Sie griff erneut an. Er drehte sich zur Seite, ohne getroffen zu werden. Er bewegte sich langsam, ungelenk, als würde es ihm Schmerzen bereiten, doch er machte die *richtigen* Bewegungen. Irgendwie war er immer eine Sekunde schneller und wich jedem ihrer Angriffe aus, obwohl er kaum gehen konnte. Um seine Hände waberten Dunkelheit und sich windende Ranken aus Schwärze, vielleicht, um seine gebrochenen Finger zu ersetzen.

Das ist sinnlos. Ich bin in deinem Kopf.[1]

Lucy brüllte frustriert und stürzte sich auf ihn, um ihm keinen Raum zum Ausweichen zu lassen. Offenbar hatte sie beschlossen, einfach gar nicht mehr nachzudenken. Der Schatten jedoch packte Lucys Arm mit der Dunkelheit, die ihm die Hände ersetzte, entwand ihr mit einer schnellen, mühelosen Bewegung den Dolch und schubste sie gegen eine Mauer. Sie stieß sich daran ab und kam zurück, doch sie hatte keine Chance mehr. Der Schatten trat ihr einen Schritt entgegen und stieß ihr in einer einzigen Bewegung die Klinge des Dolches fast bis zum Handschutz ins Herz.

Ihre gepanzerte, aber offene Jacke brachte ihr gar nichts und die Waffe durchdrang ihre Bluse, als bestünde sie nur aus Papier. Lucy

---

[1] Blake, in dessen Kopf der andere Schatten *auch* war und der Mühe hatte, die hektischen, chaotischen Gedanken der beiden Kämpfenden auf Distanz zu halten, fragte sich währenddessen, ob man von zu viel Telepathie einen epileptischen Anfall bekommen konnte. Sehr angenehm fühlte es sich nicht an.

starb mit vor Überraschung geöffnetem Mund. Der Schatten trat er zurück, zog den Dolch dabei heraus und sah zu, wie ihr Körper zusammenbrach und als unförmiges Häufchen auf dem Boden liegen blieb. Mit einem metallischen Laut landete der Dolch neben ihrem Körper auf dem Steinboden.

Niemandem im Raum tat sie besonders leid.

Der Schatten mit den blauen Augen drehte sich zu Blake und Alba um.

„Du bist wieder da", stellte Blake mit einem schwachen, schiefen Lächeln fest. Der andere sah ihn und all das Blut auf seinem Kapuzenpullover schweigend an.

„Griffin", sagte Blake nur erklärend. „Irgendwann musste das passieren... ich kenne einfach zu viele Menschen, die im Besitz von Feuerwaffen sind."

„Geh", sagte Alba zu dem anderen Schatten. „Finde die beiden Menschen." Er warf Blake noch einen besorgten Blick zu, dann drehte er sich um und verschwand wieder in der Dunkelheit.

Alba kniete sich vor Blake auf den Boden und sah ihn aus großen Augen an.

„Wie geht es dir?", fragte sie.

„Kalt", erwiderte er leise. „Eiskalt. Spielst du wieder mit der Temperatur herum?" Sie schüttelte den Kopf. Die Temperatur war genauso wie überall sonst in der Burg. Sie war erschöpft und wollte ihre Kraft nicht an Effekte verschwenden. Es war sehr kühl, aber nicht eisig.

Alba hatte schon öfter gehört, dass Verletzte nicht so viel sprechen sollten. Vielleicht hätte sie ihm sagen sollen, dass er den Mund halten sollte. Doch sie hatte Angst, dass er sterben und sie es nicht einmal bemerken würde, wenn er nicht mit ihr redete. Er *musste* reden. Wach bleiben.

„Offenbar wird einem wirklich kalt, wenn man viel Blut verliert", sagte er und sah an sich hinunter. „Ich dachte immer, das wäre nur so ein Ding aus Geschichten." Blake hob den Kopf wieder und musterte Alba. Er schien unentschlossen.

„Was ist?", fragte sie.

„Du bist eine Todesfee", sagte er und nahm eine Hand von der Wunde, um auf sich selbst zu deuten. Seine Bewegungen waren fahrig. Er wirkte benommen. „Was denkst du über... ? Du weißt schon." Sie zögerte, bevor sie antwortete.

„Du bist in einem schlechten Zustand." Alba schluckte. „Ich weiß nicht, wie das Leben funktioniert, aber ich merke, wenn es... weggeht. Ausläuft." Blake ließ traurig den Kopf hängen, oder vielleicht war er auch bloß erschöpft. Alba setzte sich dicht neben ihn und drückte ihre kleinen, blassen Hände mit auf die Wunde.

„Ich hab Angst", gab Blake leise zu.

„Ich auch", sagte Alba.

„Aber du bist doch der Tod."

„Ich bin aber auch ein *Kind*", erinnerte sie ihn. „Und du bist mein einziger Freund." Einen Moment lang schwieg Blake überrascht.

„Was ist mit Nick und Madlen?", fragte er dann.

„Sie... verstehst du, ich bin wie *du*."

„Aber ich bin ein Vollidiot", sagte er.

„Aber ich *bin* wie du!", rief sie lauter, nahm ihre Hände von der Wunde und gestikulierte aufgebracht. „Ich bin ein Monster. Du bist ein Monster. *Wir* sind hier die gruseligen Leute. Wir sind die, von denen Kinder glauben, dass sie sich unter der Kellertreppe oder im Schrank oder unter ihrem Bett verstecken. Man erzählt Schauergeschichten über uns, und niemand kann uns besiegen."

„Ah", sagte er und hob eine Hand, als würde er sich an etwas erinnern. „Weißt du, woraus Schauergeschichten wirklich bestehen?"

„Woraus?", fragte sie eingeschnappt.

„Blei." Er machte eine Pause. „Früher mag das anders gewesen sein, aber jetzt gibt es keine Geschichten mehr über uns. Nur noch über die Menschen und ihre... äh... Projektilwaffen. Und die neuen Geschichten sind schlimmer."

Und Alba *schniefte*. Und dann schluchzte sie einmal leise.

„Hey... hör auf, zu weinen", sagte Blake vorsichtig. „Ich hab mal gehört, Banshees, die Rotz und Wasser heulen, sind ein ganz hundsmiserables Zeichen!"

„Ich weine gar nicht!", behauptete sie und schob trotzig eine zitternde Unterlippe vor.

„Achso. Dann ist ja gut."

„Außerdem geht die Sage, dass die Banshees am Familiensitz eines Sterbenden weinen."

„Nun, wo mein Familiensitz sein soll, weiß ich nicht...", gab er zu.
„Aber na ja, ich dachte, vielleicht bist du ja eine starke, selbstbestimmte Banshee, die selbst entscheidet, wo sie rumheult?"
„Warum redest du so?", fragte sie.
„Ich sterbe vielleicht", verteidigte er sich. „Ich kratze gerade alle Sprüche zusammen, die ich noch übrig hatte."
Alba änderte ihre Meinung und ihre Miene wurde finster.
„Halt die Klappe", befahl sie.
„Okay", sagte Blake. „Ich werde es versuchen."

Mercer verschnaufte erst einmal ein paar Sekunden lang, als er oben war. Dann sah er sich um. Das flache Dach des Turmes war kreisrund und leer. Nur ein Loch nahe am Rand gab die Treppe frei. Eine Windböe fegte Mercer die Kapuze vom Kopf.

Er strich sich eine Haarsträhne aus dem Gesicht, warf noch einen Blick nach unten, sah nur Dunkelheit und ging dann zur Mitte des Daches, wo es eine winzige Einbuchtung gab. Der Sucher hob den Bronzeschlüssel auf Augenhöhe und betrachtete die eingravierten Wellenlinien. Dann drückte er auf den Schalter. Die Hülle blätterte ab. Sie brauchte er nicht mehr. Die Befehle waren wie ein Computerprogramm in der Lichtmagie gespeichert. Mercer hockte sich vor die Einbuchtung und legte den Bronzeschlüssel behutsam hinein.

„Wenn du jetzt nicht funktionierst, rege ich mich auf", warnte er.

Licht von der Farbe des Mondes floss durch die Fugen zwischen den Steinblöcken. Mercer stand auf und trat zurück, vorsichtig darauf bedacht, nicht auf einen Spalt zu treten.[1] Das Licht strömte weiter, wanderte zwischen den Steinen entlang und ergoss sich in den Abgrund. Er ging zur Kante und blickte ihm nach.

Es ging schnell. Überall zogen sich zielstrebig weiß glimmende Fäden durch die Nacht. Mercer brauchte einen Moment, um zu begreifen, dass das Licht den Mauern folgte. Es lief oben auf den Wänden entlang und malte das Labyrinth aus Stein mit Weiß nach.

Nach vielleicht ein oder zwei Minuten hatte das Muster sich zu seiner vollen Größe ausgebreitet. Das Licht pulsierte ein paar Mal wie zu dem Herzschlag eines großen, uralten Lebewesens, dann verblasste es und

---

[1] Mercer erinnerte sich daran, wie er und sein jüngerer Bruder als Kinder bei Spaziergängen in Manhattan immer darauf geachtet hatten, ja nie auf die Fugen im Pflaster zu treten. Er hatte immer gewusst, dass diese Fähigkeit sich eines Tages als nützlich erweisen würde.

die Nacht kehrte zurück. Die kleine Lichtkugel, der Bronzeschlüssel, war nirgends mehr zu sehen.

„Cool", sagte Mercer laut.

Blake und Alba spürten die Gedanken des anderen Schattens lange, bevor sie die Schritte hörten.

Wir kommen. Blake schloss wieder für einen Moment die Augen. Da waren noch mehr Gedanken. Er sah einen Schimmer von dem, was der Schatten sah, andere Personen. Ein strahlender, elektrisch blauer Funkenschwarm und ein sonnengelber Schimmer. Ween und Madlen.

Hallo, dachte er.

Blake? Ween, eindeutig.

Hallo Ween. Weißt du, es könnte da ein Problem geben.

Die drei kamen um die Ecke und blieben stehen. Die beiden jungen Menschen sahen erschrocken aus. Ihre Gesichter wurden mit einem Schlag noch weißer als sie es normalerweise waren.

„Mist", fluchte Madlen schließlich laut. „Dein Blut?" Blake nickte. Er ging davon aus, dass ihr dieses Abenteuer mittlerweile deutlich weniger gut gefiel. Neben ihm stand Alba auf.

Ween sah mies aus. Er sah *wirklich* schlecht aus. Er starrte seinen besten Freund nur aus großen Augen an. Vielleicht stand er unter Schock. Blake hätte es nicht gewundert, wenn er sich übergeben hätte. Oder angefangen hätte, zu heulen.

„Du brauchst Hilfe", sagte Ween und schluckte. Er sah sehr klein aus in dem zu großen Mantel. „Was ist mit den Suchern? Vielleicht haben die irgendwo ein paar Heilzauber."

Ich glaube nicht..., widersprach der andere Schatten. *Sie haben sie alle aufgebraucht.*

„Bist du ganz sicher?", fragte Ween.

Ja. Vor einer Weile haben sie ein bisschen Aufstand um den letzten Heiltrank gemacht. Sie haben keine Zauber mehr, die sich um das da *kümmern könnten.*

„Bitte", murmelte Blake. „Hört auf, *das da* zu sagen."

„Wir müssen es zumindest *versuchen!*", rief Ween. „Irgendetwas müssen wir tun."

Ich wollte nur sagen, dass wir... keine so große Chance haben, verteidigte der Schatten mit den blauen Augen sich.

„Das ist natürlich hilfreich!", fuhr der junge Mann ihn an. Madlen zuckte zusammen. Der Schatten reagierte nicht, sondern sah nachdenklich zu Blake hinunter. Dann bückte er sich, packte ihn und zog ihn auf die Füße. Er war stärker, als er seine dürre Statur vermuten ließ. Blake biss die Zähne zusammen. Ihm war schwindelig. Alles drehte sich. Ohne den Arm des anderen Schattens, der ihn gegen die Mauer nagelte, hätte er sich nicht aufrecht halten können und wäre einfach auf die Nase gefallen.

„Was hast du vor?", fragte Madlen.

Wir nehmen ihn mit durch den magischen Spiegel, erklärte der Schatten mit den blauen Augen. *Wenn wir auf dieser Seite keine Hilfe finden, dann vielleicht auf der anderen. Es ist nicht weit.* Madlen schüttelte den Kopf.

„Das ist verrückt", widersprach sie. „Wir können ihn nicht einfach mitschleifen. Das wird seinen Zustand nur verschlechtern." Blake sah darüber hinweg, dass seine Freunde über ihn sprachen, als sei er gar nicht da. Er starrte auf den Boden und wartete darauf, dass die Welt aufhörte, sich zu drehen. Steinplatten mit winzigen Rissen und Unebenheiten darin. Faszinierend.

Wir haben keine Zeit, sagte der Schatten mit den blauen Augen. *Die Burg ist fertig. Mercer aktiviert gerade den Bronzeschlüssel. Nachdem er den anderen Suchern gefolgt ist, wird er den Spiegel sicher zerstören. Wir müssen jetzt Hilfe holen.*

„Das ist einfach verrückt", sagte Madlen wieder und schüttelte den Kopf.

„Wie du vielleicht schon gemerkt hast, sind die meisten Dinge, die wir tun, *verrückt*", sagte Blake und blickte auf. Der Schwindel ließ nach.

„Vielleicht, aber nicht *so* verrückt", erwiderte sie.

„Wir erschließen eine neue Stufe", erklärte er. „Könnt ihr mir beim Gehen helfen?" Der andere Schatten nickte. Blake nickte zurück und sah wieder zu dem blutigen Loch in seinem Bauch hinunter.

Die schnippische Stimme in seinem Kopf, mit der er sich manchmal unterhielt, wurde zu einer Uhr.

Tick tack tick tack tick tack...

Wieder in Undertown

Ween und der Schatten mit den blauen Augen trugen Blake mehr, als dass sie ihn stützten. Trotzdem brauchten sie nur etwa fünf Minuten, um den Raum mit dem Spiegel zu finden. Jeder von ihnen kannte die Burg mittlerweile so gut wie seine Westentasche, obwohl sie nur so wenig Zeit hier verbracht hatten.

Es gab noch keine Spur von Mercer. Die Oberfläche des Spiegels an der Wand gegenüber der Tür zeigte nur ihre eigenen erschöpften Gesichter im Schein von Weens Glühbirne.

„Was jetzt?", fragte Ween.

„Ihr seid die Magier", sagte Madlen.

„Das bedeutet nicht, dass wir uns mit verzauberten Spiegeln auskennen", erwiderte Blake, der sich erschöpft auf den Schatten mit den blauen Augen stützte.

„Ich weiß nicht", sagte Ween. „Anfassen?"

„Mach ihn nicht kaputt", warnte Blake. Seine Stimme klang besorgniserregend leise. Er schwitzte, obwohl ihm kalt war, und spürte seinen eigenen, zu schnellen Herzschlag.

Ween streckte eine Hand aus und tippte sein eigenes Gesicht im Spiegel an. Schwärze breitete sich hinter der Scheibe aus. Was auch immer sich auf der anderen Seite befand, es war dort genauso dunkel wie hier.

Ween wartete, bis der Spiegel vollständig finster war, dann trat er hindurch. Es wurde sofort dunkler im Raum. Die anderen beobachteten ihn dabei, wie er auf der anderen Seite ein paar Schritte auf und ab ging, doch sie konnten nicht erkennen, worauf das Licht seiner Glühbirne fiel.

„Das ist kein Krankenhaus", stellte Ween fest, als er zu ihnen zurückkehrte.

„Was hast du gemacht?", fragte Blake. „Hast du einfach an das Krankenhaus von Undertown *gedacht*, während du den Spiegel berührt hast?"

„Ja", antwortete Ween eingeschnappt. „Es hätte ja funktionieren können! Hast *du* eine Ahnung, wie man sonst ein neues Ziel einstellen könnte?" Blake schüttelte den Kopf. Die beiden Schatten, die beiden Menschen und die kleine Banshee sahen sich im Raum um, falls in irgendeiner dunklen Ecke ein Buch mit der Aufschrift *Bedienungsanleitung* herumlag. Es gab reichlich dunkle Ecken, aber keine Bedienungsanleitungen.

„Und wenn wir nochmal gucken, was auf der anderen Seite ist?", fragte Alba vorsichtig.

„Da Griffin schon los ist, bestimmt das Versteck von Asets Licht", sagte Blake. „Und das ist sicher irgendwo im Nirgendwo."

„Aber *ganz* sicher können wir uns bei Letzterem nicht sein", widersprach Madlen.

„Okay", sagte Blake. „Versuchen wir es."

Ween, Madlen und Alba gingen zuerst, dann half der Schatten mit den blauen Augen Blake, der sich mittlerweile wie ein Möbelstück fühlte, das von Raum zu Raum geschleift wurde, durch den Spiegel. Es fühlte sich an, als würde man durch einen kühlen Wasserfall treten.

Der Boden war wieder aus Stein, doch es war eine andere Art. Ween leuchtete mit seiner Glühbirne umher. Der Spiegel stand frei im Raum. Ein paar Meter hinter ihnen erstreckte sich eine rohe Felswand, in die ein riesiger Torbogen eingelassen war. Der Raum musste unglaublich hoch sein, denn sie konnten nicht den Fetzen einer Decke erkennen. Es roch nach feuchtem Stein.

Vor ihnen grenzte eine Steinmauer das halbkreisförmige Areal ab, auf dem sie standen. Blake schleppte sich mit der Hilfe des anderen Schattens zu der Mauer und blickte nach unten. Aus der Tiefe war das gemächliche Rauschen eines Flusses hören. Die Dunkelheit um Blake herum gab ihm eine ungefähre Vorstellung der Ausmaße dieses Gebietes an ihn weiter. Es war riesig. Und er kannte es.

Er drehte sich um, setzte sich vorsichtig und lehnte sich an die Mauer „Ich kenne diesen Ort", sagte Blake. Er zupfte vorsichtig an seinem Pullover herum. Alles klebte vor halb geronnenem Blut. Ween leuchtete die Felswände, den Torbogen und schließlich den Abgrund unter ihnen ab.

„Ich war hier schon", fuhr der Schatten fort. „Mehrmals. Das letzte Mal vor ein paar Wochen, als ich mit Rouge zu den Schatten hinunter gegangen bin. Obwohl natürlich keine Schatten da waren. Das hier ist eine unterirdische Schlucht, in der viele Gänge zusammen laufen. Über uns liegt Undertown. Ich habe sogar diesen Torbogen schon gesehen. Ich wollte immer wissen, was da drin ist."

Sie drehten sich wieder zu dem Tor um. Es sah hier fast genauso aus wie beim letzten Mal, als Blake in der Schlucht gewesen war. Mit einem Unterschied: Das Tor war jetzt offen. Dahinter führte eine breite Treppe nach unten. Vom unteren Ende kam schwaches Licht.

Der glatte Stein, der das Tor jahrhundertelang nahtlos verschlossen hatte, war verschwunden. Auf dem Boden und in den Ecken lagen vereinzelte Staubhaufen. Vielleicht war der Stein einfach zerkrümelt wie ein großer, alter, magischer Keks.

„Das letzte Mal war es *zu*", sagte Blake.

„Dann hat also Mercer mittlerweile den Bronzeschlüssel aktiviert", stellte Madlen fest. „Vielleicht ist er mit den Schatten aneinandergeraten und ist deshalb noch nicht hier. Griffin muss schon drinnen sein."

„Lass uns das hoffen", sagte Ween.

Der Schatten mit den blauen Augen stand, schweigsam wie immer, an der Mauer und sah hinunter. Blake blickte zu ihm auf und fragte sich, ob die Schatten – auf welcher Route auch immer die Sucher sie zu dem Ausgang in der Ruine weit über ihnen gebracht hatten – hier durch gekommen waren oder ob die Schlucht ihn an sein Zuhause erinnerte.

Wie finden wir die Stadtwache?, fragte der stumme Schatten dann.

„Da ist ein Weg", sagte Ween und deutete auf eine Stelle zwischen der massiven Felswand und der Mauer, die als Geländer diente. *Weg* war noch diplomatisch ausgedrückt. An den meisten Stellen war er abgebrochen oder machte abrupte Sprünge auf- und abwärts.

„Der müsste zu ein paar Pumpen und in das Minenviertel hinein führen", erklärte Blake. „Da ist immer was los." Der Schatten mit den blauen Augen überlegte kurz und nickte dann.

Ich werde die Wache suchen. Ihr bleibt hier.

„Ich weiß nicht, ob das eine gute Idee ist", warf Madlen ein.

Nun, wir können ihn – der Schatten deutete auf Blake – *wohl kaum mitnehmen, oder? Und auch ihr Menschen wärt nicht schnell genug. Ihr bleibt hier und passt auf ihn auf.*

„Aber du weißt *nichts* über Undertown", widersprach Madlen.

Ich habe den Großteil meines Lebens in kompletter Finsternis verbracht. Ich verlaufe mich nicht.

„Ich gehe mit ihm", meldete Alba sich. Sie warf Blake noch einen traurigen Blick zu. „Und du stirbst nicht. Du solltest groß und stark und fies sein und den Leuten Angst einjagen, nicht sterben."

„Ich gebe mein Bestes", antwortete er mit schwacher Stimme und einem schiefen Lächeln.

Der Schatten mit den blauen Augen und das Geisterkind drehten sich um und liefen los. Der Schatten machte einen Satz über eine Lücke im Weg und zog sich auf den nächsten Felsvorsprung. Er rutschte beinahe ab. Er war immer noch verletzt und konnte seine Hände nicht richtig benutzen, doch er ließ sich nicht aufhalten. Alba folgte ihm als heller Schimmer in der Dunkelheit. War ein Sprung zu weit für ihre kleine Kindergestalt, schien sie sich für einen Moment in einen verschwommenen schneeweißen Fleck zu verwandeln und schoss wie von einem Katapult geschleudert nach vorn. Streng genommen war das Schummeln, doch gerade kümmerte es niemanden.

Die drei anderen warteten. Ween setzte sich neben Blake. Der Schatten nickte als stumme Zustimmung. Der Junge zog vorsichtig seinen Pullover ein Stück hoch und machte ein angeekeltes Gesicht.

„Blake, bist du sicher, dass du nicht irgendwo in deiner Tasche ein Pflaster hast?", erkundigte er sich bemüht locker. Blake schüttelte den Kopf.

Ihm gefiel ihre gegenwärtige Situation nicht. Da war kein Ort, an dem sie sich hätten verstecken können, wenn Griffin plötzlich nach draußen trat, einmal abgesehen vielleicht von der anderen Seite des Spiegels, aber da konnten sie auch genauso gut in Mercer hineinlaufen... Die Austrittswunde der Kugel ziepte unangenehm.

„Autsch", zischte Blake und verzog das Gesicht. „Was machst du denn da?"

„Es sieht so aus, als wären deine Kleidung und das geronnene Blut miteinander verklebt", erklärte Ween.

„Das ist ja ekelhaft", fand Madlen und schüttelte sich angewidert. Ween hatte ihr Blakes Schwert gegeben. Sie saß auf ihrer türkisen Regenjacke, die sie auf dem Boden ausgebreitet hatte, die Klinge auf den Knien, und behielt den offenen Torbogen vor ihnen aufmerksam im Auge.

„Es bedeutet aber, dass die Blutung ein bisschen gestillt ist", sagte Ween. „Du hast immer noch innere Blutungen, aber im Moment verlierst du wenigstens nicht mehr so viel. Wirklich widerwärtig wird es erst, wenn du versuchst, dir das T-Shirt auszuziehen. Dann reisst alles wieder auf."

„Ich werde mir nicht das T-Shirt ausziehen", versprach Blake und schlang seine Arme um seinen Körper. Er konnte nicht sagen, ob es daran lag, dass er heute von einem kalten Gewölbe ins andere zog, oder an ihm, doch die Welt schien sich in eine einzige Arktis verwandelt zu haben. Sein Lehrling bemerkte es, schlüpfte aus dem Mantel und legte ihn Blake so gut, wie es ging, ohne den Schatten zu viel zu bewegen, um die Schultern. Alle drei Undertowner blickten in Richtung des offenen Torbogens.

„Ween?", wollte Blake wissen. „Wieviel weißt du eigentlich über Erste Hilfe?"

„Ich weiß, wie man in einem Videospiel ein Medikit benutzt", sagte Ween.

„Wie benutzt man in deinen Spielen ein Medikit?"

„Für gewöhnlich scrollt man durch das Menü, klickt einmal mit der Maus und die Sache ist erledigt."

„Aha", sagte Blake. Sie starrten eine Weile in das offene Tor.

„Er ist da drin, oder?", fragte Ween. „Griffin ist da drin und holt sich Asets Licht." Blake nickte. Sein Kopf fühlte sich besorgniserregend leicht an.

„Überlassen wir ihn der Stadtwache?", fragte sein Lehrling weiter.

„Ich denke, Lady Mays Drache hätte gerne eine Revanche", sagte Madlen.

„Aber was, wenn sie zu lange brauchen?", meinte Ween. „Wenn ich das richtig verstanden habe, ist da drin pure Macht. Und wenn Griffin wieder herauskommt, haben wir ein Problem." Für eine Weile sagte niemand etwas, dann schien Ween einen Entschluss zu fassen. „Ich gehe allein rein und halte ihn auf. Ich verpasse ihm einen Stromschlag, wenn er abgelenkt ist."

„Oh, das ist eine schlechte Idee", kam es wie aus der Pistole geschossen von Madlen.

„Irgendjemand muss es tun", beharrte Ween.

„Aber nicht du", sagte Madlen.

„Wer dann?"

„Jemand... Kompetenteres?", versuchte sie es.

„Seht euch um", sagte Ween, stand auf und breitete die Arme aus. „*Seht* ihr hier irgendjemanden Kompetentes?" Madlen sprang ebenfalls auf, das Schwert mit beiden Händen fest umklammert. Ihre Arme zitterten. Die Waffe war viel zu schwer für sie.

„Du kannst nicht alleine gehen", protestierte sie. „Ich komme mit!"

„Ich will aber auch nicht alleine *hierbleiben!*", meldete Blake sich.

Was, wenn ich sterbe, während keiner von euch da ist?, wollte er fragen. Ween warf ihm einen unentschlossenen Blick zu.

„Das ist eine noch viel schlechtere Idee", sagte Madlen, als sie die Gedanken des jungen Stadtwache-Magiers erriet.

„Aber er hat recht", sagte Ween und klang auf einmal wieder sehr traurig. „In dem Zustand können wir ihn nicht allein lassen..." Er griff nach Blakes Arm und half ihm vorsichtig auf die Füße. Der Schatten musste die Zähne zusammenbeißen, um keinen Ton von sich zu geben. Madlen bemerkte es natürlich und verdrehte die Augen.

„Aber dann kannst du wenigstens deinen eigenen Kram tragen, oder?", fragte Ween seinem Lehrmeister und gab ihm den Gurt mit der Tasche zurück.

„Ich glaube immer noch, dass das eine miese Idee ist", seufzte Madlen und gab Blake sein Schwert, das er vorsichtig zurück in die Scheide steckte.

„Wir machen es einfach", beschloss Ween.

„Ich glaube, ich muss mich auf dich stützen", gab Blake zu.

„Ist okay", sagte Ween. „Aber wenn ich gegen Griffin kämpfe, kann es sein, dass ich dich plötzlich fallen lassen muss."

„Autsch."

„Ganz vorsichtig, natürlich."

Silber und Schwarz

Mercer lief wieder über die Mauern zurück. Er grinste immer noch. Zu schade, dass die anderen nicht gesehen hatten, wie der alte Zauber sich in Gang setzte. Er liebte Magie.

Er blieb stehen, als er die Augen bemerkte, und sah hoch. Glühende Augen, weit über ihm in der Nacht. Im ersten Moment dachte er, es sei Blake, doch das Rot war bräunlich wie Rost.

Die Gestalt trieb ein Dutzend Meter über ihm im Sturm. Er konnte kaum etwas erkennen, weil der Regen ihm unablässig ins Gesicht peitschte, doch die Nacht schien sich um sie zu sammeln wie riesige Schwingen aus Tinte. Um sie herum war es schwärzer als irgendwo sonst. Sie schwebte, so gut wie unberührt von den ständigen Windböen, in der Luft über den Mauern und Dächern der Burg.

Er hatte nicht gewusst, dass so etwas möglich war.

„*Hey!*", rief er zu ihr hinauf. Seine Stimme wurde vom tosenden Wind davongerissen wie ein einsames Laubblatt, doch die Gestalt begriff trotzdem, dass er etwas von ihr wollte, und ließ sich nach unten sinken.

„Du bist also fertig", stellte sie fest, als die schwarzen Schwingen sie sanft auf der Mauer absetzten, sich mit dem Rest der Dunkelheit vermischten und verschwanden. Ihre Stimme war heiser, aber eindeutig weiblich. Es war die Schattenfrau, die für die Kolonie sprach. Er hatte schon mit ihr geredet und fragte sich, warum sie ihn an Blake erinnert hatte.

„Ganz genau", erwiderte er gezwungen gut gelaunt und senkte den Lichtzauber etwas, um die Stimme der Kolonie nicht zu blenden. „Wenn du willst, könnt ihr gehen. Wir brauchen euch nicht mehr und werden euch nicht weiter schaden. Ich habe nichts gegen Dämonen."

„Wie nett von dir", sagte sie trocken und fügte dann hinzu: „Immerhin bist du selbst ja auch nicht ganz menschlich."

Mercer erstarrte.

Die Kolonie wusste es. Sie musste es in seinen Gedanken gelesen haben. Es war Jahre her, dass zuletzt jemand dahinter gekommen war.

Er zwang sich, zu lächeln.

„Wisst ihr auch, was ich wirklich bin?", fragte er.

„Nein", gab die Sprecherin zu. „Wir haben etwas wie dich noch nie gesehen. Aber du bist nicht wirklich fünfunddreißig, wie du dem Beschwörer gesagt hast. Du bist beinahe neunzig Jahre alt."

„Ich habe mich gut gehalten, nicht?", witzelte Mercer.

„Und deine Magie... das ist keine normale Metallmagie. Deine Disziplin ist nicht, Metall aus dem Nichts zu erschaffen. Dein Silber ist ein Teil deines Körpers."

„Oh, man muss Telepathie einfach hassen", murmelte er. Die Sprecherin schwieg und Mercer nutzte die Gelegenheit, um das Thema zu wechseln.

„Wie auch immer", fuhr er fort. „Ich werde euch nicht aufhalten."

Er hätte es ihr sagen können. Dass er wirklich vorgehabt hatte, zu verschwinden und sie in Ruhe zu lassen, sobald die Suche abgeschlossen war, auch, wenn er nicht für Griffin und Lucy hätte garantieren können. Die Schattenfrau hätte ihm nicht geglaubt. *Und* er hatte einen Ruf zu verlieren.

Sie hob die Hände, wie eine Königin vielleicht die Hände erhob, wenn sie ihrem Hofstaat Befehle erteilte. Die Dunkelheit gehorchte ihrem Willen und wirbelte in tintigen Schlieren um sie herum. Sie wusste, dass er mehr war als nur ein Mensch, aber es beeindruckte sie nicht. Typisch.

Dann eben nicht.

Mercer ließ den Lichtzauber, den er als Taschenlampe mit sich herumtrug, fallen, griff nach einem Ledergurt, den er über der Schulter trug, und hob einen Gegenstand aus Messing.

„Falls du nicht weißt, was das ist", sagte er. „Das ist ein Kampfzauber. Wir haben damit gegen einen Drachen gekämpft und gewonnen."

„Wir sind keine Drachen", erwiderte sie gleichgültig.

„Du verstehst nicht, worauf ich hinaus will", sagte Mercer pikiert. Er befestigte den Zauber an seiner Hand. Giftgrüne Funken flackerten auf und spiegelten sich auf dem nassen Stein. „Bitte tritt zur Seite."

„Nein. Du wirst gegen meinen Bruder und seine Freunde kämpfen, wenn wir das tun." Er überlegte kurz, ob er die Sprecherin fragen sollte, wen sie meinte, doch dann hob er nur den Handschuh und schoss einen giftgrünen Feuerball auf sie ab.

Sie warf sich zur Seite. Er nutzte die Gelegenheit und rannte an ihr vorbei.

Die Mauer war nass und rutschig unter seinen Füßen, doch er war ein guter Läufer. Erst, als die Nacht um ihn herum schwärzer als schwarz wurde, kam er auf die Idee, dass Weglaufen vielleicht keine so gute Idee gewesen war.

Die Schattenfrau krachte mit der Wucht einer Kanonenkugel in seinen Rücken. Sie schlitterten über den nassen Stein, rangen miteinander und rollten schließlich über die Kante der Mauer.

Sie fielen. Mercer gelang es, seine Füße unter seinen Körper zu manövrieren, dann landeten sie auf einem Schrägdach, über das das Regenwasser in Kaskaden strömte. Sie rollten übereinander, Dunkelmagie peitschte in seine Richtung und er ließ Silber durch seine Kleidung sickern, Rüstungsplatten an seinen Armen und Schultern wachsen, um sie abzuwehren. Das Dach unter ihren Füßen war zu rutschig. Sie drohten, in die Tiefe zu stürzen. Also ließ die Sprecherin sich von der Dunkelheit mitnehmen und Mercer klammerte sich an ihr fest. Sie beide wurden über den Hof getragen und durchschlugen ein zurückgelassenes Baugerüst an der gegenüberliegenden Mauer. Holzsplitter flogen durch die Luft. Mercer war sicher, dass es ihm alle Knochen gebrochen hätte, hätte er sich nicht in eine silberne Rüstung gehüllt.

Sie landeten und schlitterten durch Schlamm. Das angeknackste Gerüst hinter ihnen beugte sich vor und stürzte dann langsam in sich zusammen. Mercer rappelte sich mühsam auf. Das Silber, mit dem er seinen Körper gepanzert hatte, verschwand wieder unter seiner Kleidung. Regenwasser lief ihm über das Gesicht. Er suchte die Nacht nach rostroten Lichtern ab und fand sie.

Die Schattenfrau stand einige Meter entfernt. Auch sie schien unverletzt. Mercer riss den Kampfzauber in die Luft. Grünes Feuer loderte im Inneren des Messinggestells auf und tauchte die Szenerie in einen unnatürlichen Lichtschein. Er fummelte an den Einstellungen herum und das Licht wurde greller.

Die Sprecherin kam durch den Regen auf ihn zu. Um sie herum lag zersplittertes Holz im grauen Schlamm. Sie hob eine Hand, um die sich wieder Dunkelheit sammelte.

Mercer feuerte eine Ladung grüner Flammen ab und sie eine Kugel aus wabernder Finsternis. Die beiden magischen Angriffe trafen sich in der Luft. Sprühende Funken, schwarzer Qualm und eine Druckwelle, die beide Kontrahenten ein paar Schritte im glitschigen Schlamm zurückrutschen ließ. Licht brannte sich zischend durch Dunkelheit und Dunkelheit verschlang Licht. Die Sprecherin hielt sich einen Arm vor die Augen, um nicht geblendet zu werden.

Mercer ging langsam rückwärts, den Kampfzauber auf die Schattenfrau gerichtet. Es gab keine Möglichkeit, vorauszusagen, ob Licht und Dunkel sich das nächste Mal wieder ebenbürtig sein würden. Im Moment wollte keiner von ihnen ein Risiko eingehen.

„Wo sind die Söldner?", fragte er, um Zeit zu gewinnen.

„Wir haben sie getötet", antwortete sie. „Du bist der letzte lebende Sucher in dieser Burg."

Nun... verdammt. Er machte ein bedauerndes Gesicht.

„Wir hätten euch nicht wütend machen sollen, wie?"

„Nein", sagte sie. „Ihr habt einen Schattenkrieg heraufbeschworen."

Er nickte verstehend, erreichte eine Tür nach drinnen und drückte die Klinke mit dem Ellbogen hinunter, ohne die Schattenfrau aus den Augen zu lassen.

Er wollte nur noch rein, ins Trockene. Vielleicht würde es ihm gelingen, die Sprecherin außer Gefecht zu setzen, doch wenn sie Verstärkung rief und der Rest der Kolonie aufkreuzte... nun, wenn das geschah, wollte er nicht hier sein.

Seine Gegnerin trat einen Schritt vor. Er hob den Kampfzauber wieder, stieß die Tür mit der Schulter auf und trat nach drinnen in einen Gang, wo es angenehm trocken war.

Die Sprecherin folgte ihm. Hinter ihr waberte wieder die Dunkelheit wie ein schadenfreudiges Ungeheuer. Auf eine Geste ihrer Gebieterin hin machte die schwarze Wolke einen Satz nach vorn und pulverisierte unterwegs die Tür zu Holzspänen, die Mercer erst halb geschlossen hatte. Er stolperte zurück, feuerte grünes Licht ab, das die Dunkelheit für den Moment aufhielt, doch nur ein paar Sekunden später schoss die Schattenfrau auf ihn zu, getragen von einer Welle aus tiefster Schwärze. Mercer fluchte und richtete den Kampfzauber nach oben.

Die Decke explodierte vor ihm in grünem Feuer. Donnernd wurde ein Loch in die Mauer gerissen. Eine Lawine aus Trümmern und Schutt ergoss sich zwischen den beiden Gegnern in den Gang und versperrte den Weg.

Ein paar Sekunden lang war Mercer allein in der Finsternis. Dann tastete er nach dem Kampfzauber. Erneut flackerte grünes Feuer auf. Ein geisterhaftes Licht tanzte auf den Mauern und dem Schutthaufen vor ihm. Der Weg war versperrt. Er hörte ein dumpfes Schaben und Rumpeln von der anderen Seite. Die Sprecherin war draußen und versuchte, sich einen Weg zu ihm hinein zu graben.

Er würde ihr nicht so viel Zeit geben. Mercer drehte sich auf der Stelle um und joggte den Gang hinunter.

Irgendwie hatte er begonnen, Blake als den stärksten und gefährlichsten Schatten zu sehen. Als er ihn zum ersten Mal gesehen und die Dunkelmagie einen Schauer über seinen Rücken gejagt hatte, in der U-Bahn in London, hatte er es regelrecht mit der Angst zu tun bekommen. Er hatte einen Schatten gesehen, der gekommen war, um seine ausgemergelten, hilflosen Freunde zu retten. Er hatte sich vor ihm gegruselt. Blake war am menschlichsten, er kämpfte Seite an Seite mit der Stadtwache und er hatte es geschafft, ihn, Mercer, inmitten seiner Söldner zusammenzuschlagen. Seine Artgenossen währenddessen waren stumm, manchmal beinahe naiv gegenüber den Menschen und ihrer Technik und hatten nur in großer Zahl bedrohlich auf ihn gewirkt.

Aber offenbar hatte er sich verschätzt.

Er fand Lucy in einem Gang nicht weit von dem Spiegel. Sie lag zusammengesunken auf dem Fußboden. Mercer kniete sich neben sie. In ihrer Brust klaffte eine Wunde. Ihre dunklen Augen starrten blind an die Decke. Der Knoten in ihrem Haar hatte sich aufgelöst und einige schwarze Strähnen hingen ihr ins Gesicht. Er seufzte.

„Das musste ja geschehen", murmelte er. Das Mädchen hatte sich einfach zu viele Feinde gemacht, das konnte er nicht leugnen.

Mercer konnte wirklich nicht behaupten, dass Lucy Hemsey eine angenehme Person gewesen war. Doch trotz ihrer offensichtlichen charakterlichen Schwächen war sie eine der wenigen Personen gewesen, die ihm vertraut und geholfen hatte. Sie war eine Freundin gewesen.

Er würde jemanden umbringen müssen dafür...

Mercer legte ihren Dolch in ihre Hand und strich der Vampirin vorsichtig das Haar aus dem Gesicht. Dann stand er auf und sah sich um. Ein paar Meter entfernt lag ein Lichtzauber. Seinen eigenen hatte er auf der Mauer verloren. Er ging hinüber und hob ihn auf. Der weiche Lichtschein war ruhiger und angenehmer als die grüne Flamme des Kampfzaubers, die ihm bis hierher den Weg geleuchtet hatte, also behielt er ihn.

Ein Stück entfernt waren dunkle Flecken am Mauerwerk und dem Steinfußboden zu erkennen. Jemand war verletzt. Mercer nickte verstehend, speicherte die Information in seinem Gehirn ab und warf noch einen letzten Blick auf Lucy, bevor er weiterging.

Power-Up

Blake, Ween und Madlen folgten der Treppe in einen großen Raum mit hoher, gewölbter Decke. Die Wände waren von denselben glühenden Wellenlinien überzogen wie die in den Verstecken des Bronzeschlüssels. Golems gab es hier keine.

In der Mitte des Raumes schwebte stattdessen eine große, leuchtende Kugel wie eine kleine Sonne. Sie blendete nicht annähernd so sehr, doch Blakes Augen taten trotzdem jetzt schon weh.

Doch es war nicht nur das Licht. Sogar mit seiner jämmerlichen Enttäuschung von einem sechsten Sinn konnte er *spüren*, dass diese Kugel mit einem Durchmesser von etwa zwei Metern aus nichts als reiner Magie bestand. Lichtmagie, und nicht die Art, wie sie in der Altstadt oben zur Beleuchtung diente. Auch nicht die, mit der der Bronzeschlüssel programmiert worden war. Dies war die Variation, die einfach nur rohe Energie speicherte, viel mehr, als er sich vorstellen konnte.

Es fühlte sich an wie eine Strömung unter Wasser, die an einem zerrte, wie ein Schlag ins Gesicht ohne jede Vorwarnung. Wie die Hitzewelle eines Hochofens. Wie ein Lied von *AC/DC* in maximaler Lautstärke. Und zwar alles gleichzeitig.

Asets Licht. Das war es also. *Macht.* Einfach nur reine Macht, umsonst und zum Mitnehmen für jeden, der wusste, wie man sie transportierte.

Vor der Kugel stand Griffin, sah den drei Neuankömmlingen Kaugummi kauend entgegen und machte ein verdattertes Gesicht.

„Du bist am Leben", stellte er überrascht fest.

„Ich bin noch am Leben, du Bastard, ja", antwortete Blake und versuchte, zuversichtlich zu klingen, die Kleidung voller Blut, einen Arm über Weens Schulter und trotzdem kaum in der Lage, sich auf den Beinen zu halten.

„*Noch*", wiederholte Griffin. „Du siehst aus, als würdest du jeden Moment zusammenklappen, hat dir das mal jemand gesagt?"

„Ich hab's erraten", sagte Blake.

„Entschuldigung", murmelte Ween leise und befreite sich vorsichtig von seinem Arm. Ohne jemanden, an dem er sich festhalten konnte, sank der Schatten auf die Knie und musste sich mit einer Hand auf dem Boden abstützen, die andere immer noch gewissenhaft auf der Schusswunde.

Dann zog Griffin seine Pistole. Ween riss einen Arm hoch. Ein blauer Blitz schoss aus seiner Handfläche und schleuderte den Beschwörer quer durch den Raum. Die Pistole und etwas, das er vermutlich in der Tasche gehabt hatte, schlitterten über den Fußboden.

„Nicht schlecht", sagte Blake leise. Griffin rappelte sich auf und sah erst zu den drei Leuten, die sich in den Kopf gesetzt hatten, ihm den Tag zu vermiesen, dann zu der Pistole, die ein Stück entfernt auf dem Boden lag, und dann wieder zu ihnen.

Ween kam dem Beschwörer entgegen und als Madlen ihm folgte, sah Blake, dass sie einen Stein umklammert hielt. Sie hatte sich eine Waffe gesucht.

Ween hob die Hände, zwischen denen ein Ball aus blauem Licht flackerte. Griffins telekinetische Druckwelle traf die beiden Menschen mit der Kraft eines fahrenden Autos auf Bauchhöhe und schleuderte sie fast bis zur Treppe zurück.

„Der Junge ist groß geworden", stellte Griffin fest und ging langsam in ihre Richtung.

„Danke", knurrte Ween. Blake fand, dass er ein wenig wie er selbst klang, wenn er wütend war.

„Ich komme mir uralt vor... Hast du ihn ausgebildet?", fragte der Beschwörer und wandte sich an den Schatten.

„Ich hab's versucht", antwortete Blake, der immer noch auf dem Boden kniete. Es war gar nicht so unbequem. Zumindest war es sehr viel angenehmer als zu stehen.

Griffin stand jetzt direkt neben ihm, beachtete ihn jedoch kaum. Das sagte eine ganze Menge darüber aus, wie bedrohlich und monstermäßig er gerade wirkte.

Vergib mir, Alba. Ich versuche es.

Griffin trat noch ein paar Schritte vor und beobachtete, wie die beiden jungen Menschen mit steifen Bewegungen wieder aufstanden. Sie mussten überall blaue Flecken haben. Madlen hatte ihren Stein verloren. In ihrem blassen Gesicht spiegelte sich Angst und sie begann, zurückzuweichen. Blake stellte fest, dass er ein wenig enttäuscht von ihr war. Aber was hatte er auch erwartet. Sie war nur ein kleiner, schwacher Mensch ohne Magie. Niemand konnte von ihr verlangen, dass sie sich einem Mörder mit telekinetischen Kräften entgegenstellte.

Ween aber ließ sich nicht beeindrucken. Blake konnte sehen, wie er gegen die blinde Wut ankämpfte und sich zwang, nachzudenken.

Schließlich atmete er tief durch, breitete die Arme aus, als wolle er die ganze Welt umarmen, und spazierte auf Griffin zu.

„Ich habe eine Frage", verkündete der junge Mann und blieb vielleicht zwei Meter vor dem Beschwörer stehen. Da Griffin Blake den Rücken zuwandte, konnte er sein Gesicht nicht sehen, doch er hörte ihn trotzdem genervt seufzen.

„Ich nehme an, die paar Sekunden meiner Zeit kann ich entbehren. Worum geht es?"

„Was denkst du eigentlich über das Wetter der letzten Wochen?"

„*Wie bitte?*", fragte Griffin entgeistert.

„Das, äh, Wetter. Zuerst hat es so viel geregnet, dann hatten wir eine Pause und es war schön sonnig, und jetzt dieser Sturm." Ween deutete zur Decke. „Da oben. Ich meine, wenn der Sturm vorbei ist, regnet es dann weiter oder haben wir wieder schönes Wetter? Was denkst du?"

Ganz kurz flackerte sein Blick zu Blake hinüber.

„Ist das dein Ernst?", wollte Griffin wissen.

„Ja. Wir sind doch Engländer. Das Wetter ist eine ernste Angelegenheit." Ween blickte ihn humorlos an, die Arme immer noch weit ausgebreitet.

„... Matthew", sagte Griffin und seufzte. „Ween. Versuchst du, dich unauffällig an mich anzuschleichen, damit du mich berühren und mich mit einem Stromschlag töten kannst? So sieht es nämlich aus."

„Äh", sagte Ween und machte ein dämliches Gesicht. „Nein?" Dann machte er einen Satz nach vorne, doch Griffin brauchte nur eine Hand zu heben. Eine gut gezielte Druckwelle traf den Jungen im Gesicht. Ween fiel auf den Rücken und rollte sich stöhnend auf die Seite, die Hände auf sein Gesicht gedrückt. Es musste sich etwa so angefühlt haben, als hätte einer der Grauen Hünen ihm einen Kinnhaken verpasst.

„Das war das beschissenste Ablenkungsmanöver, das ich jemals–", begann Griffin.

„Nein", brachte Ween hervor und stöhnte. „Nein, war es nicht."

Und dann war Blakes Schwert plötzlich überraschend nah an Griffins Kehle.

Der Schatten konnte selbst nicht genau sagen, was geschehen war. Ob er sich aufgerappelt, ein paar schnelle Schritte gemacht und Griffin in den Rücken gefallen war, oder ob die Dunkelheit ihm doch noch einen letzten helfenden Schubs gegeben und ihn blitzschnell hinübergetragen hatte.

Doch jetzt lag sein rechter Arm um Griffins Hals und der linke mit dem Schwert befand sich auf Höhe seines Gesichts, bereit, ihm die Kehle durchzuschneiden. Der Beschwörer war verwirrt und das schenkte Blake ein paar wertvolle Sekunden. Die Klinge schnitt über Griffins Wange und da war nasses Rot auf dem Metall, das kräftige Tiefrot von menschlichem Blut. Eine nette Farbe.

Doch das Schwert war zu lang und zu schwer und Griffin zappelte zu sehr herum und dann waren die kostbaren Sekunden um.

Ein Ellbogen landete in Blakes Rippen. Es verschaffte seinem Gegner genug Platz und Zeit, um sich zu befreien, herumzuwirbeln und ihm einen Fausthieb zu versetzen, ein Glückstreffer in den Bauch, da, wo seine Kugel den Schatten getroffen hatte. Etwas riss. Blake schrie auf und brach zusammen. Dann traf ihn eine weitere von Griffins Druckwellen. Er wurde ein paar Meter zurückgeschleudert und landete auf dem Bauch.[1]

Blake stützte sich mit einem Unterarm auf dem Boden ab und erstickte ein Jaulen hinter zusammengebissenen Zähnen. Die Schusswunde war wieder aufgerissen. Er tastete mit einer Hand nach dem Loch, das die Kugel in seinen Bauch geschlagen hatte, und spürte etwas Heißes, Nasses herausspritzen. Dunkle Flecken tropften auf den Steinfußboden und wurden größer.

Er verzog das Gesicht zu einer schmerzerfüllten Grimasse und hob den Kopf. Sein Schwert lag weit entfernt. Direkt neben ihm schwebte Asets Licht wie eine kleine Sonne, die nur geschaffen worden war, um sich über unglückliche Schatten wie ihn lustig zu machen. Sein Herzschlag raste und war viel zu flach.

Griffin stand immer noch, eine Hand auf sein aufgeschnittenes Gesicht gedrückt. Wenigstens sah die Wunde so aus, als würde sie eine Narbe hinterlassen. Der Beschwörer schnaubte und sah sich im Raum um. Blake wusste, dass er seine Pistole suchte. Als er sie nirgends entdecken konnte, zuckte er mit den Schultern. Er drehte sich um und ging ein paar Schritte auf die riesige Lichtkugel zu. Ween murmelte etwas in sich hinein. Er hatte sich aufgesetzt und hielt immer noch eine Hand auf sein Gesicht gedrückt. Sein Kinn und seine Finger waren blutverschmiert von einer aufgeschlagenen Lippe.

„Was hast du gesagt?", fragte Griffin.

---

[1] Für gewöhnlich landeten Schatten wie Katzen auf den Füßen. Nicht, wenn sie so einen blöden Tag gehabt hatten wie er.

„Es wird dich umbringen", wiederholte Ween lauter. „Wenn du versuchst, diese Menge zu speichern. Es ist zu viel."

„Jetzt kommt ihr mit Warnungen?", spottete Griffin. „Ich kenne die Sicherheitshinweise. Ich habe mich für das hier ausbilden lassen."

„Oh", machte Ween ratlos. „Okay." Griffin drehte sich zu der Kugel um und legte seine Handfläche auf ihre Oberfläche. Das Licht war so hell, dass ein roter Schein durch seine Hand drang. Griffins Stirn war vor Anstrengung und Konzentration gerunzelt wie die eines viel älteren Mannes. Blake und Ween hockten nicht weit von ihm ratlos auf dem Boden.

Der Schatten spürte, wie Griffin an dem Energiespeicher zog, wie der magische Strom die Richtung wechselte, nicht mehr in einem Strudel rotierte, sondern ausbrach. Ein Rinnsal aus Lichtfunken wirbelte neugierig um Griffins Hand. Es geschah langsam, doch jeder im Raum spürte, wie das Machtverhältnis sich verschob und Griffin stärker wurde.

Immer noch auf dem Boden kniend versuchte Blake, sich darauf zu konzentrieren, seine Hände weiter auf die Schusswunde zu drücken. Sie blutete wieder stark. Um ihn herum waren schimmernde, dunkle Spuren auf dem Stein verschmiert. Sein Mantel, der sich wie ein Fächer um ihn ausgebreitet hatte, sog sich langsam mit dem Blut auf dem Boden voll.

Etwas rollte mit einem Klackern über den Steinboden. Blake wandte sich von der Kugel ab und versuchte, das Nachbild des gleißenden Lichts wegzublinzeln, um erkennen zu können, was es war. Ein kleiner, hölzerner Gegenstand war kurz vor seinen Händen zum Stillstand gekommen. Er verfolgte seine Bahn zurück und sah Madlen. Sie musste ihn zu ihm geworfen haben.

Er hob das kleine Ding hoch und musterte es, immer noch geblendet von der Lichtmagie. Seine Hand hinterließ einen blutigen Abdruck darauf.

Es war Madlens Heilzauber, ausgezehrt und tot. Wie kam er hierher?

Der Zauber war ihr abgenommen worden von Lucy, als sie durch den Spiegel gekommen waren. Die ihn Griffin gegeben hatte, der ihn Mercer gegeben hatte. Er hatte damit die Verletzungen, die Blake ihm zugefügt hatte, geheilt. Dann hatte er ihn dem Beschwörer zurückgegeben, und der hatte ihn in eine Tasche gesteckt. Als Ween Griffin vorhin mit dem Blitz getroffen hatte, hatte er seine Waffe verloren... und ein unscheinbares kleines Ding, das er seit Tagen in der Tasche gehabt haben musste. Und Madlen hatte es aufgehoben, irgendwann, als die anderen abgelenkt gewesen waren.

Er drehte den aufgebrauchten Zauber in der Hand. Wollte sie ihn damit heilen? Wie niedlich. Aber das Ding war nutzlos. Aufgebraucht. Alle.

Was tut es?, fragte er sich.

Es heilt.

Gut. Was noch?

Nichts. Wenn es leer ist, ist es leer. Tot.

Genau. Es sei denn, man lädt es auf. Gibt ihm etwas, an dem es sich nähren kann.

Blake war zu schwach, um Griffin aufzuhalten. Er hatte keine Dunkelmagie mehr übrig, aber der Gedanke, dass Griffin im Besitz von Asets Licht sein sollte, gefiel ihm überhaupt nicht. Er wusste nicht, wo es herkam oder wie genau es funktionierte oder was der Beschwörer damit vorhatte, aber Blake war sich sicher, dass es nicht gut für seine eigene Gesundheit war. Vermutlich würde Griffin, sobald er stark genug war, eine Druckwelle in seine Richtung schicken, die ihm alle Knochen brach. Blake stellte sich vor, wie es sich anhören würde, wenn seine Wirbelsäule abknickte, und er mochte das Geräusch nicht, obwohl es wenigstens schnell gehen würde.

Sie brauchten dringend Zeit.

Er konnte Griffin Asets Licht nicht vor der Nase wegschnappen. Aber der kleine Zauber in seinen Händen, der dazu *programmiert* war, sich aufzuladen, Magie aufzusaugen, der konnte es. Und sobald die riesige Lichtkugel in der Mitte des Raumes an den kleinen, unscheinbaren Zauber gebunden war, boten sich Blake, Ween und Madlen zumindest eine Handvoll Möglichkeiten. Vielleicht konnte es sogar einer von ihnen schaffen, nach draußen zu laufen und ihn im Fluss auf dem Grund der Schlucht zu versenken.

Blake biss die Zähne zusammen, richtete sich etwas auf und schenkte Madlen ein schiefes Lächeln. Sie lächelte zurück.

Kluges Mädchen. Er hatte sich getäuscht. Sie hatte vorhin nicht den Rückzug angetreten. Sie hatte sie alle getäuscht, ausgetrickst und einen Plan geschmiedet, während Ween und er gegen Griffin gekämpft hatten.

„Was soll das werden?", hörte er den Beschwörer, dessen Hand noch immer auf der Oberfläche der Lichtkugel lag, sagen. Blake versuchte, den Zauber in seinen Händen zu verstecken, doch es gelang ihm nicht. Griffin legte den Kopf schief und schien nachzudenken.

„Nette Idee", sagte er schließlich und beobachtete Blake dabei, wie er darum kämpfte, auf die Beine zu kommen. „Aber wirklich? *Du?* Du kannst dich diesem Ding doch nichtmal nähern. Es besteht immerhin aus Lichtmagie."

Er hat recht, meldete sich der schnippische Teil von Blakes Gehirn. Der Schatten aber stützte sich mit einer Hand am Boden ab, zwang sich, aufzustehen, und humpelte ein paar wackelige Schritte. Alles drehte sich. Als er kurz auf seine Füße sah, um sie zu ermahnen, ihm zu gehorchen, registrierte er, dass er blutige Fußabdrücke hinterließ.[1] Er sah wieder auf und warf Griffin, der ihn entgeistert beobachtete, seinen finstersten Blick zu.

„Ich *bitte* dich", sagte Blake, als würde er dem Mann, der ihn angeschossen hatte, und seiner eigenen Angst die Worte vor die Füße spucken. Er stand jetzt, zusammengekrümmt und die linke Hand auf der Schusswunde, direkt vor Asets Licht.

Der Schatten ballte seine verletzte rechte Hand um den hölzernen Heilzauber und holte aus. Das Licht schmerzte bereits in seinen Augen.

Das wird wehtun, dachte er. Dann stieß er seine Faust bis zum Unterarm in die Kugel aus konzentrierter Lichtmagie.

---

[1]Die Tatortreinigung tat Blake jetzt schon leid.

Brennen

Ah, ich lag richtig.
 Es brannte. Das Licht verschmorte die Haut seines rechten Armes fast bis hoch zu seinem Ellbogen. Er war sich ziemlich sicher, dass er schrie, und er hätte den Zauber losgelassen, doch er konnte seine Finger nicht mehr bewegen. Seine Muskeln brannten. Es dauerte endlose vier Sekunden. Dann begann der Zauber endlich, zu arbeiten.
 Das Gleichgewicht verschob sich erneut. Eine Verbindung bildete sich. Die Energie strömte in den kleinen Gegenstand in seiner Hand. Ein Heilzauber, wie man ihn in jeder magischen Apotheke bekam.
 Blake zog seinen Arm aus der Kugel und stolperte ein paar Schritte zurück. Zwang sich, zu atmen. Er betrachtete seine verbrannte Hand und drehte sie hin und her. Der Ärmel seines Mantels war vollkommen unbeschädigt. Seine Hand hielt den Zauber immer noch umklammert und war so gut wie unbeweglich, kaum mehr als eine Masse aus verkohltem Fleisch.
 Die Verbindung blieb bestehen. Funken strömten von Asets Licht zu dem Zauber, und es wurden mehr. Andere Leute hätten es möglicherweise hübsch gefunden.
 Blake sah auf. Griffins Hand zitterte. Der Schatten spürte, wie das, was der Beschwörer sich bis jetzt genommen hatte, zurückgezogen wurde, als würde die Magie sich immer noch als eine zähe Einheit fühlen. Der kompromisslose Befehl des Zaubers war stärker als Griffins bloßer Wille.
 Der Beschwörer gab auf, schüttelte den Kopf und beobachtete stattdessen, was mit Blake geschah. Ween und Madlen taten es ihm gleich.
 Eine andere Art Magie kroch durch Blakes Adern. Nicht Dunkelheit. Kein brennendes Licht. Es war die heilende, reinigende Magie des Zaubers. Was nicht bedeutete, dass es angenehm war.
 Blake knirschte mit den Zähnen. Die heilende Energie breitete sich langsam aus und fühlte sich an wie ein sehr seltsamer und heftiger Muskelkater. Er verkrampfte sich. Die verkohlten Muskelfasern in seiner Hand erneuerten sich. Neue Haut wuchs über die Verbrennungen. Dann floss die Magie durch seine Adern weiter zu seinem Herzen und von dort zu dem klaffenden Loch in seinem Bauch. Gerissene Adern heilten, zerfetztes Gewebe fügte sich zusammen und nahm wieder seine Arbeit auf.

Wie die Haut langsam über seine Finger wuchs sah ganz cool aus. Es war dennoch alles in allem ziemlich schmerzhaft.

Nach dreißig Sekunden fühlte Blake sich wieder ganz und hatte den schlimmsten Muskelkater seines Lebens.

„Cool", sagte Ween. Blake öffnete seine steifen Finger und ließ den Heilzauber fallen, bevor ihn die Verbindung mit dem Licht erneut verletzte. Am liebsten wäre er die kleine Holzkugel einfach losgeworden. Er drehte seine Hand und bewegte seine Finger. Seine Haut war von rauen Brandnarben überzogen und er spürte hier und da ein leichtes Ziehen oder Spannen, wo sie nicht ganz wie vorher gewachsen war, doch seine Muskeln funktionierten wieder einwandfrei.

Blake ließ seine neue Hand sinken und sah zu dem vielen Blut auf seiner Kleidung hinunter. Alles fühlte sich normal an. Nichts. Keine Wunden.

„Gute Arbeit, Madlen", stellte er fest. „Ich habe vermutlich geschrien wie am Spieß, oder?"

„Ja", antwortete Ween. „Hast du nichts gehört?"

„Ich war ein klein wenig abgelenkt."

„Ihr Typen seid lustig", seufzte Griffin und machte eine Handgeste, um den kleinen Heilzauber zu sich herüberzuziehen, doch Blake stellte seinen Fuß darauf.

„Ich werde das behalten", erklärte der Schatten mit seinem üblichen schiefen Grinsen. „Es gehört *mir*, Meister. Geh und such dir deinen eigenen Zauber, an den vier Kubikmeter pure Macht gekoppelt sind."

Griffin schwieg und überlegte. Vielleicht suchte er nach einer schlagfertigen Antwort.

Dann zuckte er nur mit den Schultern, runzelte die Stirn und streckte seine Hand aus. Die Luft um sie herum erzitterte.

Etwas sagte Blake, dass diese Druckwelle ihm nicht nur den Boden unter den Füßen wegreißen, sondern eher zu einem Genickbruch führen würde, doch er war zu überrascht und zu erschöpft, um schnell genug zu reagieren. Also riss er nur die Augen auf und machte sein gutes, altes *Oh-Scheiße*-Gesicht, während er mit dem Fuß immer noch den Heilzauber auf dem Boden festnagelte.

Dann gab es einen ohrenbetäubenden Knall, sehr viel Rot spritzte aus Griffins Kopf und Blake hätte vor Schreck beinahe einen Herzinfarkt bekommen, was eine Schande gewesen wäre, wo er doch gerade erst wieder im Land der Lebenden angekommen war.

Griffins Körper fiel in sich zusammen. Irgendwo rollte klingelnd eine leere Patronenhülse über den Boden.

Blake sah zu Ween hinüber. Der Junge hielt Griffins SIG Sauer in den Händen und machte ein überraschtes Gesicht. Der Lauf der Pistole war fast auf die Decke gerichtet. Der Grund für Weens Verblüffung schien weniger zu sein, dass er gerade jemanden getötet hatte, und mehr, dass es so etwas wie einen Rückstoß tatsächlich gab.

„Wie wäre es mit einer *Warnung* gewesen, Kleiner?", brachte Blake hervor.

„Er wollte dich umbringen!", verteidigte Ween sich. „Da war keine Zeit, ihn zu warnen!"

„*Ihn?*", wiederholte Blake. „*Mich* musst du warnen, bevor du sowas machst! Meine Güte!"

Sein Lehrling setzte zu einer Antwort an, sagte dann aber doch nichts. Sein Blick war auf die kleine rote Pfütze gefallen, die sich langsam um Griffins Kopf herum ausbreitete. Blake sah nur kurz hin, spürte, wie sich ein Übelkeitsgefühl anbahnte, und blickte dann doch lieber weg.

Ween, dem erst jetzt richtig klarzuwerden schien, was er gerade getan hatte, setzte sich ungelenk auf den Boden, legte die Pistole vor sich und schob sie von sich weg. Er sah auf einmal ungesund blass aus.

Madlen ging zu ihm, kniete sich neben ihn und legte ihm eine Hand auf die Schulter.

„Danke", sagte Blake unsicher und kam zu ihnen hinüber. Den Heilzauber ließ er achtlos liegen. Ween zuckte mit den Schultern.

„Das klingt vielleicht etwas egoistisch von mir", fuhr der Schatten fort. „Aber ich für meinen Teil mache dir keine Vorwürfe. Du hast mir das Leben gerettet. Ihr beide."

„Habe ich die Sache mit den Meerjungfrauen zurückgezahlt?", fragte Ween und lächelte schwach.

„Ja", antwortete Blake und setzte sich neben ihn. „Ich glaube, es steht wieder unentschieden in Sachen Einander-das-Leben-retten."

„Wir hätten nicht aufhören sollen, einander dafür Schokolade zu schenken", meinte der junge Mensch. Vielleicht ging es ihm doch nicht so schrecklich.

„Ihr schenkt einander jedes Mal eine Tafel Schokolade, wenn einer von euch dem anderen das Leben rettet?", fragte Madlen. „Kann ich mitmachen?"

„Warum nicht?", meinte Ween. „Die Welt wäre sicher ein besserer Ort, wenn alle das tun würden. Welche Art Schokolade magst du?"
„Oh, ich weiß nicht, die meisten", sagte sie. „Außer das Zeug mit Kokosnuss drin. Das ist abartig." Ween nickte abwesend und musterte Blake.
„Dir geht es wieder gut... ?", wollte er sich versichern.
„Ja. Umarmen wir uns jetzt?", fragte Blake in seinem alten, trockenen Ton und hob eine Augenbraue. Ween lächelte schwach, aber ehrlich, dann fiel er ihm um den Hals.
„Ich bin wirklich froh, dass du noch da bist", sagte er.
„Leute zu umarmen ist seltsam, wenn man darüber nachdenkt", meinte der Schatten.
„Es ist menschlich", erwiderte Ween, der sein Gesicht in Blakes Mantel vergraben hatte. Sein Lehrmeister klopfte ihm auf die Schulter. Offenbar war sein Versuch, allen zu beweisen, wie sehr er doch über plötzlichen Gefühlsausbrüchen stand, dass er den ganzen Abend vollkommen locker und rational geblieben war, kein bisschen Angst gehabt und sich auch zu keinem Zeitpunkt nur noch gewünscht hatte, seine Freunde würden bei ihm sein, zum Scheitern verurteilt.
„Ich bin kein Mensch", sagte er noch.
„Doch, bist du", beharrte Ween.
„Bitte hör auf, mich derart zu beleidigen."

Der letzte Sucher

Die vier Kubikmeter Macht schwebten still und unschuldig vor sich hin, als könnten sie keiner Fliege etwas zuleide tun.

Blake, Ween und Madlen hörten Schritte von der Treppe, drehten sich um und standen auf. Es war Mercer. Er blieb stehen, als er sie sah.

„Nun, das ist mal eine Überraschung", stellte er fest, nachdem er seine Umgebung ausgiebig begutachtet hatte.

„Du hast dir die falsche Stadt ausgesucht", erwiderte Blake. Ween bückte sich und hob die Pistole wieder auf. Mercer seufzte und durchquerte den Raum. Seine Regenjacke war klitschnass und schlammverschmiert.

„Schade um Griffin", fand der Sucher. „Als Koryphäe. Nicht als Mensch. Er war nicht sonderlich nett, das muss ich zugeben."

„Willst du es immer noch versuchen?", fragte Blake. „An dieses Ding zu kommen? Deine Freunde sind gefallen und wir stehen dir im Weg."

„Ich habe eine ganze Menge Blut in diese Suche investiert. Das bedeutet *ja*." Mercer stand jetzt vor ihnen. Irgendetwas, das metallisch glänzte, war an seiner Hand befestigt. Er hob das Konstrukt und hielt den drei erschöpften Abenteurern widerliches, grünes Feuer vor die Nase. Es war der Zauber, den vor ein paar Tagen auch Lucy benutzt hatte.

„Kampfzauber", erklärte Mercer stolz. „Von der teureren Sorte. Er hat gegen den Drachen funktioniert, ich wette, er kann euch in Asche verwandeln." Ween trat vor, Mercer senkte seine Hand und feuerte vor ihm auf den Boden. Es zischte, und der Lehrling stolperte instinktiv zurück.

„Ich mache heute keine Scherze mehr, Junge", warnte der Sucher ihn. Er umrundete die drei, ging rückwärts auf Asets Licht und den Heilzauber, der immer noch auf dem Boden lag, zu und behielt sie dabei die ganze Zeit im Auge.

Ween wollte Mercer folgen, doch Blake hielt ihn fest. Der Sucher hatte die Kugel erreicht und hob Madlens Zauber auf. Er drehte ihn in den Händen, spielte mit den Einstellungen herum, bis der kleine Gegenstand einen Sturm aus Funken freigab, der sich wieder mit der Kugel vereinte. Blake fragte sich, ob es einem Experten gelingen könnte, die Magie, die ihn geheilt hatte – kaum ein Tropfen im Vergleich zu dem gesamten Ausmaß – aus ihm herauszuziehen. Der Gedanke gefiel ihm überhaupt nicht. Zum Glück war diese Magie verändert und in keiner

Weise mehr mit dem Rest zu verbinden. Zumindest hoffte er das.

„Es reicht", zischte Ween, riss sich los und kam auf Mercer zu. Blake folgte ihm und übernahm dann die Führung. Madlen war direkt hinter ihnen.

„*Bitte*", sagte der letzte Sucher, als er sie sah. „Hört auf damit." Ween richtete nur die SIG Sauer auf ihn. Mercer seufzte erneut, breitete die Arme aus und atmete tief durch. Silber blitzte auf und breitete sich über seiner Kleidung aus, überzog seinen ganzen Körper mit Rüstungsplatten. Um seinen Kopf bildete sich ein Helm. Quer über seinem Gesicht, von der Stirn bis runter zu seinem Kinn, verlief ein Spalt, der fast so aussah wie das geschlossene Maul einer Venusfliegenfalle aus Silber.

„Du kannst mich damit nicht umbringen", erklärte Mercer mit leicht gedämpfter Stimme und deutete auf die Pistole. Blake wusste nicht, wie er es machte, aber er konnte offenbar durch seine neue Rüstung sehen und sprechen, obwohl keine Öffnungen zu sehen waren.

„Wenn wir lange genug auf dich einschlagen", sagte Blake. „Fällt dieses Ding früher oder später in sich zusammen."

„Das ist richtig. Aber müssen wir alles mit Gewalt regeln?", beklagte die silberne Rüstung sich. „Lasst mich in Frieden und ihr werdet nie mehr etwas Schlechtes von mir hören. Nun, wahrscheinlich. Außerdem muss ich wohl noch den Idioten umbringen, der Lucy getötet hat. Ich schulde es ihr. Ich habe sie als Freund betrachtet, und ich habe nicht eben viele davon. Wenn ihr mich ärgert, werde ich mich gezwungen sehen, Gewalt anzuwenden."

„Ihr habt Leute getötet", sagte Ween. „Ihr habt den Schatten mit den blauen Augen gefoltert. Und ihr habt Blake fast umgebracht."

„Das Letzte nehme ich euch besonders krumm", fügte Blake hinzu.

„Heute wurde genug Blut vergossen", sagte Mercer. „Auf beiden Seiten."

Kurzes Schweigen. Dann nahm Ween eine Hand vom Griff der Pistole und ließ blaue Elektrizität zwischen seinen Fingern aufflackern. Eine tiefe Finsternis loderte in Blakes Händen auf wie ein schwarzes, hungriges Feuer.

„Was hab ich nur erwartet?", murmelte Mercer.

Er machte nur einen Schritt zurück und verschwand in der Lichtkugel.

„Mist", sagte Madlen.

Das Getöse auf dem sechsten Sinn war unglaublich. Asets Licht erzitterte und fiel in sich zusammen wie ein sterbender Stern. Dann stand nur noch Mercer mit hängendem Kopf und immer noch gekleidet in seine Rüstung aus Silber und Magie an der Stelle, an der bis eben noch die Kugel geschwebt hatte. Einige vereinzelte Funken schwirrten um ihn herum und verschwanden schließlich zwischen den Platten seiner Rüstung.

„Meine Güte", ächzte er und hob den Kopf. „Jetzt habe ich Kopfschmerzen."

Eine silbrige Ranke peitschte auf Kniehöhe durch die Luft und riss seine drei Gegner von den Füßen. Mercer drehte sich um und schritt auf die Rückwand des Raumes zu. Blake kam als erster wieder auf die Beine und rannte los, schlug einen Haken, um giftgrünem Feuer auszuweichen. Mitten im Lauf katapultierte ein Fetzen Dunkelheit sein Schwert in die Luft und er fing es auf, ohne langsamer zu werden.

Mercer stand jetzt vor der Rückwand des Raumes und berührte die leuchtenden Wellenlinien, als wären sie so etwas wie Schalter. Er drehte sich um, kurz bevor der Schatten bei ihm war, und parierte den Schwerthieb mit einer dünnen Klinge aus Silber, doch Blake drückte ihn gegen die Wand. Der Dämon starrte den Helm an, der seinen Kopf umhüllte, und sah Mercer vor seinem inneren Auge breit grinsen.

Hinter dem Sucher tat sich die Wand zu einem schmalen Gang auf. Es war beinahe vollkommen dunkel auf der anderen Seite, doch man konnte trotzdem am anderen Ende, vielleicht zwanzig Meter entfernt, eine Treppe erkennen.

„Was ist das?", fragte Ween.

„Der Notausgang", antwortete Mercer. Er packte Blake und riss ihn herum. Nun war der Schatten es, der mit dem Rücken gegen die Wand stolperte. Der Sucher war erstaunlich stark. Vielleicht gab das Silber ihm zusätzliche Kräfte.

Mercer trat mit erhobener Klinge rückwärts in den Gang. „Griffin hat mir davon erzählt. Dieser Ausgang lässt sich nur von innen öffnen und nur einmal. Ein Raum, der sich versiegelt und normalerweise nur unter ganz bestimmten Umständen aufzubekommen ist, kann ganz schön gefährlich sein. Die Leute, die das hier gebaut haben, waren nicht dumm."

„Willst du schon wieder wegrennen, du Feigling?", wollte Blake wissen.

„Auf gewisse Weise schon", gab Mercer zu. Er schien das oft zu tun. Die Wände begannen wieder, sich zu schließen. Blake steckte das Schwert weg und hob die Hände. Auf seinen Befehl hin begann die Dunkelheit hinter Mercer, sich zu bewegen. Sie formte Stacheln und Klauen, Ranken und Dornen, und wand sich um Mercers Rüstung, zerrte ihn tiefer in den Gang hinein. Blake krümmte seine Finger, versuchte, die Rüstung abzureißen. Er stemmte Mercers Helm auf und sie erhaschten einen Blick auf sein wütendes Gesicht. Der Sucher schnaubte und durchtrennte ein paar Ranken mit seinen Klingen, doch es waren zu viele. Er hatte nur noch Sekunden, und er wusste es.

Dann fügten die Wände sich wieder zusammen, Blake verlor den Kontakt und die sich windende Dunkelheit auf der anderen Seite verwandelte sich wieder in eine harmlose, mundane Nichtvorhandenheit von Photonen.

Ween trat gegen den Stein und fluchte. Blake schwieg.

„Wir finden ihn schon", versprach Madlen.

„Vielleicht ist das nicht einmal nötig", sagte Blake. Er erinnerte sich an das letzte, das er von Mercer gesehen hatte. Sein Gesicht. Er hatte sich geirrt. Es war nicht die Spur eines Lächelns darauf gewesen. Sein Gesicht war kreidebleich und verschwitzt gewesen und seine Augen blutunterlaufen.

Zu viel Magie war nicht gut. Griffin war der Sucher gewesen, der wusste, wie man sie transportierte. Sie hatten nicht gewonnen, aber vielleicht würde Mercer von seinem Sieg nicht halb so viel haben, wie er gehofft hatte. Wie hatte er es ausgedrückt? *Kopfschmerzen.*

„Kennt ihr die *Evil Overlord List*?", fragte Ween. Er klang jetzt amüsiert. *„Punkt zweiundzwanzig. Wie groß die Versuchung auch sein mag, absorbiere nie ein Energiefeld, das größer ist als dein Kopf."*

Viele Umarmungen

Blake trat, gefolgt von den beiden Menschen, auf den Balkon über der Schlucht hinaus und wurde von einem leichten Druck in seiner Seite begrüßt.

„Nimm dein Schwert aus meiner Niere", sagte er. „*Bitte.*" Die Klinge verschwand und Rouge trat ins Licht.

„Du bist spät", informierte Blake sie.

„Ich bin nie spät", entgegnete sie. „Ich komme genau dann, wenn ich will. Meistens. Wenn ich nicht gerade durch eine Schlucht klettern muss. Ich hasse das."

„Hattest du etwa vor, einfach hier stehenzubleiben und auf die Sucher zu warten, wenn sie mit Asets Licht rauskommen?", fragte Blake. „Hast du geglaubt, du könntest es ganz allein mit ihnen aufnehmen?"

„Natürlich", antwortete sie, ohne mit der Wimper zu zucken, und spielte mit dem erhobenen Schwert herum. „Und, was habt ihr in den letzten Tagen so gemacht?"

„Oh, nur das übliche", antwortete Blake mit einem Schulterzucken. „Chaos verbreitet, zufällige Akte der Vernichtung begangen, Leute geschlagen, Kugeln eingefangen..."

„Ich habe den Golem getötet", verkündete Ween stolz. „Und... und Griffin."

„Sicher hast du das...", murmelte Rouge und musterte Blake missgünstig. „Und auf das mit den Kugeln hätte ich wohl kommen sollen. Du hast überall Blut."

„Manchmal hasse ich mein Leben. Übrigens, schön zu sehen, dass es dir gut geht."

„Oh, richtig", sagte sie. „Das letzte Mal, als wir uns gesehen haben, bin ich ja damenhaft in Ohnmacht gefallen. Hast du vor, mir den Schrecken zurückzuzahlen?"

„Sehe ich aus, als würde ich gleich damenhaft in Ohnmacht fallen?", fragte Blake.

„Ein wenig", gab sie zu. „Vermutlich weniger damenhaft in Ohnmacht fallen und mehr mitleiderregend-erbärmlich zusammenbrechen."

Er seufzte. Er war ziemlich kaputt, das musste er zugeben.

„Bevor ich das tue, wie genau hast du eigentlich den Schuss überlebt?", wollte er wissen.

„Kugelsichere Weste. Hat allerdings meine Lederjacke ruiniert."

„Das tut mir leid."
„Zum Glück besitze ich sie mehrmals. Wie hast du überlebt?"
„Freunde", sagte Blake.
„Westen sind besser", erklärte sie überzeugt.
„Natürlich." Blake umarmte sie.
„Warum tut er das?", fragte sie Ween und Madlen und versuchte gleichzeitig, ihr Schwert wegzustecken, damit sie ihn nicht versehentlich damit aufspießte.
„Ich bin froh, dass du noch lebst", erklärte Blake.
„Ich bin auch froh, dass ich noch lebe. Hörst du jetzt auf, mich zu umarmen?" Sie klang nicht halb so bissig wie sonst. Er zuckte mit den Schultern, ließ sie los und trat zurück.
„Wie hast du uns gefunden?", wollte Madlen wissen.
„Ich war in der Nähe", antwortete die Pentheselanerin und steckte ihr Schwert weg, offenbar froh, dass sie eine Gelegenheit hatte, das zu überspielen, was möglicherweise als *Gefühle* hätte missverstanden werden können. „Da war ein Schatten – groß und dünn und mit blauen Augen. Ich habe ihm eine geknallt, aber dann tauchte Alba auf und hat mir erklärt, dass ich euch die Haut retten muss. Apropos Alba, es ist kaum zu glauben, aber Nick hat sie tatsächlich vermisst."
„Du hast ihn *angegriffen?*", wiederholte Madlen ungläubig.
„Ja. Keine Sorge, er wird's überleben. Wahrscheinlich. Kommt schon. Er sah gruselig aus." Blake seufzte und schlug sich mit der Hand vor die Stirn. In anderen Städten hatten die Menschen Angst, nachts in einer dunklen Gasse irgendwelchen Monstern zu begegnen. In dieser Stadt hatten die Monster Angst, in einer dunklen Gasse *Rouge* zu begegnen.
„Aber warum... und... *wie?*", wollte Madlen wissen. „Er hat es geschafft, die Vampirin zu töten, und die war nicht eben... nun, leicht umzubringen. Er kann *Gedanken lesen.*"
„Ich bin eben *gut.*"
Stimmen wehten durch die Schlucht zu ihnen hinüber, und als sie sich umdrehten, sahen sie in der Ferne Lichtstrahlen, die über die Felswände der Schlucht wanderten.
„Ich glaube, das sind die anderen", meinte Rouge. „Sie sind spät."
Ein dröhnendes Rauschen erhob sich, vielfach verstärkt durch das Echo, das von den Wänden zurückgeworfen wurde. Etwas Gewaltiges näherte sich ihnen, segelte durch die Schlucht wie Undertowns Antwort auf die mächtigen Raubvögel der nichtmagischen Welt oben.

Blake schob Madlen und Ween ein paar Schritte zurück. Klauen gruben sich in die Felswände und hinterließen tiefe Furchen. Eine kleine Lawine löste sich und rutschte in den Fluss weit unter ihnen. Da waren Schuppen und Schwingen und Klauen.

Der Drache krallte sich in den Fels und hielt mit ausgebreiteten Flügeln das Gleichgewicht, seinen massigen Kopf ihnen zugewandt. Das Vieh verfehlte es nie, Blake immer wieder damit zu überraschen, wie unglaublich *groß* es war.

Lady May kletterte ein Stück an seinem muskulösen Hals hinunter und ließ sich dann das letzte Stück auf den Balkon fallen. Sie ächzte leise, nicht mehr in dem Alter, um derart herumzuspringen.

„Ich will ganz ehrlich sein", begrüßte Blake sie. „Das ist beeindruckend."

„Mercer ist weg", berichtete Ween schnell. „Mit Asets Licht."

„Aber wenn ich eine Schätzung abgeben dürfte", fügte Blake hinzu. „Er hat noch höchstens eine Stunde oder zwei zu leben. In seinem Körper ist zu viel fremde Magie. Ich glaube nicht, dass er noch ein Problem darstellt."

„Um all das kümmern wir uns später", winkte die Drachenlady ab. „Seid ihr alle in Ordnung?" Sie musterte jeden von ihnen besorgt, zu seiner eigenen Überraschung sogar Blake.

„Wir leben", erklärte Ween. „Aber ich glaube, Blake braucht trotzdem einen Heiler."

„Natürlich", antwortete die Drachenlady und sah den Schatten an. „Wir kümmern uns so schnell wie möglich um dich. Sally und ein paar ihrer Kollegen dürften gleich hier sein."

„Danke", sagte er und nickte ihr aus einem plötzlichen Impuls heraus respektvoll zu. Es fühlte sich mehr an wie eine angedeutete Verbeugung vor einer Königin. „Es geht mir schon besser. Modifizierter Heilzauber."

„Wenn die Banshee die Wahrheit gesagt hat, hast du viel Blut verloren."

„Es ist nur Blut, und davon hat der Heilzauber auch ein bisschen was ersetzt. Das Schlimmste habe ich hinter mir."

„Kein Grund, so zu tun, als wäre es nie passiert", entgegnete May. „Und wenn du stirbst, obwohl ich eine großartige Heilerin habe, könnte ich mir das nie verzeihen. Ween vermutlich auch nicht." Blake lachte leise.

„Ich wusste nicht, dass ich Ihnen so viel bedeute", sagte er.

„Irgendjemand muss ja die Verantwortung übernehmen", erwiderte sie ernst. Blake beklagte sich nicht. Ihre Lächeln waren ihm immer noch unheimlich.

„Oh, es ist wieder diese Zeit des Jahres", murmelte Rouge. „Die Leute sagen einander, wie viel sie sich bedeuten. *Emotionen.* Meine Güte."

Was folgte waren Hektik und Chaos. Magier der Stadtwache liefen hin und her, Hellseher untersuchten jeden Zentimeter des Verstecks, und die drei Helden des Tages saßen in Decken gewickelt draußen und tranken heißen Tee. Zuerst war eine ganze Gruppe Heiler um sie herum geschwirrt, doch wenigstens das hatte sich gelegt, als Blake begann, jeden, der es wagte, sich ihnen zu nähern, mit einer leichten Manipulation der Dunkelheit einzuschüchtern.

Mit Sally funktionierte es natürlich nicht. Sie war viel zu aufgedreht, um sich von der wabernden Finsternis beeindrucken zu lassen und hatte sie zuerst einmal alle drei umarmt. Offenbar war ihre Abneigung gegen Banshees und ihre Freunde nicht stark genug, um nicht froh zu sein, dass sie alle lebendig zurück waren. Nun sprang sie um sie herum und saugte jeden Fetzen ihrer Geschichte auf. Madlen tat sie ein wenig leid. Das Mädchen brauchte auch ein paar Abenteuer in seinem Leben.

Alba tauchte ebenfalls auf und umarmte Blake sehr lange.

„Du lagst falsch mit den Schauergeschichten und dem Sterben", erklärte sie ihm.

„Ach was", sagte Ween. „Schauergeschichten sterben nicht. Sie werden nur zu oft verfilmt und werden immer klischeehafter und niveauloser."

„Blake hat was Anderes gesagt", sagte Alba.

„Hör nicht auf ihn", riet Ween ihr.

Alba verschwand wieder. Dafür gesellte sich nach einer Weile der Schatten mit den blauen Augen zu ihnen. Er lehnte sich an eine Wand und verfolgte das rege Geschehen um ihn herum skeptisch. Er sah schon viel besser aus. Seine Hände waren sauber bandagiert und sein Gesicht mit Pflastern bedeckt. Madlen hoffte, dass er sich wieder ganz erholen würde. Sie mochte ihn und sie hatte immer noch Schuldgefühle, weil die Sucher ihn verletzt hatten, dafür, dass er ihnen geholfen hatte.

Ein blondes Mädchen, ein bisschen jünger als sie und Ween, bahnte sich einen Weg durch die Menge und baute sich vor ihnen auf. Es war bleich, hatte dunkle Ringe unter den Augen und sah ein wenig krank aus. Dafür lächelte es grimmig.

„Darf ich dich umarmen?", fragte das Mädchen den Schatten mit den blauen Augen.

Wer bist du?, fragte er und hatte offenbar keine Ahnung, was er von der Situation halten sollte.

„Ich heiße Anne", sagte es, als müsste der Name ihm etwas sagen. „Du hast die blöde Kuh getötet, die mich gebissen hat." Der Schatten machte ein überraschtes Gesicht. Anne umarmte ihn, während er noch versuchte, zu verstehen, was los war.

„Was machst du jetzt?", wollte Ween wissen. „Du bist ja jetzt ein Vampir und so."

Anne begriff nicht, dass er hatte wissen wollen, wie sie mit dem Vampirdasein klarkam, und erzählte stattdessen fröhlich, wie sie aus dem blöden Archiv raus und etwas erleben wollte, was wohl ein gutes Zeichen war. Sie plauderten noch ein wenig, aber schließlich schleifte ein Heiler Anne quasi von ihnen weg und murmelte, dass ihre Gesprächspartner Ruhe bräuchten. Sie schien ihm nicht zuzustimmen, ließ sich jedoch mitziehen. Ween winkte ihr nach.

„Nett, mal einen Vampir zu treffen, der ein bisschen lockerer drauf ist", fand er.

„Sie hat ziemlich viel gequatscht", murmelte Blake. Sein Lehrling setzte zu einer Erwiderung an, hielt jedoch inne, als er eine andere Gruppe entdeckte.

„Hey, sind die Leute da von der Zeitung?", fragte er neugierig.

„Das sind sie", antwortete Lady May, die plötzlich neben ihnen auftauchte, gereizt. „Auch wenn ich keine Ahnung habe, wer sie hierher gelassen hat. Dies ist ein gesperrter Bereich."

„Cool", fand Ween. Nick und Steve, die die Drachenlady flankierten, begrüßten die Gruppe mit einem frohen Grinsen und einem Witz in Nicks und einem freundlichen Nicken in Steves Fall. Die Schulter des Zombiejägers war bandagiert. Ween runzelte verwirrt die Stirn.

„Was ist denn schon wieder mit dir passiert? Was war das?"

„Eine Mauer", erklärte Nick.

„Eine... eine Mauer?", wiederholte Ween.

„Er will nicht darüber reden", sagte Steve.

„Okay."

„Ihr riecht übrigens nach Dunkelmagie", fügte der Werwolf hinzu und rümpfte leicht die Nase. „Mehr als sonst, meine ich."

„Wissen wir", meinte Ween. „Stört dich das?"

„Ich...", begann Steve und verstummte dann. Er schien kurz zu überlegen. Dann tat er das, was alle Leute hier zu tun schienen, und umarmte Ween, ohne ein weiteres Wort zu sagen.

Madlen sah zu Blake, der zu einem dunklen Haufen zusammengesunken war und ziemlich fertig aussah.

„Alles in Ordnung mit dir?", wollte sie wissen. Er nickte und brummte etwas, was sie nicht verstand.

„Was?", bohrte Ween nach, nachdem sein alter Schulfreund und er sich wieder getrennt hatten.

„Ich fühle mich ziemlich benommen", gab Blake zu. Er sah aus, als wäre er eine Sekunde davon entfernt, in sich zusammenzufallen und einzuschlafen.

„Die Nachteile von Heilmagie", erklärte Sally fachmännisch. „Sie nimmt den Körper ziemlich mit. Und in diesem Fall hat die Heilmagie eine verdammt große Wunde geheilt. Die Nebenwirkungen treten wohl langsam ein?"

„Nebenwirkungen", echote Blake. „Huh. Vielleicht. Wahrscheinlich."

„Schwindel, Benommenheit, Kraftlosigkeit, Müdigkeit und so weiter?"

„Ich würde sagen ja", antwortete Ween für ihn.

„So schlimm ist es eigentlich gar nicht", verkündete Blake stolz. „Ich bin vorhin nochmal da rein gegangen, in das Versteck. Das ging. Ich hab nur zwei Versuche gebraucht, um die Tür zu treffen."

„Die Tür ist fünf Meter breit", erinnerte sein Lehrling ihn.

„Das hat auch geholfen."

Der Trubel war Alba zu viel. Sie spazierte allein ein Stück durch die Schlucht, setzte sich dann auf einem Felsen einige Meter über dem Weg, ließ die Beine baumeln und beobachtete die umhereilenden Sterblichen auf dem Balkon. Es war ein guter Platz zum Nachdenken.

Blake und Madlen ging es gut. Darüber war sie froh.

Nick war wieder in der Nähe. Das freute sie weniger. Sie machte sich vor, dass das Band zwischen ihnen vielleicht wieder stärker werden, sie an ihn binden und erneut zu einem angeleinten Hund machen würde. Es war eine Lüge. Wenn es so wäre, hätte sie etwas gespürt. Im Moment bot das Band ihr mehr Freiraum als je zuvor. Die Wahrheit war, dass sie nicht recht wusste, wie sie mit ihm reden sollte.

Sie folgte Nicks Hut mit dem Blick. Er redete mit Lady May, nickte, sagte noch etwas. Die Drachenreiterin drehte sich um und folgte einem anderen Mitglied der Wache – Alba erkannte ihn nach kurzer Überlegung als einen Mann namens Lewis – durch den riesigen Torbogen ins Innere der Erde.

Nick blieb noch einige Sekunden lang stehen und sah ihnen nach, dann schlenderte er davon. In ihre Richtung. Sie meinte, ihn tief durchatmen und dann lächeln zu sehen. Er hatte sie gesehen. Natürlich hatte er sie gesehen. Sie hob zögernd die Hand zum Gruß.

Der Zombiejäger verließ den Balkon und folgte dem Weg ein Stück. Dann legte er den Kopf in den Nacken und sah zu ihr hoch. Vielleicht suchte er nach einer Stelle, an der er zu ihr hochklettern konnte. Alba stand auf und wischte sich den Dreck von der Kleidung, dann warf sie einen abschätzenden Blick nach unten. Das, was ihr manchmal als Körper diente, löste sich in Weiß auf und schwebte abwärts. Sie manifestierte sich direkt vor ihm. Nun war sie es, die den Kopf in den Nacken legen musste, um ihn anzusehen.

„Hallo Nick", sagte sie. Er deutete ein Winken an.

„Ich habe gehört, du hast einen ordentlichen Teil zu dieser Unternehmung beigetragen", begann er. Alba nickte. „Wie geht's dir so?"

„Gut", antwortete sie einsilbig. „Ich weiß nicht, wie die Sache mit uns jetzt weitergeht."

„Also...?", begann er. „Also musst du mir nicht mehr folgen und mich nicht mehr umbringen?"

„Ich musste dich nie umbringen. Das war ganz allein meine Idee."

„Nett", sagte er.

„Nick? Es tut mir leid. Wirklich." Er lächelte, und sie lächelte unsicher zurück.

„Du hast es zurückgezahlt", erklärte er. „Du hast Blake gerettet." Sie nickte, und dann herrschte eine Weile lang wieder Schweigen.

„Wie geht es eigentlich Kenny?", wollte Alba dann wissen.

„Oh, er ist nicht tot, er ist ein Zombie."

„Ich weiß."

„Du wusstest es?", wiederholte er verdattert.

„Natürlich. Ich bin eine Todesfee. Ich weiß eine Menge Dinge." Er seufzte und schüttelte den Kopf.

„Ich wollte dich etwas fragen", sagte er dann. „Hättest du Interesse daran, mein Lehrling zu werden?" Sie legte den Kopf schief und musterte ihn eine kleine Ewigkeit lang.

„Wie stellst du dir das vor?", fragte sie dann.

„Magier machen das eben so", erklärte Nick. „Lehrlinge ausbilden. In meinem Fall bedeutet das wohl, dass ich dich mitnehme, wenn ich wieder einen Toten jage."

„Was du bis jetzt ohnehin getan hast."

„Ja."

„Und warum solltest du ausgerechnet mich dabei haben wollen?"

„Du bist der Typ Kind, der in einem Horrorfilm die Monsterrolle übernimmt", sagte er. „Es wäre irgendwie passend. Und ich mag deinen Sinn für Humor."

„Ich habe einen Sinn für Humor?", fragte sie skeptisch und legte den Kopf schief.

„Nicht?", fragte er unsicher.

„Was ich eigentlich meinte: Ich habe versucht, dich umzubringen. Und ich weiß nicht, was in den nächsten Monaten passieren wird. Vielleicht verschwinde ich irgendwann einfach."

„Damit werden wir dann wohl leben müssen. Lebst du? Ich kann das nicht genau sagen." Alba überlegte.

„Wenn ich denn dein Lehrling werde", sagte sie schließlich. „Bringst du mir dann bei, wie man Motorrad fährt?" Er lachte auf.

„*Darüber* muss ich erst mal eine Nacht schlafen."

„Du hast keine Nacht, ich bin dabei", sagte sie. Er grinste sie an und setzte ihr seinen Hut auf.

„Haben wir einen Job?", fragte sie und zog sich den Fedora tiefer in die Stirn.

„Noch nicht, aber mir ist da so was ins Auge gefallen. Etwas mit Vampiren."

„Wo geht's hin?"

„Rumänien."

Spieler

Mercer klammerte sich an den Pfahl einer Straßenlaterne. Sein Atem ging schwer und unregelmäßig. Schwarze Punkte schwärmten um den Rand seines Sichtfelds.

Er befand sich in irgendeiner Gasse irgendwo in der Altstadt. Sein Kopf fühlte sich an, als würde eine Horde Drachen darin herumtrampeln und seine Adern platzten fast vor Magie. Der letzte Sucher setzte sich auf das Kopfsteinpflaster und wischte sich den Schweiß und das Regenwasser von der Stirn. Griffin war derjenige gewesen, der das Speichern von Magie geübt hatte. Mercer hätte das Zeug in dem blöden Heilzauber lassen sollen.

Er hörte Schritte und blickte auf. Nicht sonderlich weit auf allerdings. Es war möglicherweise das erste Mal seit einer ganzen Weile, dass der kleine Mann mit der Vogelmaske auf jemanden herabsehen konnte.

„Ich weiß", murmelte Mercer. „Ihr Engländer redet so gern über das Wetter, aber zur Zeit will mir nichts einfallen."

„Ich sehe, ihr habt euren Schatz gefunden", sagte der Vogel.

„Es lief nicht ganz wie geplant."

„Ich sehe auch das." Alisdair spazierte an ihm vorbei und holte eine altmodische Taschenuhr aus seinem Gehrock. Er musterte sie interessiert, als würde sie Mercers letzte Minuten abzählen. „Du stirbst."

„So sieht's aus."

„Ich hätte damit rechnen sollen, dass so etwas geschehen würde. Wenn du wüsstest, wie viele meiner Schwierigkeiten damit zusammenhängen, dass die Leute sterben – oder, in selteneren Fällen, überleben, obwohl ich es anders geplant hatte." Er ließ den Deckel der Uhr zuschnappen und steckte sie wieder weg. Mercer stöhnte. So wie er sich fühlte, hatte er über vierzig Grad Fieber.

„Wie geht es dem Mädchen?", fragte der Alisdair höflich. „Die kleine Vampirin."

„Sie ist tot", antwortete Mercer mit hohler Stimme.

Sie hatte ihm vertraut. Das musste doch etwas wert sein, oder? Eine Schande, dass er diese Nacht nicht überleben würde. Zu gerne hätte er sie gerächt.

„Nun, mach dir nichts draus", sagte Alisdair. „Irgendwann hätten wir sie ohnehin töten lassen." Mercer zuckte zusammen und starrte ihn wütend an.

„Sie hat sich einmal mit den Zwillingslords angelegt, wusstest du das?", erklärte der Vogel. „Und von Vergebung steht nichts in deren Kodex. Diese Stadt hätte sie so oder so getötet. Wir haben unser ganz eigenes Repertoire an Psychopathen, Ian."

Der Sucher krümmte seine Finger und ließ seine Magie eine Klinge formen. Es war leichter denn je, obwohl er fieberte und ihm schlecht war. Der winzige Mann ging vor ihm in die Hocke, ohne sich von dem Silber beeindrucken zu lassen.

„Ihr wart dumm, wenn ihr glaubtet, ich würde nicht wissen, was euer Ziel ist", sagte er. „Ich habe die Geschichten über Asets Licht ebenfalls gehört. Und sie haben mir gefallen."

„Ist das jetzt der Teil, wo Sie mir erzählen, dass Sie der geniale Strippenzieher hinter unserem Abenteuer sind?", fragte Mercer gereizt. Der Vogel gluckste.

„Das würde ich zu gern. Aber das wäre ein wenig übertrieben. Die Wahrheit ist, dass ich von eurer Agenda gehört und sie für interessant befunden habe. Ich wollte sehen, was daraus wird. Darum habe ich nichts für den Schlüssel zum Archiv verlangt."

„Das geht ja noch", gab Mercer zu.

„Nun der interessante Teil." Alisdair legte den Kopf schief und musterte Mercer mit seinem falschen Krähengesicht. „Ich könnte dich retten. Ich kenne ein paar gute Blutmagier." Bei dem Wort bekam Mercer eine Gänsehaut.

„Blutmagier", wiederholte er. „Sie benutzen Heilmagie, um zu töten."

„Ja", sagte Alisdair und nickte langsam, als hätte er es mit einem kleinen Kind zu tun. „Das tun sie. Die Zwillingslords haben ein paar unter ihrem Kommando. Wenn ich sie höflich bitte, machen sie für dich vielleicht eine Ausnahme und heilen dich."

„Dann sollten Sie sich aber beeilen", meinte Mercer.

„Ich will etwas für meine Mühe", erklärte Alisdair. „Dich."

„Ich nehme an, damit hätte ich rechnen müssen", krächzte der Sucher.

„Du hast mehr Magie in dir aufgenommen, als Undertown in einem Monat zu sehen bekommt. Was, falls du es nicht einschätzen kannst, übrigens viel ist." Der Vogel machte eine Pause. Mercer nickte aufmerksam und Alisdair fuhr fort. „Ich werde dein Leben retten, Ian Mercer. Ich werde dich sogar vor der Stadtwache verstecken. Dafür wirst du eine meiner Figuren auf diesem Spielbrett von einer Stadt."

Er ließ ihm Zeit zum Überlegen. Mercer starrte ihn grimmig an, doch hinter seinen blutunterlaufenen Augen arbeitete sein Gehirn auf Hochtouren. Er wollte keine Spielfigur sein. Aber er wollte auch nicht sterben. Und Undertown war ein wundervolles Spielbrett.

„In Ordnung", brachte er hervor und streckte Alisdair seine Hand entgegen. „Möge das Spiel beginnen."

„Das hat es bereits", antwortete der Vogel und schlug ein.

Epilog

Blake saß am Rand des steilen Schachts, der bis in die Schlucht führte, der, den Rouge und er hinuntergeklettert waren, und sah nach unten, als Ween ihn fand.

„Hier bist du", stellte der junge Mann fest und setzte sich neben ihn. „Du bist nicht leicht zu finden."

„Ist irgendwas passiert?", fragte Blake.

„Ein paar Dinge." Ween beugte sich vor, die Hände in den Hosentaschen, und warf einen Blick in den Abgrund. Der Schacht hatte einen Durchmesser von etwa vier Metern und war kreisrund, als hätte sich ein riesiger Wurm durch den Feldstein in die Tiefe gegraben. Ein paar Laternen erhellten den Gang, der zurück in die belebteren Tunnel führte, doch ihr gelbliches Licht ertrank schon nach wenigen Metern in der Schwärze unter ihnen.

„Wie tief ist das?", fragte Ween.

„Tief", antwortete Blake.

„Okay." Der Stadtwache-Magier zuckte mit den Schultern. „Es ist schon komisch. Andere Leute würden sich die Berge oder das Meer oder so ansehen, und du starrst einfach in die Dunkelheit."

„Wir haben hier weder Berge noch ein Meer."

„Dann eben der Himmel."

„Das ginge", gab Blake zu.

„Wartest du auf die Schatten?"

„Glaubst du wirklich, sie würden kommen?"

„Nein", gestand Ween.

„Sie brauchen Zeit", sagte Blake und seufzte. „Wir müssen warten."

Die Stadtwache hatte natürlich den Spiegel gefunden, durch den die Sucher gekommen waren, und ihn am frühen Morgen vorsichtig wieder aktiviert, um der Kolonie einen Weg zurück in die Kraterstadt zu bieten. Die Schatten hatten das Angebot angenommen, jedoch in keinster Weise versucht, mit den Magiern zu kommunizieren, und waren nur stillschweigend in ihren Tunneln verschwunden.[1]

„Wie geht es dir?", fragte Ween Blake und ließ unbeschwert die Beine baumeln.

---

[1] Außerdem hatten sie den Mitgliedern der Stadtwache mit ihrer unglaublich liebenswürdigen, vertrauensstiftenden Art eine Heidenangst eingejagt, sodass die Magier lieber alle auf Sicherheitsabstand geblieben waren.

„Besser", antwortete der Schatten. „Aber ein paar Tage wird es noch dauern, bis ich wieder aus Fenstern hechten oder ein Schwert schwingen kann."

„Mir fiel gerade ein", sagte Ween. „Du schuldest mir noch etwas."

„Richtig", murmelte Blake, als hätte er gehofft, sein Lehrling hätte es vergessen, und durchsuchte seine Tasche. Er fand eine Tafel Schokolade und reichte sie ihm ohne weitere Förmlichkeiten.

„Da fehlt ja was", beschwerte Ween sich. „Das ist kaum die Hälfte."

„Damit wirst du dich zufrieden geben müssen", meinte Blake. „Was? Ich hatte Hunger." Ween verdrehte die Augen und steckte die Schokolade weg. Der Schatten runzelte die Stirn.

„Hast du vor, das zu behalten?", fragte er und deutete auf die Pistole, die an dem Gürtel des jungen Mannes hing.

„Warum nicht?", entgegnete Ween, nahm die Waffe und drehte sie hin und her.

„Das ist eine potenziell tödliche Schusswaffe", informierte Blake ihn.

„Ich weiß", sagte Ween. „Ich habe jemandem damit gestern das Gehirn weggeblasen, falls du das bereits vergessen hast. Ich verspreche dir, ich werde sie nie auf jemanden richten, der mir nicht wirklich den Tag versaut." Der Schatten rückte schnell ein Stück von ihm weg. Offenbar zählte er sich zu dieser Kategorie von Leuten.

„Du kannst doch nicht mal mit so was umgehen", gab er zu bedenken.

„Ich *kann* schießen", widersprach Ween und hob die Pistole. Er drückte auf einen Riegel an der Seite der Waffe. Das Magazin löste sich und fiel heraus. Es gelang ihm gerade noch, es aus der Luft zu schnappen, bevor es im Abgrund unter ihnen verschwand.

„Soviel dazu", seufzte sein Freund und sah weg.

„In einem Computerspiel ist mir das noch nie passiert", entschuldigte Ween sich und deutete auf Blakes Mantel. „Hast du den schon wieder aufgeladen?"

„Noch nicht. Wie gesagt, Kleiner, es wird ohnehin noch eine Weile dauern, bis ich wieder irgendetwas Waghalsiges anstellen kann. Und ich werde ihn dir sobald nicht noch mal leihen."

„Habe ich eigentlich erwähnt, dass er ziemlich schlecht Regen abhält? Als wir dich gefunden haben, war ich klitschnass."

„Und ich war halbtot. Hast du dich erkältet?"

„Nein. Was ein Wunder ist, wenn man bedenkt, wie viel wir mit nassen Sachen rumgelaufen sind."

„Meine Kleidung riecht immer noch nach verrottendem Seetang und Salz", sagte Blake.
„Nun, das Problem habe ich nicht. Neuer Anzug." Ween deutete auf seine Kleidung.
„Ach wirklich?", fragte Blake. „Der ist neu?"
„Ja", bestätigte Ween. „Der alte war nicht mehr zu retten. Er war nass geworden und zerknittert und dreckig und es klebte dein Blut dran und meins..." Blake musterte ihn noch einmal von oben bis unten.
„Er sieht genauso aus wie der alte."
„Ja. Es war ein netter Anzug. Madlen hat mir mal gesagt, dass ich damit aussehe wie ein Geheimagent."
„Was... gut ist?"
„Natürlich. Ich brauche nur noch eine Sonnenbrille." Wenn es nach Ween ging, gab es genau eine Sache auf der Welt, die cooler war als Magie, und das waren Geheimagenten.
„Worauf ich eigentlich hinauswollte: du hast da einen blöden Mantel", sagte der junge Mann dann.
„Er ist nicht dafür gemacht, Wasser abzuhalten. Er ist dafür gemacht, unsichtbar zu machen, warm zu halten und cool auszusehen. Was ist jetzt eigentlich mit Madlen?"
„Bin mir nicht sicher. Ich glaube, sie hat kein großes Interesse, mit irgendwem... naja, Essen zu gehen."
„Vielleicht solltest du mal bezahlen", scherzte Blake.
„Ich... Ach, ist schon in Ordnung." Ween winkte ab. „Aber ich hoffe, sie besucht uns oft." Sie schwiegen eine Weile, dann wechselten sie das Thema.
„Deinem Artgenossen mit den blauen Augen geht es übrigens besser", erzählte Ween. „Er ist auch ziemlich angeschlagen, aber er erholt sich schnell. Und er scheint nicht übel Lust zu haben, sich der Stadtwache anzuschließen."
„Ehrlich?", fragte der Schatten.
„Ja. Ich dachte auch, er will sicher zu den anderen zurück."
„Das meinte ich nicht unbedingt. Ich glaube nicht, dass das geht. Er ist jetzt eine eigenständige Person. Aber... warum sollte irgendjemand Zeit mit euch verbringen sollen?"
„Es ist und bleibt ein Rätsel."
„Der Schatten ist intelligent", sagte Blake. „Geht gut mit ihm um."

„Klar doch." Ween grinste. „Sally und Madlen suchen schon nach einem guten Namen." Blake seufzte.

„Er hat bereits einen Namen."

„Das hält sie offenbar nicht auf."

„Wir müssen auch noch einen Geburtstag für Alba aussuchen", fiel dem Schatten ein. Dann ächzte er und stand auf.

„Wo willst du hin?", fragte sein Lehrling und blickte zu ihm hoch.

„Ich muss mich ein bisschen bewegen", erklärte Blake. „Die Schatten werden nicht auftauchen. Ich gehe spazieren."

„Spazieren?", wiederholte Ween. „Im Sinne von ein, zwei Kilometer gehen, die Landschaft bewundern und nichts tun? Und du bist sicher, dass das funktioniert? Ich meine, hat schon mal jemand, irgendjemand, in dieser Stadt einen Spaziergang gemacht und es ist nichts passiert?"

„Jetzt wo du es sagst, ich glaube nicht."

„Genau. Man stolpert jedes Mal in ein Abenteuer. Und du bist nicht in der Form für Abenteuer. Heilmagie hin oder her, es ist kaum achtzehn Stunden her, dass du angeschossen wurdest."

„Dann eben nur ein kleines Abenteuer", sagte Blake.

„Ich komme mit", erklärte Ween, stand auf und folgte ihm. Er kramte die Glühbirne aus seiner Tasche und ließ sie aufglühen, ein warmes, gelbes Licht.

„Mit diesen Dingern habe ich zaubern gelernt...", erzählte er gedankenverloren. „Die erste hatte ich aus der Schule. Von einer Laterne mitgenommen."

„Moment", sagte Blake und blieb abrupt stehen. „Wie bitte? Du hast sie geklaut?!"

„Ein bisschen geklaut."

„Aber du hast mir nie gesagt, dass du irgendwas geklaut hast!", protestierte Blake. Sie fingen an, sich zu streiten, und gingen weiter, doch nicht zurück in den beleuchteten Gang, sondern in einen der anderen Tunnel. Das matte Licht hinter ihnen wurde schwächer, als würden sie in einen dichten, schwarzen Nebel treten.

Ein leichter Schauer. Eine Gänsehaut und eine alte Angst vor den Dingen, die sich im Dunkeln versteckten, eine Angst, die tief in der menschlichen Natur verwurzelt war und nie ganz verschwand.

Doch manche dieser Dinge im Dunkeln waren gar nicht so schlimm.

Und der Junge mit der Glühbirne folgte dem Schatten in die Dunkelheit.

Nachwort – Entwirrung eines literarischen Wollknäuels

Stooop!

Ich weiß. Dies ist ein dickes Buch. Aber ich bin trotzdem noch nicht ganz fertig. Ja gut. Du willst wahrscheinlich, dass ich endlich zum Schluss komme. Hast wahrscheinlich Hunger und Durst. Und musst auf die Toilette. Aber komm schon, das hältst du jetzt auch noch durch. Du hast bestimmt gerade sowieso keine Termine, oder? Wenn doch, so ist es mir ein Bedürfnis, dir mitzuteilen, dass Pünktlichkeit hoffnungslos überbewertet wird.

Bücher sind riesige, bunte, chaotische Wollknäuel aus Dingen, die der Autor toll findet, die ihn beschäftigen und faszinieren. In diesem Nachwort möchte ich versuchen, *mein* Knäuel ansatzweise zu entheddern, denn zu ein paar Wollfäden muss ich noch etwas sagen.

Zuerst einmal sind da natürlich die anderen Autoren und die anderen Bücher, die mich mit dem Großteil der Wolle versorgt haben. Mercer musste darum in der U-Bahnstation ein paar Anspielungen für mich machen. Und dann ist da noch der Cameoautritt des in KAPITÄLCHEN quiekenden Rattentods. Diese Szene ist für Sir Terry Pratchett, der starb, kurz bevor ich die erste Rohversion dieses Buches beendete.

Ich sollte des Weiteren wohl etwas über einen der wichtigsten Bestandteile meines Knäuels sagen. Der schwarze Wollfaden. Die Schatten. Ich mochte diese Art von Monster schon immer. Nachtschwarze Gestalten bis auf große, leuchtende Augen. Allerdings wird der Schatten langsam zum Klischee. Wann immer ein Autor eine uralte, böse Macht braucht, gibt er die Rolle einem Schatten.

Ich fand das langweilig. Denn ich mochte außerdem chaotische Helden mit großer Klappe. Statistisch gesehen, dachte ich, musste es irgendwo in der weiten Welt auch gute Schatten geben. Und statistisch gesehen musste es ebenfalls Schatten geben, die gerne redeten.

Und so entstand Blake und mit ihm dann allmählich die ganze Stadt. Es muss ungefähr 2011 gewesen sein, als er in sein erstes Abenteuer geriet. Die Burgruine tauchte auf, die Entführung der Kolonie und die Konzepte für Ween, Madlen und den Schatten mit den blauen Augen. Sogar das kleine Unglück, bei dem Blake angeschossen wurde. Under-

town ist seitdem um ein Vielfaches gewachsen, doch diese Ideen waren mein Grundgerüst.
Ich weiß übrigens, es ist ein Klischee, dass eine wichtige Figur im Finale nur fast stirbt. Ich habe es aber als Gefallen für mein dreizehnjähriges Ich dringelassen.
Wenn ich so darüber nachdenke, war mein dreizehnjähriges Ich keine sehr nette Person.

Ich muss außerdem noch ein paar Leuten danken. Ihr habt nicht nur verhindert, dass ich vor lauter falsch verknoteter Fäden verzweifelt bin, sondern auch reichlich von eurer eigenen Wolle gespendet, auch wenn ihr euch dessen vielleicht nicht immer bewusst wart.
Kommen wir also zum besten Teil.
Ich danke...
... Anne. Du hast dich im Archiv tapfer gegen die Sucher gestellt. Was kann man mehr verlangen? Okay, du wurdest prompt von einer Vampirin zerfleischt, aber zumindest hast du es versucht.
... Nick und Luisa, die mir ein paar Buchstaben für Nick und Lucy geliehen haben.
... Nathalie. Du hast Undertown in Rekordzeit gelesen, bis sechs Uhr morgens Kommentare abgetippt und mit diesen meinen Glauben an meine orthografischen Fähigkeiten erschüttert. Danke.
... Madita, die der Stadtwache in Form von Sally ein wenig geholfen hat und gerade die endgültige Version von Undertown liest.[1] Madita, das Brettspiel mit dem winzigen Drachen ist für dich.
... meinem größten Feind Valentin. Ich weiß, dass du mich ewig damit ärgern wirst, dass *mir* noch niemand ein Buch gewidmet hat, also kann ich genauso gut mit dem Ärgern anfangen. Dein Dialekt ist blöd!
... Leo. Es ist eine Ehre, von dir gelesen zu werden. Ich bin sicher, Blake hat dich genauso gern wie du ihn. Für dich fallen mir keine Beleidigungen ein. Du Langweilerin.
... Sascha. Danke für die vielen Gespräche über Musik, Introversion und logische Fantasy-Geschichten. Wenn du in Undertown irgendwo logische Stellen finden kannst, darfst du sie behalten.
... außerdem der *zamonischen Nachtschule* als Ganzes, weil ich dort

---

[1] Alle verbleibenden Rechtschreibfehler sind also ihre Schuld.

so viele Freunde gefunden habe und weil ihr mich zum Schreiben gebracht habt.

Und dann noch... dir. Dem Leser. Danke, dass du mein Buch gelesen hast. Ehrlich. Oder hast du das Buch etwa zuallererst hinten aufgeschlagen, um dir das Ende anzusehen? Was für eine Schande. Nicht, dass *ich* jemals so etwas getan hätte.